SUPERBESTSELLER
645

Della stessa autrice

Fine dell'estate
Palomino
Una perfetta sconosciuta
Stagione di passione
Una volta nella vita
Un amore così raro
Due mondi due amori
Incontri
La tenuta
Ritratto di famiglia
Svolte
Promessa d'amore
Menzogne
Ora e per sempre
L'anello
Giramondo
Amarsi
Amare ancora
Cose belle
Il cerchio della vita
Il caleidoscopio
Zoya
Star
Daddy-Babbo
Messaggio dal Vietnam
Batte il cuore
Nessun amore più grande
Gioielli
Scomparso
Il regalo
Scontro fatale
Cielo aperto
Fulmini
La promessa
Cinque giorni a Parigi
Brilla una stella
Perfidia
Silenzio e onore
Il ranch
Un dono speciale
Il fantasma
La lunga strada verso casa
Immagine allo specchio
Dolceamaro
Forze irresistibili
Le nozze
La casa di Hope Street
Il viaggio

DANIELLE STEEL

LE SORPRESE DEL DESTINO

SPERLING
PAPERBACK

Traduzione di Grazia Maria Griffini
Mixed Blessings

I edizione «Superbestseller» Paperback gennaio 1998

ISBN 88-8274-399-3
86-I-03

VI EDIZIONE

Ai miracoli della mia vita:
Beatrix, Trevor, Todd, Nick,
Samantha, Victoria, Vanessa,
Maxx e Zara,
per tutta la gioia e l'infinita
felicità che mi danno,

e al miracolo più grande
di tutti... il mio solo e unico
amore, Popeye,

con tutto il mio cuore e il mio amore,

d.s.

Adorato miracolo

Tenue miracolo di speranza,
straordinaria benedizione,
sogno piccolo piccolo,
quanto è grande l'amore
che dà inizio
al ticchettio
del tuo orologio,
quanto grande è lo choc
quando non ci sei più,
quanto profonda la disperazione,
il dolore straziante
e poi,
con un po' di fortuna,
essere benedetta di nuovo,
per avere, tenere,
dare, dividere,
affrontare
gli scogli,
le onde
di nuovo,
nuotare finché
non si hanno più forze,
gridare e piangere nel buio
con uno struggimento
più immenso del cielo,
bisbigliare dolcemente,
portarlo vicino,
con la speranza che i più dolci
spiriti odano,
lunga attesa,
buia notte,
senza mai osare respirare,
fino a quando dita minuscole
ti tirano per la manica,
e ti toccano il cuore
con la loro ricchezza,

mai è troppo tardi,
mai è troppo buio
per avere un figlio
da stringere fra le braccia,
miracolo di vita,
momento più prezioso
di tutti,
sussurri tormentosi,
richiamo angoscioso
fino a quando, dopo tanto,
ecco che ti tengo
tra le mie braccia,
sempre amato,
subito nostro,
adorato miracolo
oh così caro.

1

Il cielo era azzurro intenso, la giornata caldissima, senza un alito di vento, quando Diana Goode scese dalla limousine con suo padre. Il suo viso dai lineamenti purissimi era più dolce del solito sotto il velo — una nuvola avorio pallido — e il pesante raso dell'abito ebbe un lieve fruscio quando l'autista, dopo averla aiutata a scendere, ne riaggiustò le pieghe perché ricadessero morbidamente. Lei sorrise raggiante al padre, soffermandosi un attimo fuori della chiesa; poi socchiuse gli occhi, cercando di imprimersi bene nella memoria ogni particolare di quel momento. Mai era stata tanto felice in vita sua. Ogni cosa era perfetta.

« Sei bellissima », mormorò il padre contemplando la figurina snella che si stagliava sullo sfondo della chiesa episcopale di All Saints, a Pasadena. La madre li aveva già preceduti a bordo di un'altra automobile, insieme con le altre figlie, i loro mariti e i bambini. Essendo la secondogenita, Diana aveva sempre lottato per essere migliore e più brillante, e per ottenere maggiore successo delle sue sorelle, per le quali nutriva comunque un affetto profondo, anche se aveva sempre avuto la sensazione di dover fare qualcosa di più di loro. In realtà nessuna delle due si era prefissa obiettivi troppo difficili da raggiungere! La maggiore, Gayle, aveva deciso di studiare medicina, ma dopo avere conosciuto colui che sarebbe diventato suo marito durante il corso propedeutico, lo aveva sposato quello stesso giugno ed era rimasta immediatamente incinta. Adesso, a ventinove anni, era mamma felice di tre bambine adorabili. Diana aveva soltanto due anni meno della sorella ed era molto legata a lei, ma fra loro c'era sempre stata una strana rivalità. Le due giovani donne erano molto diverse. Gayle, per esempio, non aveva mai rimpianto di avere rinunciato alla carriera. Era felicemente sposata e soddisfatta di occuparsi della casa e delle bambine, di dedicare tutta se stessa a loro e al marito. Era davvero la moglie perfetta per un medico. Intelligente, colta, e soprattutto paziente e straordinariamente comprensiva. Jack, infatti, era ostetrico e aveva orari di lavoro impossibili. Solo qualche settimana prima Gayle aveva confidato a Diana che stavano pensando di avere almeno un altro figlio! Adesso Jack voleva a tutti i costi un maschio. L'intera vita di Gayle ruotava attorno a quella del marito e delle bambine. Diversamente dalle sorelle minori, la prospettiva di una carriera non esercitava alcuna attrattiva su di lei.

Sotto certi aspetti Diana era molto più simile alla sorella più piccola, Samantha, una ragazza ambiziosa, piena di iniziative, che voleva uscire dal ristretto ambito della famiglia. E per un paio d'anni, dopo il matrimonio, aveva tentato con tutte le sue forze di conciliare la vita domestica con la carriera. Ma quando era nato il secondo figlio, a soli tredici mesi di distanza dalla prima, due anni dopo il matrimonio, era stata costretta ad ammettere di non essere più in grado di farcela. Così aveva rinunciato a un impiego in una galleria d'arte di Los Angeles e aveva deciso di rimanere a casa — una notizia accolta con gioia da suo marito Seamus. Ma per mesi, dopo questa scelta, Sam aveva sofferto all'idea di non poter continuare a lavorare. E in quei due anni le opere di Seamus avevano cominciato a essere ammirate e a ottenere riconoscimenti, tanto che stava ormai diventando uno dei giovani artisti più apprezzati in città.

Sam, che si era sempre occupata di design, adesso lavorava come free-lance, a casa, ma anche questa attività stava diventando praticamente impossibile, dovendo occuparsi, senza nessun aiuto, di due bambini molto piccoli. Per fortuna adorava stare in casa con Seamus e i figli e il loro matrimonio funzionava a meraviglia. Nonostante questo, a volte Sam invidiava il posto che Diana era riuscita a conquistarsi nel mondo del lavoro, fra « gli adulti », come diceva lei.

Quanto a Diana, riteneva che la vita delle sorelle fosse ormai avviata su solidi binari. Sia Gayle sia Sam, a venticinque e ventinove anni, sembrava avessero ottenuto tutto quanto desideravano. Sam era felice e si muoveva con disinvoltura nel complesso mondo dell'arte moderna; e Gayle era perfettamente a suo agio come moglie di un medico. Diana, invece, aveva sempre aspirato a molto di più. Dopo essersi iscritta a Stanford, aveva frequentato il secondo anno di università alla Sorbona, a Parigi. E a Parigi era tornata per un altro anno, dopo la laurea. Aveva scoperto un piccolo appartamento, delizioso, in rue de Grenelle, sulla Rive Gauche e per un po' di tempo si era convinta che sarebbe rimasta in quella città. Ma dopo un anno, durante il quale aveva lavorato saltuariamente per *Paris-Match*, si era accorta di provare nostalgia degli Stati Uniti e della sua famiglia... e soprattutto, con suo enorme stupore, delle sorelle. A quell'epoca Gayle era in attesa del terzo figlio, e Sam del primo, e chissà perché Diana aveva avvertito il desiderio di essere vicino a loro.

Una volta rientrata in famiglia, aveva però cominciato a tormentarsi almeno nei primi mesi, domandandosi se tornare a casa fosse stata proprio la scelta giusta. Forse avrebbe dovuto tener duro e restare in Europa.

Parigi era stupenda, ma anche Los Angeles era una città molto interessante; per sua fortuna, aveva trovato un ottimo posto quasi subito dopo il suo ritorno, come caposervizio a *Today's Home*. A quell'epoca il periodico era agli esordi e offriva eccellenti possibilità a chi volesse fare carriera. Lo stipendio era buono, i colleghi simpatici, le condizioni di lavoro ottime, e le avevano assegnato un ufficio bellissimo. Dopo qualche mese era lei che decideva i servizi, assumeva i fotografi, riscriveva qualche articolo e partiva in aereo per andare a visitare, ed eventualmente scegliere per fotografarle, case bellissime in località esotiche. Le capitò perfino di tornare a Parigi, e a Londra. Un intero numero della rivista fu dedicato alla Francia del sud, e un altro a Gstaad. E naturalmente dovette recarsi a New York, Palm Beach, Houston, Dallas, San Francisco e altre città americane. Era il lavoro perfetto per lei. Le amiche, e perfino le sorelle, non nascondevano la loro invidia. A chiunque non sapesse quanto faticoso fosse un impegno del genere, il lavoro di Diana appariva affascinante — e questa era anche l'opinione della diretta interessata.

Era stata assunta a *Today's Home* da pochissimo tempo quando conobbe Andy a un ricevimento. La sera stessa in cui si incontrarono, si ritrovarono a chiacchierare per sei ore in un piccolo ristorante italiano; e da quel momento in poi Diana non ebbe quasi il tempo di rendersi conto di quello che stava succedendo perché lui le propose, praticamente subito, di trasferirsi nel suo appartamento. Ma lei preferì aspettare sei mesi; voleva essere ben sicura di non pentirsi di un passo del genere... Ci teneva troppo alla propria indipendenza. D'altra parte era innamorata pazza di Andy, il quale ne era perfettamente consapevole. Anche lui, del resto, aveva letteralmente perso la testa per Diana — quindi si poteva dire che la loro unione fosse perfetta. Sembravano davvero fatti l'uno per l'altra. Andy era alto, biondo, molto bello, era stato campione di tennis a Yale e proveniva da un'antica rispettata famiglia di New York. Si era trasferito a Los Angeles per studiare giurisprudenza in quella università. Subito dopo la laurea era entrato nello studio legale di un importantissimo network televisivo. Adorava il suo lavoro e Diana, a volte, rimaneva affascinata da quello che faceva e dalle persone che conosceva. Era stato consulente legale per parecchi spettacoli importanti e i dirigenti del network si erano mostrati soddisfatti del modo in cui aveva affrontato e risolto il problema di alcuni contratti.

Diana adorava accompagnarlo ai ricevimenti di lavoro, perché in tal modo aveva la possibilità di conoscere qualche divo famoso e di incontrare altri avvocati e importanti agenti e produttori. Tutto questo avrebbe fatto girare la testa a chiunque; ma per fortuna Andy non perdeva mai di vista la realtà. Era sempre consapevole delle proprie responsabilità, intelligente, brillante, e molto raramente si lasciava impressionare dalle apparenze. Gli piaceva il suo lavoro, ma meditava già di aprire uno studio legale privato, in un futuro non molto lontano, specializzandosi nel settore dello spettacolo. D'altra parte sapeva che per lui non era ancora il momento di prendere una decisione del genere e preferiva sfruttare le preziose esperienze che il network televisivo poteva offrirgli. In ogni caso aveva ben chiari gli obiettivi che voleva raggiungere. Già da molto tempo aveva fatto progetti ben definiti per la propria carriera e quando Diana era entrata nella sua vita gli erano bastati pochissimi giorni per rendersi conto che era la donna che voleva come moglie e come madre dei suoi figli. Quanto avevano riso il giorno in cui avevano scoperto che entrambi desideravano almeno quattro bambini! Andy aveva tre fratelli, di cui due erano gemelli monozigotici, e Diana qualche volta si domandava se fra i loro figli ci sarebbe stato anche un paio di gemelli. Parlavano molto dei figli che volevano avere; Diana riteneva che la mancanza di precauzioni nei rapporti sessuali nascesse in fondo dal desiderio di sfidare la sorte. Nessuno dei due si sarebbe buttato dalla finestra se lei fosse rimasta incinta e fossero stati costretti ad anticipare i loro programmi matrimoniali. Qualche mese dopo essersi conosciuti, avevano cominciato a parlare apertamente di matrimonio facendo progetti per il futuro.

Vivevano insieme in un appartamento piccolo ma molto bello di Beverly Hills. Avevano gusti molto simili, al punto che entrambi avevano comprato un quadro di Seamus. Unendo le forze, cioè mettendo insieme i loro redditi, potevano permettersi un discreto tenore di vita. Avevano arredato le camere in stile moderno, molto semplice e lineare, spendendo tutto il denaro extra in oggetti d'arte. Avrebbero desiderato iniziare una collezione importante, ma per il momento non era possibile. Si limitavano perciò ad acquistare quadri e oggetti che potevano permettersi e avere queste opere d'arte in casa era per loro un piacere immenso.

Ma ciò che soprattutto rendeva felice Diana era il fatto che

Andy andasse molto d'accordo con i suoi genitori, con le sorelle e i loro mariti. Anche se Jack e Seamus erano completamente diversi, pareva che Andy trovasse simpatici entrambi e spesso pranzava con loro, quando non aveva altri impegni di lavoro. Si trovava a proprio agio sia nel mondo artistico di Seamus sia in quello di Jack, a discutere di ricerca medica oppure di qualche investimento finanziario. Insomma, Andrew Douglas era un ragazzo simpatico, che andava d'accordo con tutti, e Diana era felice.

Dopo il primo anno di vita in comune, si recarono insieme in Europa e Diana lo portò nei luoghi che preferiva, a Parigi; poi, partirono in auto per la valle della Loira. E infine si spostarono in Scozia per fare visita a Nick, il fratello più giovane di Andy, che si sarebbe fermato lì per un anno. Una vita perfetta; tanto è vero che, rientrati a casa, cominciarono a fare progetti per celebrare il matrimonio nell'estate successiva. Si fidanzarono diciotto mesi dopo essersi conosciuti e fissarono la data delle nozze — otto mesi più tardi, in giugno — decidendo di tornare in Europa per la luna di miele, nella Francia del sud questa volta, e in Italia e Spagna. Sia Diana sia Andy erano riusciti a farsi concedere tre settimane di vacanza per le nozze.

Cominciarono a cercare una casa a Brentwood, Westwood e Santa Monica e arrivarono perfino a pensare che avrebbero potuto fare i pendolari da Malibu quando scoprirono quella che, sotto molti aspetti, sembrava la casa dei loro sogni. In marzo, invece, trovarono la soluzione perfetta a Pacific Palisades. Era stata per anni la dimora di una famiglia numerosa, quindi molto amata e molto ben tenuta. Adesso i figli erano cresciuti e se n'erano andati e la coppia che ne era proprietaria si era decisa, sia pure a malincuore, a venderla. Per Andy e Diana fu praticamente un amore a prima vista. La casa era molto grande, ma calda e accogliente, con numerose stanze dalle pareti rivestite di legno, e una quantità di alberi bellissimi nel vasto giardino, l'ideale per i giochi dei futuri figli. C'era una stupenda suite padronale al piano superiore, un paio di stanze che potevano trasformarsi in studio sia per Diana sia per Andy, e anche una magnifica camera per gli ospiti. Al secondo piano, quattro spaziose camere per i bambini.

Il contratto di acquisto della casa venne stipulato in maggio e Andy vi si trasferì venti giorni prima della data fissata per le nozze. La sera del giorno in cui si svolsero le prove generali della cerimonia — quando i genitori di Diana offrirono una grandiosa cena al *Bistro* di Beverly Hills — c'erano ancora casse e cartoni dappertutto; Diana aveva lasciato i bagagli per la luna di miele addirittura nel vestibolo. Non aveva voluto passare con Andy la notte precedente il matrimonio, e aveva dormito a casa dei genitori, nella camera da letto della sua infanzia. Dopo essersi svegliata, rimase a lungo a contemplare quella tappezzeria a fiorellini rosa e azzurri, un po' sbiadita, che conosceva tanto bene. Era strano pensare che nel giro di qualche ora sarebbe diventata la *moglie* di qualcuno... Che cosa significava? Chi sarebbe diventata a quel punto? Sarebbe stato diverso rispetto a quando viveva con lui? E Andy... sarebbe cambiato? Oppure sarebbe cambiata lei? A un tratto si rese conto che si sentiva quasi spaventata. Poi pensò alle sorelle, agli uomini che avevano sposato, ai figli che avevano avuto e a come tutto questo le avesse trasformate, in modo quasi impercettibile all'inizio, mentre poi, con il passare degli anni, sembrava fossero diventate parte integrante dei figli e dei mariti. Era ancora molto legata a loro, ma adesso tutto era un po' diverso. Ed era strano pensare che, nel giro di un anno a partire da quel giorno, forse anche lei avrebbe avuto un bambino. Bastò quell'idea a farle provare un tuffo al cuore. Fare l'amore con Andy era sempre una cosa stupenda, straordinaria, ma poteva diventare ancora più emozionante se pensava che un giorno o l'altro avrebbe dato i suoi frutti. Era talmente innamorata di Andy che si sentiva al settimo cielo per la gioia al solo pensiero di avere dei figli da lui.

Stava ancora sorridendo tra sé quando si alzò, il giorno delle nozze, mentre continuava a pensare ad Andy e alla vita che avrebbero vissuto insieme. Scese in cucina a bere una tazza di caffè, prima che tutti gli altri si alzassero; poi la raggiunse sua madre e, mezz'ora più tardi, anche le sorelle con i bambini. Avevano infatti deciso di ritrovarsi in casa dei genitori prima della cerimonia, per aiutare Diana a vestirsi. Seamus e Jack erano rimasti a casa; entrambi erano stati infatti nominati maestri di cerimonia e dovevano occuparsi dei preparativi. Le tre figlie di Gayle e la bambina di Sam avrebbero preceduto gli sposi spargendo petali di fiori al loro passaggio mentre il maschietto, il figlio più piccolo di Sam, era stato incaricato di portare gli anelli. Aveva solo due anni e quando lo vestirono con il completino di seta bianca che Diana aveva scelto per lui, le tre sorelle lo trovarono talmente commovente che si sentirono salire le lacrime agli occhi.

Quando tutti i bambini furono arrivati, la madre di Diana venne a chiamarli; aveva assunto una ragazza che l'aiutasse a tenerli tranquilli mentre le loro mamme si cambiavano d'abito. « È tipico di nostra madre! » aveva osservato Gayle con aria divertita, sorridendo e inarcando un sopracciglio. Infatti la signora Goode, di solito, pensava a tutto, faceva sempre i piani per qualsiasi evenienza ed era talmente organizzata da arrivare al punto di telefonare alle figlie in giugno per sapere quali fossero i loro progetti per la Festa del Ringraziamento. Per Diana, invece, l'efficienza di sua madre fu un vero dono della Provvidenza. Aveva avuto talmente tanti e tali impegni in ufficio da trovare a malapena il tempo di andare alle prove dell'abito da sposa; per fortuna la signora Goode aveva pensato al resto, e Diana era certa che non ci sarebbero stati intoppi e tutto sarebbe filato liscio. Fino a quel momento, infatti, era stato così. Le sue sorelle le apparvero bellissime nei lunghi abiti di seta color pesca; tra le mani stringevano bouquet di rose della stessa delicatissima tonalità. Le bambine erano deliziose, vestite di bianco con un'alta fascia color pesca in vita e le manine guantate che stringevano cestini pieni di petali di rose. Raggiunsero la chiesa insieme con la nonna e le loro mamme. Diana invece, rimase indietro a scambiare qualche parola con suo padre in quegli ultimi minuti.

« Lo sai, tesoro, che sei proprio bella? » le mormorò lui, raggiante. Era sempre stato molto orgoglioso di Diana, l'aveva sostenuta e aiutata. Lei non poteva certo lamentarsi dei genitori; non c'erano mai stati segreti tra loro, né richieste irragionevoli o contrasti, nemmeno — per quanto ricordava — nel periodo dell'adolescenza. Per Gayle la vita non era stata altrettanto facile; si era trovata spesso in aspro disaccordo con la madre. Ma Gayle era la primogenita e, come ebbe più volte a dire negli anni successivi, era toccato a lei « addomesticarli ». Diana, invece, aveva sempre pensato che papà e mamma fossero abbastanza ragionevoli e Samantha si era sempre mostrata d'accordo con lei, o almeno quasi sempre, anche se in principio il signor Goode non si era mostrato esattamente felice all'idea che la figlia minore sposasse un artista. Con il tempo, però, si erano convinti che si trattava di un ragazzo da ammirare e rispettare. Anche se Seamus aveva un carattere molto particolare, era difficile non trovarlo simpatico.

Nei confronti di Andrew Douglas, invece, non nutrivano alcuna riserva. Era una persona adorabile e sapevano che con lui Diana sarebbe stata molto felice.

« Paura? » le domandò il padre con dolcezza mentre lei camminava avanti e indietro nel grande soggiorno di casa, in attesa di uscire e salire sulla limousine che li avrebbe portati in chiesa. C'era ancora un po' di tempo, ma a un tratto Diana provò il desiderio che tutto fosse già finito, e che lei e Andy si trovassero al *Bel Air* dove avrebbero passato la notte, o addirittura sull'aereo per Parigi l'indomani mattina.

« Un po'. » Sorrise e per un attimo sembrò tornata bambina. I lunghi capelli castano ramato erano raccolti in uno chignon sotto il velo; in quel momento, mentre si voltava a guardare il padre, aveva un'aria incredibilmente sofisticata ma, nello stesso tempo, molto giovane. Per lei non era mai stato difficile rivolgersi a lui, raccontargli ciò che provava, e condividere con lui timori e dispiaceri. Ma adesso non aveva problemi seri da affrontare, forse solo qualche domanda alla quale non sapeva dare risposta.

« Continuo a domandarmi se tutto sarà diverso... essere sposata, voglio dire... mi capisci, invece di vivere semplicemente insieme... » Sospirò, poi sorrise di nuovo. « Sembra una cosa talmente da adulti... sposarsi, non ti pare? » A ventisette anni si sentiva ancora incredibilmente giovane e a volte, invece, stranamente vecchia. Tuttavia le pareva che fosse l'età giusta per sposarsi, soprattutto con un uomo che adorava.

« Infatti è una decisione da persone adulte », fu il commento di suo padre, che le sorrise sfiorandole dolcemente la fronte con un bacio. Era alto, con l'aria distinta, i capelli bianchi e gli occhi di un intenso color azzurro. Conosceva bene Diana, e ammirava la donna che lei era diventata, così come ammirava e apprezzava l'uomo che stava per sposare. Era convinto che sarebbero stati felici. Nessun timore nel cuore per Andrew e Diana. Se la vita fosse stata generosa con loro, sarebbero andati lontano... e lui non poteva che accompagnarli con tutti i suoi auguri in quel lungo viaggio. « Sei pronta a questo passo. Sai quello che fai, e lui è un bravo ragazzo. Non stai facendo un errore, tesoro. Tutto andrà per il meglio. Ricorda che saremo sempre qui per te... e per Andy. Mi auguro che entrambi lo abbiate capito. »

« Sì, certo », rispose Diana, poi si voltò perché le erano salite le lacrime agli occhi. All'improvviso si sentì commossa, profondamente, al pensiero di lasciare suo padre, e la sua casa, anche se già da tempo non ci viveva più. In un certo senso era forse più doloroso lasciare lui che la mamma, sempre così impegnata, sempre così pratica, che fino all'ultimo momento prima di uscire per raggiungere la chiesa si era data da fare per riaggiustarle il velo e per impedire ai nipotini di calpestarle lo strascico. Ma adesso non aveva più niente di tutto questo a distrarla, soltanto l'amore e la speranza, e un'ondata di sentimenti sembrò sommergerla mentre passava quegli ultimi momenti nel soggiorno di casa con suo padre.

« Su, bella signora », disse lui alla fine, con voce burbera ma piena di affetto. « Abbiamo un matrimonio che ci aspetta. » Le sorrise e le offrì il braccio. Poi con l'autista l'aiutò a salire in automobile e a sistemare il lungo strascico e il velo vaporoso; pochi attimi dopo Diana era finalmente a posto sul sedile posteriore, con il bouquet di rose bianche fra le mani.

La gonna era stata accuratamente allargata sul fondo della vettura. Diana trasalì quando l'automobile si mise in movimento perché un gruppetto di bambini la stava guardando e la salutava. «Guardate!... Guardate!... Una sposa!...» Che strano rendersi conto che la sposa *era lei*... Mentre si allontanavano si sentì cogliere da una specie di vertigine. A un tratto si accorse di avere il cuore in gola mentre si riaggiustava il velo e dava un piccolo ritocco al corpetto di pizzo e alle ampie maniche di raso che aveva provato un numero incalcolabile di volte perché fossero perfette. Il suo abito, del resto, era molto vittoriano nello stile, senza concessioni di nessun genere ai capricci della moda.

Dopo la cerimonia avevano invitato trecento persone all'*Oakmont Country Club* per il ricevimento nuziale. Ci sarebbero stati tutti: le vecchie compagne di scuola, gli amici di mamma e papà, lontani parenti, persone con cui era in rapporti di lavoro. E naturalmente gli amici di Andy e un folto gruppo di persone che facevano parte del network televisivo che lui aveva voluto invitare. Sarebbe stato presente alla cerimonia anche l'amico più intimo che si era fatto nell'ambiente di lavoro, William Bennington. E avevano promesso di intervenire alla festa anche alcuni dei celebri attori e dei divi con i quali Andy aveva avuto rapporti particolarmente stretti al momento della stesura del loro contratto. Sarebbero stati presenti anche il padre e la madre di Andy e i tre fratelli. Nick aveva lasciato la Scozia e adesso lavorava a Londra, mentre Greg e Alex, i gemelli, studiavano alla Business School di Harvard. Erano già arrivati tutti. Andy aveva trentadue anni e i gemelli sei di meno — e da sempre lo consideravano il loro eroe. Sia l'uno sia l'altro, poi, erano letteralmente pazzi di Diana e lei, da parte sua, sperava di vederli più spesso d'ora in avanti, di invitarli a casa durante le vacanze dell'università e magari di convincerli addirittura a trasferirsi in California. A differenza di Andy, invece, gli altri ragazzi Douglas preferivano l'Est, e Greg e Alex, con ogni probabilità, avrebbero finito per sistemarsi a New York oppure a Boston, o magari addirittura a Londra, come Nick.

«Noi non ci siamo lasciati abbagliare dal mondo delle celebrità, come è capitato a nostro fratello», aveva esclamato Nick prendendolo bonariamente in giro la sera prima, alla cena organizzata dopo la prova generale della cerimonia. Comunque era chiaro che ammiravano il suo successo e la sposa che si era scelto, e non nascondevano di essere molto orgogliosi del fratello maggiore.

Quando si fermarono per un attimo davanti alla chiesa, Diana poté sentire l'organo che suonava nell'interno. Si appoggiò al braccio del padre avvertendo un lieve tremito di emozione. Sollevò la testa e lo guardò con i suoi occhi azzurri e infine, insieme, si incamminarono, salendo i gradini. Diana gli strinse lievemente la mano.

«Eccoci qua, papà. Siamo pronti?» gli sussurrò.

«Andrà tutto benissimo», si affrettò a rassicurarla lui, proprio come aveva fatto la sera in cui Diana aveva recitato per la prima volta su un palcoscenico... e quando, a nove anni, era caduta dalla bicicletta e si era fratturata un braccio. Lui l'aveva accompagnata in macchina all'ospedale, raccontandole buffe storielle e facendola ridere e poi tenendola stretta a sé mentre le ingessavano il braccio. «Sei una ragazza meravigliosa, sarai una moglie magnifica», le disse mentre si fermavano proprio davanti alla grande porta centrale della chiesa in attesa di un segnale da uno degli organizzatori della cerimonia.

«Ti voglio bene, papà», gli sussurrò innervosita.

«Anch'io ti voglio bene, Diana.» Poi si chinò a sfiorare con le labbra quella nuvola di velo mentre si sentivano circondare dal profumo intenso delle rose. Fu un momento, quello, che avrebbero ricordato entrambi per tutta la vita. «Che Dio ti benedica», sussurrò ancora il signor Goode quando giunse il segnale e le sorelle di Diana cominciarono ad avanzare lentamente lungo la navata, seguite dalle tre amiche più care di Diana, tutte vestite allo stesso modo, con lunghi abiti di seta color pesca e ampi cappelli in organza. Dietro di loro si snodò il corteo disordinato dei bambini. Poi ci fu una pausa, un po' lunga, mentre la musica si faceva più imperiosa... e infine lentamente, molto lentamente, regale e aggraziata, apparve lei, una giovane regina che si recava a incontrare il consorte, inguainata nell'abito bianco di raso con le stupende guarnizioni di pizzo color avorio. Pareva che il velo la circondasse come una soffice nuvola e, al di sotto di esso, gli invitati poterono ammirare i lucenti capelli scuri, la pelle color avorio, i luminosi occhi azzurri, quel mezzo sorrisetto nervoso, le labbra socchiuse... Infine Diana alzò lo sguardò e lo vide, alto, bellissimo e biondo, ad aspettarla. E con lui l'attendeva la promessa di una vita insieme.

Quando la guardò, Andrew si sentì salire le lacrime agli occhi. Diana sembrava una visione mentre avanzava con incedere lento ed elegante lungo la navata dal pavimento coperto da una passatoia di raso bianco. E finalmente, reggendo il bouquet tra le mani tremanti, lei si fermò al suo fianco.

Andy le strinse dolcemente la mano e il sacerdote si rivolse verso la congregazione dei fedeli, ricordando a tutti i presenti il motivo per cui erano lì radunati, parlando della grave responsabilità che si assumevano, come familiari e amici della giovane coppia, impegnandosi a dare agli sposi il loro appoggio morale nel momento in cui avrebbero pronunciato i voti nuziali, promettendo di restare uniti nella buona e nella cattiva sorte, in ricchezza e in povertà, fino a quando la morte non fosse giunta a dividerli. Ad Andrew e Diana ricordò che la strada non sarebbe sempre stata facile, che il destino avrebbe potuto non essere generoso, che entrambi avrebbero dovuto offrire conforto e aiuto al partner in nome di quel legame che adesso li avrebbe uniti, e che avrebbero dovuto conservarsi fedeli e forti nell'amore reciproco e in quello per il Signore.

Pronunciarono i voti nuziali con voce chiara e, a quel punto, Diana si accorse che le sue mani non tremavano più. E non aveva neppure paura. Perché era con Andy. E il suo posto sarebbe sempre stato quello. Mai, veramente mai, era stata altrettanto felice in vita sua. E quando il sacerdote li dichiarò marito e moglie, era raggiante. Il sottile cerchietto d'oro che Andy le aveva fatto scivolare al dito scintillava alla luce del sole e, quando lui si chinò a baciarla, i suoi occhi erano talmente colmi d'amore che perfino sua madre scoppiò a piangere. Quanto a suo padre, aveva già versato qualche lacrima al momento di lasciarla all'altare di fianco all'uomo che amava. Sapeva che da quel momento in poi tutto sarebbe cambiato per loro... e che adesso Diana apparteneva a un altro.

Si avviarono lungo la navata, verso l'uscita, raggianti e fieri, salirono sorridendo sulla limousine per trasferirsi al club dove era stato organizzato il ricevimento. Le danze continuarono fino alle sei di sera. Diana ebbe la sensazione che fossero state invitate tutte le persone che aveva conosciuto nella sua vita... e anche qualche centinaio di sconosciuti. Alla fine del pomeriggio si sentiva esausta, come se avesse ballato con tutti i presenti. Ma insieme con le sorelle si era divertita alla follia ballando un *limbo* con Andy e i suoi fratelli. I due gemelli erano stati costretti a ballare entrambi con Sam, perché i ragazzi Douglas erano quattro e le sorelle Goode soltanto tre, ma Sam parve divertirsi ugualmente. Aveva solo un anno meno dei gemelli e alla fine della festa scoprirono di essere diventati grandi amici. Diana rimase commossa vedendo quanti dei colleghi di Andy fossero intervenuti alla cerimonia. Perfino il presidente con la moglie, anche se la loro era stata soltanto una breve apparizione, e il direttore di *Today's Home*, che non aveva voluto mancare e aveva addirittura danzato più di una volta con Diana e con sua madre.

Fu un pomeriggio bellissimo, una giornata perfetta, l'inizio della vita che lei aveva sempre sognato. Fino a quel momento ogni cosa era filata liscia nella sua vita. Andy era apparso al momento opportuno ed erano stati felici per due anni e mezzo prima delle nozze; le era piaciuto alla follia vivere con lui... e adesso, com'era logico, si erano sposati. Erano sicuri l'uno dell'altra, erano sicuri di se stessi, sapevano ciò che volevano dalla vita. Restare insieme, dividere tutto, e creare una famiglia più o meno simile a quella che entrambi avevano avuto. Avevano tanto da donare, tanto da dividere. Per un attimo Diana pensò che tutto era quasi troppo perfetto e rimase a osservare Andy, immobile, ma subito si riscosse. Doveva correre a cambiarsi d'abito. Si rese conto che le dispiaceva l'idea di togliersi il vestito da sposa che non avrebbe mai più indossato... Con quel gesto, la realtà si trasformava in un ricordo. Desiderò che quel magico momento non finisse mai mentre, alzando gli occhi, guardava « suo marito ».

« Sei stupenda, incredibile... » bisbigliò lui mentre la prendeva fra le braccia e la guidava sulla pista da ballo per l'ultimo valzer prima di lasciare il ricevimento e cominciare la loro vita insieme.

« Vorrei che oggi non finisse mai », replicò lei, chiudendo gli occhi e pensando a quanto era stato meraviglioso quel giorno.

« Non finirà », mormorò Andy, stringendola ancora di più a sé. « Non lo permetterò. Sarà sempre così, Diana... dobbiamo ricordarcelo, nel caso nascesse qualche difficoltà fra noi... »

« Che cos'è questo? Un avvertimento? » Si scostò leggermente da lui e gli sorrise. « Cominci già a fare il duro con me? »

« Sì! » sussurrò Andy, tenendola stretta a sé e Diana, che adesso aveva capito il significato malizioso di quelle parole, scoppiò a ridere divertita.

« Vergognati! » esclamò in tono di scherzoso rimprovero mentre continuavano a volteggiare sulla pista da ballo.

« Chi dovrebbe vergognarsi? *Io*? Chi mi ha lasciato solo soletto ed è tornata a casa di suo padre e sua madre per fare la verginella? »

« Per una notte, Andy! »

« Non una sola notte... molto di più... figurati se io non lo so! » La strinse ancora più forte a sé, appoggiando la guancia contro il velo mentre Diana gli sfiorava dolcemente il collo con la punta delle dita.

« È stata una notte soltanto... »

« Dovrai ripagarmi per tutto questo, per settimane e settimane, cominciando... » lanciò un'occhiata all'orologio che aveva al polso e aggiunse: « ...fra mezz'ora. » Le ultime note si spensero piano piano e Andy guardò Diana con tenerezza. « Pronta ad andare? » Lei fece cenno di sì con la testa, un po' triste all'idea di lasciare quel ricevimento, la sua festa di nozze. Ma ormai era venuto il momento. Erano le sei passate ed erano entrambi molto stanchi.

Le sue damigelle la raggiunsero di sopra mentre si cambiava. Diana si tolse lentamente il bellissimo abito e il velo. Sua madre li appese con cura alle speciali grucce imbottite e, tenendosi un po' in disparte, rimase a osservare con un lieve sorriso quel gruppetto di giovani donne eccitate e commosse. Adorava le sue figliole. Avevano portato un'immensa gioia nella sua vita... e adesso era felice di vederle felicemente sposate.

Diana indossò il tailleur di seta color avorio che aveva scelto con sua madre in una boutique Chanel. Molto semplice, aveva un bordo di passamaneria blu scuro e preziosi bottoni di perle. Per completare la toilette, Diana aveva comprato anche un cappellino e una borsetta dello stesso color avorio e, quando si decise finalmente a scendere al pianterreno per raggiungere il marito, aveva un'aria terribilmente chic. In mano stringeva sempre il bouquet di rose bianche.

Gli occhi di Andy si illuminarono di gioia quando Diana ricomparve; subito dopo lei lanciò alle amiche il mazzo di fiori, come voleva la tradizione, e lui la giarrettiera. Sotto una pioggia di riso e petali di rose, si avviarono di corsa verso l'auto che li aspettava, dopo avere baciato in fretta parenti e amici. Promisero di telefonare durante le varie tappe del viaggio, e Diana riuscì a ringraziare in modo speciale i genitori per quella stupenda festa di nozze. E finalmente partirono a bordo di una lunga limousine bianca, diretti verso il *Bel Air Hotel*, dove avrebbero trascorso la notte in un'ampia suite le cui finestre si affacciavano sui raffinati e curatissimi giardini dell'albergo.

Mentre l'auto si allontanava, Andy circondò le spalle di Diana con un braccio ed entrambi si lasciarono sfuggire un sospiro di sollievo e di stanchezza.

« Accidenti! Che giornata! » esclamò lui appoggiandosi più comodamente alla spalliera del sedile e scrutando la moglie con aria di tacita approvazione. « Devo dire che sei stata una sposa favolosa! » Che strano, adesso, pensare che tutto fosse già finito.

« Anche tu eri carino! Niente male! » replicò sorridendo Diana. « E la cerimonia è stata stupenda! »

« Devo ammettere che tu e tua madre siete riuscite a organizzare una festa veramente favolosa! Ogni volta che mi è capitato di parlare con qualcuno del mio ufficio mi sono sempre sentito ripetere che non avevano mai visto niente di simile. Una festa più bella di quelle organizzate dagli scenografi per i film! » La cerimonia e il ricevimento si erano svolti in un'atmosfera di gioia, in mezzo ad amici e parenti... con uno stile raffinato e al tempo stesso semplice, senza sfarzo ed esibizionismo di cattivo gusto. « Anche le tue sorelle sono state straordinarie. E quando vi trovate insieme nessuno riesce più a tenervi, non è così? » commentò Andy, che voleva bonariamente prendersi gioco di sua moglie. Lei si raddrizzò di scatto sul sedile, fingendosi offesa.

« *Noi*? È di *noi* che parli? Devo dire che anche i ragazzi Douglas, se la mettiamo su questo tono, non sono esattamente dei seminaristi! Vi siete letteralmente scatenati! »

« Non dire sciocchezze. » Andy assunse un'espressione seria, fingendo di guardare il panorama fuori del finestrino, ma quando la sua giovane sposa gli diede una spinta all'improvviso facendolo quasi rotolare in fondo alla vettura, scoppiò a ridere senza ritegno.

« Stai scherzando, vero? Scusami, ma forse non ricordi più quando voi quattro vi siete lanciati in quella specie di ballo forsennato con mia madre? »

« Quello, non lo ricordo », replicò lui con aria innocente, e sembrava davvero sincero. Ma subito scoppiarono entrambi a ridere.

« Sei ubriaco. »

« Sì, è probabile. » Poi si voltò verso di lei, la prese tra le braccia e la strinse forte, baciandola. Solo dopo molto, molto tempo, si separarono, senza fiato. « Dio... è tutto il giorno che morivo dalla voglia di baciarti in questo modo. Non vedo l'ora di arrivare in albergo e toglierti tutti questi vestiti! »

« Il mio tailleur nuovo? » esclamò Diana inorridita, e Andy si lasciò sfuggire una risatina maliziosa e carica di sottintesi.

« Certo, e anche il cappello nuovo. Anche se devo ammettere che sono molto carini tutti e due. »

« Grazie. » Si presero per mano e continuarono a chiacchierare, con la sensazione che qualcosa di nuovo fosse avvenuto fra loro. Come se tutto stesse ricominciando da capo. Solo che adesso si sentivano anche come due vecchi amici e tutto quello che facevano era istintivo, privo di imbarazzo, benedetto dall'amore che li legava.

Quando arrivarono all'albergo un impiegato della reception li accompagnò lungo un viale che partiva dall'edificio principale; si scambiarono un sorriso d'intesa quando passarono davanti a un elegante cartello con una freccia che indicava quale direzione prendere per raggiungere il luogo in cui si sarebbe svolta la cerimonia di nozze Mason-Winwood.

« Dev'essere una grande giornata per quei due », bisbigliò Andy a Diana, e lei sorrise. Poi ammirarono il giardino e i cigni del laghetto e finalmente raggiunsero la loro suite. Al secondo piano, era composta da uno spazioso soggiorno, un cucinino e una stupenda camera da letto arredata con raffinati mobili imbottiti in raso rosa e delicate stampe francesi alle pareti. Sembrava una cornice perfetta per la loro notte di nozze; nel soggiorno c'era anche un camino e Andy cominciò quasi a sperare che facesse abbastanza fresco, la sera, per accendere il fuoco.

« È molto bello », disse lei mentre il fattorino che aveva portato i bagagli se ne andava richiudendosi la porta alle spalle.

« Anche tu sei molto bella. » Con delicatezza Andy le tolse il cappello, poi lo lanciò in aria in modo che andasse ad atterrare su un tavolo. E infine, sempre con la stessa delicatezza, le sciolse i capelli lasciandoli ricadere sulle spalle e affondandovi le dita. « Sei la donna più bella che io abbia mai visto... sei mia... per sempre, sempre... sempre... » Sembrava un bambino che raccontasse una bella fiaba. Ma, in fondo, era quello che avevano appena promesso di fare. *E gli sposi vissero felici per sempre...*

« Anche tu sei mio », gli ricordò Diana, sebbene non fosse

necessario. L'elegante tailleur nuovo di Chanel venne rapidamente sbottonato mentre si baciavano e la giacca scivolò sul pavimento quando Andy fece sdraiare Diana sul divano. Dopo un minuto anche i suoi abiti erano ammucchiati per terra, mentre i due corpi nudi si univano e si scoprivano reciprocamente, per la prima volta da marito e moglie. Tutta la passione, tutte le promesse sembrarono fondersi in un unico momento di abbandono; Diana rimase stretta ad Andy come se non volesse più lasciarlo andare né ora né per il resto dei loro giorni. Raggiunsero l'estasi, rabbrividirono di piacere e poi, esausti, rimasero l'uno tra le braccia dell'altra fino a quando tutto non fu finito. Ormai era calato il tramonto e lunghe lame di luce filtravano nella stanza. Sempre distesi sul divano, abbracciati, Andy e Diana pensavano alla vita che avrebbero vissuto insieme.

« Non sono mai stato tanto felice », mormorò lui.

« Spero che lo sarai sempre », bisbigliò lei. « Spero di riuscire a renderti sempre felice. »

« E io spero che riusciremo a renderci felici l'un l'altro », aggiunse Andy; poi, sciogliendosi dall'abbraccio di Diana, si alzò, le sorrise ancora una volta e si avvicinò lentamente alla finestra. Sullo stagno scivolavano lenti i cigni, bianchi e neri; i prati sembravano distese di velluto verde. Gruppi di giovani uomini e donne, con abiti da cocktail dai colori vivaci, stavano avviandosi a passo rapido verso una zona del giardino che dalla loro finestra non si poteva vedere. Nell'aria della sera l'eco della musica giunse fino a loro.

« Dev'essere il ricevimento di nozze Mason-Winwood. » Diana gli sorrise, sempre sdraiata sul divano. A un tratto sperò di avere concepito lì, in quella stanza, un bambino. Non avevano usato precauzioni di nessun genere; in fondo non ce n'era più motivo. Su questo punto si erano già messi d'accordo. Le due sorelle di Diana erano rimaste incinte durante la luna di miele e lei aveva il sospetto che potesse succederle la stessa cosa. Ne sarebbe stata immensamente felice.

Dopo qualche minuto si alzò e raggiunse Andy. Proprio in quel momento videro una giovane donna in abito da sposa bianco, corto, che arrivava correndo lungo il viale. Con una mano cercava di trattenere il velo bianco sulla testa, e nell'altra stringeva un mazzolino di fiori. Con lei c'era una ragazza vestita di rosso, probabilmente la sua damigella. La sposa doveva avere più o meno l'età di Diana; era una «bionda ossigenata», piuttosto attraente. Una bellezza sensuale, in un certo senso; e il suo abito, per quanto fosse alquanto elaborato, non doveva essere costato gran che. Eppure, qualcosa nel suo aspetto e nel modo in cui correva, a perdifiato, li commosse stranamente mentre la osservavano. Ciò che la giovane donna doveva provare era fin troppo familiare anche a loro... e le augurarono un mondo di bene mentre correva verso la felicità...

«Su, Barbie, sbrigati!» Judi, la ragazza vestita di rosso, la richiamò, e Barbara, che portava un paio di scarpe di raso bianco con il tacco altissimo, inciampò rischiando di cadere. Erano le scarpe che aveva comprato quella mattina stessa da Payless. «Su... non ti emozionare, bambina...» Judi allungò una mano per sorreggerla e Barbara si fermò per prendere fiato. Sarebbe rimasta lì, lontano dagli invitati, mentre Judi, chiamato con un cenno il testimone dello sposo, gli chiedeva se fosse arrivato il momento che Barbara facesse il suo ingresso. Lui fece segno di no con la testa e sollevò la mano aperta, mostrandole le cinque dita. La damigella della sposa annuì; aveva capito. Le due donne erano diventate amiche benché non si conoscessero da molto tempo. Entrambe attrici, erano arrivate a Los Angeles da Las Vegas, dove facevano le ballerine, solo l'anno precedente. Per risparmiare qualcosa, avevano deciso di prendere una camera insieme.

Dal giorno del suo arrivo in città, Judi aveva avuto soltanto due particine in uno spettacolo e aveva partecipato a qualche sfilata come indossatrice... oltre a farsi soffiare per un pelo una parte come comparsa in uno spot televisivo. Barbie, da parte sua, aveva ottenuto solo un ingaggio come ballerina di fila in un revival di *Oklahoma!*, quando la compagnia si era fermata a Los Angeles, durante una tournée. In seguito aveva cercato lavoro, senza successo, con la vana speranza di prendere parte a qualche serial televisivo e, come Judi, si era poi adattata a fare la cameriera e a servire a tavola. Aveva trovato un ottimo impiego all'*Hard Rock Cafe* subito dopo il suo arrivo in città, e anche Judi era stata assunta nello stesso locale. E proprio lì, all'*Hard Rock*, avevano conosciuto Charlie.

La prima a uscire con lui era stata Judi, ma avevano subito scoperto di nutrire una reciproca antipatia e di non avere niente da dirsi. Così lui era tornato a cercare sempre più spesso Barbie, perché gli piaceva chiacchierare con lei. Per un certo periodo di tempo Charlie era andato a pranzare all'*Hard Rock* quasi ogni giorno e, finalmente, si era fatto coraggio e aveva invitato Barbie a uscire con lui. Con Judi l'approccio era stato più facile — lei si era sempre mostrata molto più disinvolta e più pratica — ma alla fine aveva deciso che l'unica che gli interessava era Barbie.

Da allora erano usciti insieme più di una volta e al quarto appuntamento Charlie si era reso conto di avere perso la testa per quella ragazza, di essere innamorato pazzo e al tempo stesso di avere paura di confessarglielo. Aveva perfino smesso di vederla per un po', ma poi aveva capito di non poter fare a meno di lei. Così aveva telefonato a Judi, fissandole un appuntamento. Voleva un consiglio da lei, sperava che Judi gli dicesse che cosa Barbie pensava di lui.

« È pazza di te, stupidone! » Judi non riusciva a capire come un uomo di ventinove anni potesse essere ancora tanto ingenuo quando si trattava di donne. Mai, nella sua vita, aveva conosciuto qualcuno come lui, e nemmeno Barbie. Per quanto Charlie non potesse essere definito bello, era tuttavia « simpatico e attraente », aveva un'aria da adolescente, da ragazzo perbene, onesto e innocente.

« Che cosa ti fa pensare che io le piaccia? Ti ha detto qualcosa? » domandò subito a Judi con aria sospettosa, ma lei scoppiò di nuovo a ridere.

« Perché la conosco meglio di te. » Judi sapeva che Barbie apprezzava la sua gentilezza e la sua generosità; e poi l'aveva portata in un sacco di posti davvero carini! Charlie guadagnava bene; faceva il rappresentante per una grande industria tessile, intascava ottime percentuali sulle vendite e gli piaceva portare le ragazze nei ristoranti di lusso. Essendo scapolo, viveva con una certa agiatezza. Per lui, certe comodità della vita erano importanti. Era cresciuto nella miseria più nera, nel New Jersey, e adesso fare la bella vita era diventato quasi essenziale. Lavorava sodo per questo. « Lei ti considera un ragazzo fantastico », si affrettò ad aggiungere Judi, domandandosi perché non avesse fatto uno sforzo per trovarlo simpatico... D'altra parte Charlie non era il suo tipo. A lei piaceva divertirsi... Charlie, invece, era troppo onesto e posato, e conformista. Simpatico, d'accordo, ma lei preferiva uomini più eccitanti, più audaci. In fondo, la sua massima aspirazione era quella di fare un colpo grosso, e Charlie l'annoiava da morire. Per Barbara era diverso. Judi sapeva che era nata e cresciuta in una piccola città, aveva vinto il titolo di « Miss Everything in Town » prima ancora di finire gli studi alle superiori; poi doveva essere successo qualcosa di grave con i suoi, e lei era scappata di casa per andare a Las Vegas. Per molto tempo aveva sognato di approdare a New York; disgraziatamente era troppo lontana da Salt Lake City. E Las Vegas infinitamente più vicina. Eppure, nonostante gli uomini che aveva incontrato, e le difficoltà che aveva dovuto affrontare, in Barbie c'era qualcosa di pulito, di onesto, di non corrotto che aveva fatto innamorare Charlie. Del resto anche a lei Charlie piaceva. Le ricordava i compagni di scuola e trovava rassicurante la sua ingenuità. Rappresentava un cambiamento gradevole rispetto agli uomini conosciuti a Las Vegas e a Los Angeles, che pareva si aspettassero il possibile e l'impossibile da una ragazza — dai soldi al sesso — e magari perfino qualcosa di più. Charlie, invece, da lei non voleva niente — si accontentava della sua compagnia, di viziarla e coccolarla — ed era un po' difficile non trovare piacevole tutto questo. E poi non era brutto, anche se non si poteva dire particolarmente sexy. Aveva i capelli rossi e gli occhi azzurri ed era letteralmente coperto di lentiggini, dalla testa ai piedi. Possedeva tutte le qualità che di solito possiede il classico « ragazzo della porta accanto », e molte donne trovavano tutto questo seducente e stimolante. Anche Barbie ne era rimasta colpita. A volte pensava che potesse essere la soluzione a un mucchio di problemi.

« Perché non le dici quello che pensi di lei? » Judi aveva provato a incoraggiarlo e venti giorni dopo avere cominciato a uscire insieme, Charlie e Barbie si erano fidanzati. E sei mesi dopo, ecco che Barbara si trovava lì, immobile, dietro una siepe del giardino del *Bel Air Hotel* in attesa del segnale d'inizio della cerimonia di nozze.

« Tutto bene? » Judi la scrutò con occhi penetranti perché Barbie, innervosita, non faceva che saltellare da un piede all'altro. Sembrava un cavallo di razza spaventato.

« Senti, adesso mi viene da vomitare. »

« Guai a te se ti azzardi a fare qualcosa di simile! Ci sono volute due ore per metterti a posto i capelli sotto quel velo... ti ammazzo! »

« Okay, okay... Gesù, Judi, sono troppo vecchia per queste cose. » Aveva trent'anni, soltanto uno più di Charlie, eppure a volte le pareva di essere centenaria. Ma quando si truccava un po' meno del solito e si raccoglieva i capelli in una treccia, sembrava più giovane di lui. La vita non era stata mai facile per lei, e l'aveva irrimediabilmente segnata. Soltanto Charlie aveva saputo scoprire tutta la dolcezza e l'innocenza che celava dentro di sé. Soltanto Charlie era stato capace di risvegliare quella parte di lei che era convinta fosse morta per sempre. L'aveva invitata a casa sua a mangiare uno dei pranzi che preparava con le proprie mani; l'aveva condotta a fare lunghe passeggiate, e aveva espresso il desiderio di conoscere la sua famiglia. Ma lei si limitava a scrollare la testa quando lo sentiva parlare così, e non rispondeva mai alle sue domande. Non parlava mai dei suoi genitori, e ripeteva che non sarebbe mai più tornata a Salt Lake City per rivederli, anche se non offriva alcuna spiegazione in proposito. Ed era andata su tutte le furie, quando due missionari mormoni si erano presentati alla porta dell'appartamento che divideva con Judi tentando di persuaderla a tornare alla sua Chiesa e a trasferirsi di nuovo a Salt Lake City. Lei aveva sbattuto la porta in faccia a tutti e due, e urlando li aveva invitati a non farsi vedere mai più. Non voleva conservare neppure il ricordo della vita che si era lasciata alle spalle. Charlie sapeva soltanto che aveva otto tra fratelli e sorelle, e una dozzina almeno di nipotine e nipotini, ma ormai aveva capito che doveva esserle successo qualcosa di grave e che a spingerla ad andarsene non era stata soltanto la noia. Barbie si era comunque sempre rifiutata di discutere quell'argomento.

Quanto a Charlie, non aveva alcun problema a parlare di sé. Secondo gli archivi dei vari orfanotrofi statali nei quali era cresciuto, nel New Jersey, era stato abbandonato alla nascita in una stazione ferroviaria. Era stato affidato a varie coppie e un paio di volte era stato preso in considerazione per un'adozione. Ma era un bambino nervoso, che soffriva di allergie e di malattie della pelle e quando aveva compiuto i cinque anni di età era stato colpito anche da una grave forma di asma. Per fortuna, con il passare del tempo era riuscito a superare tutto questo, e dopo parecchi anni anche l'asma era sparita — ma a quel punto, ormai, era troppo grande perché qualcuno volesse adottarlo. Così era rimasto in un orfanotrofio fino a diciotto anni, poi era salito su un autobus in partenza per Los Angeles... e ormai ci viveva da undici anni. Aveva frequentato le scuole serali e adesso il suo sogno era di continuare gli studi frequentando la facoltà di economia e commercio, che gli avrebbe consentito di ottenere un impiego migliore e mantenere la famiglia che desiderava avere. Quando aveva trovato Barbie, aveva pensato che il suo sogno fosse divenuto realtà. Non desiderava altro che sposarla, offrirle una bella casa e riempire la casa di bambini che le somigliassero. Una volta glielo aveva perfino detto, ma lei gli aveva quasi riso in faccia.

« Tutto andrebbe molto meglio se assomigliassero a te! » Barbie era una ragazza molto carina, con una bellissima figura, eppure non aveva mai dato una grande importanza né alla propria bellezza né a se stessa fino al giorno in cui aveva conosciuto Charlie. Era gentile, protettivo, molto diverso dagli uomini che aveva conosciuto nella sua vita, eppure a volte avrebbe quasi preferito che fosse un poco più stimolante. Appena arrivata a Los Angeles, la sua grande aspirazione era stata farsi vedere in giro con un attore, magari famoso... Invece si era innamorata di Charlie. Ma a volte si domandava ancora se non avrebbe fatto meglio ad aspettare il suo principe azzurro o, perlomeno, un divo celebre. Aveva accompagnato Charlie a comprarsi una serie di abiti nuovi, all'ultima moda, per rinnovare un po' il suo stile, non solo nell'abbigliamento ma anche nel modo di comportarsi, ma alla fine aveva dovuto ammettere, dando ragione a lui, che gli davano l'aria dell'imbecille. Niente da fare; Charlie era il classico tipo che doveva vestirsi nel modo più anonimo possibile. E se, per esempio, si lasciava crescere i capelli, gli rimanevano dritti e arruffati sulla testa. Per questo preferiva tenerli sempre cortissimi. E se cercava di abbronzarsi al sole, non ci riusciva mai perché prima diventava rosso come un gambero e poi si copriva di vesciche.

«Io non sono un tipo affascinante, cerca di capire», le aveva spiegato con aria molto seria una sera, mentre cenavano con le specialità che le aveva preparato con le sue mani: cannelloni, ossobuco e una magnifica insalata verde. Le spiegò che aveva imparato a farla in una delle case in cui aveva vissuto — e nel sentirgli confessare una cosa del genere Barbie si era sentita commuovere nel profondo del cuore. C'erano momenti in cui era sicura di amarlo alla follia; altre volte, invece, non ne era del tutto certa, e si tormentava nel dubbio. Era davvero l'uomo giusto per lei? Oppure le piaceva soltanto perché era simpatico, generoso e le faceva comodo? D'altra parte sapeva che con lui sarebbe sempre stata al sicuro, non le sarebbe mai accaduto niente di male. Però doveva anche mettere sull'altro piatto della bilancia la mancanza più assoluta di fascino, perché in lui non c'era niente né di esaltante né di stimolante.

Purtroppo, in tutta la sua vita, le cose non erano mai state nette e precise; le scelte si erano sempre rivelate terribilmente difficili, il prezzo da pagare molto alto, i rischi enormi... Con Charlie, invece, niente di tutto questo poteva succedere. In fondo lui le offriva tutto quello che lei aveva creduto di desiderare anni prima... e avrebbe dovuto desiderare anche adesso. La sicurezza, un posto piacevole dove vivere, un brav'uomo pronto a prendersi cura di lei, nessuna preoccupazione o problema, né il timore di non poter pagare l'affitto alla fine del mese, oppure essere costretta ancora una volta a cercare lavoro come ballerina di fila in qualche spettacolo di varietà. In fondo la sua grande aspirazione era stata quella di recitare, e gli agenti con i quali aveva parlato le avevano sempre detto che il talento non le mancava. Doveva soltanto cogliere l'occasione propizia. E non era del tutto convinta che Charlie le avrebbe lasciato fare quello che voleva. Forse le avrebbe creato degli ostacoli, avrebbe sollevato obiezioni. Sposandolo, avrebbe potuto lavorare ugualmente? E se lui si fosse opposto alla carriera che le piaceva? Charlie non faceva che ripeterle che non l'avrebbe mai fatto, ma non parlava altro che di bambini. E non c'era posto per i bambini nel suo futuro; almeno non subito, non con lui, non ancora, forse mai. Non glielo aveva mai confidato, naturalmente, ma... se a un tratto le fosse stata offerta la grande occasione? Se per esempio avesse ottenuto un ruolo fisso in uno di quei serial settimanali, o addirittura in un film importante? Che cosa avrebbe fatto, allora? D'altra parte, se la grande occasione non si fosse mai presentata... se non altro avrebbe finito di fare la cameriera. E poi, chissà che quello non fosse il modo sbagliato di vedere le cose. A volte si sentiva un po' colpevole; ma era anche vero che doveva pensare a se stessa. Era una lezione che aveva imparato molto tempo prima, e proprio nell'ambito della sua famiglia. Quante lezioni aveva imparato dalla sua famiglia, lezioni delle quali avrebbe fatto volentieri a meno, lezioni che preferiva addirittura non ricordare...

Era difficile non cedere, lasciandosi travolgere dall'entusiasmo di Charlie, dalla sua adorazione, la sua dedizione, la sua pura e semplice onestà e gentilezza... Tanto che, alla fine, Barbie aveva concluso di essere davvero innamorata. Adesso, però, mentre era lì ferma ad aspettare, si sentì tormentare di nuovo da quei terribili dubbi. E se fosse stata la soluzione sbagliata? E se nel giro di un paio di anni avessero cominciato a odiarsi... o magari addirittura prima? « E se succede... che cosa faccio? » bisbigliò a Judi.

« Non ti pare che sia un po' troppo tardi per preoccupartene? Che cosa ne dici? » rispose Judi, rassettandosi l'abito. Aveva gambe lunghissime e un seno prosperoso che il corpetto pareva faticasse a contenere. Si era fatta fare un intervento di chirurgia estetica a Las Vegas, e tutti i suoi conoscenti non facevano che ripeterle che aveva un paio di tette favolose. L'unica a dichiararsi contraria era stata Barbie, la quale aveva sempre pensato che spendere per « comprarsene » un paio fosse una sciocchezza. Forse perché le sue erano perfette, sode, autentiche. Ma in fondo, non faceva che ripetersi Judi, da lontano chi poteva vedere la differenza?

Barbie aveva un corpo favoloso, con il busto florido e la vita sottile, talmente sottile che Charlie poteva quasi stringerla tra le mani. Non era alta, ma aveva le gambe ben tornite. Era una ragazza attraente, che si faceva notare, e anche infilata in sacco sarebbe ugualmente riuscita ad avere l'aria sexy. Era sempre sexy, qualunque cosa si mettesse addosso. E con quell'abito da sposa corto e attillato, di raso bianco, adesso appariva come un miscuglio esplosivo di innocenza e di erotismo.

« Non trovi che il mio vestito sia un po' troppo aderente? » esclamò lanciando un'occhiata nervosa a Judi. Le sembrava di essere lì da un secolo ad aspettare. Chissà perché non erano andati in municipio; sarebbe stato così semplice! Charlie, invece, aveva insistito per avere un « vero » matrimonio.

Per lui questa festa di nozze aveva un grande significato, perciò Barbie aveva finito per accettare più che altro perché gli voleva bene. Sarebbe stata molto più felice se avessero passato quel week-end a Reno. Ma Charlie aveva provveduto a organizzare ogni cosa e aveva invitato tutti i suoi amici. Alla cerimonia avrebbe assistito una sessantina di persone, e Barbie sapeva che quello era l'albergo più chic e raffinato di tutta Los Angeles — a parte, forse, il *Beverly Hills*. Avevano scelto il menù meno costoso e la cerimonia più semplice, ma Charlie aveva voluto che le nozze fossero celebrate lì, anche se ciò significava spendere una grossa fetta dei suoi risparmi. « Te lo meriti », aveva detto a Barbie.

« Il vestito va benissimo », la rassicurò Judy; e davvero trovava splendida l'amica. Terrorizzata, ma molto carina. « Andrà tutto bene, piccola. Cerca di calmarti. » Stava già cominciando a domandarsi il motivo di quel ritardo quando, finalmente, il testimone apparve e l'orchestrina assunta per l'occasione da Charlie attaccò.

Cominciarono a suonare *Ecco, arriva la sposa* e Judi si voltò a guardare il piccolo pergolato dove si sarebbe svolta la cerimonia. Charlie aveva perfino trovato un sacerdote — chissà dove! — che non aveva indagato troppo a fondo sul fatto che Barbie fosse mormone. Così lei aveva alla fine dovuto acconsentire che il futuro sposo si occupasse di tutto. Ed ecco che Mark, il testimone, si avvicinò e offrì il braccio a Barbie, rivolgendole anche un sorriso paterno. Aveva almeno il doppio dell'età di Charlie ed era un uomo corpulento. Da due anni era il diretto superiore di Charlie in ufficio e sotto certi aspetti era quasi un padre per lui. Era un uomo ancora piacente, sebbene un po' troppo grasso.

Aveva un'aria molto seria quando si chinò su Barbie, prima di incamminarsi verso il pergolato.

« Buona fortuna, Barbara... vedrai, tutto andrà per il meglio. » Le batté un colpetto affettuoso su una mano e lei tentò con tutte le sue forze di non pensare a suo padre.

« Grazie, Mark. » Era stato lui a offrirsi di accompagnarla alla cerimonia e di essere il testimone. Aveva anche offerto lo champagne per il ricevimento perché suo cognato conosceva un commerciante all'ingrosso della Napa Valley. Mark era divorziato e aveva due figlie: una era sposata e l'altra studiava al college.

Si avviarono verso l'altare e Barbara cercò di non pensare a quello che l'aspettava, alle nozze, all'impegno degli anni futuri. E poi, a un tratto, ecco Charlie... con quell'aria così dolce, ingenua, giovane, con gli occhi azzurri, i capelli rossi e quel sorriso gentile. Indossava una giacca da smoking bianca con un garofano bianco all'occhiello e, a guardarlo bene, sembrava un ragazzino che si fosse fatto prestare la giacca dal padre per il ballo della scuola. Era difficile avere paura di lui, di affidargli la propria vita. Poi, mentre Mark le stringeva una mano per farle coraggio, si rese conto che quelle paure erano terribilmente sciocche. Come moglie di Charlie, niente di male le sarebbe mai accaduto. Sì, stava per fare la cosa più giusta. Di colpo lo capì.

« Ti amo », le sussurrò Charlie quando lo raggiunse, fermandosi di fianco a lui. Allora alzò gli occhi a guardarlo e si accorse di esserne innamorata pazza. In fondo stava facendo qualcosa di meraviglioso per lei, le avrebbe dato una vita nuova e bellissima, pronto a proteggerla per sempre. Nessuno aveva mai fatto niente di simile per lei, lo sapeva molto bene; lo guardò di nuovo e capì che Charlie non l'avrebbe mai delusa. Improvvisamente si pentì dei dubbi e delle paure, di tutte quelle volte in cui si era detta, in segreto, che avrebbe potuto fare e trovare di meglio. Charlie era esattamente quello che ci voleva per lei, un buon amico, un buon uomo, un buon marito — e sarebbe stata molto sciocca a desiderare qualcosa di più. Aveva trent'anni e ormai era chiaro che il famoso principe azzurro chissà dov'era e di chi si interessava... Charlie Winwood... ecco il principe migliore del mondo per lei... Non aveva bisogno di niente di più, non desiderava niente di più di quanto lui poteva offrirle.

« Ti amo, Charlie », gli bisbigliò mentre le infilava l'anello al dito. Quando le diede un bacio, lui scoppiò in lacrime e Barbie lo strinse a sé, desiderando solo di poterlo ripagare di tutta la solitudine, di tutte le sofferenze che aveva provato nella vita.

« Se sapessi quanto ti voglio bene, Barb... » Non trovava altre parole per dirle quanto grande fosse il suo amore per lei.

« Prometto che sarò una buona moglie... te lo giuro, farò di tutto... »

« Lo so che ti metterai d'impegno, tesoro. » Le sorrise, poi alzò il calice in un brindisi dedicato a lei, sua moglie, con lo champagne offerto da Mark, e infine la prese fra le braccia per farla ballare su quella piccola pista da ballo che era stata allestita sul prato. Al di là della piccola orchestra c'erano il tavolo del buffet e, vicino, quello del bar.

La festa riuscì benissimo e tutti si divertirono molto, soprattutto gli sposi che bevvero champagne in abbondanza, come del resto gli ospiti. Quanto a Mark, sembrava particolarmente felice di ballare con Judi. Tutti erano di ottimo umore quando la banda cominciò a suonare motivi come *When the Saints Go Marching In* e *Hava Nagila*.

Poi ricominciarono con le musiche lente, perché tutti si calmassero un po' e non sudassero troppo. Suonarono *Moon River* e Mark invitò la sposa a ballare, mentre Charlie invitava Judi.

« Sei una bellissima sposa, Barb », le disse Mark mentre la faceva volteggiare sulla pista da ballo. Il cielo era tempestato da migliaia di stelle e faceva piuttosto caldo. Era una serata magica. « Avrete una vita meravigliosa », aggiunse con sicurezza. « E un mucchio di meravigliosi bambini a dimostrarlo », le annunciò in tono che non ammetteva repliche.

« Come fai a esserne così sicuro? » gli domandò Barbie, con un sorriso. Era un brav'uomo, un vero amico.

« Perché sono tanto vecchio che ormai so tutto. E so, per esempio, quanto Charlie desideri dei figli. » Lo sapeva anche lei; ma gli aveva già spiegato che preferiva aspettare qualche anno, in modo da poter continuare la sua carriera di attrice. Lui non era sembrato molto felice a questa prospettiva e avevano deciso di affrontare quel discorso soltanto in un secondo tempo. Charlie ancora non lo sapeva... ma se c'era qualcosa che le metteva addosso una paura da morire era proprio l'idea di avere dei figli. Il solo sentire Mark che ne parlava le procurò una stretta allo stomaco.

« Posso interrompervi? » Charlie riuscì a fermare Mark con molta gentilezza, gli mise fra le braccia Judi e si allontanò con la sposa in modo da fare con lei gli ultimi balli della serata. Avevano bevuto moltissimo entrambi, ma Barbie aveva la sensazione di vivere in un sogno... e poi, tutte quelle persone, lì con loro, sembravano così felici! « Ti è piaciuto? Ti sei divertita? » le domandò sfiorandole il collo con le labbra, mentre avvertiva la pressione del suo seno. Ogni volta che la toccava si sentiva pazzo di desiderio; quanto a lei, adorava divertirsi. Non diceva mai no, non sollevava mai obiezioni, qualsiasi cosa lui volesse fare. Era una buona compagna, un'amica, ma soprattutto una donna straordinariamente sexy. E mentre faceva volteggiare Barbie, Charlie si sentì l'uomo più fortunato del mondo.

« Mi diverto immensamente », esclamò lei sorridendo felice. « E tu? »

« Lo considero il miglior matrimonio che abbia mai avuto! » replicò lui ridacchiando. Erano più o meno della stessa altezza e in quel momento, fissandola dritto negli occhi, Charlie ebbe l'impressione di essere il padrone del mondo.

« Non mi sembra gran che, come risposta », protestò lei, facendo finta di mettere il broncio; Charlie la strinse più forte a sé.

« Eppure sai quanto sono felice, Barb... o almeno mi auguro che tu lo sappia. Questo è il sogno di tutta la mia vita! » Era tutto quanto non aveva mai avuto: amore, affetto, una casa, una famiglia, tutto ciò che aveva sempre desiderato disperatamente.

« Lo so », gli rispose lei in un bisbiglio, e quando Charlie la baciò provò uno strano senso di vertigine. Non sapeva pensare ad altro che a quella spiaggia di Waikiki dove si sarebbe sdraiata sulla sabbia accanto a lui. La mattina dopo, infatti, sarebbero partiti per le Hawaii. Un viaggio organizzato, una combinazione veramente conveniente. Quanto alla notte di nozze, l'avrebbero trascorsa nell'appartamento di Charlie. In un primo momento avevano pensato di fermarsi al *Bel Air*... ma una simile spesa non se la potevano permettere e in fondo per Barbie non aveva grande importanza. Sapeva già che non avrebbe mai dimenticato quella sera e quei momenti.

Anche a Santa Barbara quella sera il cielo era tempestato di stelle mentre Pilar Graham e Bradford Coleman si baciavano al chiaro di luna, sotto lo sguardo di venticinque amici. Poi si voltarono verso i presenti con un'aria stupita ma talmente radiosa che tutti scoppiarono a ridere, applaudirono e si fecero avanti per festeggiarli. Marina Goletti, il giudice che aveva celebrato la cerimonia, li aveva appena dichiarati marito e moglie; e subito erano stati circondati da quella piccola folla che voleva augurare loro ogni felicità.

« Come mai ci avete messo tanto tempo? » domandò un amico di Brad in tono scherzoso.

« Stavamo allenandoci », rispose Pilar in tono serio. L'abito bianco di seta modellava perfettamente la sua figura snella e slanciata. Nuotava e faceva ginnastica ogni giorno e Bradford le ripeteva spesso che aveva il corpo di una ragazzina. Era una donna splendida, molto orgogliosa dei folti capelli lisci, grigi, che le scendevano fin sulle spalle. Erano così, quasi bianchi, da quando era poco più che ventenne e ormai li portava pettinati allo stesso modo, e senza ritocchi di tintura, da quasi altri venti.

« Tredici anni sono lunghi anche per un allenamento! »

Una delle partner del suo ufficio legale, Alice Jackson, le bisbigliò: « Siamo felici che tu ti sia finalmente decisa a sposare Brad, sai? » Lei sorrise.

« Già. » E l'altro partner, Bruce Hemmings, aggiunse: « Ma io ho capito subito il perché! Non volevate scandali adesso che Brad è stato nominato giudice ».

« Hai proprio indovinato! » replicò la voce calda e profonda di Brad mentre, avvicinandosi a Pilar, le circondava le spalle con un braccio e la stringeva a sé. « Non volevo che nessuno l'accusasse di andare a letto con il giudice per ottenere qualche favore speciale. »

« Come se potessi illudermi di ottenerli da uno come te! » lo rimbeccò Pilar con una risata, mentre si abbandonava contro il corpo di lui. Bastava guardarli per rendersi conto di quanto fossero affiatati e quanto profondo fosse il legame che li univa.

A dire il vero — anche se ciò poteva sembrare strano — per tre anni si erano odiati a morte, subito dopo che Pilar, laureatasi in giurisprudenza, si era trasferita a Santa Barbara. Lei aveva ottenuto un impiego come avvocato d'ufficio, mentre lui era pubblico ministero e per un certo periodo di tempo in ogni causa penale importante si erano trovati sempre di fronte, scontrandosi. Pilar detestava le sue idee, le sue concezioni politiche, il suo stile, quel suo metodo spietato di aggredire la parte avversa e di annientarla per vincere la causa oppure, semplicemente, per fiaccare la resistenza della giuria. Più di una volta avevano perduto le staffe e si erano messi a discutere accanitamente, quasi con ferocia, nei corridoi del palazzo di giustizia. In aula, erano stati spesso richiamati all'ordine dal giudice e Pilar aveva quasi corso il rischio di passare una notte in guardina, con l'accusa di « disprezzo della Corte », quando, in una certa occasione, aveva dato del bastardo a Brad di fronte a un giudice. E Brad si era talmente divertito a quella specie di aggressione che aveva addirittura invitato a cena Pilar non appena la Corte si era ritirata.

« È forse impazzito? Non ha sentito quello che ho detto? » gli aveva domandato lei mentre uscivano dall'aula. Stava ancora tremando di rabbia per il modo in cui Brad aveva affrontato un caso di stupro.

« Mangiare è necessario, in ogni caso. Quanto al suo cliente, è colpevole. E lei lo sa benissimo. » Lo sapeva, infatti, e si sentiva a disagio per questo; d'altra parte qualcuno doveva pur difenderlo... Quello era il suo lavoro, che a Brad Coleman piacesse o no.

« Non ho nessuna intenzione di discutere se il mio cliente sia innocente o colpevole proprio con lei, signor Coleman. Non sarebbe corretto. È per questo motivo che mi vuole portare a cena? In modo da farmi ammettere qualcosa che poi potrà usare contro di me? » Era furiosa con Brad, e non gliene importava assolutamente nulla che fosse un uomo tanto affascinante. Era considerato una specie di Cary Grant dell'ufficio del procuratore distrettuale. Era vicino alla cinquantina e aveva i capelli completamente bianchi; eppure tutte le donne che lavoravano nell'ufficio di Pilar non facevano che parlare di lui. A Pilar Graham tutto questo non interessava. Per ciò che la riguardava, era ben decisa a parlare con lui solo di affari.

« Non mi abbasserei mai e poi mai a qualcosa del genere »,

le rispose Bradford Coleman senza perdere la calma, « e credo che lei lo sappia perfettamente. Mi piacerebbe che lavorasse nel nostro ufficio perché sarei lieto, una volta o l'altra, di averla come collega in qualche causa. Potremmo annientare la parte avversa, noi due insieme! »

Lei non aveva potuto fare a meno di sorridere a queste parole e ne era rimasta lusingata, ma non aveva comunque accettato l'invito a cena. Sapeva che Coleman era vedovo, che aveva dei figli e che era apprezzato da tutti. Purtroppo, quando se lo trovava davanti, riusciva a vedere in lui soltanto un avversario. Non permise mai a se stessa di considerarlo sotto un altro aspetto fino al giorno in cui si trovarono di nuovo ad affrontarsi in una causa clamorosa della quale i giornali avevano parlato ampiamente, e a più riprese. Si trattava di un grosso scandalo, un delitto. I giornali si erano impadroniti della storia e la sfruttavano in ogni modo possibile e immaginabile. Ed era una storia molto brutta. Una ragazzina accusata di avere assassinato l'amante della madre. Affermava che l'uomo aveva cercato di violentarla, ma non esisteva la minima prova a conferma delle sue dichiarazioni, e la madre si era schierata contro di lei. La serie delle deposizioni e dei testimoni era stata lunga e difficile, durante il processo; e gli avvocati non si erano certo mostrati comprensivi. Poi, dopo un certo numero di udienze, Bradford Coleman era andato a cercare Pilar e, con la massima semplicità, l'aveva informata che, grazie all'acquisizione di nuove prove, era arrivato alla convinzione che la sua cliente non fosse colpevole. Chiese una breve sospensione dell'udienza e finì per diventare il difensore più strenuo della ragazzina e della sua causa. Pilar sosteneva adesso che era solo merito di Bradford e delle sue accuratissime indagini se la ragazzina aveva ottenuto giustizia, non certo della sua difesa. Lei non era riuscita a ottenere niente. E soltanto alla fine del processo erano usciti insieme a cena. Dopo tre lunghi anni. Del resto, per loro niente era mai arrivato in fretta, o con facilità.

I figli di Brad, Nancy e Todd, a quell'epoca avevano, rispettivamente, tredici e dieci anni. E dal momento in cui avevano fatto la conoscenza di Pilar, si erano sempre opposti recisamente all'idea che lei uscisse con il loro padre. La loro madre era morta ormai da cinque anni e da allora avevano avuto Brad in esclusiva. Non avevano quindi alcuna intenzione di rinunciare a lui, e tanto meno di cederlo, sia pure part time, a un'altra donna. Anche all'inizio, sebbene tra Pilar e Brad ci fosse soltanto un rapporto di amicizia, i due ragazzi avevano subito mostrato ostilità, perché intuivano che quel legame avrebbe potuto trasformarsi e preferivano troncarlo sul nascere. Brad si era profondamente rattristato per l'atteggiamento dei figli, mentre Pilar si sentiva dispiaciuta soprattutto per lui. Capiva che Brad aveva bisogno di qualcosa di più del lavoro e dei figli. Non solo, ma più lo conosceva più lo rispettava, apprezzando la sua intelligenza, le sue qualità, la ricchezza spirituale, il suo senso di giustizia e l'integrità morale. Era davvero un uomo straordinario.

Così, quasi senza rendersene conto, si era innamorata di lui, e Brad aveva ricambiato il suo amore. Tuttavia non sapevano come risolvere il problema dei figli.

« Lasciamo perdere i tuoi figli per un momento, Brad. Ma... il mio lavoro? Non me la sento più di occuparmi di un processo nel quale potrei averti come avversario. Non sarebbe etico... e non sarebbe nemmeno giusto per noi. » Alla fine lui dovette ammettere che era vero e si dichiarò d'accordo; così avevano sempre cercato di farsi escludere da un confronto diretto in una causa e, nel giro di un anno, Pilar aveva lasciato il posto che occupava per entrare in uno studio legale privato. Il nuovo lavoro le era piaciuto moltissimo. In seguito anche Brad aveva abbandonato le aule giudiziarie per la professione privata e adesso avevano una vita piena, impegnatissima... Perfino i figli di Brad, a un certo momento, si erano adattati al loro legame. Anzi, a poco a poco avevano cominciato ad affezionarsi a Pilar, ad accettarla. Certo era stata una battaglia lunga e dura prima di ottenere la vittoria, ma quando Nancy ebbe sedici anni e Todd tredici, cioè tre anni dopo che la loro storia d'amore era cominciata, Pilar era andata definitivamente a vivere con Bradford Coleman. Acquistarono perfino una nuova casa a Montecito.

Intanto i ragazzi crescevano. Nancy partì per l'universià, e Todd andò a studiare in un collegio privato... A quel punto, ormai, anche i loro amici avevano smesso di chiedere quando avessero intenzione di sposarsi. Capivano che il matrimonio non era necessario. Avevano già dei figli, quelli di Brad; quanto a Pilar, non ne aveva mai desiderati. Se proprio qualcuno insisteva, allora lei spiegava che non aveva mai sentito la necessità di un pezzo di carta che provasse qualche cosa. Per quello che la riguardava, si considerava sposata con Brad nel suo cuore, e quella era l'unica cosa che avesse importanza.

Vissero così, sempre più a proprio agio, per tredici anni; quando Brad ne ebbe sessantuno e Pilar quarantadue, lui fu nominato giudice della Corte Superiore di Santa Barbara. Improvvisamente si resero conto entrambi che sarebbe stato imbarazzante per lui vivere con una donna con la quale non era sposato. Soprattutto se la notizia fosse arrivata alla stampa, che ne avrebbe subito approfittato per far scoppiare uno scandalo, una possibilità che non si poteva certo escludere. I commenti in tal senso, fra l'altro, non erano mancati.

Una mattina, mentre ne discutevano a colazione, Pilar non nascose di sentirsi avvilita. « Che cosa ne pensi? Dovrei andarmene a vivere per conto mio? »

Lui si abbandonò contro lo schienale della seggiola, continuando a tenere fra le mani il *New York Times*, e la guardò con aria divertita. Era ancora carina adesso, a quarantadue anni, come lo era stata a ventisei, la prima volta che se l'era trovata di fronte in un'aula di tribunale. « Non ti pare che sarebbe un po' come passare all'eccesso opposto? »

« La verità è che non voglio crearti problemi. » Sembrava profondamente turbata mentre versava a tutti e due un'altra tazza di caffè.

« Non riesci a trovare un'altra soluzione, avvocato? Io sì. »

« E quale? » Lo guardò con aria assente. No, proprio non la vedeva.

« Sono lieto che lei non sia il mio avvocato difensore, signorina Graham. Non le è mai passato per la mente che potremmo sposarci? Oppure, se prova sempre avversione per quell'idea, non capisco per quale motivo il fatto che viviamo insieme debba provocare un vero scandalo. Sono sicuro che anche un giudice possa fare liberamente una cosa del genere. In fondo anche i magistrati sono esseri umani. »

« Non mi pare che sia una buona idea per te. » Brad aveva una reputazione senza macchia, e sarebbe stato sciocco guastarla.

« E allora... che cosa ne pensi del matrimonio? »

Lei rimase in silenzio a lungo, fissando il mare. « Non so. Non ci ho mai pensato seriamente... o perlomeno è moltissimo tempo che non ci penso più. E tu? »

« Anch'io. Non ci ho più pensato, ma solo perché tu non volevi. » Quello di sposarla era sempre stato il suo più grande desiderio. Invece Pilar era sempre stata molto decisa a rimanere libera, a fare in modo che venissero considerati come entità separate che vivevano l'una accanto all'altra. Nei primi tempi, poi, i figli di Brad avrebbero anche potuto sollevare qualche obiezione, ma adesso non più. Nancy si era sposata l'anno prima, e aveva ormai ventisei anni; quanto a Todd aveva la propria vita e lavorava a Chicago. « Trovi che sarebbe una cosa così tremenda sposarci adesso? » le domandò Brad con un sorriso quasi timido, e Pilar esitò prima di rispondere.

« Alla nostra età? » Sembrava sinceramente stupita, come se lui le avesse suggerito una cosa assolutamente fuori dell'usuale, un po' come un lancio da un aereo con il paracadute, qualcosa che lei non aveva preso mai neppure in considerazione.

« Perché? Adesso hanno anche messo un limite di età? Non lo sapevo », la rimbeccò lui scherzosamente, prendendola in giro, e Pilar sorrise.

« Va bene, va bene... » sospirò, abbandonandosi contro la spalliera della seggiola. « Non so... il fatto è che mi terrorizza. Tutto è andato splendidamente in tutti questi anni... perché cambiare proprio adesso? E se rovinassimo tutto? »

« È quello che dici sempre. Ma per quale motivo dovrebbe succedere? Pensi forse che potremmo cambiare? »

« Non so. » Lo guardò con aria grave. « Non credi che cambieresti? »

« E per quale motivo, Pilar? Ti amo. Sposarti è la cosa che più desidero; chissà che questo non sia il pretesto che ci occorre. »

« Ma perché? All'infuori della tua nomina a giudice, naturalmente? Che senso avrebbe? Che differenza vuoi che faccia per qualcuno? In ogni caso, sono affari nostri, non ti sembra? E non devono riguardare nessun altro, giusto? »

« Infatti. Sono affari nostri. Però io vorrei che tu diventassi mia moglie. » Si chinò lentamente verso di lei, le prese le mani, gliele strinse, poi la baciò. « Ti amo, Pilar Graham. E ti amerò fino al giorno della mia morte. Mi piacerebbe che tu diventassi mia moglie, e il fatto che io sia stato nominato giudice non conta. Che ne dici di tutto questo? »

« Dico che sei un bel matto! » Gli sorrise, poi lo baciò anche lei. « Dev'essere colpa dello stress cui sei sottoposto in ufficio; la tua nuova carica. A parte il fatto che non mi dispiace essere un po' diversa dagli altri. Ero contenta di avere i capelli grigi a venticinque anni; non ha mai avuto importanza per me non avere figli quando tutte le mie coetanee ne portavano uno sulle spalle e ne spingevano un altro nel passeggino; ho adorato il mio lavoro e mi piaceva lavorare per vivere. E non ho mai ritenuto che fosse essenziale avere un marito. »

« Perché? Dovresti vergognarti di vivere nel peccato come stai facendo! Ma non hai un briciolo di coscienza? »

« No, solitamente. Mi hanno costretto a rinunciarvi del tutto quando mi hanno promosso agli esami di abilitazione. »

« Tutte queste cose sul tuo conto, le ho sempre sapute. A ogni modo, perché non provi a rifletterci di nuovo, adesso? » cercò di suggerirle in tono noncurante. Avevano fatto questo discorso poco prima di Natale. Poi, nei sei mesi successivi, avevano affrontato di nuovo l'argomento, ne avevano parlato a lungo, avevano anche litigato, e alla fine Brad aveva giurato e spergiurato che non l'avrebbe più sposata neppure se lo avesse supplicato in ginocchio. Poi, una sera di maggio, Pilar lo lasciò senza parole.

« Ho fatto qualche riflessione su quella faccenda », esordì mentre gli preparava un caffè dopo cena.

« Quale faccenda? » chiese lui, non sapendo a che cosa Pilar alludesse.

« La nostra faccenda. » Lui rimase per un attimo senza fiato e di colpo si sentì angosciato. Pilar era una donna molto indipendente; era capace di tutto, anche di prendere la decisione più assurda del mondo, se la considerava importante. « Credo che dovremmo sposarci », gli disse con distacco, in tono pratico, servendogli il caffè, e lui rimase talmente sbalordito da non aver la forza di allungare una mano per prendere la tazzina, mentre la fissava con aria incredula.

« Che cosa hai detto? E tutte quelle argomentazioni che mi avevi esposto a Natale... Si può sapere, in nome di Dio, che cosa ti ha fatto cambiare parere? »

« Niente. Sono semplicemente arrivata alla conclusione che potresti avere ragione tu, che forse sarebbe ora di sposarci. » Ci aveva pensato moltissimo; però adesso le riusciva difficile confidargli che nel profondo del suo cuore, a un tratto, aveva scoperto un segreto desiderio... di essere sua... di essere una parte di lui... per sempre...

« Che cosa ti ha portato a una conclusione simile? »

« Non lo so. » Adesso sembrava che volesse evitare una risposta precisa e Brad ridacchiò.

« Sei pazza, lo sai? Completamente pazza. E io ti amo. » Girò intorno al banco della cucina e la prese fra le braccia baciandola. « Ti amo molto, moltissimo, che tu mi sposi o no. Vuoi ancora un po' di tempo per riflettere? »

« Credo che faresti meglio a non darmi troppo tempo », replicò lei scoppiando a ridere. « Potrei cambiare idea. Secondo me, sarebbe bene risolvere questo problema il più in fretta possibile. » A sentirla c'era da pensare che fosse qualcosa di difficile e di penoso da affrontare.

« Ti prometto che farò tutto il possibile per facilitarti le cose. » Era letteralmente al settimo cielo. Scelsero un giorno di giugno e telefonarono subito ai ragazzi, che accolsero con gioia la notizia e promisero che avrebbero fatto di tutto per essere presenti alla cerimonia. Poi Brad e Pilar scelsero dieci coppie di amici a cui erano legati da un profondo affetto, e qualche altra persona cara, tra cui il partner dello studio legale di Pilar, qualche collega di Brad, e naturalmente Marina Goletti, la migliore amica di Pilar, perché celebrasse il matrimonio. Invitarono anche la madre di Pilar. Quanto ai genitori di Brad, erano morti ormai da molti anni. La madre di Pilar, invece, era vedova e viveva a New York, dove lavorava. Tuttavia promise di essere presente alla cerimonia. « Ammesso che tu vada davvero fino in fondo in questa faccenda », commentò con aria scettica irritando molto la figlia.

A ogni modo, Brad mantenne le promesse e si occupò personalmente di tutto. Fu la sua segretaria a spedire gli inviti. A Pilar, a quel punto, non rimase altro che scegliere l'abito e andò a comprarlo insieme alla figliastra, Nancy, e a Marina Goletti. Ma era un'idea che l'entusiasmava così poco che le sue accompagnatrici furono quasi costrette a provare i vestiti al posto suo. Alla fine trovò uno stupendo modello di Mary McFadden, color avorio, in seta, completamente plissettato. Il giorno delle nozze raccolse i capelli in uno chignon, in cui intrecciò dei fiorellini bianchi, e lasciò che qualche ciocca le incorniciasse il viso. Era bellissima e molto elegante. Ed era radiosa quando si voltò verso gli ospiti dopo la cerimonia.

« Vedi, in fondo non è stato poi così brutto », le bisbigliò Brad quando si fermarono un attimo in disparte, a osservare gli invitati che si divertivano. Come sempre, fra loro non c'era bisogno di parole. Ormai avevano raggiunto una tale comprensione reciproca in quei tredici anni, da avere superato qualsiasi cosa — ostilità e stress, paura, solitudine, odio. Era un filo sottile fatto di amore che tanti anni prima li aveva uniti e ancora adesso li legava, proteggendoli dalle tempeste della vita. « Lo hai fatto per me, o per loro? » le domandò Brad dolcemente.

« È buffo », rispose lei a mezza voce. « Ma, alla fine, l'ho fatto per me stessa. » Non aveva mai avuto intenzione di confidarglielo, ma adesso le sembrava giusto. « Improvvisamente mi sono accorta che avevo bisogno di essere sposata con te. »

« È una cosa molto bella. » Si avvicinò a lei e la strinse a sé. « Anch'io, Pilar, avevo bisogno di essere sposato con te. E da molto tempo. Ma non volevo opprimerti con le mie insistenze. »

« È vero, su questo argomento sei sempre stato comprensivo! E, credimi, per me significa molto. Credo semplicemente che mi occorresse un po' di tempo. » Sorrise imbarazzata e Brad scoppiò a ridere. Era una fortuna che Pilar non avesse mai desiderato avere dei figli. Se avessero dovuto aspettare ancora tredici anni per questo, sarebbe stato davvero un bel problema!

« Questo è il momento giusto », rispose lui con dolcezza. « Perché così doveva essere. Ti amo. » Aveva appena pronunciato queste parole quando, abbassando gli occhi a guardarla, parve un po' perplesso. « A proposito, chi sei adesso? La signora Coleman? Oppure la signorina Graham? »

« Non ci ho ancora pensato. Non sono del tutto convinta che, alla mia età, potrei cambiare il mio nome. È un po' difficile cancellare in un solo pomeriggio quarantadue anni vissuti come Pilar Graham. » Non le sfuggì l'espressione triste e al tempo stesso rassegnata negli occhi di Brad, e si affrettò ad aggiungere: « D'altra parte... chissà che nei prossimi tredici anni... sai che cosa ti dico? Che la faccio finita una volta per tutte! »

« Coleman? » Lui parve stupito, e commosso. Dopo tutto, per loro due, per la loro famiglia, quello era un giorno veramente importante.

« La signora Coleman », mormorò lei. « Pilar Coleman. » Gli sorrise e per un attimo sembrò ancora una ragazzina. Brad la baciò di nuovo e poi la ricondusse in mezzo agli amici che volevano festeggiarli.

« Congratulazioni, Pilar », disse sua madre sorridendole al di sopra di un calice di champagne che reggeva nell'esile mano. Elizabeth Graham era ancora molto bella a sessantasette anni. Da quasi quaranta faceva la neurologa, con studio a New York, e non aveva avuto altri figli. Il padre di Pilar era stato uno dei giudici della Corte d'Appello di New York, ed era rimasto ucciso in un incidente aereo, al culmine della carriera, quando Pilar studiava ancora all'università.

« Oggi hai sorpreso tutti », riprese in tono freddo, rivolgendosi di nuovo a sua figlia. E Pilar le sorrise. Con il passare degli anni era maturata e aveva imparato a « non abboccare » né a perdere le staffe quando sua madre diventava così pungente.

Purtroppo era un difetto che si stava accentuando sempre più con il passare degli anni.

« La vita è piena di sorprese », replicò Pilar. Poi sorrise a Brad e, al di sopra della sua spalla, a Marina. Fin dal primo giorno in cui si erano conosciute, quando Pilar era arrivata a Santa Barbara, Marina Goletti era stata per lei come una madre; e il fatto che fosse stata proprio lei a celebrare le sue nozze aveva un profondo significato per Pilar. Oltre a essere una collega di Brad, era una vera amica per lei, di vecchia data. Per sei mesi avevano lavorato a fianco a fianco, come difensori d'ufficio; poi Marina era diventata giudice. Ma a quel punto era già una cara amica, la persona adatta per sostituire quella madre con la quale Pilar non era mai andata molto d'accordo.

Infatti i loro rapporti erano sempre stati tesi, difficili; del resto non era un segreto per nessuno che Pilar avesse visto sempre molto poco, se non addirittura raramente, i genitori. Erano talmente impegnati con la loro carriera che Pilar si era trovata in collegio a sette anni. Quando la riportavano a casa per le vacanze, la « torchiavano » (questo era il termine che aveva usato per descrivere a Brad la sua sensazione!) interrogandola su tutto ciò che aveva imparato, sullo studio del francese in modo da controllare che lo parlasse con scioltezza... e poi insistevano perché spiegasse quali fossero le ragioni dell'ultimo voto preso in matematica. Erano praticamente degli estranei per lei, anche se il padre se non altro cercava di fare un piccolo sforzo durante le vacanze, per conoscerla meglio. Ma anche in quelle occasioni parlava poco, non sapeva che cosa dirle ed era sempre troppo preso dal suo lavoro. Come la madre. Del resto, fin da quando Pilar era ancora bambina, Elizabeth Graham le aveva fatto capire con molta chiarezza che per lei i suoi pazienti erano molto più importanti del rapporto che avrebbe potuto instaurare con l'unica figlia.

« Non sono mai riuscita veramente a capire perché avessero voluto dei figli », aveva raccontato Pilar a Brad fin dal principio. « Non ho mai capito se la mia nascita sia stata un errore oppure semplicemente il frutto di un esperimento che, per loro, non ha funzionato. In ogni caso, non hanno mai nascosto che non ero esattamente ciò che avevano desiderato. Mio padre ha provato un vero sollievo quando ho deciso di studiare giurisprudenza. Credo che sia stata la prima volta in cui si è sentito un po' rassicurato sul fatto che non avevano commesso un errore gravissimo avendo me come figlia. Prima di quel giorno, non si erano nemmeno presi la briga di venire alla festa per il diploma. Naturalmente mia madre è rimasta delusa scoprendo che la medicina non mi interessava minimamente, ma devo confessare che, da parte sua, non era mai riuscita a farmela piacere. » Tutto sommato, Pilar era cresciuta praticamente passando da una scuola all'altra. Una volta aveva detto scherzando a una delle socie del suo studio legale che si considerava anche lei istituzionalizzata, più o meno come alcune delle persone che aveva difeso in passato, praticamente cresciute nelle prigioni. E forse era stata proprio la freddezza nei rapporti con i genitori e la loro indifferenza verso di lei a farle apparire il matrimonio come qualcosa da cui rifuggire. Quanto all'idea di avere dei figli, non l'aveva mai presa in considerazione. Non voleva che qualcuno fosse costretto a vivere come aveva vissuto lei e, d'altra parte, non sapeva neppure come si allevasse un figlio. Le mancavano gli esempi della propria infanzia. Anzi, era rimasta sbalordita le prime volte in cui aveva potuto osservare Brad in compagnia dei suoi figli. Le era apparso così disinvolto con loro, così aperto, così sicuro, li faceva parlare di tutto... E poi era molto affettuoso e sempre partecipe dei loro problemi. Pilar non aveva mai immaginato che si potessero avere rapporti del genere con qualcuno, tanto meno con un bambino, fino a quando, a poco a poco, Brad l'aveva aiutata a manifestare quello che provava, e a condividere le sue emozioni con coloro che amava. Con il passar del tempo Pilar aveva cominciato a sentirsi completamente a proprio agio con i ragazzi, oltre che con lui. Ma tutto questo non era tuttavia servito a farle provare il desiderio di avere un figlio suo. E adesso, rivedendo sua madre, proprio il giorno delle sue nozze, non poté fare a meno di ricordare quanto i suoi genitori l'avessero trascurata.

«Oggi sei davvero un incanto, Pilar», riprese la madre, un po' impacciata, come se stesse parlando con una conoscente o addirittura con un'estranea. Non era mai riuscita a comunicare a nessuno i propri sentimenti. Per Pilar erano sempre stati un mistero... ammesso che ne avesse! «Peccato che tu e Brad siate troppo vecchi per avere figli», commentò.

Pilar la guardò sbalordita. «Non riesco a credere che proprio tu dica una cosa del genere», le mormorò talmente a bassa voce che neppure Brad poté sentirla. «Come osi azzardare previsioni simili sulla nostra vita, sul nostro futuro?» Aveva gli occhi scintillanti di collera — e lo notò anche Marina che la stava osservando da una certa distanza.

«Sai benissimo anche tu, come lo so io, che dal punto di vista clinico non sei certo nell'età più adatta per avere figli.» Elizabeth Graham pronunciò queste parole in tono gelido e con distacco professionale, e Pilar si rese conto di non riuscire più a dominare i propri sentimenti.

«Ogni giorno ci sono donne della mia età che hanno un bambino», le rispose con veemenza, rimproverandosi per essere caduta per l'ennesima volta nella trappola. Un bambino era l'ultima cosa al mondo che desiderasse. Ma, d'altra parte, sua madre non aveva alcun diritto di supporre che lei non ne volesse o, peggio ancora, che non potesse averne. Non aveva fatto praticamente nulla per la figlia, in tutti quegli anni, e adesso avrebbe potuto almeno mostrare un po' di discrezione e rispettare le sue decisioni e le sue scelte.

«Può darsi che sia così in California, Pilar. Ma io vedo ogni giorno questi bambini, e sono bambini ritardati, mongoloidi, che soffrono di gravissime anomalie. Credimi, nemmeno tu puoi desiderare qualcosa del genere.»

«Hai ragione.» E guardò sua madre dritto negli occhi.

« Non lo desidero. Non ho mai voluto avere figli... tutto merito tuo e di papà... » Pronunciate queste parole, Pilar le voltò le spalle e raggiunse la piccola folla degli invitati. Ma si accorse di essere scossa da un tremito mentre cercava Brad, il quale si era allontanato a scambiare qualche parola con uno degli ospiti quando si era accorto che Pilar stava parlando con la madre.

« Tutto bene? » le bisbigliò Marina. Anche lei aveva i capelli grigi, ricci e spettinati. Ma per Pilar era la madre che non aveva mai avuto, l'amica che aveva sempre desiderato. Era una donna saggia, sotto molti aspetti, e, sia pure per ragioni diverse, anche lei aveva fatto molte scelte analoghe a quelle di Pilar. Essendo la primogenita di undici figli, aveva allevato i suoi dieci fratelli dopo la morte della madre. Non si era mai sposata, né aveva avuto figli. « Ho dato a loro tutto quello che avevo », ripeteva sempre; e aveva mostrato grande comprensione e simpatia a Pilar, quando le aveva parlato con dolore dei rapporti con i genitori. Da qualche anno quel dolore si era un po' stemperato e si riacutizzava nelle rare occasioni in cui Pilar rivedeva la madre. « La dottoressa », come Pilar la chiamava, veniva in California soltanto ogni due o tre anni e, a dire la verità, in quel lunghi intervalli la figlia non ne sentiva affatto la mancanza. Le telefonava solo per un senso del dovere e si meravigliava sempre rendendosi conto che, malgrado il passare degli anni, niente era cambiato dall'epoca della sua infanzia. Quelle telefonate si trasformavano sempre in « interrogatori ».

« Ho l'impressione che 'la dottoressa' ti abbia fatto passare un brutto quarto d'ora. » Marina le lanciò un'occhiata affettuosa e Pilar sorrise. Le bastava stare con lei per sentirsi più buona e tollerante nei confronti dei suoi simili. Perché Marina era una di quelle rare creature che possiedono una grande ricchezza spirituale e che riescono a portare conforto e gioia nella vita di tutti coloro che hanno attorno.

« No, voleva semplicemente assicurarsi che Brad e io fossimo ben convinti che siamo troppo vecchi per avere figli », le rispose Pilar con un sorriso ma con una punta di amarezza nella voce. Non era l'assenza di bambini a preoccuparla quanto la totale mancanza di gentilezza e di calore umano da parte di sua madre.

« E chi lo dice? » Marina non le nascose di essere infastidita da quei commenti. « Mia madre aveva cinquantadue anni quando diede alla luce l'ultimo figlio. »

« Be', allora anch'io posso aspirare a qualcosa del genere! » E Pilar scoppiò a ridere. « Però promettimi che a me non succederà mai... altrimenti mi sparo... subito. »

« Il giorno delle nozze? Non essere ridicola. » Poi Marina lasciò Pilar senza parole chiedendole: « Ma voi due pensate di avere figli? » Sapeva che molte persone più anziane di loro avevano avuto un figlio di recente, ed era curiosa. E fra lei e Pilar c'era abbastanza intimità per poterle fare quella domanda. Era rimasta letteralmente sbalordita quando l'amica le aveva confessato di essersi decisa a sposare Brad, dopo che per anni non aveva fatto che ripetere di voler rimanere single per tutta la vita. E adesso Marina cominciava a chiedersi se fossero davvero giuste le scelte fatte molti anni prima.

Pilar scoppiò a ridere prima di risponderle: « Credo proprio che non sia il caso di preoccuparsi. Nella lista dei miei desideri i figli sono all'ultimo posto, anzi sono talmente in fondo alla lista che non ce li ho nemmeno messi, né ho intenzione di farlo ». Voleva Brad e l'unica cosa che era ben sicura di non volere erano dei figli.

« Che cosa non hai intenzione di fare? » Brad le raggiunse e fece scivolare un braccio intorno alla vita di Pilar con aria felice.

« Non ho intenzione di rinunciare al mio lavoro » rispose Pilar, riacquistata la calma. Brad riusciva sempre a rassicurarla e rasserenarla. E in quel momento le fece dimenticare lo spiacevole colloquio con la madre.

« E chi mai ha pensato che avresti fatto qualcosa di simile? » Sembrava meravigliato che qualcuno si fosse addirittura azzardato a fare un'ipotesi del genere. Pilar era un ottimo avvocato e si dedicava con passione alla propria carriera. Non riusciva neppure a immaginare che un giorno potesse rinunciare alla sua professione.

«Secondo me, dovrebbe entrare anche lei in magistratura», dichiarò Marina Goletti in tono solenne, pensando che c'era qualcosa di vero in quello che stava dicendo. Ma poi si distrasse perché qualcuno aveva richiamato la sua attenzione, e si allontanò. Pilar e Brad rimasero a fissarsi negli occhi, soli per un attimo in mezzo agli amici che li circondavano.

«Ti amo, signora Coleman. Vorrei soltanto poterti dire quanto.»

«Hai tutta la vita per dirmelo... e io a te... ti amo, Brad», sussurrò Pilar a sua volta.

«Meritavi che aspettassi tanto, lo hai meritato per ogni minuto di tutto questo tempo. E se ci fossi costretto, aspetterei per altri cinquant'anni.»

«Allora sì che mia madre comincerebbe a diventare nervosa!» Pilar scoppiò a ridere e per un momento sembrò tornata una ragazzina maliziosa.

«Che cosa? Tua madre non sarà invece preoccupata che io sia troppo vecchio per te?» A ben pensarci, Brad aveva pochi anni meno di Elizabeth Graham.

«No... ha paura che lo sia io, invece! Crede che all'improvviso potremmo impazzire e decidere di avere bambini mezzi scemi, che poi si trasformerebbero in pazienti per lei.»

«Molto carino da parte sua. Ed è questo che ti ha detto?» Sembrava piuttosto irritato; ma non aveva alcuna intenzione di farsi turbare da qualcosa proprio quel giorno — un giorno speciale che aveva atteso per tanto tempo.

«Sì, è proprio quello che mi ha detto. La brava 'dottoressa' ha pensato che fosse suo dovere mettermi in guardia.»

«Forse non è il caso di invitarla alle nostre nozze d'argento, che ne dici?» le mormorò Brad di rimando, baciandola.

Ballarono insieme e poi con i loro amici. E a mezzanotte lasciarono discretamente il ricevimento per raggiungere la suite che Brad aveva prenotato al *Biltmore*.

«Felice?» le domandò, mentre Pilar si appoggiava a lui nella limousine che avevano noleggiato per l'occasione.

«In estasi.» Gli sorrise radiosa, poi sbadigliò appoggiandogli la testa sulla spalla. Aveva allungato i piedi sul seggiolino pieghevole di fronte a lei. «Oh, Dio...» mormorò, aggrottando improvvisamente le sopracciglia e alzando la testa a guardare Brad. «Mi sono dimenticata di salutare mia madre, e domattina parte!» Infatti Elizabeth doveva raggiungere Los Angeles per un congresso medico. Era stata una coincidenza veramente fortunata che Pilar avesse fissato le sue nozze per quel giorno.

«Questa volta sarai perdonata. È il giorno del tuo matrimonio. Toccava a lei venire a darti un bacio e a farti i suoi auguri di felicità!» fu il commento di Brad mentre Pilar si stringeva nelle spalle. In realtà la cosa non la preoccupava affatto. C'era voluto moltissimo tempo, ma ormai il conflitto era arrivato alla fine, almeno per quanto la riguardava. «E adesso sono io che ti voglio augurare ogni felicità», mormorò Brad a fior di labbra, e Pilar lo baciò di nuovo scoprendo di avere vissuto una vita intera per quel momento. Perché Brad era tutto quanto aveva sempre desiderato, e anche qualcosa di più, e per un attimo si pentì di non averlo sposato prima.

Ormai al suo passato non ci pensava più, come non pensava più ai genitori e all'affetto che le avevano sempre negato. Adesso l'unica cosa importante era Brad, e la vita che avrebbe diviso con lui. Non pensò a nient'altro mentre la limousine si arrestava davanti al *Biltmore*. Pensava soltanto al futuro.

2

La settimana successiva alla Festa del Ringraziamento, Diana fu molto impegnata con il lavoro. Doveva organizzare i servizi fotografici per il numero di aprile. Avevano scelto di pubblicare due lunghi articoli su un paio di case private, una a Newport Beach e l'altra a La Jolla. Toccò a lei sobbarcarsi il faticoso viaggio in auto a San Diego per sovrintendere il lavoro del fotografo, e verso la fine del pomeriggio era letteralmente esausta. Aveva dovuto affrontare e risolvere problemi con tutti, prima con la proprietaria della casa, che aveva trovato da ridire su tutto quello che facevano, e poi con la giovane redattrice a cui era stato assegnato il servizio, la quale finì per passare quasi tutto il tempo a piangere sconsolatamente sulla spalla di Diana.

« Non è il caso di prendersela a questo modo », le disse Diana cercando di farla ragionare, anche se aveva i nervi tesi fino allo spasimo e fin da mezzogiorno il mal di testa la faceva impazzire. « Se quella donna si rende conto che tu sei agitata, sarà ancora peggio. Prova piuttosto a trattarla come se fosse una bambina. In fondo lei vuole veder pubblicate le foto della sua casa sulla nostra rivista, e tu devi aiutarla a ottenerlo. » Ma era appena riuscita a sistemare questo problema quando il fotografo, stanco e irritato, perse il controllo e minacciò di piantare in asso tutto. Alla fine della giornata avevano tutti i nervi a fior di pelle, soprattutto Diana.

Rientrò al *Valencia Hotel* e appena salita in camera si buttò sul letto senza nemmeno accendere la luce. Era troppo stanca per muoversi, parlare, o mangiare. Non riusciva nemmeno a trovare l'energia sufficiente per fare una telefonata ad Andy. Sapeva che quel momento di stanchezza sarebbe passato, ma preferì fare subito un rilassante bagno caldo e poi ordinare una minestra. Dopo aver passato l'ordinazione al servizio in camera, si trasferì nella stanza da bagno. E lì, ancora una volta, vide quelle macchie di sangue... che ogni mese sperava di non trovare e che invece si ripresentavano sempre, puntualmente, malgrado le sue preghiere, malgrado i ripetuti tentativi di fissare il momento e il giorno in cui fare l'amore in modo da rimanere incinta. Nonostante tutto questo, neppure questa volta aveva funzionato. Non era incinta. Ormai stavano tentando da sei mesi. Era terribilmente avvilente — per lei, soprattutto, se non per Andy.

Chiuse gli occhi quando le vide, e qualche attimo dopo, entrando nella vasca da bagno, si accorse di avere le guance rigate di lacrime. Perché tutto era così difficile? Perché lei non doveva riuscirci? Mentre per le sue sorelle era stato così semplice!

Dopo il bagno chiamò Andy, a casa. Era appena rientrato da una riunione in ufficio, che si era conclusa molto tardi.

« Salve, bambina, come è andata oggi? » Sembrava molto stanco anche lui tanto che, in un primo momento, Diana decise di non dirgli niente fino al suo ritorno; ma ad Andy non sfuggì il tono triste della sua voce e si domandò subito che cosa fosse successo. « Qualcosa non va? »

« No... però è stata una giornata lunga. » Diana cercò di non far trapelare il dolore e la delusione, ma aveva il cuore gonfio. Era un po' come se ogni mese qualcuno morisse, e lei prendesse il lutto.

« A sentirti, si direbbe che ci sia qualcos'altro. Problemi con il tuo staff, oppure con i padroni della casa? »

« No, no, lì è andato tutto bene. Be', a dire il vero quella donna è davvero insopportabile, e il fotografo ha minacciato almeno un paio di volte di piantare in asso tutto e di andarsene, ma sono cose che succedono sempre. » Sorrise, triste.

« Allora, che cosa è capitato? C'è qualcosa che non vuoi dirmi? »

« Niente... io... no, niente. Solo che ho le mestruazioni, tutto qui. Un po' deprimente. » E le bastò raccontarlo ad Andy per sentirsi salire le lacrime agli occhi. Ma lui rimase imperturbabile.

« Non mi sembra una tragedia, tesoro. Vuol dire che riproveremo. Accidenti, sono passati solo sei mesi! A volte ci vuole un anno o due. Piuttosto, rilassati. Non preoccuparti troppo e cerca di goderti il viaggio e quello che stai facendo. Ti amo, stupidella! » Era commosso dalla disperazione che Diana mostrava ogni mese, ma sapeva che non era il caso di disperarsi. Non c'era niente che non funzionasse in loro. Purtroppo erano sempre stressati dal lavoro, e questo non era certo un elemento favorevole! Lo sapevano entrambi. « Perché non ce ne andiamo in qualche posticino simpatico per un paio di giorni, il mese prossimo, nell'epoca giusta? Prova un po' a pensarci, e poi decidiamo. »

« Ti amo, Andrew Douglas. » Gli sorrise fra le lacrime, stringendo forte la cornetta fra le mani. Com'era dolce e gentile, e com'era paziente! « Vorrei sentirmi tranquilla e rilassata come te! Invece non faccio che pensare che dovrei andare da uno specialista o almeno parlarne con Jack e chiedergli che cosa ne pensa. »

« Non essere ridicola. » Per la prima volta Andy sembrò irritato; evidentemente non gli andava l'idea che Diana discutesse dei loro rapporti sessuali con il cognato. « Non c'è niente che non funzioni in te o in me, per l'amor di Dio! »

« Come fai a saperlo? »

« Lo so e basta. Su, fidati di me! »

« Va bene, va bene. Mi dispiace... ma se tu sapessi come rimango sconvolta... ogni mese, cerco di interpretare ogni fitta, ogni segno... Ogni volta che sono stanca o mi viene da starnutire oppure ho qualche problema di digestione, finisco sempre per convincermi che sono incinta e poi... tutto a un tratto l'illusione finisce. » Era difficile spiegargli la delusione che provava ogni mese, l'angoscia, la paura, il tormento, il senso di vuoto, quel desiderio spasmodico. Erano insieme da quasi tre anni, e sposati da sei mesi; adesso Diana voleva un figlio da lui. Perfino quel secondo piano vuoto della loro casa adesso la faceva sentire in colpa. Dopo tutto, l'avevano comprata così grande per avere dei figli! Che invece non arrivavano.

« Prova a non pensarci per un po', tesoro. Succederà, dai tempo al tempo. E adesso, dimmi piuttosto... quando torni a casa? »

« Domani sera, spero, se questa gente non mi avrà fatto impazzire prima! » Sospirò. Improvvisamente la prospettiva di doverli affrontare, tutti insieme, l'indomani fu un ulteriore motivo di depressione. Perdere di nuovo la speranza quando le arrivavano le mestruazioni toglieva valore e significato a ogni altra cosa stesse facendo. Ogni mese era una perdita atroce, un vuoto che non avrebbe saputo descrivere a nessuno, nemmeno ad Andy. Poteva sembrare assurdo, e invece era incredibile il tormento, la delusione che provava e poi lo sforzo per superare quel momento e l'idea di dover ricominciare a sperare da capo... solo per vedere quelle speranze ancora una volta svanire il mese successivo.

« Sarò qui ad aspettarti quando tornerai a casa. Cerca di fare una buona nottata di sonno e domattina ti sentirai meglio. » Era semplice, per lui, mostrarsi rassicurante, darle conforto. Le pareva strano, eppure avrebbe voluto che Andy si tormentasse quanto lei. Avrebbe voluto che dividesse le sue paure e il suo dolore — ma forse era meglio così. « Ti amo, Di. »

« Anch'io ti amo, tesoro. Se sapessi quanto mi manchi! »

« E tu manchi a me. Ci vediamo domani sera. »

Diana riattaccò. Quando la minestra che aveva ordinato le venne servita, si rese conto di non averne più voglia. Alla fine spense tutte le luci e rimase distesa sul letto, al buio, pensando a quel bambino che tanto desiderava e a quelle macchie rosso vivo che avevano di nuovo spezzato le sue speranze, almeno per quel mese. E mentre si abbandonava lentamente al sonno, un poco più tardi, si augurò che il mese successivo tutto andasse diversamente.

* * *

Pilar Graham, come continuava a presentarsi in campo professionale, era nel suo ufficio, con gli occhi fissi sul dossier che aveva davanti, e stava prendendo qualche nota mentalmente quando la sua segretaria la chiamò con l'interfono. Si affrettò a rispondere.

« Sono arrivati i Robinson. »

« Grazie. Li faccia pure entrare. » Pilar si alzò in piedi per accoglierli, mentre la segretaria introduceva nello studio una coppia dall'aria molto seria e grave. La donna doveva avere superato i trentacinque anni, aveva i capelli scuri e lisci, di media lunghezza, ben pettinati, e l'uomo era alto, magro, vestito decorosamente ma senza particolare eleganza, e sembrava un po' più vecchio. Si erano rivolti a lei su consiglio di un altro avvocato e Pilar aveva studiato il loro caso per tutta la mattina, prima di conoscerli personalmente.

« Salve, sono Pilar Graham. » Strinse la mano a tutti e due e li invitò ad accomodarsi; entrambi rifiutarono tè e caffè che lei aveva offerto. Sembravano nervosi e ansiosi di parlare subito dell'argomento che avevano a cuore.

« È tutta la mattina che leggo il vostro dossier », disse Pilar a mezza voce. Aveva un'espressione seria e intelligente; sembrava proprio la persona adatta, nella quale riporre la massima fiducia. Ma i Robinson conoscevano anche la sua reputazione; proprio per questo motivo erano venuti a parlarle. Si diceva che in un'aula di tribunale non guardasse in faccia nessuno, che andasse dritta allo scopo senza tentennamenti. Aveva grande esperienza e non accettava la sconfitta.

« Secondo lei, c'è qualcosa che possiamo fare? » Emily Robinson la guardò con aria afflitta e Pilar si accorse subito di quanta angoscia quella donna dovesse provare. E si domandò se sarebbe stata in grado di aiutarli.

« Mi auguro di poter essere utile, ma devo anche dirvi con molta franchezza che ancora non ne sono sicura. Devo esaminare più a fondo la questione. Ho bisogno di parlare di questo caso con alcuni colleghi, naturalmente in via riservata. Purtroppo è la prima volta che mi capita di occuparmi di una situazione come questa, di una madre in affitto. Ci sono alcune questioni riguardo le quali la legge non è molto precisa e può anche variare in un modo incredibile da stato a stato. Certo non è una situazione facile, ma del resto lo sapete anche voi, e io per il momento non ho ancora le risposte che vorreste avere.» Lloyd Robinson aveva preso accordi con una ragazza diciassettenne, che viveva in una località di montagna nei pressi di Riverside, per avere da lei un figlio. Lei aveva già avuto due bambini, illegittimi, ed era disposta a ripetere l'esperimento. L'aveva conosciuta in una scuola in cui aveva lavorato in passato. Tutto era stato risolto grazie alla fecondazione artificiale, eseguita dal medico del posto. Lloyd Robinson aveva pagato alla ragazza cinquemila dollari — una somma che le avrebbe consentito di trasferirsi a Riverside l'anno successivo, di vivere decorosamente e studiare al college, come lei aveva sempre desiderato. Senza quel denaro non avrebbe mai avuto alcuna possibilità di realizzare il suo sogno e sarebbe stata condannata a vivere per sempre in quel piccolo villaggio di montagna.

Quel piano si era rivelato però una sciocchezza: la ragazza era molto giovane, di carattere instabile, e psichicamente fragile; inoltre i genitori, scoperta la verità, avevano sollevato uno scandalo appellandosi alle autorità locali. Lloyd era stato addirittura denunciato, ma per fortuna le accuse erano state ritirate. Tuttavia il tribunale si era espresso negativamente sulla scelta fatta. C'era stato perfino un momento in cui si era ventilata l'eventualità di un'accusa di stupro, ma Lloyd era riuscito a dimostrare che fra loro in realtà non c'era mai stato il minimo contatto sessuale. La vicenda si era comunque conclusa con il rifiuto da parte di Michelle, la ragazza, di rinunciare al bambino. Prima della nascita si era addirittura sposata con un ragazzo del suo villaggio il quale si era mostrato deciso quanto lei a tenere il bambino. In quel momento, mentre Pilar si stava consultando con i Robinson, Michelle era di nuovo incinta, e questa volta aspettava un figlio dal marito. A quell'epoca la figlioletta di Lloyd Robinson aveva all'incirca un anno, ma il tribunale non gli consentiva neppure di andare a visitarla. Gli avevano spiegato che nella sua qualità di « donatore » non ne aveva alcun diritto. L'opinione della Corte era che Lloyd Robinson avesse influenzato in modo indebito le decisioni di una minorenne; quindi invece di perseguirlo penalmente aveva semplicemente imposto tale divieto. I Robinson sembravano impazziti. Si comportavano come se fosse stata sottratta alle loro cure, anzi addirittura rapita, una creatura che conoscevano e a cui volevano bene... quella bimba che loro chiamavano Jeanne Marie, cioè con i nomi delle loro rispettive madri: Michelle, invece, le aveva dato un nome diverso. Pilar, osservandoli, ebbe la vaga impressione che i Robinson vivessero in un mondo tutto loro, un mondo di fantasia.

« Non sarebbe stato più semplice adottare un bambino? »

« Sì, certo », rispose Emily in tono desolato, « ma noi volevamo il *suo* bambino. Quella sterile sono io, signorina Graham. » Lo confessò come se fosse un delitto atroce e Pilar provò una grande compassione per quella donna, anche se doveva ammettere che trovava molto interessante il loro caso, e molto insolito. Era stupita di fronte all'insistenza e all'accanimento con cui volevano avere un figlio. « Siamo troppo vecchi per un'adozione legale », le stava spiegando Emily. « Io ho quarantun anni, e Lloyd quasi cinquanta. Abbiamo tentato per anni, ma il nostro reddito non era sufficiente, Lloyd ha avuto gravi problemi alla schiena ed è rimasto senza lavoro per moltissimo tempo. Adesso ce la caviamo discretamente. Abbiamo venduto l'automobile e per un anno sia io sia mio marito abbiamo tenuto un doppio lavoro in modo da risparmiare il denaro necessario a pagare Michelle perché mettesse al mondo la bambina. Il resto dei nostri guadagni è finito in spese legali. Non ci è rimasto molto », confessò onestamente a Pilar. Ma, a lei, il lato finanziario in fondo non interessava gran che. Ciò che la interessava era quel caso, così insolito e complicato. Il tribunale aveva dato ordine a un'assistente sociale di fare un rapporto su di loro e per quanto in apparenza potessero sembrare persone un po' fuori del comune, non avevano vizi apparenti e, a detta di chi li conosceva, erano oneste e perbene. L'unico guaio era che non potevano avere figli, pur desiderandone disperatamente uno. E la disperazione spinge la gente a fare cose strane... come nel loro caso. Questa era l'opinione di Pilar.

« Sareste disposti ad accontentarvi del diritto di fare visita alla bambina? » domandò con voce pacata.

Emily sospirò, poi fece cenno di sì. « Potremmo accontentarci, se proprio non fosse possibile ottenere altro. Ma non ci sembra giusto; Michelle ha dato in adozione due bambini quando era poco più di una bambina lei stessa, e adesso sta per avere un altro figlio il cui padre è il ragazzo che ha sposato. Quando nascerà, per quale motivo dovrebbe tenersi anche quello di Lloyd? » fu la domanda che Emily fece con voce piagnucolosa. Il problema, purtroppo, non era tutto lì, lo sapevano benissimo.

« La bambina è anche di Michelle », osservò Pilar con dolcezza.

« Lei crede proprio che riusciremo soltanto a ottenere il diritto di andare a trovare la bambina di tanto in tanto? » le domandò infine Lloyd; Pilar ebbe un attimo di incertezza prima di rispondere.

« Non si può escludere. Ma considerata la posizione assunta attualmente dal tribunale, potrebbe comunque essere un passo avanti. Comunque, se in futuro Michelle non si comportasse bene con la bambina, oppure se dovesse sorgere qualche problema con il marito, non è escluso che voi possiate ottenerne la custodia! Tuttavia non posso promettervelo e molto probabilmente ciò richiederà tempi molto lunghi, forse anni. » Pilar preferiva sempre essere onesta con i suoi clienti.

« L'ultimo avvocato con il quale abbiamo parlato ci aveva detto che forse sarebbe riuscito a farci restituire Jeanne Marie nel giro di sei mesi », ribatté Emily in tono di accusa. Pilar evitò di farle notare, mettendo a fuoco il problema, che ormai non si trattava più di « restituire » la bambina. Infatti, tanto per cominciare, non era mai vissuta con loro nemmeno per un giorno.

« Non credo che sia stato onesto con lei, signora Robinson. » Evidentemente ne erano convinti anche loro, altrimenti non lo avrebbero lasciato per cercarsi un altro legale.

Emily e Lloyd annuirono, poi si scambiarono uno sguardo angosciato. Stringeva il cuore vederli così disperati e così ansiosi di avere un figlio!

Pilar e Brad avevano avuto amici talmente ossessionati dall'idea di adottare un bambino che si erano perfino recati in Honduras, in Corea e in Romania, ma nessuno aveva mai commesso una sciocchezza come quella, nessuno le era mai apparso smarrito e angosciato come quelle due persone. D'altra parte i Robinson avevano deciso di correre un grosso rischio e avevano perduto... e lo sapevano.

Pilar continuò a discutere la situazione con loro ancora per un po' e spiegò che sarebbe stata lieta di potersene occupare, se lo desideravano. Avrebbe svolto una ricerca in tutto lo stato, per verificare se esisteva qualche precedente e li avrebbe tenuti informati. Ma i Robinson replicarono dicendo che avrebbero preferito che aspettasse prima di prendere un'iniziativa del genere. Si sarebbero fatti vivi per telefono. Volevano un po' di tempo per valutare ciò che Pilar aveva detto. Quando lasciarono il suo ufficio, Pilar fu certa che non li avrebbe più visti. I Robinson stavano cercando qualcuno che fosse disposto a promettere anche la luna... e lei non si sentiva di farlo. Dopo che furono andati via, rimase a riflettere su quel caso per qualche minuto. La coppia le era sembrata disperata, ansiosa di avere con sé quella bambina sconosciuta. Dal giorno in cui era nata non l'avevano mai vista... eppure per loro era già Jeanne Marie, una creatura che erano convinti di conoscere e di amare. Tutto questo a Pilar sembrava molto strano; purtroppo le dispiaceva di non poterli aiutare. Era comunque un caso intrigante e stava appunto guardando pensosamente fuori della finestra quando la sua partner, Alice Jackson, fece capolino in ufficio con un sorriso e un'aria sconcertata.

« Ehi! avvocato... a giudicare dall'espressione che hai si direbbe che sia una causa difficile. Era un po' di tempo che non ti vedevo così pensierosa... dai tempi dell'ufficio del procuratore distrettuale, quando ti capitò un imputato accusato di omicidio di primo grado. Chi avrebbe ammazzato questo qui? »

«Nessuno.» Pilar sorrise al ricordo dei giorni in cui lavoravano come difensori d'ufficio. Anche il terzo socio dello studio legale, Bruce Hemmings, era stato loro collega a quel tempo. Aveva poi sposato Alice, anni prima, e adesso avevano due bambini — Pilar e Alice erano sempre state buone amiche, anche se il loro rapporto non era mai stato tanto intimo e confidenziale come quello con Marina. A ogni modo, Alice in quegli ultimi dieci anni era stata un'ottima collega. «No, questa volta non si tratta di omicidio», disse Pilar con un sorriso pensoso, facendole cenno di entrare e di sedersi. «Ma è una storia talmente strana!» Le spiegò succintamente il caso dei Robinson e Alice scrollò la testa, sbalordita.

«Non tentare mai di trovare qualche nuova soluzione legale per queste cose. Non ti illudere, te lo dico subito; il meglio che potrai ottenere da qualsiasi giudice sarà il diritto alle visite. Non ricordi? L'anno scorso Ted Murphy ha trattato un caso più o meno simile, nel quale la madre presa in affitto per dare alla luce un bambino si era rifiutata all'ultimo momento di consegnarlo. Ci fu un processo dopo l'altro e si arrivò addirittura alla Corte Suprema; il padre riuscì a ottenere soltanto la custodia congiunta: la madre l'affido del bambino, lui il diritto di visita.»

«Ricordo, ma questi due erano così...» Non le piaceva usare quell'aggettivo, eppure le erano sembrati proprio patetici!

«L'unico caso che conosca nel quale il giudice non si è mostrato comprensivo nei confronti della madre presa in affitto è quello in cui ha accolto nell'utero l'uovo donato dalla futura madre adottiva. Non rammento dove sia successo ma se vuoi posso controllare», proseguì in tono serio, «il giudice decretò che non esisteva alcun legame di sangue con la madre presa in affitto, poiché sperma e uovo erano stati donati dai genitori adottivi. E lei dovette consegnare il bambino a loro. Ma in questo caso, purtroppo, tu non hai elementi analoghi di cui servirti, e quel tizio è stato proprio un autentico imbecille a scegliere una minorenne.»

«Lo so. Ma a volte la gente fa le cose più stupide e pazzesche quando desidera disperatamente un figlio.»

« A chi lo dici! » Alice si abbandonò contro la spalliera della poltrona e si lasciò sfuggire un gemito. « Per anni non ho fatto che prendere ormoni, al punto che credevo mi avrebbero ucciso! Mi facevano stare male da morire e avevo finito per convincermi che quella fosse una chemioterapia e non una cura per rimanere incinta. » Poi sorrise, stringendosi nelle spalle. Sembrava una bambina. « A ogni modo il risultato sono stati due figli meravigliosi; e adesso sono convinta che tante fatiche non sono state inutili. » Invece i Robinson non avevano ottenuto niente. Solo una creaturina che pretendevano di chiamare Jeanne Marie, che non avevano visto e forse non avrebbero nemmeno mai conosciuto in futuro.

« Mi vuoi spiegare perché la gente arriva a questi estremi, Ali? A volte non si può fare a meno di domandarselo. Lo so, i tuoi bambini sono favolosi... ma se tu non avessi avuto figli, credi proprio che sarebbe stata una cosa così terribile? »

« Sì... » rispose Alice a fior di labbra « ...per me... e anche per Bruce. Avevamo sempre capito, fin dal principio, che la nostra aspirazione era avere una vera famiglia. » Si sistemò più comodamente, con una gamba allungata sul bracciolo della poltrona, mentre fissava con aria molto seria l'amica. « Non tutti sono coraggiosi come te », proseguì in tono sommesso. Aveva sempre ammirato Pilar per la sua decisione e per le sue convinzioni.

« Io non sono coraggiosa... come fai a dire cose simili? »

« Sì, lo sei. Hai sempre saputo che non volevi figli e quindi hai organizzato la tua vita in modo che tutto funzionasse secondo le tue necessità. Quante persone avrebbero troppa paura di non fare la cosa 'più giusta'! E a volte finiscono così per avere dei figli a ogni costo, e in segreto li detestano. Non riusciresti mai a immaginare quante madri mi capita di conoscere ai raduni degli scout, alle lezioni di karate oppure a scuola, alle quali i propri figli non piacciono proprio... Tutte donne che non avrebbero mai dovuto averne! »

« Mio padre e mia madre erano così. Comincio a pensare che sia stato proprio quello il motivo per cui non ho mai avuto dubbi. Non ho mai desiderato che mio figlio passasse quello che ho passato io. Mi sono sempre sentita un'estranea, un'intrusa, un'imposizione insopportabile per due persone che avevano cose molto più importanti da fare che chiacchierare con una bambinetta, o addirittura volerle bene! » Era terribile quello che stava dicendo, e non era la prima volta che parlava dei rapporti con i genitori. Ma Alice ne rimase ugualmente colpita e rattristata. Soprattutto perché si rendeva conto che Pilar si era volutamente privata della possibilità di avere dei figli, mentre per Alice erano una delle poche cose veramente importanti nella vita.

« Tu non saresti mai stata una madre di quel genere, Pilar. E chissà che adesso, sposata con Brad, tu non debba rivedere un poco le tue opinioni e modificare le tue scelte. »

« Oh, per favore... alla mia età? » esclamò divertita. Per quale motivo tutti erano così ansiosi di sapere se lei e Brad avessero intenzione di mettere al mondo un figlio?

« Il mondo degli ormoni potrebbe diventare anche il tuo », mormorò Alice in tono canzonatorio mentre si alzava e fissava Pilar, seduta dall'altra parte della scrivania. Erano buone amiche e sapevano che lo sarebbero sempre state. « Tra l'altro, fortunata come sei, probabilmente rimarresti incinta al primo tentativo, e non raccontarmi tutte quelle idiozie a proposito dell'età. Hai solo quarantadue anni. No, non mi fai proprio nessuna impressione, nonna Coleman. »

« Grazie. A ogni modo credo proprio che farò di tutto per risparmiarmi anche questa piccola preoccupazione. Povero Brad... rimarrebbe sconvolto... e anch'io. » Ridacchiò, guardando la sua compagna e poi si alzò in piedi dopo avere lanciato un'occhiata all'orologio. Aveva un impegno per l'ora di pranzo. Doveva incontrare la figliastra, e se non si fosse affrettata sarebbe arrivata in ritardo.

« Vuoi che faccia qualche ricerca a proposito delle madri prese in affitto? » Alice era sempre un valido aiuto quando si trattava di eseguire questo tipo di ricerche. « Ho qualche ora libera nel pomeriggio, e anche domattina. »

« Grazie, ma non perderci troppo tempo. Non credo che si faranno vivi di nuovo. Non sono nemmeno sicura che abbiano intenzione di insistere per ottenere il diritto di visitare la bambina. Secondo me vogliono tutto, oppure niente. Posso sbagliarmi, ma ho l'impressione che si illudano di trovare qualcuno che costi meno di noi e che magari prometta la luna... e che poi finirà per offrire semplicemente il diritto di visita... se sono fortunati! »

« Va bene. Fammi sapere qualcosa se dovessero ritelefonarti. »

« Certo... e grazie per l'offerta. » Poi si scambiarono un sorriso. Alice tornò nel proprio studio, che si trovava di fronte, sull'altro lato del vestibolo. Era meno impegnata di Pilar, meno dedita alla propria professione, meno interessata alle controversie legali. A lei piacevano certe cause insolite e interessanti che richiedevano ricerche su eventuali precedenti che offrissero spunti per le soluzioni legali. Se fosse stata un medico, si sarebbe dedicata alla ricerca. Adesso, fra l'altro, lavorava soltanto part time. Rimaneva a casa un paio di giorni la settimana con i suoi bambini, ma questo non creava alcuna complicazione per Pilar. Ciascuno di loro aveva il proprio stile, nel lavoro, e Bruce era abituato a svolgere anche quello che non gli competeva. Lui amava le cause civili, che riguardavano enti e istituzioni con personalità giuridica, per le quali si finiva sempre in tribunale. A Pilar, invece, piaceva la gente. Erano un bel team e capitava spesso che si riunissero quando avevano per le mani qualche causa più difficile del solito. Se era necessario, assumevano anche qualcuno che li aiutasse. Del resto era proprio così che Pilar aveva sempre desiderato lavorare. Sentendosi indipendente, libera di scegliere le cause che preferiva, e andava pienamente d'accordo con le persone che lavoravano al suo fianco. Le piacevano anche i magistrati che Brad frequentava. Avevano una cerchia di amici interessanti, anche se a volte lei si lamentava del fatto che ormai non riuscissero più a vedere che giudici, magistrati e avvocati. Ma in realtà lo trovava un ambiente estremamente stimolante.

Del resto Pilar non avrebbe saputo immaginare una vita senza il lavoro, oppure senza la legge. Mentre, al volante della sua automobile, si dirigeva verso il centro per incontrare Nancy, si scoprì a chiedersi, e le capitava sempre, come facesse la sua figliastra a condurre una vita così oziosa, senza nessun impegno di lavoro. Da quando si era sposata, l'anno prima, aveva infatti lasciato l'impiego. Pilar era convinta che fosse stato un errore. D'altra parte, Brad aveva sempre affermato che i suoi figli dovevano vivere la propria vita, e lei evitava in tutti i modi di interferire, oppure di contraddirlo. Purtroppo non sempre le riusciva facile. Perché aveva opinioni ben radicate e precise. C'erano molte cose in cui credeva, e il lavoro era una delle prime nell'elenco delle priorità. Ma Nancy, evidentemente, non la pensava allo stesso modo.

Quando arrivò al *Paradise*, Pilar era in ritardo di dieci minuti. E Nancy la stava già aspettando. Indossava un abito di maglia scuro, eleganti stivali e un cappotto rosso; i lunghi capelli biondi erano trattenuti da un nastro di velluto e spazzolati all'indietro in modo da lasciar libera la fronte. Come al solito era straordinariamente carina.

«Ciao, tesoro. Che aspetto favoloso hai!» Pilar si affrettò a prendere posto, scorse rapidamente il menù, fece l'ordinazione non appena il cameriere si avvicinò, e poi dedicò tutta la sua attenzione a Nancy. Provava la strana sensazione che qualcosa la preoccupasse, ma evitò di domandarglielo subito perché non voleva sembrare troppo curiosa e pensò che fosse meglio aspettare e vedere se, durante il pranzo, non sarebbe emerso qualcosa dai loro discorsi. In ogni caso non era assolutamente preparata alla notizia che Nancy le diede quando arrivò il dessert, costituito da una fetta di torta al cioccolato guarnita di panna montata e crema. Era già rimasta stupita quando Nancy l'aveva ordinata, e adesso, vedendola, non riuscì a credere ai propri occhi. Nancy godeva certo di ottima salute e mangiava di gusto; e pareva non ingrassasse mai neppure di un grammo, visto che, come al solito, era magra come un'acciuga!

«Ho qualcosa da dirti», mormorò Nancy ridacchiando mentre mangiava avidamente la torta, sotto gli occhi attenti e stupiti di Pilar.

«Ho qualcosa da dirti anch'io. Se continui a mangiare dolci con questo ritmo, a Natale sarai diventata una balena! » Era vagamente inorridita, ma al tempo stesso divertita perché, sotto molti aspetti, Nancy si comportava ancora come una bambina. E sembrava davvero una ragazzina quando guardò Pilar con un sorriso malizioso, da folletto, divorando ingordamente un boccone dopo l'altro di torta e panna montata.

« Diventerò grassa in ogni caso », affermò con un piacere perverso mentre Pilar sorseggiava il caffè.

« Oh, davvero! Come mai? Troppi dolcetti davanti alla TV? Non faccio che ripetertelo — anche se tuo padre sostiene che dovrei occuparmi degli affari miei — che faresti meglio a cercarti un lavoro. Fai qualcosa... dedicati alle opere di beneficenza... esci di casa... cerca di trovare qualcosa di cui occuparti... »

« Aspetto un bambino », la interruppe Nancy a voce bassa, e poi le rivolse un sorriso vittorioso. Pilar la fissò sbalordita.

« Davvero? » Era l'ultima cosa che le sarebbe mai passata per la mente! Nancy era ancora una bambina lei stessa, e non sembrava preparata ad avere un figlio! Eppure aveva ventisei anni, la stessa età di Pilar quando aveva conosciuto Bradford. Erano passati sedici anni, quasi metà di una vita. « Sei incinta? » Perché tutto questo le sembrava così strano? Ecco quello che si domandò, più tardi. Le sembrava assurdo. Impossibile da immaginare.

« Nascerà in giugno. Volevamo essere ben sicuri che tutto andasse bene prima di dirvelo. Sono incinta di tre mesi. »

« Caspita! » Pilar si abbandonò contro la spalliera della seggiola e la guardò con gli occhi sgranati. « Sono senza parole. » I bambini facevano talmente poco parte della sua vita che non vi dedicava mai nemmeno un pensiero o, perlomeno, non lo aveva mai fatto fino a quel momento. « Sei felice, tesoro? » O impaurita? O furiosa? Che cosa si prova? Che effetto può fare? Per quanto la riguardava, non riusciva a immaginarlo, né lo desiderava. Non era mai riuscita neppure a comprendere un desiderio di quel genere. Anzi, il suo più vivo desiderio era sempre stato quello di *non* averne.

« Sono al settimo cielo, e Tommy è un tesoro. » Suo marito, che aveva ventotto anni, lavorava alla IBM. Aveva un buon impiego e probabilmente sarebbe stato anche un buon padre; comunque, sia Pilar sia Brad li ritenevano ancora troppo giovani. Sotto certi aspetti, perfino Todd, il fratello minore di Nancy, aveva sempre dato l'impressione di essere più maturo di loro. « È una cosa stupenda, credimi. A parte i primi tempi, quando stavo sempre male. Ma adesso sto benissimo », proseguì Nancy divorando gli ultimi bocconi di torta, mentre Pilar la guardava a bocca aperta.

« Vuoi che ne ordiniamo un'altra fetta? » le domandò in tono scherzoso, ma Nancy fece cenno di sì.

« Certo. »

« Nancy Coleman, non azzardarti a fare una cosa simile, sai! Al momento della nascita del bambino peserai una tonnellata. »

« Non vedo l'ora! » E Nancy scoppiò di nuovo a ridere. Pilar le fece eco mentre allungava la mano verso il conto del ristorante; poi si protese verso la figliastra per darle un bacio.

« Buon per te, tesoro. Sono felice per voi. Chissà quanto sarà felice tuo padre! Questo sarà il suo primo nipote! »

« Lo so. Pensavamo di venire ad annunciarglielo durante il week-end. Ma tu... zitta! Non una sola parola, per favore, d'accordo? »

« Certo! Non vorrei guastarvi la sorpresa. » Ma era rimasta stupita che una creatura come Nancy, che da bambina si era mostrata tanto ostile nei suoi confronti, adesso fosse pronta a confidarle i suoi segreti più intimi. Quasi un'ironia della sorte. Sì, non c'era dubbio, adesso il cerchio si era chiuso.

Si lasciarono davanti al ristorante e Pilar tornò in ufficio, sorridendo tra sé. La gente continuava a domandare se lei e Brad desiderassero avere dei figli... ed ecco che avrebbero avuto un nipotino. E poi, a poco a poco, dimenticò la notizia che Nancy le aveva dato e si dedicò al lavoro.

Fu una giornata molto lunga e faticosa, e accolse con gratitudine Brad, quando venne a prenderla e le propose di uscire a cena. Lasciò l'automobile nel garage, sentendosi molto sollevata all'idea di non essere costretta a precipitarsi in cucina a preparare la cena, non appena tornata a casa. Cenarono tranquillamente al *Louie's Restaurant* e Brad, mentre passava le ordinazioni, parve di ottimo umore.

« Che cosa ti è successo oggi? » gli domandò Pilar con un sorriso mentre a poco a poco si rilassava. Aveva avuto una strana giornata, piena di impegni, di richieste pressanti da parte dei suoi clienti, con qualche momento strano, qualche sensazione poco familiare. Non era riuscita ancora a superare lo stupore che aveva suscitato in lei la notizia della gravidanza di Nancy, anche per i cambiamenti che avrebbe inevitabilmente portato nella loro vita.

« Oggi ho messo la parola fine al caso più lungo di questi ultimi anni, e mi sento talmente sollevato che mi metterei a ballare per la gioia. » Si trattava di una causa che era durata più di due mesi, incredibilmente noiosa e priva del benché minimo interesse.

« Che cosa è successo? »

« La giuria ha assolto l'imputato, e credo che avesse pienamente ragione. »

« Quindi stasera ci sarà un uomo felice. » Subito le tornarono alla mente i propri clienti, quando lavorava come difensore d'ufficio.

« Anch'io sono un uomo felice. » Brad le sorrise, non nascondendo il grande sollievo che provava. « Basta lavoro a casa! E tu? A guardarti si direbbe che la tua giornata sia stata molto lunga. »

« Infatti. Lunga e strana. Stamattina ho ricevuto una coppia che voleva discutere un caso di adozione con madre in affitto. Il marito è stato tanto sciocco da versare una grossa somma a una minorenne perché accettasse di mettere al mondo un figlio per il quale lui aveva dato il seme, ma alla fine la ragazza si è rifiutata di consegnarglielo. È stato incriminato a causa dell'età della ragazza, poi l'imputazione è caduta; tuttavia non gli permettono di vedere la bambina, che ormai ha un anno. Erano una strana coppia. Terribilmente tristi e disperati, anche se cercavano di nasconderlo, e hanno mostrato un attaccamento irrazionale verso quella creatura che non hanno mai visto ma che però hanno deciso di chiamare 'Jeanne Marie'. Una storia così insolita e così deprimente! Non ho fatto che pensare a loro per tutto il giorno, ma ti confesso che non riesco davvero a capire se qualcuno potrà aiutarli in qualche modo. Chissà, forse riusciranno a ottenere il diritto di fare visita alla bambina... a meno che la madre naturale non venga accusata di maltrattamenti nei confronti della figlia. Non so... è difficile immaginare che cosa provano, sai? Desiderano disperatamente questa creatura. Per anni hanno tentato il possibile e l'impossibile per mettere al mondo un figlio, poi si sono rivolti alle agenzie che si occupano di adozioni e infine hanno scelto questa soluzione... è un vero peccato che lui si sia rivolto proprio a una minorenne! »

« Con ogni probabilità avrebbe avuto dei problemi comunque. Sai bene anche tu come vanno a finire queste faccende. Prova un po' a pensare al caso di 'Baby M'. E potrei citare almeno un'altra dozzina di casi più o meno simili. Non penso che la madre in affitto sia la soluzione giusta. »

« Per alcune persone, forse sì. »

« Perché? Perché non accontentarsi dell'adozione pura e semplice? » Gli piaceva discutere questi argomenti con Pilar, esporre le proprie idee, esaminarne di nuove, dibattere casi giudiziari. Erano sempre molto discreti, ma poter parlare del proprio lavoro apertamente serviva soprattutto a Brad a ricordare gli anni in cui si erano ritrovati l'uno contro l'altra, schierati su fronti opposti e in un'aula di tribunale. E Pilar era sempre stata un'avversaria brillante e temibile. A volte provava quasi nostalgia per quei tempi.

« C'è gente che non ha i requisiti richiesti per l'adozione. Perché troppo povera, o troppo anziana, o per altri motivi. E poi non è neppure così facile trovare i bambini. Tra l'altro, questa coppia sembrava ci tenesse proprio che il bambino fosse *di lui*. Lei si è quasi scusata con me dicendo che era colpa sua se non ne potevano avere. » Le era parsa così patetica! Sembrava che si portasse sulle spalle, come un fardello insopportabile, il peso del dolore e del fallimento.

« Sei convinta che si faranno vivi di nuovo? »

« No, affatto. Ho già detto chiaramente quello che pensavo della causa e del loro problema, e ho avuto l'impressione che le mie spiegazioni non siano piaciute a nessuno dei due. Li ho avvertiti che ci vorrà molto tempo prima di arrivare a una soluzione e, in ogni caso, probabilmente c'è ben poco da fare. Non volevo dare false speranze perché mi sembrava crudele. »

« Brava! Non cambi mai, vero? Mai menare il can per l'aia, piuttosto un bel diretto al mento! » commentò Brad ridendo mentre finivano la prima portata, felice di scoprire come Pilar fosse sempre onesta e sincera.

« Ho pensato di essere chiara con loro », gli disse, pur sapendo che le spiegazioni erano inutili. Brad la conosceva troppo bene. « Se tu sapessi quanto desideravano quella creatura! A volte, credimi, è difficile capirlo. » Era difficile capire molte cose, perfino la gioia infinita di Nancy per il proprio bambino. Pilar la capiva, anche se non riusciva a immaginare di poterla provare. Guardandola, le era sembrato di essere un'estranea che allungasse gli occhi al di là dei vetri di una finestra illuminata. Le era piaciuto ciò che aveva visto dall'altra parte, ma si era accorta di non sapere affatto come arrivarci o, addirittura, se quello fosse il suo ambiente, la sua vera casa. Del resto, tutte quelle manifestazioni di piacere e di gioia per un bambino le erano totalmente ignote.

« Si può sapere perché hai l'aria così pensierosa? » Brad la stava osservando e lei sorrise quando, allungandosi attraverso il tavolo, le prese una mano.

« Non so... forse sto diventando vecchia e filosofa... a volte credo di cambiare, e questo mi spaventa un po'. »

« Dev'essere lo choc del matrimonio », esclamò lui, prendendosi gioco della moglie. « Ha cambiato anche me. Mi sento cinquant'anni più giovane. » Ne aveva appena compiuti sessantadue, ma era sempre un bellissimo uomo, ammirato da tutti. Poi ridiventò serio, scrutandola: « Che cosa ti fa pensare che stai cambiando? »

« Non so. » Non poteva certo parlargli del bambino di Nancy. « Ho pranzato con un'amica. È incinta ed era talmente emozionata... se penso che è ancora lei una bambina! »

« È il primo? » Pilar fece cenno di sì con la testa. « Allora è comprensibile che sia così emozionata! » continuò Bradford. « Del resto i bambini ti danno sempre questa sensazione, anche se ne hai già dieci. Si direbbe che ci sia sempre posto per uno in più. E anche se, quando lo vieni a sapere, al primo momento non sei per niente contento... che emozione quando nascono! Chi è quest'amica? »

« Una ragazza che ha lavorato per il nostro studio in passato. Forse parlo in questo modo perché l'ho vista subito dopo avere ricevuto la coppia che non riesce più a farsi restituire la bambina dalla madre in affitto. Sembrano tutti così sicuri, così ansiosi di volere un figlio... come fanno a sapere di desiderarlo tanto? Come fanno a sapere che continueranno a volergli bene anche quando sarà cresciuto? Dio, Brad, è un impegno che dura tutta la vita, senza tregua, non come una pena capitale che si può commutare. Come fa la gente a riuscirci? »

« È una questione di natura, credo. Ma non fare troppe domande. Per te che hai evitato tutto questo, forse è più semplice. » Da quando Brad la conosceva, Pilar non aveva mai dimostrato di desiderare un figlio; per lui questo non aveva importanza. Ne aveva già due. E poi c'era il lavoro, la vita da vivere insieme, Nancy e Todd, quando, di tanto in tanto, venivano a trovarli. Avevano molti interessi, tante cose da fare, e numerosi amici; e quando era possibile, facevano lunghi viaggi, a New York o in Europa. Tutto sarebbe diventato più difficile se avessero avuto un figlio. Non impossibile, ma certo più complicato da organizzare. D'altra parte, che Pilar non avesse alcun desiderio in tal senso non era davvero un mistero. « Come puoi sapere che sono riuscita a evitarlo? » gli domandò a voce bassa guardandolo.

« Che cosa mi vuoi raccontare, adesso, Pilar? » le rispose Brad, stupito per l'espressione che era apparsa nei suoi occhi. Un lampo di infelicità, di insoddisfazione, ed era la prima volta che gli capitava. Ma subito scomparve. Pilar tornò a essere quella di sempre e Brad arrivò alla conclusione che fosse soltanto stanca.

« Ti sto semplicemente dicendo che non capisco. Non capisco quello che provano perché... perché io non l'ho mai provato. »

« Chissà che un giorno non succeda anche a te », mormorò lui con dolcezza; ma Pilar questa volta riuscì a scoppiare in una risata.

« Già, figuriamoci. Quando avrò cinquant'anni. Sono convinta che sia già troppo tardi anche adesso. » E le tornò alla mente quello che sua madre le aveva detto il giorno delle nozze.

« A dire la verità non è certo così, a meno che tu non lo voglia. Per quanto mi riguarda, comunque, è un'altra faccenda. Se mai dovessimo avere un figlio, sarai costretta a procurarmi una poltrona a rotelle e un apparecchietto acustico. »

« Molto poco probabile, amore mio. » Come l'eventualità di avere un bambino. In fondo lei non ne desiderava; semplicemente era rimasta scombussolata e sorpresa quando Nancy le aveva confidato di essere incinta. Per la prima volta nella vita, avvertiva un vago senso di inquietudine e di vuoto, un interrogativo appena formulato. Ma poi ricordò a se stessa tutto quanto già aveva, e si rimproverò, dandosi della pazza.

3

In casa Goode durante le feste di Natale regnava sempre il caos. Gayle e il marito puntualmente arrivavano ogni anno con le loro tre bambine, non essendoci più gli anziani genitori di Jack con cui passare quelle giornate. Anche Sam e Seamus cercavano di non mancare; la famiglia di Seamus viveva in Irlanda e difficilmente riuscivano a organizzarsi in modo da trascorrerlo insieme. Del resto a Seamus non dispiaceva affatto rimanere a casa e passare la vigilia e il giorno di Natale a Pasadena, dai suoceri. Quell'anno, naturalmente, arrivarono anche Diana e Andy. Quando le tre sorelle iniziarono ad apparecchiare la tavola, la vigilia di Natale, Gayle allungò una gomitata a Diana e le lanciò una di quelle occhiate che lei aveva sempre odiato. Era infatti lo stesso sguardo che Gayle le rivolgeva sempre quando sapeva che Diana aveva preso un brutto voto, oppure aveva fatto carbonizzare nel forno i dolcetti che avrebbe dovuto portare alla riunione delle scout. Con quello sguardo voleva dire: *Non ce l'hai fatta... hai fallito, non è vero*? Una specie di codice segreto noto soltanto a loro due: ma questa volta Diana finse di non accorgersene e continuò a piegare accuratamente i tovaglioli.

« Allora? » le domandò Gayle in tono significativo mentre allineava i piatti sulla tavola. « Su, dai... » non riusciva a credere che la sorella non avesse raccolto il messaggio. Era impossibile che non avesse capito a che cosa voleva alludere. Si fece sempre più incalzante e a questo punto Sam cominciò a mostrarsi preoccupata. Avrebbe preferito che non litigassero proprio il giorno di Natale. « Sei già incinta? » domandò Gayle senza mezzi termini. Esattamente come quando aveva preso quel brutto voto. Diana si accorse che le tremavano le mani mentre posava sull'ultimo piatto il tovagliolo ricamato. Per apparecchiare avevano scelto il servizio che la madre usava ogni anno a Natale, e al centro della tavola troneggiava una stupenda composizione di tulipani rossi. L'effetto era davvero magnifico.

« No, non sono ancora incinta; non ne abbiamo avuto il tempo. » No, naturalmente; facciamo l'amore nei giorni giusti soltanto da sei mesi, ma... meglio morta che vedersi costretta ad ammetterlo con sua sorella! « Abbiamo avuto troppo da fare tutti e due. »

« Con che cosa? La tua carriera? » replicò Gayle con lo stesso tono che avrebbe usato se il lavoro di Diana fosse stato qualcosa di cui vergognarsi. Secondo lei, le *vere* donne stavano a casa a badare ai figli. « Così non riuscirai mai a riempire quella tua casa tanto grande! Sarà meglio che tu ti metta d'impegno, figliola! Altrimenti è tutto tempo sprecato. »

Davvero? pensò Diana. In fondo che fretta c'era... e perché si sentivano in dovere di domandarglielo? Per tutto l'anno aveva pensato con terrore a quel momento. Aveva perfino proposto ad Andy di passare il Natale in casa Douglas, ma purtroppo lui non era riuscito a liberarsi dagli impegni di lavoro. A dire il vero ci sarebbe stata un'altra soluzione: disertare casa Goode e rimanere a Los Angeles. Ma Diana sapeva che questo avrebbe fatto soffrire i genitori, che avrebbero trovato incomprensibile quella decisione.

« In fondo, non è poi tanto importante », intervenne Sam, come aveva sempre fatto, cercando di mettere pace e gettare acqua sul fuoco. « Avete tutto il tempo che volete! Siete giovani entrambi. Probabilmente rimarrai incinta l'anno prossimo. »

« Chi è incinta? No, non un'altra volta! » esclamò Seamus

passando dalla sala da pranzo, diretto in cucina. « Ma voi ragazze restate incinte ogni volta che un uomo vi guarda! » Alzò gli occhi al cielo, esterrefatto, e fu scosso da un brivido, scoppiarono tutte a ridere, mentre lui se ne andava. Ma appena entrato in cucina Seamus fece di nuovo capolino ed esclamò: « Sarebbe la novella sposa, quella incinta? » ma Diana si affrettò a scrollare il capo rimpiangendo di essere lì. Tutte quelle domande erano come coltellate che le trafiggevano il cuore; per la prima volta in vita sua sentì di odiarli tutti, soprattutto le sorelle.

« No, spiacente, Seamus. »

« Be', riprovaci, cara... e se non ci riesci, prova e riprova ancora... Vi divertirete, sai? Quanto è fortunato Andy! » Poi scappò via, seguito dalle risate di Gayle e Sam. Quanto a Diana, tornò in cucina sola soletta e, senza dire una parola, si mise ad aiutare sua madre.

Fu dopo cena che l'argomento venne affrontato di nuovo, ma questa volta fu Diana a porre le domande. Era seduta con Jack nello studio, mentre gli altri giocavano alle sciarade in soggiorno. Lei e il padre si erano appartati per un po' e poco dopo il signor Goode se n'era andato a letto. Diana stava dondolandosi lentamente nella poltrona preferita di suo padre quando Jack era entrato e si era seduto vicino a lei.

« Contenta? Va tutto bene? » le domandò a voce bassa, accendendo la pipa. L'aveva osservata a cena, quella sera, e non gli era parsa particolarmente soddisfatta.

« Sì, tutto bene. » Ma poi si voltò a guardarlo con gli occhi colmi di angoscia e a un tratto decise di domandargli una cosa che le stava molto a cuore. « Non dire niente a Gayle, ma volevo... mi sono chiesta se non dovrei venire a parlarti... Quanto tempo, secondo te, ci vuole normalmente per rimanere incinta? » Lui non poté trattenere un sorriso sentendo la domanda.

« Quindici giorni... cinque secondi... due anni... per ogni persona è diverso, Diana. Siete sposati soltanto da sei mesi, e tutti e due avete una vita piena di impegni, stressante. Secondo me non dovresti nemmeno pensarci almeno per un anno. C'è chi sostiene che due anni senza contraccettivi e senza gravidanze significano che c'è qualche problema; altri ritengono che sarebbe necessario un controllo, passato il primo anno. Per molte coppie, nelle condizioni ideali, ci vuole quasi un anno perché lei rimanga incinta. Se tu fossi già vecchia, potresti cominciare a preoccuparti dopo sei mesi. Ma alla tua età puoi concederti almeno un anno intero, forse anche di più, prima di cominciare a preoccuparti.» Diana si mostrò molto sollevata e fece appena in tempo a ringraziarlo prima che Andy venisse a raggiungerli. Poi rimasero insieme a chiacchierare dell'economia mondiale, dei problemi provocati dalla situazione in Medio Oriente, del loro lavoro, delle prospettive per l'anno nuovo. Per la prima volta dopo molti mesi Diana si sentì serena e sollevata. Forse c'era speranza per lei, si disse mentre uscivano dallo studio del padre; e ringraziò più affettuosamente del solito la madre e soprattutto Jack. Gli buttò le braccia al collo e lo strinse a sé, e lui, sapendone il motivo, le sorrise.

«Abbi cura di te, riguardati», le mormorò. Poi Diana e Andy se ne andarono. Gli altri, invece, restarono dai Goode perché i bambini, la mattina di Natale, potessero aprire i regali insieme con i nonni. Diana, invece, non aveva accettato l'invito dei genitori. L'unica cosa che desiderava era tornarsene a casa con Andy.

«Tutto bene, tesoro?» le domandò lui mentre correvano sull'autostrada deserta.

«Sì, bene.» Gli sorrise. Ed era sincera. Poi si rannicchiò contro di lui, e tornarono a casa in un silenzio pieno di pace. Era stata una giornata lunga, ma una buona giornata. Quando arrivarono, andarono subito a letto e rimasero a chiacchierare sottovoce dei sogni che li univano. Diana si sentiva rilassata, piena di gioia; e quando fecero l'amore, quella notte, per la prima volta dopo mesi non si preoccupò se sarebbe rimasta incinta oppure no. In ogni caso non era il periodo favorevole. Ma fu una gioia e un sollievo fare l'amore semplicemente perché lo desideravano, senza pensare alle date, ai loro sogni o alle loro intenzioni.

* * *

« Dio, Dio, come ti amo... » sussurrò Charlie con voce roca, attirando Barbie accanto a sé sul divano; fecero l'amore di nuovo, mentre le luci intermittenti dell'albero di Natale proiettavano sui loro corpi strane ombre.

« Si può sapere che cos'hai? » lo stuzzicò lei, in tono scherzoso. « Sono gli alberi di Natale che ti fanno venire tutta questa voglia o...? » Era la terza volta che facevano l'amore in quella sera; sembrava che Charlie non riuscisse più a controllarsi. Quanto a lei, continuava a girare per la casa senza niente addosso e la sua stupenda figura lo faceva impazzire.

« La verità è che ho perduto la testa per te », le sussurrò Charlie baciandole i capelli, mentre erano sdraiati l'uno accanto all'altra sul divano. Le aveva già offerto il suo dono, quella sera. Una collana d'oro con un'ametista. Sapeva che a Barb sarebbe piaciuta alla follia, perché era la sua pietra portafortuna. Lei, invece, gli aveva regalato un maglione, una cravatta, una bottiglia di champagne francese e un cuscino speciale per la schiena, dato che faceva lunghi tragitti in macchina. Charlie aveva gradito i regali, ma certamente non quanto lei aveva apprezzato il suo. Le aveva comprato anche una gonna di pelle nera e un maglione nero, molto sexy.

« E se bevessimo un po' del tuo champagne? » Barbie si appoggiò a un gomito e abbassò gli occhi a contemplare suo marito. Aveva un'aria soddisfatta e appagata, ma stanca.

« Certo... certo. » Ma Charlie l'attirò di nuovo contro di sé. « Volevo tenerlo da conto, quello. »

« E per che cosa? » esclamò lei delusa, poiché adorava lo champagne. Lo aveva comprato proprio per quello!

« Vorrei tenerlo da parte per qualcosa d'importante. »

« Per esempio? Dal modo in cui ti stai comportando questa sera direi che Natale è già qualcosa di abbastanza importante, no? »

Lui rise e scrollò di nuovo la testa. « Niente affatto. Voglio dire davvero *importante*. Come quando si ottiene un premio, per esempio l'Oscar, oppure una parte in un film di Steven Spielberg... o ti ingaggiano per un serial televisivo, come protagonista... o magari per il nostro decimo anniversario oppure...» fece una pausa, quasi pregustando ciò che stava per aggiungere: «...quando avremo un bambino.»

Di scatto Barbie si rizzò a sedere sul divano e non gli nascose di essere vagamente infastidita. «Be', sono lieta di poter dire che non ho nessuna intenzione di aspettare uno di questi eventi con il fiato sospeso. Ho l'impressione che finiremo per non bere mai quello champagne.»

«E invece io sono sicuro.»

«Davvero? E quando sarà? Spero che tu non voglia tenerlo da parte per un bambino.» La esasperava il fatto che Charlie avesse sollevato un simile argomento proprio quella sera. Non voleva essere sottoposta a pressioni di nessun genere.

«Perché no, Barb?» Charlie desiderava un figlio, disperatamente. E desiderava con tutto il cuore di creare con lei una famiglia; Barbie, invece, quell'idea non l'aveva neppure presa in considerazione.

«Perché io non ho nessuna voglia di averlo. Credimi, sono cresciuta circondata da marmocchi... e sono una vera scocciatura... È evidente che tu non ne hai mai visto uno.» Fu molto sincera con lui in proposito, molto più di quando non erano ancora sposati.

«E invece ne ho visti. Sono stato bambino anch'io.» Charlie cercò di sdrammatizzare il discorso, ma Barbie gli lasciò capire che non la divertiva affatto. Così come non la divertivano i bambini.

«Inoltre non è escluso che non possiamo neppure averne!» esclamò, nella speranza di spaventarlo o almeno di non fargli prendere decisioni precipitose, per il momento.

«E perché no?» replicò Charlie, sinceramente stupito. E sconvolto. Era la prima volta che la sentiva fare un discorso del genere. Barbie non aveva mai accennato a niente di simile, prima, o perlomeno non lo aveva fatto con tanta schietezza. «C'è qualcosa che non va? Perché non me l'hai detto?»

«Non so se ci sia qualcosa che non va; però non sono mai stata tanto distratta e trascurata come adesso, con te; mi cogli sempre all'improvviso, senza darmi il tempo di pensare a queste cose... e in un anno e mezzo non sono ancora rimasta incinta.» Charlie avrebbe voluto chiederle se per caso le fosse già successo con qualche altro uomo, ma in fondo non aveva nessuna voglia di saperlo. Perciò preferì tacere.

«Questo non significa nulla. Probabilmente non lo abbiamo mai fatto al momento giusto. Non puoi restare incinta per caso!» Eppure a lei era già accaduto tre volte prima di lasciare Salt Lake City, e due volte a Las Vegas. Non era mai stata fortunata, tranne che con Charlie, e più di una volta se n'era meravigliata. Probabilmente c'era qualcosa in loro che non andava, e ripensando al proprio passato era più propensa a ritenere che si trattasse di lui. Ma non se ne preoccupava affatto. Anzi, ne era felice. Guardò Charlie e capì che non avrebbe dovuto dirgli nulla, se non altro perché era la vigilia di Natale. Infatti lui aveva l'aria molto ansiosa, adesso.

«Non ti è mai capitato di mettere incinta una ragazza?» gli domandò mentre riempiva di vino due bicchieri e gliene porgeva uno. Era sempre completamente nuda e a Charlie bastò guardarla per avere un'erezione.

«Non saprei... a meno che abbiano preferito non confessarmelo!» mormorò pensieroso, sorseggiando il vino e osservandola.

«Il che non significa niente», replicò lei con dolcezza, sempre più pentita di avere affrontato quell'argomento. Non le pareva giusto dargli un dispiacere proprio a Natale. «Non capita sempre che le ragazze te lo vengano a raccontare!»

«Ah, no?» Intanto Charlie si era versato un secondo bicchiere di vino, e poi un altro ancora, e a quel punto gli tornò la voglia di fare l'amore, ma avevano bevuto troppo e Barbara lo guidò fino al letto e si infilò sotto le coperte accanto a lui. «Ti amo», le sussurrò Charlie, stringendola a sé, piacevolmente stimolato dal contatto con quei seni tondi e sodi. Com'era sensuale, com'era stupenda e sempre così pronta a fare l'amore! Era la ragazza ideale e si rese conto di amarla davvero.

«Ti amo anch'io.» Cominciò ad accarezzargli i capelli, come fosse un bambino, mentre Charlie si abbandonava al sonno; poi lo tenne stretto fra le braccia chiedendosi per quale motivo l'idea di avere un figlio fosse così importante per lui. Sapeva che aveva sempre vissuto negli orfanotrofi e anche lei aveva avuto molti problemi, ma adesso l'ultima cosa al mondo che desiderava era proprio una famiglia, e la noia e la fatica di allevare un bambino. « Dormi bene », gli bisbigliò baciandolo, ma lui si era già addormentato fra le sue braccia e sognava la mattina di Natale.

4

In maggio Pilar invitò Nancy a pranzo. Brad era andato a giocare a golf e il marito di Nancy sarebbe rimasto fuori città per alcuni giorni. L'occasione ideale per passare qualche ora insieme.

Fu Pilar a occuparsi della cucina mentre la figliastra prendeva il sole sulla terrazza. A quell'epoca era già ingrassata notevolmente; la nascita del bambino era del resto prevista dopo quattro settimane. A Pilar sembrava addirittura enorme! Quando tornò sulla terrazza con un vassoio tra le mani, Nancy aprì pigramente un occhio, crogiolandosi al sole con aria soddisfatta. Nonostante le dimensioni, si alzò subito di scatto per aiutarla. Indossava un paio di shorts bianchi studiati appositamente per le future mammine e un ampio camicione rosa. Comunque, fino a poche settimane prima aveva continuato a giocare a tennis con il marito.

« Scusami, Pilar... lascia che ti aiuti... » Le tolse il vassoio dalle mani e l'aiutò a sistemarlo su un tavolino di vetro. Pilar aveva preparato un po' di pasta e un'abbondante insalata verde. « Che meraviglia! » esclamò Nancy. Aveva sempre avuto un formidabile appetito negli otto mesi precedenti, ma era riuscita a non ingrassare più del dovuto ed era ancora molto graziosa. Anzi, come Pilar aveva detto a Brad poco tempo prima, da quando era incinta sembrava addirittura più bella del solito. I lineamenti si erano addolciti e aveva un'espressione serena e appagata. Sembrava quasi fosse circondata da un'aura magica — un particolare che Pilar trovava estremamente intrigante. Non era la prima volta che lo notava in una donna incinta, ma non riusciva a immaginare quale fosse la sensazione che si potesse provare. Il solo fatto di ritrovarlo in Nancy la colpì e la turbò. Avvertì anche un vago senso di paura. In realtà Pilar era spaventata soprattutto dei propri sentimenti. A un tratto Nancy le sembrava così diversa...! E tutto in lei l'incantava. Era più gentile, meno caustica, «più morbida», come ripeteva suo marito. In un certo senso era maturata in quegli otto mesi e adesso non aveva più l'aria di una bambina viziata!

Sedettero a tavola e Pilar, osservandola, non poté fare a meno di sorridere. Sembrava che Nancy avesse un enorme pallone da spiaggia nascosto sotto il camicione rosa.

«Che impressione fa?» le domandò Pilar un po' sconcertata da quella situazione a lei così estranea! Non era certo la prima volta che si trovava con un'amica in attesa di un figlio, ma non si era mai trattato di una persona con cui avesse una particolare intimità, e in fondo non aveva mai prestato a queste gravidanze molta attenzione. Quasi tutte le sue amiche facevano parte di quella generazione che aveva anteposto la carriera a tutto, anche ai figli. E le poche che avevano ceduto a questo richiamo della natura lo avevano fatto piuttosto tardi nella vita e a poco a poco avevano finito per uscire dalla cerchia più intima di Pilar. «Provi una sensazione strana, oppure meravigliosa?» le domandò mentre mangiavano l'insalata. Intanto cercava di guardarla negli occhi, quasi volesse leggervi qualche segreto — il segreto della vita.

«Non so.» Nancy sorrise. «A volte mi sento un po' strana. Ma ci si abitua. A dire la verità, adesso non me ne rendo più conto. Anzi, a volte penso addirittura che sia sempre stato così. Ormai sono settimane che non riesco più ad allacciarmi le stringhe delle scarpe. È Tommy che deve farlo per me. Ma la cosa più strana credo sia sapere che dentro di te c'è un'altra persona, tutta intera, che presto vedrà la luce e vivrà con noi... almeno i prossimi vent'anni! Una creatura che dipenderà da noi e si aspetterà molto da noi per il resto della sua vita. Ti giuro che non riesco nemmeno a immaginare che sensazione dev'essere, sai? »

« Neppure io », replicò Pilar, con aria pensosa; in realtà in un certo senso lo immaginava, perché Nancy e Todd si erano sempre aspettati qualcosa da lei in quegli ultimi quattordici anni. Tuttavia, sotto molti aspetti, anche quella era stata una scelta. In fondo non erano figli suoi e se lei e Brad un giorno si fossero lasciati, avrebbe anche potuto non rivedere mai più nessuno di loro. Anche se, nel profondo del suo cuore, sapeva che non sarebbe stato così. In ogni caso non *era costretta* a farlo, perché quelli non erano figli *suoi*. Invece questo bambino sarebbe stato per sempre di Nancy. Era parte di lei e di Tom, ma al tempo stesso una persona separata da loro, un essere unico. E sarebbe diventato molto importante per loro, per il resto della vita. Era stato proprio questo pensiero, a volte, a riempirla di terrore; e adesso, di colpo, si accorse di trovarlo commovente.

« Io penso che sia stupendo. Si tratta di una nuova vita, di un mondo tutto nuovo, di un rapporto con una creatura che è parte di te, che può avere mille cose in comune con te oppure niente del tutto. Affascinante, non è vero? » Pur trovando tutto questo terribilmente intrigante, continuava a pensare che un figlio fosse comunque una responsabilità enorme e che, per quanto la riguardava, non provava nessun desiderio di vivere l'esperienza di un parto. Quella fase non aveva mai avuto attrattive per lei; e in quel momento, osservando le dimensioni del pancione di Nancy, si scoprì a non invidiarla affatto per ciò che si preparava ad affrontare. Una volta aveva visto un documentario su un parto e si era sentita molto felice all'idea di non dover mai sperimentare niente di simile. Era assolutamente convinta che nel suo futuro non ci fosse posto per la maternità.

« È buffo », commentò Nancy abbandonandosi contro la spalliera della poltrona e contemplando il Pacifico, « perché per gran parte del tempo non riesco a pensare al rapporto che verrà a crearsi fra noi oppure se questo bambino ci assomiglierà... rifletto soltanto su quanto sarà tenero e dolce, e piccino, e quanto dovrà dipendere da noi... Tommy, poi, è emozionatissimo.» Del resto lo era anche lei: era la cosa più eccitante che le fosse mai successa e, anche se avvertiva un certo nervosismo al pensiero del parto, in realtà era soprattutto sul futuro figlio che concentrava ogni pensiero. Poi si voltò a guardare Pilar e l'interrogò su un particolare che l'aveva sempre fatta riflettere ma di cui non aveva mai osato parlare. «Come mai tu e papà... voglio dire... perché non avete mai avuto figli?» Non appena pronunciò quelle parole, se ne pentì. Forse era Pilar che non poteva avere bambini.

Invece lei si limitò a sorridere, stringendosi nelle spalle. «Non ne ho mai desiderati. La mia infanzia è stata alquanto strana e non ho mai pensato di costringere qualcuno a sperimentare qualcosa del genere. E poi, avevamo te e Todd. Ma anche quando ero più giovane, non ho mai desiderato avere figli. Credo che l'istinto materno mi sia sempre mancato. Quando vedevo le amiche che si erano sposate appena finita la scuola, costrette a occuparsi della famiglia e dei bambini e a condurre un'esistenza che in realtà detestavano, mi sembravano persone cadute in trappola. Non facevano mai niente. Ho sempre ritenuto che si trattasse di una scelta ben precisa da fare, e per quanto mi riguardava i miei progetti non includevano i figli. Dopo avere cominciato a studiare legge all'università, non ci ho pensato più. Avevo la carriera; poi ho conosciuto tuo padre e non mi è mai capitato di avere rimpianti. Le donne che sono diventate madri vent'anni fa adesso si ritrovano sole poiché i figli sono cresciuti e vivono ormai la propria vita. Sono felice che niente di tutto questo sia capitato a me. Sono convinta che avrei odiato quel genere di vita attimo dopo attimo; avrei odiato me stessa e l'uomo che me lo aveva imposto.»

«Ma non deve essere necessariamente così», le rispose Nancy con molta dolcezza. Aveva acquisito una maturità nuova e aveva una mentalità molto più aperta di prima: il suo mondo, un po' come il suo pancione, aveva cominciato a poco a poco a crescere e ad allargarsi. «Io ho amiche che fanno l'una e l'altra cosa; hanno i loro bambini e non trascurano la carriera. Anzi, molte di loro sono medici, avvocati, psicologhe e scrittrici. Non *deve essere necessariamente* una scelta, se tu non vuoi che lo sia. »

« La tua generazione è migliore della mia. Per noi, era quasi sempre una scelta. O riuscivi a trovarti un lavoro importante, la cosiddetta grande occasione, e allora a poco a poco, gradino dopo gradino, salivi la scala fino a raggiungere il tuo obiettivo — oppure andavi a vivere in un quartiere residenziale e mettevi al mondo due o tre figli. In genere, era così! Adesso pare che la gente sia molto abile a occuparsi di tutto e di tutti, ma credo che si tratti semplicemente di trovare un marito pronto a rendersi utile, disponibile e tollerante e soprattutto è importante che entrambi siano proprio sicuri di volere le stesse cose. A volte si deve rinunciare a molto, se si desidera una famiglia e al tempo stesso fare carriera. Chissà, forse è stato un bene che io non sia mai stata costretta a fare certe scelte. A ogni modo sono sicura che se avessimo avuto dei figli, tuo padre sarebbe stato bravissimo. Con voi è sempre stato straordinario. Quanto a me, non ho mai provato quel desiderio struggente che certe donne hanno e che non è mai soddisfatto fino a quando non hanno un figlio. Ho sentito qualcuna parlarne come se si trattasse di una malattia; io, invece, non ho mai provato niente di simile, e di questo ringrazio Dio! » Ma nello stesso momento in cui pronunciava quelle parole si rese conto di avvertire una lieve fitta dolorosa. Un po' come quando si comincia ad avere il mal di denti.

« Ma non ti dispiace, Pilar? Non credi che un giorno sentirai la mancanza di tutto questo, che ti guarderai indietro e rimpiangerai di non avere avuto dei figli? Non è ancora troppo tardi, sai... conosco due donne che hanno avuto da poco un bambino e sono più vecchie di te. »

« Davvero? E chi sarebbero? Naturalmente Sara, quella della Bibbia... ma l'altra? » Scoppiò a ridere mentre Nancy continuava a insistere che non era troppo vecchia. Ma lei era invece convinta che ormai fosse troppo tardi. Aveva fatto le sue scelte molto tempo prima, e in fondo non se ne era dovuta lamentare. Doveva comunque ammettere che in quegli ultimi tempi ci aveva pensato un paio di volte, soprattutto da quando Nancy era rimasta incinta; aveva però il sospetto che si trattasse semplicemente degli inevitabili dubbi che sorgono a una certa età, quando si ha la sensazione che il proprio orologio biologico continui ancora a battere... ma non per molto! In ogni caso si rifiutava di lasciarsi influenzare, nonostante tutto questo fosse terribilmente commovente e Nancy le facesse tanta tenerezza con il suo pancione! La verità era un'altra: si stava rammollendo perché ormai la vecchiaia continuava ad avanzare... Ma questo non significava affatto che desiderasse un bambino. Cercò di convincersene mentre sparecchiava.

« No, non credo che mi pentirò, neppure in futuro. Certo, sarebbe bello avere un figlio, una persona con cui parlare, una creatura da amare e dalla quale essere ricambiata, per esempio quando, fra una trentina d'anni, mi ritroverò sulla sedia a dondolo sotto la veranda... ma ho te e questo mi basta. Non ho rimpianti per la mia vita. Ho fatto né più né meno quello che ho sempre desiderato fare, nel modo che avevo stabilito e quando avevo deciso di farlo. Non si può chiedere di più alla vita. » O invece sì?... Il guaio era che, a un tratto, nella sua mente avvertiva quegli interrogativi, così vaghi e indistinti. Era sempre stata tanto sicura di se stessa, per tutta la vita, così determinata nelle scelte di ciò che riteneva giusto per sé... Una certezza che non le mancava neppure adesso... oppure no?

« Ti confesso che non riesco proprio a vederti, fra trent'anni, su una sedia a dondolo. Come non riesco a vederci mio padre! » A quell'epoca Brad avrebbe avuto novantadue anni! « Chissà! Forse dovresti ripensarci. » Nancy continuava a essere convinta che aspettare un bambino fosse la cosa più bella del mondo e che tutte le donne dovessero fare questa meravigliosa esperienza!

« Adesso sono troppo vecchia per pensarci », rispose Pilar in tono fermo, quasi volesse persuadere se stessa. « Ho quarantatré anni. Sarò molto più adatta a fare la nonna quando nascerà il tuo bambino. » Eppure, chissà perché!, nel pronunciare quelle parole avvertì una grande tristezza — al punto che trasalì. All'improvviso si stava rendendo conto che nella sua vita aveva saltato a piè pari gli anni di mezzo. Era stata giovane e adesso era vecchia. Non aveva mai avuto figli e adesso sarebbe diventata nonna. Era un po' come accorgersi di non essere stata invitata a una festa.

«Non riesco a capire per quale motivo tu debba considerarti vecchia. Quarantatré anni non significano essere vecchi. Quante donne hanno un figlio alla tua età!» insistette Nancy.

«Verissimo; ma sono tante le donne che non ne hanno! E credo che io potrei benissimo continuare a rientrare in questo gruppo. Se non altro, mi è più familiare.» Poi tornò in casa a preparare il caffè; Nancy non lo prendeva, ma lei sì. Chiacchierarono ancora un po' e alla fine del pomeriggio Nancy se ne andò perché doveva ancora sbrigare qualche commissione e aveva amici a cena, quella sera. Sembrava davvero felice della gravidanza e Pilar, mentre conversavano, era rimasta affascinata vedendo il modo in cui si accarezzava dolcemente quel pancione... come se si stesse rivolgendo soltanto al nascituro! Una volta o due Pilar aveva notato un lieve movimento sotto il camicione rosa, come se il bambino si fosse mosso o avesse cominciato a scalciare. E Nancy, ridendo, le aveva spiegato che suo figlio non stava mai fermo.

Quando Nancy la lasciò, Pilar cominciò a gironzolare senza scopo per la casa. Lavò i piatti del pranzo, sedette alla sua scrivania per un po' e si mise a guardare fuori della finestra. Aveva portato a casa alcuni documenti da esaminare, ma non riusciva a concentrarsi; non faceva che pensare alla conversazione avuta con Nancy nel pomeriggio... e alle domande che la giovane le aveva fatto... Non si sarebbe pentita, un giorno?... Non le sarebbe dispiaciuto non avere dei figli in futuro?... E che cosa sarebbe accaduto il giorno in cui, il più lontano possibile, Brad fosse mancato? Non c'era forse il rischio che non le rimanesse proprio niente di lui, all'infuori dei ricordi e dei figli che aveva avuto con un'altra donna? Tutto questo era assurdo, però! Una donna non decide di avere dei figli soltanto per rimanere legata a un uomo, perché le rimanga qualcosa di lui. Ma allora, perché la gente aveva figli? E come mai lei non ne aveva mai desiderati prima, mentre adesso questo pensiero stava lentamente trasformandosi in un interrogativo che la tormentava? Perché proprio adesso? Perché dopo tanti anni? Era semplicemente gelosia nei confronti di Nancy, un inconscio desiderio di essere giovane, qualche idea pazzesca che le era venuta appena prima della menopausa? Era il principio della fine o il principio del principio? Oppure niente di tutto questo? Non riuscì a dare risposta a nessuno di questi interrogativi.

Alla fine, dopo un lunga battaglia con se stessa, Pilar mise da parte il lavoro e telefonò a Marina. Già mentre componeva il numero si sentì un po' sciocca, ma capiva di avere assolutamente bisogno di parlare con qualcuno. La conversazione con Nancy l'aveva lasciata confusa e turbata.

« Pronto? » rispose Marina con un tono decisamente professionale, strappando un sorriso a Pilar.

« Sono soltanto io. Dov'eri? Hai impiegato un secolo a rispondere. » Per un attimo aveva temuto che l'amica non fosse in casa e aveva provato un enorme sollievo sentendo la sua voce all'altro capo del filo.

« Scusami, ero in giardino a potare le rose. »

« Non avresti voglia di una passeggiata sulla spiaggia? »

Marina esitò, ma solo per un momento. A dire la verità amava molto il giardinaggio e ne traeva un immenso piacere; d'altra parte sapeva che Pilar non la invitava mai a una passeggiata sulla spiaggia se non quando era profondamente turbata.

« Qualcosa non va? »

« Non proprio. Non lo so. È un po' come quando si cambia di posto ai mobili di casa. Ma io lo faccio con quello che ho nella mente. Sempre le solite cose, però mi accorgo che ho cominciato a dargli tutt'altra disposizione. » Uno strano modo per spiegare quello che stava provando, ma non era ancora riuscita a trovare le parole giuste.

« Basta che ti resti qualcosa su cui farmi sedere! » Marina sorrise mentre posava i guanti da giardinaggio sul tavolo della cucina. « Vuoi che passi a prenderti? »

« Sì, mi faresti veramente piacere. » Pilar sospirò. Trovava Marina sempre disponibile, sempre gentile e affettuosa con lei. I fratelli e le sorelle continuavano ancora adesso a telefonarle, a volte nel cuore della notte, per parlarle dei loro problemi — ed era facile capire perché. Era talmente acuta e intelligente, e così incredibilmente piena di amore per tutti. Aveva dato a Pilar tutto ciò che dai genitori lei non aveva mai ricevuto, anche se a volte significava soltanto restare ad ascoltarla oppure aiutarla a prendere una decisione difficile. In genere Pilar si confidava con Brad, ma di tanto in tanto si trovava di fronte un problema che solo un'altra donna poteva capire. Questa volta Marina le avrebbe dato sicuramente della pazza! Arrivò da lei in meno di mezz'ora e ripartirono in automobile, dirigendosi senza fretta verso il mare. Di tanto in tanto Marina lanciava un'occhiata a Pilar che però le pareva in buona forma, anche se era evidente quanto fosse preoccupata.

« Dunque, che cosa ribolle in quel cervello? » le domandò quando poté fermare l'automobile. « Di che cosa stiamo parlando... di affari o di piaceri... oppure del fatto che ti mancano sia gli uni sia gli altri? » Pilar sorrise scrollando il capo mentre scendevano dalla vettura. « Hai litigato con Brad? »

« No, niente del genere. » Pilar fu pronta a rassicurarla. Anzi, mai le cose erano andate meglio fra loro. Sposarsi era stata un'ottima soluzione e adesso lei si pentiva più che mai di non essersi decisa prima. « A dire la verità », e respirò a fondo mentre si incamminavano lungo la spiaggia, « anche se potrà sembrarti abbastanza buffo, si tratta di Nancy. »

« Di nuovo? Dopo tutti questi anni? » Marina non le nascose di essere sorpresa. « Mi pareva di aver capito che da dieci anni a questa parte si comportasse bene. Quello che mi dici mi dispiace profondamente. »

Ma Pilar scoppiò in un'allegra risata e scrollò di nuovo la testa. « No, non si tratta nemmeno di quello. Sta benone. Fra qualche settimana avrà il bambino e si direbbe che non pensi ad altro! »

« Probabilmente non penseresti ad altro neppure tu se avessi una specie di cocomero di venti chili legato alla pancia... il solo fatto di domandarti quando finalmente potrai liberartene mi sembra che ti debba logicamente occupare la mente... e in continuazione! Farei anch'io la stessa cosa; non sopporto di trascinarmi dietro niente che pesi più di dieci chili! »

« Oh, sta' un po' zitta! » Pilar rise di nuovo, guardandola. « Non farmi ridere, Mina. » Era il vezzeggiativo con cui si rivolgevano a lei, da anni, tutti i nipoti; e anche Pilar lo usava in momenti particolari. « La cosa più pazzesca è che non sono neppure sicura di quello che voglio raccontarti... o perché mi sento a questo modo... figurati che non so neppure bene quello che provo, se è una realtà o un'illusione. »

« Mio Dio! La faccenda sta diventando seria », esclamò Marina prendendosi gioco dell'amica ma, al tempo stesso, osservandola con attenzione, e rendendosi conto di quanto fosse turbata e confusa. Ma era certa che Pilar prima o poi si sarebbe decisa a confidarsi. Del resto, lei non aveva nessuna fretta e poteva darle tutto il tempo necessario per trovare le parole più adatte a esprimere quello che sentiva.

Pilar la guardò imbarazzata mentre cercava di descrivere il groviglio di emozioni da cui si sentiva dilaniata. « Non so neppure da dove cominciare... credo che si debba risalire a cinque mesi fa, quando Nancy mi ha confidato di essere incinta... o forse dopo... non lo so... Anzi, non so più niente... a parte il fatto che continuo a chiedermi se non ho commesso un errore... forse un errore gravissimo... » Sembrava angosciata e Marina non nascose il suo stupore sentendo quelle parole.

« Alludi forse al tuo matrimonio? »

« No, assolutamente », replicò Pilar scrollando decisa il capo. « Alludo alla mia drastica decisione di non avere mai figli. E se avessi sbagliato? E se un giorno dovessi pentirmene? E se tutti gli altri avessero ragione e io fossi così nevrotica solo perché i miei genitori si sono comportati in modo tanto ignobile nei miei confronti... Chissà, forse se avessi avuto una brava madre! » Sembrava terribilmente angosciata quando si voltò verso Marina. L'amica le indicò una duna e lì andarono a sedersi, riparate dal vento. Poi le circondò le spalle con un braccio.

« Sono sicura che tu saresti stata un'ottima madre, se avessi desiderato avere dei figli. Ma essere bravi in qualche cosa, o anche solo potenzialmente bravi, non è una giustificazione sufficiente per prendere una decisione del genere, a meno che, naturalmente, non sia qualcosa che si vuole fare. Sono sicura che tu saresti stata, per esempio, un ottimo vigile del fuoco, ma certo non sarebbe stato di nessuna utilità per la tua carriera. Lascia che ti ricordi che, indipendentemente da ciò che fa la maggior parte della gente, non è ancora obbligatorio avere un figlio. Questo non significa che tu sia una persona cattiva né, tanto meno, che tu sia diversa dagli altri, pericolosa o strana se decidi di non averne. Ci sono persone che non desiderano figli, punto e basta. Ed è perfettamente giusto, se questo va bene per te. »

« Non ti sei mai chiesta se hai fatto la cosa più giusta? Non ti sei mai pentita di non avere figli? » Era qualcosa che doveva assolutamente sapere perché adesso si stava muovendo in un campo per lei completamente ignoto e che Marina conosceva in quanto aveva vissuto quel dilemma prima di lei.

« Certo », le rispose Marina con molta franchezza. « Un paio di volte. Quando uno dei miei fratelli o un nipote mi mettono un neonato fra le braccia, avverto una strana fitta al cuore e penso... accidenti, ne voglio uno anch'io! Ma è una sensazione passeggera, e dopo dieci minuti non ci penso più. Per vent'anni ho asciugato nasini gocciolanti, ho cambiato pannolini, ho caricato lavabiancheria quattro o cinque volte al giorno, sono andata a prenderli a scuola, li ho portati a giocare ai giardini, ho rimboccato le coperte la sera, li ho aiutati a rifare i loro letti. Cristo, sono riuscita ad andare al college soltanto a venticinque anni e all'università quando ne avevo quasi trenta! A ogni modo ce l'ho fatta ugualmente, e voglio un bene dell'anima a tutti, a parte, forse, uno o due. Ma poi, in fondo in fondo, mi accorgo che voglio bene anche a loro... Ho vissuto momenti molto belli con tutti. Ma sono cose che non ho nessuna intenzione di rifare, mai più. Perché ho sempre desiderato un po' di tempo per me stessa, per studiare, per lavorare, per le amicizie, per gli uomini. E a un certo momento probabilmente mi sarei anche sposata, se avessi trovato l'uomo giusto. Forse l'avevo anche incontrato, una o due volte, ma ho sempre avuto qualche validissima ragione per non volere legami proprio in quel momento. La verità è che ero felice di essere single. Adoravo il mio lavoro, adoravo i bambini. Ma adesso sono contenta di non averne mai avuti. Certo, sarebbe meraviglioso avere una figlia o un figlio che si occupassero di me e mi circondassero di attenzioni mentre divento vecchia, ma sono poi davvero tanto importanti? Ho te, e dieci tra fratelli e sorelle, per non parlare dei loro figli.» Più onesta di così Marina non poteva essere, e Pilar gliene fu grata.

«Ma... e se un giorno non fosse più sufficiente? E se non fosse la stessa cosa?» Amici e nipoti non erano dei figli... o forse sì?

«Be', allora avrò fatto un errore. Ma per il momento non posso lamentarmi.» Aveva sessantacinque anni e non li dimostrava. Adorava il suo lavoro di magistrato e aveva più amici di qualsiasi altra persona Pilar conoscesse. Era molto attiva, sempre in movimento per andare a far visita a qualcuno, nipoti, sorelle, amici. Una donna felice e pienamente realizzata. Anche Pilar si era sentita così... fino a poco tempo prima.

«Ma che cosa mi dici di te?» Marina si voltò a guardarla, stupita di trovarla così confusa, e con quell'aria infelice. «Qual è il tarlo che ti divora, Pilar? Perché tutte queste domande sulla maternità e sui figli? Sei incinta? Mi stai forse domandando che cosa ne penserei di un aborto?»

«No.» E Pilar scrollò il capo desolata. «Volevo semplicemente domandarti che cosa ne pensi dell'idea di avere un figlio. In ogni caso non sono incinta.» Non sapeva nemmeno se avrebbe voluto esserlo. Eppure, a un tratto, per la prima volta nella sua vita aveva qualche dubbio sulla scelta fatta.

«A me pare che sarebbe molto bello, se è ciò che desideri. Che cosa ne pensa Brad?»

«Non so. Credo che probabilmente direbbe che sono matta, e forse avrebbe ragione. Sono sempre stata così sicura, così determinata a non volere figli. Soprattutto perché non volevo essere come mia madre.»

« Non potresti mai esserlo. Mi auguro che almeno questo tu ormai l'abbia capito! Siete due persone completamente diverse. »

« Dio sia ringraziato! »

« O forse dovrei dire che una di voi è una persona e l'altra è... un po' strana. » Non era mai riuscita a capire certe situazioni che Pilar le aveva descritto nel corso degli anni. Quindi poteva soltanto dichiararsi d'accordo con l'amica quando affermava che i suoi genitori non avrebbero mai dovuto avere figli. « È questa l'unica cosa che te lo ha impedito? La paura di essere come loro? »

« In parte, ma non è tutto. Non ho mai sentito il bisogno di tutto questo. Ma del resto non avevo mai sentito neppure il bisogno di sposarmi e adesso mi dispiace di non averlo fatto prima. »

« Questo genere di pentimento è soltanto una perdita di tempo. Adesso goditi quello che hai e non guastarti la vita continuando a guardarti indietro. »

« Non lo faccio! Il fatto è che non capisco quello che mi sta succedendo... ho la sensazione di essere all'improvviso cambiata. »

« Non è poi tanto brutto! Sarebbe molto peggio se ti fossi mostrata rigida e irremovibile. Forse è la cosa più bella che potrebbe succederti, Pilar. Forse dovresti avere un figlio. »

« E se poi mi pentissi? Se la mia fosse soltanto invidia di Nancy, o qualcosa del genere? E se mia madre avesse ragione, e magari nascesse un bambino con tre teste perché sono troppo vecchia? » Molte, troppe, erano le domande alle quali nemmeno Marina sapeva dare una risposta.

« Già, e come mai non ti domandi se esistono esseri viventi su Venere? Non puoi sapere tutto, Pilar. Puoi semplicemente seguire quello che ti dettano il cuore e il cervello, e fare del tuo meglio. E se pensi che adesso avresti voglia di avere un figlio, prova a riflettere seriamente su tutto questo e non preoccuparti troppo dei risultati. Per amor di Dio, se tutti si tormentassero a questo modo, non nascerebbero più bambini! »

« Già, ma che cosa mi dici di te? Se tu non sei infelice perché non hai dei figli, la stessa cosa può valere anche per me! »

« Questo è assurdo, e lo sai. Noi siamo diverse. E le nostre esperienze di vita non hanno nulla in comune. Io ho avuto bambini attorno per sessant'anni, tu hai avuto soltanto i figli di Brad, ed erano già grandicelli quando ti sei legata a lui. Tra l'altro, tu sei sposata, mentre io non lo sono mai stata. E ti confesso che ne sono pienamente felice. Perché questo mi lascia libera di godere della compagnia di moltissime persone, nel modo che preferisco, ed è uno stile di vita che mi va a pennello. Tu sei felicemente sposata con Brad e chissà che un giorno non ti trovi pentita perché non hai avuto figli. »

Pilar rimase a lungo in silenzio, a fissare la sabbia sulla duna dov'erano sedute; poi si voltò di nuovo a guardare l'amica, confortata dalle sue parole. Ma in realtà continuava a non avere le risposte alle domande che si faceva. « Mina, se fossi nei miei panni, che cosa faresti? »

« Cercherei di vivere serenamente, di rilassarmi, tanto per cominciare. E ti farebbe molto bene! Poi me ne andrei a casa a parlare di tutto questo con Brad, senza accanirmi nel trovare una soluzione, però! Nemmeno lui potrà fornirti tutte le risposte che cerchi! Nessuno potrà farlo, nemmeno tu stessa. Entro certi limiti, nella vita qualche rischio bisogna pur correrlo! Tu devi progettere te stessa per quanto possibile; ma prima o poi anche tu dovrai affrontare il salto dal trampolino. E allora augurati di non prendere una bella panciata! »

« Devo dire che a vostro onore non manca la parola! »

« Grazie. » Marina sorrise, poi si voltò di nuovo a osservare Pilar. « E se ti può interessare la mia opinione, sappi che io non ci penserei due volte ad avere un figlio, se fossi in te. E al diavolo tutte quelle sciocchezze sul fatto di essere troppo vecchia! Secondo me è quello che desideri, ma hai troppa paura perfino di provare a dirlo! »

« Credo che tu abbia ragione. » In genere, era così. A ogni modo Pilar non aveva assolutamente idea di quello che Brad le avrebbe risposto se gli avesse confessato che voleva un bambino. Eppure, per la prima volta nella vita, provava uno strano senso di vuoto, un vuoto doloroso, che non aveva mai avvertito in precedenza e che stava cominciando a renderla terribilmente infelice.

Poi si incamminarono lentamente verso l'automobile e lungo il tragitto di ritorno non parlarono molto. Il fatto di non sentirsi costretta a sostenere la conversazione era una delle cose che più apprezzava nella compagnia dell'amica. Adesso aveva bisogno di tempo per riflettere su quanto le aveva detto.

« Prendi le cose con calma, figliola. E alla fine saprai che cosa realmente desideri. Prova ad ascoltare il tuo cuore. Lo sentirai dentro di te, quello che vuoi. E se segui il tuo istinto, non puoi sbagliare. »

« Grazie. » Pilar abbracciò affettuosamente Marina e si fermò a salutarla con la mano mentre si allontanava in auto, pensando alla disponibilità e alla pazienza che l'amica mostrava sempre con lei. Quando rientrò in casa stava ancora sorridendo.

Trovò Brad che stava riponendo le mazze da golf. Era abbronzato e sembrava allegro e felice di rivederla.

« Dove sei stata? Sbaglio o Nancy doveva venire da noi questo pomeriggio? » Le circondò le spalle con un braccio e la baciò mentre si avviavano verso la terrazza.

« È stata qui, infatti. A pranzo. Quando è andata via, sono uscita a fare una passeggiata con Marina, sulla spiaggia. »

« Ohi... ohi... » commentò Brad, scrutando la moglie che ormai conosceva tanto bene. « Questo significa guai. »

« Che cosa vorresti dire? » esclamò Pilar ridendo, e lui l'attirò a sé. Pilar rimase lì, fra le sue braccia, sentendosi finalmente felice. Lo adorava, letteralmente; ed era evidente che anche Brad era pazzo di lei.

« Tu non vai mai a passeggiare sulla spiaggia, a meno che non ci sia qualcosa di grave che ti preoccupa. L'ultima volta che lo hai fatto è stato quando dovevi decidere se accettare nello studio un nuovo socio. E prima ancora quando ti sei chiesta se non fosse opportuno rinunciare a una causa che a tuo giudizio nascondeva qualche frode. E, naturalmente, quando dovevi decidere se sposarmi oppure no. Be', quella è stata davvero un'ottima passeggiata! » Pilar scoppiò a ridere. Brad aveva ragione. E ricordava anche il numero delle famose passeggiate. « Allora, qual è il motivo che ti ha spinto ad andare oggi sulla spiaggia? Nancy ti ha fatto passare un brutto quarto d'ora? » Ne sarebbe rimasto molto sorpreso, comunque, perché i loro rapporti erano ottimi ormai da anni e le due donne erano diventate amiche. « Oppure è accaduto qualcosa di grave in ufficio? » Solo poco tempo prima, Pilar aveva vinto un'importante causa a Los Angeles, e lui ne era molto fiero. Ma sapeva anche quanto potesse diventare stressante il suo lavoro, e quante decisioni difficili dovesse prendere ogni giorno. Gli piaceva aiutarla quando era possibile; purtroppo, a volte non poteva far nulla neppure lui. Pilar doveva fare le sue scelte da sola.

« No, niente del genere, tutto va a meraviglia. Quanto a Nancy, oggi è stata adorabile. » Adorabile, ma l'aveva fatta soffrire. Perché aveva fatto scoprire a Pilar una parte del suo cuore di cui ignorava addirittura l'esistenza. Anche se, a dire la verità, qualche avvisaglia l'aveva avuta in quell'ultimo anno... ma si era sempre detta che non era niente che meritasse di essere preso sul serio. Adesso non ne era più tanto sicura e non sapeva come rispondere a Brad. Avrebbe certo pensato che fosse impazzita. E forse, chissà, Marina aveva ragione. No, era meglio dirgli tutto. « Non so... mi sembrano soltanto cose di donne, volevo chiarire certe idee che mi ero fatta, così sono andata sulla spiaggia con Marina e, come al solito, lei mi ha fatto un mucchio di discorsi pieni di buon senso. »

« E posso sapere che cosa ha detto? » le domandò gentilmente Brad, che voleva ancora esserle di aiuto. Aveva un profondo rispetto per la loro amica Marina, ma Pilar era sua moglie e desiderava condividere tutto con lei.

« Se tu sapessi quanto mi sento sciocca! » esclamò in tono vago Pilar.

Brad le lanciò un'occhiata e quando si accorse che aveva gli occhi lucidi, rimase meravigliato. Molto raramente aveva visto piangere Pilar. Perché molto raramente lei perdeva il controllo di sé. E a un tratto si rese conto che doveva essere profondamente turbata.

« Mi sembra che tu abbia discusso qualcosa di molto importante... Certo non argomenti adatti a un sabato pomeriggio! Pensi che dovremmo tornare sulla spiaggia insieme? » chiese in tono serio.

« Forse... » Pilar sorrise e si asciugò una lacrima, e Brad ne approfittò per stringerla ancora più forte contro di sé.

« Che cosa ti preoccupa, tesoro? Vorrei che tu me ne parlassi. » Sapeva che doveva trattarsi di qualcosa d'importante, altrimenti non avrebbe telefonato a Marina.

« Se te lo dico, non mi credi. Io stessa mi sento talmente stupida! »

« A ogni modo, prova! Se tu immaginassi quante storie assurde o ridicole devo ascoltare ogni giorno... ormai ci sono abituato. E poi, sai che ho le spalle robuste! »

Pilar si rannicchiò contro di lui, stendendo le lunghe gambe su quelle di suo marito, poi accostò il viso a quello di Brad quando finalmente si decise a parlare. « Non so... ho l'impressione che vedere Nancy oggi abbia toccato un nervo... che non sapevo nemmeno di avere... qualcosa a cui ho pensato un paio di volte in questo ultimo anno... qualcosa a cui non avevo mai pensato prima, che non mi sembrava importante e di cui non sapevo affatto di avere bisogno. Be', Nancy mi ha domandato se ero sicura che non mi sarei mai pentita di non avere avuto figli. » E mentre pronunciava queste parole scoppiò in lacrime. Suo marito la guardò senza sapere che cosa dire o pensare. Pilar lo aveva talmente sorpreso che adesso non riusciva nemmeno a credere alle proprie orecchie. « Sono sempre stata così sicura di non desiderare figli. Adesso, invece, non ho più questa certezza. Di colpo mi scopro a pensarci. E se lei avesse ragione... e un giorno mi pentissi? E se mi ritrovassi con il cuore spezzato, in vecchiaia? E se... » Anche se quel pensiero era insopportabile, doveva dirlo « ...e se dovesse succederti qualche cosa e... io non potessi più avere un figlio da te? » Piangeva disperatamente pronunciando queste parole. Brad tacque, limitandosi a scrollare la testa. Quella reazione lo aveva lasciato allibito. Era preparato a tutto, ma non a quello. Perché Pilar era l'ultima persona al mondo dalla quale si sarebbe aspettato di sentirsi dire che voleva un figlio.

« Parli sul serio? Sei davvero preoccupata di queste cose? » Non riusciva a crederci.

« Credo di sì. Ed è questa la cosa più terribile. Che cosa accadrebbe se, di punto in bianco, io decidessi che voglio dei figli? » Sembrava in preda al panico, al punto che Brad fece uno sforzo per non mettersi a ridere.

« Forse sarai costretta a chiamare aiuto, per farmi riprendere dallo svenimento. Pilar, ma stai proprio parlando sul serio? Stai pensando di avere dei figli *adesso*? » Dopo tutti quegli anni? Per quanto lo riguardava, erano almeno dieci anni che non ci pensava più. Del resto Pilar si era sempre mostrata irremovibile nel dichiarare che non desiderava averne.

« Secondo te sono troppo vecchia? » gli domandò con aria afflitta, e lui rise.

« Tu, no. Ma io, sì. Ho sessantadue anni, e tra qualche settimana diventerò nonno. Non pensi che sembrerei ridicolo? » Quella prospettiva lo sconvolgeva.

« No, assolutamente. Quanti uomini della tua età, oggi, hanno una seconda famiglia, e ce n'è qualcuno anche più vecchio di te! »

« Ricorda che io invecchio ogni minuto che passa », obiettò Brad, in tono scherzoso. Ma guardando la moglie si rese conto che era davvero angosciata. « Dimmi un po', Pilar; da quanto tempo hai questi strani pensieri? »

« Non sono sicura », gli rispose lei con franchezza, « ma credo che la prima volta che un'idea del genere mi è passata per la mente sia stato dopo il nostro matrimonio. Ma poi ho deciso che doveva trattarsi di una specie di aberrazione; ed ecco che arriva nel mio ufficio quella coppia, per parlarmi della madre presa in affitto e della figlia che era nata. Non ho fatto che pensare a loro, e a quanto erano disperati per quella bambina che neppure conoscevano... ma la cosa più strana, in tutto questo, era che li capivo. Non so, forse sto semplicemente invecchiando e divento un po' strana. Credo di essere rimasta sconvolta quando Nancy mi ha confidato che era incinta. L'avevo sempre considerata una bambina, e adesso mi sembra così felice, così soddisfatta di sé. Come se avesse finalmente scoperto il vero significato della vita. E se io, per esempio, in tutti questi anni avessi perso proprio questo? E se il fatto di essere un bravo avvocato, una persona onesta, una buona moglie e matrigna non fosse sufficiente? E se alla radice di tutto questo non ci fosse, invece, il problema di avere dei figli nostri? »

« Oh, povero me! » esclamò Brad con un sospiro. Pilar era sconvolta, e lui non poteva certo rassicurarla dicendole che sbagliava. A ogni modo, per loro era un po' tardi per pensare ad avere dei figli! « Vorrei che tu avessi riflettuto su tutto questo un po' prima. »

Lei lo guardò con espressione molto seria, e con gli occhi lucidi gli fece una domanda: « Se decidessi che non riesco a vivere senza avere un figlio mio, tu acconsentiresti? » Le costò molto fargli una domanda del genere, ma aveva assolutamente bisogno di saperlo. Aveva bisogno di sapere quale fosse l'opinione di Brad, se opponeva un netto rifiuto o le lasciava una scelta. Perché se le avesse risposto di no, sapeva che avrebbe dovuto accettare la sua decisione. Amava lui più di qualsiasi figlio, anche se cominciava a pensare che forse avrebbe desiderato averne uno da lui.

« Non so », rispose Brad onestamente. « Da quanto tempo non penso a niente di simile! Dovrei rifletterci. » Pilar gli sorrise, sentendosi sollevata che non le avesse risposto subito con un rifiuto. Restava una possibilità, ma dovevano pensarci molto, tutti e due. Dovevano considerare le responsabilità che comporta un figlio, l'impegno che richiede e i cambiamenti che avrebbe inevitabilmente portato nella loro vita. Pilar, da parte sua, stava quasi cominciando a convincersi che un figlio meritasse tutto questo.

« Sarà meglio che tu rifletta un po' in fretta », replicò lei ridendo, e Brad, sempre stringendola tra le braccia, le domandò con aria malinconica: « Perché? »

« Perché io invecchio ogni minuto che passa! » rispose Pilar.

« Sei un... mostro! » esclamò Brad baciandola sulle labbra, prima con passione e poi con infinita tenerezza, mentre l'eccitazione cresceva in loro, sotto i raggi caldi del sole. « Sapevo che mi sarebbe successo qualcosa di terribile se ti avessi costretta a sposarmi », sussurrò Brad, guardandola minacciosamente, e lei gli rispose con una risata. « Rimpiango solo di non averlo pensato tredici anni fa. Perché ti avrei costretta a sposarmi allora e adesso ti ritroveresti ad avere almeno una dozzina di bambini. »

« Vediamo un po' », disse lei mettendosi a sedere sulle ginocchia di Brad e guardandolo con aria assorta: « Se cominciamo subito... ho quarantatré anni... chissà che non riusciamo a farne sei o sette... »

« Lascia perdere... sarà un miracolo se sopravviverò all'arrivo di uno solo... però vorrei che tu ricordassi che ancora non ho detto che sono d'accordo. Voglio pensarci. »

Lei finse di accettare quella risposta quando si alzò e lo prese per mano. « Mi è venuta una magnifica idea... adesso so che cosa potresti fare mentre rifletti, Brad. Su, vieni... » e lui si mise a ridere perché Pilar lo stava conducendo lentamente verso la loro camera da letto. Si lasciava sedurre facilmente da sua moglie. Era sempre stato così... ma la seduzione era reciproca. E Pilar si sentì il cuore più leggero quando Brad, dopo averla baciata, entrò con lei in camera.

5

Diana si mise a sedere sul lettino dopo la visita del dottore. Era andata dal ginecologo per un pap test e il solito check up annuale.

« Mi sembra che tutto vada per il meglio », le disse il medico con un sorriso cordiale. Era un uomo abbastanza giovane, che suo cognato le aveva raccomandato un paio d'anni prima. Farsi visitare da Jack sarebbe infatti stato un po' imbarazzante. E d'altra parte Arthur Jones era considerato un eccellente specialista.

« Qualcosa di cui lamentarti? Qualche nodulo, qualche gonfiore, qualche doloretto, qualche perdita di sangue insolita? » le domandò al termine della visita, ma Diana fece cenno di no con la testa, con aria desolata. La settimana prima aveva avuto di nuovo il ciclo mensile e quindi, per l'ennesima volta, era certa di non essere incinta.

« L'unica cosa di cui mi lamento è che ormai stiamo cercando di avere un bambino da undici mesi, ma fino a questo momento non è successo niente. »

« Forse ci avete messo troppo impegno », obiettò lui, ripetendo in pratica ciò che le avevano detto le sue sorelle. Tutte le persone di sua conoscenza non facevano che dirle sciocchezze del genere. « Non pensarci », « Ci state mettendo troppo impegno », « Smettila di tormentarti », dicevano, ma nessuno poteva immaginare quale fosse l'angoscia, il dolore e la delusione che provava quando scopriva che i tentativi erano falliti. Aveva ventotto anni ed era sposata da quasi un anno; amava suo marito, adorava il suo lavoro e adesso desiderava un bambino.

« Un anno non è poi un periodo di tempo così lungo! » esclamò in tono rassicurante il ginecologo.

« Eppure a me sembra un'eternità », rispose Diana con un sorrisino triste.

« E tuo marito? È anche lui preoccupato? » Forse lui sapeva qualcosa che Diana ignorava. A volte gli uomini erano terribilmente riluttanti a confessare alle loro partner di avere avuto qualche problema in passato. Una malattia venerea in fase acuta, per esempio, bastava a cambiare completamente la situazione.

« Andy non fa che ripetere che non devo preoccuparmi, che presto o tardi succederà. »

« Probabilmente ha ragione. » Il dottor Jones le sorrise. « Che lavoro fa? » Intanto si stava domandando se, per caso, all'origine di quella sterilità non ci fosse qualche sostanza chimica, o qualche tossina che, assorbita inavvertitamente, poteva avere avuto su di lui un effetto negativo.

« È avvocato. Fa parte dello studio legale di un network televisivo. » E ne fece anche il nome. Il ginecologo parve sinceramente impressionato.

« E tu lavori per una rivista di arredamento, non è così? » Diana annuì. « Sono professioni molto stressanti. E questo potrebbe spiegare il mancato concepimento, almeno in parte. Però vorrei che tu ti rendessi conto che dopo undici mesi non è assolutamente il caso di preoccuparsi. Per la maggior parte delle coppie l'attesa dura almeno un anno; in qualche caso anche di più. Che cosa ne diresti di prendervi una vacanza, e presto? Magari è proprio quello di cui avete bisogno. »

Diana sorrise. « Partiamo per l'Europa fra una settimana. E abbiamo progettato questo viaggio perché cadesse proprio nel periodo giusto. Chissà che il trucco non funzioni », concluse piena di speranza e il medico, al quale non era sfuggita la sua espressione ansiosa, pensò di approfondire un po' di più la questione.

« Ecco quello che ti propongo. Se al ritorno tu scoprissi che non sei rimasta incinta, potremmo cominciare a fare qualche indagine più approfondita. Per esempio qualche analisi, oppure una visita specialistica... come preferisci. C'è un medico che io raccomando sempre con la massima fiducia. È una persona con la quale si può ragionare, forse un po' conservatore, ma anche estremamente acuto e responsabile; gli piace andare a fondo, nelle cose! Si chiama Alexander Johnston, e sono sicuro che tuo cognato ne avrà sentito parlare. È un po' più anziano di noi, ma ti assicuro che conosce a perfezione la sua materia e che non è il tipo da sottoporti a esami e analisi inutili, se non li ritiene opportuni. »

« Sì, potrei fare qualcosa del genere », rispose Diana, sentendo rinascere in sé la speranza. Chissà, forse in Europa sarebbe rimasta incinta. In caso contrario, restavano ancora delle possibilità.

Ringraziò il ginecologo per essere stato così incoraggiante e tornò in ufficio. Quella sera cercò di affrontare l'argomento con Andy. Gli comunicò il nome dello specialista e gli disse che avrebbe chiesto il parere di Jack. La reazione di Andy la lasciò sorpresa; il marito, infatti, le rispose quasi in malo modo. Era oberato di lavoro e aveva avuto una giornata pesante in ufficio; e cominciava a essere stanco di quella moglie che insisteva per fare l'amore a ore fisse e date prestabilite, e che si abbandonava a crisi isteriche quando scopriva di non essere rimasta incinta. Erano entrambi giovani e sani, e provenivano da famiglie numerose; quindi era ormai convinto che a un certo punto la situazione si sarebbe sbloccata e i figli sarebbero arrivati. Il fatto che Diana lo assillasse a quel modo, versando di continuo fiumi di lacrime, non serviva affatto a risolvere i problemi.

« Accidenti, lasciami almeno respirare, Di! Noi non abbiamo bisogno di nessun dannato specialista... ma solo di un po' di tempo per rilassarci e prendere le cose con calma. Smettila di insistere! »

« Scusa... » Con le lacrime agli occhi Diana voltò di scatto la testa dall'altra parte; Andy non capiva quanto fosse angosciata e terrorizzata al pensiero di avere qualcosa di grave.

che le impediva di avere figli. « Io pensavo semplicemente... mi pareva che uno specialista ci potesse aiutare... » Piangeva quando uscì dalla stanza, e lui corse a cercarla dopo pochi minuti.

« Su, tesoro... scusami. La verità è che sono molto stanco e sotto pressione. In queste ultime settimane ho avuto un sacco di guai in ufficio. Avremo un bambino, non preoccuparti. » Ma, a volte, tanta insistenza da parte di sua moglie lo irritava. Per Diana era diventata una vera ossessione. Come se fosse l'unico scopo della sua esistenza, oppure volesse mettersi in competizione con le sue sorelle.

« Il dottore dice che forse... in vacanza... » mormorò lei guardandolo con aria di scusa, temendo di farlo andare in collera. Andy sospirò e la prese tra le braccia.

« Il dottore ha ragione. Una vacanza è proprio quello che ci vuole! E adesso promettimi che smetterai di tormentarti, almeno per un po'! Scommetto che ti ha detto anche che finora niente gli fa pensare che in noi ci sia qualcosa di anormale. »

Lei gli sorrise, vergognandosi un po', e annuì: « Sì, è proprio quello che ha detto ».

« Allora tutto va per il meglio », rispose Andy in tono deciso, e poi la baciò.

Quando andarono a letto, quella sera, Diana sembrava un poco più tranquilla. Forse era soltanto una sciocca a preoccuparsi.

Si chinò su Andy per dargli il bacio della buonanotte, ma lui era già profondamente addormentato e russava leggermente. Rimase a contemplarlo a lungo e poi si sdraiò di nuovo accanto a lui. Era strano che il fatto di desiderare tanto un figlio a volte la facesse sentire così sola! Come se nessuno riuscisse realmente a capire quanto fosse tormentoso il suo desiderio.

Il viaggio in Europa fu splendido. Raggiunta Parigi, si spostarono poi verso la Francia del sud e infine ripartirono in aereo per Londra, dove viveva il fratello di Andy. In base ai calcoli che continuava a fare, Diana era praticamente sicura che — ammesso che fosse rimasta incinta — doveva essere successo all'*Hotel de Paris* — a Montecarlo. Cielo blu e albergo favoloso. Secondo Andy non poteva esserci posto migliore di quello per concepire un bambino.

Fu molto piacevole anche l'incontro con Nick, a Londra; e il resto del viaggio non presentò problemi. Proprio quello di cui avevano bisogno. Nessuno dei due si era reso conto delle tensioni e della stanchezza che avevano accumulato fino al momento in cui si erano trovati lontani da Los Angeles, dallo stress e dalle pressioni del lavoro, e avevano riscoperto quanto fosse bello passare un po' di tempo insieme, sereni e rilassati. Avevano visitato musei e chiese, avevano mangiato in ottimi ristoranti e preso il sole sulle spiagge e non era mancato neppure un week-end in Scozia, a pescare, con Nick e la sua ragazza. Al ritorno a Los Angeles, in giugno, si sentivano letteralmente rimessi a nuovo.

Andy affrontò la sua prima giornata di lavoro con il sorriso sulle labbra, mentre Diana preferì fingersi malata per godersi un altro giorno di vacanza, disfare le valigie, riposare dopo il lungo viaggio e andare dal parrucchiere. In ogni caso era venerdì; e se in redazione erano riusciti a sopravvivere fino a quel giorno senza di lei, non sarebbe successo nulla se fosse rientrata il lunedì mattina. Non era certo ansiosa di ritrovarsi nel mondo frenetico di una redazione; anzi, cercò di persuadere Andy a rimanere a casa con lei. Ma lui, sapendo di non poter perdere altro tempo, nonostante gli dispiacesse non se la sentì di prendersi un'altra giornata di vacanza. Per fortuna c'era il week-end, e lo aspettarono entrambi con piacere.

Il sabato mattina Andy andò a giocare a tennis con Bill Bennington e trovò piacevole scaricare un po' i nervi in quella partita, oltre a parlare del proprio viaggio. Erano stati compagni di università e Andy aveva procurato a Bill un lavoro nel suo stesso ufficio. Andavano molto d'accordo e qualche volta Andy trovava in Bill la persona più adatta con cui confidarsi. Lo aveva perfino invitato alle sue nozze con Diana.

« Come sta Nick? » domandò Bill quando smisero di giocare e andarono a bere qualcosa.

« In ottima forma. Adesso ha anche una ragazza, molto simpatica. Abbiamo passato un week-end con loro, a pescare, in Scozia. » Anche Bill aveva un fratello più giovane, della stessa età dei gemelli. « Davvero simpatica la sua ragazza ». Era inglese, naturalmente, molto carina, spiritosa e divertente; Diana, poi, era sicura che Nick avesse in proposito intenzioni molto serie, più di quanto avesse lasciato credere al fratello.

« Sai che anch'io esco con una che è un vero schianto? » confessò a un tratto Bill, un po' vergognoso, deponendo il bicchiere.

« Vuoi forse dire che bolle qualcosa in pentola, Bennington? » Andy lo fissò con aria divertita, incuriosito. « ... Oppure siamo alle solite? » In realtà Bill era abituato a farsi vedere in giro con ragazze bellissime. Aveva un debole per le indossatrici e le stelline del cinema. Del resto anche lui era un bellissimo ragazzo. Ma fino ad allora aveva preferito cambiare partner di continuo, evitando gli impegni.

« Ancora non lo so. Però è straordinaria. Bellissima e simpatica. Vorrei fartela conoscere. »

« E che cosa fa... o preferisci non dirmelo? » Andy si mise a ridere, divertito, di fronte all'aria impacciata, quasi da adolescente, di Bill.

« So che non ci crederai... ma è laureata in legge e lavora per un network della concorrenza. Credimi, è una ragazza diversa dalle altre. »

« Oh... Oh... » Andy non riuscì a fare a meno di prendersi gioco dell'amico, ma in realtà era molto contento. Bill Bennington era una delle persone che gli erano più care. « Si direbbe che la faccenda possa anche diventare seria! »

« Non si può mai sapere! » esclamò Bennington con un sorriso misterioso. Poi si avviarono insieme verso il parcheggio del club. Si trovavano lì ogni sabato, a meno che non avessero già qualche altro impegno, e spesso anche una o due sere la settimana, se non si fermavano fino a tardi in ufficio. Bill si era accorto che Andy aveva l'aria molto tesa e nervosa, prima del viaggio in Europa, e fu felice di ritrovarlo così sereno e disteso. « A proposito, come sta la mia capo redattrice preferita? Lavora sempre come una pazza? »

« Fino alla partenza, sì. Ieri, invece, si è presa una giornata di libertà, e questo è un buon segno. A ogni modo mi pare che sia tornata dalla vacanza più tranquilla e abbia cominciato a considerare certe cose con maggiore serenità. Aveva i nervi a pezzi, ti assicuro, prima di questo viaggio! »

« Anche tu. Stavi cominciando a fare innervosire anche me. Non riuscivo a capire se ci fosse qualcosa che non funzionava in ufficio oppure se eri preoccupato per qualche altro motivo; a ogni modo non avevi certo l'aria felice e soddisfatta di chi va in vacanza, quando sei partito. »

« È vero. » Si domandò se fosse il caso di raccontare a Bill che Diana era così preoccupata perché non riusciva ad avere un figlio. « Forse ero soltanto stanco. Diana era piuttosto nervosa prima di partire, e forse il suo nervosismo ha contagiato anche me! »

« Niente di serio, spero. »

« No... a dire la verità, non proprio... ma sta diventando troppo ansiosa di avere un figlio. E io invece penso che sia prematuro preoccuparsi. »

« Ma non siete sposati soltanto da un anno? O sbaglio? Da quanto tempo, esattamente? » Sembrava sorpreso che pensassero già a mettere al mondo un figlio.

« È un anno esatto oggi. » Andy gli sorrise. « Sembra incredibile, vero? »

« Accidenti! Sai che non ci credo? Be', non cominciate troppo presto con i marmocchi. Altrimenti non avrai più voglia di giocare a tennis con me. Preferirai precipitarti a casa per aiutare Di a cambiare i pannolini. »

« Be', adesso che ci penso... dopo quello che mi hai prospettato... quasi quasi le dico di dimenticarsene almeno per un altro po'. »

« Bravo! E non è escluso che, fra un paio d'anni, ci ritroviamo tutti e due a spingere un'altalena! »

« Addirittura! » Andy fissò l'amico con un sorriso, mentre si fermavano vicino alla Porsche color argento di Bill.

« Sembra quasi incredibile immaginare qualcosa del genere, non è vero? Figurati che io ricordo ancora mio padre con i gemelli in spalla. Chissà perché, non mi sento ancora pronto per qualcosa del genere. Diana, invece, sì. Non vede l'ora di cominciare! » Non voleva confessare che stavano tentando di avere un figlio già da un anno, senza successo.

« Be', non avere troppa fretta, ragazzo mio. I figli sono per sempre, lo sai? »

« Lo dirò a Diana! » esclamò, poi salutò con la mano Bill che si allontanava. Mentre saliva in auto per tornare a casa, Andy si domandò quanto tempo sarebbe durata la nuova fiamma dell'amico!

Rientrando trovò la moglie di ottimo umore, in giardino a trafficare. Lei gli rivolse un caldo sorriso quando lui, molto attraente con i calzoncini bianchi da tennis, la raggiunse e si chinò a baciarla.

« Buon anniversario, signora Douglas. » Nella tasca dei calzoncini aveva nascosto un astuccio di Tiffany. Approfittò di quel momento per tirarlo fuori e offrirglielo.

« Tu mi vizi, sai? » esclamò Diana mentre si affrettava ad aprire l'astuccio avvolto nella carta blu. Dentro c'era uno stupendo anello d'oro con un piccolo zaffiro. Un gioiello di squisita fattura, molto semplice, che Diana avrebbe potuto portare in ogni occasione. Lei alzò gli occhi e, raggiante, guardò il marito. Poi lo baciò.

« È davvero splendido! » esclamò.

« Sono contento », disse Andy soddisfatto. « Se non mi sbaglio, il primo anniversario dovrebbe essere ricordato semplicemente con un oggetto di plastica, o di carta, non con qualcosa di veramente importante... ma ho pensato che a te non sarebbe dispiaciuto se avessi scelto qualcosa di più impegnativo, come se fossero molti di più gli anni da festeggiare! »

« Per questa volta ti perdono... ma l'anno prossimo voglio un regalo vero, qualcosa di alluminio oppure di rame. » Gli sorrise. Era stupenda, così abbronzata e rilassata in mezzo al giardino.

« D'accordo, bambina, lo avrai! » Poi l'aiutò a rialzarsi e

corsero in casa. E così Diana poté offrirgli il proprio regalo. Aveva scelto per Andy uno stupendo set di valigie in cuoio. Era un anno che lui le ammirava e mentre toglieva la carta che le avvolgeva a una a una, manifestò il proprio entusiasmo. Amavano scambiarsi regali non solo in occasione delle ricorrenze. Ad Andy piaceva comprarle qualche gingillo, senza che ci fosse un motivo speciale, oppure tornare a casa con un mazzo di fiori per lei. E anche a Diana piaceva fare qualche sorpresa al marito. Guadagnavano bene entrambi, e quindi potevano permettersi di viziarsi a questo modo reciprocamente, almeno per il momento.

Andy aveva anche prenotato un tavolo per quella sera, a *L'Orangerie*. Un'autentica pazzia! Ma sapeva che quel locale avrebbe ricordato l'Europa a tutti e due. Durante il viaggio avevano pranzato in ristoranti da favola, e frequentato luoghi stupendi; perciò gli era parso logico fare un'altra piccola follia in occasione del loro anniversario.

La sera, quando uscirono, Diana indossava un nuovo abito di seta bianca, con una profonda scollatura, acquistato a Londra e tenuto in serbo proprio per quell'occasione speciale.

« Chissà perché, ho pensato di mettere di nuovo qualcosa di bianco... » gli confidò quando Andy se la vide comparire davanti così vestita.

« Mi auguro che questo non significhi che continui a crederti vergine. »

« Un po' difficile. » E scoppiò a ridere. Uscirono presto per poter passare, prima della cena, al *vernissage* dell'ultima mostra di Seamus alle Adamson-Duvannes Galleries. Diana lo aveva promesso alla sorella. Quando salirono sull'automobile, bellissimi e abbronzati, Andy si chinò a dare un bacio alla moglie.

« Sei assolutamente splendida! » mormorò, dimostrandole tutta la sua ammirazione, e Diana si mise a ridere.

« Anche tu. » Aveva ancora quell'espressione felice e radiosa che l'aveva accompagnata durante il viaggio e adesso Andy, senza dirglielo esplicitamente, si trovò a domandarsi se davvero non fosse incinta.

Diana aveva al dito l'anello nuovo e mentre si dirigevano verso la galleria d'arte, Andy, in tono scherzoso, propose di fare un altro viaggio in modo da poter usare le nuove valigie. Era stata una giornata piacevole per entrambi; avevano passato il pomeriggio a letto, a fare l'amore, prima di vestirsi per uscire. Fino a quel momento tutto era perfetto. Mentre guidava, Andy le raccontò della nuova ragazza di Bill.

« Un avvocato? » esclamò Diana stupita, ma poi sorrise, ripensando all'amico. « Be', secondo me non durerà più di dieci minuti. »

« Non ne sono del tutto convinto », replicò Andy scrollando la testa e considerando quello che Bill gli aveva raccontato. « Questa volta mi sembra che abbia preso una bella sbandata! »

« È sempre così, fino a quando non ne incontra un'altra. La sua capacità di attenzione è inferiore a quella del mio nipotino di tre anni! »

« Su, Di, non essere tanto severa. Bill è un ragazzo fantastico. » Ma non poteva negare che ci fosse qualcosa di vero in quanto la moglie stava dicendo. E Diana, ridendo, lo costrinse ad ammetterlo.

« Non ho mai affermato il contrario! Ho semplicemente detto che non riesce a interessarsi di una persona o una cosa per più di cinque minuti. »

« Questa volta è diverso », ribatté Andy mentre parcheggiava in San Vicente Boulevard. Aiutò Diana a scendere e la seguì dentro la galleria, dove Seamus era impegnato in una animata conversazione con un asiatico, tutto vestito di nero, quasi nell'ingresso.

« Mio Dio... ma questa è una diva del cinema, arrivata fresca fresca dall'Europa! » esclamò con sincera ammirazione rivolgendosi alla cognata, e si affrettò a presentare sia lei sia Andy a un famoso artista giapponese. « Stavamo discutendo l'impatto potenziale dell'arte su una cultura decadente, già in stato comatoso. Le nostre conclusioni... be', non si può davvero dire che siano esaltanti! » commentò Seamus in tono malizioso e, come al solito, polemico. Gli piaceva giocare, con le persone, con le parole, con i colori e con le idee, con tutto quello su cui riusciva a mettere le mani e concentrare la mente. « Hai visto Sam? » domandò a Diana mentre trascinava Andy verso il bar. E le indicò sua sorella. Sam si trovava al centro di un gruppo di donne, di fronte a un quadro enorme appeso alla parete di fondo della galleria; i suoi due figli le si aggrappavano alle gambe, scambiandosi schiaffi e pugni, mentre lei, noncurante, chiacchierava tranquillamente con le amiche.

« Ciao », mormorò Diana avvicinandosi.

« Oh, guarda chi si vede! » esclamò Sam con ammirazione. Aveva sempre giudicato Diana la più carina di loro. La più bella e la più in gamba... forse anche la più intelligente. Sam riteneva Diana perfetta. Ma Diana non si mostrava mai d'accordo, quando Sam glielo faceva notare. E se anche fosse stato vero... avrebbe volentieri rinunciato a tanti privilegi in cambio dei due bambini della sorella. « Sei fantastica. Come è andata in Europa? »

« È stato splendido. Ci siamo divertiti pazzamente. » Poi Sam la presentò alle sue amiche, le quali a poco a poco si staccarono dal gruppo per andare a cercare i mariti o le persone con le quali erano arrivate. Fu a questo punto che Sam, fissando Diana negli occhi, a voce bassa le fece la famosa domanda: « E allora... sei rimasta incinta durante il viaggio? » Sembrava così seria e preoccupata che per un momento, solo guardandola, Diana la odiò.

« Ma non fai che pensare a questo? Possibile che non ci sia *mai* un altro argomento? Ogni volta che vedo Gayle mi domanda la stessa cosa. Gesù, ma voi due non pensate *proprio mai* a nient'altro? » Il guaio era che nemmeno lei riusciva a pensare ad altro. Come se nella sua famiglia contasse solo chi era incinta o aveva dei figli. Be', lei aveva fatto il possibile, accidenti! Ma fino a quel momento le cose non erano andate come sperava.

« Scusami. Era una semplice curiosità. È un po' che non ti vedo, e così pensavo... »

« Certo, lo so... » rispose Diana in tono desolato. Le sue sorelle erano animate dalle migliori intenzioni, naturalmente, ma quanto la irritavano con quelle domande, ogni volta!

Perché sembravano vere e proprie accuse. Non si impegnava abbastanza? Che cosa c'era in lei e Andy che non funzionasse? A volte Diana si interrogava anche su questo, ma non aveva le risposte — né per se stessa e nemmeno per le sue sorelle, o per i genitori.

« Questo significa che non sei incinta », riprese Sam, a voce bassa, insistendo. Diana le lanciò un'occhiataccia.

« Significa che devi lasciarmi tirare il fiato, Sam, che non devi tormentarmi. E anche un'altra cosa: al momento non lo so ancora. Soddisfatta? Vuoi che ti chiami nel preciso istante in cui avrò le mestruazioni, o preferisci che ti mandi un fax? Magari potrebbe bastare un bel cartellone pubblicitario, in Sunset Boulevard, così la mamma non sarebbe costretta a telefonare alle sue amiche per diramare la notizia che, purtroppo... non c'è nessuna novità in vista per la povera Diana. » Aveva le lacrime agli occhi mentre pronunciava con rabbia queste parole, e Sam ebbe compassione di lei. Per tutte loro era stato talmente facile... mentre ogni cosa sembrava andare storta per Andy e Diana.

« Non essere così suscettibile, Di. Volevamo semplicemente sapere come andavano le cose; nient'altro. Ti vogliamo bene. »

« Grazie. Non è successo niente. Non l'hai forse capito? » Ma l'incontro con la sorella l'aveva resa terribilmente nervosa. In quel momento Seamus e Andy le raggiunsero. Seamus aveva in braccio il figlio più piccolo.

« I nuovi quadri sono magnifici », esclamò Andy con entusiasmo, ma si rese subito conto che Diana aveva il viso contratto, e poco dopo se ne andarono. Non aprì bocca mentre raggiungevano il ristorante; nemmeno lui parlò. Come al solito le domande di sua sorella l'avevano irritata, e adesso si sentiva con i nervi a fior di pelle.

« Qualcosa non va? » si decise a domandarle Andy. Gli sembrava di umore più mutevole del solito, mentre in Europa era stata molto meglio, più distesa. « Tua sorella ti ha detto qualcosa che ti ha turbato? »

« Mi ha fatto la solita domanda », gli rispose lei in tono secco. « Voleva sapere se sono incinta oppure no. »

Andy le diede un rapido sguardo prima di rispondere a voce bassa e in tono pacato: « E tu prova a risponderle invitandola a occuparsi degli affari suoi ». Poi si allungò a darle un bacio e Diana sorrise, anche se non ne aveva la minima voglia. Andy era sempre così gentile! E lei si sentiva davvero una sciocca per essersi lasciata sconvolgere dalle parole della sorella.

« Mi rende terribilmente nervosa sentirmi fare questa domanda. Perché non si accontentano di aspettare e vedere che cosa succederà? »

« Probabilmente perché ti vogliono bene, e sono animate dalle migliori intenzioni. Fra l'altro, non è escluso che tu lo sia. Non so che cosa dirti, ma l'ultima volta a Montecarlo mi è sembrato addirittura straordinario, non è così? » Anche Diana sorrise a quel ricordo e poi si voltò a baciarlo sul collo, mentre lui continuava a guidare.

« Io penso che *tu* sia straordinario! Buon anniversario, signor Douglas. » Quasi quasi non riusciva a credere che fosse già passato un anno da quando si erano sposati. Era felice di essere sua moglie. Ed era stato un anno di impegni per entrambi. Aveva un solo rimpianto, e cioè di non essere ancora incinta. D'altra parte c'erano altre cose importanti nella loro vita; il lavoro, gli amici, le famiglie... Il loro unico pensiero non era certo avere un figlio.

« Pensi che sia sciocca a desiderarlo tanto... a preoccuparmi in questo modo?... parlo del bambino, naturalmente », disse ad Andy, a voce bassa, mentre procedevano verso *L'Orangerie*.

« No, ma non vorrei che diventasse un'ossessione! Perché non credo che questo ci aiuterebbe molto! »

« Eppure è facile che lo diventi. A volte mi sembra che tutta la mia vita ruoti attorno al mio ciclo mensile! »

« Cerca di non pensarci, per quanto è possibile. Non faccio che ripetertelo... ». Le sorrise mentre affidava l'automobile a uno degli addetti al parcheggio, e aggiunse: « ...ma tu non mi ascolti! » Poi la baciò di nuovo e la tenne stretta a sé a lungo. « Insomma, cerca di non dimenticare quali sono, in realtà, le persone importanti... tu... e io... Tutto il resto andrà a posto quando sarà il momento opportuno. »

« Vorrei vedere la situazione con altrettanto ottimismo », gli rispose Diana, non nascondendo la sua invidia. Andy era così tranquillo e rassicurante!

« Sono pronto a scommettere che se tu riuscissi a non angosciarti per questo problema, rimarresti immediatamente incinta... » esclamò lui, e Diana ridendo lo prese sottobraccio.

« Ci proverò », rispose.

Entrarono nel ristorante e molte teste si voltarono ad ammirare quella coppia così giovane e bella. Furono accompagnati a un tavolo d'angolo, un po' isolato, e continuarono a chiacchierare piacevolmente mentre Andy sceglieva il vino e davano entrambi un'occhiata al menù per decidere quali piatti ordinare. Dopo lo scontro con Sam, Diana si sentiva decisamente meglio. Quando, finalmente, arrivò la cena, erano tutti e due di ottimo umore. Avevano ordinato, come antipasto, uova strapazzate e caviale, con un pizzico di erba cipollina per insaporirli, quindi aragosta e champagne. Fu solo dopo il dessert che Diana chiese scusa a suo marito e si ritirò nella toilette delle signore a rinfrescarsi il trucco. Era stupenda con quell'abito, e quando si pettinò notò che i suoi capelli erano soffici e lucenti. Dopo aver dato un ritocco al rossetto, passò nel bagno prima di tornare al tavolo. Un rapido controllo e la macchia rosso vivo non le lasciò dubbi; le notti d'amore a Montecarlo non erano state coronate da successo. Per un attimo le mancò il respiro, mentre tutto sembrava girare vorticosamente intorno a lei. Con uno sforzo si impose di affrontare la situazione con calma, ma quando si avvicinò al lavabo per sciacquarsi le mani, avvertì un senso di angoscia e di vuoto.

Era comunque decisa a non parlarne con Andy. Ma a lui non sfuggì l'espressione delusa che lesse nei suoi occhi quando ritornò in sala, e immaginò subito che cosa era successo senza bisogno di chiederlo. Conosceva perfettamente le date del ciclo mensile di Diana e sapeva che proprio in quel week-end avrebbero conosciuto il risultato della loro missione in Europa. Guardando Diana capì che ancora una volta avevano fallito.

« Brutte sorprese? » le domandò guardingo mentre lei sedeva al suo posto. Mi conosce talmente bene, ormai, pensò Diana commossa. Ma era troppo sconvolta per rendersi conto dei sentimenti di suo marito. Era deprimente anche per lui, e a poco a poco lei lo stava facendo sentire un fallito.

« Sì, brutte sorprese », rispose e voltò la testa dall'altra parte. Per quanto la riguardava, quel viaggio era stato inutile. E in quel momento le sembrò che anche la sua vita fosse sprecata.

« Non significa niente, tesoro. Possiamo sempre riprovare. » Riprovare... riprovare... riprovare... e sempre per niente. Perché? Perché provare ancora? Chi aveva detto che lei era una sciocca a preoccuparsi?

« Voglio andare da quello specialista », mormorò in tono cupo mentre il cameriere serviva il caffè. Ormai la serata era rovinata, almeno per quanto la riguardava. Avere un figlio era diventato l'unico scopo di tutta la sua vita. Nient'altro aveva importanza, né il lavoro, né gli amici, a volte neppure suo marito. E sebbene continuasse a ripetere che un figlio non era tutto, in realtà era vero il contrario — e lo sapevano entrambi.

« Perché non ne parliamo in un altro momento? » le domandò Andy con calma. « Non abbiamo nessuna fretta. Non siamo ridotti alla disperazione. È passato soltanto un anno. C'è gente convinta che non si dovrebbe andare da uno specialista fino a quando non siano passati almeno due anni! » Cercava di rassicurarla, ma ormai Diana aveva gli occhi lucidi ed era nervosissima.

« Non voglio aspettare tanto », gli rispose con voce tesa. Intanto cominciava ad avvertire i soliti dolori mestruali, e li odiava per ciò che significavano. Odiava tutto quello che riguardava il suo ciclo mensile.

« Va bene. Ci andremo fra un paio di mesi. Non c'è alcuna fretta! In ogni caso, dovresti cercare di sapere qualcosa di più su questo specialista, prima di farti visitare da lui. »

« L'ho già fatto. Jack sostiene che è uno dei migliori, in America. »

« Magnifico. E così hai ricominciato a raccontare a Jack i

nostri guai. Che cosa gli hai detto? Che non riesco ad avere un'erezione, oppure che ho avuto gli orecchioni da piccolo, o semplicemente che fra noi le cose non funzionano? » Era irritato con Diana perché dava troppa importanza a tutta quella storia, lo metteva in difficoltà, lo faceva sentire colpevole. Senza contare, poi, che stava rovinando quella serata, il loro primo anniversario di matrimonio.

« Gli ho semplicemente detto che ero preoccupata e che il mio ginecologo mi aveva consigliato quel medico. Lui non mi ha domandato niente. Non essere così permaloso. » Cercò di calmarlo, ma ormai Andy era irritato e deluso. Nel suo intimo, aveva la sensazione di avere fallito anche nei confronti della moglie.

« E per quale motivo non dovrei essere permaloso, accidenti? Ogni mese ti comporti come se dovessi morire da un momento all'altro quando ti vengono le mestruazioni! Mi guardi con quegli occhi tristi, come per dire che è tutta colpa mia... e perché diavolo non sono riuscito a darti una bella sbattuta, quella giusta. Be', se vuoi che ti dica la verità, non so perché le cose vadano così. Forse è colpa mia, forse no, o forse non c'è nulla che spieghi tutto questo... Ma non puoi negare che questa storia sta portando alla pazzia entrambi. A ogni modo, se ritieni che ti possa servire, vai da questo specialista, fai tutto quello che vuoi! Per quanto mi riguarda, sono anche pronto ad accompagnarti, se proprio devo farlo. »

« *Se proprio devo farlo*?... che cosa vuoi dire? » Diana si sentì offesa dalle parole di Andy. « Questo problema non riguarda soltanto me, ma tutti e due. »

« Sì, è vero, grazie a te. Ma vedi, esiste anche la possibilità che non sia necessario ricorrere a uno specialista. Forse il tuo stress dipende solo dal fatto che questa idea ossessiva di avere un figlio ti sta facendo diventare isterica, e nevrotica. E sai che cosa ti dico? Non me ne importa un accidente se le tue sorelle sono rimaste incinte addirittura all'altare! Noi no! E allora? E adesso, perché non provi a non pensarci almeno per un po' e non cerchi di fare in modo che la nostra vita sia quella di due esseri umani normali? »

Diana piangeva quando uscirono dal ristorante; e per tutto il tragitto fino a casa non si scambiarono nemmeno una parola. Poi lei si chiuse nella stanza da bagno e ci rimase a lungo, a singhiozzare pensando a quel bambino che non aveva concepito e al loro anniversario di nozze che era stato rovinato. E si domandò se quello che Andy aveva detto non fosse vero. Stava davvero diventando nevrotica? Stava sbagliando? Forse non voleva essere da meno di Gayle e Sam? Oppure angosciarsi tanto era invece giusto e sacrosanto? E perché, malgrado si fosse messa d'impegno, non era stata brava come loro?

Andy era a letto e la stava aspettando quando si decise finalmente a uscire dal bagno. Aveva messo una camicia da notte nuova, di raso rosa, che lui le aveva comprato a Parigi.

« Scusami », le mormorò quando lo raggiunse a letto. « Credo di essere rimasto deluso anch'io. Non avrei dovuto dirti tutte quelle cose. » Quando l'abbracciò e la strinse a sé, si accorse che aveva pianto. « Non ha importanza, tesoro. Non importa se non avremo dei figli. Tu sei l'unica persona che amo. Sei l'unica persona importante. » Diana avrebbe voluto rispondergli che anche per lei era così; ma purtroppo non poteva. Amava Andy, ma desiderava anche un figlio da lui, e sapeva che fino a quando il suo desiderio non fosse stato soddisfatto, al loro matrimonio sarebbe sempre mancato qualcosa. « Ti amo, Di », le bisbigliò Andy attirandola contro di sé, sul letto, e tenendola stretta tra le braccia, in silenzio.

« Anch'io ti amo... ma continuo ad avere la sensazione di essere stata un fallimento nei tuoi confronti. »

« Sciocchezze! » esclamò Andy, e Diana sorrise. « Non sei stata un fallimento per nessuno. Vedrai che finirai per avere due gemelli e così le tue sorelle diventeranno verdi di invidia. »

« Ti amo », sussurrò Diana, che era tornata a sorridere e si sentiva il cuore più leggero. Adesso rimpiangeva di avere guastato la serata a tutti e due.

« Buon anniversario, tesoro. »

« Buon anniversario », mormorò lei. Poi Andy spense la luce e strinse a sé la moglie, pensando al loro futuro e chiedendosi che cosa sarebbe successo se non avessero mai avuto un bambino.

Bradford e Pilar trascorsero la sera del loro anniversario in casa. Avevano pensato, in un primo tempo, di andare a *El Encanto*, ma Tommy aveva telefonato per avvertirli che Nancy aveva le doglie. Avevano parlato con lei per qualche minuto e poi Pilar le aveva detto che sarebbero rimasti in casa ad aspettare notizie. Quando riattaccò, Brad non nascose la propria delusione. « Perché le hai detto che saremmo restati a casa? Magari ci vorranno ore! Forse il bambino non nascerà fino a domattina. »

« Su, non arrabbiarti, tesoro. Usciremo domani sera. È il nostro primo nipotino, e dobbiamo essere qui, nel caso ci fosse bisogno di noi. »

« Se c'è una cosa della quale nessuna donna ha bisogno quando nasce il suo primo figlio, è avere il padre vicino! »

« Io credo che dovremmo rimanere qui. E se qualcosa non andasse? »

« Va bene, va bene... rimarremo a casa. » Poi si allentò il nodo della cravatta e guardò Pilar con aria malinconica e al tempo stesso maliziosa, grato che si mostrasse sempre così premurosa nei confronti dei suoi figli. Erano molto fortunati ad avere una donna come lei; e si sentiva felice che Todd e Nancy se ne rendessero finalmente conto.

Pilar raggiunse la cucina per preparare la cena; mangiarono sulla terrazza, al chiaro di luna.

« A dire la verità », le fece notare Brad sorridendo, « forse qui è ancora meglio di *El Encanto*. In ogni caso è molto più romantico. Da quanto tempo non ti dico che ti amo? » Era molto bello, e giovane, alla luce della luna mentre pronunciava queste parole; anche Pilar era stupenda nell'abito di seta celeste; lo stesso colore dei suoi occhi.

« Se non sbaglio, da almeno un paio d'ore. Stavo cominciando a preoccuparmi. »

Rimasero fuori, sulla terrazza, dopo che lei ebbe sparecchiato e Brad cominciò a raccontarle quanto si fosse sentito nervoso alla nascita di Nancy. A quell'epoca aveva trentacinque anni, e quindi come neopapà non era molto giovane, ma si era sentito letteralmente terrorizzato mentre passeggiava avanti e indietro nella sala d'aspetto. Quando era nato Todd, invece, ormai si considerava un veterano ed era talmente orgoglioso di quel figlio che aveva regalato sigari a tutti quelli che conosceva in città. Confessò a Pilar che qualche giorno prima aveva comprato un po' di sigari e aveva intenzione di distribuirli non appena fosse nato il bambino di Nancy.

Pensando a tutto questo, lei si sentì felice; sapeva quanto fossero emozionati e si augurò che tutto andasse per il meglio. Rimasero entrambi molto meravigliati quando sentirono squillare il telefono, alle dieci e mezzo passate. Erano ancora seduti sulla terrazza e Pilar corse a rispondere. Fu Tommy a darle la notizia e poi parlò anche con Nancy. Tutti e due sembravano felici e molto commossi. Era nato un maschietto, che pesava più di quattro chili e mezzo.

« E ci sono volute soltanto tre ore e mezzo dal principio alla fine », spiegò Tommy con fierezza, come se Nancy avesse fatto qualcosa di assolutamente incredibile.

« E a chi somiglia? A me, spero », esclamò Pilar, in tono scherzoso, e i ragazzi all'altro capo del filo risero.

« A dire il vero sembra il ritratto di papà », rispose Nancy, e sembrava molto felice e orgogliosa.

« Dio sia ringraziato! » commentò Brad, intervenendo nella conversazione dall'apparecchio della camera da letto. « Quindi deve essere un bambino bellissimo. »

« Certo che lo è! » esclamò Tommy, tutto fiero.

Quando Brad domandò se fosse andato tutto per il meglio, gli risposero che ogni cosa era filata liscia, anzi, Nancy non aveva neppure avuto bisogno dell'anestetico. Il bambino era nato con un parto naturale e Tommy l'aveva aiutata. Al termine della telefonata, Brad tornò lentamente sulla terrazza con Pilar, sorridendo con orgoglio. Adesso aveva un nipotino.

« Devo ammettere che sono cambiate molte cose! » mormorò mentre tornavano a sedersi. « Se qualcuno mi avesse chiesto di assistere alla nascita dei miei figli, credo che sarei svenuto. »

« Anch'io. » Pilar sorrise. « Questa fase non ha mai avuto attrattive per me. Ma Nancy e Tommy sembravano così felici, non è vero? Come bambini; emozionati, orgogliosi, eccitati. » Mentre pronunciava queste parole si accorse di avere le lacrime agli occhi. Era una sensazione che non aveva mai provato. Poi alzò gli occhi a guardare il marito e sorrise. « Che strano! Non hai proprio l'aria del nonno! » esclamò, cercando di scherzare.

« Un'ottima notizia. Gradisci un sigaro? »

« No, credo che ne farò a meno. » Ma adesso sapeva che cosa desiderava, mentre fissava l'immensa distesa nera dell'oceano.

« A che cosa stavi pensando poco fa? » A Brad non era sfuggita l'espressione dei suoi occhi e ne era rimasto commosso. Perché rivelava un profondo senso di solitudine, un dolore segreto di cui non si era mai reso conto e che adesso era evidente. Pilar era sommersa da mille sensazioni, talmente intense che non osava confidarle neppure al marito.

« Non pensavo a niente », mentì Pilar.

« Non è vero. Stavi pensando a qualcosa di molto importante. Non ti ho mai vista così, Pilar. A che cosa pensavi... »

Aveva più o meno la stessa espressione della sera in cui aveva acconsentito a sposarlo, e in passato solo in una o due occasioni l'aveva vista così. Le prese le mani e le sussurrò: « Pilar... che cosa c'è? » Rimase sconvolto quando lei si voltò, vedendo che stava piangendo. Aveva le guance rigate di lacrime e nei suoi occhi lesse un dolore antico, così profondo che desiderò soltanto prenderla fra le braccia e stringerla, per proteggerla da quell'angoscia che la opprimeva.

« Stavo semplicemente pensando... è stupido da parte mia... sono giovani e meritano tutto questo... stavo semplicemente pensando a quanto sono stata sciocca. » Brad riuscì a malapena a udire la sua voce nell'oscurità vellutata. « Stavo semplicemente pensando che mi piacerebbe avere un figlio da te... » La sua voce si spense e Brad, confuso, rimase a lungo in silenzio, limitandosi a stringerle le mani e a guardarla.

« Stai parlando sul serio, vero? » le domandò in tono sommesso. Avrebbe desiderato con tutto il cuore che Pilar fosse giunta a una decisione del genere molto prima, ma adesso era impossibile ignorare il rimpianto e il desiderio che trapariva dai suoi occhi, o l'intensità di quelle parole.

« Sì, parlo sul serio », confermò lei, e Brad rammentò il giorno in cui aveva accettato la sua proposta di matrimonio, dopo avere ripetuto per anni di voler rimanere single. E adesso, dopo tanto tempo, dopo avere sempre affermato di non volere figli... adesso scopriva che ne desiderava uno.

La prese tra le braccia e la strinse teneramente a sé. Soffrì al pensiero che, nel proprio intimo, Pilar avvertisse un tale senso di vuoto. « Non posso sopportare che tu non abbia quello che desideri... specialmente quando è così importante... » le disse in tono triste. « D'altra parte, io sono troppo vecchio per avere altri figli. Potrei non vivere abbastanza per vederli crescere », le spiegò con aria grave, e Pilar sorrise. Lo capiva. E non voleva forzargli la mano.

« Ma anch'io avrò bisogno di te fino a quando non sarò cresciuta, e devi sapere che ci vorrà molto, moltissimo tempo », gli rispose, asciugandosi le lacrime.

Lui sorrise con dolcezza. « Forse potresti avere ragione. » Si abbandonò contro la spalliera della seggiola, guardò Pilar e le asciugò le guance bagnate di lacrime con un gesto tenero e affettuoso. « E allora... che cosa vogliamo fare per questo bambino? » le domandò con aria divertita.

« Quale bambino? Quello di Nancy? »

« No. Il tuo. Il mio... il nostro, quello che, a quanto sembra, desideri tanto disperatamente. »

« Che cosa stai dicendo? Pensi che si possa fare qualcosa? » Lo guardò sbalordita. In realtà non avrebbe voluto confessargli ciò che pensava e provava perché non voleva che lui si sentisse costretto a fare qualcosa per lei. Ma poi era stato Brad a insistere, e lei glielo aveva detto.

« Insomma, si tratta proprio di una cosa che desideri molto, moltissimo? » le domandò in tono serio, e lei fece cenno di sì con la testa, mentre i suoi occhi si illuminavano di un amore infinito. « Allora ci proveremo. Alla mia età non posso farti promesse. Per quanto ne so, quel meccanismo ormai non funziona più, se non altro per quello che riguarda mettere al mondo dei bambini. A ogni modo possiamo provare... potrebbe essere divertente... » concluse con aria maliziosa, guardandola. Pilar gli gettò le braccia al collo. Quella reazione l'aveva colta di sorpresa, anche se il suo stupore non era neppure paragonabile a quello che aveva suscitato in lui l'annuncio che Pilar desiderava un figlio. Quanto a lei, se in passato qualcuno le avesse detto che un giorno avrebbe desiderato un figlio, avrebbe riso fino alle lacrime. Adesso, invece, voleva quel figlio tanto disperatamente da aver voglia di piangere.

« Sei sicuro? » mormorò guardando il marito con tenerezza. « Non sei costretto, sai? »

« Certo... ma tu, sai che molto tempo fa ho desiderato avere dei figli da te. Adesso cerca soltanto di non farmi aspettare troppo, d'accordo? »

« Grazie per avere saputo aspettare », gli bisbigliò lei a fior di labbra, con la speranza che non fosse troppo tardi per nessuno dei due. Era una possibilità che non si poteva certo escludere, e non c'era modo di saperlo. Non restava che provare, e vedere quello che sarebbe successo.

Charlie aveva comprato una bottiglia di champagne e un bellissimo anello per Barbie, per festeggiare l'anniversario. Anche se non ne era certo, aveva la netta impressione che lei si fosse dimenticata la data esatta del loro matrimonio. D'altra parte non voleva farsi sfuggire nessun accenno, perché voleva farle una sorpresa. Aveva pensato di cucinarle la cena, di stappare una bottiglia di champagne e di offrirle l'anello, che era a forma di cuore con un piccolissimo rubino al centro. Lo aveva comprato da *Zale's* ed era sicuro che a lei sarebbe piaciuto moltissimo. Barbie amava i gioielli, i vestiti e le cose belle, e lui adorava comprarle di tanto in tanto qualche gingillo per farle piacere. Perché Barbie era tanto bella, e lui ne era innamorato alla follia. E inoltre lei meritava davvero tutto questo.

Gli aveva detto che quella mattina aveva un provino per la pubblicità televisiva di un detergente e che subito dopo, nel pomeriggio, sarebbe andata a fare acquisti insieme a Judi e alla ragazza con la quale divideva la camera. Poiché pensavano di visitare tutti i negozi di Broadway Plaza, sarebbe rientrata tardi, per cena. Charlie aveva preferito non dirle niente, perché non voleva guastarle la sorpresa che le stava preparando. Alle sei e mezzo, però, cominciò a essere preoccupato. In genere Barbie era abbastanza puntuale, ma quando usciva con Judi e le altre amiche, spesso andavano a bere qualcosa insieme e si dimenticava del tempo che passava. Si augurò che non tardasse troppo. Quanto al provino, probabilmente doveva essere stato stressante, perché si trattava di uno spot pubblicitario che doveva andare in onda sulla TV nazionale... e Barbie continuava a desiderare disperatamente di fare l'attrice!

In quell'ultimo anno aveva ottenuto soltanto una mezza dozzina di particine. Niente di importante, tranne quella in cui aveva dovuto ballare e cantare vestita da chicco d'uva della California. Ma per il momento la grande occasione non si era ancora presentata e il sogno di fare carriera a Hollywood non si era ancora realizzato. Ogni volta che le veniva proposto, accettava di fare l'indossatrice in qualche sfilata di moda, soprattutto per costumi da bagno, e Charlie era orgoglioso di lei. Non gli importava se Barbie voleva recitare o fare la modella; ma non le avrebbe più permesso di servire ai tavoli di un ristorante o come commessa in un negozio. Judi, che negli ultimi sei mesi aveva lavorato nel reparto cosmetici di Neiman-Marcus, stava infatti cercando di convincere Barbie a lavorare con lei. Charlie, invece, non ne voleva assolutamente sapere. Le commissioni che incassava grazie alla sua attività di rappresentante gli permettevano un discreto tenore di vita, anche se di tanto in tanto si ritrovavano a dover contare anche il centesimo. In questi casi era lui a cucinare, cercando di fare economie, e per risparmiare rimanevano in casa a guardare la televisione. Ma poi, quando la situazione finanziaria migliorava, Charlie tornava a casa con enormi mazzi di fiori e regalini per Barbie. Era sempre generoso con lei che, di fronte a tanta gentilezza, provava a volte un vago senso di colpa.

Aveva anche tentato di spiegare tutto questo a Judi. Non le sembrava giusto rimanersene tranquillamente a casa, a laccarsi le unghie, telefonando ogni tanto all'agenzia per sentire se c'era qualche lavoretto, o trovarsi in centro con lei a pranzare, ben sapendo che Charlie lavorava come un pazzo per mantenerla. Secondo Judi, invece, era perfettamente normale, e non faceva che ripeterle che doveva considerarsi fortunata. Barbie, da parte sua, doveva ammettere che quella vita le piaceva. Dopo anni in cui si era adattata a fare di tutto — la cameriera, la ballerina, addirittura la benzinaia — adesso aveva l'impressione di essere diventata una ricca signora. Anche lei era buona con Charlie, o almeno cercava di esserlo, anche se le risultava ancora difficile vedersi nei panni di una donna sposata. Le sembrava così strano dover rendere conto a un'altra persona dei propri movimenti e delle proprie azioni, essere legata a un solo uomo e restare sempre in casa invece di andare fuori a divertirsi. A volte aveva nostalgia dei vecchi tempi, specialmente quando usciva con Judi e le altre ragazze e ascoltava i resoconti delle loro avventure. Ma poi, rientrando, trovava Charlie, così onesto, così buono e gentile con lei... Era impossibile non volergli bene. Rimpiangeva soltanto che non fosse più brillante, più spiritoso e divertente. Ma era serio e affidabile, e Barbie sapeva di poter contare sempre su di lui. A volte questo pensiero arrivava addirittura a spaventarla, perché era come se si rendesse conto che non avrebbe mai più potuto sfuggirgli. E allora provava a domandarsi per quale motivo avrebbe dovuto desiderare di riconquistare la libertà.

Alle sette Charlie aveva la cena pronta e la tavola apparecchiata. Dopo avere fatto una doccia, non gli rimaneva che aspettare Barbie. Indossò il completo blu e tirò fuori dal cassetto il regalo per Barbie. Lo champagne era già ghiacciato, in frigorifero. Alle sette e mezzo non sapeva più che cosa fare e accese la televisione. Verso le otto si rese conto che l'arrosto cominciava a rinsecchirsi. Alle nove era letteralmente in preda al panico. Era chiaro che doveva esserle successo qualcosa. Una disgrazia, pensò immediatamente, sapendo che Judi era una pessima guidatrice e aveva un incidente dopo l'altro! Provò a telefonarle, e non trovando nessuno in casa, la richiamò verso le nove e mezzo. Questa volta rispose la segreteria telefonica, e quindi lasciò un messaggio. Verso le dieci, quando riprovò a chiamarla, fu Judi stessa a rispondere. Rimase un po' meravigliata sentendo la voce di Charlie.

« Dov'è Barb? » le domandò subito lui. « Sta bene? »

« Sta benissimo, Charlie, è andata via poco fa. Fra poco sarà a casa. Non capisco perché tu sia così agitato! » esclamò Judi, quasi irritata, sentendo il tono allarmato di Charlie.

« E con quale mezzo torna a casa? » Perché Judi non l'aveva accompagnata?

« Ha preso un taxi. Probabilmente non sarà a casa immediatamente, ma presto o tardi arriverà, Charlie. Cerca di non perdere la testa. Ho l'impressione che tu le tenga il guinzaglio un po' troppo corto in questo periodo, o sbaglio? »

« È il nostro anniversario », le rispose lui con tristezza.

« Oh. » All'altro capo del filo ci fu un lungo silenzio. « Mi dispiace. » Erano uscite e avevano bevuto qualcosa insieme — proprio come lui aveva immaginato — e Barbie aveva perso la nozione del tempo. Si era accorta di essere in ritardo solo alle nove e mezzo passate.

« Grazie. » Riappese e andò a spegnere il forno. Per quale motivo Barbie era uscita di nuovo con Judi e le altre amiche? Perché proprio quella sera, la sera del loro anniversario? E perché non glielo aveva detto? In fondo lui non desiderava altro che farle una sorpresa preparandole una bottiglia di champagne e una cenetta cucinata con le proprie mani. Forse aveva sbagliato a non spiegarle che cosa aveva in mente di fare. Si era accorto da tempo che Barbie era distratta, con la testa sempre nelle nuvole, e le piaceva trovarsi con le amiche e fare con loro il giro dei negozi. Era stata proprio un'idea sciocca tentare di farle una sorpresa!

Quando sentì la chiave che girava nella serratura erano ormai le dieci e tre quarti. Lui era davanti alla televisione e guardava il notiziario. Balzò in piedi quando lei entrò. Con quell'abito nero aderentissimo e le scarpe con i tacchi alti aveva un'aria incredibilmente sexy.

« Dove sei stata? » le domandò in tono ansioso.

« Te l'ho detto. A far compere con Judi. »

« Sì, esattamente undici ore fa. Perché non mi hai telefonato? Sarei venuto a prenderti. »

« Non volevo disturbarti, tesoro. » Gli sfiorò una guancia con le labbra e poi i suoi occhi si posarono sul tavolo. Trasalì, e di colpo sul suo viso apparve un'espressione terribilmente colpevole. « Che cosa significa tutto questo? Che cosa hai fatto? »

« È il nostro anniversario, stasera », mormorò lui. « Ti avevo preparato la cena. Mi rendo conto che sono stato uno sciocco a volerti fare una sorpresa. »

« Oh, Charlie... » Guardandolo, Barbie si sentì gli occhi pieni di lacrime. E si vergognò profondamente di se stessa, soprattutto quando Charlie stappò la bottiglia di champagne e servì in tavola quello che rimaneva del roastbeef con contorno di Yorkshire pudding.

« Purtroppo non è più al sangue. Ormai è troppo cotto », commentò imbarazzato e Barbie scoppiò a ridere, baciandolo.

« Non c'è nessun uomo migliore di te », esclamò, e ne era davvero convinta. « Quanto mi dispiace, tesoro. Mi è uscito di mente. Che sciocca sono stata! »

« Non pensarci più. A ogni modo so già quello che sarà meglio fare l'anno prossimo. Ti darò un appuntamento e andremo al ristorante. In qualche locale di lusso. »

« Tutto questo mi sembrava già un lusso! » Buona parte della cena era bruciata, ma il gusto dello champagne era sempre squisito. Aveva già bevuto parecchi drink nel pomeriggio, ma non aveva importanza. Uno in più non le avrebbe fatto male. Poco dopo, quando si ritrovarono sul divano a fare l'amore, con l'abitino nero di lei e il completo blu di Charlie ammucchiati disordinatamente sul pavimento, perfino lui non pensò più a quella cena rovinata.

«Uau!» esclamò esultante quando finalmente si staccarono l'uno dall'altra e ricominciarono a respirare normalmente. «Uauh!... Uauh! *Uauh!*» Barbie rise guardandolo, e poi fecero di nuovo l'amore; erano le tre del mattino quando si decisero ad andare a letto. L'indomani si svegliarono a mezzogiorno e Barbie si ritrovò con un terribile mal di testa. Solo mentre alzava le tapparelle Charlie rammentò il regalino che avrebbe dovuto offrirle la sera prima. Andò a prendere il pacchettino e glielo consegnò. Barbie era ancora a letto e si lamentava del mal di testa.

«Non riesco a capire perché mi piaccia tanto lo champagne! Il giorno dopo mi sembra sempre di avere il cervello sotto un martello pneumatico.»

«Sono le bollicine. O perlomeno è così che mi hanno sempre detto!» Charlie non beveva mai tanto da ubriacarsi, mentre per Barbie era diverso. Non riusciva a resistere quando si trovava fra le mani una di quelle bottiglie di liquido spumeggiante.

«E questo che cos'è?» Lentamente, quasi con fatica, lacerò la carta che avvolgeva l'astuccio e lo scrutò socchiudendo gli occhi, sdraiata sul letto matrimoniale, stupenda nella sua totale nudità. Era una ragazza bellissima, con un corpo straordinario. E Charlie non si stancava mai di contemplarla, di accarezzarla... toccarla.

«È un dono per l'anniversario, ma se non ti sbrighi ad aprire l'astuccio, forse finirò per togliertelo dalle mani!» Era quasi una sofferenza quella che provava guardandola... tanto era intenso il desiderio di lei, la voglia di possederla, farla sua! In quell'ultimo anno per lui era diventata una droga. Ma finalmente Barbie riuscì ad aprire l'astuccio e trovò l'anellino. Lanciò gridolini di gioia e disse che le piaceva alla follia. Quante attenzioni Charlie aveva per lei! In tutta la sua vita non aveva mai conosciuto nessuno altrettanto gentile... Eppure, proprio a causa del suo passato, a volte trovava difficile avere fiducia in lui, confidarsi. Ogni volta che si mostrava così tenero e pieno di premure, Barbie provava sempre un terribile senso di colpa.

«Mi dispiace per ieri sera», mormorò con voce roca; poi

rotolò lentamente sul letto verso di lui e Charlie dimenticò tutto il resto, ipnotizzato da quelle gambe, da quei fianchi, da quel seno perfetto che non finiva mai di stupirlo.

Quando finalmente si decisero ad alzarsi, erano ormai le due del pomeriggio; fecero una doccia insieme e poi ricominciarono a fare l'amore. Charlie era in gran forma e di ottimo umore.

« Sai una cosa? Nonostante la partenza un po' faticosa il nostro anniversario non poteva essere più bello di così. » Sorrise mentre si vestivano per la cena. Dovevano infatti incontrarsi con alcuni amici per poi recarsi al cinema.

« È quello che penso anch'io », confermò Barbie, contemplando sorridente l'anello nuovo. Poi baciò Charlie. Ma guardandolo si accorse che aveva un'aria esitante e un'espressione che lei ben conosceva. Capì che voleva domandarle qualche cosa ma aveva paura di irritarla: « Che cosa è successo?... Scusami... lo so... non dovevo domandartelo. »

Lui scoppiò in una risata, meravigliandosi che ormai Barbie lo conoscesse tanto bene.

« C'è qualcosa che ti tormenta? A guardarti si direbbe che tu voglia chiedermi qualcosa. » Mentre parlava si infilò rapidamente una gonna corta, aderentissima, di pelle nera, e scarpe con i tacchi alti. Poi cominciò a frugare nell'armadio alla ricerca di un maglione. Aveva raccolto i capelli biondi in una crocchia e assomigliava un po' a Olivia Newton-John, un po' più morbida e un po' più sensuale. Charlie non riuscì a staccare gli occhi da lei mentre la guardava vestirsi.

« Che cosa ti fa pensare che voglia chiederti qualcosa? » domandò esitante. A volte provava un vago senso di imbarazzo a rivelarle i propri sentimenti.

« Avanti, parla! » Ma Charlie si sentì a disagio di fronte a Barbie, inguainata in un maglione nero, aderentissimo, che metteva in risalto il seno. Aveva pensato di domandarglielo la sera prima, dopo lo champagne, e prima di fare l'amore, o anche dopo. Ma niente, in quelle ore, era andato esattamente come lui aveva previsto. Non solo, ma dopo aver fatto l'amore per tutta la notte, si erano persino dimenticati di cenare.

« Be', vuoi dirmi di che cosa si tratta? » gli domandò spazientita, e Charlie si sentì subito innervosito. Aveva paura di farle quella domanda nel momento sbagliato, non voleva irritarla. Ma lei aveva ormai capito che doveva trattarsi di qualche cosa che non le sarebbe piaciuto, di un argomento che lei preferiva non affrontare... D'altra parte, sapendo che per Charlie aveva un'enorme importanza, non poté più tirarsi indietro.

« Non sono sicuro che sia il momento giusto », mormorò lui, incerto se fosse opportuno chiederglielo o no.

« Mia madre diceva sempre: quando sei arrivata a un certo punto, non devi più tirarti indietro. E allora, si può sapere che cosa ti preoccupa, Charlie? »

Lui si sedette sul letto, annaspando alla ricerca delle parole giuste. Anche se era importante per lui, non voleva che Barbie si irritasse. Inoltre sapeva che lei aveva opinioni ben precise in proposito. Comunque, arrivati a quel punto, voleva almeno cercare di affrontare e discutere quella questione.

« Non so se riuscirò a spiegarmi come vorrei... e farti capire che cosa significhi per me, Barb... ma... credimi, desidererei con tutto il cuore un figlio. »

« Cosa? » Lei si voltò di scatto a guardarlo. Inguainata in quel maglione nero d'angora, sembrava una gattina infuriata. Per un attimo rimase a fissarlo senza nascondere il proprio malumore. « Sai che non voglio figli, Charlie. Non adesso. Gesù, questa settimana quasi quasi mi sceglievano per uno spot pubblicitario. Se rimanessi incinta, la mia carriera potrebbe considerarsi chiusa per sempre, e finirei anch'io a vendere rossetti da Neiman-Marcus come Judi. »

Charlie preferì non ricordarle che la sua cosiddetta carriera in realtà si riduceva a un paio di particine, a una quantità incredibile di provini per spot pubblicitari per i quali non era stata scelta, a un'esposizione di automobili e a qualche apparizione come ballerina di fila in *Oklahoma!*, per non parlare dell'anno particolamente sfortunato a Las Vegas. Il suo unico vero successo era stato sfilare in bikini, come indossatrice, in passerella.

« Lo so », le rispose in tono comprensivo. « Ma potresti dimenticare almeno per un po' la tua carriera. Non dico che dobbiamo farlo subito. Però vorrei che tu sapessi quanto è importante per me. Voglio una famiglia, Barb. Voglio dei bambini. Voglio dare a qualcuno quello che non ho mai avuto: una madre, un padre, una casa, una vita. Potremmo fare molto per i nostri figli. Lo desidero davvero. Ormai siamo sposati da un anno e ho pensato che fosse venuto il momento di parlarne. »

« Se ci tieni tanto a giocare con qualche bambino, perché non provi a farti arruolare nei Peace Corps? Per quanto mi riguarda, non sono ancora pronta. Ho quasi trentadue anni, e se non approfitto adesso delle occasioni che mi vengono offerte, dopo sarà troppo tardi. »

« E io ho trent'anni, Barbie. Trenta. E voglio una famiglia », esclamò Charlie con occhi supplichevoli; e a un tratto lei diventò nervosa.

« Una famiglia? » gli domandò inarcando un sopracciglio con aria interrogativa, e mentre si appoggiava al muro, inguainata in quella gonna aderentissima di pelle nera, aveva un'aria incredibilmente sexy. « E quanti figli comporta una famiglia? Dieci? Io sono nata in una famiglia del genere. E fa schifo. Te lo assicuro. »

« Non è necessario. Forse la tua famiglia era fatta così. Ma la nostra sarà diversa, tesoro. » Aveva le lacrime agli occhi mentre parlava. « È qualcosa di cui ho bisogno nella vita... e non mi sembrerà completa fino a quando non avremo anche un figlio. Non potremmo almeno cominciare a provarci, adesso? » Era un argomento di cui non avevano mai parlato; in realtà, prima di sposarsi nessuno dei due aveva voluto affrontarlo. Charlie era sempre stato molto schietto e aveva manifestato chiaramente il suo desiderio di avere dei figli e Barbie era rimasta incerta fra il desiderio di mostrarsi onesta con lui spiegandogli di non volerne affatto, e la speranza di farlo contento dicendo « Forse in seguito ». Purtroppo la resa dei conti sembrava fosse arrivata molto prima di quanto lei avesse immaginato.

Con disappunto guardò fuori della finestra prima di voltarsi ad affrontare gli occhi di Charlie. C'erano ricordi che non voleva dividere con lui, ma non aveva nessun desiderio di tornare a essere parte di una famiglia o di riempire di figli la propria vita. Sapeva di non desiderare niente di tutto questo. Aveva cercato di spiegarglielo appena si erano conosciuti, ma Charlie aveva fatto finta di non sentire, o capire... e ormai lei era certa che non fosse disposto a crederle neppure ora, quando diceva di non desiderare figli. « Perché proprio adesso? In fondo siamo sposati soltanto da un anno. Tutto è filato liscio, alla perfezione. Perché rovinarci l'esistenza? »

« Non la rovineremo affatto, la renderemo migliore. Ti prego, Barb... prova almeno a pensarci. » Adesso la supplicava, lo sentiva dal tono della sua voce — e riusciva, invece, soltanto a farsi odiare. Stava diventando insistente, non le dava tregua, e a Barbie non pareva giusto. Soprattutto su quell'argomento.

« Chissà, forse non funzionerebbe in ogni caso », riprese, cercando di scoraggiarlo con tutti i mezzi a sua disposizione. « A volte mi domando se non ci sia qualcosa che non va in noi. Raramente usiamo contraccettivi. Per quanto mi riguarda, non sono mai stata così poco attenta in tutta la mia vita, come adesso con te, Charlie, e non succede mai niente. » Lo guardò con aria significativa e poi sorrise. « Forse è il nostro destino non avere figli. » Poi lo baciò e cercò di eccitarlo — e questo non era mai difficile. « Sarò io la tua bambina, Charlie », gli disse con quel tono di voce che lo mandava in estasi e lo faceva letteralmente impazzire.

« Non è la stessa cosa. » Charlie sorrise, completamente in balia di Barbie. « Però è carino tutto questo... è molto carino quello che fai adesso... nel frattempo! » Ma per quanto riguardava lei, quella frase « nel frattempo » non significava nulla. Charlie, invece, mentre la baciava si domandò se non sarebbe riuscito a farla diventare ancora più distratta e trascurata di prima. Forse proprio nei giorni giusti del mese. Forse era il sistema migliore... invece che cercare di convincerla. D'altra parte era sicuro che non appena Barbie si fosse ritrovata con un figlio, ne sarebbe stata felicissima. E mentre faceva queste riflessioni, decise di prestare maggiore attenzione alle scadenze del suo ciclo mensile. Chissà, se fosse riuscito a scoprire qual era il giorno giusto e avesse portato a casa una bottiglia di champagne... forse avrebbero avuto un bambino. Bastò quell'idea a restituirgli il buonumore mentre finivano di vestirsi per uscire. Quanto a Barbie, che non sapeva niente di questi progetti, aveva ritrovato l'allegria ed era certa che suo marito sarebbe diventato ragionevole e avrebbe presto dimenticato tutte quelle assurde idee sulla famiglia, almeno per un po'. In fondo lei non gli aveva mai detto di non desiderare dei figli, ma neppure gli aveva lasciato capire che aspirava ad averne. A ogni modo di una cosa era sicura: anche se Charlie desiderava con tutta l'anima un bambino, lei non aveva nessuna intenzione di accontentarlo.

6

NANCY e Tommy portarono il bambino da Pilar e Brad il 4 di luglio. Era straordinario come la sua nascita avesse cambiato i due giovani. Sembravano improvvisamente diventati adulti, seri e responsabili. Brad approfittò di ogni occasione per prendere in braccio il nipotino, vezzeggiandolo con frasi tenere e gesti affettuosi. Non riusciva a capire come avessero fatto a vivere senza di lui fino a quel momento. Anche Pilar ebbe modo di coccolarlo e intanto non faceva che pensare, stupita, che un giorno anche lei avrebbe potuto averne uno tutto suo. Che sensazione incredibile!

Adam era un bimbo roseo e paffuto, tranquillo e di buon carattere; dormiva pacificamente fra le braccia di chi voleva coccolarlo un po' e quando era sveglio sgranava due immensi occhioni azzurri.

« Sei bellissima con questo bambino in braccio », mormorò Brad a Pilar verso la fine del pomeriggio. « E chissà che presto questo bambino non abbia un nuovo zio, o una nuova zia », aggiunse sorridendo, in tono scherzoso. Si erano messi d'impegno, nella speranza di concepirlo, durante tutta la settimana successiva al loro anniversario di matrimonio e adesso Pilar aspettava di vedere che cosa sarebbe successo durante il week-end.

Ma quella sera rimase stupita e delusa quando, dopo che i ragazzi se ne furono andati, si scoprì che non era rimasta incinta. Uscì dal bagno profondamente turbata. In genere era abituata a ottenere quello che voleva subito, fin dalla prima volta.

« Tesoro, che cosa c'è? È successo qualcosa? » Appena la vide Brad pensò che si sentisse male. Era pallida come uno spettro. Pilar si lasciò cadere sul letto accanto a lui e soltanto allora Brad si accorse che aveva pianto.

« Non sono incinta. »

« Oh, per amor di Dio! » Le sorrise affettuosamente. « Credevo che fosse successo chissà che cosa...! »

« Non ti sembra abbastanza brutto? » Pilar continuava a non rassegnarsi. Era allibita. Le capitava di rado di vedersi sfuggire di mano il successo. Ma Brad la sapeva più lunga.

« Dopo quattordici anni? Solo perché ti ci sei provata una volta non significa che tu non possa ottenere quello che vuoi, te ne rendi conto? Può darsi che tu ti debba sforzare un po' di più, che tu sia costretta a metterci un po' più d'impegno rispetto al solito. » Poi si chinò a baciarla, e lei sorrise. Ma continuava ad avere quell'aria smarrita. « Pensa soltanto a quanto sarà divertente continuare a provarci...! »

« E se non funzionasse? » gli domandò lei, chiaramente angosciata. No, non era facile come aveva creduto. Brad la guardò attentamente, chiedendosi quale sarebbe stata la sua reazione se non fossero mai riusciti, in futuro, ad avere un figlio. Se non ci fossero state speranze.

« Se tutto andasse storto, Pilar, dovremo rassegnarci. Ma prima faremo ogni tentativo possibile. Più di questo, tuttavia, non possiamo fare », disse in tono pacato.

« Alla mia età, probabilmente dovrei per prima cosa farmi vedere da uno specialista », osservò lei, preoccupata.

« Alla tua età ci sono donne che hanno figli ogni momento, senza specialisti e senza sforzi eroici. Prova soltanto a rilassarti. Non puoi avere il controllo del mondo intero. Il semplice fatto che tre settimane fa hai deciso di avere un figlio non significa che tu possa realizzare il tuo desiderio dalla sera alla mattina. Lascia qualcosa anche alla sorte! Non pretendere tutto subito. Rilassati... » L'attirò accanto a sé sul letto e la tenne stretta fra le braccia; e dopo un po' Pilar cominciò a calmarsi. Ripresero a parlare tranquillamente dei loro progetti e del bambino che speravano di avere. *Se* fossero riusciti ad averlo.

Brad riteneva che fosse troppo presto perfino per pensare a una visita specialistica e glielo fece notare; ma quando Pilar insistette, finì per accettare la proposta di accompagnarla, se proprio fosse stato necessario.

« Ma per il momento è prematuro », le ripeté spegnendo la luce. « Io sono convinto che quello che ci occorre », mormorò piano mentre le si avvicinava sotto le lenzuola, « è fare molta pratica. »

Il picnic del 4 di luglio in casa Goode si trasformò per Diana in un vero e proprio incubo. Due giorni prima aveva scoperto ancora una volta di non essere rimasta incinta. Quanto alle sorelle, non fecero che assillarla senza pietà, chiedendole perché mai non succedesse niente e insinuando che fosse Andy ad avere qualche problema...

« No, assolutamente », rispose lei difendendolo. E mentre veniva sottoposta a quella specie di processo, aveva la sensazione che sul suo corpo stesse passando un rullo compressore. Non riusciva più neppure a respirare. « Ci vuole tempo, tutto qui. »

« Per noi non è stato necessario, e sei nostra sorella », affermò Gayle. « Può darsi che il numero dei suoi spermatozoi sia insufficiente », commentò in tono sospettoso, ben contenta di poter scaricare ogni colpa sul cognato. Del resto aveva già manifestato questi dubbi anche a suo marito.

« Perché non glielo domandi? » le rispose Diana in tono secco, e Gayle parve offesa da quella reazione così violenta.

« Stavo semplicemente cercando di rendermi utile. Chissà, forse dovresti consigliargli di farsi vedere da qualcuno. » Diana preferì non rivelarle che aveva già fissato una visita da uno specialista, ma per se stessa, il giorno successivo. E poi, come ripeteva Andy, non erano fatti suoi né di nessun altro.

Ma il colpo di grazia fu sua sorella Sam a darglielo, con

un annuncio del tutto inaspettato. Informò l'intera famiglia durante il pranzo e Diana, dopo averla ascoltata, si sentì cogliere dalla nausea.

« Bene, gente, ascoltate... » cominciò; poi lanciò un'occhiata un po' imbarazzata a suo marito, che si mise a ridacchiare. « Devo dirlo, sì o no? »

« No! » rise lui. « Raccontalo tra sei mesi. Lascia che provino a indovinare fino a quel giorno! » A tutti piacevano i suoi modi così alla buona, la sua disinvoltura. Dal giorno in cui aveva sposato Samantha, era sempre stato molto simpatico a tutti, in famiglia.

« Avanti! » la invitò Gayle. « Parla! »

« E va bene. » Sam sorrise felice. « Sono incinta. Nostro figlio nascerà il giorno di San Valentino. »

« Che gioia! » esclamò la mamma, e anche papà Goode non nascose la propria soddisfazione. In quel momento stava conversando con Andy, ma si interruppe subito per congratularsi con la figlia e con il genero. Presto i nipotini sarebbero diventati sei, tre dalla figlia maggiore e tre dalla minore.

« Veramente magnifico », commentò Diana gelida, e poi si alzò per dare un bacio a Sam la quale, forse senza rendersi conto di ferire la sorella, le sussurrò le parole che furono per lei la stoccata finale.

« Ero convinta che mi avresti battuto, sai? Invece comincio a pensare che sarà il contrario... » Per la prima volta nella sua vita Diana provò una gran voglia di prenderla a schiaffi. Anzi, le parve addirittura di odiarla, mentre l'ascoltava ridere e vantarsi della nuova gravidanza, mentre tutti la colmavano di premure e la circondavano di affetto.

Durante tutto il tragitto di ritorno Diana non disse una sola parola e quando arrivarono a casa Andy non riuscì più a dominarsi ed esplose: « Accidenti, non è colpa mia! Non prendertela con me! » Sapeva fin troppo bene che cosa la tormentasse, lo aveva capito nel momento stesso in cui Sam aveva dato il grande annuncio. E negli occhi di sua moglie aveva letto delle tacite accuse.

« Come puoi sapere che non è colpa tua? E se invece *lo fosse*? » E dopo avere pronunciato quelle parole, se ne pentì immediatamente. Si lasciò cadere sul divano con aria disperata. Anche Andy sembrava sconvolto. «Non so come scusarmi... non so più quello che dico. Ma mi hanno messo addosso un'agitazione terribile. So benissimo che non lo fanno volutamente, ma dicono sempre le cose sbagliate... Sam, poi, mi ha dato il colpo di grazia quando ha annunciato di essere incinta.»

«Lo so, piccola.» Venne a sedersi vicino a lei. «Lo so. Ma noi stiamo facendo tutto il possibile.» Non aveva dimenticato che Diana, per l'indomani, aveva fissato la visita dallo specialista. «Con ogni probabilità ci diranno che stiamo benone. Adesso rilassati.» Rilassati, pensò Diana, rendendosi conto di odiare ormai quella parola.

«Sì... certo...» disse, e andò a fare una doccia. Ma ormai non riusciva che a pensare alle sorelle. «*Sono incinta*»... «*Può darsi che il numero dei suoi spermatozoi sia insufficiente...*» «*Ero convinta che mi avresti battuto...*» ... «*Sono incinta... sono incinta...*» Rimase a piangere sotto la doccia per almeno mezz'ora e poi si infilò nel letto senza più dire una sola parola ad Andy.

Il giorno successivo il cielo era limpido e il sole splendeva. A Diana parve quasi un affronto, quella giornata così bella. Lei era infatti di pessimo umore, avvilita e delusa. Aveva chiesto un permesso in ufficio. In quegli ultimi tempi il lavoro era diventato sempre più stressante e ogni cosa le pesava; le riunioni, le scadenze, persino i rapporti con i collaboratori. Prima era stato sempre tutto molto divertente; adesso invece, senza un figlio, le pareva che ogni cosa fosse insopportabile.

Perfino l'unica, intima amica che aveva in ufficio si era accorta che Diana aveva perduto l'entusiasmo di un tempo. Eloise Stein, la redattrice che si occupava della rubrica di cucina, un bel giorno si era decisa a parlargliene e aveva toccato quell'argomento proprio una settimana prima, mentre stavano facendo un rapido assaggio, alla sua scrivania, dei risultati di alcune ricette francesi che aveva scovato a Parigi.

«C'è qualcosa che ti preoccupa in questo periodo?» le

aveva domandato Eloise in tono significativo. Era intelligente, molto bella e possedeva un grandissimo intuito. Aveva studiato a Yale e aveva proseguito gli studi di specializzazione postuniversitari ad Harvard. Poiché era originaria di Los Angeles, si era alla fine decisa a tornare a casa. Aveva ventotto anni e abitava in un appartamentino adiacente a quello dei genitori a Bel Air. Nonostante fosse una ragazza molto fortunata, alla quale non era mai mancato nulla, bisognava ammettere che era semplice, per nulla viziata, e veramente bella. Fin da quando Diana era entrata a far parte della redazione della rivista, aveva fatto amicizia con lei. Era spiritosa e la sua compagnia molto piacevole. Una volta Diana e Andy avevano perfino cercato di trovarle un partner e avevano combinato una serata a quattro con Bill Bennington. Ma Eloise lo aveva letteralmente terrorizzato — troppo in gamba, troppo matura, anche se poi lui aveva confessato di trovarla eccessivamente magra e alta. Sembrava una stupenda indossatrice.

« No, sto bene. » Diana aveva cercato di tagliar corto per evitare un interrogatorio. Si era poi complimentata con Eloise, elogiando i manicaretti che stavano mangiando e una ricetta per la trippa che aveva ricordato a Diana i giorni trascorsi a Parigi. « A guardarti si direbbe che non mangi mai », osservò poi, scrutando Eloise, che era magrissima, con grandi occhi azzurri e lunghi capelli biondi e lisci.

« Quando studiavo al college, soffrivo di anoressia », le spiegò l'amica. « O perlomeno cercavo di diventare anoressica. Tutto sommato credo che il cibo mi piacesse troppo e quindi non ho resistito a lungo... E, come se non bastasse, dalla Florida la nonna mi mandava sempre enormi pacchi di dolciumi. » Guardò Diana di nuovo, con attenzione. Eloise non era tipo da lasciarsi distrarre quando si era messa in testa qualcosa — ed era uno dei motivi per cui era tanto apprezzata dalla direzione della rivista. « Ma non hai risposto alla mia domanda. »

« A proposito di che? » Diana finse di non avere capito, ma sapeva con esattezza a che cosa l'amica alludesse. Aveva simpatia per lei, ma non era del tutto convinta di volersi confidare con qualcuno. L'unico a sapere quanto soffrisse era Andy.

« C'è qualcosa che ti preoccupa. Non mi piace ficcare il naso negli affari altrui, ma tu stai cominciando ad avere l'aria di quella che si comporta come un automa, fa tutto meccanicamente, sembra che non sappia più a che santo votarsi e sia lì lì per arrampicarsi sui muri... pur dichiarando a tutti di stare benissimo. »

« Sono ridotta a questo punto? » esclamò Diana inorridita; poi non riuscì a trattenersi e scoppiò a ridere di fronte a quella descrizione così colorita.

« Be', non proprio. Però ho cominciato a notare qualcosa da un po'. È meglio che mi occupi degli affari miei oppure hai bisogno di un'amica con cui confidarti? »

« Ecco... no... io... » aprì la bocca per risponderle che stava benissimo e non aveva nessuna preoccupazione quando, a un tratto, avvertì un nodo alla gola. Non riuscì a far altro che scrollare il capo mentre le lacrime le scorrevano sulle guance. La bella ragazza alta e bionda allungò un braccio circondandole dolcemente le spalle e cominciò a passarle uno dopo l'altro una serie di fazzolettini di carta perché si soffiasse il naso. Ci volle un bel po' prima che Diana si calmasse. « Se tu sapessi come mi dispiace... non volevo assolutamente... » Alzò gli occhi a guardarla: aveva il naso rosso, come gli occhi che continuavano a lacrimare, ma si sentiva infinitamente meglio. Che sollievo non dover più nascondere la propria angoscia! « Non riesco a capire che cosa mi è successo. »

« E invece lo sai benissimo. Avevi solo bisogno di sfogarti! » Poi Eloise l'abbracciò con affetto e le versò una tazza di caffè forte.

« Comincio a pensare che tu abbia ragione. » Dopo avere respirato a fondo, Diana si voltò ad affrontarla. « Sì, ho qualche problema... in famiglia... suppongo che si debba dire così. Niente di tragico, ma una serie di cose alle quali devo cominciare ad abituarmi. »

« C'è di mezzo tuo marito? » le domandò Eloise, in tono sinceramente dispiaciuto. Diana le piaceva molto, e provava simpatia anche per Andy. La rattristava il fatto che avessero dei problemi. L'ultima volta che erano stati fuori a cena insieme, le erano sembrati così felici e contenti!

« No, non posso affatto dire che sia colpa sua. Anzi, credo di essere soprattutto io la responsabile. È parecchio tempo che continuo ad assillarlo... ormai è più di un anno che stiamo cercando di avere un bambino e... non succede niente! Capisco che, detto in questo modo, possa sembrare una vera sciocchezza, eppure ogni mese è un po' come se avessimo un lutto in famiglia, e io ho la sensazione di dover affrontare una tragedia di proporzioni immani... qualcosa di cui ho finito per provare un autentico terrore. Per tutto il mese mi auguro che sia la volta buona, e quando scopro che ancora una volta non è accaduto nulla, mi sento spezzare il cuore. Non trovi che sia una vera sciocca? » Ricominciò a piangere e a soffiarsi il naso.

« No, niente affatto », la rassicurò Eloise. « Io non ho mai desiderato avere un figlio, però mi sembra un desiderio abbastanza logico. E per persone come noi, abituate a ottenere quello che vogliamo, ad avere sempre il controllo della situazione, dev'essere molto stressante scoprire che le cose non vanno secondo le nostre aspettative. Vedi, probabilmente anche quel dannato controllo è in parte responsabile di questa tua sofferenza: ti senti incapace di poter usare i tuoi poteri e di decidere se avere o no un figlio... »

« Forse, ma c'è qualcosa di più... è difficile spiegarlo... ma è soprattutto questo vuoto terribile... questo desiderio continuo e straziante, che io trovo spaventoso. A volte ho solo voglia di morire! E non posso parlarne con nessuno, neppure con Andy. Mi sento morire dentro, ed è come se fossi rinchiusa nel mio guscio, imprigionata lì dentro. È un senso di solitudine immenso, profondo, e non l'avevo mai provato. Credimi, non so nemmeno come descriverlo. »

« A sentirti, sembra qualcosa di orribile », disse Eloise, in tono comprensivo e affettuoso. Adesso tutto quello che aveva notato da parecchio tempo in ufficio diventava chiaro. Diana aveva cominciato a ridurre all'essenziale i propri rapporti con gli altri redattori, a chiudersi in se stessa, e a volte sembrava che fosse addirittura impossibile trovare un punto di contatto con lei. Non era affatto strano che una situazione del genere cominciasse anche a logorare il suo matrimonio. « Sei andata a farti visitare da qualche specialista? » Avrebbe voluto domandarle se non avesse pensato di consultare un analista, ma non ne ebbe il coraggio. Si sentì commossa all'idea che Diana avesse scelto di confidarsi con lei e ne fu onorata.

« A dire la verità, ne vedrò uno la settimana prossima. Si chiama Alexander Johnston. » Non sapeva nemmeno per quale motivo le avesse detto quel nome, ma dal momento che aveva cominciato a confidarsi con lei, le era parso abbastanza logico parlargliene. Rimase sorpresa quando la vide sorridere mentre le versava un'altra tazza di caffè.

« È un nome che hai già sentito? »

« Qualche volta, certo! È il socio di mio padre. Vedi, lui si occupa di endocrinologia genetica. Se le cose andassero veramente male, non è escluso che propongano un consulto anche con lui; e se tu decidessi di ricorrere alla fecondazione in vitro potrebbe essere papà a occuparsene. Ormai non accetta più molti pazienti nuovi, a parte quelli che gli manda Alex oppure qualcuno dei suoi colleghi. A ogni modo, con Alex Johnston sei in buone mani. » Diana provò un enorme sollievo e guardò l'amica con aria sbalordita. Com'era piccolo il mondo, anche in quel campo! « Vuoi che gli accenni al fatto che ci conosciamo? Che gli dica qualcosa? » provò a domandarle Eloise, con cautela, non sapendo quale fosse l'opinione di Diana in proposito.

« Meglio di no. Ti confesso che preferisco che i nostri rapporti rimangano a livello di medico e paziente. Comunque, sono contenta di avere scelto la persona giusta. »

« È il migliore. E vedrai che troverà una soluzione. Attualmente le statistiche sono molto rassicuranti. Io lo so perché sono cresciuta in mezzo a tutto questo. Credo di non avere mai pensato che bastasse *farlo* per aspettare un figlio. Ho sempre ritenuto che ci fosse bisogno dell'intervento di mio padre! » Era un'idea divertente e Diana rise.

Poi, mentre divoravano tortine di mele con *crème fraîche*,

Eloise le domandò perché non si prendesse un periodo di vacanza per risolvere il suo problema. Forse sarebbe stato tutto più semplice e anche per Andy la situazione sarebbe migliorata; ma Diana le rispose che non credeva di poterlo fare e, messa alle strette, finì per ammettere che non voleva farlo.

« Non posso abbandonare di punto in bianco il mio lavoro e andarmene. A parte che... come finirei? Le mie sorelle hanno fatto proprio questo e adesso stanno a casa con i loro bambini. Vedi, io non sono del tutto convinta che quel genere di vita mi piacerebbe, perlomeno non subito. Forse... se avessi un figlio. Ma per il momento mi dà qualcosa a cui pensare mentre conto i giorni e aspetto di misurarmi la temperatura ogni mattina. »

« Io non credo che resisterei. Come fai, tu? »

« Io voglio un figlio, con tutte le mie forze. E ho il vago sospetto che quando si vuole qualcosa come lo voglio io, si accetta di fare molte, moltissime cose. » Ed Eloise, che aveva sentito descrivere più volte da suo padre i procedimenti usati e gli interventi eseguiti, si rese conto di capirlo ancor meglio di Diana.

Diana stava proprio pensando a lei mentre si dirigeva, in macchina, verso il Wilshire Carthay Building e si domandava se le sarebbe capitato di vedere, anche da lontano, il padre di Eloise. Per quanto tutte le persone con cui aveva parlato le avessero confermato che Alex Johnston era il migliore nel suo campo, quando prese l'ascensore per salire nel suo studio si rese conto di essere nervosissima e molto spaventata.

La sala d'aspetto era silenziosa, molto elegante. Predominavano le tinte tenui, avorio e beige dorato; alle pareti erano appesi quadri moderni di valore e, in un angolo, troneggiava un'enorme palma. Diana fu invitata ad accomodarsi in quella sala, ma dopo pochi minuti fu introdotta nel sancta sanctorum. Percorse un lungo corridoio dalle pareti piene di quadri e illuminato da alti lucernari; arrivata in fondo, l'infermiera la precedette in un'ampia stanza con le pareti rivestite di legno molto chiaro, uno stupendo tappeto e, in un angolo, una bellissima scultura che raffigurava una donna con un bambino. Diana provò una strana sensazione — perfino ritrovarsi davanti agli occhi un'opera d'arte che raffigurava una madre e un figlio le diede una fitta al cuore.

Ringraziò l'infermiera e sedette, cercando di mantenersi calma e pensando ad Andy. Aveva una paura folle di quello che stavano per farle e di quello che, forse, avrebbero trovato, ma fortunatamente dopo pochi minuti si sentì sollevata, e piacevolmente stupita, quando poté finalmente conoscere il famoso specialista. Era alto, con i capelli biondo rossicci, mani lunghe e affusolate, occhi azzurri e vivaci. Sotto molti aspetti, le ricordava suo padre.

« Salve. » Le rivolse un sorriso cordiale e le strinse la mano. « Sono Alex Johnston. Piacere di conoscerla. » Era molto affabile, e sembrava sinceramente interessato a lei. Per qualche minuto conversarono di svariati argomenti: l'attività di Diana, la sua città d'origine, da quanto tempo era sposata. Poi Johnston prese una cartella clinica, afferrò una penna e rivolse a Diana uno sguardo attento e sollecito. « Perché non cominciamo a prendere subito qualche appunto, e poi veniamo alla parte più seria, alla visita vera e propria? Per quale motivo è venuta da me, signora Douglas? »

« Io... noi... è più di un anno che cerchiamo di avere un figlio, tredici mesi per l'esattezza, ma finora non è successo niente e io non sono rimasta incinta. » Aggiunse che già prima del matrimonio non erano stati molto attenti nell'uso dei contraccettivi, ma anche allora lei non era rimasta incinta.

« E prima? Nessun bambino nato morto, oppure vivo...? Nessun aborto? »

« Nessuno », rispose lei in tono solenne. Pure senza conoscerlo, scoprì di provare un profondo rispetto per quell'uomo ed ebbe la certezza che sarebbe riuscito a risolvere il loro problema.

« Non le è mai capitato, in una relazione precedente, di essere poco attenta per quanto riguarda i metodi contraccettivi? » le domandò osservandola con attenzione.

« No, sono sempre stata molto attenta. »

« E quali metodi aveva usato? » Le domande continuarono su questo tono, in modo da raccogliere tutte le informazioni utili. Johnston volle sapere se avesse mai usato la spirale — in effetti l'aveva adottata quando era al college — oppure se avesse preso la pillola, e per quanto tempo. Poi si informò anche su eventuali malattie veneree — che Diana non aveva mai avuto — cisti, tumori, dolori, emorragie, infezioni gravi di qualsiasi genere, operazioni chirurgiche o se nella sua famiglia ci fosse stato qualche malato di cancro o di diabete. Insomma, volle sapere tutto quello che la riguardava. Alla fine del lungo elenco, completamente negativo, la rassicurò. Un anno non era un periodo di tempo abbastanza lungo da far nascere qualche preoccupazione. Pur comprendendo la loro impazienza, non c'era nessun motivo di angosciarsi. Arrivò perfino a dire che, considerata l'età, se lei fosse stata d'accordo non avrebbe esitato a raccomandare che continuassero a provare da soli per vedere se riuscivano ad avere un figlio almeno per altri sei mesi o un anno, prima di approfondire seriamente la situazione. Comunque era favorevole a effettuare qualche test dopo un anno di rapporti sessuali senza concepimento.

« Perché non proviamo a controllare qualcosa fin d'ora? Cominciamo dalle cose più semplici. Posso farle una visita preliminare, per assicurarmi che lei non abbia qualche lieve infezione che potrebbe essere sufficiente a vanificare ogni tentativo. » Le sorrise e Diana si affrettò a confermargli che avrebbe preferito fare qualcosa subito invece di aspettare ancora. Sapeva che non avrebbe sopportato altri sei mesi di speranze e di tormento. Voleva sapere per quale motivo non succedeva niente di quello che lei desiderava. Non riusciva a convincersi che non esistesse una spiegazione semplice... Quindi, meglio saperlo subito piuttosto che rimandare di un anno, in modo da intervenire se fosse stato necessario. Spiegò tutto questo al dottor Johnston.

« Non è escluso », le disse lui sorridendo, « ...che non ci sia bisogno di fare alcun intervento, che lei sia sanissima e che le occorra soltanto un po' di pazienza. Oppure, se ci fosse qualche valido motivo di preoccupazione, potremmo anche pensare a una visita medica per suo marito.» Con Andy avevano deciso che fosse meglio cominciare da lei, e poi sentire quello che lo specialista consigliava sull'eventualità di una visita del genere.

«Mi auguro che lei non trovi niente», gli disse con voce sommessa e Johnston rispose che lo sperava anche lui. Poi accennò al fatto che — almeno fino a quel momento — l'unica cosa che lo preoccupava era la famosa spirale di cui aveva fatto uso molto tempo prima. Poi si alzò dalla scrivania e le indicò un altro locale, sull'altro lato del corridoio, dove avrebbe potuto spogliarsi prima della visita. Quel giorno sarebbe stato poco più di un puro e semplice esame pelvico. Le aveva già spiegato che la maggior parte delle analisi sarebbe stata effettuata circa quindici giorni dopo, più o meno all'epoca dell'ovulazione. Avrebbero fatto un'analisi del muco cervicale per controllare se fosse «abbastanza compatibile» con lo sperma oppure no. In quest'ultimo caso, sarebbero stati necessari ulteriori esami per effettuare una specie di controllo incrociato. E all'epoca dell'ovulazione sarebbe stata opportuna una diatermia a ultrasuoni in modo da controllare se il suo follicolo fosse già in via di maturazione prima dell'ovulazione; e poi un test postcoitale, che in realtà si riduceva a un prelievo, indispensabile per l'esame del suo muco e dello sperma di Andy per il conteggio e la motilità.

Per quel giorno si sarebbe accontentato di un esame pelvico. Voleva accertarsi che non ci fossero cisti, fibromi, infezioni o anomalie; poi le avrebbe fatto un prelievo del sangue per avere la conferma che non fossero in atto infezioni di modesta entità, oltre a un controllo dell'immunità per quanto riguardava la rosolia. Inoltre voleva anche un'analisi completa del sangue per un conteggio dei globuli rossi. Dopo questo esame preliminare, avrebbe predisposto tutto per una serie di colture cervicali. A volte la chiave del problema era una pura e semplice infezione.

Per quel giorno, comunque, gli unici esami cui Diana fu sottoposta furono molto semplici. Ma aveva finalmente l'impressione che si facesse qualcosa, e nel modo più corretto, per scoprire quello che succedeva nel suo corpo. Sorrise tra sé ricordando ciò che Andy aveva detto la sera prima. Le aveva parlato di un problema che aveva avuto con il naso, da bambino. Un bel giorno se lo era trovato chiuso, letteralmente bloccato, al punto che non riusciva quasi a respirare. Sua madre lo aveva subito portato da uno specialista, nel timore che si trattasse di adenoidi, oppure delle tonsille.

« E sai com'è andata a finire? » le aveva domandato con aria solenne, sdraiato sul letto, con un braccio intorno alle sue spalle.

« Non lo so… avevi la sinusite? »

« Molto più semplice. Uva passa. Qualche giorno prima mi ero cacciato su per il naso un bel po' di uvetta e i chicchi erano rimasti lì, all'umido, finché a poco a poco si erano gonfiati diventando molto grossi. Io avevo avuto paura di confessarlo alla mamma. Così, domani, quando sei da quel dottore, tesoro… non dimenticarti di ricordargli che faccia un piccolo controllo per vedere se non è tutta colpa dell'uva passa! » Sorrise ripensando a quell'aneddoto mentre lo specialista la visitava accuratamente. E tutto questo servì a ricordarle quanto volesse bene a suo marito.

Il dottor Johnston, però, non trovò nessun chicco di uva passa. Né riscontrò anomalie, tumori, cisti, o qualsiasi traccia di infezione. Tutto era perfetto, tutto era normalissimo. Diana si sentì enormemente sollevata quando arrivò anche un tecnico del laboratorio analisi a farle il prelievo del sangue.

Dopo che si fu rivestita, il dottor Johnston le spiegò che avrebbe voluto rivederla una decina di giorni dopo, in modo da poter continuare con gli esami dei quali le aveva già parlato. Sarebbero stati proprio questi ultimi a indicare quale sarebbe stato il periodo più giusto per fare l'amore durante quel mese, i suoi giorni fertili. Inoltre voleva anche che lei usasse per tutta la settimana successiva un kit di ovulazione in modo da controllare l'urina nel caso ci fosse un aumento dell'LH, l'ormone luteinizzante — il che avrebbe dovuto verificarsi appena prima dell'ovulazione. Sembrava tutto molto complicato, mentre in realtà non lo era affatto. Era semplicemente qualcosa di nuovo. Johnston, poi, le chiese anche di continuare a misurare la temperatura, come aveva fatto nei sei mesi precedenti, benché tutti quei controlli fossero serviti soltanto a condurre Andy all'esasperazione. Le aveva detto chiaro e tondo che gli sembrava di vivere con un'ipocondriaca, una « fissata » che ogni mattina meccanicamente si infilava il termometro in bocca. Ma poi, come sempre, aveva preso la situazione con filosofia, perché si illudeva, come lei, che questo potesse servire a farla rimanere incinta.

Prima che Diana se ne andasse il dottor Johnston le suggerì, se potevano, di rallentare un po' i loro ritmi, di non lavorare nel modo assillante al quale erano abituati, di occupare un po' del loro tempo facendo le cose che piacevano a tutti e due, anche se questo significava sacrificare le ore di solito dedicate agli amici oppure a progetti inerenti la loro professione.

« Vede, nella sterilità anche lo stress gioca un ruolo importantissimo. Cercate entrambi di condurre una vita meno frenetica. Ed esca spesso, respiri molta aria fresca, mangi e cerchi di dormire bene. » Saggi consigli, che tuttavia non era tanto facile seguire — e Johnston lo sapeva benissimo. Ma decise che fosse comunque opportuno spiegarlo alla paziente. Le ripeté poi che, con ogni probabilità, non c'era niente che non funzionasse in nessuno dei due. Aveva soltanto bisogno di un po' più di tempo e le cose si sarebbero sistemate naturalmente. In ogni caso, se ci fosse stato un problema lo avrebbero scoperto e risolto insieme. Mentre lasciava lo studio, sentendosi piena di speranza, eccitata e nervosa, Diana ricordò anche un'altra cosa che il medico le aveva detto — e cioè che all'incirca il cinquanta per cento delle coppie curate per la sterilità aveva poi bambini sanissimi mentre altre, costituite da persone perfettamente sane e non affette da anomalie di alcun genere, non erano mai riuscite ad avere figli. Una realtà che avrebbe dovuto affrontare anche lei, se ogni tentativo fosse fallito, ma Diana non sapeva davvero se sarebbe riuscita ad accettarla. Il solo fatto di parlare con lo specialista di tutte le varie possibilità, degli esami, delle analisi cui sottoporsi, l'aveva resa per la prima volta consapevole dell'immensità del suo desiderio di diventare madre. Avrebbe fatto qualsiasi cosa per avere un figlio... tranne, forse, rubare il bambino di un'altra donna!

Mentre tornava a casa si rese conto di sentirsi esausta e per un attimo fu quasi tentata di fare una puntata in ufficio, ma ormai era l'una passata e le tornarono alla mente i consigli del dottore: evitare lo stress e i troppi impegni. Decise perciò di andare in giro per negozi... E mentre attraversava senza fretta i saloni di Saks, uno dei grandi magazzini, provò una deliziosa sensazione di colpa. Telefonò ad Andy ma era fuori a pranzo. Così preferì rientrare a casa, con l'intenzione di preparargli una cenetta con i fiocchi.

Fu Andy a telefonarle, verso le tre, e si sentì sollevato nel sentire il tono più sereno della sua voce. Se non altro, almeno per il momento sembrava non ci fosse niente di grave o di preoccupante. Chissà, forse è colpa mia, pensò Andy. E in effetti, in quegli ultimi due mesi aveva cominciato a prendere in considerazione questa possibilità.

« Allora? » le domandò in tono affettuoso. « Li hanno trovati? »

« Che cosa avrebbero dovuto trovare? » replicò lei sconcertata.

« I chicchi di uva passa. Non ti sei ricordata di parlargliene? »

« Che sciocco... » Poi gli riferì in dettaglio il colloquio con Johnston, elencò gli esami a cui era stata sottoposta e quelli in programma per il futuro. Per fortuna, nessuno sembrava particolarmente doloroso o sgradevole, come aveva invece temuto.

« E così, tornerai da lui fra un paio di settimane? »

« Tra dieci giorni; ma nel frattempo devo misurare la temperatura ogni mattina e dalla settimana prossima iniziare anche un controllo dell'urina con il kit che mi hanno dato. »

« Mi sembra tutto molto complicato », commentò Andy, domandandosi che cosa il futuro avesse in serbo per loro, ma soprattutto per lui... Forse non sarebbe stato molto piacevole sottoporsi ai famosi test qualora avessero deciso che erano necessari. Era sempre convinto che tutte quelle visite e quegli esami fossero inutili e la prospettiva — almeno un po' — lo spaventava. D'altra parte non voleva assolutamente tirarsi indietro, soprattutto per amore di Diana.

« A proposito », le disse, quando lei gli ebbe riferito tutto, descrivendogli il dottor Johnston dalla testa ai piedi, con una puntigliosità addirittura esasperante, elencandogli anche la serie di diplomi appesi a una parete del suo studio. « Devo dirti una cosa, anche se sono sicuro che non ci crederai. »

« Ti hanno dato un aumento di stipendio », esclamò subito lei, speranzosa; in fondo Andy lavorava come un negro per il network televisivo!

« No, ma anche quello arriverà; almeno secondo i miei informatori che sono molto vicini ai capi. Comunque, anche questa è una buona notizia. Prova a indovinare, se ci riesci. »

« Il presidente del network è stato arrestato perché si è denudato durante l'ora del pranzo in piena mensa! » disse Diana, chiudendo gli occhi e cercando di immaginare qualcosa di fantasioso.

« Molto divertente... chissà se... E se ci fosse qualcosa di vero?... no, adesso te lo dirò io, perché non indovineresti mai e fra due minuti ho una riunione. In occasione del Labor Day, Bill Bennington impalmerà la sua piccola amica, l'avvocato, nella casa di campagna dei genitori di lei sul lago Tahoe. Riesci a crederci? C'è mancato poco che non mi soffocassi quando me l'ha detto. Stavo mangiando un panino imbottito di roastbeef con lui, proprio qui sotto, al bar, e ho pensato che scherzasse... Poi l'ho guardato bene in faccia. È incredibile! »

« Sai che cosa ti dico? Non mi meraviglia affatto. Anche se può sembrare strano, secondo me ormai è pronto. »

« È quello che spero anch'io. E se non è pronto, sarà meglio che si prepari al più presto. Perché le nozze saranno celebrate fra due mesi. Quanto alla luna di miele andranno a pesca in Alaska! »

« Brrr! Perché non gli consigli di ripensarci? »

« Adesso devo proprio lasciarti per correre alla mia riunione. Ci vediamo stasera, tesoro. Sarò a casa verso le sette. » Come sempre fu puntualissimo e Diana era ad attenderlo con una cena squisita. Aveva voluto sperimentare una delle ricette francesi di Eloise, introducendo alcune varianti: cosciotto di agnello con una delicata salsa all'aglio, e contorno di fagiolini e funghi. Come dessert un soufflé di albicocche che era perfettamente riuscito.

« Uauh! E che cosa ho fatto per meritarmi tutto questo? » le domandò Andy felice, mentre finivano il dessert e Diana gli versava una tazza di caffè. Era da tempo che non si sentiva così bene e Andy se ne accorse.

« Niente! Ho soltanto pensato che sarebbe stato divertente avere una cenetta un po' diversa dal solito, visto che oggi ho fatto la pigrona e non sono andata in ufficio. »

« Forse dovresti rimanere a casa più spesso. » A Diana piaceva tutto questo, però amava anche il suo lavoro. Al contrario delle sue sorelle, per lei era sempre stato difficile conciliare famiglia e carriera, e sapeva che probabilmente avrebbe dovuto affrontare questo problema anche in futuro, se avessero avuto un figlio. Ma per il momento non era il caso di pensarci; tutto quello che doveva fare era « rilassarsi e prendersela comoda », secondo i consigli di Johnston. Anche Andy approvò l'idea e le propose subito una gita a Santa Barbara per il week-end.

« Mi piacerebbe moltissimo. » Andy aveva in programma anche una serata con Bill Bennington e la sua futura sposa. All'improvviso la vita sembrava diventata più divertente e Diana pensò che fosse merito del dottor Johnston, perché era sicura che lui avrebbe trovato il modo di aiutarli ad avere un figlio. E questa fiducia le dava una grande serenità.

Fu una settimana molto piacevole e scoprirono che Denise Smith, la fidanzata di Bill, era simpaticissima. La descrizione che di lei aveva fatto Bill era perfetta. Quando li invitò a cena a casa sua per la settimana successiva, Andy rimase stupito che Diana rifiutasse adducendo pretesti poco convincenti. Ma non appena furono soli, lei gli spiegò che quello sarebbe stato proprio il momento dell'ovulazione. Doveva perciò recarsi dal dottor Johnston per sottoporsi ad altri esami e avrebbero dovuto fare l'amore in alcune date stabilite.

Non riteneva perciò opportuno sobbarcarsi anche la fatica degli impegni mondani.

« Chissà! Magari sarebbe stato divertente! Uno svago e non una fatica! » obiettò Andy, cercando di convincerla, ma Diana fu irremovibile. La cena con Denise e Bill fu rimandata alla settimana successiva, anche se Andy non nascose che tutte quelle complicazioni lo irritavano. Diana, invece, aveva una sola cosa in mente: il loro bambino.

Continuò a misurarsi religiosamente la temperatura ogni mattina prima di alzarsi, e poi cominciò a usare anche il famoso kit per l'urina come le era stato ordinato. All'esame il liquido diventò blu esattamente il giorno previsto dal dottore, e quindi, quello stesso pomeriggio, Diana si ripresentò nel suo studio per un controllo. Poiché sembrava che tutto andasse bene, Johnston consigliò a Diana di fare l'amore con suo marito la mattina successiva e la pregò di tornare poi da lui, il più presto possibile, per un esame postcoito in modo da controllare come si comportasse lo sperma di Andy.

Tornò di nuovo in ufficio, nel tardo pomeriggio, e prese il caffè con Eloise; la sera aggiornò Andy sugli ultimi sviluppi della situazione e gli spiegò che la mattina dopo avrebbero dovuto fare l'amore.

« Sarà una prova durissima », commentò lui in tono scherzoso senza sapere quanto quella previsione si avvicinasse alla realtà. La sera stessa aveva avuto dei crampi allo stomaco e quando si svegliò si sentiva malissimo. Anzi era addirittura convinto di avere un'influenza in incubazione, e cercò di spiegare a Diana che secondo lui « niente avrebbe funzionato ».

« Ma devi! » gli rispose Diana, nervosissima, mentre erano ancora a letto, e cercò di aiutarlo. « Questo è il giorno dell'ovulazione, e nel pomeriggio devo anche fare un test postcoitale. Ho misurato la temperatura; è scesa... il che significa che probabilmente oggi stesso avrò l'ovulazione... Andy... devi! » esclamò guardandolo con aria d'accusa e lui riuscì a stento a trattenersi dal mandarla al diavolo.

« Fantastico! Grazie per questo importantissimo messaggio che mi viene dal mio sponsor!» Si staccò da lei, rotolò sull'altro lato del letto e provò a masturbarsi per un po'. Finalmente, quando pensò di avere raggiunto un'erezione, tornò a voltarsi verso sua moglie. Ma fu un rapporto che non ebbe niente di romantico. O di piacevole. Poi, senza aggiungere neppure una parola, Andy si alzò e andò a farsi una doccia. No, non era nemmeno divertente fare l'amore a questo modo, in un determinato giorno e addirittura a una determinata ora... E magari adesso c'era il rischio che gli dicessero anche come doveva farlo! A colazione parlarono poco, perché erano tesi e agitati tutti e due.

« Scusami », disse Diana a voce bassa.

« Per carità! » le rispose lui da dietro il giornale. « Il fatto è che oggi non mi sento in forma, ecco tutto. Prova a dimenticartene! » Ma detestava l'idea di dover fare l'amore con sua moglie a quel modo, a comando! E inoltre si sentiva piuttosto nervoso al pensiero delle analisi a cui l'avrebbero sottoposto, e a quello che avrebbero potuto scoprire...

A ogni modo il test postcoitale, una volta avuti i risultati, rivelò che il suo sperma era assolutamente normale. Anzi, a quanto sembrava, c'era una forte densità di spermatozoi con alta motilità. Ottimo, aveva detto il dottor Johnston, il quale aveva poi spiegato a Diana l'esame agli ultrasuoni cui voleva sottoporla per chiarire alcuni punti importanti per una valutazione generale del suo problema. Voleva sapere quale fosse lo spessore del suo rivestimento uterino, le proporzioni del suo follicolo, e se il suo corpo reagisse all'abituale produzione di ormoni. Le assicurò che anche questo esame non sarebbe stato sgradevole né doloroso e Diana provò un enorme sollievo quando le venne comunicato che fino a quel momento tutto sembrava normalissimo.

Quando tornò, due giorni dopo, un secondo esame rivelò che il follicolo si era rotto e l'uovo si era liberato. Johnston le confermò che tutto si era puntualmente verificato e che, quindi, avevano fatto un altro passo avanti.

Bill e Denise li invitarono di nuovo fuori a cena il giorno successivo, ma Diana si sentiva talmente sfinita a causa della tensione e dell'ansia per quelle tre visite così ravvicinate, che non se la sentì di accettare. Ma insistette affinché Andy uscisse con gli amici anche senza di lei. L'unica cosa che desiderava era infilarsi nel letto e riposare. In cuor suo sperava addirittura di essere rimasta incinta proprio quel mese. Ormai nient'altro aveva importanza. Trascurava anche le amiche e la famiglia. E, forse più di prima, sembrava che la loro vita avesse un solo scopo. A volte aveva addirittura la sensazione di allontanarsi lentamente anche da Andy.

Il lunedì ritornò dal dottore e si sottopose a un'analisi del sangue per il controllo del livello di progesterone sette giorni dopo l'ovulazione. Anche la temperatura del mattino era salita di colpo, ma rientrava nella norma e significava che l'ovulazione era avvenuta. Adesso non rimaneva che aspettare e vedere se era realmente rimasta incinta.

I dieci giorni che seguirono furono interminabili. Diana non riusciva a pensare a nient'altro. Le sembrava assurdo e incredibile illudersi che proprio quel mese le cose dovessero andare diversamente. Non le avevano dato alcuna terapia da seguire; per il momento non facevano che raccogliere informazioni. Ma lei continuava a sperare. Quando cominciò ad avvertire un vago senso di nausea, due giorni prima dell'inizio del ciclo mensile, la sua eccitazione aumentò. Poiché la mattina del giorno previsto non era ancora successo niente, dall'ufficio telefonò al dottor Johnston, il quale le spiegò che doveva aspettare ancora un paio di giorni; il suo corpo non era una macchina e potevano esserci delle varianti rispetto alla norma. Quella sera, infatti, le mestruazioni arrivarono puntualmente e Diana, non appena se ne accorse, si buttò sul letto singhiozzando. Era letteralmente a terra; e cominciò a chiedersi a quali altri esami l'avrebbero sottoposta. Tutto stava diventando sempre più deprimente.

L'indomani, quando telefonò di nuovo al medico, questi le propose di fissare un appuntamento per Andy. Fino a quel momento tutti gli esami che le aveva fatto avevano dato risultati normali.

«Magnifico. E questo che cosa significa?» domandò Andy, in tono irritato quando, quella sera, Diana gli riferì che il dottor Johnston riteneva opportuna una visita. « Che cosa crede? Che sia colpa mia? »

« Che importanza ha? La cosa che veramente ci interessa è scoprire se tutto funziona, ti pare? A me non importa se la colpa è tua o mia. Forse non è colpa di nessuno, forse non c'è niente che non funzioni. Forse tutto andava bene fin dal principio e abbiamo soltanto bisogno di tempo. Non essere così nervoso! » gli disse con dolcezza. Ma Andy si irritò ancor di più quando telefonò per fissare l'appuntamento con Johnston e fu invitato a portare una fiala di liquido seminale fresco. E, come se non bastasse, gli raccomandarono anche di non avere rapporti sessuali nei tre giorni precedenti il prelievo del campione.

« Magnifico! » commentò in tono ironico quella sera. « Si può sapere che cosa dovrei fare? Masturbarmi in ufficio e poi correre dal dottore? Sai come si divertiranno le mie segretarie! »

« Credi che io mi sia divertita a correre da lui per ben tre volte, e in tre momenti diversi, per quell'esame con gli ultrasuoni? Smettila di considerare queste cose peggiori di quanto in realtà siano! » Ma erano piuttosto sgradevoli e lo sapevano entrambi.

« Va bene, va bene. » Preferì chiudere l'argomento, ma ormai fra loro si era creata una certa tensione. La mattina in cui si recò dal dottor Johnston per gli esami, Andy fu molto scortese con Diana e anche con Johnston si mostrò apertamente ostile. Gli disse che non aveva mai sofferto né di gonorrea né di sifilide né di herpes e di nessuna delle altre malattie che gli venivano menzionate. E non aveva nemmeno avuto infezioni, tumori, problemi di erezione, impotenza o gravi malattie... dal giorno in cui era nato.

Il medico si rese conto della sua ostilità, ma d'altra parte era una reazione abbastanza comune. Chiunque si sarebbe sentito sconvolto nel trovarsi di fronte a qualcuno che, in fondo, stava mettendo in discussione la sua virilità.

Johnston cercò di spiegargli che intendeva effettuare un prelievo sanguigno, quello stesso giorno, per un controllo del livello ormonale; e con il liquido seminale che lui aveva portato, avrebbero proceduto con ulteriori analisi e colture. Sarebbero anche stati fatti un conteggio degli spermatozoi e un profilo ormonale completo. Non era da escludere che Andy dovesse tornare da lui per un secondo prelievo del sangue, poiché il livello degli ormoni maschili era estremamente variabile e dipendeva, a volte, perfino dall'ora del giorno oppure dallo stato di salute del soggetto in questione in un determinato momento.

Dopo il prelievo del sangue, il dottore sottopose Andy a un ulteriore controllo per escludere che soffrisse di varicocele, che avrebbe potuto costituire un serio ostacolo al concepimento.

Esattamente come Diana, anche Andy era esausto quando uscì dallo studio di Johnston. In realtà, niente di quello a cui aveva dovuto sottoporsi era stato particolarmente faticoso, ma era bastata la tensione emotiva a togliergli ogni energia.

Quando arrivarono i risultati delle analisi, Andy si sentì sollevato scoprendo che non c'era nulla di anomalo. Il conteggio degli spermatozoi era di poco superiore ai duecento milioni e il medico gli spiegò che si trattava di un livello ottimo, da persona in perfetta salute. Anche il profilo ormonale risultava perfettamente nella norma.

« Bene, e adesso? » gli domandò Andy in tono calmo, quando il dottor Johnston gli telefonò, tre giorni dopo, per comunicargli i risultati degli esami. Era naturalmente contento di sapere che in lui non c'era niente che non funzionasse; tuttavia, improvvisamente cominciò a preoccuparsi per Diana. « Significa che stiamo bene tutti e due, che non abbiamo nessun problema e che ci vuole soltanto del tempo? » Se si trattava semplicemente di questo, che importanza avevano ormai lo stress, la tensione, le preoccupazioni? Johnston, però, non aveva nessuna intenzione di rinunciare a proseguire gli esami e le eventuali terapie, adesso che avevano cominciato.

« Potrebbe voler dire questo, certamente. Ma preferirei fare ancora qualche accertamento per quanto riguarda Diana. Continuo a essere preoccupato per quella famosa spirale che dice di avere usato qualche anno fa; e vorrei sottoporla a un'isterosalpingografia, questo stesso mese, prima dell'ovulazione. È una radiografia dell'apparato genitale superiore, che viene effettuata dopo avere introdotto un liquido di contrasto colorato. »

Sembrava un esame abbastanza normale, ma Andy si insospettì subito.

« È doloroso? »

« Qualche volta », rispose Johnston molto sinceramente, « ma non sempre. È poco piacevole. » Proprio le parole che Andy detestava di più quando venivano usate dai medici. « Poco piacevole » in genere voleva dire che se non ti torcevi dai dolori sul pavimento, poco ci mancava! « Possiamo sempre somministrarle qualche antidolorifico, in ospedale. Prima di questo esame dovrà prendere della doxiciclina per qualche giorno, più che altro per essere sicuri che non siano presenti infezioni, e continuare anche successivamente. Non tutti prescrivono gli antibiotici in questi casi, ma io preferisco farlo per non correre rischi. »

« Mi pare che varrebbe la pena di provare », disse Andy, un po' titubante.

« È quello che penso anch'io », concluse il dottor Johnston, in tono pacato. « Telefonerò a sua moglie. »

Ma quando la chiamò, Diana si rese conto di non essere del tutto convinta. Aveva sentito raccontare cose orribili su quell'esame, da alcune colleghe che l'avevano fatto. Dicevano che era stato molto doloroso, e una di loro era risultata addirittura allergica alla soluzione colorata utilizzata, con conseguente reazione. Interrogò anche Eloise sull'argomento, ma non ottenne molte informazioni. Era comunque chiaro che, anche se tutto fosse andato liscio, un'isterosalpingografia non sarebbe certo stata... divertente! Ma avrebbe però permesso a Johnston di raccogliere tutti i dati di cui aveva bisogno. Grazie alla soluzione colorata introdotta dentro di lei, avrebbero potuto controllare sul monitor se c'era qualche anomalia nel suo utero, o tumori sfuggiti agli esami precedenti, oppure un blocco delle tube stesse. E il dottor Johnston cominciava ormai ad avere il vago sospetto che si trattasse proprio di quest'ultima possibilità. A Diana spiegò che, se dall'isterosalpingografia tutto fosse risultato normale, non sarebbe stato necessario procedere oltre. Presto o tardi sarebbe riuscita probabilmente a concepire il tanto desiderato figlio e sia lei sia Andy avrebbero potuto smettere di preoccuparsi tanto. Comunque, se l'isterosalpingografia non avesse rivelato niente di insolito, avrebbe potuto fare anche una laparoscopia e in tal modo ottenere le risposte definitive. D'altra parte Johnston non credeva nella necessità di torturare le pazienti per mesi e mesi con analisi inutili. Poiché le ovulazioni di Diana erano state sempre regolari e anche tutti gli altri test avevano dato risultati normali, l'unica cosa che adesso voleva controllare era che le tube non fossero bloccate. A questo punto la serie degli esami poteva considerarsi conclusa.

«Che cosa ne pensa?» domandò a Diana al telefono. «Vuole fare l'isterosalpingografia questo mese e concludere la serie di accertamenti, oppure preferisce aspettare e tentare? Possiamo anche aspettare, naturalmente.» In realtà lui non raccomandava mai di aspettare. Riteneva inutile infliggere altre sofferenze a una donna, che si sentiva spezzare il cuore ogni volta, dopo ogni tentativo infruttuoso.

«Bisogna che ci pensi stasera», gli rispose lei, molto tesa. «Le ritelefonerò domani.»

«Bene.»

Diana aveva la sensazione che non sarebbe riuscita mai più a liberarsi di lui. In quell'ultimo mese lei e Andy non avevano praticamente frequentato nessuno degli amici, non riusciva a concentrarsi sul lavoro né a vedere la sua famiglia. Perfino Andy aveva smesso di telefonare ai fratelli. Non facevano altro che misurare la temperatura, segnarla sul diagramma, sottoporsi ad analisi e correre dai medici. Il dottor Johnston li aveva avvertiti che sarebbe stato così e aveva perfino consigliato di rivolgersi a un analista. Ma Andy e Diana non avevano tempo neppure per quello. Erano troppo impegnati con il lavoro e con i medici, cercando di farsi coraggio e di sostenersi l'uno con l'altra in quella che cominciava a profilarsi come una crisi di lunga durata.

«Che cosa ne pensi, tesoro?» le domandò Andy con dolcezza quella sera. « Vuoi proprio farla, quella bla-bla-blagrafia o come diavolo la chiamano? » Lei gli sorrise. Naturalmente voleva sapere per quale motivo non era ancora riuscita a rimanere incinta. Ma quell'esame la terrorizzava, letteralmente.

« Verrai con me? » gli domandò con ansia, e lui annuì.

« Certo, purché me lo permettano! »

« Il dottor Johnston ha detto che è d'accordo. Vorrebbe farla venerdì prossimo. »

« Per me va bene », disse subito Andy. « Non ho impegni importanti né riunioni. »

« Magnifico. E allora perché non decidiamo per il sì? » riprese Diana, ormai convinta. Andy, invece, sempre più riluttante, cercò di prendere tempo e andò a versare una tazza di caffè per tutti e due. Quando tornò indietro, Diana lo guardò con gli occhi colmi di tristezza. Ormai aveva deciso. Ne valeva la pena, se non altro per « sapere ».

« Va bene. Lo faccio. »

« Sei una ragazza molto coraggiosa, Di », commentò. Non era del tutto convinto che si sarebbe sentito altrettanto sicuro se fosse stato al suo posto. E per quanto lo riguardava, fino a quel momento per lui la trafila delle analisi non era stata particolarmente spiacevole né dolorosa.

Il venerdì mattina si recarono all'ospedale, dove il dottor Johnston spiegò a Diana il procedimento che avrebbero usato e le diede due pastiglie di antidolorifico. Poi un'infermiera spennellò di iodio tutta la zona interessata, un'altra le fece un'iniezione di atropina e glucagone per rilassare i muscoli e quasi subito dopo la soluzione colorata venne introdotta con molta cautela. Diana poteva vedere sul monitor le immagini, ma non capì assolutamente niente! Un quarto d'ora dopo tutto era finito. Le tremavano le gambe, e avvertiva dei crampi piuttosto forti, ma provò un senso di sollievo sapendo che ormai era arrivata alla fine anche di quest'ultima prova. Non meno sollevato era Andy, che non poté fare a meno di ammirare il coraggio di Diana. Se avesse potuto, avrebbe preso il suo posto per risparmiarle una simile tortura. Più di una volta, fra l'altro, si era domandato se ne valesse davvero la pena. Cominciava a dubitarne. Perché, in nome di Dio, avevano proprio bisogno di un bambino?

« Tutto bene? » domandò a Diana in tono preoccupato, quando lei fece una smorfia di dolore mettendosi di nuovo seduta. Ma lei fece cenno di sì con la testa. Era sopravvissuta anche a questo e adesso voleva soltanto sapere che cosa il dottor Johnston avesse visto in tutte quelle immagini. Lui stava parlando con uno dei radiologi, con il quale esaminava attentamente una delle lastre. C'era una zona che non risultava invasa dalla soluzione colorata e sembrava avesse attirato in modo particolare la loro attenzione.

« Che cosa succede? » domandò Andy a voce bassa.

« Ecco, qui abbiamo qualcosa d'interessante », rispose Johnston, rivolgendosi a tutti e due. « Vedremo. Ne parliamo più tardi. » Andy e un'infermiera aiutarono Diana a ripulirsi, mentre Johnston e il suo assistente consultavano di nuovo, e più di una volta, lo schermo; alla fine Diana si rivestì e si mise a sedere in silenzio. Era ancora molto pallida ma calmissima quando Johnston si voltò verso di loro.

« Come si sente? » le domandò gentilmente, e lei si strinse nelle spalle.

« Come se qualcuno mi fosse passato sopra con uno schiacciasassi », rispose sinceramente e Andy le circondò le spalle con un braccio e la strinse a sé.

« A ogni modo sono convinto che valesse la pena di fare questo esame », disse Johnston. « Non è escluso che abbiamo trovato il colpevole. La tuba destra sembra praticamente bloccata, Diana. E anche la sinistra si direbbe un po' sfocata, nebulosa. Vorrei davvero prendere un appuntamento con lei per una laparoscopia, la settimana prossima, in modo da capire definitivamente di che cosa si tratta. Può darsi che questa sia la risposta che cercavamo. »

« E se fossero bloccate! » esclamò Diana spaventatissima. « Potrebbe sbloccarle, o no? »

« Non è escluso. Ancora non lo so. Ma potrò sapere molte più cose dopo la laparoscopia. »

« Merda! » esclamò lei e guardò i due uomini con gli occhi sbarrati. Poi si rivolse ad Andy. Non era preparata a notizie così cattive e anche sapendo che un problema doveva esistere, purtroppo non provò alcun sollievo a quella notizia.

La laparoscopia fu fissata per la settimana successiva. Era un piccolo intervento chirurgico che comportava un'incisione di modesta entità in prossimità dell'ombelico, attraverso la quale avrebbero inserito un endoscopio che consentiva di vedere le tube, l'utero, l'intera zona e ogni possibile ostruzione. Ma questa volta, le assicurò Johnston, non avrebbe sofferto. Perché l'intervento veniva eseguito in anestesia generale.

« E dopo? » gli domandò Diana, che voleva sapere tutto.

« Forse scopriremo qual è la situazione. Anche se l'isterosalpingografia mi ha già confermato che abbiamo fatto bene a insistere nel continuare le ricerche. » Diana si ritrovò a domandarsi se gli fosse veramente grata oppure se l'odiasse!... A ogni modo lo ringraziarono e mezz'ora dopo lasciavano l'ospedale. Ma invece di sentirsi sollevata, adesso doveva affrontare la prospettiva di quel piccolo intervento chirurgico. No, era troppo! Si sentiva sfinita quando rientrò a casa, e alzò meccanicamente il ricevitore del telefono quando si mise a squillare.

Era sua sorella Sam, che voleva sapere come stava. Naturalmente era l'ultima persona al mondo con la quale Diana desiderava parlare in quel momento.

« Ciao, Sam. Io sto bene. E tu? »

« Sono grassa », si lamentò la sorella. Diventava sempre enorme durante le gravidanze. « Hai una voce terribile. Qualcosa non va? »

« Ho l'influenza. È meglio che non rimanga troppo in piedi. »

« D'accordo, tesoro, riguardati! Ti chiamo fra qualche giorno. » No, non farlo, sussurrò Diana tra sé mentre riattaccava... Non chiamarmi di nuovo... non chiamarmi mai più... non venire a dirmi quanto sei grassa... e da quanti mesi sei incinta... non parlarmi dei tuoi bambini e nemmeno di quello che deve nascere...

« Chi era? » chiese Andy, che rientrava in quel momento.

« Sam », rispose lei con voce atona.

« Oh. » Andy capì immediatamente. « Non dovresti parlare con lei. Non rispondere più al telefono. Ci penserò io a dirle che sei fuori. »

Ma anche con il fratello di Andy, Greg, le cose non andarono meglio. Infatti telefonò proprio quella sera per chiedere quando avevano intenzione di mettere al mondo un bambino.

« Quando anche tu crescerai! » Andy ribatté in tono scherzoso, ma quella domanda adesso feriva perfino lui.

« Non contarci, sai! » rispose il fratello.

« Già, lo immaginavo. » Greg voleva sapere se avrebbero potuto ospitarlo per il week-end del Labor Day, ma Andy gli rispose con un garbato rifiuto. Non sapeva come Diana si sarebbe sentita dopo la laparoscopia della settimana successiva, e il Labor Day era prossimo. Forse si sarebbe sentita depressa... o convalescente dopo l'intervento chirurgico... o semplicemente... incinta. Ormai era impossibile fare piani, e perfino condurre una vita normale. A volte Andy si domandava come le altre persone vivessero situazioni analoghe, o se potevano permetterselo... perché fino a quel momento tutte le analisi e gli esami di laboratorio erano stati terribilmente costosi. Come la laparoscopia.

Greg rispose che capiva benissimo e sarebbe venuto un'altra volta a trovarli. Andy gli aveva spiegato di avere troppo da fare in ufficio per poterlo accogliere in casa con tutti gli onori dovuti a un ospite, ma si rendeva conto che, pur indorandogli la pillola, non si stava comportando affatto da fratello affettuoso. D'altra parte era sempre meglio trovare qualche scusa piuttosto che rivelargli la verità.

« La nostra vita sta diventando uno schifo, non è vero? » mormorò Diana con tristezza durante la cena che, quella sera, consumarono rapidamente in cucina. Adesso la casa sembrava troppo grande per loro due. Erano troppe le camere che non usavano, un intero piano di camere da letto che forse sarebbero rimaste vuote per sempre.

« Dobbiamo impedire che questo succeda, tesoro », insistette Andy, facendosi coraggio. « Ma il dottore ha ragione; per la fine di agosto sapremo tutto quello che c'è da sapere.

Così potremo ripartire da una base più solida. E se c'è qualcosa che non va, molto probabilmente riusciranno a trovare una soluzione. »

« E se invece non potessero? »

« Dovremo rassegnarci, non credi? A parte il fatto che esistono altre possibilità. » In quegli ultimi tempi aveva fatto lunghe e approfondite letture documentandosi sulla fecondazione in vitro.

« Io non voglio che tu sia costretto a rassegnarti », disse Diana con gli occhi lucidi. « Piuttosto preferisco il divorzio, in modo che tu possa sposare una donna che ti darà dei figli. »

« Non essere stupida. » Nel sentirla pronunciare quelle parole e sapendo ciò che Diana provava, si sentì profondamente sconvolto. « Se proprio non esistesse altra soluzione, possiamo sempre adottare un bambino. »

« Perché? Tu non hai bisogno di queste soluzioni. Il problema non sei tu. Ma io. »

« Forse non è colpa di nessuno dei due. Forse è Johnston che si sbaglia. Forse il blocco delle tube che lui afferma di avere osservato si può spiegare... con qualcosa che avevi mangiato a pranzo e che ti è rimasto sullo stomaco... Per amor di Dio! D'accordo? Perché non ti metti il cuore in pace e non aspetti fino al momento in cui sapremo la verità? » Si rese conto di avere alzato la voce... contro Diana. Poi scrollò la testa. Lei aveva ragione. La loro vita stava diventando un inferno. E adesso entrambi cominciavano a risentire della tensione di quei momenti.

« Già », mormorò lei tristemente, « forse sono i chicchi di uva passa! » Ma questa volta Andy non le sorrise. Non poteva.

7

Le giornate che precedettero l'intervento parvero eterne; poi a un tratto arrivò finalmente il venerdì. Diana non aveva né mangiato né bevuto niente fin dalla sera prima. Andy l'accompagnò in macchina all'ospedale la mattina molto presto.

Questa volta le fecero subito un'iniezione, appena arrivata, e poi la portarono via, sulla lettiga, mentre lei fissava Andy con occhi sonnacchiosi e lo salutava con la mano. Quando la riportarono indietro, a mezzogiorno, era ancora molto intontita. Ma Alex Johnston aveva già parlato con Andy, informandolo della situazione. Quando Diana fu riportata in camera, non le disse niente e fu il dottor Johnston, durante la visita del pomeriggio, a spiegare a entrambi l'esito dell'esame.

« Com'è andata? » domandò Diana, molto tesa, sedendosi sul letto quando lo vide entrare. Per una frazione di secondo Johnston non rispose. Lanciò un'occhiata ad Andy, poi sedette accanto al letto e guardò la giovane donna. No, non aveva buone notizie per lei e Diana, notando la sua espressione, lo intuì. « Brutte notizie, vero? »

« Sì, o perlomeno non buone », disse in tono pacato. « Tutte e due le tube sono molto malconce, una si direbbe completamente bloccata mentre l'altra è danneggiata in modo grave. Ed entrambe le ovaie presentano grosse aderenze. Temo proprio che l'uovo non riuscirebbe mai a passare attraverso quelle tube. Purtroppo oggi non abbiamo avuto buone notizie, Diana. » Lei lo guardò incredula. Non riusciva a convincersi che fosse vero quello che le stava dicendo. No, le notizie non potevano essere così brutte...

« E lei non può far niente? » gli domandò con voce roca.

Johnston fece cenno di no con la testa. « Non possiamo fare assolutamente niente. Per una delle tube esiste qualche possibilità, ma ci sono parecchie aderenze su entrambe le ovaie e sull'intestino. Il danno è tale che non so davvero come potremmo riuscirci. Non è del tutto impossibile che un uovo possa farcela, ma è estremamente improbabile. Comunque, sono successe cose ancora più strane a questo mondo! A ogni modo io direi che lei ha una probabilità su diecimila di rimanere incinta. E per quanto riguarda le ovaie, le aderenze sono talmente consistenti che un tentativo di recuperare l'uovo potrebbe danneggiare gli intestini. Il che praticamente esclude anche ogni possibilità di fecondazione in vitro. Secondo me, l'unica soluzione è ricorrere a un trapianto, usare cioè l'uovo di un'altra donna, fertilizzato dal seme di Andy e poi inserito nel suo grembo. Ma anche in questo caso non ci sono garanzie di successo. Sembra proprio che tutto il suo sistema riproduttivo sia stato traumatizzato da una gravissima infezione, probabilmente provocata da quella spirale, un'infezione 'silenziosa', come la chiamiamo noi, senza sintomi, senza preavviso.

« Inoltre penso che, anche nel caso lei rimanesse incinta, sarebbe un fallimento completo. Non c'è molto che possiamo fare, purtroppo, a parte il trapianto oppure l'adozione. » Adesso Diana aveva il volto rigato di lacrime, e anche Andy piangeva. Le cercò una mano e gliela strinse con forza. Ma non poteva alleviarle quella sofferenza atroce e neppure addolcire la cruda verità che avevano appena scoperto. Non gli rimaneva altro che rimpiangere che le cose non fossero andate diversamente.

« Come ha potuto accadermi questo? Perché non me ne sono accorta? Perché non ho sentito nulla? » Aveva la sensazione che una parte di lei fosse morta in quel momento e non riusciva a credere che le fosse successa una cosa così terribile.

«Questa è una caratteristica dell'infezione silenziosa», le spiegò il dottor Johnston, «e in genere è quasi sempre provocata da una spirale. Purtroppo capita abbastanza spesso. Nessun dolore, nessun sintomo, nessuna perdita, neppure febbre, ma l'infezione è talmente grave che distrugge le tube. Nel suo caso, ha causato perfino delle aderenze alle ovaie. Lei non ha idea di quante giovani donne vediamo in queste condizioni! Mi dispiace che sia capitato anche a lei. Non è giusto, ma le restano altre possibilità.» Voleva darle un po' di speranza e invece la fece piombare nella più profonda disperazione. Il sogno di avere un figlio suo svaniva miseramente.

«Non voglio il figlio di un'altra donna. Piuttosto preferisco non averne.»

«Adesso dice così, ma non è escluso che voglia ripensarci, magari più avanti.»

«No, non voglio, e non voglio neppure adottare un bambino!» gridò Diana. «Voglio un bambino mio!» Per quale motivo le sue sorelle erano riuscite a concepire tanto facilmente? E perché era possibile ad altri e non a lei, e perché mai le era venuto in mente di usare quella maledetta spirale? Avrebbe tanto desiderato prendersela con qualcuno, ma non c'era nessuno da accusare, nessuno da coprire di insulti, e neppure il modo di far cessare di colpo il dolore atroce che la dilaniava. Andy la prese tra le braccia e lei scoppiò in singhiozzi. Alla fine il dottor Johnston li lasciò. Ormai per loro poteva fare ben poco.

«Se tu sapessi quanto mi dispiace, tesoro!» continuò a ripeterle Andy mentre la stringeva tra le braccia. Dopo un po' lasciarono l'ospedale per tornare a casa. Diana adesso si sentiva con il grembo non soltanto vuoto ma anche sterile.

«Non riesco a crederci», disse ad Andy mentre varcava la soglia. Poi si guardò intorno inorridita. Le pareva persino di odiare la sua casa, adesso. «Voglio venderla», disse, ed entrò in camera da letto. «Quelle camere del piano di sopra sembrano gridare: Sei sterile! Non avrai mai un bambino.» Provava soltanto una gran voglia di morire quando pensava al verdetto del medico.

« Perché non riflettiamo, piuttosto, su quello che ha detto Johnston, cioè sulle altre possibilità che abbiamo », disse Andy in tono calmo. Cercava con ogni mezzo di tranquillizzarla, ma doveva ammettere di sentirsi sconvolto anche lui. Era stata una giornata terribile — e adesso dovevano affrontare la realtà che li avrebbe accompagnati per tutta la vita. Niente era andato secondo i piani e l'idea di doverli cambiare non era né facile né piacevole. « La soluzione di ricorrere a una donatrice mi sembra fantastica! »

« Non è *fantastica*! » replicò gridando Diana, con un tono di voce tale che quasi Andy non la riconobbe. Gli parve di avere di fronte un'estranea. « Non c'è niente di *fantastico* in un procedimento così disgustoso. *Fantastico* è avere il proprio bambino, e io *non posso*. Non hai sentito quello che ha detto? » Adesso singhiozzava, quasi isterica, e Andy non sapeva che cosa fare per calmarla. Era deprimente anche per lui naturalmente, ma Diana si sentiva sicuramente peggio perché, in fondo, l'impossibilità di avere figli dipendeva da lei.

« Perché non riprendiamo l'argomento più tardi », disse Andy avvicinandosi al letto. Voleva prepararlo affinché Diana potesse riposare. Sapeva che il piccolo intervento chirurgico non era stato del tutto indolore e lei risentiva dei postumi dell'anestesia.

« No, non voglio affrontare mai più questo argomento. E se vuoi il divorzio, sappi che per me va benissimo », ribatté lei, continuando a singhiozzare mentre si infilava sotto le coperte. Era letteralmente distrutta.

Andy la guardò con un sorriso triste. In quel momento Diana era in condizioni spaventose. D'altra parte era più che comprensibile. E lui sentì di amarla più che mai. « Non ho nessuna intenzione di divorziare, Di. Ti amo. Perché non provi a dormire un po'? Sono sicuro che domani potremmo riparlarne più tranquillamente, con le idee più chiare. »

« Che differenza vuoi che faccia? » borbottò lei, desolata, mentre appoggiava la testa sul cuscino. « Non esiste più un domani. Come non esiste la settimana ventura, o gli esami da fare, o la temperatura da misurare. Non esiste più niente. » Le avevano tolto ogni speranza, ma con essa anche le continue delusioni. Forse non era poi una tragedia, si disse Andy abbassando le tapparelle e uscendo dalla camera da letto, nella speranza che Diana riuscisse finalmente a prendere sonno. Lei, invece, non fece che piangere per tutto il week-end. E quando, il lunedì, andò in ufficio aveva l'aria di chi ha perduto una persona cara. L'unica cosa intelligente che decise di fare fu di non rispondere più alle telefonate delle sorelle.

Per tutta la settimana successiva si comportò come un automa, e, malgrado gli sforzi, Andy non riuscì a consolarla. Più di una volta Eloise le aveva proposto di uscire insieme a pranzo, ma Diana continuava a rifiutare. Non se la sentiva di vedere nessuno, di parlare con nessuno... nemmeno con Andy.

Appena prima del Labor Day, lui cercò di convincerla ad andare alle nozze di Bill e Denise sul lago Tahoe, ma Diana rifiutò recisamente e, dopo avere litigato a questo proposito per quasi una settimana, Andy partì senza di lei. Diana lo lasciò andare senza protestare. Anche se non si divertì in modo particolare, Andy ebbe però l'impressione che gli facesse bene rimanere per un po' lontano da lei e da quel tormento assillante e continuo. Era una costante agonia; d'altra parte Andy continuava a non trovare né il modo né le parole adatte per convincerla che la loro vita non era comunque finita. « Né tu né io siamo morti », le disse alla fine, « e neppure abbiamo una di quelle malattie che non lasciano speranza. L'unica cosa che adesso sappiamo, l'unica cosa diversa, è che non avremo un figlio. Ma io mi rifiuto di rinunciare al mio matrimonio per questo. Certo che desidero dei figli. E chissà che un giorno non ci decidiamo ad adottarne. Ma in questo preciso momento, ci siamo tu e io. E se non ci facciamo coraggio, se non cerchiamo di riprendere la nostra vita normale, rischiamo di distruggerci reciprocamente. » Era assolutamente deciso a riportare la normalità nella loro esistenza, mentre Diana pareva non ricordasse nemmeno che cos'era!

Ormai discuteva in continuazione con lui, si infuriava per un nonnulla e a volte non gli rivolgeva nemmeno la parola.

Le uniche ore nelle quali sembrava quella di un tempo erano quelle che passava in ufficio, ma al momento di tornare a casa era di nuovo angosciata, fuori di sé... A volte Andy si domandava se Diana non facesse di tutto per mandare a rotoli il loro matrimonio. E lei, purtroppo, non era più sicura di niente né di nessuno, né di lui né di se stessa né dei loro amici né del suo lavoro, né soprattutto del loro futuro.

Il sabato precedente il Labor Day, il primo lunedì di settembre, Mark, il vecchio amico di Charlie, lo invitò fuori a cena. La sua ragazza era via per qualche giorno, in visita ai genitori nell'Est, e il giorno prima, in ufficio, aveva scoperto che anche Charlie sarebbe rimasto solo per l'intero week-end. Nel pomeriggio andarono a giocare a bowling e poi si trasferirono nel bar preferito di Mark a bere qualche birra e a guardare alla televisione una partita di football. Era quello il modo migliore per passare un piacevole pomeriggio, ma purtroppo ormai non ne avevano più il tempo. Lavoravano sodo entrambi e quasi ogni week-end Charlie finiva per accontentare Barbie e l'accompagnava in giro per negozi oppure a far visita alle amiche. L'unica cosa che lei odiava e che non avrebbe mai fatto con suo marito era andare al bowling.

« Bene, che cos'hai da raccontarmi di bello, ragazzo? » gli domandò Mark allegramente, mentre i Mets segnavano. Gli piaceva passare un po' di tempo con Charlie ed era sinceramente interessato a tutto quello che lo riguardava. Non aveva mai avuto un figlio maschio, soltanto due femmine e a volte, con Charlie, aveva la sensazione di fare quello che avrebbe fatto con un figlio suo. « Dove è andata Barbie? È tornata a Salt Lake City, dai suoi? » Sapeva che era originaria di lì, ma ignorava che avrebbe preferito morire piuttosto che tornare a rivedere la sua famiglia. Quanto a Charlie, non aveva mai tradito nessuno dei suoi segreti.

« È andata a Las Vegas con una persona che conosce », rispose Charlie in tono noncurante, e sorrise a Mark. Anche lui gli era affezionato; in ufficio, era sempre stato straordinariamente buono con lui, e ormai da tre anni erano diventati grandi amici.

« Vorrai scherzare, vero? » Mark non gli nascose di essere scandalizzato. « Che genere di amicizia sarebbe, quella di Barbie? »

« Ma che cosa pensi! Si tratta della ragazza con cui divideva la camera, Judi. Sono andate a trovare altre vecchie amiche. In passato abitavano tutte insieme. »

« E tu l'hai lasciata andare sola? »

« Te l'ho già detto... è andata con Judi. » Charlie sembrava divertito di fronte a tanta preoccupazione.

« Devi essere matto. Tempo dieci secondi, Judi se la sarà squagliata con chissà quale bel tipo e allora... che cosa pensi che succederà a Barbie? »

« È abbastanza adulta! Se la caverà anche da sola. E se avesse qualche problema, può sempre telefonarmi. » Era fiducioso, sicuro del fatto che sua moglie stesse bene e fosse contenta... Del resto, gli era apparsa eccitata e felice all'idea di quel viaggetto! Non tornava a Las Vegas da quasi due anni e a poco a poco i ricordi si erano offuscati. Non pensava più allo squallore della vita che conduceva a quel tempo, ma soltanto allo sfolgorio di quelle luci, alla musica, al gioco d'azzardo, all'animazione che regnava in quel luogo.

« Come mai non sei andato con lei? » gli domandò Mark mentre ordinavano una pizza.

« Be'... non sono i posti che piacciono a me. » Charlie si strinse nelle spalle. « Detesto il rumore e tutta quella gente sbronza o fuori di testa... a me non piace giocare d'azzardo e posso sbronzarmi qui a casa, se proprio ne ho voglia... » il che capitava di rado « ...per quale motivo dovrei andare fino a Las Vegas? Lei si divertirà di più con le sue amiche, senza doversi trascinare dietro me... da sole ridacchiano come stupidelle, strillano e chiacchierano a tutto spiano dei ragazzi, di vestiti e di rossetti... »

« Allora non è riuscita ancora a liberarsi il cervello da tutte quelle scemenze, vero? » Mark sembrava seriamente preoccupato e Charlie sorrise, commosso da tanto interessamento da parte dell'amico.

«Di quali scemenze stai parlando? Ragazzi, vestiti e rossetti?» replicò Charlie in tono scherzoso. Aveva la massima fiducia in Barbie. «È brava, è in gamba. Di tanto in tanto le piace un tuffo in quel mondo da favola, riesce ancora a farla sentire un'attrice. Non ha avuto molto lavoro quest'anno, e la nostra vita è piuttosto tranquilla.» A lui piaceva così, però sapeva che Barbie rimpiangeva il ritmo frenetico di un tempo, anche se ripeteva sempre di essere felice di avere dato un taglio netto a tutto, grazie a suo marito.

«Che cosa c'è di male in una vita tranquilla?» bofonchiò Mark, e il suo giovane amico si mise a ridere.

«Mi parli come un padre... quel padre che non ho mai avuto.» Charlie era felice dell'affetto che gli dimostrava Mark. Nessuno gliene aveva mai dato prima, a parte, naturalmente, Barbie.

«Non avresti dovuto lasciarla andare a Las Vegas. Le donne sposate non fanno cose del genere. Si presume che stiano a casa con il marito. Tu che cosa ne sai? Non hai mai avuto una madre, quando eri bambino. Ma se mia moglie avesse fatto una cosa simile, avrei chiesto immediatamente il divorzio.»

«Lo hai chiesto comunque», ribatté Charlie, e Mark sghignazzò, un po' imbarazzato.

«Ma era diverso. Ho divorziato perché lei aveva una relazione con un altro uomo.» Il suo migliore amico, a quei tempi, ricordò Charlie. Poi lei si era trasferita dal New Jersey a Los Angeles con le bambine. Ecco il motivo per il quale anche Mark era venuto in California. Voleva essere più vicino alle figlie.

«Non preoccuparti tanto! Stiamo bene così. Andiamo d'accordo. Lei ha bisogno di divertirsi un po', e basta. E io la capisco.»

«Tu sei troppo buono! Lascia che te lo dica!» esclamò Mark mentre arrivavano le pizze. «Anch'io ero così, ma poi ho imparato... e adesso sono un duro!» Cercò di assumere un'espressione severa, anche se sapevano entrambi che le donne potevano fare di lui quello che volevano... bastava che non si arrischiassero a spassarsela con altri uomini. Era una cosa che lui non avrebbe più sopportato. Però con Charlie voleva essere sincero. Per esempio, lui non avrebbe mai permesso a una delle sue amiche di lasciarlo per un intero week-end... e soprattutto per andare a Las Vegas.

« E tu... che cos'hai di bello da raccontarmi? » gli domandò Charlie, mentre divoravano una pizza di proporzioni gigantesche. « Come stanno Marjorie ed Helen? » Erano le sue figliole. Una sposata, l'altra ancora al college. Il suo orgoglio. Tutta la sua vita. Adorava tutte e due e se qualcuno si fosse azzardato a fargli capire che non le trovava poi tanto eccezionali — soprattutto se fosse stata una donna a lasciarsi sfuggire un commento del genere — Mark l'avrebbe cancellato per sempre dalla propria esistenza.

« Stanno bene. Ti ho già detto che Marjorie aspetta un bambino per marzo? Non riesco a crederci... il mio primo nipotino. Sanno già che sarà un maschietto. Certo che le cose sono cambiate, e molto, dai miei tempi! » Poi aggrottò le sopracciglia domandandosi quando Charlie si sarebbe deciso a fare qualche passo in quella direzione. Forse era proprio quello che ci voleva per Barbie, per costringerla a rinunciare ai week-end a Las Vegas. « Tu, piuttosto, nessun marmocchio in arrivo? Eppure sarebbe ora, non ti pare? Da quanto tempo sei sposato, ormai... Dunque vediamo un po'... da quattordici, quindici mesi, vero? Sono sicuro che la tua brava mogliettina si calmerebbe. »

« È proprio quello che la spaventa », ammise Charlie con tristezza. In realtà il problema non era ciò che Barbie poteva volere o non volere, ma piuttosto ciò che non succedeva. Secondo quello che aveva letto su vari libri, e in quegli ultimi tempi erano parecchi, lui e Barbie facevano l'amore al momento giusto, ogni mese, per concepire un bambino. Ma dopo quattro mesi di attenzione spasmodica, dopo quattro mesi in cui si era concentrato con tutte le sue forze per realizzare questa speranza, non era successo assolutamente nulla. E Charlie cominciava a essere preoccupato.

« Non vuole figli? »

« È quello che dice adesso », rispose Charlie, lasciando capire di non essere affatto preoccupato da questa presa di posizione di Barbie. « Ma a un certo momento dovrà cambiare idea. Nessuno può resistere ai bambini. Forse ha paura di rovinarsi definitivamente la carriera, se rimanesse incinta; si illude che la sua grande occasione stia per presentarsi e non vuole dovervi rinunciare per un figlio. »

« Magari non si presenterà mai. Non si possono sacrificare i bambini a idee di questo genere », rispose Mark in tono fermo. Non riuscì a provare un briciolo di comprensione nei confronti di Barbie e dei suoi capriccetti. Anzi la trovava viziata in un modo vergognoso, e gli dispiaceva che di questo fosse responsabile proprio Charlie. « Dovresti metterla incinta, indipendentemente da quello che lei vuole o non vuole », concluse, abbandonandosi pesantemente contro la spalliera del divanetto con aria soddisfatta. E Charlie sospirò.

« Le cose non sempre sono così semplici! »

« Prende la pillola? »

« No. O almeno non credo. » Non ci aveva mai pensato, ma non credeva che Barbie fosse così falsa e traditrice. In quel momento della sua vita non voleva avere un figlio, e usava il diaframma, quando non era troppo pigra per scendere dal letto, il che, e Charlie si considerava fortunato per questo, non capitava spesso. Non avevano mai usato molte precauzioni per evitare gravidanze, né contraccettivi. La totale assenza di risultati cominciava quindi a preoccupare Charlie. Perfino lei aveva detto qualcosa del genere, mesi prima: si meravigliava di non essere ancora rimasta incinta, disinvolti com'erano nel fare l'amore! « Non so... » mormorò un po' imbarazzato di fronte al vecchio amico « ...finora non ha funzionato. » Sembrava depresso e Mark lo guardò con comprensione, ma anche preoccupato. Sapeva quanto Charlie desiderasse un figlio, ed era convinto che fosse la cosa migliore per lui, oltre al fatto che avrebbe costretto Barbie a rimanere a casa. Era proprio quello che ci voleva per calmarla.

« Forse non lo fai al momento giusto. Lo sai anche tu che non succede sempre. Hanno fatto studi approfonditi in proposito. Dovresti parlarne con il tuo medico. » Anche lui non era molto informato in materia; la prima figlia era stata concepita sul sedile posteriore della macchina, quando lui aveva diciannove anni. La seconda, invece, era nata dieci mesi esatti dopo la prima. E dopo tutto questo, sua moglie si era fatta legare le tube. Quanto all'attuale partner, prendeva la pillola. Però sapeva benissimo che c'erano i momenti giusti e i momenti sbagliati per farlo e non era del tutto sicuro che Charlie ne fosse al corrente. « Lo facciamo proprio al momento giusto, almeno stando ai libri che ho letto. »

« Allora perché non ti rilassi un po'? » gli sussurrò Mark con aria da congiurato. « Sei sano e giovane, presto o tardi succederà. »

« Magari. » Però cominciava a sentirsi depresso. Lo preoccupava il fatto che ancora non fosse successo niente.

« Secondo te, può esserci qualcosa che non va? »

« Non so. » Mark fu colpito dall'espressione preoccupata di Charlie, gli diede una pacca di incoraggiamento sulla spalla e ordinò un'altra birra per tutti e due. Era una simpatica serata, proprio una serata da amici.

« Forse hai avuto gli orecchioni, da bambino; o magari ti sei beccato qualche malattia venerea quando andavi con le ragazze prima di sposarti? »

« No. » Charlie sorrise per quelle domande così serie, preoccupate. « Niente di tutto questo. »

Poi Mark aggrottò la fronte e si mise a fissare l'amico tanto più giovane di lui con aria grave. « Devi sapere che mia sorella e suo marito hanno avuto un sacco di problemi perché volevano dei figli e non ne arrivavano. Erano sposati da sette anni e non era successo niente. Vivono a San Diego. Lui è andato da un dottorone, un vero mago, che c'è da quelle parti. Mia sorella ha dovuto prendere pillole a base di ormoni o fare delle iniezioni o qualcosa del genere, e non so che cosa hanno combinato a mio cognato, a parte il fatto che poi ha dovuto portare un sacchetto pieno di cubetti di ghiaccio nelle mutande per un bel po'. Roba da lasciare senza parole, non ti pare? Però, dopo, hanno avuto tre figli, uno dietro l'altro, come se niente fosse. Due maschietti e la bambina. La prossima volta che le telefonerò mi farò dire come si chiama quello specialista. Era una specie di mago, uno di quei dottoroni di Beverly Hills. Gli è costato un patrimonio, a quel poveraccio di mio cognato, ma ne valeva la pena. I ragazzini sono formidabili, sai?»

Charlie stava ancora ridendo pensando al cognato di Mark con gli slip pieni di cubetti di ghiaccio, quando arrivarono le birre che avevano ordinato. E le risate si fecero scroscianti. A volte la vita era gradevole, bastava un amico per trascorrere una serata piacevole. Gli piaceva stare con sua moglie, ma spesso non riusciva a parlarle delle cose che avevano importanza per lui; ormai si era accorto che gli interessi di Barbie erano completamente diversi. Con Mark, invece, aveva tante cose in comune. La sua amicizia era preziosa.

«Non sono del tutto convinto che sia un gran piacere ritrovarsi con i cubetti di ghiacchio nelle mutande, e non so se valga la pena di provare, sai?»

«Dammi retta! Se dovesse funzionare, che cosa cavolo te ne importa... dico bene?»

«Un vero peccato non essere sposato con te, sai?» ribatté Charlie, scherzando. «Mi piace questa tua passione per i bambini.» E sorrise a Mark.

«Sono la cosa più bella della vita. Vedrai che riesco a procurarti il nome di quel dottore», rispose Mark, ormai deciso ad aiutarlo, come sempre.

«Non sono nemmeno sicuro che ci sia qualcosa che non va. Forse non abbiamo provato abbastanza. In fondo, io ci sto pensando sul serio soltanto da giugno. Dicono che ci vuole almeno un anno, anche per una coppia normale.»

«Vorrei esser stato così fortunato, almeno una volta!» E Mark alzò gli occhi al cielo con aria di finto orrore. Scoppiarono a ridere. «A ogni modo, che male c'è a fare un piccolo controllo? Quel medico ti dirà che sei in ottima forma e tu ti sentirai una specie di stallone... Appena tornato a casa, prendi tua moglie, la scaraventi sul pavimento, fai l'amore e... lei rimane incinta. Ecco a che cosa serve quel dottorone... semplicemente a questo... si tratta più che altro di dare un po' di coraggio, di sollevare il morale, come suol dirsi, ai nostri bravi ragazzi che partono per la guerra, giusto?»

«Sei un bel matto...» Charlie si sentì davvero commosso

dall'interessamento dell'amico, ma non riuscì a manifestargli tutta la gratitudine che provava.

«Matto, io? Chi è quel tizio che ha permesso alla moglie di andarsene a Las Vegas? Se c'è un matto, fra noi, non sono certo io.»

«Già, forse hai ragione.» Charlie sorrise e si accorse di sentirsi molto meglio di prima; inoltre, mentre si scolavano l'ultimo bicchiere di birra, i Mets stavano anche vincendo. Arrivarono le dieci prima che Mark si decidesse a riaccompagnarlo a casa in macchina. Charlie salì lentamente al suo appartamento, domandandosi se fosse davvero il caso di farsi visitare da quella specie di mago. Gli sembrava un po' eccessivo andare tanto presto da uno specialista; probabilmente stava benissimo e non aveva niente che non funzionasse... però, in un certo senso, poteva anche essere rassicurante. Gli sembrava strano, tuttavia, che Barbie non si fosse resa conto degli sforzi sempre più insistenti da parte sua per metterla incinta. Non lo sospettava minimamente. Era infatti l'ultima cosa che le passava per la mente quella sera quando, dopo aver salutato le amiche prima di lasciarle, incontrò per puro caso alcuni dei ragazzi che aveva frequentato in passato, a Las Vegas, e non vedeva da parecchio tempo.

Durante il week-end del Labor Day, Pilar scoprì per la terza volta in tre mesi di non essere incinta. Anche se cercò di prendere la sua situazione con filosofia, la cosa non mancò di deprimerla. D'accordo con Brad aveva stabilito che, se anche quella volta niente fosse successo, sarebbe andata a farsi visitare da uno specialista. Già da un po' aveva cominciato a chiedere informazioni in proposito, con molta discrezione, ad amici e conoscenti e Marina le aveva riferito che a Beverly Hills c'era una specialista molto quotata. Se era davvero in gamba come dicevano, valeva senz'altro la pena di sobbarcarsi il viaggio per farsi visitare da lei. In fondo, Los Angeles era a due ore soltanto d'automobile e tutti i medici che aveva interpellato per verificare la veridicità delle informazioni ricevute le avevano confermato che si trattava di una professionista molto seria, una donna straordinaria, di grandissima esperienza.

Il giorno dopo il lungo week-end del Labor Day, Pilar fissò un appuntamento per la settimana successiva. Di norma sarebbe stato necessario aspettare mesi, ma l'amica di Marina era intervenuta personalmente, pregando la dottoressa di ricevere Pilar il più presto possibile. Brad, fra l'altro, aveva dichiarato di essere pronto ad accompagnarla.

Non gli piaceva molto l'idea che Marina avesse trovato una dottoressa, ma Pilar ne sembrava entusiasta e poiché, secondo lui, la cosa più importante era che lei si sentisse a proprio agio con chi doveva risolvere il suo problema, pensò che fosse meglio non ostacolarla.

« E a me, che cosa faranno? » le domandò in tono nervoso durante il viaggio. Aveva dovuto rimandare ad altra data la causa che avrebbe dovuto discutere proprio quel pomeriggio — ed era una cosa che gli capitava di fare molto di rado.

« Probabilmente te lo taglieranno, lo esamineranno ben bene e poi lo riattaccheranno al suo posto. Niente di così straordinario. Non cominceranno con gli interventi più seri fino alla volta successiva. »

« Non mi sei di grande conforto », mugugnò lui, e Pilar scoppiò a ridere. Gli era grata per la pazienza che dimostrava e perché aveva voluto accompagnarla. In fondo si sentiva nervosa anche lei per quella visita, non sapeva che cosa aspettarsi. Ma nel preciso momento in cui si trovarono di fronte alla dottoressa Helen Ward, una donnina dall'aspetto lindo e accurato, con luminosi occhi azzurri e capelli sale e pepe, capirono subito che era la persona giusta. E lei si mostrò subito attenta, pronta a dedicarsi con l'interesse più totale e assoluto al loro problema e — nello stesso tempo — lucida e chiara nel chiedere le informazioni di cui aveva bisogno. Al primo momento Brad la giudicò un po' troppo fredda, un po' troppo professionale, ma poi, mentre parlavano, l'atmosfera si fece amichevole e cordiale. Inoltre, per fortuna, Helen Ward aveva anche un notevole senso dell'umorismo. Esercitava la professione di medico nello stesso modo, più o meno, in cui Pilar praticava l'avvocatura, con dedizione e intelligenza, ma anche con straordinaria abilità, attenzione e puntigliosità. Sia Pilar sia Brad si sentirono subito rassicurati quando seppero che aveva studiato medicina ad Harvard. Anche il fatto che avesse superato i cinquantacinque anni fu un altro particolare che rassicurò entrambi. Pilar, infatti, non desiderava uno dei soliti giovani medici «d'assalto», sostenitori della sperimentazione! Voleva una persona calma e pacata, che scegliesse le soluzioni meno avveniristiche e, contemporaneamente, non rinunciasse a nessun tentativo per aiutarli.

Dopo le solite quattro chiacchiere iniziali, Helen Ward cominciò subito a raccogliere i dati per la cartella clinica e a entrambi fece una serie di domande accurate e precise sullo stato di salute e gli eventuali problemi medici passati e presenti. Brad rimase molto soddisfatto vedendo Pilar a proprio agio, soprattutto quando le parlò dell'aborto che aveva avuto a diciannove anni. Era un argomento poco gradito, che evitava di toccare, per quanto possibile. A Brad l'aveva confidato una sera, dopo aver bevuto un bel po' di vino insieme; e aveva aggiunto di sentirsi ancora colpevole. I motivi per rifiutare un figlio a quell'età erano stati i più logici e i più validi — matricola al college, senza mezzi per mantenerlo. E il padre del nascituro, il primo ragazzo con il quale avesse avuto una relazione seria, si era recisamente rifiutato di aiutarla. Quanto ai genitori, l'avrebbero diseredata o peggio — perlomeno lei ne era stata convinta. Terrorizzata, in preda alla disperazione, era arrivata al punto di sottoporsi a un aborto illegale nella zona spagnola di Harlem. E adesso, sempre più spesso, si era scoperta a domandarsi se quell'aborto non fosse, almeno in parte, il motivo delle sue attuali difficoltà ad avere un figlio. Invece la dottoressa Ward la rassicurò: non era assolutamente possibile.

«La maggior parte delle donne che si è sottoposta a più di un aborto continua a generare figli sani; non esiste assolutamente alcuna prova a conferma del fatto che le donne sottoposte a uno o più aborti abbiano più difficoltà delle altre a concepire. Se in seguito all'aborto lei avesse sofferto di qualche infezione grave, sarebbe certo diverso... Ma da quanto mi dice, sembra che tutto si sia svolto in modo abbastanza normale.» Bastò questa risposta a rassicurare Pilar.

Poi parlarono dei figli di Brad e della decisione di usare i contraccettivi nei quattordici anni precedenti. Dopo avere annotato tutte queste informazioni, la dottoressa visitò Pilar senza riscontrare problemi particolari.

«Esiste qualche motivo specifico per il quale avete deciso di venire da me? Non c'è niente nella vostra storia clinica che lasci supporre complicazioni di qualsiasi genere. Inoltre, tre mesi sono pochi per cominciare a preoccuparsi», osservò in tono incoraggiante, con un caldo sorriso. In quel momento, più che mai, Pilar pensò che quella donna le piaceva moltissimo.

«Quello che lei dice, dottoressa Ward, sarebbe giusto, se io avessi sedici anni. Ma ne ho quarantatré. E non mi pare di avere tempo da perdere... vero?»

«Giustissimo, ma possiamo eseguire subito qualche piccolo controllo, per esempio il livello del progesterone, dell'ormone follicolostimolante, cioè l'FSH, e altre cose del genere che potrebbero creare qualche ostacolo alle sue capacità di rimanere incinta. Sarebbe anche opportuno fare in modo che il suo livello di progesterone aumentasse oltre un determinato livello, per assicurare il concepimento. Si può anche effettuare un controllo della temperatura ogni mattina, e tenere un diagramma della temperatura corporea di base. E magari aiutarla, sia pure moderatamente, con un po' di clomifene, più che altro per controllare se può servire. In genere non sempre è utile nelle donne al di sopra dei quarant'anni, ma se lei è disposta a provare, un tentativo in tal senso non guasterebbe. È un ormone che fa produrre al suo corpo una quantità molto alta di progesterone, e questo dovrebbe aiutarla a rimanere incinta.»

«Mi farà anche crescere la barba?» domandò Pilar alla dottoressa, che si mise a ridere.

«Veramente è una reazione che non mi è ancora capitato di notare. Però potrebbe farla sentire un po' tesa, darle una sensazione di stress nei cinque giorni di somministrazione, e anche dopo. In certe persone provoca qualche lieve alterazione nelle capacità visive, un leggero mal di testa, nausea, senso di vertigine, e a volte dà luogo a cisti ovariche... ma normalmente le reazioni secondarie non sono di grave entità.»

«Mi piacerebbe provare», disse Pilar piena di fiducia. «E perché non pensare invece a qualcosa di più forte? A iniezioni di qualche ormone?»

«Al momento non ne vedo ancora il motivo. Non mi pare il caso di esagerare, quando si tratta di interferire con il corso della natura, non le pare?»

Helen Ward non voleva ricorrere subito alle soluzioni più estreme, dal momento che la donna che aveva di fronte non aveva evidentemente problemi particolari. A ogni modo era sicura che Pilar pur di avere un figlio avrebbe accettato anche di sottoporsi alla fecondazione in vitro. A volte il metodo era coronato da successo, soprattutto se sperma e ovulo erano sani, ma non c'era alcuna garanzia che la paziente riuscisse a portare a termine la gravidanza. All'età di Pilar, a ogni modo, la fecondazione in vitro era comunque da escludere. Nella maggior parte dei centri specializzati per questo tipo di intervento, i medici si rifiutavano di eseguirlo su donne che avessero superato la quarantina. Del resto, non era certo un procedimento facile. Erano infatti necessarie massicce dosi di ormoni e il prelievo dell'uovo doveva essere effettuato con la massima cautela e da mani esperte, con una percentuale di successi oscillante tra il dieci e il venti per cento. Ma per quei pochi che riuscivano a superare tutte queste difficoltà, era un'autentica benedizione del cielo!

Poi la dottoressa Ward sottopose Pilar a un'analisi del sangue, le fornì una ricetta per il clomifene, la pregò di controllare la temperatura ogni mattina prima di scendere dal letto, le mostrò come riportarla sul relativo diagramma e infine le fornì il kit per l'esame delle urine, in modo da rilevare l'aumento del corpo luteo prima dell'ovulazione.

«Sai che cosa ti dico? Mi sembra di essere un coscritto che ha appena passato la visita di leva!» commentò Pilar, mentre se ne andavano dopo aver attentamente ascoltato tutte le istruzioni su quando fare l'amore, quando non farlo, e quante volte.

« Be', l'idea non mi entusiasma! Mi piace la dottoressa Ward. Che cosa ne pensi? » Brad era rimasto colpito dalle sue posizioni conservatrici e dalla sua intelligenza. Evidentemente era una donna che non si lasciava condizionare né spingere a prendere decisioni affrettate solo perché Pilar aveva dimostrato di possedere una discreta cultura e di conoscere abbastanza bene tutte le più recenti tecniche nel campo della genetica.

« Anche a me è piaciuta », disse Pilar, ma si sentiva un po' delusa. In fondo la dottoressa Ward aveva lasciato capire di non avere alcun asso nella manica per lei! Sembrava favorevole a un approccio tradizionale, nel suo caso. Ma, d'altra parte, era anche quello che, inizialmente, avevano voluto loro stessi. E le soluzioni erano comunque limitate, a motivo dell'età di Pilar. Era troppo vecchia per la fecondazione in vitro, nel caso fosse stata necessaria, e forse perfino per la terapia a base di clomifene, benché si fosse dichiarata pronta a sperimentarla.

La dottoressa Ward aveva proposto la fecondazione intrauterina. Era convinta che offrisse maggiori possibilità di concepimento se il clomifene non fosse stato sufficiente.

« A me sembra tutto talmente complicato per una cosa che invece dovrebbe essere così semplice! » esclamò Brad, pensando a tutti quegli esami complessi, le terapie, le attrezzature e gli apparecchi che venivano utilizzati per combattere la sterilità.

« Niente è semplice alla mia età », si lamentò Pilar. « Perfino truccarmi... adesso ci metto molto più tempo di prima! » Scoppiò in una risatina e Brad si chinò per baciarla.

« Sei proprio sicura di avere voglia di fare tutte queste cose? Quel farmaco non mi sembra molto divertente. Mi pare che tu abbia già abbastanza pressioni in ufficio, con il tuo lavoro, senza dover prendere quelle pillole che ti faranno sentire ancora più stressata! »

« Sì, ci ho pensato anch'io. Ma non voglio lasciare nulla di intentato. Quindi voglio sperimentare anche questa cura. »

Adesso che aveva preso una decisione, era pronta a fare di tutto pur di avere un figlio.

« D'accordo, tu ordina e io obbedisco », rispose Brad con entusiasmo.

« No, io non do ordini a nessuno. Però ti amo. » Si baciarono e poi tornarono verso Santa Barbara dopo avere cenato al *Bistro* di Los Angeles. Fu una serata piacevole, un po' diversa dalla solita routine. Appena arrivati a casa, Pilar andò a riporre tutti i suoi nuovi tesori nella stanza da bagno. Lungo il tragitto di ritorno si erano fermati a comprare le pillole prescritte dalla dottoressa. In ogni caso, però, Pilar le avrebbe prese a distanza di tre settimane — e solo se non fosse rimasta incinta durante quel ciclo mensile. Nel frattempo doveva cominciare a misurare la temperatura e già dal giorno successivo a servirsi del kit per l'esame delle urine. Nella settimana successiva, avrebbe quindi cercato di rimanere incinta.

« Il classico arsenale della speranza, non ti pare? » esclamò Pilar mentre si lavavano i denti, indicando a Brad tutte le scatolette e le bottigliette che aveva accuratamente disposto sulla propria toilette.

« Proprio così. Del resto, se vogliamo fare quello che abbiamo deciso, è necessario. Nessuno ha mai detto che dovesse essere facile, o semplice. Comunque, quello che importa sono i risultati. » Poi tentò di smorzare un poco di tutto quell'entusiasmo e si allungò verso Pilar per darle un bacio. « E se i risultati non dovessero essere quelli che noi desideriamo, se il destino dovesse decidere che tu e io rimarremo soli, sappi che per me andrà bene anche così. Ricordalo. Voglio che tu ci pensi, Pilar, che cerchi di considerare anche questa possibilità. Se funziona, sarà meraviglioso; ma se non dovesse funzionare, ciascuno di noi ha sempre l'altro, e una vita piena di persone alle quali vogliamo bene e che ci amano. Non *dobbiamo* avere per forza questo bambino. »

« No, però mi piacerebbe », mormorò lei con tristezza, guardandolo, e Brad le circondò le spalle con un braccio.

« Anche a me piacerebbe. Ma non sono disposto a rischiare quello che abbiamo per ottenerlo. » Di storie ne aveva sentite molte, in proposito, e sapeva che un procedimento del genere a volte diventava talmente ossessivo da distruggere un matrimonio — ed era l'ultima cosa al mondo che desiderasse, dopo avere aspettato tanto a lungo di poter sposare Pilar. Quello che adesso avevano era troppo prezioso.

L'indomani mattina Pilar stava ancora pensando a tutto quello che Brad le aveva detto, quando si ritrovò seduta alla sua scrivania, a fissare il vuoto davanti a sé. Aveva già controllato la temperatura, nel preciso momento in cui si era svegliata, prima ancora di alzarsi per andare in bagno, e poi l'aveva riportata con cura sul diagramma che le era stato fornito con il termometro. Poco prima di andare in ufficio, invece, effettuò l'esame dell'urina, che richiedeva un po' più di tempo. Ma i risultati le rivelarono che l'aumento del corpo luteo non si era ancora verificato; dunque non era pronta all'ovulazione. Brad aveva ragione. Quante complicazioni per una cosa che sarebbe dovuta essere così semplice!

« Si può sapere perché hai quell'aria così infelice? » le domandò Alice Jackson entrando nel suo studio.

« Oh... niente... così, stavo pensando... » Si raddrizzò di scatto e cercò di dimenticare l'argomento sul quale stava riflettendo poco prima, ma non era facile. In quei giorni le pareva di non riuscire a pensare ad altro, cioè a come rimanere incinta.

« A ogni modo non direi che i tuoi fossero pensieri allegri! » Alice si fermò per un attimo. Stringeva fra le braccia un fascio di dossier perché stava effettuando una ricerca per una causa difficile della quale si stava occupando suo marito.

« È un pensiero felice, ma non un pensiero facile », mormorò Pilar a mezza voce. « Come va la famosa causa? »

« Siamo quasi pronti per il processo, grazie a Dio! Non credo che avrei resistito ad altri sei mesi come quelli che ho passato! » Ma sapevano entrambe che, se fosse stato necessario, lo avrebbe fatto, e senza problemi. Adorava lavorare con Bruce, e si divertiva a fare tutte quelle ricerche per lui. A volte Pilar, guardandola, si domandava come sarebbe stato per lei lavorare con Brad. Ma non riusciva a immaginarlo per quanto tenesse nella massima considerazione i suoi consigli. Erano troppo decisi, troppo fermi e radicati nelle proprie opinioni. Erano perfetti come marito e moglie, ma aveva il sospetto che come soci di uno studio legale sarebbero andati molto meno d'accordo. Lei si lasciava commuovere più di Brad e le piaceva assumersi cause difficili, praticamente impossibili, e possibilmente vincerle. Meglio ancora se il suo cliente era la parte ingiustamente lesa. Alla base del suo stile di lavoro c'era ancora molto di quello che aveva imparato quando faceva l'avvocato d'ufficio. Brad, invece, non aveva mai smesso di essere un procuratore distrettuale, o perlomeno così affermava lei quando discutevano di qualche problema legale. Ma per fortuna erano sempre scambi di idee molto amichevoli.

Il telefono squillò prima che potesse continuare la conversazione con Alice Jackson a proposito della famosa causa; la centralinista le annunciò che in linea c'era sua madre.

« Oh, Dio! » esclamò, chiedendosi se fosse il caso di parlarle. Nel frattempo Alice le aveva fatto un cenno di saluto e si era allontanata. « Va bene, me la passi pure », disse alla centralinista e poi premette il pulsante che si era acceso sul suo apparecchio telefonico. A New York era mezzogiorno e Pilar sapeva che sua madre aveva già alle spalle cinque ore di ospedale ed era pronta a un rapido intervallo per uno spuntino prima di riprendere le visite ai suoi pazienti privati per altre cinque o sei ore. Era instancabile e aveva un ritmo di lavoro frenetico, nonostante l'età. Più di una volta Brad aveva ripetuto che Pilar doveva considerarlo di buon auspicio, mentre lei, molto meno caritatevolmente, rispondeva sempre che sua madre era ormai troppo ossessionata dalla sua professione per ridurre gli impegni, e troppo gretta e meschina per abbandonarla completamente; non aveva niente a che vedere con i buoni auspici.

« Ciao, mamma », disse in tono indifferente, domandandosi per quale motivo l'avesse chiamata. In genere era lei ad aspettare le telefonate di Pilar, anche se a volte l'intervallo fra l'una e l'altra era di un mese, o più. Chissà, forse doveva venire in California per un altro congresso. « Come stai? »

« Bene. Oggi a New York c'è una tremenda ondata di caldo. Qualcosa di incredibile. Grazie a Dio nel nostro ufficio l'impianto dell'aria condizionata funziona ancora. Come state tu e Brad? »

« Sommersi di lavoro, come al solito. » *E intanto cerchiamo di avere un bambino*. Immaginando l'espressione di sua madre se lo avesse saputo, sorrise mentre continuava a parlare: « Siamo entrambi molto impegnati. Brad ha una causa piuttosto lunga, quanto a me, si direbbe che una buona metà della popolazione della California si sia decisa ad avere bisogno di me come difensore. »

« Alla tua età, dovresti fare di tutto per passare in magistratura, come tuo padre e come Brad. Non mi pare che tu abbia più bisogno di occuparti ancora di certe cause, difendendo tutta la gentaglia anticonformista della California. »

Grazie, mamma. La solita telefonata. Le solite parole. Domande, rimproveri, blande accuse, una disapprovazione quasi palpabile. « Ricorda che tuo padre alla tua età era già diventato giudice della Corte d'Appello... un autentico onore! »

« Sì, lo so benissimo, mamma. Ma a me piace quello che faccio. E poi non sono del tutto convinta che sia un bene avere in famiglia non uno ma addirittura due giudici! E ti sarei grata se ricordassi che non tutti i miei clienti sono 'gentaglia anticonformista', come dici! » Nello stesso tempo era irritata con se stessa perché stava cercando di difendersi... ormai doveva saperlo che sua madre era fatta così, e non sarebbe mai cambiata!

« Da quanto mi pare di capire, continui a difendere la stessa gente che difendevi quando eri avvocato d'ufficio, o sbaglio? »

« Ti sbagli. Per fortuna, la maggior parte ha molto più denaro. Piuttosto, dimmi di te! Sempre molto presa con il tuo lavoro? »

« Sì, molto. Anch'io ho dovuto comparire in tribunale un paio di volte, in questi ultimi tempi, per testimoniare in cause che riguardavano danni di carattere neurologico a miei pazienti. È stato interessantissimo. E, naturalmente, abbiamo vinto.» No, l'umiltà non era mai stata una delle doti di Elizabeth Graham. Ma, per fortuna, tutto questo era talmente prevedibile che rendeva più facili i loro rapporti.

«Naturalmente», rispose Pilar un po' distratta. «E adesso scusami... ma ho interrotto un lavoro urgente e devo riprenderlo subito... Ti telefono presto... stai bene!» E concluse in fretta la telefonata provando la stessa sensazione di sconfitta di sempre, quando parlava con sua madre. Non aveva mai vinto, sua madre non l'aveva mai approvata, e lei non aveva mai ottenuto quello che a sua madre avrebbe fatto piacere. La cosa più sciocca e più crudele in tutto questo era che da anni ormai avrebbe dovuto saperlo. Sua madre era quello che era, impossibile cambiarla. Toccava a lei, Pilar, cambiare in modo di adeguarsi alle sue aspettative. Ed era quello che in genere aveva fatto. Eppure, ancora adesso, in certi momenti, per esempio dopo una di queste telefonate, si meravigliava di continuare ad aspettarsi che sua madre fosse diversa. Non sarebbe mai stata una donna comprensiva, affettuosa, dolce e gentile... la madre amorosa, insomma, di cui aveva sempre avuto bisogno. E con il padre era stata più o meno la stessa cosa. Fortunatamente, adesso aveva Brad, che le dava tutto l'amore, l'affetto, il conforto, l'appoggio e la tenerezza che per tanto tempo aveva disperatamente desiderato; e quando voleva illudersi di avere una madre, c'era Marina, per questo... E fino a quel momento nessuno dei due l'aveva mai tradita o delusa.

Telefonò a Marina nel pomeriggio, durante una sospensione della seduta in tribunale, per ringraziarla di averle fornito il nome di Helen Ward. E Marina fu molto soddisfatta di sentire che la famosa specialista di genetica le era piaciuta.

«Che cos'ha detto? Ti ha incoraggiato a proseguire i tentativi?»

«Abbastanza, direi. Se non altro non ha ripetuto quello che aveva detto mia madre, e cioè che sono troppo vecchia e che avremmo soltanto bambini anormali o deformi. Però ha detto che forse ci vorrà un po' di tempo, e un certo impegno.»

«Sono sicura che Brad sarà felicissimo di metterci tutto l'impegno necessario», ribatté in tono scherzoso l'amica. Che contrasto con la gelida risposta che Pilar si sarebbe sentita dare dalla madre!

«Lo ha proposto lui stesso», esclamò Pilar ridendo. «Mi hanno dato delle pastiglie da prendere, che però potrebbero anche non servire a nulla. In conclusione, possiamo nutrire qualche speranza, ma io non sono certo un galletto di primo canto.»

«Chi lo è? Ricorda mia madre... ha avuto l'ultimo figlio a cinquantadue anni...»

«Smettila. Ogni volta che ci penso, mi viene una tale paura! Promettimi che ci riuscirò prima di aver toccato la cinquantina!»

«Non ti prometto niente di simile!» E Marina rise bonariamente. «Perché se il buon Dio ti vuole incinta a novant'anni, lo sarai. Ma perché non provi a leggere un po' l'*Enquirer*, santo cielo!»

«Bell'aiuto, sei! Qui non siamo ancora al circo equestre, egregio giudice Goletti, questa è la mia vita... oppure no? A proposito, oggi ha telefonato mia madre. Il che è sempre un piacere!»

«E qual era la piccola, buona notizia, che aveva da darti?»

«Niente di particolare. Un'ondata di caldo a New York e ricordarmi che papà aveva la mia età quando è stato nominato giudice di Corte d'Appello.»

«Già! E tu, ragazza mia, più fallita di così non potresti essere, vero? Non immaginavo... non avevo la minima idea... è stata molto carina a ricordartelo.»

«È quello che penso anch'io. Secondo lei dovrei passare alla magistratura, come te, insomma.»

«Veramente è quello che penso anch'io. Ma il discorso sarebbe lungo e in questo momento devo proprio tornare al mio posto di lavoro, cioè a fare il giudice. Nel pomeriggio ho una causa per omicidio colposo. Guida pericolosa in stato di ubriachezza. Ti giuro che preferirei volentieri farne a meno. L'imputato è sceso incolume dalla sua automobile, completamente distrutta, dopo avere ammazzato una donna di trent'anni, incinta, e i suoi tre figli. Per fortuna c'è una giuria e toccherà a loro prendere una decisione.»

«Gran brutta faccenda, mi sembra», disse Pilar, in tono comprensivo. Come le piacevano quegli scambi di idee, quei dialoghi, quell'amicizia con Marina. Non ne restava mai delusa.

«Sarà senz'altro una brutta faccenda. A ogni modo, non strapazzarti. Mi faccio sentire presto. E chissà che non si possa uscire insieme a pranzo, se non sei troppo indaffarata.»

«Ti telefono io.»

«Grazie. Ciao.» E riattaccarono.

Non ebbero il tempo di uscire insieme né quella settimana né tanto meno la settimana successiva. Troppo impegnate entrambe. Tanto che Brad, a un certo momento, propose a Pilar di andar via per qualche giorno in un piccolo albergo molto romantico nella Carmel Valley. Quella, come ormai la definiva anche lui, doveva essere la «settimana azzurra». In quei giorni avrebbe dovuto verificarsi l'aumento del corpo luteo e nel giro dei due giorni successivi si sarebbe dovuta verificare anche l'ovulazione. Secondo Brad sarebbe stato molto più piacevole andarsene lontano ad aspettare quell'evento piuttosto che rimanere a casa alle prese con gli impegni stressanti dello studio e del tribunale.

Ma quando arrivarono al famoso alberghetto, erano entrambi esausti dopo giorni di lavoro pesanti e faticosi. Fu un vero sollievo ritrovarsi soli in un ambiente confortevole, poter stare insieme, parlare e pensare, senza essere interrotti dai telefoni o da una valanga di documenti e di memorandum.

Malgrado le giornate frenetiche che avevano preceduto quel viaggio, si divertirono molto curiosando nei negozi di antiquariato di Carmel. Brad le comprò perfino un piccolo quadro, molto grazioso. Raffigurava una madre e il suo bambino su una spiaggia, al tramonto; lo stile, vagamente impressionista, a Pilar piacque molto. Sapeva che se fosse rimasta incinta adesso, quel dipinto avrebbe avuto sempre un significato speciale per lei.

Tornarono a Santa Barbara due giorni dopo, contenti, sereni e riposati, e convinti che questa volta l'impresa avesse avuto successo. Pilar ne era quasi sicura, così disse a Brad. E continuò a sentirsi sicura fino a quando, il mese successivo, ebbe di nuovo il ciclo mensile e dovette prendere il clomifene. Le sue reazioni furono esattamente quelle di cui le aveva parlato la dottoressa Ward. Cominciò a sentirsi tesa, con i nervi a fior di pelle, come una corda di violino che dovesse spezzarsi da un momento all'altro. Brad non poteva aprire bocca senza sentirsi rimbeccare aspramente; quanto a lei, provava regolarmente, sei volte al giorno come minimo, una gran voglia di strangolare la sua segretaria. Persino i suoi rapporti con i clienti erano difficili; e doveva dominarsi per non usare un linguaggio troppo tagliente quando parlava con loro. Un giorno, poi, per poco non perse il controllo mentre stava discutendo con un giudice in tribunale. Il solo fatto di dover controllare i propri nervi diventò a un tratto un impegno a tempo pieno. Non solo, ma la terapia che aveva iniziato le procurava anche una continua sensazione di profonda stanchezza.

«Proprio buffo, non trovi?» disse a Brad. «Devi divertirti pazzamente.» Da quindici giorni era diventata letteralmente insopportabile, non soltanto con lui ma con tutti, e le sembrava di essere arrivata addirittura al punto di odiare se stessa. Si chiedeva come suo marito riuscisse ancora a sopportarla. Era molto, molto peggio di quello che aveva immaginato prima di iniziare la cura! Però continuava a essere convinta che ne valesse la pena per avere un figlio.

«Infatti, ne vale la pena se può servire», la rassicurò Brad. Il guaio, purtroppo, fu che non servì a niente. Ormai stavano provando già da cinque mesi. Il mese successivo, la dottoressa Ward fissò la data per l'intervento di fecondazione artificiale: l'avrebbe effettuato la settimana precedente la Festa del Ringraziamento.

Ne avevano discusso a lungo con lei prima di decidere di tentare anche questo, e la dottoressa Ward aveva assicurato che avrebbe potuto cambiare molte cose. Questa volta, però, voleva aumentare la dose di clomifene che Pilar prendeva, addirittura raddoppiarla — la notizia lasciò Pilar praticamente indifferente — fare un esame con ultrasuoni prima dell'ovulazione, in modo da controllare lo sviluppo del follicolo, farle un'iniezione di un altro ormone, la gonadotropina corionica umana, la sera prima del giorno in cui avrebbe dovuto avere l'ovulazione, e poi procedere con la fecondazione intrauterina, inserendo lo sperma direttamente nell'utero, perché in questo modo l'incontro sperma-uovo sarebbe stato molto più facile e forse si sarebbero ottenuti risultati più soddisfacenti.

Pilar non gradì l'idea di assumere tutti quei farmaci. Era già tesa e sotto stress per la forte quantità di clomifene che prendeva al momento. Ma Helen Ward la rassicurò, dicendo che valeva la pena di provare. Così decisero di prenotare una camera al *Bel Air Hotel* per due giorni, e scelsero la data dopo averla calcolata tenendo conto dell'effetto della cura di ormoni e del diagramma delle temperature. La dottoressa Ward raccomandò che non facessero l'amore nei tre giorni precedenti, in modo da non abbassare troppo la percentuale di spermatozoi di Brad.

« Mi sembra di essere un cavallo di razza durante l'allenamento », rise lui mentre viaggiavano in auto verso Los Angeles. Pilar, invece, si sentiva quasi tornata umana. Aveva preso l'ultima dose di clomifene cinque giorni prima e stava finalmente ritornando quella di sempre. Il solo fatto di avere un giorno in cui non sentirsi irritata per un nonnulla, e non litigare con Brad per una sciocchezza... era diventato molto importante.

All'arrivo a Los Angeles si recarono direttamente nello studio della dottoressa Ward, la quale eseguì un'esame a ultrasuoni per controllare le ovaie di Pilar. Fu soddisfatta dei risultati. Poi, subito dopo, le fece l'iniezione di gonadotropina corionica umana e li pregò di tornare nel pomeriggio del giorno successivo. Questo lasciava a Brad e a Pilar un intero pomeriggio e una notte per fare quello che volevano — tranne l'amore. Rimasero molto meravigliati tutti e due di scoprirsi eccitati e ansiosi.

« Chissà, magari domani sarò incinta », bisbigliò lei. Quel

pomeriggio Brad le comprò una stupenda spilla di brillanti, antica, a forma di piccolo cuore, da David Orgell in Rodeo Drive, e poi entrarono da Fred Hayman a fare una serie di acquisti. Fu un pomeriggio spensierato, un po' pazzo, perché si sentivano entrambi come se fossero ubriachi, e quasi terrorizzati al pensiero che anche quel tentativo si concludesse con un fallimento.

Presero l'aperitivo al *Beverly Hills Hotel* e andarono a cena da *Spago*; poi tornarono al *Bel Air*, dove passeggiarono in silenzio per i giardini prima di andare a letto. Rimasero svegli a lungo tutti e due pensando all'indomani. La mattina seguente erano nervosissimi al momento di lasciare l'albergo. Pilar si accorse addirittura di essere scossa da un tremito quando presero l'ascensore per raggiungere lo studio di Helen Ward.

« Sono sciocca, vero? » bisbigliò a Brad. « Mi sento come una ragazzina che sta per perdere la verginità », disse, e lui sorrise. Ma si sentiva a disagio. Non gli andava l'idea di dover produrre il suo liquido seminale, quasi a comando, nello studio della dottoressa, anche se lei li aveva rassicurati dicendo che potevano prendersi tutto il tempo necessario, che non c'era fretta e che l'aiuto di Pilar sarebbe stato gradito. A ogni modo era una prospettiva terribilmente imbarazzante e adesso che il momento si avvicinava erano entrambi preoccupati. Invece, tutto procedette per il meglio, fin dal loro ingresso nello studio della dottoressa.

Vennero introdotti, attraverso due porte diverse, in una stanza che aveva tutto l'aspetto di un'attrezzatissima camera d'albergo dotata di un letto, una televisione con videocassette erotiche, giornali pornografici per eccitare gli « ospiti » e tutto un assortimento di attrezzi erotici e di vibratori destinati a rendere più facile il compito.. Sul tavolo c'era un piccolo contenitore, in cui raccogliere il liquido seminale. Nessun accenno venne fatto a quando e come sarebbero dovuti uscire di lì, ma prima di lasciarli l'infermiera chiese se desideravano qualcosa da bere, caffè, tè, o bevande analcoliche. E subito dopo Pilar guardò Brad e cominciò a ridere senza più riuscire a frenarsi. Lui aveva un'espressione grave, era così elegante, così serio... ma lei non riuscì a dominarsi... a un tratto l'intera faccenda le sembrava assurdamente ridicola.

« Sembriamo due minorenni che riescono a farsi dare una camera in un motel, non ti sembra? » mormorò fra una risata e l'altra, e a quel punto cominciò a ridere anche lui.

« Come fai a sapere queste cose? »

« Le ho lette sui rotocalchi! » replicò ridendo Pilar, e Brad l'attirò a sé, sul letto, con un sorriso malizioso.

« Mi vuoi spiegare come hai fatto a convincermi ad affrontare una cosa del genere? » le chiese guardandola.

« Ti giuro che non lo so. Mentre venivamo qui me lo stavo domandando anch'io. E adesso vuoi sapere una cosa? » Lo guardò con aria molto grave. « Se non vuoi farlo, per me va benissimo ugualmente. Finora sei stato magnifico, e forse io sto esagerando... non avevo intenzione... credimi, mai e poi mai vorrei metterti a disagio o farti fare qualcosa che ti è sgradito... » Cominciava ad avvertire un vago senso di colpa per averlo coinvolto in un'avventura del genere. Non era colpa di Brad se lei era troppo vecchia. Il suo sperma va benissimo, pensò Pilar. È il mio corpo che ormai non reagisce più come dovrebbe. Se gli avesse parlato prima del suo desiderio di avere dei figli, forse non sarebbero arrivati a dover affrontare tutto questo.

« Lo desideri sempre questo bambino, Pilar? » le domandò dolcemente mentre si distendevano sul letto, e lei fece cenno di sì con la testa. « E va bene, allora smettila di preoccuparti e cerchiamo di divertirci. » Si alzò e andò a inserire nel videoregistratore un film pornografico che mise terribilmente in imbarazzo Pilar. Ma al tempo stesso si rese conto di trovarlo divertente. Intanto aiutava Brad a togliersi i vestiti. Poi si spogliò anche lei e cominciò ad accarezzarlo, cercando di eccitarlo. Brad continuava a guardare lo schermo; ebbe molto presto un'erezione. Adesso era eccitata anche lei... purtroppo, Brad non avrebbe potuto nemmeno toccarla. Bastava guardarlo per capire che impazziva dalla voglia di possederla, di penetrarla, e lei allora prese il piccolo contenitore dal tavolo e lo tenne vicino a sé continuando ad accarezzare il marito, a eccitarlo e a baciarlo finché ottennero i risultati che desideravano. Poi Brad si accasciò spossato tra le sue braccia. Era stato molto diverso dal solito per tutti e due, ma non spiacevole.

Fecero una rapida doccia, si vestirono e suonarono per chiamare l'infermiera, alla quale consegnarono il contenitore. Poi la donna chiese a Pilar di seguirla.

« Posso venire anch'io? » domandò Brad esitante. Fino a quel momento avevano sempre fatto ogni cosa insieme. Era sempre stato presente anche lui, e anche adesso voleva essere accanto a lei.

L'infermiera gli confermò che poteva accompagnarle e Pilar dovette spogliarsi di nuovo, infilare un camice e sdraiarsi sul lettino. Adesso si sentiva nervosa. Dopo un minuto entrò la dottoressa Ward, la quale trasferì lo sperma in una siringa ipodermica. Un tubicino venne infilato nell'utero di Pilar e in esso fu iniettato lentamente lo sperma. Nel giro di pochi minuti era tutto finito e il piccolo tubo veniva rimosso; l'unica raccomandazione che venne fatta a Pilar fu di rimanere sdraiata almeno mezz'ora prima di andarsene. Poi la dottoressa Ward li lasciò soli. Chiacchierarono per un po' tranquillamente e Brad si prese gioco di lei dicendole che in un primo tempo aveva creduto che per inserire lo sperma nella vagina avrebbero usato un pennello, come si fa per spalmare di grasso il tacchino da arrostire.

« Ti confesso che mi sento anch'io come un tacchino, qui sopra! » esclamò Pilar. Il procedimento era stato incredibilmente semplice ma si sentivano esausti. In fondo, dal punto di vista emotivo era stato uno stress terribile... tutti quei tentativi, quell'insistere con tanto impegno per ottenere quello che volevano.

« Scommetto che stavolta funzionerà », disse Brad pieno di speranza e poi scoppiò a ridere ripensando al film che avevano appena visto. « Dobbiamo procurarci qualcuno di quei filmetti, sai? Così li guardiamo anche a casa », aggiunse in tono scherzoso, e Pilar si mise a ridere. Lei aveva affrontato tutto con coraggio, ma Brad non era stato da meno. E non era stato facile per nessuno dei due. Del resto non sempre lo è, se si vuol ottenere qualcosa di buono.

* * *

« Siamo a posto », la dottoressa Ward passò un momento a salutarli prima che ripartissero e informò Pilar che tutte le analisi relative agli ormoni erano risultate normali e che da quando aveva cominciato a prendere il clomifene i livelli di progesterone erano altissimi. Però si sentiva anche in dovere di avvertirli che a volte era necessario ripetere il tentativo da sei a dieci volte prima che *funzionasse*. « Preparatevi a vedermi spesso, molto più dei vostri amici e dei vostri familiari », li avvertì, ma i Coleman le risposero che ne sarebbero stati lieti.

Poi augurò a entrambi una buona Festa del Ringraziamento e raccomandò a Pilar di tenerla informata su quello che succedeva. Fra l'altro, si aspettava da lei una telefonata nel giro di un paio di settimane, per sapere se il ciclo mensile si fosse verificato puntualmente oppure no.

« Non si preoccupi. » E Pilar sorrise. « Avrà mie notizie per un motivo o per l'altro! » Soprattutto se fosse rimasta incinta. In caso contrario avrebbero dovuto ritornare per un altro tentativo di fecondazione artificiale... e un altro ancora... e un altro ancora... finché non fosse stato coronato da successo, o loro avessero deciso di rinunciare.

Poi decise di parlare alla dottoressa Ward anche di un altro procedimento del quale aveva sentito parlare, molto simile alla fecondazione in vitro: un trasferimento intrafalloppiano di un gamete, che pareva desse ottimi risultati nelle donne di più di quarant'anni. Ma la dottoressa Ward si rifiutò di ascoltarla. « Prima vediamo quali possibilità ci offre il procedimento che abbiamo appena eseguito, d'accordo? » disse in tono fermo. E aggiunse che era ancora prematuro pensare a misure tanto estreme. Lei nutriva grande fiducia nella fecondazione artificiale. Con la cura di clomifene, i livelli di progesterone di Pilar erano diventati molto alti e questo avrebbe senz'altro favorito il concepimento.

Il lungo viaggio di ritorno a casa, in macchina, fu sereno e tranquillo; mai prima di allora c'era stata fra loro un'intimità più completa e più perfetta. La settimana precedente la

Festa del Ringraziamento fu tranquilla per tutti e due. E Pilar cercò di non affaticarsi troppo in ufficio.

Quell'anno Nancy, Tommy e Adam sarebbero venuti a passare i giorni di festa da loro; Todd, invece, era andato a sciare a Denver, con la sua ragazza, promettendo di passare il Natale in famiglia.

A quell'epoca il piccolo Adam aveva ormai compiuto cinque mesi ed era un bel bambino sempre sorridente, con due dentini che già cominciavano a spuntare dalle rosse gengive. Brad non nascondeva più di essere pazzo per il nipotino e anche Pilar non faceva che coccolarlo appena possibile. Come al solito, Nancy osservò che era molto brava con il bambino; era una cosa che la stupiva sempre, dal momento che Pilar non aveva mai avuto figli.

« Semplice istinto, suppongo », rispose lei in tono scherzoso; con i ragazzi, sia lei sia Brad non avevano mai accennato ai loro progetti né ai tentativi che stavano facendo per avere un figlio. Era qualcosa di troppo importante, un segreto che non volevano dividere con nessuno. Pilar, poi, si sentiva sulle spine mentre attendeva di sapere se fosse rimasta incinta o no. Perfino la Festa del Ringraziamento passò in secondo piano.

Quella sera quando Nancy, Tommy e il bambino se ne andarono, provò un autentico senso di sollievo nel ritrovarsi sola — e subito si mise a parlare delle sue speranze che la fecondazione artificiale avesse funzionato.

« Vedremo », disse Brad, che aveva notato una strana espressione negli occhi di Pilar. Un'espressione che aveva risvegliato in lui lontani ricordi. Uno sguardo pigro, sonnacchioso... Ma non c'erano altri sintomi, e niente lasciava sospettare che qualcosa fosse cambiato. Finì perciò per concludere che anche lui, come Pilar, stava dando corpo alle speranze.

8

PER Diana e Andy, quell'anno, trascorrere la Festa del Ringraziamento fu addirittura un incubo. Del resto, ormai da tre mesi la loro esistenza era diventata un vero inferno e a volte Andy si domandava se sarebbe riuscito a sopravvivere in quella situazione. Con Diana era ormai impossibile comunicare, e gli era sempre più difficile sopportare la sua amarezza, l'odio, l'autocommiserazione. Perché adesso Diana odiava tutti e tutto, era sempre furiosa, irritata... Ce l'aveva con la vita e con il destino che le aveva inferto un colpo così crudele. Purtroppo, Andy non poteva far nulla per lei. E anche per lui la situazione non era facile, tanto che a volte si domandava se avrebbero resistito ancora per molto.

Le cose peggiorarono in ottobre, quando Bill e Denise annunciarono che aspettavano un figlio, concepito praticamente durante la notte di nozze. Diana rimase profondamente colpita, come se fosse un ennesimo scherzo del destino, e si rifiutò decisamente di continuare a frequentarli da quel giorno in poi, il che rese ancor più solitaria la vita di Andy.

Ormai Diana faceva di tutto per evitare anche le solite quattro chiacchiere con Eloise, non appena il discorso si orientava su altri argomenti che non fossero il lavoro. E aveva anche smesso di menzionarle il dottor Johnston. Eloise, da parte sua, si guardava bene dall'accennare a lui o a suo padre, perché ormai aveva capito che, dopo le visite dallo specialista, l'amica doveva essere rimasta traumatizzata da qualche brutta notizia.

Fra l'altro, Diana non voleva più vedere neppure gli altri amici e dopo un po' quasi tutti smisero di farsi vivi e di telefonare. Quando arrivò la Festa del Ringraziamento, c'era ormai il vuoto intorno a lei e ad Andy, che si ritrovarono praticamente isolati. Andy pensò che la vita non gli era mai apparsa più triste e vuota.

Come se tutto questo non bastasse, Diana aveva deciso di sprofondare ancora di più nell'abisso della disperazione accettando l'invito dei Goode a passare la Festa del Ringraziamento a Pasadena. Andy avrebbe voluto costringerla con la forza a rinunciarvi, ma Diana non se la sentì di farlo. Ormai erano le uniche persone che frequentavano, da mesi, ed erano le persone sbagliate.

« Per amor di Dio... mi vuoi spiegare perché hai accettato? » protestò, senza nascondere la sua disapprovazione.

« Perché quella è la mia famiglia! Che cosa ti aspetti che faccia... Devo spiegare che non vogliamo più vederli unicamente perché sono sterile? »

« Questo non c'entra affatto. La verità è un'altra: tutto diventa così difficile per te quando sei a casa dei tuoi! Le tue sorelle non fanno che chiederti se aspetti un bambino e poi, accidenti, ti sei dimenticata che Sam è incinta di sei mesi? Hai proprio bisogno di farti del male fino a questo punto? » O forse di fare male a tutti e due. Lo pensò, ma preferì non dirglielo.

« È sempre mia sorella. »

Ormai Andy si rendeva conto che non riusciva più a capire sua moglie; forse non l'avrebbe più capita nemmeno in futuro. Aveva la sensazione che sentisse la necessità di punire se stessa di continuo, con ogni mezzo, per ciò che le era successo. Anche se la cosa più tragica, in fondo, era che lei non aveva proprio fatto niente! Aveva semplicemente scelto la forma sbagliata di contraccettivo, molti anni prima, e adesso stava pagando un prezzo altissimo per questo. Non era colpa di nessuno. Pura e semplice sfortuna. Il che non significava che Diana fosse diventata un rifiuto della società, un essere inferiore!

«Secondo me, sarebbe meglio non andare.» Andy continuò a sollevare obiezioni fino al momento della partenza e cercò con ogni mezzo di convincerla ad annullare il viaggio. Ma lei si mostrò irremovibile. Appena arrivati, però, si rese conto dell'errore commesso. Gayle era di pessimo umore, aveva un brutto raffreddore e i bambini l'avevano fatta disperare tutto il giorno con i loro capricci. C'era anche stata un'aspra discussione con la madre, la quale si era permessa di farle osservare che, forse, una maggiore disciplina avrebbe potuto migliorare le cose. Come se questo non bastasse, perfino Jack non aveva preso le sue difese al momento opportuno. Così approfittò dell'arrivo di Diana per scaricare su di lei tutto il suo nervosismo e Andy si pentì una volta di più di avere accettato l'invito. La serata si prospettava piuttosto male.

«Grazie di essere venuta con un po' di anticipo ad aiutarci», esclamò Gayle in tono aggressivo, mentre Diana si stava ancora togliendo il cappotto. «Che cosa hai fatto nel pomeriggio? Ti sei curata le unghie o ti sei accontentata di un pisolino?»

«Per amor di Dio, mi vuoi spiegare perché sei così nervosa?» la rimbeccò subito Diana, in tono tagliente. Ma quando arrivò Sam, Andy soffocò un gemito. Non l'aveva più vista dalla festa del 4 di luglio e adesso sembrava addirittura la caricatura di una donna incinta! Gli bastò un'occhiata a sua moglie per rendersi conto che la vista di Sam l'aveva sconvolta.

«Gayle è seccata unicamente perché la mamma le ha detto che i suoi figli sono troppo sfrenati. E ha ragione. Anche i miei lo sono. E tu come stai?» domandò a Diana tenendo le mani intrecciate sull'enorme pancione.

«Sto bene», rispose Diana glaciale. «Quanto a te, basta guardarti!»

«Appunto. Una cicciona. Seamus dice che sembro una specie di Budda.» Diana abbozzò un sorriso e poi corse in cucina, a cercare la madre. La signora Goode stava molto bene, quell'anno, ed era felice di vedere la figlia. Come al solito era impegnatissima a organizzare tutto per tutti, felice di poterlo fare. Nei due mesi appena trascorsi era stata talmente occupata da non rendersi conto che a poco a poco Diana si stava lentamente staccando da lei. Era arrivata semplicemente alla conclusione che fosse molto impegnata in ufficio, ma vedendola notò qualcosa nei suoi occhi che non le piacque e si accorse subito che era terribilmente dimagrita.

« Sono felice che tu sia riuscita a venire », disse, perché era una gioia per lei avere intorno a sé tutte le figlie e i nipotini. Amava sempre la loro compagnia anche se, questa volta, aveva avuto quel violento battibecco con Gayle per convincerla a mostrarsi più severa con i bambini. « Stai bene, proprio bene? » le domandò.

« Sì, bene », si affrettò a rispondere Diana nella speranza che il discorso non si prolungasse. Adorava sua madre, ma non avrebbe avuto il coraggio di parlarle della laparoscopia né, tanto meno, dell'inferno che stava vivendo. Chissà, forse un giorno si sarebbe decisa a farlo. Ma al momento non si sentiva ancora preparata. Non trovava in sé la forza necessaria a raccontare, a chiunque, di essere sterile. Lo considerava un vero fallimento.

« Lavori troppo », la rimproverò la madre, augurandosi che quella strana espressione negli occhi di sua figlia fosse dovuta unicamente allo stress, mentre controllava la cottura del tacchino, dal quale saliva un profumino delizioso.

« A differenza delle sue sorelle », aggiunse il signor Goode entrando in cucina in quel momento.

« Gayle e Sam hanno molto da fare con i loro bambini », replicò subito la signora Goode, difendendo le figlie. Voleva bene a tutte e tre e sapeva che anche il marito provava per loro lo stesso affetto. Ma a lui piaceva intervenire nel discorso con commenti del genere, di tanto in tanto, ed era sempre stato affezionato a Diana in modo particolare. Anche lui si era subito accorto che aveva l'aria stanca e sembrava infelice. E si preoccupò.

« Come va la tua rivista? » domandò, come se la padrona fosse lei. E Diana sorrise.

« Bene. La tiratura è in continuo aumento. »

« È un bellissimo periodico. Ne ho vista una copia il mese scorso. » Era sempre pronto a elogiare tutto quello che lei faceva e a volte questo bastava a Diana per domandarsi perché si sentisse così male, così scontenta e inquieta. Ma adesso c'erano dei validissimi motivi. Aveva fallito proprio nella cosa che più di tutto contava per la sua famiglia. Avere figli.

« Grazie, papà. »

In quel momento entrò suo cognato, chiedendo quando la cena sarebbe stata pronta.

« Abbiate pazienza, figlioli », esclamò con un sorriso la suocera, e cacciò fuori tutti tranne Diana. « Sei proprio sicura di star bene, tesoro? » La guardò con aria ansiosa. Le sembrava non solo stanca ma anche pallida, e i suoi occhi avevano un'espressione di profonda angoscia, di infelicità totale, al punto che si domandò perfino se ci fosse qualcosa che non funzionava nel suo matrimonio con Andy.

Mentre si avvicinava lentamente alla sua secondogenita, pensò che era sempre stata una ragazza brillante, intelligente e molto coscienziosa. « Qualcosa non va? »

« No, mamma », mentì Diana, voltandole le spalle in modo che non si accorgesse che aveva gli occhi lucidi. « Sto bene. » Poi, per fortuna, la cucina fu invasa dai nipotini. Diana si affrettò a mandarli fuori e li riaccompagnò dalle loro madri, mentre Andy la osservava. E continuava a non piacergli l'espressione che aveva notato negli occhi di Diana già alla fine del pomeriggio. Era come se, a poco a poco, stesse morendo dentro, e cercasse qualcuno sul quale farne ricadere la colpa. A volte sembrava che tutta la disperazione che pesava sul suo cuore potesse esplodere e scaricarsi all'esterno. Purtroppo, ormai sapeva fin troppo bene che non esisteva alcun modo per aiutarla.

Il signor Goode recitò la preghiera di ringraziamento quando tutti si ritrovarono raccolti intorno alla tavola. Poi si sedettero. Diana era fra i due cognati mentre Andy, dall'altro lato del tavolo, aveva preso posto in mezzo alle sorelle. Gayle continuava a chiacchierare, costringendolo a prestarle attenzione; era una sua abitudine, anche se in genere non aveva mai argomenti di particolare interesse — le solite lamentele sui pochi soldi che i medici guadagnavano, e qualche velata allusione ai motivi per i quali lui e Diana non volevano ancora un figlio. Andy si limitò a mostrarsi d'accordo con lei, con molta gentilezza, anche se di tanto in tanto cercava di scambiare qualche parola con Sam, il cui unico argomento, invece, erano i bambini. Poi la conversazione si allargò e si passarono in rivista le novità del vicinato: chi si sposava, chi era morto, e chi aspettava un figlio. A metà del pranzo Diana li guardò a uno a uno, esasperata.

« Ma voi non sapete parlare di nient'altro? Soltanto di gravidanze e di parti? Ho la nausea a furia di sentirvi descrivere come sono nati i figli di questo e di quello, quante ore sono durate le doglie o quanti bambini hanno già... Bisogna proprio ringraziare il cielo che non scendiate addirittura nei particolari ginecologici... »

Suo padre le lanciò un'occhiata dal fondo del tavolo e poi si rivolse subito alla moglie, perplesso e vagamente preoccupato. A Diana doveva essere successo qualcosa di grave.

« Chi ha tirato fuori quell'argomento? » domandò Sam appoggiandosi allo schienale della seggiola e sorreggendosi la schiena con una mano. « Accidenti... se questo bambino non smette di scalciare... »

« Basta! » gridò Diana, scostando bruscamente la seggiola dal tavolo e alzandosi di scatto. « Non me ne importa niente se quel tuo fottutissimo pargolo ti fa saltar fuori i denti dalla bocca. Non sei capace di chiudere il becco per dieci minuti? » Sam la guardò allibita e poi, scoppiando in lacrime, si alzò e corse via. Ma a quel punto Diana aveva già il cappotto sulle spalle e si stava scusando con il padre e la madre: « Mi dispiace, mammina... mi dispiace papà... ma non ce la faccio più. Non riesco a sopportare tutto questo. Mi rendo conto che avrei fatto meglio a non venire. » Ma la sorella maggiore stava già attraversando la sala da pranzo con aria minacciosa. Arrivò nel vestibolo e andò a piantarsi di fronte a Diana con una tale espressione di rabbia sulla faccia che le fece tornare in mente il giorno in cui, quando studiavano ancora alle superiori, le aveva inavvertitamente mandato a fuoco il set di bigodini elettrici, nuovo di zecca, che le avevano appena regalato.

« Hai un bel coraggio a comportarti così in casa dei tuoi

genitori, sai? E a rivolgerti a tutti noi in questo modo! Ma chi accidenti credi di essere?»

«Gayle, ti prego... lascia perdere. Mi dispiace. Diana è sconvolta. Avremmo fatto meglio a non venire.» Andy cercò inutilmente di calmare le due donne. Nel frattempo Seamus si era precipitato a cercare Sam, che adesso singhiozzava nel bagno, per consolarla. I signori Goode erano allibiti vedendo le loro figlie litigare così, mentre i nipotini avevano ricominciato a fare i capricci e a correre per le stanze urlando e facendo confusione.

Ma Gayle non era disposta a cedere. Era furiosa con la sorella e aveva trovato il modo di scaricare l'invidia e la gelosia che da anni provava nei confronti di Diana. «Si può sapere perché diavolo è tanto sconvolta, mia sorella? La sua *professione*? La sua *carriera*? Sua altezza serenissima evidentemente si ritiene troppo importante e troppo intelligente per avere dei figli e vivere come noi, poveri mortali. No, lei è la donna in carriera, quella che si è laureata a Stanford. Be', volete sapere che cosa vi dico? A me non importa un cazzo. Mi hai sentito? E che cosa ne pensi di quello che ti ho appena detto, cara Donna In Carriera?»

«Vi saluto!» gridò Diana ai genitori mentre si allacciava la cintura del cappotto e rivolgeva ad Andy uno sguardo disperato. Aveva sentito, parola per parola, quello che sua sorella aveva appena finito di dire, ma preferì tacere. Capiva che avrebbe perduto anche quel minimo di autocontrollo che ancora le restava se avesse deciso di risponderle a tono. E non voleva arrivare a questo. «Mamma, mi dispiace», le gridò ancora, e si accorse che suo padre la stava osservando. Bastò l'espressione del suo viso per straziarle il cuore, ma purtroppo era troppo tardi per rimediare a ciò che aveva fatto. Suo padre la guardava come se si sentisse tradito da lei.

«Deve *dispiacerti*, eccome!» riprese Gayle mentre Sam, finalmente uscita dal bagno, li raggiungeva nel vestibolo.

«Guarda che bella Festa del Ringraziamento hai preparato a tutti!» continuò in tono sempre più accusatore. E aveva ragione, anche se in fondo erano state soltanto lei e Sam a provocare la scenata. Ma non poteva immaginarlo.

« Non dovevo venire », mormorò ancora Diana, con la mano sulla maniglia della porta. Andy le stava alle spalle.

« E per quale motivo non saresti dovuta venire, accidenti? Avresti fatto meglio a tenere la bocca chiusa! » insistette Gayle, acida. Fu in quel preciso momento che Diana ebbe la sensazione che qualcosa scattasse all'improvviso dentro di lei. Si voltò, attraversò di slancio il vestibolo e afferrò per il collo la sorella.

« Se non la smetti subito, ti ammazzo, ci siamo capite? Tu non sai niente di me, della mia vita, perché voglio o non voglio o magari non posso avere figli. Lo capisci questo, essere spregevole che non sei altro! Non hai un briciolo di sensibilità... non credevo che tu fossi così incredibilmente idiota... non ho figli perché sono sterile, cretina... adesso è chiaro, finalmente? Ci sei arrivata? Non posso avere figli. Dentro di me qualche cosa è andato alla malora anni fa, quando ho messo una spirale, e non l'ho mai saputo. Finalmente ti è entrato nel cervello, Gayle? Oppure preferisci continuare a parlare di quella carriera che per me non ha più nessun interesse? O di quella dannata casa che ormai è troppo grande per due persone che non avranno mai figli? O forse vuoi continuare a blaterare, raccontandoci la storia del bambino dei Murphy o dei gemelli dei McWilliam o magari possiamo anche accontentarci di stare seduti intorno al tavolo a guardare Sam che si massaggia il pancione? Buonanotte a tutti. » Si guardò attorno, osservando i volti sconvolti dei suoi familiari, e con la coda dell'occhio notò che la sorella minore e la madre erano scoppiate in lacrime. Soltanto Gayle rimase a guardarla a bocca aperta... Poi Diana si precipitò fuori per raggiungere la macchina. E Andy, con un'occhiata di scusa a tutti, le corse dietro.

La scena che si lasciarono alle spalle aveva qualcosa di incredibile e di grottesco, ma Diana continuò a ripetere che non gliene importava niente. Non più. Andy, da parte sua, stava convincendosi che in fondo quella sfuriata forse le aveva fatto bene. Diana aveva bisogno di esprimere ad alta voce il proprio dolore, di piangere, di urlare, di prendersela con qualcuno... e se non lo faceva con la sua famiglia, con chi doveva farlo? Anche se non era certo stato il modo migliore di festeggiare il Giorno del Ringraziamento...

Si voltò a osservarla con un sorriso durante il tragitto e si accorse che aveva gli occhi asciutti. « Vuoi fermarti in qualche posto a mangiare un sandwich ripieno di tacchino? » Era una battuta di spirito soltanto a metà... e Diana rise. Malgrado tutto non aveva perso completamente il suo senso dell'umorismo.

« Secondo te, dopo tutto quello che è successo c'è il rischio che io diventi pazza? » Era stato un periodo da incubo, quello appena attraversato... e forse potevano considerarlo chiuso!

« No, però sono convinto che tu debba trovare il modo di scaricare tutta l'angoscia che ti porti dentro. Che ne diresti se andassimo da uno psicanalista tutti e due? Magari ci aiuterebbe. » Già da qualche tempo stava pensando di andarci lui, più che altro per avere qualcuno con cui parlare della propria situazione. Purtroppo non riusciva più a comunicare con Diana, ma non sopportava l'idea di confidarsi con gli amici e di rivelare a tutti quello che stava succedendo in famiglia. Aveva cercato di accennare al suo problema con Bill, ma adesso che Denise era incinta si vergognava un po' ad affrontare un discorso del genere e spiegargli che Diana era sterile. Quanto ai suoi fratelli, erano tutti troppo giovani per essergli utili. Anche lui, come Diana, si sentiva isolato e depresso — un vinto, insomma. « Stavo pensando anche a una vacanza. »

« Non ho bisogno di vacanze, io », si affrettò a rispondere Diana, e lui scoppiò a ridere.

« Certo. D'accordo. Allora che ne diresti se stasera ti portassi a Pasadena... così potremmo riprendere la discussione tutti insieme? O magari preferisci aspettare Natale per il secondo round? Non dubito che le tue sorelle saranno ben felici di farti questo piccolo favore. Non so che cosa ne pensi tu », riprese poi serio, « ma quest'anno io non ho nessuna intenzione di passare il Natale a Pasadena. » E Diana fu costretta ad ammettere che non ne aveva voglia nemmeno lei.

« Non sono del tutto sicura di poter prendermi qualche

giorno di libertà. Bisogna che prima chieda in ufficio.» Per tanto tempo si era chiusa in se stessa, occupandosi esclusivamente dei propri problemi che adesso si sentiva in dovere di dedicarsi a fondo al lavoro.

«Prova. Forse ci basterebbe anche una sola settimana. Pensavo a Mauna Kea, alle Hawaii. Rischiamo di incontrare buona parte di quelli del network, ma quasi tutti preferiscono Mauna Lani. Sto parlando sul serio, Di.» Di tanto in tanto, durante il viaggio di ritorno a casa, lo osservò di sottecchi; e Diana si rese conto che Andy non era né infelice né disperato come lei. «Non credo che ci sia rimasto molto carburante e se non ci mettiamo subito d'impegno a fare qualche riparazione alle batterie, al motore o a quel che occorre, temo di non essere in grado di sopportare ancora per molto tempo questa situazione. Non so che cosa ne pensi tu. Io so soltanto una cosa: che siamo nei guai, e grossi.» Anche Diana lo sapeva, ma era rimasta troppo sconvolta al punto che non aveva nemmeno trovato la forza di cercare di stare vicino a lui. Era travolta dalla propria angoscia e non poteva fare niente per aiutarlo. Non era nemmeno convinta che una vacanza con Andy fosse una buona idea, ma cominciava a convincersi che la proposta di andare da uno psicanalista non fosse affatto da escludere.

«D'accordo, cercherò di farmi dare un permesso», mormorò senza grande entusiasmo. Ma Andy aveva ragione, lo capiva. Poi, mentre già imboccavano il viale di casa, si voltò a guardarlo con aria triste: «Andy, se vuoi liberarti di me... lo capirò perfettamente. Hai diritto a molto, molto di più di quello che io posso e potrò mai darti».

«No», le rispose lui, con gli occhi pieni di lacrime. «Io ho diritto a quello che tu mi hai promesso, per il meglio o il peggio, nella malattia e nella salute... finché morte non ci divida. Nessuno ha mai detto niente sulla possibilità che quest'impegno venisse cancellato qualora tu non avessi potuto avere figli. È una cosa terribile, sono d'accordo. E fa soffrire anche me, lo ammetto. Ma io ho sposato *te*... e amo *te*. E se non possiamo avere figli, non ha importanza. Questa è la nostra sorte. Chissà che un giorno non ci decidiamo ad adottarne uno; magari escogiteremo qualcosa d'altro; magari inventeranno qualche nuovo tipo di laser, qualcosa di fantastico, che potrà fare un miracolo. O forse non succederà niente di tutto questo... ma non mi interessa, Di... » Le prese le mani e piangendo mormorò: « Io mi accontento soltanto di riavere indietro mia moglie ».

« Ti amo », sussurrò Diana. Era stato un momento terribile per tutti e due, il peggiore della sua vita, e sapeva che non era ancora finito. Si sarebbe sentita disperata ancora per molto tempo e forse non sarebbe mai più stata la stessa donna di prima. Non lo sapeva, ancora. « La verità è che non mi riconosco più... a volte non so se sono sempre io... non so che cosa significa tutto questo... e perché mi rende così... » Il peso del fallimento continuava a opprimerla.

« Per il momento, ti rende soltanto una donna che non può avere figli, una donna che ha un marito che le vuole molto bene, una donna alla quale è capitato qualcosa di terribile, senza che se ne rendesse conto... ecco chi sei. La stessa persona di sempre. Niente è cambiato. L'unica cosa che è cambiata è una parte piccolissima del nostro futuro. »

« Come puoi definirla piccolissima? » Diana lo guardò di nuovo piena di rabbia; ma Andy le strinse le mani, più forte di prima, per costringerla a ritornare alla realtà.

« Smettila, Di. È piccolissima. E se avessimo avuto un figlio e fosse morto? Sarebbe terribile, ma né tu né io potremmo considerarlo la fine di tutto. Andremmo avanti, perché ci saremmo costretti. »

« E se non ne fossimo capaci? » gli domandò lei tristemente.

« Quali scelte ci rimangono? Rovinare due vite, distruggere un matrimonio felice? Che senso avrebbe tutto questo? Io non voglio perderti, Di. Abbiamo già perduto abbastanza, almeno a giudicare da come stanno le cose... ti prego... aiutami a salvare il nostro matrimonio... »

« Va bene... ci proverò... » mormorò lei, sempre con voce triste. Ma non sapeva nemmeno più da dove cominciare, per tornare a essere quella di una volta. Andy lo capì. Fra l'altro, perfino in ufficio il suo lavoro non era più di ottimo livello, come in passato, e Diana ne era consapevole.

« Tutto quello che devi fare, Di, è provare. Giorno per giorno, passo dopo passo, centimetro dopo centimetro... e chissà che prima o poi non ci arriviamo. » Si protese verso di lei e le sfiorò dolcemente le labbra con un bacio dopo aver pronunciato queste ultime parole. Non osava sperare niente di più. Era dal Labor Day che non facevano più l'amore; lui non si azzardava nemmeno più a tentare i primi approcci... Diana gli aveva detto che ormai non aveva alcun senso. Niente aveva più senso. La sua vita era finita. E invece, quella sera, a un tratto gli parve di intravedere in lei un barlume di speranza, una scintilla di vita.

La baciò di nuovo, poi l'aiutò a scendere dalla macchina ed entrarono in casa sottobraccio. Era la prima volta che ritrovavano quell'intimità che c'era sempre stata fra loro... la prima volta dopo mesi.

Andy provò una gran voglia di piangere tanto era il sollievo! Forse tutte le speranze non erano ancora perdute, forse ce l'avrebbero fatta! Anche se gli sembrava molto difficile. E in quel momento pensò che, dopo tutto, la Festa del Ringraziamento non era stata poi così orribile! Sorrise a Diana, aiutandola a togliersi il cappotto, e a quel punto fu lei a scoppiare in una risata ricordando la faccia di Gayle. Poi confessò ad Andy che sapeva di essere stata odiosa e insopportabile, ma che una piccolissima parte di lei... se l'era goduta un mondo!

« Probabilmente ha fatto bene anche a Gayle! » ridacchiò Andy, precedendo la moglie in cucina. « Vieni... perché non telefoni a tua madre per dirle che stai bene e sei sana e salva? Intanto ti preparo un panino imbottito di mortadella. Il piatto classico per un giorno di festa! »

« Ti amo », mormorò ancora Diana; e Andy la baciò di nuovo. Poi, lentamente, compose all'apparecchio il numero di casa Goode. Venne a rispondere suo padre; in sottofondo sentiva i bambini che facevano un chiasso terribile.

« Papà, sono io... scusami... »

« Sono molto preoccupato per te », le rispose subito lui, ed era sincero. « Sono angosciato, perché non sapevo né potevo immaginare quale fosse il dolore che ti tormentava. » La conosceva troppo bene per non rendersi conto che quell'esplosione di collera era stata provocata da tutta l'angoscia e l'amarezza che Diana aveva accumulato dentro di sé e il solo fatto di avere assistito alla scenata gli faceva provare una gran pena per la figlia e gli dava la sensazione di essere stato un fallimento come padre.

« Adesso mi sembra di stare bene. Mi sono ripresa. Chissà, forse quella sfuriata mi è stata utile. Però mi dispiace davvero tanto di avervi rovinato la Festa del Ringraziamento. »

« Per carità, non pensarci! » replicò lui sorridendo a sua moglie che stava arrivando dal fondo del vestibolo per sapere chi fosse al telefono. Tentò di farle capire che si trattava di Diana. « Hai dato a tutti un argomento nuovo di cui parlare. Anzi, devo dire che la scenata è stata un tocco di imprevisto nella solita festa di famiglia », proseguì in tono scherzoso, mentre la madre di Diana continuava a guardarlo con aria afflitta. Per fortuna la figlia si era decisa a telefonare! Lei aveva capito subito che qualcosa non funzionava, ma non immaginava di che cosa si trattasse. « Devi promettermi che mi telefonerai se avessi bisogno di me... o di tua madre, da oggi in avanti. Siamo d'accordo? »

« Te lo prometto », rispose Diana, con la sensazione di essere tornata bambina. Intanto si voltò a guardare il marito che, tolta la giacca e rimboccate le maniche della camicia, stava trafficando in cucina. E per la prima volta da molto tempo sembrava anche felice.

« Siamo a tua disposizione, tesoro, ogni volta che avrai bisogno di noi. » Gli occhi di Diana si riempirono di lacrime, come quelli di sua madre, nell'ascoltare queste parole.

« Lo so, papà. Grazie. E ti prego, di' alla mamma e alle ragazze che mi dispiace tanto. Vuoi essere così gentile, papà? »

« Certamente! Tu, piuttosto, abbi cura di te! » Aveva gli occhi umidi. Le voleva un bene infinito e non sopportava di saperla così addolorata.

«Certo, papà. Anche tu... ti voglio bene...» Poi, quando riattaccò, all'improvviso rammentò il giorno del suo matrimonio. Erano sempre stati molto vicini, lei e suo padre; lo erano ancora, anche se di tutta la sua tragedia non gli aveva mai detto niente. Però sapeva che avrebbe potuto farlo senza difficoltà, se lo avesse voluto. I suoi genitori sarebbero sempre stati lì, pronti a sostenerla, e adesso lo sapeva, ne aveva la sicurezza.

«Pronta per salame, *pastrami* o mortadella, insomma un bel sandwich con pane di segale?» le domandò Andy cerimonioso, presentandole un enorme piatto di panini imbottiti. Sembrava quasi che ci fosse qualcosa da festeggiare! E, in un certo senso, era vero. Si erano ritrovati, e non era poco. Avevano corso grossi rischi, ma avevano fatto in tempo a risalire la china. Buona Festa del Ringraziamento.

Charlie cucinò alla perfezione il tacchino per Barbie. Questa volta era lì, in casa, con lui. Non era uscita per andare chissà dove, né tanto meno era rientrata tardi. Si sentiva ancora in colpa al ricordo della famosa sera dell'anniversario. Eppure Charlie si stava rendendo conto, mentre sedevano a tavola, che qualcosa mancava fra loro. Era già un po' di tempo che aveva questa sensazione, forse da quel famoso fine settimana del Labor Day, quando Barbie era andata a Las Vegas — o forse prima ancora. Barbie era tornata eccitatissima, non aveva fatto che parlare degli spettacoli che aveva visto, degli amici che aveva ritrovato, e aveva insistito addirittura per farsi accompagnare a ballare. Di solito Charlie era troppo stanco per averne voglia. E poi, come ballerino, non valeva gran che. Ma contemporaneamente non gli era sfuggito che, di punto in bianco, Barbie aveva cominciato a lagnarsi in continuazione di tutto quello che non faceva per lei, del fatto che era troppo rigido e conformista, perfino del suo modo di vestirsi... e questo era davvero ingiusto, visto che non comprava mai niente di nuovo, per sé, ma solo e sempre per Barbie. Forse Mark aveva ragione, pensò Charlie: avrebbe dovuto impedirle quel viaggio a Las Vegas.

Inoltre, da quando era tornata in città, aveva anche preso l'abitudine di andare sempre fuori con le amiche, al cinema e al teatro; di tanto in tanto gli telefonava per avvertirlo che era troppo stanca per rientrare a casa e che si fermava a dormire da Judi. Lui non aveva mai protestato, ma la cosa non gli faceva piacere. Ne aveva addirittura fatto cenno a Mark, il quale gli aveva ripetuto ancora una volta che avrebbe fatto meglio a non allentare troppo le redini con Barbie, altrimenti se ne sarebbe pentito!

Charlie era sempre più convinto che se avessero avuto un bambino tutto sarebbe cambiato. Anche Barbie. Si sarebbe calmata. Non avrebbe più avuto tutta quella smania di andare a divertirsi, affascinata da un mondo falso e illusorio... e forse si sarebbe perfino decisa a rinunciare al suo sogno di diventare attrice! Da giugno non aveva più affrontato l'argomento, ma, senza che lei se ne accorgesse, aveva continuato a tenere conto dei giorni fecondi del suo ciclo mensile, e non era successo niente. Tornava sempre a casa con una bottiglia di champagne un paio di volte al mese e faceva sempre l'amore con lei in queste occasioni, cioè nei giorni più favorevoli per il concepimento. Se era un po' sbronza, Barbie regolarmente dimenticava di raccomandargli di prendere certe precauzioni. Purtroppo, malgrado tutto il suo impegno e i suoi sforzi, non era ancora rimasta incinta. Tanto che le aveva perfino domandato se avesse ricominciato a prendere la pillola, dopo che Mark gli aveva fatto venire questo dubbio; Barbie, meravigliata, aveva replicato chiedendogli se, per caso, voleva che lei la prendesse. Si era subito affrettato a spiegarle di aver semplicemente letto in un articolo che poteva essere pericolosa per le fumatrici. Poiché Barbie fumava, lui era preoccupato. Ma lei gli aveva assicurato che non la prendeva. Nonostante tutto questo, non era rimasta incinta.

Mark gli aveva fornito il nome dello specialista consultato da suo cognato, e Charlie aveva preso un appuntamento per una visita il lunedì successivo alla Festa del Ringraziamento. Ma cominciava a sentirsi angosciato. Ricordava ancora con imbarazzo una battuta di Barbie a proposito del fatto che lui non l'avesse messa incinta, nonostante lei fosse così poco attenta con i contraccettivi. E quindi aveva deciso di sottoporsi a qualche piccolo controllo privato.

« Questo tacchino è squisito », esclamò Barbie, e lui fu felice del complimento. Aveva preparato il ripieno e la salsa di mirtilli, il contorno di fagiolini, cipolline e patate dolci... e aveva comprato, come dessert, una stupenda crostata di mele. Che servì calda, guarnita di gelato di crema.

« Tu dovresti dirigere un ristorante », fu il commento di Barbie. E Charlie, raggiante, versò il caffè nelle tazze. Poi lei si accese una sigaretta; ma pareva assorta, mentre fumava, come se fosse lontana mille miglia con la mente.

« E adesso... mi vuoi dire a che cosa stai pensando? » le domandò suo marito con aria un po' triste. Gli sembrava sempre talmente bella... anche se negli ultimi tempi così distratta e distaccata. Come se a poco a poco si stesse allontanando da lui... E lui, pur rendendosene conto, capiva di non essere in grado di impedirlo.

« Niente di particolare... che cena favolosa... » gli sorrise, avvolta da una nuvola di fumo. « Sei sempre così buono con me, Charlie. » Ma era poco, troppo poco per lui. Non gli bastava.

« Cerco di esserlo. Tu sei tutto per me, Barb. » Ma lei si irritava quando le diceva cose del genere. Non voleva essere tutto per lui, come per nessun altro. Era una responsabilità troppo grossa e non si sentiva di accollarsela — soprattutto adesso. Meno che mai. « Io voglio soltanto che tu sia felice. » Barbie, invece, si stava domandando se sarebbe mai riuscita a essere all'altezza delle sue aspettative.

« Sono contenta », mormorò con voce quieta.

« Davvero? A volte non ne sono sicuro. Io sono un tipo piuttosto noioso. »

« No, non è vero. » Arrossì. « A volte io desidero troppo... » e gli rivolse un sorriso fra il malinconico e il malizioso « ... e perdo la testa, esagero... non prestarmi troppa attenzione. »

« Che cosa desideri, Barb? » Charlie sapeva quanto ambisse a diventare un'attrice famosa e sapeva che non voleva figli. Ma all'infuori di questo, non gli aveva mai parlato dei propri sogni, né a che cosa aspirasse per loro due. Sembrava semplicemente contenta di tirare avanti così, senza una meta precisa, giorno dopo giorno, lasciando che venissero soddisfatte le sue esigenze più immediate. Pareva che non pensasse mai al futuro.

« A volte non sono nemmeno sicura di quello che voglio. Forse è proprio questo il mio problema », finì per confessare. « Voglio fare carriera come attrice... voglio tanti amici... voglio la mia libertà... voglio una vita brillante, divertente... »

« E io? » domandò Charlie con una punta di tristezza. Barbie non aveva fatto alcun cenno a lui e la domanda la fece arrossire.

« Naturalmente voglio anche te. Siamo sposati, sì o no? »

« Davvero? » le domandò lui in tono significativo, e Barbie tacque. Poi fece cenno di sì.

« Certamente. Non essere sciocco. »

« Che cosa significa il matrimonio per te, Barb? Mi sembra che non si possa conciliare con nessuna delle cose che hai appena menzionato. »

« Perché no? » Ma se ne rendeva conto anche lei. Era vero. Però, al momento, non era ancora pronta ad affrontare questo fatto — come non era del tutto convinta che fosse pronto Charlie stesso.

« Non so, non riesco a considerare la libertà, la vita brillante, l'ammirazione, come sinonimi di matrimonio, anche se suppongo che potrebbero esserlo, se tu ti mettessi d'impegno. Credo che tu possa fare tutto quello che vuoi, basta che tu sia disposta a farlo. » Intanto la stava osservando. Spenta una sigaretta, Barbie se n'era subito accesa un'altra. Avrebbe voluto domandarle se era felice con lui, ma non ne ebbe il coraggio. Aveva paura della risposta. E continuando a guardarla si ripeté che, se avessero avuto un figlio, tutto sarebbe stato diverso. Un bambino sarebbe stato proprio quell'elemento di coesione necessario a tenerli uniti per sempre.

9

Mark concesse a Charlie un giorno di permesso e lui partì in macchina per Los Angeles il lunedì dopo la Festa del Ringraziamento. Non disse niente a Barb la quale, proprio quel giorno, doveva presentarsi in un'agenzia per il provino di una pubblicità di costumi da bagno e quindi non si accorse nemmeno che lui, uscendo di casa, era molto nervoso e si era messo il suo abito migliore. Era in bagno a farsi la messa in piega e a limarsi le unghie e teneva la radiolina a tutto volume. Prima di andare via, Charlie le gridò un saluto al quale lei non rispose. Durante il viaggio in macchina verso Los Angeles, non fece che riflettere sulle proprie preoccupazioni. Intuiva, per quanto strano potesse sembrargli, che stava rischiando di perdere sua moglie. Barbie non gli aveva detto niente, ma ormai era sempre più distaccata, lontana! Si era ancor più chiusa in se stessa, più egocentrica che mai. Anche se lui sapeva che non lo faceva per cattiveria, tuttavia gli complicava terribilmente l'esistenza. Aveva cominciato a dimenticare gli impegni che prendevano, gli appuntamenti con gli amici, lasciava in giro, dappertutto, i suoi barattoli, i suoi tubetti di creme e cosmetici; la loro camera da letto sembrava un campo di battaglia disseminato da reggiseni e collant; biancheria e vestiti di ogni genere erano buttati a casaccio qua e là. Era uno schianto di ragazza, Barbie, e lui continuava a esserne follemente innamorato; ma adesso si rendeva conto che Mark aveva ragione. L'aveva viziata e coccolata anche troppo! Non si aspettava che Barbie gli facesse un piacere, non le chiedeva mai niente, non esigeva nemmeno uno spicciolo del denaro che lei guadagnava con quei lavoretti di pubblicità, e lei ne approfittava per spenderli in vestiti quando usciva a far spese con Judi. Quanto al sogno di avere un figlio da lei, non si faceva illusioni. Barbie non aveva nessuna intenzione di accontentarlo. Disgraziatamente, anche il famoso progetto di farla rimanere incinta fino a quel momento era fallito miseramente. Comunque, di lì a poco ne avrebbe conosciuto il motivo e sarebbe stato perciò possibile provvedere all'eventuale riparazione del meccanismo che poteva essersi guastato. Ridacchiò tra sé mentre parcheggiava in Wilshire Boulevard: Barbie, stai in guardia!

Entrando nello studio del dottor Peter Pattengill rimase piacevolmente sorpreso trovando un ambiente rilassante e accogliente. Stanze piene di piante fiorite, un arredamento in cui predominavano le tinte brillanti e, alle pareti, stampe dai colori vivaci. Sembrava un posto allegro, non come certi uffici in cui bisogna sempre parlare a bassa voce. Quindi si sentì enormemente sollevato mentre dava all'infermiera il proprio nome. Nessuno gli aveva spiegato che cosa dovesse aspettarsi né immaginava, neppure lontanamente, che cosa avessero intenzione di fargli o se gli sarebbe toccata la stessa sorte del cognato di Mark, con i cubetti di ghiaccio negli slip. Sorrise, ripensandoci, mentre fingeva di sfogliare qualche rotocalco; a dire la verità, non riusciva a concentrarsi su niente. Finalmente sentì chiamare il proprio nome e venne introdotto nello studio dello specialista. Il dottor Pattengill era seduto alla scrivania e si alzò subito con un cordiale sorriso. Era di altezza media, con le spalle larghe, i capelli neri e gli occhi scuri dall'espressione gentile e saggia. Doveva avere da poco superato la quarantina, indossava una giacca di tweed e una cravatta a colori brillanti. Prima ancora che aprisse bocca, Charlie si rese conto che lo trovava simpatico.

«Sono Peter Pattengill, signor Winwood.» Charlie, dopo essersi presentato, lo pregò di chiamarlo per nome. Pattengill, da parte sua, lo invitò ad accomodarsi e gli domandò se gradiva una tazza di caffè. Ma Charlie, troppo nervoso per bere qualsiasi cosa, rifiutò. Sembrava terrorizzato e giovane, troppo giovane per essere uno dei suoi pazienti — fu la riflessione di Pattengill, che faceva l'urologo ed era uno specialista di genetica. « In che cosa posso esserle utile? »

« Ecco, veramente non lo so nemmeno io con sicurezza. » Charlie gli fece un sorriso, un po' esitante, mentre il dottore lo guardava con attenzione e simpatia. « Non sono del tutto sicuro di quello che fate, qui... a parte il fatto che ho sentito parlare di certi slip con i cubetti di ghiaccio dentro... » diventò rosso come un papavero mentre Peter Pattengill sorrideva.

« Sono molto utili. Ma devo ammettere che, almeno al primo momento, può sembrare un po' buffo ai nostri pazienti. Abbassano la temperatura dei testicoli, e questo aumenta la fertilità. » Mentre gli rispondeva, aprì una cartella clinica che aveva sulla scrivania, e prese in mano la penna. Poi tornò a guardare Charlie: « Perché non cominciamo ripercorrendo tutta la sua storia, signor Winwood?... anzi, Charlie. »

E gli fece una serie di domande sulle malattie gravi o croniche che poteva avere avuto — le malattie veneree, gli orecchioni — e Charlie rispose sempre facendo cenno di no con la testa.

« In questo periodo, lei e sua moglie state cercando di concepire? » gli domandò anche, in modo da chiarire se fosse quello il motivo per cui Charlie era venuto da lui. Era talmente timido che non aveva ancora osato spiegarglielo.

« Sì... be', io almeno. »

Il sorriso di Peter si accentuò mentre si abbandonava contro lo schienale della poltroncina e fissava Charlie con maggiore attenzione. « Forse, a questo punto, è bene che le faccia un discorsetto piuttosto serio », gli rispose in tono garbatamente scherzoso. « Si tratta di un'attività che coinvolge *due* persone. Non è un tipo di sport che si possa praticare da soli. » Charlie si mise a ridere e proseguì spiegandogli la sua situazione.

« La verità è che a lei non interessa in modo particolare rimanere incinta. A me, sì. »

« Capisco. E usa qualche tipo di contraccettivo? » Per un momento Peter Pattengill smise di scrivere.

« Veramente no, se riesco a farla sbronzare quel tanto che basta. » Di colpo, Charlie si rese conto che non era una confessione che gli facesse onore! Ma nello studio di uno specialista di quel genere, non poteva che essere onesto. Anzi, doveva esserlo.

« Mi sembra un progetto piuttosto impegnativo! »

« Sì, infatti. E capisco che possa fare brutta impressione, descritto a questo modo, però... sono sicuro che lei sarebbe felice di avere un bambino, e gli vorrebbe un bene dell'anima... se potessimo concepirlo. »

« Forse dovrebbe fare un discorsetto anche a sua moglie. Con la sua collaborazione, forse le cose potrebbero andare un po' meglio! »

« Be' sono andate già abbastanza bene... a parte il fatto che, almeno fino a questo momento, non è successo niente. »

« Anche lei, Charlie, si sbronza? » E lo specialista gli lanciò un'occhiata sospettosa; non si poteva nemmeno escludere la possibilità che il ragazzo di fronte a lui fosse un po' matto. Ma Charlie scrollò la testa con aria solenne, come uno scolaretto colto in fallo.

« No, io no. Ed è uno scherzo vergognoso quello che le faccio, lo so! Ma continuo a essere convinto che un giorno sarà felice, se resterà incinta. Ma finora non è capitato, e io volevo semplicemente assicurarmi di non avere niente che non funziona... mi capisce... forse basterebbe contare i miei spermatozoi... » A parte il fatto che Charlie non sapeva nemmeno in che modo una cosa del genere si potesse fare.

L'urologo sorrise di fronte a tanta ingenuità. Bisognava procedere per gradi e c'erano ancora parecchi passi da fare prima di arrivare a quel punto; però cominciava ad avere un quadro più completo della situazione. « Da quanto tempo siete sposati? »

« Da diciassette mesi. Ma confesso di non aver mai prestato veramente attenzione a certe cose, voglio dire al suo ciclo mensile... fino a cinque mesi fa, ma anche questo non ha fatto nessuna differenza. »

« Capisco. » Il medico prese un appunto sulla cartella clinica e poi guardò di nuovo Charlie con aria rassicurante. « Non è moltissimo. Spesso per ottenere il concepimento ci vuole un anno, o perfino due. Non è escluso che le sue preoccupazioni siano inutili. Tra l'altro, la gravidanza non è mai semplice se la partner non è disposta ad accettarla. Anzi, confesso che per me è piuttosto insolito parlare con una sola metà della coppia. Perché mi fornisce solo la metà delle informazioni che mi occorrono. Il problema, qualora esista, potrebbe riguardare sua moglie. »

« Ho pensato che se dai controlli fosse risultato che tutto andava bene per me, forse, nel giro di qualche mese, avrei potuto riprendere il discorso con mia moglie e convincerla a venire qui a farsi vedere. » Non riusciva a immaginare nemmeno lontanamente come avrebbe potuto ottenere qualcosa del genere da Barbie. Ma questo era il primo passo e gli pareva che avrebbe potuto eliminare molti dei suoi dubbi e delle sue angosce. « Lei trova un po' strano non rimanere incinta anche quando facciamo l'amore senza usare un contraccettivo. È quello che ha detto un giorno, e da allora in poi le sue parole mi sono sempre rimaste impresse nella memoria. E mi hanno torturato. »

« Sua moglie non è mai rimasta incinta prima? »

« No, non credo », rispose Charlie con sicurezza.

« Bene, allora cominciamo. » Il dottore si alzò e Charlie lo imitò. Si presentò un'infermiera, che lo condusse in un ambulatorio dove le pareti erano ravvivate da incisioni astratte a vivaci colori, e il soffitto era a lucernario. Gli mise in mano una fialetta, e gli indicò un fascio di riviste, fra le quali *Playboy* e altre che lui non aveva mai sentito nominare.

« Ci occorre un po' del suo liquido seminale, signor Winwood », gli spiegò in tono gentile. « Faccia tutto senza fretta, e quando è pronto perché possiamo venire a ritirarlo, schiacci quel pulsante. » Charlie la fissò sbalordito e rimase a guardare la porta che si richiudeva senza sapere esattamente che cosa fare. A dire la verità lo sapeva, ma non riusciva ancora a crederci. Che tono distaccato! Ecco, qui c'è la fialetta, su, da bravo, ci dia quello che ci occorre. D'altra parte, era anche vero che lui era venuto lì per ottenere una risposta a tutti i suoi interrogativi. Si mise a sedere sospirando, si abbassò i calzoni e allungò la mano verso uno dei rotocalchi... sentendosi un vero imbecille. Dopo un po' suonò il campanello per chiamare l'infermiera. Aveva aspettato molto più del necessario, ma gli era sembrato opportuno avere il tempo di scaricare l'eccitazione completamente, e di calmarsi. Infatti, quando la donna si ripresentò, cercò di darsi un tono, di mostrarsi disinvolto. E lei portò via la piccola fiala senza commenti, con molta discrezione.

Quasi subito tornò il dottor Pattengill, per controllare se Charlie soffrisse di varicocele, un'altra causa frequente di sterilità. E infine arrivò un tecnico di laboratorio per un prelievo del sangue. Era necessario verificare il livello degli ormoni e inoltre fare un'analisi e una coltura con il liquido seminale; nel giro di pochi giorni avrebbero avuto qualche informazione da fornirgli. Nel frattempo, comunque, l'urologo si mostrò molto rassicurante e ripeté più volte a Charlie che non c'era nessun motivo di preoccuparsi e che si augurava che si fosse fatto solo delle idee sbagliate per niente. In fondo, aveva il vago sospetto che quel ragazzo fosse soltanto un po' troppo ansioso e impaziente.

Del resto Charlie gli era sembrato una persona sana e quindi si augurava di cuore che non esistessero problemi di nessun genere. Gli chiese di fissare un appuntamento per la settimana successiva e di ricordare, in quell'occasione, di portare con sé una piccola fiala di altro liquido seminale fresco. Poi lo lasciò.

Quando Charlie si ritrovò fuori, a respirare con piacere l'aria frizzante, scoprì di sentirsi immensamente sollevato all'idea di quello che aveva fatto. Il dottor Pattengill gli era piaciuto, anche se il solo fatto di dover parlare con lui lo aveva innervosito in modo terribile. Gli avevano dato una fialetta da portare a casa per raccogliervi il liquido seminale necessario per la seduta successiva, e il solo pensiero di ciò che questo poteva sottintendere e la prospettiva di quanto potevano dirgli era tutt'altro che piacevole.

Dopo essere rientrato a casa, si affrettò a telefonare a Mark e a ringraziarlo per avergli fornito il nome dello specialista.

« Com'è andata? Tutto okay? »

« Finora, tutto bene; e lui è un tipo proprio simpatico. »

« Ha decretato che sei sano come un pesce? » gli domandò Mark preoccupato. Charlie gli sembrava un ragazzo sano, ma... chi poteva sapere qual era la verità, in casi del genere? Anche suo cognato era un pezzo d'uomo, con una salute di ferro.

« Non ancora. Devo aspettare i risultati degli esami e delle analisi. La prossima settimana. »

« Ti hanno già fatto mettere quei famosi slip con il ghiaccio? » gli domandò Mark in tono scherzoso e Charlie scoppiò in una risata mentre si sdraiava sul divano liberandosi con un calcio delle scarpe. Si sentiva letteralmente esausto.

« Chissà... forse me li daranno la settimana prossima. »

« Mi auguro proprio di no. Te la caverai, ragazzo. E andrà tutto per il meglio. Credi a quello che ti dice un vecchio amico. Io me ne intendo di queste cose. Ci vediamo domani », concluse Mark in tono rassicurante.

« Grazie, Mark... grazie di tutto. »

« Per carità, sempre a tua disposizione. »

Riprendendo il lavoro, Mark sperò con tutto il cuore che ogni cosa andasse nel modo migliore per Charlie. Era un gran bravo ragazzo e, secondo lui, meritava di veder realizzato il suo grande sogno.

« Bene, e qual è il risultato? » le domandò Brad ansiosamente, mentre lei faceva il solito test. Era né più né meno come quello che eseguiva ogni mese per il controllo dell'aumento dell'ormone al momento dell'ovulazione.

« È troppo presto, non lo so. Ci vuole ancora un po' di tempo. » Stava controllandolo con il cronometro, e Brad era fuori della porta del bagno. « Vattene. Mi fai diventare nervosa. »

« Io non mi muovo di qui. » E le sorrise. « Voglio sapere se quella specie di spennellatura che ti hanno fatto, come a un tacchino, ha funzionato. »

« Sei disgustoso. » Ma moriva anche lei dalla voglia di saperlo. Non riusciva quasi più a resistere... ancora sessanta secondi... cinquantacinque... quaranta... il test stava quasi per completarsi e niente era cambiato, poi lo vide... quel bell'azzurro vivo. Significava che le sue speranze si erano realizzate... il miracolo era avvenuto... Alzò gli occhi e guardò Brad con le lacrime agli occhi. Anche lui aveva visto il risultato. Pilar era incinta. « Oh, mio Dio! » Poi, di colpo, si sentì angosciata. « E se fosse un falso positivo? Mi pare che a volte possa succedere. »

« No, non lo è. » Sempre sorridendo, Brad le andò vicino e la prese tra le braccia. Non aveva mai pensato che la loro esistenza potesse cambiare fino a questo punto. Non si era mai aspettato di essere tanto innamorato di una donna... e di un bambino. « Ti amo, Pilar... tu sapessi quanto », mormorò chiudendo gli occhi e stringendola al cuore. Quando Pilar sollevò la testa a guardarlo, aveva le guance rigate di lacrime.

« Non riesco a crederci. Mai e poi mai avrei pensato che funzionasse. Tutte quelle pastiglie, e gli ultrasuoni... e quella ridicola camera con le videocassette e le riviste pornografiche... »

« Non credo proprio che sarà opportuno raccontare al bambino tutte queste cose, quando sarà diventato adulto. Penso sia meglio saltare tutta questa parte e raccontargli semplicemente che è successo in una notte di luna e che eravamo molto innamorati. Da parte mia, credo che lascerò perdere anche le spennellature di grasso al tacchino. »

« Sì, forse hai ragione tu! » Pilar scoppiò a ridere mentre tornavano in camera. Poi, improvvisamente, Brad provò un desiderio spasmodico di lei, quasi per far diventare suo quel bambino ancora più di quanto già non fosse.

L'attirò lentamente sul letto accanto a sé e la baciò a lungo, appassionatamente, accarezzandole i seni che erano appena un poco più turgidi del solito. Se n'era già accorto da qualche giorno ed era stato per quello che aveva avuto il sospetto che Pilar fosse incinta.

Rimasero sdraiati così, vicini, a lungo e Pilar si accorse di desiderare appassionatamente suo marito. Ma, dopo, si sentì piena di rimorsi. « Secondo te, è male per il bambino? » gli domandò con un vago senso di colpa, ma finalmente placata e soddisfatta.

« No, affatto. » La voce di Brad era calda, sensuale... Pilar gli passò lentamente la mano sul petto, e poi scese più giù, verso quella parte di lui che le dava sempre un piacere infinito. « Essere incinta è una cosa assolutamente normale. »

« Ah, sì! » esclamò in tono vagamente beffardo. « Se è così normale, mi vuoi spiegare come mai non è stato per niente facile? »

« A volte le cose belle non lo sono. Non è stato facile nemmeno conquistare te. » La baciò di nuovo e soltanto allora presero la decisione di alzarsi e di fare colazione. Poi tornarono sulla terrazza, in calzoncini e maglietta. Era una stupenda giornata di dicembre. Il loro bambino sarebbe nato nell'agosto successivo.

« Chissà Nancy quando lo saprà! » esclamò Pilar con una risatina mentre si serviva una seconda porzione di uova strapazzate. All'improvviso si sentiva morire di fame. « Credi che rimarrà muta per la meraviglia? » E la risatina si trasformò in una serie di risate scroscianti. Anche Brad rideva, adesso. Non erano mai stati tanto felici.

« Penso che, probabilmente, sarà proprio quella la sua reazione. Perché tu sei la donna che, per anni, non ha fatto che raccontare a tutti di non desiderare figli. E adesso avrai un mucchio di spiegazioni da dare, e a molta gente, mia cara. » Per non parlare di quello che avrebbe detto sua madre. Pilar, a ogni modo, ci era abituata. L'unica persona a cui davvero desiderava dare la notizia era Marina. Sapeva quanto sarebbe stata contenta per lei e che le avrebbe dato immediatamente tutto il suo appoggio. « Ai ragazzi, potremmo dirlo a Natale », riprese Pilar con un sorriso luminoso.

Brad le sorrise e si domandò se non fosse più opportuno aspettare, più che altro per assicurarsi che tutto andasse bene. Ma preferì non allarmarla. Per fortuna Pilar tornò dalla dottoressa Ward il giorno successivo e si sentì rispondere che tutto procedeva a meraviglia. Aveva il permesso di lavorare, di giocare a tennis, di fare l'amore, senza mai eccedere in niente, logicamente, ma doveva anche riposare molto e seguire una dieta sana. In ogni caso, Pilar aveva sempre fatto una vita sana e adesso già si riprometteva di continuare con il lavoro fino all'ultimo momento. Poi si sarebbe presa qualche mese di libertà, prima di ritornare in ufficio. Non riusciva a immaginare di rinunciare al lavoro, oppure di rimanere a casa più del poco tempo che sarebbe stato assolutamente necessario.

Aveva già fatto i suoi progetti con molta precisione. Fino al giorno in cui non avesse deciso di tornare in studio, riprendendo il lavoro con i suoi partner, si sarebbe occupata personalmente del bambino; poi avrebbe cercato una brava ragazza *au pair* che se ne prendesse cura con affetto e attenzione. Verso la fine di marzo o i primi di aprile era già stata fissata una amniocentesi per controllare che il bambino fosse sano dal punto di vista genetico. Era un esame necessario per rilevare eventuali problemi, come la spina bifida o la sindrome di Down. E le avrebbero anche comunicato il sesso del nascituro, se voleva conoscerlo, come lei infatti desiderava. Ogni volta che si dedicava agli acquisti natalizi, adesso, comprava qualche piccola cosa anche per il bambino; un giorno, nel grande magazzino Saks, ordinò una carrozzina all'inglese, con il mantice blu scuro, completata da un'elegante cestino smaltato di bianco.

« Insomma, ti stai preparando o no? » Brad la prendeva in giro. Pilar era talmente eccitata al pensiero del futuro figlio che le sembrava impossibile riuscire ad aspettare pazientemente fino ad agosto. Durante il pranzo natalizio, in ufficio, diede l'annuncio alla sua segretaria e agli altri soci, che non le nascosero il loro stupore. E Pilar rise felice davanti alla loro espressione sbalordita.

« Siete sorpresi, vero, gente? »

«Immagino che starai scherzando, o mi sbaglio?» I suoi soci non riuscivano a crederci. Pilar era sempre stata pronta a difendere a spada tratta la causa femminista e aveva appoggiato con entusiasmo, fin dal principio, la legalizzazione dell'aborto in California. Che cosa le era successo? Forse la menopausa? O la crisi della mezza età?

«No, credo che sia il matrimonio», confessò lei. «Non so... il fatto è che un bel giorno ho cominciato a pensare che sarebbe stato molto triste se non avessimo avuto un figlio.»

«Fortunata che non sia stato troppo tardi», mormorò con aria quieta la sua segretaria. Quando lei aveva quarantun anni, le era morto il marito; due anni più tardi aveva sposato l'uomo della sua vita e avevano cominciato a desiderare ardentemente un figlio. Nessuno dei due ne aveva mai avuti, prima, e avevano tentato di tutto per concepirne uno. Purtroppo, niente aveva funzionato. E suo marito era assolutamente contrario all'adozione.

Alice e Bruce si congratularono con lei, e Marina esultò quando le venne data la grande notizia.

«Mi sento talmente fortunata!» mormorò Pilar. «In fondo, non ero nemmeno convinta che sarebbe successo, anche quando avevamo ormai preso una decisione positiva. È un tale miracolo quando succede! Quando si è giovani, non si pensa che sia così difficile. Si va a letto con un uomo... e si rimane gravide. Quando si hanno quindici anni e tutto questo si fa magari sul sedile di un'auto, puoi stare sicura che resti incinta. Dopo, niente è più altrettanto certo. Si fa ogni tipo di esame, si fa l'amore alla data giusta, e nel migliore dei casi si ha soltanto una possibilità dell'otto per cento di concepire. È un miracolo che a qualche donna succeda veramente!» E sorrise. A lei era successo. E si sentiva emozionata e felice. A tutti confermò che pensava di continuare a lavorare fino alla fine e la notizia fu accolta con soddisfazione. Erano felici per lei. Pilar Coleman adesso aveva tutto quello che desiderava.

A differenza di Charlie Winwood il quale, seduto davanti al dottor Pattengill, lo stava fissando incredulo. Si era appena sentito spiegare che il conteggio degli spermatozoi era risultato poco al di sotto dei quattro milioni. Per cinque secondi Charlie aveva pensato che fosse un'ottima notizia, ma poi il dottore gli aveva tolto ogni illusione.

« Quaranta milioni è il minimo, per una capacità procreativa normale, Charlie. » Lo stava guardando con aria grave, ansioso di confortarlo. « Quattro milioni è un numero molto, troppo basso. » Per quanto lo riguardava, poi, la concentrazione degli spermatozoi era risultata inferiore a un milione per millilitro — il che significava il cinque per cento di quello che in realtà sarebbe dovuto essere. Inoltre, meno del due per cento aveva una certa motilità, e purtroppo mostrava una lentezza addirittura impressionante.

« Si può fare qualcosa per aumentare almeno un po' la percentuale? » chiese Charlie, cercando di sorridere. Anche l'urologo sorrise.

« Forse gli ormoni. Ma può anche darsi che il livello rimanga ancora troppo basso. E non sono del tutto sicuro che lo si possa far aumentare, anche se non mi dispiacerebbe eseguire un secondo controllo prima di procedere con un'eventuale terapia. » Charlie gli aveva consegnato la seconda fiala, come gli era stato richiesto. « Effettuiamo un altro controllo adesso, e uno la settimana prossima. E mentre aspettiamo i risultati, sarebbe utile qualche ulteriore analisi. Per esempio il test glicemico, per un controllo del fruttosio. Visto il basso volume di sperma, potremmo anche trovarci di fronte a un dotto bloccato, e questo servirebbe a darci un'indicazione. »

« E se è bloccato? » domandò Charlie, mentre impallidiva sotto le lentiggini. No, questo non se lo era aspettato... quindi Barb aveva ragione. Un motivo esisteva se lei non rimaneva incinta. Troppo pochi spermatozoi.

« Se esiste un blocco di questo genere, esistono anche svariate possibilità; potremmo fare una biopsia testicolare, oppure un vasogramma. Ma è meglio aspettare e dubito che dovremo arrivare a questo. Però vorrei fare anche un esame con una soluzione colorata, in modo da capire per quale motivo gli spermatozoi si muovono così poco. E poi il test del criceto.» Sorrise. «Probabilmente ne avrà già sentito parlare. Pare che chiunque abbia un conoscente con un problema di sterilità sappia di che cosa si tratta.»

«No, temo di no.» Che cosa gli avrebbero fatto adesso?

«Utilizziamo un uovo di criceto e lo fecondiamo con il suo sperma. In realtà si potrebbe definire un assaggio di penetrazione dello sperma. Ma se l'uovo di criceto viene fecondato, la capacità fecondativa del suo sperma può esser corretta; in caso contrario potrebbe essere indice di un problema grave.»

«Da bambino, non ne ho mai avuti», disse Charlie con aria triste, e il medico gli rivolse un sorriso comprensivo.

«La settimana prossima ne sapremo molto di più.»

Ma per Charlie la settimana che precedette il Natale fu la peggiore della sua vita. Tornò dal dottor Pattengill, il quale pronunciò quella che al giovane parve una vera e propria condanna a morte per il suo matrimonio. Il secondo conteggio degli spermatozoi era risultato ancora peggiore del primo, e il terzo più deprimente ancora. In un caso, poi, il conteggio era sceso praticamente a zero e la motilità degli spermatozoi era modesta, mentre non esisteva alcun dotto bloccato che potesse fornire una spiegazione del ridotto volume del liquido seminale. Anche il test con il criceto si era concluso con un disastro. La femmina non era rimasta incinta, ma Pattengill — visto che si era partiti da una situazione così poco felice — non se n'era affatto meravigliato. In ogni caso non esisteva alcuna terapia possibile. Se il suo livello ormonale fosse stato più alto, forse si sarebbe potuta prendere in considerazione la possibilità di una cura a base di clomifene, e dal momento che non esisteva alcun blocco a qualche dotto, non esisteva nemmeno un tipo di intervento chirurgico appropriato. «Sarà costretto a pensare ad altre alternative per la sua famiglia», gli disse con delicatezza l'urologo. «Con questo conteggio dello sperma, è praticamente impossibile rendere feconda qualsiasi donna. Mi dispiace moltissimo.»

«Non esiste proprio nessuna possibilità per me?» La voce di Charlie si levò tremula e stridula nello studio del medico.

Improvvisamente ebbe quasi l'impressione di sentirsi soffocare. Per la prima volta da anni, gli parve di nuovo di soffrire dell'antica forma di asma.

«Nessuna, praticamente.» Per lui era una sentenza di morte e in quel momento si pentì quasi di avere consultato Pattengill. D'altra parte, forse era meglio sapere tutta la verità piuttosto che continuare a sperare.

«Niente che io possa fare, dottore? Nessuna terapia, nessuna medicina?»

«Vorrei che ci fossero, Charlie. Ma lei è vicinissimo a quello che noi definiamo un conteggio degli spermatozoi praticamente zero. Non può avere un figlio. Però può adottarne. Se sua moglie è disposta, può perfino prendere in considerazione la possibilità di un donatore di sperma, e farla fecondare artificialmente. A questo modo potrete seguire insieme tutto il procedimento fino al momento della nascita. È un sistema che funziona, per certe persone. Ma potreste anche decidere di non avere figli. Ci sono coppie felicissime di questa soluzione. Consente di avere più tempo per se stessi, di rimanere più uniti; evita, in un certo senso, molti stress che sono legati alla presenza dei figli in un matrimonio. Perfino i figli propri, non quelli adottati, possono creare pressioni gravissime in una vita matrimoniale. Penso che dovrebbe parlarne con sua moglie ed esaminare tutte queste serie di opzioni. In ogni caso, possiamo anche offrire una consulenza in modo da aiutarvi a trovare la soluzione più adatta», concluse in tono gentile.

Magnifico. Charlie era rimasto immobile a guardare con aria stralunata fuori della finestra. *Salve, Barb, be', oggi ho scoperto che sono sterile, quindi non devi più preoccuparti di avere bambini... Che cosa abbiamo per cena?* Sapeva che lei non avrebbe mai accettato di adottare un figlio, tanto meno di sottoporsi a una fecondazione artificiale. La sola idea di proporglielo lo faceva quasi ridere... ma in realtà aveva solo una gran voglia di piangere.

«Non so che cosa dire», mormorò guardando lo specialista.

«Non ha niente da dire. Capisco che per lei deve essere

stato uno choc. E so quanto sia penoso. È una notizia terribile. Può sembrare addirittura una sentenza di morte, vero? »

« Come può saperlo? » gli domandò Charlie con gli occhi lucidi di lacrime. « Tutto fa un'altra impressione, e molto diversa, quando si è seduti dalla sua parte della scrivania. »

« È vero, e di solito con i miei pazienti non ne parlo mai, Charlie. Ma sono nella sua stessa condizione. Anzi, per me è ancora più tragico, anche se non fa una grande differenza. Io sono il classico caso di azoospermia. Conteggio dello sperma *zero*. Mia moglie e io abbiamo quattro figli, tutti adottati. Capisco quello che prova. Ma esistono altre soluzioni. Non riuscirà a fecondare sua moglie né questo mese né nessun altro mese della sua vita, ma questo non significa che non possiate avere una famiglia, se lo desiderate. In ogni caso, come dicevo, la risposta più giusta per voi potrebbe persino essere quella di non avere figli. Quello che vi sembra giusto. Del resto tocca a voi, soltanto a voi, trovare le risposte. »

Charlie annuì, si alzò e strinse la mano al dottore. Poi se ne andò. No, Peter Pattengill non era affatto un mago, come il cognato di Mark affermava. Niente miracoli per Charlie. Niente del tutto. Del resto, non c'era mai stato niente, per lui. Niente genitori, niente famiglia mentre cresceva e diventava adulto, e adesso nemmeno figli suoi. Qualche volta si domandava se aveva almeno Barbie. Era così lontana da lui, così distaccata e indipendente. In quegli ultimi tempi la vedeva sempre meno, era sempre nelle agenzie a fare provini per quei piccoli lavori pubblicitari, oppure fuori con le amiche... e lui sempre in ufficio. E adesso, che cosa le avrebbe raccontato? Che era sterile? Fantastico... senti, non ti piacerebbe una fecondazione artificiale con lo sperma offerto da un donatore, tesoro mio? Bella roba! E che colpo, per lei. Ancora non riusciva a crederci.

Rimase seduto in macchina per una buona mezz'ora prima di accendere il motore e, mentre tornava verso casa, tutte le decorazioni natalizie che vedeva intorno a sé gli parvero una specie di insulto, un'offesa. Gli ricordavano l'orfanotrofio nel quale era cresciuto, perché in quegli anni guardava sempre fuori della finestra per osservare gli alberi di Natale nelle case sull'altro lato della strada, le slitte tutte illuminate, sul prato, davanti alla porta, e le mamme e i papà e i bambini. Aveva sempre desiderato con tutto il cuore essere uno di loro e adesso non avrebbe potuto avere nemmeno quello. Era uno scherzo crudele. Soprattutto quando pensava che, in tutta la sua vita, era l'unica cosa che avesse sempre desiderato. Quando rientrò a casa, Barb non c'era ma gli aveva lasciato un biglietto nel quale diceva che si sarebbe fermata a seguire le lezioni di una scuola sperimentale di recitazione e fino a mezzanotte non sarebbe tornata. Meglio così. Del resto, non se la sentiva di affrontarla senza rivelarle la verità. Si versò un bicchiere di scotch liscio e quando lei finalmente rientrò, era ormai talmente ubriaco da non capire più niente.

10

PILAR telefonò a sua madre il giorno di Natale. Provò la tentazione irresistibile di parlarle del bambino, ma in qualche modo riuscì a dominarsi e a tacere. In fondo sapeva che il suo desiderio di annunciarle la gravidanza nasceva dal fatto che avrebbe voluto dimostrarle quanto si fosse sbagliata, e fornirle la prova lampante che lei non era troppo vecchia per avere figli. Ma si comportò da donna intelligente qual era e quindi preferì non affrontare quell'argomento, limitandosi a farle gli auguri di rito.

Poi telefonò a Marina, che si trovava a Toronto per le vacanze, ospite di una delle sue numerose sorelle.

Qualche ora più tardi, con Todd, Nancy, Tommy e il piccolo Adam aprirono i pacchi di Natale. Pilar aveva cercato di accontentare, e di viziare in modo vergognoso, tutti — soprattutto il nipotino. Per lui aveva scelto un enorme orsacchiotto, una piccola altalena e una serie di deliziosi abitini che aveva scovato in una boutique di Los Angeles, oltre a uno stupendo cavallo a dondolo tedesco ordinato appositamente a New York. Anche agli altri offrì doni splendidi e raffinati. Si commosse nel rivedere Todd, che arrivò, sempre bello e simpatico, con una quantità incredibile di aneddoti divertenti sul suo lavoro e la sua ragazza, che era di Chicago. Quanto a Nancy, si accorse di sentirsi più vicina a lei di quanto lo fosse mai stata. Avevano molto in comune, adesso, anche se la sua figliastra ancora non lo sapeva. Il pranzo fu squisito; poi, mentre bevevano champagne e mangiavano la classica torta natalizia, Brad le sorrise e lei annuì.

« Ho qualcosa da raccontarvi e sono sicura che sarà un po' una sorpresa. Ma la vita è piena di sorprese meravigliose. »

Mentre pronunciava queste parole, sorrise ad Adam, che continuava a lasciarsi sfuggire gorgoglii incomprensibili dall'alto del suo seggiolone. Il bambino indossava un delizioso completino di velluto rosso che Pilar gli aveva comprato e che aveva consegnato a Nancy prima di Natale.

« Sei diventata giudice anche tu! » provò a indovinare Todd, felice non solo per lei ma anche per suo padre. « Che famiglia mi ritrovo ad avere! Uno schianto di famiglia! » E si irrigidì in un saluto militaresco.

« Comprate una casa nuova? » insinuò Nancy, nella speranza che suo padre le avrebbe permesso di abitare in quella attuale, se non aveva deciso di venderla.

« Meglio, molto meglio di tutto questo. » E Pilar sorrise. « È molto più importante... no, non sono ancora diventata giudice. Mi pare che uno in famiglia sia più che sufficiente, e io preferisco lasciare sempre le questioni importanti a vostro padre. » Poi gli sorrise teneramente, e quando si rese conto che ormai tutti erano con il fiato sospeso in attesa della grande notizia, finalmente, con tono dolce ma pieno di orgoglio, disse: « Aspettiamo un bambino ».

Nella stanza calò il silenzio più profondo; poi Nancy si lasciò sfuggire una risatina nervosa. Non credeva alle proprie orecchie. « No, non è vero. »

« E invece è vero. »

« Ma sei così vecchia » obiettò, scortese, mentre suo padre la osservava attentamente. A un tratto rivide la bambinetta viziata che era stata all'epoca in cui lui aveva conosciuto Pilar. Nancy era sempre quella che metteva il broncio e gli faceva mille difficoltà.

« Tu stessa mi hai detto di avere amiche più vecchie di me che aspettano il primo figlio », rispose Pilar senza perdere la calma. « E mi hai anche raccomandato di pensarci, e seriamente, prima che fosse troppo tardi. » Stava costringendola a ricordare le proprie parole, e Nancy mostrò chiaramente di non gradire tutto questo.

« Ma non avrei mai creduto... io, ecco... non pensate, tu e papà, di essere troppo vecchi per avere un bambino adesso? » insistette, mentre il marito e il fratello la guardavano ammutoliti.

« No, niente affatto », ribatté tranquillamente suo padre. « E a quanto pare si direbbe che non lo pensi nemmeno Madre Natura. » Era felice del bambino, era felice per Pilar — e non aveva nessuna intenzione di permettere a Nancy di guastare quella immensa felicità. In fondo lei aveva la sua vita, suo marito e suo figlio, e non aveva nessun diritto di gettare un'ombra sulla loro o di rovinare il piacere e la gioia di Pilar mostrandosi invidiosa o gelosa. « Non dubito che sia una sorpresa per voi tutti, ma siamo molto felici e ci auguriamo che lo sarete anche voi. Quanto poi al signorino Adam, mi sembra meraviglioso che abbia presto anche un nuovo zio. » Scoppiò in una risata e Todd ne approfittò per levare il calice in un brindisi.

« Bene, papà, siete sempre stati piene di sorprese, voi due! Ma sono molto contento per entrambi, se è quello che desiderate », disse sinceramente. « E sono anche convinto che siete due tipi molto in gamba, ecco! Non riesco neanche a immaginare, per quello che mi riguarda, la possibilità di avere dei figli, soprattutto se dovessero diventare come noi due... » e lanciò un'occhiata significativa alla sorella « ...ma ...buona fortuna! » Levò di nuovo il calice nel brindisi e poi bevve. Anche Tommy aggiunse a quelli di Todd i suoi auguri. Solo Nancy continuò ad aver l'aria sconcertata e vagamente stizzita. Quando se ne andarono, non si era ancora ripresa dal colpo. Rimproverò con asprezza Tommy quando sollevò il bambino dal seggiolone, diede un bacio a suo padre con le lacrime agli occhi e si guardò bene dal ringraziare Pilar per i regali ricevuti.

« Ho la vaga sensazione che non sia diventata la donna adulta e matura che credevo », mormorò Pilar a mezza voce quando se ne furono andati. « È furiosa con me. »

« È una mocciosa viziata! Ma la nostra vita e quello che

facciamo non devono assolutamente riguardarla! » Si era sempre rifiutato di permettere ai suoi figli di mettere il naso negli affari suoi esattamente come lui non voleva interferire nella loro vita privata. Ormai erano adulti, come lui e Pilar. In ogni caso, tutto quello che i suoi figli potevano pensare, e dire, lo lasciava del tutto indifferente. Voleva che Pilar avesse quel bambino. Sapeva che cosa significasse per lei, era nel suo pieno diritto desiderare dei figli, e il fatto che fosse già avanti con gli anni era una questione che riguardava lei, e nessun altro.

« Forse crede che io voglia fare a gara con lei », meditò Pilar a mezza voce mentre sparecchiavano e ammucchiavano i piatti in cucina, dove la donna delle pulizie li avrebbe rigovernati la mattina seguente.

« Può darsi. Ma è venuto il momento che impari che non è lei il centro del mondo. Tommy le darà la strigliata che si merita, e anche Todd cercherà di farle vedere le cose nel modo più giusto. » Infatti suo figlio, per il breve periodo delle vacanze natalizie, era ospite di Nancy e del marito.

« Devo dire che Todd è stato bravissimo, sebbene sia convinta che dev'essere stato uno choc anche per lui. »

« È probabile, ma se non altro è abbastanza maturo da capire che questo non cambierà niente nella sua vita. Con il tempo anche Nancy capirà che niente potrà diminuire il mio affetto per loro. Sappi, però, che ti renderà la vita impossibile, se non sarai capace di tenerla a freno! » E guardò Pilar con aria severa. « Ed è una cosa che non desidero affatto. Nessuna agitazione per te, sono stato chiaro? »

Il tono della sua voce sembrava molto fermo e severo; Pilar gli sorrise mentre si avviavano verso la camera da letto.

« Sì, vostro onore. »

« Bene. E... un'altra cosa, guai a quella carognetta se si azzarda a farsi sentire da me prima di avere riacquistato tutto il suo autocontrollo... e imparato l'educazione. »

« Vedrai che sarà come tu vuoi, Brad. Certo deve essere stata una grossa sorpresa per lei. »

« Bene, a ogni modo deve calmarsi, altrimenti si troverà nei guai con il suo vecchio papà. Ti ha già dato tanti problemi in passato... credo che bastino! In ogni caso, non ha nessun motivo di fare i capricci per questo e, se sarà necessario, provvederò a ricordarglielo. Ma spero che non arriveremo fino a questo punto. »

« La settimana prossima le telefonerò e la inviterò fuori a pranzo; forse riuscirò a dare una lisciatina per il verso giusto a quel suo pelo così arruffato! »

« È lei che dovrebbe telefonare a te », bofonchiò Brad. Ma Nancy lasciò entrambi sbalorditi perché, quella sera stessa, poco più tardi, telefonò per chiedere scusa. Suo fratello e suo marito l'avevano costretta ad ammettere di non aver alcun diritto di disapprovare quello che Brad e Pilar facevano, e le avevano lasciato capire che si era comportata in un modo vergognoso. Scoppiò addirittura in lacrime quando parlò con Pilar e le ripeté di essere molto dispiaciuta per il modo in cui si era comportata, soprattutto nei suoi confronti. Pilar finì per piangere anche lei.

« È tutta colpa tua, sai », le disse con voce rotta dall'emozione. « Se Adam non fosse quel tesorino che è, io non ci avrei mai pensato. » In realtà, nella sue decisione c'era molto di più, e sia lei sia Brad lo sapevano benissimo.

« Scusami... se penso a quanto sei stata carina e gentile con me quando ti ho confidato che aspettavo Adam. »

« Non preoccuparti. Non pensarci più. » Pilar sorrise fra le lacrime. « Ricordati, come punizione mi devi una torta al formaggio. » Era l'unica cosa per la quale andava pazza al momento.

La mattina dopo, quando si alzarono, trovarono una scatola rosa sui gradini della porta. Conteneva la famosa torta. E sopra vi era stata posata una rosa dai petali di un tenue colore pesca. Pilar scoppiò di nuovo in lacrime quando andò a mostrarla a Brad. E lui fu lieto che sua figlia avesse riacquistato così in fretta il suo buon senso.

« Adesso non ti resta nient'altro da fare che rilassarti, e avere il bambino. » Ma sembrava che quegli otto mesi di attesa fino ad agosto sarebbero stati interminabili.

* * *

Diana e Andy passarono un Natale tranquillo alle Hawaii. Era proprio quello di cui avevano bisogno entrambi. E se ne resero conto mentre prendevano il sole, un giorno dopo l'altro, a Mauna Kea. Era la prima volta che si ritrovavano, soli, lontano da casa, dopo l'agonia di quell'ultimo periodo, a parte il disastroso week-end a La Jolla agli inizi di settembre. Erano consapevoli di avere rischiato di distruggere il loro matrimonio. Per un certo tempo avevano avuto l'impressione di non avere più niente in comune, niente da dirsi, niente da dividere, nessuna prospettiva futura. Per quasi quattro mesi non avevano fatto che lottare unicamente per tenersi a galla, fino al giorno della Festa del Ringraziamento — quando per un attimo c'era stato un barlume di speranza.

Ci vollero due interi giorni sulla spiaggia prima che si decidessero ad affrontare qualche altro argomento che non fosse il cibo o il tempo. In ogni caso quello, per loro, era il posto perfetto. Niente televisione nelle camere, nessun posto dove andare, niente da vedere... non restava che prendere il sole sulla spiaggia e cominciare lentamente a guarire.

Il giorno di Natale pranzarono tranquillamente nel salone dell'albergo e poi uscirono a fare una lunga passeggiata sulla spiaggia, verso il tramonto, tenendosi per mano.

« Ho la sensazione che quest'anno abbiamo fatto un viaggio nella luna e ritorno », mormorò Diana. Dopo un anno e mezzo di matrimonio, non sapeva più quello che voleva, né dove stavano andando, con Andy.

« Per me è stata la stessa cosa », ammise lui mentre sedevano sulla sabbia bianca a guardare la marea che si alzava a poco a poco. Appena fosse calato il buio, e quindi di lì a poco, le enormi razze sarebbero arrivate fino alla spiaggia a cercare cibo e gli ospiti dell'albergo si sarebbero raccolti a guardarle. « In ogni caso, Di... ce l'abbiamo fatta... non siamo finiti sott'acqua... siamo ancora qui, ci parliamo, ci teniamo per mano... e questo significa moltissimo. Ne siamo venuti fuori, siamo sopravvissuti. »

« Già, ma a che prezzo! » mormorò lei tristemente. Aveva dovuto rinunciare a tutti i suoi sogni. Il futuro non aveva in serbo più nulla, per lei. Tutto ciò che aveva desiderato era un figlio... ma anche Andy era stato molto importante per lei. E Andy era ancora lì. Era difficile rassegnarsi. D'altra parte, Andy aveva ragione. Anche se le loro speranze erano svanite, non si erano lasciati distruggere dal dolore e dalla delusione.

«Chissà... forse tutto questo è servito a renderci più forti», mormorò Andy pensoso. Continuava ad amare Diana. Ma non riusciva più a riconoscere sua moglie nella donna che aveva accanto. Da mesi Diana gli sfuggiva, emotivamente, così come sfuggiva se stessa. Si era rinchiusa in una specie di torre d'avorio, aveva cominciato a uscire sempre più presto per andare in ufficio e a tornare a casa sempre più tardi e, quando rientrava, si infilava subito a letto e si addormentava di colpo. Non aveva più mostrato nessun desiderio né interesse a parlare con lui o con chiunque altro, era raro che telefonasse ai genitori, e aveva cessato del tutto di chiamare le sorelle o le amiche. All'improvviso erano diventati due estranei. Quando in redazione c'era bisogno di inviare qualcuno fuori città, era sempre Diana a farsi avanti. Un paio di volte Andy le aveva proposto di raggiungerla, pensando che sarebbe stato piacevole prendersi qualche giorno di vacanza, una volta concluso il lavoro, ma Diana non voleva divertirsi, non voleva nemmeno stare con lui. E continuava a ripetere di avere troppo da fare.

«Il vero, grande interrogativo», riprese Andy con esitazione, perché si stava domandando se non fosse troppo prematuro affrontare insieme quell'argomento, «è che se questo è un nuovo punto di partenza per noi due. Dove andiamo, adesso? Che cosa facciamo? Vuoi continuare a essere sposata con me oppure no? È stato troppo doloroso per noi ritornare alla solita, comoda vita di sempre? Ormai non capisco più che cosa puoi desiderare», continuò, e non poté fare a meno di pensare che le stava domandando se voleva il divorzio mentre contemplavano uno dei meravigliosi tramonti delle Hawaii. Diana indossava un abito di cotone bianco che metteva in risalto la stupenda abbronzatura che le avevano regalato due soli giorni di vacanza, e i suoi capelli scuri erano deliziosamente scompigliati dal vento. Gli parve incantevole, in un modo addirittura straordinario. Ma anche se lui continuava a trovarla splendida, si rendeva conto che Diana non lo desiderava più. «Che cosa vuoi *tu*, piuttosto?» rispose lei con un'altra domanda. «Continuo a pensare di non avere più alcun diritto di rimanere legata a te. Meriti molto di più di quello che posso darti.» Era già preparata a rinunciare ad Andy, per il suo bene, non certo perché le facesse piacere. Ma poteva vivere sola, e dedicarsi completamente alla sua carriera. Sapeva che se Andy l'avesse lasciata non si sarebbe mai più sposata — o perlomeno così credeva. A ventotto anni era pronta a rinunciare a tutto, se era quello che Andy desiderava. In realtà era vero il contrario.

«Queste sono solo idiozie, e lo sai benissimo.»

«Confesso di non sapere più niente di niente, ormai. Tutto quello che so è quello che non esiste, che non potrà mai esistere. Quanto al resto, non so che cosa sia giusto, o che cosa dovrei fare, o che cosa desidero...» C'era stato un momento in cui aveva addirittura pensato di lasciare la redazione del periodico e trasferirsi di nuovo in Europa.

«Mi ami?» le domandò Andy a voce bassa, avvicinandosi a lei un poco di più e fissando quegli occhi che adesso erano sempre così tristi, così vuoti, così disperati perché Diana si sentiva come svuotata, di dentro, come se una fiammata l'avesse bruciata, inaridita... E a volte, infatti, Andy pensava che in lei non fosse rimasto altro che cenere.

«Sì, certo», bisbigliò Diana. «Ti amo moltissimo... ti amerò sempre... ma questo non significa che io abbia il diritto di tenerti legato a me... non posso darti niente, Andy... all'infuori di me stessa, e anche di me non è rimasto molto, ormai.»

«Invece è rimasto qualcosa. La verità è un'altra; hai voluto seppellirti nel lavoro, rinchiuderti in te stessa, crogiolarti nel dolore e nella disperazione... Io posso aiutarti a superare tutto questo, se me lo permetterai.» Da qualche settimana aveva cominciato ad andare da uno psicanalista e si sentiva molto più forte di prima.

«E poi?» gli chiese Diana. Tutto questo a lei sembrava inutile, senza prospettive.

« Poi... abbiamo noi stessi, l'uno per l'altro — ed è molto più di quello che tanta gente può dire. Siamo due persone che si amano e che hanno moltissimo da offrire a se stesse, al mondo e agli amici. L'universo non ruota attorno ai bambini, sai? Anche se ne avessimo, presto o tardi crescerebbero e se ne andrebbero, o magari ci odierebbero. Oppure potrebbero morire in un incendio o in incidente di macchina... La vita non dà garanzie. E anche i figli non sono per sempre. » Purtroppo, Diana vedeva bambini dappertutto, per la strada, al supermarket, a volte perfino nell'ascensore dell'ufficio, creature con grandi occhioni e dolci sorrisi, che si tenevano aggrappati alla mano della mamma, oppure che piangevano e dovevano essere presi in braccio e consolati, proprio quello che Diana, ormai, non avrebbe mai più potuto fare. E vedeva ovunque donne incinte, donne con gli occhi pieni di speranza e di promesse che Diana, invece, non avrebbe mai più conosciuto, né condiviso, neppure sentito e provato nel corpo e nello spirito. Non era facile rinunciare a tutto questo e non le pareva onesto che anche Andy fosse costretto a rinunciarvi.

« Io trovo che non è giusto per te rinunciare a un figlio, unicamente perché io ci sono costretta. Per quale motivo dovresti farlo? »

« Perché ti amo. E poi non è necessario che la nostra vita sia senza figli. Può essere il contrario, se vogliamo. Esistono anche altre scelte. »

« Non sono del tutto sicura di essere pronta per questo. »

« Neppure io. Ma non è questo il momento di prendere qualche decisione. Basta soltanto pensarci, e fare qualcosa prima che sia troppo tardi e il danno sia irreparabile. Piccola... io non voglio perderti... »

« Neppure io voglio perdere te », rispose Diana mentre le salivano le lacrime agli occhi. E improvvisamente si voltò dall'altra parte perché al di sopra delle sue spalle, all'estremità della spiaggia, c'era un gruppo di bambini che giocavano, e non riusciva a sopportare quella vista.

« Voglio averti di nuovo... come prima... nei miei sogni... nella mia vita... nei miei giorni... nel mio cuore...

nelle mie braccia... nel mio letto... nel mio futuro. Dio, quanto mi sei mancata», sussurrò Andy prendendola fra le braccia e stringendola a sé, assaporando il calore di quel corpo vicino al suo, spasimando di desiderio per lei. «Tesoro... ho bisogno di te...»

«Anch'io ho bisogno di te», mormorò Diana e si mise a piangere. Aveva bisogno più che mai di suo marito. Non ce l'avrebbe mai fatta, senza di lui, a uscire da quella specie di tunnel che aveva imboccato, non ce l'avrebbe mai fatta a rinunciare a tutti quei sogni... eppure, in mezzo a tutto quell'orrore, lo aveva smarrito.

«Proviamo... ti supplico... proviamo...» Andy la guardò e Diana sorridendo fece cenno di sì con la testa. «Non sarà sempre facile e forse qualche volta io non riuscirò a capire, e non sarò sempre lì, a tua disposizione... ma cercherò di esserci. E se tu dovessi accorgerti che non sono lì, con te, quando ne hai bisogno, dimmelo.» Ormai Andy non desiderava altro che ritrovarla, averla di nuovo con sé.

Rientrarono senza fretta in camera, mano nella mano, e per la prima volta dopo mesi Andy la persuase a fare l'amore con lui, e fu molto, molto più bello di quanto ciascuno dei due ricordasse.

Il Natale di Charlie e Barbara fu alquanto strano. In seguito, quello gli parve l'unico aggettivo adeguato. Strano. Bizzarro. Forse persino incredibile. Fu Charlie, come al solito, a preparare il pranzo natalizio, mentre Barbara usciva per recarsi da Judi a portarle un regalo. E, una volta tanto, fu contento di ritrovarsi solo. Aveva di nuovo un mal di testa atroce — il classico mal di testa che accompagna le sbronze; aveva ricominciato a bere troppo, e lo sapeva. Ma stava ancora cercando di accettare la sentenza del dottor Pattengill, senza riuscirci. Non sarebbe mai stato in grado di mettere incinta sua moglie. Mai. Perché i suoi spermatozoi erano praticamente zero. Non riusciva a dimenticare, poi, quello che il medico gli aveva rivelato di se stesso anche se, purtroppo, non serviva a molto. Non gliene importava proprio niente che Pattengill avesse adottato un mucchio di bambini! Lui voleva un figlio suo, con Barb. Adesso. E invece sapeva che non sarebbe mai stato possibile, anche se il suo cuore continuava a rifiutarsi di crederci.

Barbara tornò verso le quattro del pomeriggio, allegra ed eccitata. Bastava guardarla per capire che doveva essersi già scolata qualche bicchierino. Cominciò a ridere e a scherzare con il marito, che stava spennellando di grasso il tacchino. In realtà Charlie non aveva nessuna voglia di scherzare. Come regalo di Natale le aveva comprato una giacca di volpe, che a Barbie era piaciuta alla follia, tanto che, appena arrivata, passò subito in camera da letto, dove si spogliò completamente restando solo in mutandine di pizzo nero. Poi si ripresentò in cucina in mutandine, scarpe con il tacco alto... e giacca di volpe. Charlie non poté fare a meno di ridere. Barbie era così sexy e al tempo stesso così buffa... purtroppo ormai tutto questo gli parve inutile e senza senso.

« Sei un sciocca ragazza, non te lo ha mai detto nessuno? » Le sorrise, l'attirò vicino a sé sul divano e cominciò a baciarla. « E io ti amo. »

« Anch'io ti amo », rispose lei con aria vagamente misteriosa. Era chiaramente su di giri e a cena lui continuò a riempirle il bicchiere del suo champagne favorito. Sapeva di doversi mettere il cuore in pace, sapeva di doversi rassegnare, bene o male, alla realtà. Poi Barbie venne a sedersi sulle sue ginocchia. Si era infilata la vestaglia di raso rosa che Charlie le aveva regalato per il suo compleanno — e non si poteva negare che le visioni che quell'indumento gli offriva fossero estremamente invitanti.

« Buon Natale, Barb. » La baciò dolcemente sul collo e mentre le accarezzava la schiena la sentì inarcarsi sotto le sue mani. Poi si scostò lievemente da lui e lo guardò con infinita tenerezza. Charlie lesse qualcosa nei suoi occhi, ma non riuscì a decifrarlo, era qualcosa di indefinibile... Barbie lo baciò.

« Ho qualcosa da dirti », bisbigliò.

« Anch'io... » rispose Charlie con voce roca. « Andiamo in camera e te lo dirò... »

« No, prima parlo io », replicò Barbie, ritraendosi di scatto e sfuggendogli. « Ho l'impressione che quello che sto per dirti ti piacerà. » Aveva un'aria maliziosa e Charlie, che a tutte quelle scene si divertiva molto, si appoggiò contro lo schienale della poltrona e aspettò.

« Dovrà essere qualcosa di molto interessante! Perché, in caso contrario, ti strappo di dosso quella vestaglia e... e al diavolo anche la camera da letto! » Il solo fatto di ritrovarsi solo con lei lo faceva già sentire di un umore migliore.

Ci fu una pausa che sembrò lunghissima, mentre Barbie sorrideva esitante; poi si decise a parlare: « Sono incinta ».

Charlie la guardò con gli occhi sgranati letteralmente sbalordito, incapace di parlare. Poi, lentamente, diventò pallidissimo. « Dici sul serio? »

« Naturale! Come puoi pensare che io abbia voglia di scherzare con una notizia del genere? » Tenendo conto di quello che il dottor Pattengill aveva detto, non era da escludere.

« Ne sei sicura? » E se ci fosse stato un errore? E se avessero contato gli spermatozoi di qualcun altro? « Che cosa te lo fa pensare? »

« Per amor di Dio! » esclamò Barbie, quasi indispettita. Si alzò di scattò dalle sue ginocchia e andò ad accendersi una sigaretta prendendo il fuoco dalle candele accese sul tavolo. « Senti un po', credevo che saresti stato molto felice! Che cos'è questa storia? E queste domande? Dove siamo? Davanti all'Inquisizione spagnola? Già, certo che sono sicura. Sono andata dal dottore due giorni fa. »

« Oh, piccola! » Charlie chiuse gli occhi in modo che lei non vedesse che erano colmi di lacrime. « Mi dispiace... il fatto è che... non te lo so spiegare... » e la strinse fra le braccia scoppiando in un pianto convulso. Barbie non riuscì a capire per quale motivo piangesse a quel modo. Quanto a Charlie, non sapeva se buttarsi in ginocchio ai suoi piedi e ringraziare Dio, oppure maledirla. Era andata a letto con qualcun altro? E questo figlio era di qualcun altro? Ma senza riferirle il verdetto del medico, era impossibile fare domande a Barbie.

Rimase stranamente silenzioso per il resto della giornata; mentre lui lavava i piatti, Barbie fece qualche telefonata. Si era resa conto che non aveva ottenuto da Charlie la reazione che si aspettava, e non ne capiva il motivo. Poi, quando andarono a letto, la sera, Charlie la prese tra le braccia pregando in cuor suo che Pattengill si fosse sbagliato. In ogni caso, comunque, prima di potersi confidare liberamente con Barbie e avere la certezza che il bambino fosse veramente suo, come lei affermava, era assolutamente necessario tornare dallo specialista per un altro colloquio.

Ci vollero ben tre giorni di attesa esasperante prima di ottenere l'appuntamento. Quanto a Barbie, era sempre fuori con le amiche, oppure in giro per negozi, e gli aveva perfino annunciato di avere in programma un provino. Questa volta lui ritenne che fosse inutile farle troppe domande per scoprire se fosse vero o no. Non disse niente. Prima di tutto doveva parlare con Pattengill. Ma quando finalmente si ritrovò seduto davanti a lui, nel suo studio, lo specialista scrollò il capo con aria estremamente decisa.

« Charlie, non penso sia possibile. Vorrei dirle che è vero il contrario, che ho visto cose ancora più incredibili di questa... Ma è estremamente improbabile che il padre di quel bambino sia proprio lei. In passato non mi sono mancate sorprese da parte di alcuni pazienti che curavo per la sterilità, ma, Charlie, deve credermi... nel suo caso lo ritengo assolutamente impossibile. E le giuro che vorrei poterle dire qualcosa di diverso. » Bene o male, Charlie lo aveva già capito. Lo aveva sospettato fin dall'inizio. Tutte quelle sere in cui Barb tornava a casa quando lui era già addormentato, tutte quelle « amiche », quelle « serate di libertà delle ragazze », le visite a « Judi », le misteriose « particine » negli spot pubblicitari, e « le lezioni di recitazione », che in realtà non esistevano affatto. Da mesi Barbie non riceveva più un'offerta di lavoro seria, come attrice. E adesso lui dovette ammettere che, per quanto desiderasse disperatamente il contrario, il bambino che Barbie portava in grembo non era stato concepito con lui.

Uscì dallo studio di Pattengill, e tornò a casa in auto guidando lentamente. Quasi gli spiacque quando, rientrando, trovò la moglie. Stava parlando al telefono, e riattaccò subito.

« Chi era? » le domandò distrattamente, come se fosse sicuro che lei gli avrebbe detto la verità.

« Judi. Le stavo raccontando del bambino. »

« Oh. » Poi le voltò le spalle perché non gli leggesse in faccia quello che pensava, con una gran voglia di non essere costretto a parlare, ma sapendo che ormai era inevitabile. Quindi, piano piano, quasi con la speranza che il mondo gli crollasse addosso prima di farle quel discorso, si voltò ad affrontarla. « Dobbiamo fare un certo discorso, noi due », disse in tono calmo e si mise a sedere in poltrona a una certa distanza da lei, che in quel momento aveva un'aria più che mai sexy.

« È successo qualcosa? » Lo guardò innervosita e abbassò la gamba che teneva accavallata sull'altra. Si accese una sigaretta e aspettò.

« Già. »

« Hai perduto l'impiego? » Sembrava sinceramente preoccupata e non nascose il suo sollievo quando lui fece cenno di no con la testa. Che altro poteva esserci di tanto grave? Charlie non era tipo da spassarsela con le altre ragazze alle sue spalle, di questo era sicura. Era un brav'uomo e non avrebbe mai fatto niente di simile.

« No, purtroppo non è una cosa tanto semplice. » E proseguì: « Qualche tempo fa sono andato da un dottore. Subito dopo la Festa del Ringraziamento ».

« Che genere di dottore? » gli domandò Barbie, sempre più innervosita.

« Un endocrinologo, specializzato in genetica », rispose lui in tono solenne, « uno specialista in problemi di sterilità. Molto tempo fa tu avevi detto una certa cosa... cioè che eri un po' meravigliata di non rimanere mai incinta nonostante facessimo l'amore così spesso e senza prendere troppe precauzioni. Credo che sia stato da quel momento in poi che ho cominciato a preoccuparmi. Così ho pensato di fare un piccolo controllo della situazione, per vedere come stavano le cose. E... »

« E...? » Lei cercò di non lasciargli capire che tutto quel discorso l'aveva colpita e turbata, ma avendo già intuito quale sarebbe stata la sua risposta, si sentiva il cuore in gola.

« Sono sterile. »

« Quell'uomo parla senza sapere di che cosa sta parlando », obiettò subito, alzandosi in piedi di scatto e mettendosi a passeggiare nervosamente per la stanza. « Forse sarebbe opportuno che facesse una visita anche a me, per assicurarsi che sia incinta. »

« Lo sei? » le domandò Charlie in tono significativo. Non si poteva nemmeno escludere che Barbie gli avesse raccontato una bugia. In quel momento, arrivò ad augurarsi che fosse davvero così.

« Certo che sono incinta. Posso anche fare un esame per dimostrartelo, se pensi di avere bisogno di un prova. Incinta da due mesi. » E Charlie cercò di ricordare che cosa avesse fatto Barbie in quel periodo, alla fine di ottobre. « Quel tuo specialista è matto. »

« No », rispose Charlie, sempre con voce carica di significato. « Credo di esserlo io. Che cosa sta succedendo, Barb? Di chi è questo bambino? »

« Tuo », disse lei, poi si voltò di scatto dall'altra parte, abbassando la testa. Scoppiò in lacrime e infine si voltò a guardarlo, lentamente. « E va bene, non ha importanza di chi è... è una cosa orribile quella che ti ho fatto, Charlie. E mi dispiace. » Ma se lui non fosse andato dal medico, se non avesse detto niente a Barbie, lei avrebbe continuato a mentire. Se ne rendeva perfettamente conto.

« Credevo che tu, in ogni caso, non desiderassi figli. Perché proprio questo lo vuoi? »

« Perché... non so... » Poi decise che era troppo tardi per continuare a mentire. Charlie, ormai, sapeva la verità. Tanto valeva che sapesse anche il resto della storia. « Forse perché ho già dovuto affrontare troppi aborti, forse perché sapevo quanto tu desiderassi un bambino... forse perché divento vecchia... o sono rincretinita... o qualcosa del genere... insomma ho pensato soltanto che... »

« Di chi è? » Si sentiva spezzare il cuore nel vedersi costretto a farle tutte queste domande che, tra l'altro, erano assolutamente inutili. E servivano soltanto a torturarlo.

« Di un tizio. L'ho ritrovato a Las Vegas. Ci conoscevamo moltissimo tempo fa, e si era trasferito lì in ottobre. Diceva che avrebbe potuto trovarmi un lavoro. A Las Vegas aveva molti contatti, fra i pezzi grossi. Così ci siamo visti e siamo stati insieme qualche volta. Ma credevo soltanto... » Non riuscì più a parlare e scoppiò in lacrime.

« Lo ami, lo hai fatto per avere un lavoro o semplicemente perché lo trovavi divertente? Che cosa significa questo tizio per te? »

« Niente », gli rispose, ma non ebbe il coraggio di guardare Charlie negli occhi. Quanto a lui, ebbe subito il sospetto che quell'altro fosse il tipo d'uomo che piaceva a Barbie, brillante e divertente, e si domandò anche se lei lo avesse mai amato. Forse era stato solo un brutto scherzo, fin dal principio. E pensare che lui aveva desiderato, sempre e soltanto, una moglie, dei figli, una famiglia vera... Chissà, forse non aveva nessun diritto a tutto questo. Come poteva dare a un bambino una casa e una famiglia e tutto l'affetto necessario, se non aveva mai avuto niente di tutto questo lui stesso? Che cosa ne sapeva, lui?

« Perché lo hai fatto? » domandò con aria afflitta, scoppiando in lacrime come un bambino.

Barbie, allora, lo guardò negli occhi e volle essere onesta con lui. « Perché tu mi fai paura. Vuoi tutto... vuoi ognuna di quelle cose che io mi sono lasciata alle spalle, quando sono scappata di casa. Ogni volta che ti vengo vicino, provo paura. Tu vuoi i figli, e una famiglia, e tutte quelle altre balle che per me non significano un cavolo di niente. Non voglio essere legata a nessuno. Non ci riesco. Non me la sento. »

Lui l'ascoltava con le guance rigate di lacrime: con quelle parole Barbie stava distruggendo completamente i suoi sogni, e lo sapeva.

« Vuoi che ti spieghi perché ho sempre pensato tutto questo, Charlie? Forse è bene che tu lo sappia, adesso. Ho avuto una famiglia, dei fratelli e delle sorelle, una madre e un

padre... e sai una cosa? Mio fratello mi ha costretto ad andare a letto con lui per sette anni. Ha cominciato quando io ne avevo sette, e sai un'altra cosa? Mia madre lo ha lasciato fare. Era un ragazzo così difficile che lei aveva paura si cacciasse in qualche guaio con la polizia se non riusciva di tanto in tanto a scaricarsi un po'. Ecco come mi considerava... la sua valvola di sicurezza. Grazie a lui, ho avuto il mio primo aborto a tredici anni, e altri due poco più di un anno dopo. Poi è arrivato anche mio padre a reclamare i suoi diritti... bella famiglia, eh, Charlie? Una cosa del genere non ti fa venir voglia di scappare e di non avere mai dei figli? Proprio com'è successo a me. E così me ne sono andata. Sono andata a Las Vegas e ho cercato di cavarmela alla meglio; poi, finalmente, ho trovato un lavoro come ballerina di fila... e anche un paio di aborti. E un terzo, sempre a Las Vegas, quando sono andata a letto con un agente teatrale. Non voglio questo bambino, Charlie, ma pensavo che lo volessi tu.»
Lui lo voleva. Ma non voleva che fosse il figlio di un altro. Rimase a guardarla con gli occhi sgranati, sentendosi il cuore spezzato da quello che Barbie gli aveva appena confessato.

«Non so che cosa risponderti, Barb. Mi dispiace per tutto quello che hai passato, mi dispiace per noi. Mi rendo conto che è stato un grosso errore per tutti e due.»

«Appunto.» Lei si soffiò il naso e si accese un'altra sigaretta. «Non avrei mai dovuto sposarti. Tu volevi tutte quelle stupide cose, le cose che fanno le persone perbene... avrei dovuto raccontarti queste schifezze subito, ma mi sono illusa. Credevo che ce l'avrei fatta. E invece vuoi che ti dica la verità? Non ce la faccio. Non riesco assolutamente a essere la persona che tu vorresti, la cara, dolce e tenera mogliettina. Purtroppo questo ruolo non è fatto per me. Ti giuro che certe volte credevo d'impazzire a girellare per questo appartamento, a sentirti parlare dei figli che avremmo avuto, a guardarti passare l'aspirapolvere e cucinare la cena. Al diavolo tutte quelle cene del cazzo, Charlie. Quello che voglio è ballare, divertirmi e far festa!»

Lui chiuse gli occhi mentre l'ascoltava. Non riusciva a

credere alle proprie orecchie. Purtroppo era tutto vero — e lo sapeva.

Quando li riaprì e la guardò, si domandò se avesse mai capito la donna che aveva di fronte. « E allora? Mi vuoi dire che cosa vuoi adesso? »

« Non so. Pensavo di trasferirmi in casa di Judi. »

« E il bambino? »

« Non è molto importante. So che cosa fare. » Alzò le spalle, come se non le interessasse, e Charlie cercò di non pensare all'espressione tenera e dolcissima di Barbie quando glielo aveva confessato.

« E quel tizio? Non ci tiene a suo figlio, lui? »

« Lui non sa niente. In ogni caso, ha moglie e tre marmocchi a Las Vegas, e non sono affatto convinta che si commuoverebbe se venisse a sapere di questo. »

« Non so che cosa dire. » Charlie aveva la sensazione che la sua vita fosse completamente distrutta — ed era la verità. Non riusciva quasi a connettere, ormai... tanto meno prendere una decisione importante! « Perché non mi concedi qualche giorno? »

« Per che cosa? » Barbie pareva sconcertata.

« Per ragionare un po' tranquillamente su tutto questo. Non so che cosa pensare, non so che cosa desidero, quali sono i miei sentimenti... non so nemmeno che cosa dirti. »

« Non hai niente da dirmi », mormorò Barbie, e per la prima volta nella sua vita si sentì molto triste e addolorata. « Capisco, sai? »

Charlie era scoppiato in lacrime. E si sentiva straordinariamente stupido. Com'era saggia, Barbie, come conosceva il mondo... come era diventata dura, spietata e senza illusioni dopo essere stata usata a quel modo. E lui adesso piangeva disperatamente, come aveva pianto quella volta, ascoltando le persone con le quali viveva da un anno che gli spiegavano di non avere il coraggio di tenersi in casa per sempre un bambino che soffriva di asma. « Mi dispiace... » non riusciva a frenare le lacrime e allora Barbie lo prese tra le braccia e lo strinse forte; poi andò in camera da letto a radunare la propria roba. Infine chiamò per telefono un taxi che la portasse da Judi.

Charlie, invece, rimase accasciato nella poltrona e non fece che piangere per tutto il giorno. Non riusciva a credere a quello che era successo. Scoprì di non avere nemmeno il coraggio di telefonare a Mark perché sapeva che cosa avrebbe detto, cioè che Barbie era una di quelle ragazze che combinano un sacco di guai e che, senza averla fra i piedi, sarebbe senz'altro stato meglio. Ma anche se fosse stata la verità, per quale motivo non desiderava stare meglio? Non si era mai sentito peggio in vita sua. Era sterile, e la moglie che adorava lo aveva abbandonato.

11

Brad e Pilar trascorsero la sera di Capodanno con alcuni amici e tutti rimasero meravigliati quando Pilar annunciò che aspettava un bambino. In quell'ultimo anno la sua vita era davvero cambiata. Single inveterata, era diventata moglie adesso, molto presto mamma. Un cambiamento radicale rispetto a quelle che erano state le sue opinioni sulla vita vent'anni prima — eppure questa evoluzione adesso le andava a pennello, in modo perfetto.

Dopo cena, ballarono alla musica di qualche vecchio motivo, a mezzanotte si baciarono e bevvero champagne. Verso l'una e mezzo Brad e Pilar rientrarono a casa. Lei si sentiva più stanca del solito anche se, in genere, le piaceva far tardi la sera — d'altra parte trovava stranamente impegnativo rivelare la sua nuova situazione a chi la conosceva. Non solo, ma da quando era rimasta incinta aveva più sonno di prima.

« La gente è buffa, non trovi? » esclamò con un sorriso. « Se tu sapessi quanto mi diverto a guardare le loro facce quando dico che sono incinta. All'inizio pensano che abbia voglia di scherzare, poi non sanno che cosa dire, e infine reagiscono nei modi più imprevedibili. Mi diverto pazzamente. »

« Sei una buffa creatura. » Brad sorrise, ma non gli sfuggì che Pilar trasaliva quando l'aiutò a scendere dalla macchina, e non seppe spiegarsene il motivo. « Tutto bene? » le chiese.

« Certo... ho solo avvertito uno strano doloretto, ecco tutto. »

« Dove? »

« Non so, allo stomaco o al ventre, non saprei con esattezza », rispose lei, vaga. Già qualche giorno prima aveva avuto qualche crampo, se così poteva definirsi, ma quando aveva telefonato alla dottoressa Ward questa le aveva spiegato che era tutto normale — probabilmente si trattava dell'utero che cominciava a dilatarsi. Quindi Pilar pensò che si trattasse di questo quando avvertì un altro crampo mentre appendeva gli abiti che aveva indossato quella sera — ma adesso era molto più forte. E poi un altro ancora... e un altro... e improvvisamente sentì qualcosa di caldo scorrerle lungo una gamba... abbassò gli occhi di scatto e si accorse che era una vera e propria emorragia. Perdeva sangue. « Oh, mio Dio... » sussurrò, poi chiamò Brad con voce roca. Rimase lì, a sanguinare sul tappeto, incapace di fare un passo. Aveva troppa paura di muoversi... Non capiva il significato di quello che stava succedendo, ma si rendeva conto che era un brutto segno. Quanto a Brad, appena vide quello che era successo l'aiutò ad andare nel bagno. La fece sdraiare sul tappetino, sul quale aveva disposto uno strato di spugne e di asciugamani; poi cercò di sistemarla in modo che avesse i fianchi più alti della testa per far cessare l'emorragia... Ma ormai Pilar perdeva sangue in abbondanza e lo fissava terrorizzata.

« Sto perdendo il bambino? »

« Non so. Non muoverti, tesoro. Vado a chiamare il dottore. » Si precipitò in camera da letto per telefonare e tornò indietro dopo pochi minuti. Los Angeles era troppo lontana, troppo lontana la dottoressa Ward. Così aveva chiamato il vecchio ginecologo di Pilar, che gli aveva raccomandato di accompagnarla il più in fretta possibile all'ospedale, dove l'avrebbero trovato ad aspettarli. Il medico cercò anche di rassicurare Brad, dichiarando di avere già avuto altri casi di pazienti colpite da emorragia e che, per fortuna, non avevano perduto il bambino. Il dottor Parker era un medico all'antica, aveva superato da poco la settantina e Brad aveva sempre avuto una grande simpatia per lui.

Tornò a riferire tutto questo a Pilar, mentre l'avvolgeva alla meglio negli asciugamani di spugna, e le buttava una giacca sulle spalle. Quando uscirono, si lasciarono dietro una scia di gocce di sangue. Brad aiutò Pilar a sdraiarsi, sul sedile posteriore, avvolta in una coperta e in altri asciugamani. Poi si mise al volante e partì cercando di viaggiare alla massima velocità, per raggiungere rapidamente l'ospedale. Quando arrivarono, Pilar era pallidissima e piangeva disperatamente, un po' per il dolore e un po' per la paura di perdere il bambino. Continuava a ripetere che quella era la cosa più brutta che le fosse mai capitata e quando il medico cercò di visitarla, si mise a urlare. Poi, guardando Brad, il dottor Parker scrollò la testa: gli spiegò che Pilar stava perdendo il bambino.

E quando cercò di spiegare anche a Pilar, con dolcezza, quello che stava succedendo lei lo guardò con gli occhi sbarrati e poi, fissando Brad, gridò terrorizzata: « Il bambino? Sta morendo? »

« Probabilmente non è più vitale », le spiegò il dottor Parker, prendendole una mano. Brad le strinse l'altra con dolcezza. « A volte queste cose sono inevitabili. » Del resto Helen Ward, già settimane prima, l'aveva avvertita che le donne di una certa età, non più giovanissime, correvano maggiori rischi di abortire.

Senza forze, sanguinante e sofferente, Pilar scoppiò in singhiozzi: non riusciva a credere di avere perduto per sempre il bambino tanto desiderato. Non era giusto. Perché succedevano cose tanto terribili?

« Fra un po' la trasporteremo di sopra per un piccolo intervento; dobbiamo ripulire l'utero in modo da fermare anche l'emorragia. Ma preferirei aspettare ancora un po', perché Brad mi ha detto che avete mangiato in abbondanza. Direi che un paio d'ore dovrebbero bastare; intanto le darò qualche cosa per calmare i dolori. » Ma il « qualcosa » che l'infermiera le somministrò non servì assolutamente a niente; anzi, nelle due ore successive Pilar rimase distesa sul lettino stringendo i denti e cercando di non urlare per le contrazioni. Non riusciva a credere che si potesse soffrire a quel modo. Quando vennero a prenderla con la lettiga era al limite della crisi di nervi, tesa fino allo spasimo. Continuava a domandare a Brad che cosa sarebbe accaduto se il bambino non era davvero morto, perché in tal caso quell'intervento sarebbe stato in pratica un aborto. Lui cercò inutilmente di rassicurarla, come già aveva fatto il dottore, affermando che sul bambino non si potevano più nutrire illusioni e che adesso intendevano soltanto liberare l'utero dai tessuti morti.

« Non sono tessuti morti! » urlò lei, perdendo completamente il controllo di sé. « È il nostro bambino! »

« Lo so, tesoro, lo so. » L'accompagnò fino alla porta della sala operatoria, poi il medico gli concesse di aspettarla nella sala di rianimazione. Quando Pilar fu riportata indietro, cominciò subito a piangere. Senza pronunciare una sola parola. Rimase lì, sdraiata sul lettino, a singhiozzare per tutta la notte — e Brad non poté far altro che osservarla, impotente.

« Sarà molto duro per sua moglie », spiegò il dottore a Brad prima di andarsene. « L'aborto è ancora una delle grandi tragedie sottovalutate della nostra epoca. È una morte, inutile farsi illusioni. Una volta pensavamo che si trattasse semplicemente 'di una di quelle cose che succedono' e ci aspettavamo che le donne tornassero vivaci e in forma nel giro di pochi giorni. Invece, ci vogliono mesi... a volte anni... a volte non succede mai più... Quanto a Pilar, considerata la sua età è praticamente impossibile che possa avere un altro figlio. »

« Continueremo a provare », rispose Brad, più a se stesso che al dottore. « Proveremo di nuovo. Dopo tutto siamo riusciti a concepire questo! »

« Lo dica a sua moglie. Perché si sentirà a terra per parecchio tempo. » Purtroppo Brad si stava rendendo conto che anche lui stava soffrendo atrocemente, e quando rientrò nella camera di Pilar, pianse per lei, per il bambino che avevano perduto e per il loro straziante dolore.

Nel pomeriggio la riaccompagnò a casa in macchina e l'aiutò a mettersi a letto. Avrebbe voluto che ci rimanesse per qualche giorno. Quella sera Nancy telefonò per descrivere un nuovo tipo di culla che aveva visto. Pensava che fosse la più adatta al loro futuro bambino.

« Io... io non me la sento di parlarti in questo momento... » Pilar aveva la voce rotta dal pianto e singhiozzava disperatamente quando passò il ricevitore a Brad, il quale, forse, stava peggio di lei. E lui si spostò nella stanza vicina per spiegare la situazione a Nancy la quale quando riattaccò, sconvolta e addolorata, pensò, sempre più convinta, che Pilar era semplicemente troppo vecchia anche solo per tentare di avere un figlio!

Il giorno di Capodanno sembrò a entrambi interminabile. Rimasero soli, pensando al bambino che avevano perduto, ai sogni infranti, seduti in silenzio l'una accanto all'altro.

A Capodanno, Charlie si svegliò alle sei e un quarto. Per metà della notte era rimasto a fissare il buio con gli occhi sbarrati ed era riuscito ad addormentarsi soltanto verso le quattro. Ma in quei giorni dormiva sempre poco. Finalmente era arrivato a prendere una decisione per quanto riguardava Barbie. Era sempre sconvolto per quello che lei aveva fatto e avrebbe dovuto solennemente promettergli che non sarebbe più successo niente di simile in futuro... Ma per il momento capiva di non avere il coraggio di lasciarla. Barbie aveva bisogno di lui, e lui l'amava. Come poteva abbandonarla a se stessa, e in quelle condizioni? E forse il bambino era proprio quello di cui avevano bisogno per salvare il loro matrimonio.

Era troppo presto per telefonare e quindi decise di alzarsi, fare una doccia, radersi e leggere il giornale... Poi cominciò a camminare nervosamente per la stanza e finalmente, verso le nove, si mise in macchina per andare da Judi. Non parlava con Barb da tre giorni — ma, in realtà, quando se n'era andata lui ancora non sapeva che cosa dirle. Era rimasto troppo sconvolto. E, in un certo senso, quasi gli dispiaceva di avere consultato il dottor Pattengill perché, in caso contrario, non avrebbe mai scoperto di essere sterile e avrebbe creduto che il bambino fosse suo. Purtroppo le cose non erano più così semplici. O invece sì?

Suonò il campanello e un minuto più tardi sentì lo scatto della serratura della porta che veniva aperta. Salì di sopra e si trovò di fronte Judi, che parve meravigliata di vederlo e aprì la bocca come se volesse dire qualcosa. Ma poi ci ripensò. Con lei c'era un tizio con il quale si vedeva di tanto in tanto fin da giugno, e la nuova ragazza con la quale divideva l'alloggio, quella che aveva preso il posto di Barbie quando lei e Charlie si erano sposati. A un tratto Judi sembrò imbarazzata, come lui, del resto! Sapevano entrambi quello che stava succedendo; non solo, ma Charlie adesso sapeva anche che era sempre stata Judi a fornire la copertura a Barbie quando aveva cominciato a frequentare il tizio di Las Vegas. Non era stata onesta con lui, ma non aveva mai voluto tradire Barbie. Adesso però le dispiaceva che la situazione avesse preso una brutta piega, Barbie le aveva confidato tutto subito dopo avere scoperto di essere incinta e lei le aveva consigliato di liberarsi del bambino e di tacere, anche perché il padre del nascituro era già sposato. In un primo tempo Barbie aveva accettato il consiglio, ma poi si era intestardita nel volerlo tenere perché sapeva quanto Charlie desiderasse un figlio. Era una pazzia, ma era convinta che sarebbe riuscita a convincerlo che quel bambino era suo — e inoltre non voleva abortire per l'ennesima volta.

« Salve, Charlie », mormorò Judi. « Vado a chiamare Barbie. » Ma lei era già arrivata in anticamera, con l'aria stanca, pallida, infelice.

« Salve », esclamò lui, sentendosi un po' come un ragazzino al suo primo appuntamento, mentre Judi e gli altri sparivano in direzione della cucina. « Mi dispiace di non avere telefonato. Ma avevo bisogno di tempo per riflettere. »

« Come me. » Aveva le lacrime agli occhi e soffocò un singhiozzo. Rivederlo rendeva tutto molto più difficile. Soltanto adesso si rendeva conto di quello che gli aveva fatto e quanto avesse sbagliato a mentirgli.

« Non possiamo sederci in qualche posto? » A un tratto Charlie sembrava diventato più adulto e più maturo. In quegli ultimi giorni aveva vissuto intensamente. Anzi, gli pareva perfino di essere invecchiato da quando si era sentito spiegare che era sterile.

Barbie, non volendo che gli altri sentissero quello che si dicevano, lo accompagnò nella camera di Judi. Sedette sul letto disfatto mentre Charlie, sentendosi terribilmente a disagio, si appoggiò sul bordo dell'unica poltroncina, guardando la ragazza che aveva sposato. Quanta strada avevano fatto in meno di due anni — e non era certo stato un viaggio piacevole! In realtà non sembrava nemmeno più un vero matrimonio, il loro, ma Charlie era convinto che tutto potesse cambiare, adesso. E, con un bambino, ci sarebbero state molte più ragioni per rimanere uniti.

« Voglio il bambino, Barb. Ci ho pensato molto, e credo che riusciremmo a far funzionare le cose. Diavolo, se qualcuno avesse adottato me, io non avrei avuto nessun legame di parentela con i miei genitori adottivi. Questo bambino, invece, non dovrà mai sapere che io non sono suo padre. Sul suo certificato di nascita comparirà il mio nome — e mi basta. » Le sorrise dolcemente. Era pronto a perdonarle ogni cosa e Barbie scoppiò in lacrime, disperata, ascoltandolo. Per un po' non riuscì a fare altro che scrollare il capo guardandolo. Erano momenti difficili per tutti e due. Poi Charlie si protese verso di lei per prenderle una mano, ma Barbie gliela lasciò solo per un attimo. Intanto cercava di farle capire che ogni cosa si sarebbe sistemata. Mentre Barbie non voleva nemmeno ascoltarlo.

« Ieri ho abortito », riuscì finalmente a mormorare, e Charlie ebbe l'impressione di essere stato colpito in pieno petto. Mai e poi mai avrebbe pensato che Barbie potesse prendere una decisione del genere tanto in fretta.

« Vuoi scherzare? » Ma chi avrebbe avuto voglia di scherzare su un argomento simile? Non seppe che altro dirle, mentre si fissavano in un silenzio sepolcrale. « Perché? » Adesso tutto ciò che Barbie diceva, sembrava assurdo o sciocco. D'altra parte, lui era talmente confuso e turbato, chiuso nei propri sentimenti da non rendersene quasi conto.

« Charlie, per me sarebbe stato impossibile tenere quel bambino. Non sarebbe stato onesto nei tuoi confronti, o nei miei. E nemmeno verso il bambino. Per tutta la vita non avresti fatto che pensare che ti avevo ingannato. E lui te lo avrebbe ricordato giorno dopo giorno, tutte le volte che lo avessi guardato. E io... » Alzò di nuovo gli occhi su Charlie, pieni di sofferenza. « La verità è un'altra: per quanto mi sentissi colpevole per quello che ho fatto, per quanto mi dispiacesse e per quanto non sopportassi l'idea di un altro aborto... insomma, questo bambino non lo volevo. Che fosse tuo o di qualcun altro. »

« Perché? Un bambino poteva essere la cosa più bella del mondo, per noi due. Adesso dovremo adottarne uno », disse deluso. Quella creatura poteva essere la soluzione perfetta — e invece, adesso, non gli restava nemmeno più quella possibilità. In parte si sentì sollevato, e in parte sconvolto e disperato.

« Charlie... » mormorò Barbie con un filo di voce « ...non torno da te. » E abbassò la testa perché dopo quello che aveva detto non aveva più il coraggio di guardarlo negli occhi.

« Che cosa? » esclamò lui, pallido sotto le lentiggini. « Che cosa vuoi dire? »

Con uno sforzo lei si impose di guardarlo di nuovo in faccia: « Charlie, ti voglio bene... sei tutto quello che una donna potrebbe desiderare in un marito. Ma io... io non voglio essere sposata, è tutto qui. Non l'avevo mai capito, prima. Ma seduta nel soggiorno di casa, con te, una sera dopo l'altra, mi pareva di essere morta. In principio ho creduto che ce l'avrei fatta, invece no, non è possibile. Ecco perché è successo tutto questo, credo. Nei primi tempi, subito dopo esserci sposati, mi sentivo sollevata al pensiero che uno come te, onesto e sincero, volesse occuparsi di me, proteggermi, assistermi... » Adesso le lacrime le scorrevano sulle guance. « Pensavo di vivere in un sogno. Però, a poco a poco, il sogno si è trasformato in un incubo. Non voglio dover render conto a qualcuno di quello che faccio. Non voglio essere costretta a rimanere chiusa in casa tutto il tempo. Non voglio vivere con un uomo, e se c'è una cosa di cui ormai sono sicura è che non voglio avere un bambino, tuo o di chiunque altro, e sono sicurissima di non volerne nemmeno adottare uno. Ieri ho parlato con il medico e mi ha detto che nel giro di qualche settimana sistemerà le cose definitivamente. Così non avrò più nemmeno bisogno di abortire di nuovo.»

«Per quale motivo hai fatto tutte queste cose senza neppure parlarne con me?» le domandò Charlie, che ormai aveva in mente soltanto quel bambino. Continuava a illudersi che, se avessero avuto quel figlio, niente di brutto sarebbe mai potuto succedere. Anche se Barbie gli aveva detto che non voleva tornare a vivere con lui... non poteva parlare sul serio, no! Era sconvolta, non sapeva quello che diceva.

«Charlie, non era tuo, quel bambino. E io non lo desideravo.»

«Ma non è giusto quello che hai fatto!» esclamò lui, scoppiando in lacrime. Niente più gli pareva giusto. Niente di quello che era successo era giusto, ma niente lo era mai stato, fin dal principio della sua vita, quando suo padre e sua madre lo avevano abbandonato. E adesso anche Barbie lo lasciava. Anche lei non era diversa da quei genitori adottivi che avevano accettato di tenerlo per un po', e poi avevano detto che, anche se era un bambino buono e simpatico, loro non si sentivano di volergli bene. Insomma, che cosa c'era in me, si domandò mentre piangeva disperatamente singhiozzando come un adolescente, che cosa c'è in me perché nessuno riesca ad amarmi? «Mi dispiace...» Cercò di scusarsi per i suoi sentimenti, per quello che provava in quel momento, per le sue lacrime, ma Barbie si limitò a scrollare il capo. La faceva soltanto sentire peggio di prima, benché ormai fosse assolutamente sicura della decisione presa. Si rendeva conto che avrebbe dovuto farlo molto tempo prima, prima ancora di cominciare ad andare a letto con quel tizio di Las Vegas. «Perché non torni a casa per un po', perché non cerchiamo di riprovare? Potremmo avere un matrimonio aperto, o qualcosa del genere, tu potresti andare e venire come vuoi. Niente domande, niente spiegazioni.» Ma mentre pronunciava queste parole, si domandò come avesse avuto il coraggio di farle una proposta del genere. Sapeva che, per quanto lo riguardava, sarebbe stata una follia. E Barbie lo sapeva ancora meglio di lui.

Del resto, ormai la decisione era stata presa e niente di quello che lui poteva dire le avrebbe fatto cambiare idea. « Non posso farlo, Charlie. Non sarebbe onesto verso nessuno dei due. »

« E allora, che soluzione avresti scelto? » Era anche preoccupato per lei. Barbie aveva bisogno di qualcuno che la proteggesse, che si occupasse di lei... non era forte e sicura di sé come pretendeva di essere.

« Judi si licenzierà dal lavoro. Torniamo insieme a Las Vegas. »

« E che cosa farai? Altri cinque anni come ballerina di fila, e poi? Che cosa farai quando sarai troppo vecchia per farti fotografare in costume da bagno con le tette di fuori? »

« Probabilmente farò un'operazione, in modo da poter continuare a metterle in mostra. Non lo so, Charlie. In ogni caso so di non poter essere quello che tu vuoi, quello che meriti. Piuttosto preferisco morire a Las Vegas, lavorando negli spettacoli di varietà. »

« Non riesco a crederci. » Si alzò in piedi di scatto, attraversò la stanzetta e andò a guardare fuori della finestra. E vide una strada squallida e deserta — come la sua vita, ormai. « Dunque, sei proprio decisa a non tornare a casa con me? » Si voltò a guardarla di nuovo e lei fece cenno di no con la testa, con fermezza. A quel punto avevano smesso di piangere tutti e due, ma lui continuava a sentirsi come se un gigante gli avesse allungato un violento pugno al plesso solare.

« Tu meriti molto più di quello che io potrei mai darti », mormorò Barbie con tristezza. « Una brava ragazza che apprezzi tutto quello che hai da offrire, che desideri rimanere in casa con te, cucinare per te; potrai adottare un paio di bambini ed essere molto felice. »

« Grazie per avere già pensato a tutto, grazie per questo quadro del futuro che mi fai », ribatté lui, avvilito. E in quel momento si rese conto che non avrebbe mai avuto il coraggio di riprovare. Non sarebbe mai riuscito a costringere Barbie a tornare da lui e nello stesso tempo sapeva che non si sarebbe mai più risposato.

«Charlie, se tu sapessi quanto mi dispiace...» ripeté Barbie, mentre tornavano nel soggiorno. Poi dalla soglia rimase a guardarlo mentre lui scendeva le scale, lasciando per sempre l'appartamento di Judi. E Charlie non si voltò. Non poteva. Gli avrebbe ricordato — troppo crudelmente — tutti quei momenti terribili... quando i genitori adottivi lo avevano riaccompagnato all'orfanotrofio.

12

Per tutto il mese di gennaio Charlie continuò ad avere l'impressione di camminare sott'acqua. Fatti i bagagli di Barbie, e consegnatili a casa di Judi, ricominciò ad andare in ufficio e si trasferì in un residence di Palms. Alla sera non riusciva mai ad addormentarsi perché continuava a pensare. Voleva cercare di capire per quale motivo le cose fossero andate storte — ma non riusciva mai a raccapezzarsi. E se fosse stato lui a pretendere troppo? Oppure era il suo desiderio di avere dei figli? Era stato questo che l'aveva spinta a fare certe scelte? Era impossibile credere che Barbie semplicemente non volesse essere sposata. Ma lei, verso la fine del mese, aveva già inoltrato la domanda di divorzio; pochi giorni più tardi gli telefonò per informarlo che partiva per Las Vegas. Aggiunse che gli avrebbe dato notizie di sé e gli avrebbe mandato il suo indirizzo, in modo da potersi mettere in contatto per le questioni inerenti la separazione. Mentre gli dava tutte queste spiegazioni, Barbie sembrava molto distaccata e tranquilla, diversamente da Charlie il quale, dopo la telefonata, si mise a piangere disperatamente, al punto che nemmeno Mark riuscì a consolarlo. Gli continuò a ripetere che c'erano tanti altri pesci in mare, che lei non era l'unica ragazza del mondo, che si sarebbe senz'altro trovato meglio con una donna più adatta a lui, con cui avesse qualcosa in comune. Preferì non ricordargli che, fin dal principio, Barbie non lo aveva mai convinto del tutto. Del resto, a che cosa sarebbe servito, ormai?

Ricordò a Charlie che anche lui aveva passato brutti momenti quando sua moglie lo aveva lasciato per un altro uomo e si era trasferita in California.

« E io avevo le bambine! » aggiunse, per sottolineare la difficoltà della propria situazione. Ma quel cenno servì solo a rammentare a Charlie lo squallore desolante della sua vita, e di quel futuro che gli appariva più vuoto che mai. Adesso si rifiutava di uscire con chiunque e tutti gli sforzi di Mark di condurlo con sé e di presentarlo ai suoi amici risultarono inutili. Non voleva nemmeno più andare al bowling. Forse era troppo presto — sentiva il bisogno di riflettere sulla propria vita, nella speranza di poter ripartire da capo.

Era arrivato addirittura al punto di pensare che forse era meglio così, meglio non avere figli, meglio essere sterile. E del resto, che cosa ne sapeva lui dei bambini? La sua non era stata un'infanzia normale. Come poteva illudersi di poter essere un buon padre? Fu quello che ripeté anche a Mark il quale gli rispose chiaro e tondo che doveva essere pazzo. Mark soffriva nel vedere l'amico distrutto dal dolore, amareggiato... E gli suggerì perfino di andare da uno psichiatra di sua conoscenza, ma Charlie rifiutò il consiglio.

« Ascoltami un po', figliolo », cercò di spiegargli Mark una sera, mentre uscivano dall'ufficio, « tu non ragioni nel modo giusto. Probabilmente saresti il padre migliore del mondo, proprio perché sai di che cosa ha bisogno un bambino, perché tu non l'hai mai avuto. Hai scelto la ragazza sbagliata, tutto qui. Molto semplice. Simpatica, carina finché vuoi, ma a lei piaceva soltanto divertirsi, le piacevano le luci della ribalta. Tu invece adori cucinare, stare tranquillo a casa, farti una famiglia. E allora... un giorno troverai la ragazza giusta, ti sistemerai definitivamente e vivrai felice e contento per sempre. Smettila di pensare che la tua vita è finita, Charlie, perché non è vero. Devi solo dare tempo al tempo. Le ferite sono ancora fresche, e continuano a sanguinare. » Verissimo. Tutto quello che Mark diceva era giusto, ma Charlie non sopportava più nemmeno di ascoltarlo.

« Non voglio trovarne un'altra. Non voglio sposarmi. Perdiana, non sono neppure divorziato, ancora! »

« Oh... allora è per questo che non vai più al bowling... ma non capisco perché non possiamo uscire a farci una birra e una pizza. Che cosa credi, che ti voglia dare un appuntamento? Uscire con te? Sarai carino e simpatico fin che vuoi, ma ti assicuro che non sei affatto il mio tipo... e poi la mia piccola Gina potrebbe rimanere un po' sconcertata, capisci... » A quel punto Charlie si mise a ridere e Mark gli allungò una pacca affettuosa sulla spalla. « Insomma, non angosciarti troppo... prova a non essere così duro con te stesso... vuoi? »

« Certo, ci proverò... » rispose Charlie, e sorrise per la prima volta dopo tanto tempo.

Qualche giorno dopo accettò di uscire a cena con Mark, e il week-end successivo andò al bowling. Era un processo lungo e lento, ma finalmente Charlie aveva cominciato a guarire. Soffriva ancora atrocemente quando pensava a Barbie, e non riusciva ancora a convincersi di quello che lei aveva fatto, ma a poco a poco stava uscendo dal suo guscio. Poi, durante il week-end cominciò a giocare a baseball con un gruppo di orfani di dodici anni.

Pilar si sentì terribilmente depressa nel mese che seguì l'aborto. Si era presa un periodo di vacanza, ma rifiutava di parlare con chiunque e rimaneva in casa, in camicia da notte, a rimuginare cupamente sulla sua sorte. Brad cercò di convincerla perché incontrasse qualche amica ma perfino Marina dovette insistere più volte per poterla vedere.

Si presentò con una bracciata di libri che parlavano del dolore, della perdita di un figlio durante la gravidanza, del lutto. Aveva sempre pensato che l'informazione fosse l'arma migliore — ma questa volta Pilar non l'ascoltò.

« Non voglio sapere quanto sono infelice o quanto potrei esserlo », rispose, lanciandole un'occhiataccia e lasciandole chiaramente capire che non aveva voglia né di parlare con lei né di leggere i libri che le aveva portato.

« Chissà, forse non ti dispiacerebbe sapere che cosa potresti fare per sentirti meglio o quando potrai aspettarti che la tua vita rientri nella normalità », disse Marina con gentilezza.

« Di quale normalità stai parlando? Sono una donna di mezza età, che ha preso un sacco di decisioni imbecilli nella sua vita — e adesso il risultato è che non avrò mai figli. »

« Santo cielo, non ti pare di esagerare con l'autocommiserazione? » la rimproverò Marina con un sorriso.

« Ho il diritto di farlo. »

« Certo, e continua pure a farlo, se vuoi. Ma non come stile di vita. Pensa a Brad, pensa a quanto tutto questo è difficile e doloroso anche per lui. » Infatti era stato Brad a supplicare Marina di fare visita a Pilar. Perché lei si rifiutava perfino di rispondere al telefono.

« Lui ha due figli suoi. Non capisce niente di queste cose. »

« No, però ci sono altre persone che le capiscono. Esistono anche gruppi con cui trovarsi per condividere cose di questo genere. Altre donne hanno perduto un figlio durante la gravidanza. Non sei sola, Pilar, anche se lo credi. Forse adesso ti piace illuderti che sia così, ma non è vero. Altre donne hanno perduto i loro figli, hanno avuto bambini nati morti, hanno visto morire le loro creature quando le conoscevano e le amavano già da parecchi anni. E quello deve essere davvero il dolore più atroce per una persona », concluse tristemente, commossa nel vedere l'amica in quelle condizioni. E Pilar ricominciò a piangere.

« È vero », confessò con le guance rigate di lacrime, « mi sento così sciocca. Capisco che una cosa del genere deve sembrare ridicola a chiunque, ma io mi sento come se avessi perduto un bambino che conoscevo... una creatura alla quale già volevo bene... e adesso è morta e io non la conoscerò mai. »

« Certo, però puoi sempre avere un altro bambino. Non cancellerà quello che è successo, ma potrebbe aiutarti. »

« Credo che sarebbe l'unica soluzione per me », disse Pilar sinceramente. « Non ho altro desiderio che quello di rimanere di nuovo incinta.» Si soffiò il naso con un fazzolettino di carta mentre pronunciava queste parole, e Marina le rivolse un sorriso pieno di comprensione.

«Forse ci riuscirai.» Non le piaceva dare false speranze e in realtà non esisteva alcuna sicurezza che Pilar vedesse realizzato il suo desiderio.

«Certo, o forse no. E in tal caso...?»

«In tal caso riprenderai la vita di sempre. Devi farlo. Avevi una vita felice prima, e tornerà a esserlo. I bambini non sono tutto, sai.» E mentre le diceva questo, le tornò alla mente una cosa accaduta tanti anni prima — e si affrettò a parlargliene. «Me n'ero quasi dimenticata finora, ma mia madre ha perduto il suo nono figlio, quando era incinta da un paio di mesi, credo. E, avendo già otto figli, sarebbe logico pensare che non fosse poi una grossa tragedia... be', a guardarla chiunque avrebbe detto che le fosse morto il figlio primogenito. Ha avuto un esaurimento nervoso terribile e si è chiusa in se stessa, come se fosse in lutto stretto. Papà non sapeva più che cosa fare. Si è messa a letto, piangeva come una fontana, e gli altri sette miei fratelli diventavano sempre più capricciosi e sempre più indomabili, tranne quando intervenivo io a metterli un po' in riga... la mia povera mamma, invece, era un autentico disastro. La depressione durò mesi e mesi; e poi, naturalmente, rimase di nuovo incinta. Nacquero altri due bambini dopo quello perduto... ma sai che cosa ti dico? Ne continuò a parlare fino al giorno della sua morte; ripeteva che era stata un'esperienza terribile, la cosa più triste della sua vita, e che aveva sempre sentito la mancanza di quella creatura in un modo incredibile. A qualcuna delle sue amiche era capitato di perdere un figlio e io penso che anche per loro sia stata una tragedia. Ha sempre parlato di quel bambino che le era morto come se lo avesse conosciuto.»

«È la sensazione che provo io», rispose Pilar, e finalmente ebbe l'impressione che qualcuno capisse quello che le stava succedendo. Improvvisamente si accorse di sentirsi stranamente legata alla madre di Marina perché aveva sofferto come lei per quella creatura mai nata.

«Deve essere uno di quei misteri della vita che nessuno, in fondo, comprende bene — a meno che non viva quest'esperienza.»

«Forse», rispose Pilar, in tono cupo. «Per quello che mi riguarda, non mi è mai successo niente di più orribile», riprese. Ed era sincera. Si sentiva spezzare il cuore ogni volta che ci pensava — e disgraziatamente non c'era un solo momento della giornata in cui riuscisse a dimenticarsene.

«Be', prova a pensare a mia madre. Dopo quello, ha avuto altri due figli, come ti ho detto. E all'epoca doveva avere più o meno quarantasette anni.»

«Mi dai qualche speranza.» In realtà Marina era la prima persona che le infondesse un po' di coraggio. Un vero dono del cielo! Ben diversa dalla madre, alla quale si guardava bene dal telefonare. Per fortuna non aveva mai accennato al bambino. Non avrebbe certo perso l'occasione di ricordare alla figlia che l'aveva avvertita. E adesso Pilar non riusciva a non pensarci.

Anche dopo la visita di Marina rimase profondamente depressa, con grande disperazione di Brad. Alice e Bruce, adesso, si erano accollati parte del suo lavoro, in ufficio, e cercavano di sostituirla per quanto possibile. Alcune date già fissate per i processi erano state spostate... e ai suoi clienti veniva comunicato che Pilar era malata... insomma, tutti erano seriamente preoccupati per lei.

Venne perfino Nancy, con la speranza di poterla rasserenare un po' — ma portò con sé il bambino, e questo non fece che peggiorare le cose. Quando Brad rientrò, quel giorno, Pilar era vicina alla crisi isterica. Gli disse chiaro e tondo che non voleva vedere mai più un altro bambino, che non voleva nemmeno che Adam venisse da loro fino a quando non fosse cresciuto un po'.

«Pilar, devi smetterla», disse Brad, disperato e incapace di trovare una soluzione. «Non puoi fare una cosa del genere a te stessa.»

« Perché non posso? » Non mangiava, non dormiva. Aveva perduto cinque chili e sembrava invecchiata.

« Non ti fa bene. Il mese prossimo ci riproviamo. Su vieni, tesoro. Devi fare qualcosa per riprenderti. » Ma Pilar non riusciva a reagire. Dal momento in cui si alzava a quando andava a letto la sera, le pareva di avere un peso sul cuore. A volte non aveva nemmeno più voglia di continuare a vivere. « Ti supplico... tesoro, ti prego. » Alla fine, sperando di distrarla un po', Brad l'accompagnò a San Francisco per un fine settimana e, per colmo di sfortuna, fu proprio allora che le tornò il ciclo mensile. Sperando di rasserenarla, Brad le ricordò che nel giro di un paio di settimane sarebbero dovuti tornare dalla dottoressa Ward... con quei suoi filmetti a luci rosse e tutto il resto.

« Oh, Dio! » Pilar fece una smorfia e, a dispetto di se stessa, si mise a ridere. « Non ricordarmelo! »

« È meglio che tu faccia uno sforzo per godertela adesso! » E per il resto del viaggio non fece che prendersi gioco di lei, affermando di avere intenzione di accompagnarla a Broadway a comprare « quei supporti per la coppia », da aggiungere alla collezione che già la dottoressa Ward possedeva.

« Sei un pervertito, Bradford Coleman. Se qualcuno sospettasse i pensieri che ti passano per la mente, e che sei un simile sudicione, quando ti vede lassù, seduto sul tuo scanno, sono sicura che ti radierebbero dall'ordine dei magistrati! » Sorrise di nuovo. Sembrava tornata quella di sempre, per la prima volta dopo settimane.

« Bene. Perché così potrei rimanere a casa a fare l'amore con te tutto il giorno. » Ma in quel periodo anche quello pareva non avesse più una grande attrattiva per Pilar. E cercò di spiegarlo sia a Brad sia al suo analista. Le sembrava che quell'aborto avesse segnato il suo fallimento più completo e definitivo come donna. « *Ho perduto* il bambino... è un po' come lasciarlo su un autobus chissà dove, o dimenticarlo al parco... *ho perduto* il bambino! » non faceva che ripetere con le guance rigate di lacrime...

Era difficile ragionare con lei. Tutti i sentimenti che provava non erano filtrati dalla mente ma arrivavano dritti dal cuore. Il suo cervello le diceva che avrebbe potuto avere altre possibilità, e anche Brad non faceva che ripeterle che dovevano continuare a provare. Ma il suo cuore non sapeva niente di tutto questo; ricordava solo quello che aveva perduto. Quel bambino che tanto aveva desiderato. E ogni volta che ci pensava, sentiva una stretta al cuore.

Quando tornarono dalla vacanza, Diana cominciò a comportarsi con cautela... come se camminasse sulle uova! Non voleva approfittare troppo della propria fortuna. Tutto era stato meraviglioso, per loro, alle Hawaii, ed erano tornati a casa rinnovati. Non sembravano nemmeno più le persone che erano state un tempo e, sotto certi aspetti, erano convinti perfino di essere migliorati. Ma ricordando quanto fosse stata aspra e difficile la strada percorsa, adesso lei non voleva aggiungere altre tensioni a quelle che già esistevano. Quindi prese la decisione di non rivedere i suoi familiari, almeno per un po', e di non ricominciare a riflettere sui soliti problemi. Ormai erano già passati quasi due mesi dall'ultima volta che aveva visto Sam e che le aveva parlato, ma si rendeva conto di non avere ancora la forza di affrontare una realtà ormai prossima come quella della nascita del suo ultimo figlio. Era troppo penosa.

Il nome del gioco a cui si dedicavano in quei giorni era «come evitare di soffrire». E Diana avrebbe fatto qualsiasi cosa per riuscirci. La invitarono a due festicciole, due future mammine, colleghe d'ufficio — ma rifiutò gli inviti. Sia lei sia Andy avevano deciso di sottoporsi — separatamente — alla psicoterapia e pareva che il suo lavoro fosse tornato a piacerle. Di tanto in tanto la divertiva perfino una chiacchierata con Eloise, anche se c'era stato un evidente raffreddamento nei loro rapporti. Eloise stava pensando a far carriera mentre Diana era ancora chiusa in se stessa, impegnata a salvare a ogni costo la propria esistenza e il proprio matrimonio. Durante tutta la settimana successiva alla vacanza, si accorse di provare una gioia incredibile al pensiero di tornare a casa ogni sera. Non vedeva l'ora di ritrovarsi con Andy, di passare un po' di tempo con lui. Da parte sua, Andy aveva preso l'abitudine di telefonarle tre o quattro volte al giorno dal suo studio, più che altro per salutarla e sentire come stava e che cosa faceva. Le sembrava che la loro unione si fosse rafforzata e la loro vita era adesso molto tranquilla. Diana non si sentiva ancora pronta a frequentare di nuovo gli amici, e Andy preferiva non insistere. D'altra parte, anche le persone che conoscevano, come Bill e Denise per esempio, non si facevano più vive da mesi. Andy si era deciso, alla fine, a spiegare a Bill che per Diana era ancora troppo difficile frequentarli soprattutto da quando Denise era incinta. Bill si era mostrato molto comprensivo e i due amici avevano ripreso a giocare a tennis insieme, quando era possibile. Purtroppo non accadeva molto spesso. Ormai avevano tutti e due altre responsabilità e altri impegni.

Diana di rado si preoccupava di controllare se ci fosse qualche messaggio sulla segreteria telefonica, quando tornava a casa. Nessuno li cercava più, a parte, di tanto in tanto, la signora Goode oppure i fratelli di Andy. Ma una sera, verso la metà di gennaio, rientrando a casa con un po' di anticipo rispetto al solito, provò a metterla in funzione per ascoltare i messaggi registrati, mentre accendeva il forno e cominciava a preparare la cena. Com'era prevedibile, c'era una telefonata della mamma, che la fece sorridere, e di una sconosciuta che vendeva rotocalchi; e poi tre messaggi per Andy, uno da Bill a proposito di un torneo di tennis al club, uno da suo fratello Nick e il terzo da una donna. Una voce molto sensuale avvertiva semplicemente che il messaggio era per Andy e che lui avrebbe capito perché lo chiamava. La voce, calda e roca, concludeva con queste parole: « ...mi faccia chiamare da Andy, per favore ». Poi la sconosciuta aveva lasciato il suo numero di telefono e addirittura il suo nome, Wanda Williams. Diana inarcò un sopracciglio con aria interrogativa, e rise. Perfino nei momenti peggiori, durante l'anno precedente, non era mai stata sfiorata dal sospetto che Andy la tradisse. Sapeva che parecchi uomini lo facevano, soprattutto quando le tensioni che dovevano affrontare erano troppo forti, ma era convinta che Andy non rientrasse in quella categoria. Inoltre riteneva che non fosse tanto sciocco da invitare le sue amichette a lasciargli un messaggio sul telefono di casa. Più che preoccupata, si sentì divertita e a cena, quella sera, non fece che prendersi gioco di lui, stuzzicandolo perché le confessasse di che cosa si trattava. Era convinta che fosse una delle attrici che recitavano in uno degli spettacoli di cui Andy si stava occupando.

« E allora... mi vuoi dire chi è la donna con la voce sexy che ti ha telefonato oggi? »

« Che cosa? » Lui aggrottò la fronte e allungò la mano per prendere un altro pezzo di pane, con aria apparentemente distratta.

« Mi hai sentito. Chi è? » Diana stava sorridendo. Si divertiva a prenderlo in giro anche perché, di solito, Andy stava al gioco. Ma questa volta capì che quella faccenda gli dava enormemente fastidio.

« Mi vuoi spiegare che cosa vorresti dire? È soltanto una delle amiche di mio fratello; credo che sia venuta a vivere qui per qualche tempo; voleva che l'aiutassi a comprare un'automobile o qualcosa del genere. »

« Un'automobile? » esclamò Diana scoppiando a ridere senza ritegno. « Questa è la peggiore bugia che io abbia mai ascoltato. Avanti, Andrew... di chi si tratta? Chi è Wanda Williams? » Provò a imitare la voce della sconosciuta, ma Andy non la trovò per niente spiritosa.

« Non so chi sia. Ci siamo capiti? È soltanto un nome, e basta. Non l'ho mai vista di persona. »

« Si direbbe una di quelle ragazze che prendono un certo tipo di appuntamento per telefono », riprese Diana, e provò di nuovo a imitare quella voce così calda e sexy. « Chiamami... »

« Va bene, va bene, ho capito, sai? » A quel punto aveva già divorato tre pezzi di pane e non riusciva più a nascondere il proprio nervosismo. Diana si meravigliò.

« Dunque, hai intenzione di chiamarla?... Sempre per parlare di quell'automobile, immagino. » Stava diventando sempre più insistente, stava esagerando, e Andy cominciava a irritarsi.

« Forse. Vedrò. »

« No, non la chiamerai. » Diana aveva smesso di scherzare ed era chiaramente turbata; c'era qualcosa, in tutta quella storia, che non quadrava e non le piaceva. « Andy, di che cosa si tratta? »

« Si tratta semplicemente di qualcosa di cui mi sto occupando io, d'accordo? Avrò pur diritto a un minimo di vita privata, no? »

« Certo. » Diana lo guardò esitante. « Forse sì. Ma non quando ci sono di mezzo altre donne. »

« Non vado in giro a spassarmela con chissà chi. D'accordo? Te lo giuro. »

« E allora si può sapere che cosa stai facendo? » gli domandò a bassa voce. Non riusciva a capire il motivo di tanti segreti a proposito di quella ragazza. Che cosa le nascondeva Andy, in nome di Dio?

« È un'amica di un mio amico. Conosce uno degli avvocati con i quali io lavoro abitualmente e vuole che io le parli di un certo progetto. » Preferiva evitare di raccontarle che si trattava di una delle ex amichette di Bill Bennington e che era stato proprio Bill a suggerirgli di telefonarle.

« E allora, che bisogno avevi di raccontarmi una frottola inventando che era un'amica di tuo fratello? »

« Insomma, Diana, lascia perdere. D'accordo? Non insistere. »

« E perché non dovrei insistere, accidenti? » A quel punto si alzò di scatto da tavola, sempre più insospettita. Forse Andy se la spassava con chissà chi, e lei era all'oscuro di tutto. « Si può sapere che cosa stai combinando? »

« Ascolta, dannazione... » aveva fatto il possibile per evitare quell'argomento, ma capì di non poter più tornare indietro. « Non volevo parlartene ora! Avrei preferito discuterne prima con lei e farmi un'idea di che tipo è, conoscendola di persona. »

« Fantastico... ma che cosa significa tutta questa storia? Adesso esci anche con altre donne? »

« Ha avuto un figlio per un'altra persona, l'anno scorso. È una di quelle che si chiamano madri in affitto. E vorrebbe riprovare. Volevo parlarle prima, e poi ti avrei chiesto che cosa ne pensavi.» Lo disse molto tranquillamente, cercando di prepararsi alla reazione furibonda di sua moglie.

«Che cosa? Volevi andare da una di quelle strane ragazze, quelle Signorine Affitto-Il-Mio-Utero, per controllare che tipo sia, e neppure me lo dicevi? Si può sapere che cosa meditavi di fare... magari, se era il caso, anche di andare a letto con lei? Per amor di Dio, Andy... come hai potuto pensare una cosa simile?»

«Santo cielo, volevo soltanto parlarle. Se vogliamo imboccare questa strada, potremmo farlo per mezzo della fecondazione artificiale — lo sai anche tu.»

«Perché? Perché fai tutto questo? Mi pareva di aver capito che non volessimo più discutere l'argomento, almeno per qualche mese ancora.»

«Lo so. Ma, vedi, questa faccenda è saltata fuori la settimana scorsa, e persone del genere non sono facili da trovare. Tra l'altro, c'è anche il rischio che, rimandando la decisione, lei accetti di rimanere incinta del figlio di qualcun altro.»

«Chi sarebbe?»

«Diciamo che fa l'attrice. Pare che le succeda molto facilmente di rimanere incinta. Così ha pensato che potrebbe fare qualcosa di molto bello per il suo prossimo, offrendo questo servizio.»

«Molto gentile da parte sua. E quanto chiede?»

«Venticinquemila dollari.»

«E se poi si tiene il bambino?»

«Non può. Perché deve firmare un contratto grazie al quale noi ci troveremmo in una botte di ferro. Del resto, l'anno scorso, anche per quel tizio è andato tutto liscio. Non gli ha combinato guai. Gli ho parlato io, di persona. Lui e sua moglie sono al settimo cielo. Adesso hanno una bambina, e ne vanno letteralmente pazzi. Tesoro, ti prego... lascia almeno che vada a conoscerla.»

«No. E... se per caso si drogasse, o avesse qualche malattia? E se non volesse cedere il bambino? E se... mio Dio... non domandarmi di fare una cosa del genere...» Appoggiò la testa sul tavolo e scoppiò in singhiozzi. Provava una gran voglia di coprirlo d'insulti, di urlare, disperarsi... Perché la costringeva ad affrontare di nuovo quel calvario? Da poco la loro vita aveva ripreso una parvenza di normalità e ancora non si sentiva preparata a niente di tutto questo.

« Tesoro, sei tu che hai detto di desiderare *il mio* bambino e che non sarebbe stato giusto per me rinunciare *al mio* bambino. Ho pensato che questa fosse una soluzione migliore dell'adozione, perché, a questo modo, se non altro il bambino sarebbe, almeno a metà, nostro. Quando il dottore ce lo ha proposto, ti sei rifiutata persino di sentir parlare di ricorrere a una donatrice, mentre questa mi sembra una soluzione alternativa abbastanza accettabile. »

« A che cosa siamo arrivati? All'esperimento scientifico, santi numi! » Lo fissò con lo sguardo carico d'odio. « Ti detesto, Andrew Douglas. Come osi proporre a me, proprio a me, un'esperienza del genere? »

« Anch'io ho diritto a un figlio. È un diritto che abbiamo tutti e due. E so quanto disperatamente ne desideri uno. »

« Ma non così. Ti rendi conto che vivremmo in una condizione di stress costante fino a quando tutto non sarà finito? E poi io non voglio il tuo sperma in qualche altra donna. E se dovesse innamorarsi di te e del bambino? »

« Di, è sposata. »

« Per amor del cielo! Siete tutti pazzi, tu, lei, suo marito! »

« Ah, sì? E tu saresti l'unica sana di mente fra noi? » ribatté Andy, furioso.

« Può darsi. »

« Bene, figliola, ti garantisco che a guardarti non si direbbe. » Infatti in quel momento aveva un'aria stralunata e sembrava prossima a un crollo nervoso. « Sappi che io ho intenzione di andare a parlarle questa settimana, un giorno o l'altro. Tutto qui. Voglio semplicemente sapere quali sono le sue condizioni, che tipo è lei e che cosa succederebbe. Voglio sapere quali potrebbero essere le nostre scelte, se vogliamo farlo adesso o in qualsiasi altro momento in futuro. E... Diana, vorrei che tu venissi con me. »

« Non voglio avere niente a che fare con tutta questa storia. Non posso. Sono sicura che sarebbe la goccia che fa traboccare il vaso.» Proprio adesso che cominciava lentamente a ritornare a galla! No, non voleva correre rischi del genere.

«Credo che tu sia più forte di quello che pensi», le rispose Andy, tranquillissimo. E voleva fare questo tentativo. Negli ultimi mesi ci aveva pensato molto. Voleva un figlio. Voleva Diana, ma voleva anche una famiglia; e se avesse potuto avere un figlio concepito con il proprio seme, tanto meglio.

«Sei un figlio di puttana, ecco», esclamò Diana con livore, e andò a chiudersi nella stanza da bagno. Quando ne uscì, Andy aveva già telefonato a Wanda Williams, fissando un appuntamento per l'indomani pomeriggio a *The Ivy*. Sembrava un posto un po' strano da scegliere, ma così aveva voluto Wanda.

«Allora, vieni?» domandò Andy a Diana il mattino dopo, e lei scrollò la testa. Prima di uscire per andare in ufficio, insistette ancora, ma lei continuò a tacere. Quando, poco dopo, Bill gli domandò com'era andata, Andy gli rispose, teso e irritato, che Diana era fuori di sé e che difficilmente lo avrebbe accompagnato a conoscere la futura madre in affitto. Dopo avergli augurato buona fortuna, Bill scappò via perché aveva una riunione importante.

Verso mezzogiorno, Diana cominciò a pensare all'incontro combinato da Andy e a domandarsi che tipo fosse Wanda Williams. Alla fine si rese conto di non saper resistere. Chiamò un taxi e scese in strada. Arrivò al ristorante con mezz'ora di ritardo, ma li trovò comodamente seduti a un tavolo, un po' in disparte, con il marito della donna. Andy rimase un po' sorpreso vedendola entrare, ma si affrettò a presentarla alla coppia. John e Wanda Wiliams avevano un'aria rispettabile; sembravano persone sane, erano vestiti abbastanza bene e non si sarebbero detti né drogati né stupidi. Wanda era una graziosa ragazza che parlava con insistenza della necessità di fare qualcosa «di significativo» per qualcuno nella vita, perché lo considerava molto importante, mentre si sarebbe detto che a John non importasse molto di tutta quella faccenda — e infatti il suo unico contributo alla conversazione fu una frase lapidaria, cioè che «i soldi sono sempre soldi». I Douglas avrebbero dovuto accollarsi le spese delle cure mediche di Wanda e provvedere al guardaroba necessario durante la gravidanza, senza dimenticare il fatto che avrebbe dovuto rinunciare allo stipendio per almeno due mesi. Quanto alla sua «tariffa», come la definì, era di venticinquemila dollari. Si dichiarò pronta a firmare un contratto nel quale si impegnava a non bere alcolici, a non prendere droghe né a correre rischi inutili, e non appena dato alla luce il bambino, lo avrebbe consegnato ai Douglas senza alcun problema.

«E nel caso decidesse di tenerselo?» le domandò Diana in tono brusco. Intanto, per sé, aveva ordinato soltanto una tazza di caffè.

«Non farò niente del genere», rispose Wanda Williams tranquillamente e poi aggiunse qualcosa sul fatto che non aveva intenzione di fare violenza al proprio karma. Il marito spiegò che era molto interessata alle religioni orientali.

«Non si può dire che adori i bambini», disse il marito. «Non ha mai voluto tenerne nessuno, neppure l'ultimo.»

«E lei, che cosa ne pensa?» gli domandò Diana. «Che impressione le fa l'idea che sua moglie venga messa incinta dallo sperma di mio marito?»

«Io penso che suo marito non lo farebbe, se non ci fosse costretto», ribatté John Williams guardandola con aria significativa. E Diana ebbe l'impressione di sentirsi colpire al cuore da una pugnalata. Ma rimase impassibile. «Non so, secondo me è qualcosa che riguarda lei, e soltanto lei. È quello che Wanda desidera.» Diana cominciava ormai a pensare che fossero una coppia di matti anche se, almeno in apparenza, sembravano due persone normalissime. In realtà era l'intero progetto che le sembrava orribile e folle.

Continuarono a parlare anche durante il pranzo, ma non arrivarono a una conclusione; Andy disse che li avrebbe chiamati uno dei giorni successivi, dopo aver discusso ulteriormente l'argomento con Diana.

«Ho già fissato un colloquio con un altro candidato», spiegò Wanda. «E dovrei vederlo domani.»

«Lei lo fa soltanto per le persone che le piacciono sul serio », aggiunse il marito, lanciando a Diana un'occhiata accusatrice.

Evidentemente, per lui, non era stata abbastanza « carina », e questo poteva essere più che sufficiente per mandare in fumo l'intero progetto. Se ne andarono prima dei Douglas e Diana, furiosa, si voltò a fissare il marito. « Come puoi fare una cosa del genere? »

« Perché sei stata così scortese con lui, perché gli hai fatto quella domanda? Perché gli hai chiesto quale fosse la sua reazione al pensiero della moglie fecondata dal mio sperma? Per amor di Dio, Diana, ti rendi conto che potrebbero rifiutare? »

« Oh! » Diana si abbandonò contro la spalliera della seggiola e alzò gli occhi al cielo, esasperata. « No, non riesco a crederci. Quella tizia non ha fatto che raccontarci un sacco di storie assurde sul suo karma e tu vorresti avere da lei il nostro bambino! Io trovo che tutta questa faccenda puzza di poco pulito. Come suo marito. »

« Ho intenzione di telefonare al dottor Johnston e di domandargli come si potrebbe fare. »

« Io non voglio entrare in questo giochetto. E voglio che tu lo sappia », disse Diana, decisa.

« Fai quello che vuoi. Io non ti ho chiesto niente, neppure un soldo! » Ma Diana sapeva che Andy avrebbe dovuto chiedere il denaro in prestito ai genitori e si domandò in che modo avrebbe spiegato quella richiesta.

« Secondo me, sei ossessionato. E trovo patetico quello che certe persone sono disposte a sopportare pur di avere un figlio. » Ma c'era una soluzione molto più semplice e Diana si rese conto che doveva prendere quella decisone molto più presto di quanto avesse creduto. Si alzò in piedi, squadrò il marito dall'alto in basso, scrollò il capo e uscì. Fuori c'era un taxi e, dopo essere salita, Diana diede all'autista l'indirizzo di casa. Quando Andy uscì a sua volta dal ristorante, dopo avere pagato il conto, ormai se n'era già andata. E quando rientrò a casa dall'ufficio, quella sera, non trovò né lei né tutta la sua roba. Diana se n'era andata. Per sempre. Gli aveva lasciato un biglietto sul tavolo della cucina:

Caro Andy... avrei dovuto farlo mesi fa. Mi dispiace. Tutto questo, adesso, è talmente sciocco! A te non occorre una madre in affitto. Ma una moglie... una vera moglie... che possa avere un bambino. Buona fortuna. Ti amo. Ti farò telefonare dal mio avvocato. Con tutto il mio affetto, Diana.

Inebetito, lui rimase a fissare il foglietto azzurro che stringeva tra le mani. Si sentiva terrorizzato e confuso. Non riusciva a credere che Diana avesse potuto prendere quella decisione.

Provò a chiamare casa Goode quella sera, per controllare, con molta discrezione, se fosse tornata dai genitori, ma furono sufficienti poche domande per fargli capire che non era lì. La signora Goode ebbe immediatamente il sospetto che qualcosa non andasse, ma evitò di approfondire la questione. Non avevano più visto Diana dopo la scenata anche se le telefonavano regolarmente; suo padre aveva fatto una lunga chiacchierata con lei durante il week-end.

Diana, invece, era andata in albergo. E durante il week-end affittò una casa dove vivere. Ma senza illusioni, ormai. Quel pranzo a *The Ivy* le aveva fatto capire quanto era necessario sapere: la loro disperazione, l'assurdità e la stupidità di tutta la loro situazione. Era ridicolo che Andy pensasse di mettere incinta quella ragazza. Ma che cosa diavolo gli era saltato in mente?

Andy cominciò a telefonarle ogni giorno, in ufficio, ma lei si rifiutò sempre di rispondere. E quando provò ad andare a cercarla di persona, non volle vederlo. Il sogno era finito, e con il sogno anche l'incubo. Per Diana e Andy non c'era più alcuna speranza.

13

« E VA bene », disse Pilar con un sorriso esitante, « adesso si ricomincia. » Schiacciò il pulsante del video e le due donne ricominciarono ad accarezzarsi i genitali, mentre Brad guardava la moglie con aria imbarazzata, sentendosi incredibilmente stupido.

« Non sono del tutto convinto che tu abbia scelto i filmetti giusti. »

« Oh, smettila! » rise Pilar. Stava cercando in ogni modo di essere una buona compagna e di prendere la situazione con filosofia; d'altra parte la dottoressa Ward aveva detto chiaro e tondo che sarebbero stati necessari almeno dieci tentativi prima che lei rimanesse di nuovo incinta. E anche in questo caso c'era il rischio che perdesse il bambino. Questa volta avrebbero tentato un nuovo esperimento con supposte di progesterone, somministrato per tre mesi dopo il concepimento. Ma senza la minima garanzia, su questo era stata chiara. E a ogni minuto che passava, Pilar non diventava certo più giovane.

Lentamente aiutò Brad a spogliarsi, mentre lui guardava il film; poi si spogliò lei stessa, e cominciò a massaggiargli delicatamente il pene per farlo arrivare all'erezione... e quasi subito ottennero il liquido seminale tanto atteso. L'infermiera venne a ritirarlo e Pilar non riuscì a trattenersi dal prendersi gioco di suo marito. « Questo dobbiamo comprarlo. Così lo guardiamo anche a casa. Sbaglio, o ti è piaciuto? »

Non era una strada facile quella che avevano imboccato. Anche in questo caso la fecondazione artificiale non presentò problemi, ma la dottoressa Ward li mise subito in guardia affermando che molto probabilmente non avrebbe « attecchito » come nel primo tentativo. Pilar dovette sottoporsi a un'altra cura di clomifene, che la faceva sentire sempre nervosissima e sembrava provocarle una depressione ancora più profonda. Era un periodo molto brutto per lei, e si domandò se sarebbe mai riuscita a risalire la china, dopo l'aborto. Non faceva che pensarci e anche se a volte il dolore sembrava meno cocente, a un tratto — senza preavviso — lo avvertiva acuto e tormentoso, quando vedeva qualcuno con un bambino in braccio, una donna incinta, o gli indumenti da neonato stesi a una finestra ad asciugare, oppure era costretta ad ascoltare le congratulazioni degli amici che non sapevano ancora la verità. Adesso si rendeva conto di quanto fosse stata sciocca a dare l'annuncio della gravidanza tanto presto. Sarebbero passati mesi prima di riuscire a informare tutti che, purtroppo, niente era andato a buon fine. E ogni volta che doveva dare le spiegazioni di rito, tutti si affannavano a ripeterle che erano molto addolorati per lei, oppure le facevano domande incredibilmente crudeli, spietate... per esempio se era riuscita a sapere se si trattava di un maschietto o di una femminuccia...

Quel giorno Brad la condusse a fare shopping per sollevarle il morale; poi dormirono al *Beverly Wilshire Hotel*. Era molto piacevole stare insieme, e lui cercò di trasformare quell'occasione in qualcosa di allegro e di festoso. Il giorno successivo era San Valentino e così, quando arrivarono in albergo, trovarono due dozzine di rose rosse che lui aveva provveduto a farle mandare.

Al mio amore, per sempre, Brad, diceva il bigliettino che accompagnava i fiori, e Pilar scoppiò in lacrime, leggendolo. Già da qualche tempo aveva cominciato a domandarsi se non fosse sciocco aspirare a qualcosa di più di quanto già aveva; forse era un errore, forse era troppo avida. Forse aveva sempre avuto ragione, fin da principio. Forse avere un bambino non era poi tanto importante. Ma adesso era difficile rinunciare al sogno... anche se, a poco a poco, cominciava a pensare che fosse stato un errore insistere. Forse non era il suo destino, forse avrebbe dovuto rinunciare all'idea di avere dei figli. E quella sera ne parlò con Brad e gli confessò che non era escluso che mettesse in discussione le sue idee sull'argomento.

« Perché non stiamo a vedere quello che succede almeno per un po'? E se ti senti troppo infelice, lasciamo perdere tutto. Tocca a te decidere. »

« Sei troppo buono con me », gli rispose lei, aggrappandosi disperatamente al marito. Soffriva ancora atrocemente, ma gli era profondamente grata di esserle sempre vicino! Noleggiarono un filmetto erotico e rimasero a guardarlo sul video. Risero e mangiarono i cioccolatini che l'albergo metteva sempre a disposizione dei clienti. « Sai che potrebbe diventare un'abitudine? » osservò Brad, guardandola con un lieve sogghigno.

« Che cosa? I cioccolatini? » domandò lei, con finta innocenza, e Brad continuò a ridere.

« No, i filmetti a luci rosse! »

Fecero l'amore durante il film e poi si addormentarono l'uno nelle braccia dell'altro, senza ancora sapere, in realtà, quali fossero le risposte giuste.

Il giorno di San Valentino Charlie andò a comprare un mazzo di fiori per l'impiegata dell'ufficio che lo aiutava nella stesura dei rapporti. Era una donna imponente con un cuore generoso. Le comprò garofani rosa e rossi e lei gli buttò le braccia al collo e versò qualche lacrima, commossa per quell'omaggio. Era un gran bravo ragazzo e lei sapeva — poveretto! — che stava divorziando. Qualche volta aveva l'impressione che fosse molto solo.

All'ora di pranzo Charlie uscì a comprarsi un panino e si avviò verso Palms Park, nei pressi di Westwood Village, dove poteva guardare i vecchietti che passeggiavano, gli innamorati che si baciavano, i bambini che giocavano. Gli piaceva andare in quella zona, soprattutto per i bambini.

Si mise a osservare una bambina con lunghe trecce bionde, grandi occhi azzurri e un delizioso sorriso; e rise guardandola giocare con la mamma. Giocava a rincorrersi, a campana, a saltare alla corda e a lanciare i sassolini in aria. E la mamma era carina quasi quanto lei — bionda, minuta, con lunghi capelli lisci e grandi occhi azzurri, e una figurina da adolescente.

A un certo momento decisero di giocare a palla e Charlie si rese conto che nessuna delle due sapeva prenderla o lanciarla. Aveva già terminato da un pezzo il panino, ma continuava a guardarle e a sorridere. All'improvviso, vide che la palla stava per colpirlo e allora l'afferrò al volo e la rilanciò. Madre e figlia lo ringraziarono. E la bambina, alzando gli occhi verso di lui, scoppiò a ridere: le mancavano i denti davanti.

« Santo cielo, e chi ti ha fatto saltar via i dentini? » le domandò Charlie.

« Oh, è stata la fatina buona. E poi mi ha lasciato in regalo un dollaro per ogni dentino. Così adesso ho otto dollari », gli spiegò la bambina, sempre ridendo.

« Un mucchio di soldi! » esclamò Charlie, fingendo di essere colpito da quella notizia e la giovane mamma gli sorrise. Assomigliava in un modo incredibile alla figlia... a parte, naturalmente, quei dentini mancanti. Charlie ne approfittò per accennare anche a quello, con una battuta spiritosa. La donna rise.

« Già, e credo di essere stata fortunata che la buona fatina non si sia presa anche i miei. Perché ho il vago sospetto che sarebbe stato molto più costoso sostituirli! » A dire la verità, era contenta che suo marito non glieli avesse fatti saltar via a furia di ceffoni, prima di piantarla in asso. Ma, ovviamente, si guardò bene dal raccontarlo a Charlie.

« Con quei soldi voglio comprare un regalino alla mia mamma », gli annunciò la bambina, e poi gli domandò se voleva giocare con loro. Charlie esitò — ma solo per un attimo — perché non sapeva se la giovane donna fosse d'accordo.

« Va bene. Ma sappi che non sono molto in gamba a giocare a palla. A proposito, il mio nome è Charlie. »

« Io sono Annabelle », annunciò la bambina, « ma tutti mi chiamano Annie. »

« Io sono Beth », aggiunse la madre, osservando attentamente Charlie. Ovviamente cercava di capire se potesse fidarsi di lui.

Giocarono a palla insieme, e poi a campana. E quando Charlie dovette rientrare in ufficio, lo fece a malincuore.

« Speriamo di vederci qualche altra volta », disse mentre se ne andava. Ma già sapeva che probabilmente non sarebbe stato possibile. Non aveva domandato né il loro numero di telefono né l'indirizzo. Gli erano simpatiche, ma non pensava certo di mettersi a caccia di una donna sconosciuta e della sua bambina. Non era più uscito con una ragazza dal giorno in cui Barbie se n'era andata, e non ne aveva nessuna voglia; fra l'altro, era convinto che la simpatica Beth dovesse essere sposata. A ogni modo era graziosa e gentile.

« Ciao, Charlie! » lo salutò Annie con grandi gesti della mano mentre si incamminava verso l'uscita del parco. « Buon San Valentino! »

« Grazie », gridò lui di rimando e si allontanò. Si sentiva più sereno. Qualcosa, in quelle due creature, aveva reso più allegra la giornata, e questa sensazione durò a lungo.

Ci volle quasi un mese prima che Andy scoprisse dove abitava Diana. E una volta ottenuto l'indirizzo, si rese conto di non sapere come usare quell'informazione. Il suo legale gli aveva spiegato, e in termini inequivocabili, che la signora Douglas considerava finito il loro matrimonio. Era durato diciotto mesi, ma erano stati diciotto mesi di lacrime — e adesso non voleva più rivederlo. Gli augurava tutto il bene del mondo, ma aveva lasciato capire molto chiaramente che tutto era finito fra loro.

Anche dopo aver ricevuto quella notizia Andy continuò a telefonarle in ufficio, più di una volta; ma Diana rifiutò sempre di farsi passare le sue telefonate. Ormai Andy non faceva che arrovellarsi pensando a quello stupido errore — il pranzo con la madre in affitto e suo marito. Era stato l'inizio della fine. Che modo patetico di concludere un matrimonio. Ed erano ridicoli anche loro, tutti e due... con quel desiderio spasmodico di avere dei figli. Adesso ad Andy non importava più nemmeno quello. Desiderava soltanto Diana, con tutto il cuore.

Poi, un giorno, per puro caso incontrò Seamus e Sam; furono loro a dirgli dove abitava. Aveva affittato un vecchio cottage a Malibu e viveva lì, sulla spiaggia. Era stato uno dei primi posti dov'erano andati a cercare casa prima di sposarsi. E Andy non aveva dimenticato quanto a Diana piacesse il mare.

Riuscì a farsi dare l'indirizzo raccontando una frottola: doveva consegnarle degli oggetti personali. Seamus e Sam dichiararono che erano molto spiacenti per l'accaduto.

« Abbiamo fatto un mucchio di sciocchezze e abbiamo anche avuto molta sfortuna », spiegò Andy tristemente. « La sfortuna è stata soprattutto di Diana, e lo stupido sono stato io. »

« Speriamo che riesca a superare questo brutto momento », disse Sam dolcemente. Era talmente enorme da far pensare che il bambino potesse nascere da un momento all'altro; e infatti stava appunto recandosi dal dottore per un controllo. Per un attimo Andy provò invidia nei loro confronti; poi, con uno sforzo, si impose di ragionare. L'invidia non era comunque una soluzione.

Per due giorni non fece che pensare a Diana. Non sapeva come sfruttare l'informazione che gli avevano dato. Se si fosse presentato all'improvviso alla sua porta, c'era il rischio che lei non lo facesse entrare. E se si fosse messo a gironzolare sulla spiaggia, in attesa di vederla uscire a prendere una boccata d'aria? Già, ma se lei non avesse fatto niente di simile? Poi, il giorno di San Valentino, decise che era inutile torturarsi tanto e, dopo aver comprato una dozzina di rose, si mise al volante e si diresse verso Malibu, pregando in cuor suo di trovarla in casa. Diana era fuori. Posò le rose sui gradini, davanti alla porta di ingresso, e vi aggiunse un messaggio. Non diceva molto. Semplicemente: «Ti amo, Andy». Poi risalì in auto. E proprio in quel momento arrivò Diana. Vedendolo lei preferì non scendere dalla macchina.

Fu Andy che si decise ad avvicinarsi. E soltanto a quel punto Diana, con molta riluttanza, abbassò il finestrino.

«Non dovevi venire», disse in tono fermo, cercando di non guardarlo. Sembrava più magra e più bella di quanto lui ricordasse. Era vestita di nero e aveva un'aria molto sexy ed elegante quando si decise a scendere dalla macchina. Ma rimase ferma vicino alla portiera, come se si sentisse più protetta. «Perché sei venuto?» Aveva visto i fiori sui gradini, ma non era certo che fosse stato lui a portarli. A ogni modo, se erano suoi non li voleva. Era inutile continuare a torturarsi; era inutile aggrapparsi a certe illusioni.

«Volevo vederti», mormorò Andy con tristezza. In quel momento Diana rivide il bel ragazzo che aveva sposato. Anzi, era ancora più affascinante, giovane e biondo. E continuava ad amarla.

«Il mio legale non ti ha parlato?»

«Certo. Ma io non ascolto mai quello che dicono gli avvocati!» Sorrise e Diana non poté fare a meno di ridere. «Anzi, ormai non ascolto più nessuno. Forse lo hai già capito.»

«Invece, dovresti. Ti farebbe bene. Ti risparmierebbe un sacco di guai e di preoccupazioni.»

«Davvero? E come?» riprese Andy, fingendo di non capire. Era talmente felice di rivederla! E voleva parlare con lei il più a lungo possibile, per starle vicino. Perfino fra le folate della brezza marina avvertiva l'aroma del suo profumo — *Calèche* di Hermès. Ne era sempre andato pazzo.

«Tanto per cominciare, dovresti smettere di battere la testa contro i muri», disse lei con dolcezza, ripetendo a se stessa che la visita di Andy la lasciava indifferente. Ecco una prova importante: stargli vicino e non cedergli.

«A me piace alla follia battere la testa contro i muri», mormorò lui.

«Be', non farlo. Ormai non ha più senso. Andy.»

«Ti ho portato i fiori», le disse, senza trovare altro di cui parlare. Ma non voleva lasciarla, non ancora.

« Non dovevi fare nemmeno quello », sussurrò lei con tristezza. « Adesso è il momento di chiudere questa storia definitivamente. Tra cinque mesi sarai libero e potrai rifarti una nuova vita senza di me. »

« Non è quello che voglio. »

« Invece sì, potremo entrambi rifarci una vita », rispose lei in tono fermo.

« Non puoi sapere quello che io voglio o non voglio », replicò Andy in tono secco. « Io voglio te, accidenti! È tutto quello che voglio. Non voglio una stupida, fottuta madre in affitto... ancora adesso non riesco a credere di essere stato tanto sciocco... non voglio più neppure un figlio. È una parola che non voglio sentire pronunciare mai più. Tutto quello che desidero sei tu... Di... ti prego, perché non riproviamo... ti supplico... se sapessi quanto ti amo... » avrebbe voluto aggiungere che non credeva di poter continuare a vivere senza di lei, ma un nodo alla gola lo soffocava.

« Anch'io non voglio più un figlio. » Mentiva, e lo sapevano tutti e due. Se qualcuno avesse potuto agitare una bacchetta magica su di lei in quel momento, rendendola incinta, non si sarebbe lasciata sfuggire quell'opportunità. Ma ormai non poteva nemmeno permettersi di pensare a cose del genere. « Non voglio essere sposata. Non ho nessun diritto di esserlo », riprese, cercando di sembrare convincente, e quasi era arrivata a crederci.

« Perché? Perché non riesci a rimanere incinta? E con questo? Non essere tanto sciocca! Che cosa credi... che soltanto le persone fertili abbiano il permesso di sposarsi? È l'osservazione più idiota che io abbia mai sentito. »

« Dovrebbero sposarsi fra loro, quelle persone, così nessuno soffrirebbe. »

« Che magnifica idea! Come ho fatto a non pensarci? Oh, per amor del cielo, Di, cerca di crescere! D'accordo, abbiamo avuto una sfortuna incredibile, ma non è la fine del mondo. Possiamo ancora farcela. »

« Non l'abbiamo avuta *noi* », lo corresse Diana. « Ma *io*. »

« Già, e io? Io che vado in giro come un pazzo a contattare attricette che credono nel buddismo e che si offrono come future madri in affitto? E va bene, diciamo che siamo stati un po' pazzi tutti e due. E con questo? È stato stupido. Anzi, brutale. La cosa peggiore di tutta la mia vita. Ma ormai è finita. Adesso abbiamo il resto da vivere. Non puoi rinunciare unicamente perché abbiamo perduto la testa per un attimo.»

«Io non voglio altre pazzie», dichiarò Diana, e parlava seriamente. «Ci sono moltissime cose che non vorrei più fare — cose che una volta ero convinta 'fossero da fare'. Non vado più alle festicciole delle mie amiche che aspettano un figlio, ai battesimi, a vedere i bambini appena nati in clinica. Ieri Sam ha avuto il suo ultimo figlio e le ho telefonato per spiegarle che non mi farò vedere. E sai che cosa ti dico? Che va bene così. È proprio quello che devo fare per sopravvivere, in questo periodo; forse un giorno riuscirò ad affrontare di nuovo tutto questo, ma se non ci riuscissi, pazienza... non si possono cambiare le cose. Non ho più nessuna intenzione di rendermi infelice o di sentirmi a disagio, e tanto meno di essere sposata con un uomo che dovrebbe avere figli e non può averne perché io, sua moglie, sono sterile. E non ho nemmeno intenzione di diventare matta con madri in affitto o donatrici di ovuli. Basta con tutte queste idiozie, Andy. Non voglio più farmi del male a questo modo. Voglio semplicemente vivere la mia vita, tirare avanti come meglio posso. Ho il mio lavoro. Al mondo esistono anche altre cose all'infuori dei figli e del matrimonio.»

Andy la guardava, pensando a quello che aveva appena finito di dire. Qualcosa aveva senso, qualcosa no. E il lavoro non è mai un surrogato sufficiente dei figli e del marito.

«Non meriti di rimanere sola per il resto dei tuoi giorni. E non devi punirti, Di. Tu non hai fatto niente. È qualcosa che ti è successo. E mi pare già abbastanza brutto. Non peggiorare la situazione chiudendoti in te stessa e vivendo sola, come fai.» Mentre parlava, gli erano salite le lacrime agli occhi.

«Perché pensi che io faccia una vita solitaria?» ribatté Diana, irritata, vedendo che traeva conclusioni del genere.

«Perché hai ricominciato a rosicchiarti le unghie. E quando sei felice, non lo fai mai.»

« Vai a farti fottere! » Sorrise a dispetto di se stessa. « Ho un sacco di problemi in ufficio. » Poi lo guardò; ormai parlavano da quasi un'ora, sempre in piedi vicino all'automobile, sul viale di accesso al cottage. Che male c'era a farlo entrare solo per un po'? Erano stati sposati per diciotto mesi e avevano vissuto insieme anche prima del matrimonio... Poteva concedergli l'accesso al soggiorno del cottage per qualche minuto, no?

Glielo propose e lui accettò, meravigliato. Non appena entrarono, lei si preoccupò di mettere le rose in un vaso e ringraziò Andy.

« Vuoi qualcosa da bere? »

« No, grazie. Sai che cosa davvero mi piacerebbe? »

Diana scoprì di avere quasi paura di domandarglielo. « Che cosa? »

« Fare una passeggiata sulla spiaggia con te. Ti andrebbe? » Diana annuì e corse a cambiarsi le scarpe. Poi infilò una giacca più pesante e prestò ad Andy uno dei suoi vecchi maglioni che si era portata via quando se n'era andata.

« Ecco dov'era finito! Mi stavo domandando perché non lo trovavo più! » esclamò lui, infilandolo. Era come un vecchio amico, e si sentiva a proprio agio quando lo aveva addosso.

« Me lo hai dato quando avevamo cominciato a uscire insieme, ricordi? »

« Ero molto più in gamba allora, ahimè! »

« Forse lo eravamo entrambi », ammise Diana. Poi scese i gradini della terrazza sulla quale si apriva la finestra del soggiorno. Raggiunsero subito quella spiaggia che piaceva immensamente a tutti e due. Andy si domandò come mai non avessero insistito, a suo tempo, per trovare un casa lì, in quella zona. La spiaggia era talmente bella... E poi aveva qualcosa di rilassante, rasserenante. Così semplice, così vicina alla natura.

Camminarono a lungo in silenzio, contemplando il mare e sentendosi sferzare il viso dal vento. Poi, senza dire niente, Andy la prese per mano. Continuarono a camminare. E dopo un po' Diana alzò gli occhi a guardarlo, come se cercasse di ricordare chi lui fosse. Era fin troppo facile, adesso, ricordarlo, mentre camminava al suo fianco! Era l'uomo che amava tanto... l'uomo che l'aveva resa tanto felice... prima che tutto crollasse.

« È stata dura, vero? » mormorò Andy mentre sedevano con le spalle appoggiate a una duna.

« Certamente. E tu avevi ragione... mi sento sola... però sto anche cominciando a imparare tante cose su me stessa, cose che prima non immaginavo nemmeno. Ero sempre talmente ossessionata dall'idea di avere figli che non mi sono mai soffermata a pensare chi ero e che cosa volevo. »

« E che cosa vuoi, Di? »

« Voglio una vita completa, un vero matrimonio, un matrimonio che non dipenda dal fatto di avere figli per resistere, per funzionare. Continuo sempre a desiderare di averne, ma adesso non sono più convinta, come prima, che non riuscirei a sopravvivere senza. Forse era proprio quello che avevo bisogno di imparare da tutto ciò. Non lo so. Ancora non ho le idee chiare. » Ma dal giorno in cui aveva lasciato Andy, aveva percorso molta strada. « Ho sempre avuto le idee confuse anche sulle mie sorelle, sulla mamma e su di me. E continuo a domandarmi se sono diversa da loro, oppure no. Loro sostengono che io sono diversa, però non ne sono del tutto convinta. In fondo le mie aspirazioni erano le stesse che avevano loro; una famiglia, dei figli. D'accordo, ci sono anche altre cose alle quali mi appassiono... ed è in questo che sono diversa. Ho sempre lavorato con maggiore impegno di tutte loro; sentivo l'esigenza di riuscire, di ottenere qualcosa, di essere 'la migliore'. Forse lo strazio che provo può essere in parte spiegato con tutto questo. Questa volta ho fallito. Non sono uscita vincitrice. Non ho ottenuto quello che volevo. » Era una valutazione onesta e Andy l'ammirò per questo.

« Tu sei una persona speciale », mormorò, osservandola. « Non è vero che hai fallito. Hai fatto del tuo meglio, ed è quello che importa. » Lei fece cenno di sì con la testa, cercando di convincersi che Andy avesse ragione. Quanto a lui, stava facendo uno sforzo per non buttarle le braccia al collo. E poi, malgrado si fosse ripromesso di comportarsi bene, si protese a baciarla e lei non si tirò indietro. Aveva gli occhi lucidi quando si staccò da lui.

«Ti amo sempre, sai», sussurrò Diana nel vento, rannicchiandosi tra le braccia di Andy. «E questo non cambierà mai. Ma ritenevo che non fosse bene per noi rimanere insieme.» Poi, improvvisamente, scoppiò a ridere pensando a Wanda. «Wanda è stata proprio la cosa peggiore che potesse succederci, vero? E a quel punto, ormai, tutto il mio senso dell'umorismo era scomparso. È stato soltanto un paio di giorni fa che ho cominciato a pensare a quanto fosse stata buffa, ma anche orribile, quella scena. E ho provato una gran voglia di telefonarti.»

«Peccato! Vorrei che tu lo avessi fatto.» Dal giorno in cui Diana se n'era andata, Andy era sprofondato nella disperazione più nera e sarebbe stato emozionato e felice per una sua telefonata. «Naturalmente tu hai rovinato tutto. Wanda ha scelto quell'altro. E il marito mi ha spiegato che lei si è sentita a disagio con il tuo karma.»

«Questa è davvero divertente! Mi auguro che le nascano quattro gemelli. Ma perché certe persone fanno cose del genere?» domandò, contemplando il mare. All'orizzonte si vedeva una grigia foschia, mentre il sole tramontava lentamente.

«Vuoi dire cercare una madre in affitto? Perché sono ridotte alla disperazione, esattamente come noi. Nel caso di Wanda, poi, comincio a pensare che lei si consideri una specie di Madre Teresa di Calcutta.»

«Secondo me, invece, si tratta solo di denaro. E tutto diventa squallido, e poco pulito — perché chi compra è talmente disperato!..., e chi vende lo sa benissimo.»

«Se non sbaglio, è un po' la storia della vita. A ogni modo, sono felice che il tuo karma, quel giorno, fosse così sgradevole! In caso contrario, sarebbe stato un vero disastro.»

«In quel periodo non dovevo avere il cervello a posto... se non del tutto almeno per buona parte!» Adesso, invece, sembrava perfettamente sana di mente, lucidissima e molto calma; Andy si accorse di non averla mai amata come in quel momento.

Tornarono lentamente verso casa e continuarono a chiacchierare per ore, anche di altre cose, finalmente, e non soltanto di bambini e di sterilità. Doveva pur esserci qualcosa d'altro nella loro esistenza e forse adesso lo avrebbero capito. Prima, invece, si erano logorati pensando sempre e soltanto a un unico problema. Concentrandosi sempre su quello, dal giorno in cui si erano sposati.

Non cenarono nemmeno, quella sera, perché non ne avevano voglia; e quando finalmente Andy si alzò per andarsene, si meravigliarono accorgendosi che era mezzanotte.

« Avresti voglia di uscire domani sera? » le domandò Andy, terrorizzato al pensiero che Diana si arrabbiasse e rifiutasse. Lei, invece, fece cenno di sì, lentamente.

« Mi piacerebbe. »

« Che ne dici di un ristorante come *Chianti*? » Era un locale italiano, semplice, dove si mangiava divinamente e che piaceva a tutti e due. « Poi, magari, un cinema. »

« Mi sembra un'ottima idea. » Allora Andy la baciò di nuovo. Quando finalmente si decise ad andarsene, si sentivano entrambi come due adolescenti. Diana rimase sulla porta a guardarlo allontanarsi in auto, e lo salutò con la mano. Poi uscì sulla terrazza e si fermò a lungo a fissare il mare.

14

CHARLIE tornò più di una volta a Palms Park, nella speranza di incontrare di nuovo Annabelle e Beth — il che si verificò puntualmente. Chiacchierarono e giocarono a palla, ma lui non osò mai chiedere a Beth il suo numero di telefono. Non riusciva a capire se fosse sposata, visto che non aveva la fede al dito, e lei non aveva mai alluso, neppure lontanamente, al fatto di essere divorziata. A Charlie piaceva moltissimo stare a guardarle. Annie era adorabile con il suo sorriso sdentato, sempre allegra e piena di entusiasmo per qualsiasi cosa. Anche sua madre era simpatica, una donna con la quale si poteva conversare piacevolmente. E, per Charlie, era una festa stare con loro, perché erano una bella famigliola. La terza volta che si incontrarono, agli inizi di marzo, gli sembrò che fossero ormai vecchie amiche e a quel punto anche Beth cominciò a mostrarsi meno riservata. Gli raccontò qualcosa di sé e di Annabelle: la bambina frequentava la scuola materna e lei lavorava come infermiera non professionale al centro medico dell'università. Le sarebbe piaciuto prendere il diploma, ma non era riuscita a finire il periodo di tirocinio. Anche se si conoscevano soltanto da poche settimane, Charlie si sentiva a proprio agio con lei mentre, seduti su una panchina, guardavano Annabelle giocare. Quel giorno Charlie aveva portato con sé un leccalecca per Annie. Adesso andava regolarmente al parco durante l'intervallo del pranzo, soprattutto nella speranza di rivederle.

« Ho il raffreddore », gli annunciò la bambina tornando verso la panchina dove Charlie sedeva con Beth; ma sembrava ugualmente di buonumore, e vivacissima. Dopo pochi minuti si allontanò di nuovo, verso l'altalena, e questo permise a Charlie di riprendere la conversazione con la madre.

« È una creatura straordinaria », esclamò, pieno di entusiasmo.

« Sì, lo so. È un vero tesoro. » Poi si voltò a guardarlo con un timido sorriso. « Grazie di essere così gentile con lei... le caramelle, i leccalecca, i chewing gum. Le devono piacere i bambini. »

« Sì, mi piacciono », confermò Charlie.

« E non ne ha, di suoi? »

« Io... no... non ancora... » Poi, rendendosi conto di quello che stava dicendo, si corresse: « No, non ne ho. E probabilmente non ne avrò mai », disse in tono misterioso, « ma è una storia lunga. » Lei si chiese se fosse la moglie a non poterne avere; o se non fosse neppure sposato, ma non ebbe il coraggio di domandarlo. E Charlie non le fornì ulteriori spiegazioni. « Ma un giorno o l'altro mi piacerebbe adottare qualche bambino. Sono orfano e so che cosa significa avere bisogno di una famiglia. » Preferì non parlarle di tutti i genitori adottivi che lo avevano respinto perché soffriva di asma e di allergia. C'era stata una famiglia, molto simpatica, dove gli sarebbe piaciuto vivere, ma aveva un gatto e per Charlie non sarebbe stato possibile restare in quella casa. Al momento di prendere una decisione nei suoi confronti, gli avevano spiegato che non potevano rinunciare a quel micino; si sarebbero sentiti spezzare il cuore. E così avevano rinunciato a lui, Charlie. « È triste per un bambino... mi piacerebbe fare qualcosa per evitare una sorte del genere a qualcun altro, prima che diventi impossibile. » Sorrise. Da qualche tempo quel pensiero lo assillava. Si era perfino domandato se non fosse il caso di adottare un bambino come genitore single. Sapeva che era possibile, e non appena avesse messo da parte un po' di soldi, avrebbe approfondito la questione.

Nel frattempo aveva i suoi ragazzini della Little League, con i quali andava a giocare ogni week-end.

« È una cosa molto bella! » esclamò Beth sorridendo. « Sono orfana anch'io. I miei genitori sono morti quando avevo dodici anni. Sono cresciuta con una zia; poi sono scappata, a sedici anni, per sposarmi. È stata una sciocchezza, perché mi sono messa con un uomo che beveva, era bugiardo, imbroglione, e mi picchiava ogni momento. Ancora adesso non riesco a capire perché sono rimasta con lui — forse solo perché, quando mi sono resa conto che avrei dovuto andarmene, ero ormai incinta. Quando è nata Annie, avevo diciotto anni. » Dunque adesso ne aveva ventiquattro. Incredibile! Sembrava molto più matura della maggior parte delle ragazze della sua età, e bastava guardarla per capire che doveva essere una buona madre.

« Che cosa è successo? Come è riuscita a lasciarlo? » Charlie era inorridito al pensiero di un uomo che schiaffeggiava o prendeva a pugni una povera ragazza, soprattutto se era simpatica e gentile come Beth.

« Mi ha piantato in asso, un bel giorno, e non ne ho più saputo niente. Probabilmente c'era di mezzo un'altra donna; a ogni modo, sei mesi più tardi è morto durante una rissa, in un bar. Annie aveva un anno e mi sono decisa a tornare qui, e ci sono rimasta da allora in poi. Lavoro all'ospedale e faccio il turno di notte, in modo da poter rimanere con Annie tutto il giorno. La mia vicina di casa la tiene d'occhio quando io sono al lavoro, così non devo pagare una baby sitter. »

« Mi sembra una discreta soluzione. »

« Per noi funziona. Ma mi piacerebbe riprendere gli studi e ottenere il diploma. Chissà che un giorno... » Ascoltandola, Charlie desiderò fare qualcosa, subito, per aiutarla.

« Dove abitate? » A un tratto si scoprì curioso di sapere altre cose su di lei.

« A pochi isolati di qui, dalle parti di Montana. » Gli diede anche l'indirizzo e lui fece cenno di sì con la testa. Era il quartiere più povero di Santa Monica, ma rispettabile, dove si viveva senza correre troppi pericoli.

« Una sera o l'altra le piacerebbe uscire a cena? » le domandò, dopo essere rimasti per qualche minuto a guardare Annie sull'altalena, in silenzio. « Può portare anche Annabelle. Le piace la pizza? »

« Ne va matta! »

« Che cosa ne dice di domani sera? »

« Che magnifica idea! Io non devo essere all'ospedale fino alle undici. Di solito esco di casa verso le dieci e torno indietro alle sette e mezzo del mattino, in tempo per prepararle la colazione e portarla a scuola. Poi dormo qualche ora, prima di andare a prenderla. Così riesco a cavarmela abbastanza bene. » Ma Charlie provava pena per Beth, che aveva una responsabilità così grossa sulle spalle e nessuno che l'aiutasse.

« A dire la verità mi sembra che dorma un po' poco, non è così? » mormorò con dolcezza.

« Non ho bisogno di molto sonno, perché ormai mi sono abituata. Di solito riesco a dormire almeno tre ore al mattino, mentre Annie è a scuola; poi faccio un sonnellino dopo averla messa a letto, la sera, prima di andare all'ospedale. »

« E non le rimane certo molto tempo per divertirsi », fu il commento di Charlie, mentre Annie tornava saltellando verso di loro. Sembrava stesse meglio. Beth le annunciò che avevano un invito per andare a mangiare la pizza.

« Con Charlie? » Sembrava stupita e felice; e sua madre fece cenno di sì con la testa. Si sarebbe detta contenta anche lei. Era graziosa, giovane, e da molto tempo non c'era un uomo nella sua vita. Vedere Charlie, parlare con lui, improvvisamente la faceva sentire diversa. « Uauh! Dopo, possiamo prendere anche un gelato? » domandò Annie, e Charlie rise.

« Affare fatto! Siamo d'accordo. » Il solo fatto di essere lì con loro lo faceva sentire meglio, e mentre osservava la bambina che tornava di corsa verso l'altalena, si scoprì di nuovo a desiderare un figlio tutto suo e al tempo stesso si rese conto che, in fondo, non era poi così essenziale. C'erano altri bambini al mondo, altri bambini che avrebbe incontrato sulla sua strada e che gli avrebbero riscaldato il cuore — esattamente come faceva Annie. E negli ultimi tempi aveva anche cominciato a pensare che non era del tutto spiacevole avere la propria libertà. Mark aveva cercato più volte di farglielo capire, e adesso lo scopriva da solo. Lanciò un'ultima occhiata ad Annabelle e scambiò un caldo sorriso con Beth. Tutti e due, intanto, si domandavano che cosa avesse in serbo per loro il futuro.

Questa volta Pilar non ebbe il coraggio di fare il test di gravidanza non appena si accorse che il suo ciclo mensile era in ritardo. Era terrorizzata al pensiero che risultasse negativo; probabilmente il suo corpo non si era ancora ripreso perfettamente dopo l'aborto. E la dottoressa aveva avvertito sia lei sia Brad che le speranze di successo erano molto scarse. Così preferì aspettare. Dopo una settimana Brad la minacciò di provvedere lui stesso a effettuare il test, se lei non si fosse decisa a farlo personalmente.

«Non voglio saperlo», gli confidò con voce triste.

«D'accordo, ma io sì!»

«Sono sicura di non essere rimasta incinta.» Lui, invece, non ne era altrettanto convinto. Pilar si sentiva sempre stanca e aveva i seni più turgidi e sensibili. E c'era qualcos'altro, in lei, che glielo faceva sospettare.

«Insomma, vuoi fare questo test, sì o no?» Ma lei gli rispose che non si sentiva di affrontare quell'ennesima prova; anzi, voleva rinunciare anche alla terapia a base di clomifene. In ogni caso, non l'aveva più ripresa dopo l'ultimo ciclo mensile e non voleva farlo neppure nel caso avesse scoperto di non essere incinta. Stava convincendosi che lo stress derivato da tutto questo la logorava troppo.

Alla fine Brad telefonò al dottor Parker, che era il suo ginecologo in città. E il medico si dichiarò d'accordo sul fatto che Pilar fosse semplicemente impaurita. Consigliò a Brad di accompagnarla nel suo studio, in modo da poter fare un piccolo controllo della situazione. E quando vide Pilar ebbe subito il sospetto che fosse incinta. Fecero il test dell'urina, che risultò positivo. Sì, ormai non c'erano più dubbi: Pilar aveva concepito.

Le parve di sentirsi svenire, tanto era felice; e anche Brad non nascose di essere emozionato. Dopo tutto quello che aveva sopportato, anche lui desiderava sinceramente che potesse avere il bambino. Il dottor Parker prescrisse il progesterone, in modo da mantenerne alto il livello durante la gravidanza; al resto avrebbe pensato Madre Natura. Ma volle anche avvertirla che permaneva il rischio di un nuovo aborto e non si poteva nemmeno escludere che non riuscisse mai a portare a termine una gravidanza. Nessuno era in grado di prevedere quello che poteva succedere.

«Mi metto a letto e ci rimango per i prossimi tre mesi», disse subito lei, con un lampo di terrore negli occhi; ma il dottor Parker le spiegò che non era necessario. Poi telefonarono alla dottoressa Ward, per informarla che la fecondazione artificiale aveva avuto successo e... lungo la strada di ritorno a casa Brad, scherzando, le ripeté che era tutto merito del filmino a luci rosse.

«Insomma, sei proprio un caso senza speranza!» Pilar rideva, emozionata, felice e anche piena di paura. Il suo terrore, adesso, era soprattutto quello di perdere di nuovo il bambino. Decise perciò, d'accordo con Brad, di non parlarne con nessuno fino a quando non fossero passate almeno dodici settimane e il rischio di un aborto si fosse ridotto al minimo. Purtroppo c'erano ancora mille cose che avrebbero potuto andare storte — e lo ricordò a Brad più tardi, quella sera stessa. Restava sempre il pericolo dell'aborto, oppure che nascesse un bambino morto. Ma poteva anche morire nell'utero, strangolato dal cordone ombelicale, oppure per altri motivi, uno più spaventoso dell'altro. E non si poteva nemmeno escludere che fosse un portatore di sindrome di Down, a causa della non più tenera età della madre — questo rischio esisteva — oppure che nascesse con la spina bifida. Pilar si sentì travolta da una vertigine mentre elencava tutte le tragedie possibili, e Brad l'ascoltò senza drammatizzare.

«Adesso chiudi il becco e cerca di calmarti. E allora perché non pensare che potrebbe nascere con i piedi piatti, oppure con un basso quoziente di intelligenza o magari, quando sarà vecchio abbastanza, soffrire anche lui del morbo di

Alzheimer? Perché non cerchi di rilassarti, tesoro? Altrimenti quando sarà il momento del parto, sarai diventata letteralmente isterica! »

A ogni modo rasentarono la crisi isterica tutti e due nove settimane dopo, quando tornarono dal dottor Parker per l'ecografia. Pilar aspettava due gemelli, su questo non c'erano assolutamente dubbi, due gemelli dizigotici, perché c'erano due sacche di liquido amniotico... Pilar pianse di gioia quando poterono osservare i loro cuoricini che battevano.

« Oh, mio Dio, ci mancava anche questa! » esclamò sbalordita. « Dovremo comprare tutto doppio, adesso! » aggiunse, rendendosi conto che sarebbero nati due figli.

« Quello che bisogna fare, invece », intervenne il dottor Parker con fermezza, « è che la futura mammina, visto che è una sola, se la prenda molto comoda, nei prossimi mesi. Spero che il mio consiglio verrà seguito, non soltanto da lei ma anche da suo marito, altrimenti c'è il rischio di andare incontro a un sacco di guai. Non vorremo perderli, vero? »

« Dio, no! » esclamò Pilar, chiudendo gli occhi. Sapeva fin troppo bene che non avrebbe avuto la forza di sopportarlo.

15

In marzo, Andy cominciò a passare sempre più tempo sulla spiaggia con sua moglie. E Diana, finalmente, gli permise di passare una notte con lei, un mese dopo che Andy era riuscito a scoprire dove vivesse.

« Non voglio tornare a casa », gli spiegò tranquillamente; e Andy capì. Diana aveva ancora bisogno di tempo e lì, nel piccolo cottage di Malibu, erano felici, insieme.

Lui vi tornava direttamente, uscendo dall'ufficio, ogni giorno; le portava regalini e fiori. Qualche volta Diana gli preparava la cena, ma molto spesso uscivano e andavano in uno dei loro locali preferiti. Per entrambi fu un periodo molto particolare, una specie di convalescenza; a poco a poco scoprivano se stessi, e quanto avessero sempre significato l'uno per l'altra.

Fu solo all'inizio di aprile che Diana si decise a tornare di nuovo nella loro casa; e si meravigliò rendendosi conto di quanto le fosse mancata.

« È simpatica questa vecchia casa, non trovi? » domandò ad Andy guardandosi attorno e sentendosi quasi un'estranea. Ormai erano passati tre mesi da quando se n'era andata.

« È quello che abbiamo pensato al momento di acquistarla », rispose lui cauto, e trascorsero lì il week-end. Ma il fine settimana successivo scoprirono entrambi che sentivano la mancanza di Malibu e preferirono tornare nel cottage che

Diana aveva affittato. Si divertivano, si sentivano di nuovo giovani, senza legami. Era una vita perfetta. Una sera verso la metà di aprile Diana lasciò Andy a bocca aperta quando gli confidò che, in fondo, le piaceva non avere figli.

« Sei proprio sicura di quello che dici? » le domandò. In quell'ultimo mese avevano passato insieme ogni notte e Andy era più felice di prima. Anche Diana sembrava contenta, serena, distesa — una persona nuova.

« Sì... sto parlando sul serio », riprese lei lentamente. « Siamo così liberi! Possiamo fare quello che vogliamo, andare dove vogliamo, quando vogliamo. Non dobbiamo pensare a nessun altro, se non a noi stessi. Io posso andare dal parrucchiere senza preoccuparmi di tornare a casa in fretta perché c'è una baby sitter che mi aspetta; possiamo cenare alle dieci di sera, possiamo partire per il week-end nel giro di un minuto. Non so, forse farlo per la vita intera sarebbe egoistico da parte nostra, ma per adesso credo che mi piaccia proprio! »

« Alleluia! » gridò Andy. In quel momento squillò il telefono. Quando riattaccò, si voltò a guardare Diana con una strana espressione.

« Chi era? »

« Un vecchio amico. » Ma era impallidito e Diana cominciò a preoccuparsi.

« Qualcosa non va? »

« Non so », rispose lui molto onestamente; ma la sua espressione bastò a dare i brividi a Diana.

« Per un minuto ho temuto che si trattasse dell'adorabile Wanda! » Sorrise, ma Andy parve imbarazzato.

« Non hai mancato di molto il bersaglio », commentò, e cominciò a camminare nervosamente per la stanza. E Diana, osservandolo, cominciò a sentirsi inquieta.

« Mi vuoi spiegare che cosa significa? » chiese, chiaramente spaventata. « Un'altra madre in affitto? Oh, Andy... no... non è possibile... Mi pareva di aver capito che fossimo d'accordo: quella parte della nostra vita non esiste più, è finita, almeno per il momento, e forse per sempre. » Tuttavia non avevano preso decisioni definitive, anche se in certi momenti lei era pienamente convinta di vivere molto meglio senza figli.

« Credo che in questo caso la questione sia differente. » Andy si mise a sedere e la guardò. « Nel settembre scorso, quando abbiamo scoperto... quando il dottor Johnston... »

« Ha detto che io ero sterile », concluse lei, senza mezzi termini.

« ...Mi è capitato di parlare con un vecchio amico con il quale avevo studiato all'università. Si occupa di adozioni, a San Francisco. E gli ho spiegato che non volevamo andare allo sbaraglio e correre rischi, e che, qualora avesse trovato una buona soluzione, magari il bambino di una madre sana e simpatica, avrebbe potuto interessarci. Era lui. Me n'ero completamente dimenticato. » Andy stava fissando intensamente Diana. Non voleva costringerla a prendere una decisione, ma purtroppo dovevano fare una scelta il più in fretta possibile. C'erano molte persone in lista, in attesa di un figlio, e l'amico di Andy aveva pensato di favorirli. Purché gli dessero una risposta la mattina dopo. Era un lunedì sera; il bambino poteva nascere da un momento all'altro. E la madre aveva deciso solo da poco che era disposta a cederlo in adozione.

« Che cosa ti ha detto esattamente? » Diana era rimasta immobile, e lo ascoltava. Si trattava di una ragazza di ventidue anni e quello era il suo primo figlio. Aveva dovuto rinunciare all'aborto, avendo aspettato troppo prima di decidersi. Frequentava l'ultimo anno a Stanford e i suoi genitori erano all'oscuro della gravidanza. Il padre del bambino studiava medicina all'università di San Francisco e nessuno dei due era in grado di mantenere una famiglia. Erano disposti a cedere la creatura che stava per nascere, ma solo alle persone giuste. Eric Jones, l'amico di Andy, era convinto che i Douglas fossero la coppia perfetta.

« E se cambiassero idea? » domandò Diana, terrorizzata.

« Hanno il diritto di farlo fino al giorno in cui non firmano i documenti definitivi », le rispose Andy, molto onestamente; e Diana cominciò subito a preoccuparsi.

« E quanto tempo può passare? »

« In genere, sei mesi circa; però, se vogliono, possono firmarli anche prima. »

Diana annuì, ascoltandolo. « Non credo che me la sentirei di affrontare una cosa del genere. Immagina che cosa accadrebbe se ce lo portassero via... Andy, non posso... » Le erano salite le lacrime agli occhi e Andy annuì. Capiva, e non volle insistere.

« Va bene così, piccola. Ma volevo dirtelo. Non mi pareva onesto tacere. »

« Capisco. Pensi che mi odierai, se non accettiamo la proposta? Ma ti confesso che non credo proprio di farcela. E poi, i rischi sono enormi! »

« Non potrei mai odiarti. Sono convinto che se decidessimo di adottare un bambino, questa sarebbe l'occasione ideale; ma niente ci costringe a una scelta del genere. Né adesso, né in seguito. La decisione spetta solo a te. »

« Mi sento come se solo adesso fossi finalmente riuscita a riacquistare il mio equilibrio... e abbiamo appena rimesso insieme i pezzi del nostro matrimonio. Non voglio mettere a repentaglio tutto questo, o dover sopportare una terribile delusione. »

« Capisco », mormorò Andy. Ed era la verità. Si addormentarono sereni, abbracciati; ma quando Andy si svegliò, la mattina dopo, Diana non c'era più. Si alzò in fretta e corse a cercarla; la trovò seduta in cucina, con un'aria stravolta.

« Stai bene? » le domandò.

Era pallidissima e Andy si chiese da quanto tempo fosse alzata o, addirittura, se avesse chiuso occhio quella notte. « No, per niente », gli rispose.

« Stai male? » domandò ancora lui, cominciando a preoccuparsi; e quando Diana gli rivolse un pallido sorriso, facendo cenno di no con la testa, si sentì immensamente sollevato.

« Ancora non sono sicura. Credo di essere semplicemente terrorizzata, terrorizzata da morire. » E a quel punto lui capì e, guardandola, sorrise. « Andy, voglio. »

« Vuoi il bambino? » Rimase ad aspettare la sua risposta con il fiato sospeso, perché era quello che voleva anche lui. Ma non se l'era sentita di esercitare pressioni su di lei.

Adesso che Diana si era tranquillizzata e stava ritrovando un poco di pace, capiva che il bambino sarebbe riuscito a rendere più completo e meraviglioso il loro matrimonio.

« Sì. Telefona », riuscì a malapena a dire, tanto era tesa e nervosa. Andy compose all'apparecchio il numero di Eric Jones, che rispose al secondo squillo, un po' intontito. Erano le otto del mattino.

« Vogliamo il bambino », spiegò Andy senza preamboli, augurandosi di fare la cosa giusta, che fosse un bambino sano e che i genitori naturali non cambiassero idea nei sei mesi successivi o, peggio, ancora prima. Sapeva che sarebbe stata la fine del loro matrimonio, e la fine per Diana.

« Allora venite qui al più presto », esclamò Eric, felice. « Lei ha cominciato ad avere le doglie un'ora fa. Non potete prendere il primo aereo? »

« Certo! » esclamò Andy, cercando di mantenere la calma. Si sentiva pazzo di gioia quando riattaccò, e baciò Diana. « Lei ha già le doglie; dobbiamo partire in aereo per San Francisco. »

« Adesso? » Sembrava sbalordita. E Andy si precipitò a telefonare alle linee aeree.

« Adesso! » Intanto le faceva segno di alzarsi e di andare a preparare una valigia. Cinque minuti più tardi era anche lui di sopra, e mentre con una mano sceglieva dall'armadio quello che poteva servirgli, con l'altra si stava radendo.

« Ti rendi conto di quello che stiamo facendo? » esclamò Diana, e si mise a ridere. « Solo ieri sera dicevo di essere felice perché non avevamo figli e adesso... guardaci! Corriamo come due pazzi a San Francisco a prendere un bambino. » Poi, di colpo, sembrò di nuovo spaventata.

« E se dovessimo trovarli odiosi e insopportabili?... E se loro trovassero odiosi noi? Che cosa succederà? »

« Torneremo a casa e io ti ricorderò quello che stavi dicendo ieri sera, cioè che è molto bello non avere figli. »

« Gesù! Perché abbiamo ancora la forza di fare un'esperienza del genere? » gemette Diana mentre infilava un paio di pantaloni grigi e mocassini neri. All'improvviso la sua vita sembrava diventata una corsa sulle montagne russe... e non era del tutto convinta che questo le piacesse. Nello stesso tempo si rendeva conto di avere a portata di mano quello che desiderava. Il suo cuore stava lentamente aprendosi alla speranza, ed era una sensazione che la terrorizzava e la faceva soffrire. D'altra parte non c'era modo di proteggersi dal dolore. Se voleva amare questa creatura, doveva accoglierla senza riserve nel suo cuore.

« Prova un po' a considerare la situazione come la vedo io », riprese Andy mentre infilava in valigia il rasoio e dava un bacio a Diana. « Non ti sembra molto meglio questo, invece di un pranzetto con Wanda? »

« Ti amo, lo sai? » esclamò lei, sorridendo, mentre Andy faceva scattare le serrature della valigia.

« Bene, allora chiudi la lampo dei pantaloni e mettiti una camicetta. »

« E tu non darmi ordini... sto per avere un bambino. » Infilò una camicetta di seta e corse a prendere un vecchio blazer blu scuro.

Fu un momento dolcissimo nella loro vita — nessuno dei due lo avrebbe mai dimenticato. Raggiunsero in macchina l'aeroporto a tempo di record, appena in tempo per imbarcarsi sull'aereo. Arrivarono a San Francisco alle undici e mezzo di quella stessa mattina.

Eric gli aveva spiegato come raggiungere l'ospedale. La partoriente si trovava al Children's Hospital di California Street e lui stesso, come aveva promesso, era nell'atrio ad aspettarli.

« Va tutto benissimo », li rassicurò mentre li accompagnava di sopra, nella sala d'attesa, dove li abbandonò subito. Andy cominciò a camminare avanti e indietro; Diana si era lasciata cadere su una seggiola e continuava a guardare la porta senza sapere che cosa aspettarsi. Dopo pochi minuti Eric tornò con un giovanotto, che presentò semplicemente come Edward, il padre del bambino, un simpatico ragazzo che assomigliava incredibilmente ad Andy. Era biondo, atletico, con lineamenti regolari, e quando scambiò qualche parola con loro, diede subito l'impressione di essere simpatico e intelligente. Ripeté quello che Eric aveva già detto e affermò che non soltanto lui ma anche Jane erano molto felici ed emozionati all'idea che accettassero di adottare la loro creatura.

« Siete proprio sicuri di non volerla tenere? » gli domandò Diana in tono preoccupato. « Non voglio vivere un'esperienza simile e poi ritrovarmi con il cuore a pezzi », dichiarò. E tutti si resero conto di quello che doveva significare per lei.

« No, non faremo niente di simile, signora Douglas... Diana... lo giuro. Jane sa che non può tenere il bambino. Vuole laurearsi, e io studio medicina. Le nostre famiglie ci aiutano, ci mantengono, ma non potrebbero accollarsi altri oneri. E io non permetterei a Jane di chiedere loro un aiuto del genere. In fondo, la verità è semplice: non vogliamo un figlio. In questo preciso momento non abbiamo niente da offrirgli, né dal punto di vista affettivo né in ogni altro senso. Non è il momento giusto per noi. Ma potremo averne molti altri in seguito. » Sembrava una cosa molto onesta da dire, così pensò Diana anche se lei rimaneva sempre sconcertata di fronte alle persone che manifestavano tanta fiducia nel futuro. Come poteva, quel ragazzo, sapere che tutto sarebbe sempre andato per il verso giusto anche in futuro? Come potevano, lui e Jane, affidare ad altri un figlio, partendo dal presupposto che in futuro avrebbero potuto averne un altro? Bastava pensare a quello che era successo a lei! « Siamo sicuri », ripeté ancora. E Diana, come Andy, si convinse che parlava sul serio.

« È quello che spero », si limitò a dire Andy, in tono secco. Poi fecero a Edward qualche domanda sulle condizioni fisiche sue e di Jane e sulle loro famiglie; gli chiesero anche se avevano l'abitudine di drogarsi. Ed Edward, a sua volta, l'interrogò sulla vita che facevano, sulle loro idee, sul loro atteggiamento nei confronti dei bambini. Per quanto potevano vedere, Eric non si era sbagliato. Il test di compatibilità sembrava perfetto.

Poi Edward disse qualcosa che li lasciò stupiti. « Credo che Jane sarebbe contenta se potesse conoscervi. »

« Farebbe molto piacere anche a noi », rispose Andy, pensando di incontrarla dopo il parto, ma Edward accennò a una porta che si trovava alle loro spalle. Sopra c'era un cartello: SALA TRAVAGLIO. VIETATO ENTRARE.

« Intende adesso? » domandò Diana, inorridita. Sarebbe stato imbarazzante, come se un estraneo fosse stato presente mentre lei veniva sottoposta a qualche esame clinico. Questa era un'occasione ben più lieta, naturalmente, ma una nascita è sempre qualcosa di privato — e loro erano due perfetti sconosciuti.

« Credo che non le dispiacerebbe. » Ormai aveva le doglie da sei ore, ma c'era stato una specie di rallentamento nel ritmo delle contrazioni tanto che, come Edward spiegò, pensavano di somministrarle qualcosa per accelerare il parto.

Quando li precedette lungo il corridoio, dimostrò la sicurezza e la disinvoltura di uno studente di medicina; poi li fece entrare in sala travaglio dove poco prima aveva lasciato Jane. Eric rimase ad aspettarli nel corridoio.

Jane, una graziosa ragazza con i capelli scuri, era appoggiata ai guanciali su uno dei soliti letti d'ospedale, e stava respirando affannosamente, controllata da un'infermiera. Poi, mentre la contrazione terminava, si interruppe e li fissò, sgranando gli occhi. Sapeva chi erano. Edward glielo aveva detto e lei gli aveva confessato che avrebbe avuto piacere di conoscerli.

« Salve », disse un po' intimidita, anche se non sembrava che la loro presenza la mettesse a disagio. Edward si mostrò molto premuroso nei suoi confronti e le presentò Andy e Diana. Jane sembrava più giovane di quanto fosse in realtà; aveva un'espressione dolce e infantile. Aveva molto in comune con Diana e i loro occhi erano talmente simili che Andy rimase stupito. Poi, mentre scambiavano qualche parola, le contrazioni ripresero. Diana pensò che fosse meglio tornare fuori, ma Jane le fece capire a gesti di rimanere. Andy non nascose di sentirsi un po' imbarazzato, ma la giovane coppia sembrava talmente a proprio agio che, dopo qualche attimo, né lui né Diana si sentirono più di troppo.

« Questa è stata brutta », esclamò Jane guardando Edward e lui, dopo avere controllato il monitor, glielo confermò.

« Cominciano a essere più frequenti; forse non sarà necessario somministrarti qualcosa per affrettare il parto. »

« Mi auguro di no », disse Jane, e sorrise a Diana. Poi, come se si fosse già creato un legame fra loro, allungò la mano cercando quella di lei quando venne colta dalla doglia successiva. Diana e Andy non si mossero più di lì, ma verso le quattro, Jane cominciava a essere esausta. Quelle lunghe ore di travaglio le avevano tolto ogni energia, ma il momento del parto sembrava ancora lontano.

« Insomma! Ci vuole un secolo! » si lamentò e Diana, che adesso si sentiva quasi come una mamma per Jane, le accarezzò dolcemente la fronte e le offrì un po' di ghiaccio tritato. Ormai non aveva più nemmeno il tempo di pensare a tutto quello che era successo, tutte cose così straordinarie... Appena la sera prima ignorava addirittura l'esistenza di Jane, e adesso quella ragazza stava per darle la sua creatura. Nel frattempo Edward aveva avuto un breve colloquio a quattr'occhi con Jane e, subito dopo, aveva dichiarato a Eric che sia lui sia Jane non avevano dubbi: volevano che i Douglas adottassero il bambino. Per quello che li riguardava, ormai era affare fatto; e quando Eric domandò ad Andy e Diana se avevano obiezioni in proposito, gli risposero che non c'erano problemi. Adesso mancava solo... il neonato.

Alle cinque arrivò un dottore a controllare di nuovo Jane; Andy uscì in corridoio a fare quattro chiacchiere con Edward, ma la ragazza pregò Diana di rimanere con lei. Adesso Diana si sentiva terribilmente materna, ansiosa di proteggere la futura mammina.

« Forza », le sussurrò dolcemente. « Fatti coraggio, Jane... presto tutto sarà finito. » Intanto si domandava per quale motivo non le avessero già somministrato un antidolorifico, ma l'infermiera le spiegò che, fino a quel momento, le contrazioni non erano state molto efficaci, la dilatazione era solo di cinque centimetri dopo dieci ore di travaglio.

« Vorrete bene al mio bambino, vero? » domandò all'improvviso Jane, con il volto contratto dal dolore, mentre il dottore usciva. Le aveva detto che mancava ancora parecchio tempo.

« Lo prometto. Gli vorrò bene come se fosse mio. » Avrebbe voluto dirle di venire a vedere la sua creatura di tanto in tanto, perché le sembrava talmente crudele portargliela via dopo tante sofferenze. Ma sapeva che una visita del genere non avrebbe fatto piacere né ad Andy né a lei. «Ti voglio bene, Jane», sussurrò, ed era sincera, «e voglio bene alla tua creatura.» Jane, ascoltandola, annuì e poi cominciò a piangere. Soffriva terribilmente.

Le acque si ruppero alle sei e da quel momento i dolori diventarono sempre più violenti. Ormai Jane aveva perduto completamente il controllo e Diana era convinta che non sapesse nemmeno chi ci fosse lì con lei, ad assisterla. Era stato un pomeriggio molto faticoso, ma quando aveva tentato di uscire, anche solo per pochi minuti, Jane si era aggrappata a lei febbrilmente — quasi avesse bisogno che Diana le rimanesse vicino.

«Non andartene... non andartene...» fu tutto quello che riuscì a mormorare fra una contrazione e l'altra; Edward le rimase accanto, da un lato del letto, e Diana dall'altro. Poi, finalmente, l'infermiera disse che poteva cominciare a spingere, e subito dopo arrivò anche il dottore. Pochi minuti dopo a Edward, Andy e Diana furono consegnati tre camici verdi.

«Perché?» sussurrò Andy all'infermiera.

«Jane vuole avere tutti e due accanto, al momento della nascita», spiegò Edward. Andarono a vestirsi nel minuscolo bagno e poi seguirono Jane lungo il corridoio, mentre veniva trasportata in sala parto. Fu sistemata rapidamente sul lettino, la coprirono di teli bianchi, le sollevarono le gambe e poi gliele avvolsero con fogli di carta azzurra. A un tratto i movimenti delle persone intorno a loro diventarono frenetici. Jane urlava, medici e infermiere entravano e uscivano e all'improvviso Diana si sentì terrorizzata al pensiero che qualche cosa andasse storto. Ma nonostante quell'apparente agitazione, tutti erano in realtà tranquilli. Diana dedicò la sua attenzione a Jane, cercò di parlarle e di confortarla, mentre Edward la teneva per le spalle e le diceva quando spingere, al segnale del medico. Jane ormai spingeva con tutte le sue forze e qualche minuto dopo Diana vide arrivare nella stanza una piccola culla e si rese conto che tutto questo era... realtà!

Quando alzò gli occhi a guardare l'orologio si accorse, meravigliata, che era quasi mezzanotte.

« Ormai ci siamo, Jane », stava dicendo il dottore. « Fatti forza e non smettere, spingi ancora un paio di volte... spingi forte... » Mentre le parlava, fece un cenno a Diana per chiamarla vicino a sé. Sapeva per quale motivo si trovasse lì con Andy, ed era molto felice per lei. Con un cenno la invitò ad avvicinarsi e a guardare tra le gambe di Jane; e in quel momento Diana vide spuntare una testolina. Piccola, coperta di capelli neri, che lentamente si faceva strada... spingendo... spingendo mentre Jane era sempre più sfinita... e poi, a un tratto, si sentì un grido e la piccola fu completamente fuori dal grembo della madre, nel mondo... Fissava Diana con occhi stupiti e Diana si lasciò sfuggire un grido sommesso. Andy, accanto a lei, stava piangendo.

Il dottore avvolse la neonata in un lenzuolino e la consegnò delicatamente a Diana. Era ancora legata a Jane dal cordone ombelicale... Diana si accorse che le lacrime le annebbiavano gli occhi e quando alzò lo sguardo tutto ciò che riuscì a vedere fu Andy.

L'uno accanto all'altra, stupiti e ammirati di fronte a quel miracolo, attesero che il cordone ombelicale venisse tagliato. Poi Diana posò la neonata, con tutta la delicatezza possibile, tra le braccia di Jane. Aveva sofferto tanto per metterla al mondo... e aveva il pieno diritto di stringerla al cuore. Ma Jane la tenne contro il proprio petto solo per un attimo. Poi la baciò e la consegnò a Edward. Piangeva anche lei, ormai, e sembrava esausta. Edward fissò la sua bambina a lungo, intensamente, e almeno in apparenza senza commuoversi — poi l'affidò all'infermiera. Venne pesata e visitata — e fu trovata assolutamente perfetta. Pesava quasi quattro chili ed era lunga circa quaranta centimetri... E finalmente, dopo quasi due anni di sofferenze, Diana aveva una figlia. Rimase a osservarla, nella culla. Aveva occhi grandissimi, e sembrava stupita mentre fissava quei genitori nuovi nuovi, che aveva appena ricevuto. Anche Diana e Andy la fissarono, tenendosi per mano — stupiti e commossi di fronte al miracolo della vita — e infinitamente grati a Jane ed Edward.

16

L'INDOMANI Andy e Diana si precipitarono a comprare pannolini, magliette e camicine, calzette e scarpine, cuffiette e copertine, e tutta quella incredibile quantità di cose che — così gli era stato spiegato — sembrava assolutamente necessaria quando avrebbero preso in consegna la neonata, il lunedì mattina. Nel pomeriggio si incontrarono di nuovo con Edward e Jane per la firma dei documenti preliminari.

Jane aveva già un aspetto migliore della mezzanotte precedente, però sembrava ancora sfinita e, rivedendo Diana, si commosse. Provò a ringraziarla per tutto quello che aveva fatto, e per il bene che voleva alla sua bambina, ma alla fine non seppe far altro che singhiozzare, mentre Edward la stringeva fra le braccia.

« Come mi dispiace. » Anche Diana piangeva, adesso, guardandoli; provava la strana sensazione di rubare quella creatura ai veri genitori — e infatti, per un attimo, fu colta dal dubbio. « Vi prometto che avremo cura di lei... e con noi sarà molto felice! »

Poi abbracciò Jane ancora una volta; quando Andy, alla fine, riuscì a condurla fuori, avevano tutti le lacrime agli occhi. Ma quando si fermarono davanti alla vetrata dietro la quale i neonati dormivano nelle loro piccole culle, si resero conto di avere fatto la cosa più giusta. Com'era bella, così piccina! Prima di lasciare l'ospedale, parlarono con un pediatra, che spiegò quale tipo di allattamento artificiale scegliere e fornì tutte le indicazioni necessarie sull'orario delle pappe. Consigliò anche di portare la bambina dal medico di fiducia, la settimana successiva. Diana guardò Andy con aria smarrita, e poi pensò alle sue sorelle.

« Adesso telefono a Sam. » A un tratto, sorrise. Erano settimane che non parlava con la sorella. Anzi, ormai non si sentivano quasi più. Soprattutto perché Diana non aveva voglia di ascoltare quello che le raccontava del suo ultimo nato. « Ragazzi, chissà che sorpresa per la mia sorellina! » Rise ancora mentre si infilavano nell'ascensore dell'ospedale e scendevano in Sacramento Street alla ricerca di un locale dove fare colazione. Erano state due giornate faticosissime, ma meravigliose; la mattina del giorno seguente avrebbero avuto la neonata. Anche Jane sarebbe stata dimessa più o meno contemporaneamente, ma aveva già deciso di non rivedere più la sua creatura. Altrimenti tutto, per lei, sarebbe diventato più difficile.

« Non pensi che cambierà idea, vero? » domandò Diana ad Andy, un po' nervosa, quella sera. Lui non le rispose subito e volle riflettere per qualche istante.

« No, non credo. Però mi sembra che sia una possibilità da tenere sempre presente, almeno nei prossimi mesi, fino a quando non avranno firmato i documenti definitivi. Potrebbero cambiare idea all'ultimo momento, anche se a me sono sembrati abbastanza decisi a questo passo. Edward lo è, in ogni caso. E credo che lo sia anche Jane; non bisogna dimenticare, però, che questo distacco, per lei, può essere difficile. Ed è comprensibile che ceda alla commozione. »

Quanto a Diana, non riusciva assolutamente a immaginare che qualcuno potesse rinunciare a un figlio e fu felice di non essere mai stata costretta ad affrontare una decisione di questo genere, anche se era certa che non avrebbe mai avuto il coraggio di fare quello che Jane aveva fatto. Poi cambiarono discorso e affrontarono un altro argomento importante, cioè il nome della neonata. Non avevano ancora deciso, anche se sembravano orientati su Hilary.

Avevano già telefonato in ufficio, tutti e due, per spiegare che « erano malati ». Andy voleva rimanere a casa almeno un altro giorno, e Diana si rendeva conto che le sarebbe piaciuto prendersi un lungo periodo di vacanza o, addirittura, lasciare per sempre il lavoro, ma non aveva ancora fatto una scelta precisa.

All'ospedale incontrarono Eric Jones, che aveva con sé altri documenti da firmare. Aveva appena visto Edward e Jane, i quali se n'erano già andati. Ne informò subito i Douglas, che si sentirono molto sollevati. Volevano dimenticare quella fase dell'adozione. Adesso tutto quello che desideravano era la bambina.

Diana non nascose di essere un po' ansiosa mentre scendevano con l'ascensore; si erano procurati una cesta di vimini foderata di delicato tessuto bianco ricamato, e un sedile speciale da fissare nella limousine noleggiata per raggiungere l'aeroporto. Era un grande avvenimento! Finalmente avrebbero portato a casa la loro bambina. E aveva già un nome. Proprio quella mattina avevano deciso che si sarebbe chiamata Hilary Diana Douglas.

Hilary dormiva profondamente quando l'infermiera andò a prenderla, seguita da Andy e Diana ai quali avevano permesso di entrare nella nursery purché indossassero sopra i vestiti un camice. L'infermiera mostrò a Diana come vestire e cambiare la neonata; le spiegò quando nutrirla con il latte e quando invece farle succhiare soltanto acqua e glucosio. Fu l'ospedale stesso a fornire una mezza dozzina di biberon adatti. Poi l'infermiera spiegò a Diana che se fosse stata lei a dare alla luce Hilary, non avrebbe ancora avuto la montata lattea e quindi era più opportuno non esagerare con il latte artificiale almeno per un giorno ancora.

Mentre la preparavano, la piccola spalancò la bocca e sbadigliò; poi guardò con aria sonnacchiosa Diana e Andy. E mentre Diana la vestiva, richiuse di nuovo gli occhietti. In quel momento Diana si accorse di provare per lei qualcosa che non aveva mai provato per nessun altro, nemmeno per Andy. Un'ondata d'amore, di felicità, che letteralmente la travolse. Mentre le infilava un coprifasce rosa e le scarpine di lana e l'avvolgeva in un caldo sacco rosa, aveva le guance rigate di lacrime. Quando poi le sistemò sulla testolina una cuffietta in tinta, guarnita di roselline, le sembrò addirittura adorabile. La prese in braccio e la strinse a sé. Intanto Andy, che la stava osservando, pensò che Diana non gli era mai apparsa tanto bella.

« Su, mammina, andiamo », le sussurrò, e Diana scese nell'atrio, dove li attendeva Eric, tenendo la bambina stretta fra le braccia. Avevano già i documenti necessari perché fosse dimessa dall'ospedale. Ormai era tutta loro.

Ringraziarono Eric, lo abbracciarono, e lui li accompagnò fino alla limousine in attesa, dove Diana si allacciò la cintura di sicurezza con gesti nervosi. Nel portabagagli avevano tre valigie piene di indumenti per la neonata, oltre a un enorme orsacchiotto che Andy aveva voluto comprare a tutti i costi.

« Grazie di tutto! » gridò Diana a Eric, mentre la limousine si staccava dal marciapiede, e lui rispose con un sorriso e un cenno di saluto.

Poi Diana si sistemò meglio al suo posto, vicino alla bambina, e guardò Andy. Era difficile credere che tutto fosse successo in meno di quarantott'ore.

« Insomma, riesci a crederci, o no? » gli domandò con un sorriso. Aveva quasi paura che fosse solo un sogno. Ma a rassicurarla bastarono quelle dita minuscole strette intorno alle sue. E guardando la piccola Hilary tutto le parve addirittura perfetto!

« No, non riesco ancora a crederci », confessò Andy sottovoce, temendo di svegliare la neonata. Poi, mentre viaggiavano verso l'aeroporto, guardò Diana e scoppiò a ridere. « Che cos'hai intenzione di fare per il tuo lavoro? » le chiese. Proprio in quel periodo Diana aveva ricominciato seriamente a pensare alla sua carriera; adesso, di punto in bianco, tutti i suoi piani andavano all'aria! « Stavo pensando di prendere un permesso per maternità. Ma ancora non ho deciso. »

« Chissà come saranno contenti in ufficio! » mormorò Andy, in tono scherzoso. D'altra parte, anche lui aveva intenzione di prendersi una settimana di permesso per aiutare Diana e imparare a conoscere la loro bambina... la loro figlia. Quelle parole sembravano ancora così strane, quando le pronunciavano! Diana, poi, ogni volta che ci pensava, soffriva ancora per Jane. Sembrava un modo molto doloroso e difficile di ottenere un figlio — procurare tante sofferenze a un'altra persona e portarle via la sua creatura. D'altra parte, era quello che Jane aveva desiderato — quello su cui si erano tutti trovati d'accordo.

Hilary si svegliò appena prima di salire a bordo e Diana, dopo averla cambiata, le fece succhiare un po' di soluzione di glucosio. Poi, quando la sistemò di nuovo nella piccola cesta, la piccola si riaddormentò immediatamente. Durante il viaggio, però, la volle tenere in braccio e il dolce tepore di quel corpicino contro il proprio petto le diede una sensazione che non aveva mai provato prima, come se da quella creaturina addormentata si irradiassero amore, pace e calore.

« Non so davvero chi abbia l'aria più felice, se tu o la signorina Hilary », osservò Andy sorridendo a tutte e due. E poi si concedette un drink. Era sicuro di meritarselo.

Per l'ora di cena erano a casa. Diana si guardò attorno con la sensazione di essere stata lontano una vita intera. Quante cose erano accadute... quante cose erano cambiate da quella fatidica telefonata del venerdì sera. Possibile che fossero passati soltanto tre giorni? Nessuno dei due riusciva a crederci.

« In quale camera devo metterla? » bisbigliò Andy a Diana mentre entrava reggendo la cesta.

« La nostra, direi. La voglio vicino. Fra l'altro, dovrò alzarmi di notte per darle il latte. »

« Certo, certo, lo so », rispose Andy scherzoso. « La verità è un'altra: vuoi averla sotto gli occhi minuto per minuto. » Ma non si sentiva di rimproverarla per questo. Voleva essere vicino a Diana e alla bambina anche lui. E già si stava domandando, mentre deponeva delicatamente la piccola nella cesta accanto al loro letto, se sarebbe stato difficile adottarne un altro.

Quella sera Diana telefonò a sua sorella Sam per domandarle il nome di un pediatra, per « un'amica »... e Sam, dall'altro capo del filo, non poté vedere il sorriso che illuminava, radioso, il viso della sorella maggiore. Si affrettò a fornirle il nome dello specialista; poi Diana le domandò come stava il bambino e se le avrebbe fatto piacere fare un salto da lei, a trovarla, il giorno dopo.

Sam, ben sapendo quanto Diana fosse sensibile su quell'argomento, si mostrò molto cauta.

« Non ho nessuno a cui lasciare il bambino, Di. Seamus sta lavorando a un nuovo quadro. Potrei venire quando i due maggiori sono alla scuola materna, ma dovrò portarlo con me. » E sapeva che questo, a Diana, non avrebbe fatto piacere. Aveva visto il suo ultimo nato soltanto una volta e si era tenuta a distanza.

« Per carità! Portalo pure con te, non importa », le rispose disinvolta; e Sam, all'altro capo del filo, aggrottò la fronte, insospettita.

« Sei proprio sicura? »

« Sicurissima. » Ed effettivamente sembrava serena e sicura.

« Ti senti meglio a proposito di certe cose? » le domandò Sam, sempre con una certa cautela. Era rimasta sconvolta dalla scenata della sorella il Giorno del Ringraziamento. Ma nei mesi successivi, a poco a poco si era resa conto che il suo dolore doveva essere atroce, e si era data della sciocca perché, in famiglia, tutti avevano mostrato una incredibile mancanza di sensibilità di fronte ai suoi problemi.

« Mi sento molto meglio, Sam », rispose Diana. « Domani parliamo di tutto. »

Poi telefonò alla madre. Purtroppo il signor Goode era fuori città — e rimase delusa. A ogni modo, invitò ugualmente la madre a venire da lei a prendere il caffè, più o meno alla stessa ora di Sam. E poi chiamò anche Gayle. Erano tutte libere, e quindi accettarono l'invito; ma non spiegò a nessuna delle tre il motivo per il quale le invitava. Quando riattaccò, dopo avere parlato con Gayle, rideva felice. Finalmente era una di loro. Ce l'aveva fatta. Era diventata anche lei membro di quella specie di società segreta. Aveva una bambina.

« Mi fa piacere che tu sia felice, tesoro », le bisbigliò Andy quella notte. Non l'aveva mai vista così e adesso si rendeva conto, più che mai, di quanto avesse desiderato un figlio. E contemporaneamente si stupì scoprendo che, in fondo, il fatto che la bambina non avesse alcun legame biologico con lui non lo turbava affatto. Niente, al mondo, lo lasciava più indifferente! Trovava Hilary uno splendore. E quella notte, quando la piccola si svegliò, balzarono tutti e due a sedere sul letto afferrando contemporaneamente il biberon. Dopo, però, fecero a turno. E la mattina successiva Andy guardò Diana, stanca ma felice.

« Hai dimenticato di telefonare a un'altra persona, ieri sera », mormorò con voce sonnacchiosa mentre si infilava di nuovo sotto le coperte. Aveva appena avvertito l'ufficio che nemmeno quel giorno si sarebbe fatto vedere, e forse anche quello successivo. Aveva detto che stava male, ma in seguito avrebbe dovuto fornire qualche spiegazione.

« Chi avrei dimenticato di chiamare? » Diana sembrava confusa. Aveva telefonato alle due sorelle e alla madre. E non appena il signor Goode fosse tornato dal viaggio, avrebbe invitato anche lui, al più presto. « Non riesco a immaginare di chi tu stia parlando! » Forse Andy pensava a Eloise, anche se, in fondo, non c'era tutta quella intimità fra loro!

« Alludevo a Wanda... lo sai... Wanda Williams... »

« Oh, stupidone! » Diana scoppiò in una risata mentre la bambina si metteva a strillare. Allora si affrettò a darle il biberon. Più tardi le fece il bagnetto. Le aveva appena messo uno dei nuovi completini, appena comprati, quando arrivò la sua famiglia. Guardando Hilary, poco prima che le sorelle e la madre si presentassero, Diana si era resa conto che niente per lei era importante, né la loro reazione, né quello che avrebbero pensato di lei adesso che aveva la bambina... L'unica cosa veramente importante era quella creatura, la donna che sarebbe un giorno diventata e tutto ciò che a poco a poco avrebbe significato, e già significava, per lei e Andy. Era il dono che avevano aspettato — per una vita, almeno così le sembrava! Avevano pregato per lei, lottato per lei, e avevano corso il rischio di distruggersi l'un l'altra quando si erano convinti che non avrebbero mai potuto averla. Per Andy e per lei significava più di quanto sarebbero mai riusciti a farle capire... Perciò, qualunque cosa gli altri potevano pensare, non significava assolutamente nulla. Si augurò che la sua famiglia volesse bene a Hilary, anzi ne era sicura... com'era possibile il contrario? Ma se anche fossero rimasti indifferenti... be', che importanza aveva? In fondo, lei non aveva fallito nei suoi tentativi di avere un figlio. Aveva semplicemente fatto le cose in un modo diverso. Si era trovata di fronte a un problema insormontabile, e nel suo cuore aveva dovuto lottare disperatamente contro le forze del male, ma si era salvata, era sopravvissuta. Il problema era stato risolto. E la vita continuava. Senza che ci fossero state vittorie o sconfitte. C'era solo la vita, con tutti i suoi doni, la sua gioia e la sua disperazione, tutto quanto di buono e di bello e di infinitamente prezioso aveva da offrire. Hilary era uno di questi doni, forse il più grande che Diana avrebbe mai ricevuto. A ogni modo adesso sapeva che l'arrivo di Hilary nella sua vita non era tanto una vittoria, quanto una benedizione. Stava sorridendo alla bambina addormentata quando sentì il campanello della porta. Era la mamma.

« Come stai, cara? » le domandò la signora Goode, preoccupata; e a Diana bastò guardarla negli occhi per capire che era anche impaurita.

« Sto bene. »

« Perché non sei in ufficio? » Sedette compostamente sul divano, elegantissima nel completo blu scuro, i capelli freschi di parrucchiere, le mani strette convulsamente intorno al manico della borsetta.

« Non avere quell'aria così angosciata, mamma. Va tutto bene. Sono in vacanza. »

« Davvero? Non mi avevi detto che avevi intenzione di prenderti un periodo di riposo. Tu e Andy partite? » Sapeva che si erano separati per un certo periodo di tempo, ma quando si erano riconciliati Diana si era affrettata a comunicarglielo. In genere era piena di premure con i genitori, e se appena poteva cercava di non farli soffrire inutilmente. Soltanto la sua sterilità era rimasta un segreto doloroso. Nemmeno con la madre ne aveva mai voluto parlare. Del resto la signora Goode preferiva non mettere il naso in affari che non erano suoi, o porre domande imbarazzanti. E Sam le aveva detto chiaro e tondo che per Diana non c'era nessuna speranza; non avrebbe mai avuto un figlio. Jack, il genero, glielo aveva confermato.

Diana stava per risponderle che non avevano intenzione di partire e che sarebbero rimasti in città, quando squillò di nuovo il campanello della porta. Era Sam con il suo ultimo nato, un bambino adorabile, che dormiva profondamente nella cesta posata sul sedile dell'automobile. Diana, guardandolo, pensò che soltanto pochi giorni prima il solo vederlo le avrebbe fatto male al cuore.

« Qualcosa non va? » si affrettò a domandare Sam, entrando. Diana rise mentre l'aiutava a sistemare il bambino. Poi Sam la guardò, stupefatta. Doveva esserle successo qualcosa. Infatti non era più tesa e nervosa, come prima, ma sembrava sicura di sé. E anche la presenza del bambino non pareva la infastidisse. Finì quasi per domandarsi se Diana non fosse incinta, ma non avrebbe mai avuto il coraggio di domandarglielo.

« No, perché? Anche la mamma mi ha fatto la stessa domanda. Credeva che mi avessero licenziata, visto che sono a casa. » Solo allora Sam si accorse che nel soggiorno c'era anche la madre e, entrando con Diana, rimase ancor più sbalordita. « Mi sono presa una settimana di vacanza e pensavo che sarebbe stato piacevole ritrovarci tutte insieme. Sono felice di rivederti, Sam. » Intanto Diana le sorrideva. L'occhiata che scambiò con Sam fu sufficiente a riscaldare il cuore della signora Goode, che si rallegrò di vederle di nuovo in buona armonia.

Gayle arrivò dieci minuti più tardi, lamentandosi del traffico, della sua automobile, della difficoltà di parcheggio.

« Be', mi vuoi spiegare il motivo di questa riunione? Qualcosa di importante? » Si guardò attorno con aria sospettosa quando vide la madre e sua sorella. « Si direbbe una specie di consiglio di famiglia! »

« Invece non lo è », rispose Diana, con un sorriso. « Volevo farvi conoscere qualcuno », continuò tranquillamente.

« Adesso ve la porto subito. Siediti, Gayle. » Sam aveva già preso posto vicino alla madre, sul divano, e si teneva il bambino sulle ginocchia.

Diana sparì per qualche minuto e, senza svegliare Hilary, la sollevò con cautela dalla sua cesta e se l'appoggiò contro la spalla. Poi entrò nel soggiorno, coprendole la testolina di baci. Sulla soglia si fermò. Le tre donne rimasero a guardarla con gli occhi sgranati. Dopo un attimo di stupore, Sam le sorrise, e la signora Goode scoppiò in lacrime. Gayle era rimasta senza parole.

« Oh, mio Dio... hai un bambino. »

« Certo che abbiamo un bambino. Si chiama Hilary », disse Diana mentre andava a sedersi vicino a Sam e si appoggiava la bambina sulle ginocchia in modo che la potessero vedere meglio. Era bellissima, con una pelle perfetta, lineamenti delicati e manine minuscole con le dita lunghe e affusolate.

« Com'è bella! » esclamò la signora Goode, commossa, e poi si protese a dare un bacio a Diana. « Tesoro, se sapessi come sono contenta per te! »

« Sono contenta anch'io, mamma », rispose Diana ricambiando il bacio. Poi Sam le buttò le braccia al collo e le due sorelle scoppiarono a ridere e a piangere contemporaneamente. Gayle si chinò a guardare meglio la neonata.

« È una meraviglia », annunciò. Poi guardò sua sorella. « Sei fortunata, hai trovato la via più semplice. Niente doglie, niente quindici chili da perdere, niente tette flosce, soltanto una meravigliosa bambina e la tua bella figura di prima, magra e scattante. Se non fossi così felice per te, ti odierei. Chissà, forse adesso possiamo tornare a essere amiche. Ma non è stato facile nemmeno per noi tutto questo, sai? » Parlava anche a nome delle altre, ma in realtà i momenti di tensione erano sempre stati soltanto tra loro due, lei e Diana. Sam, in fondo, si era sempre tenuta in disparte e aveva evitato di farsi coinvolgere nei loro conflitti. Era la sorellina più piccola, lei.

« Mi dispiace », disse Diana contemplando di nuovo la sua bambina. « Sono stati momenti terribili, ma adesso è tutto finito. »

« Da dove viene? » domandò Sam incuriosita. Quel delizioso visino, dai lineamenti così netti e delicati, l'affascinava.

« Da San Francisco. È nata a mezzanotte e mezzo di domenica. »

« È meravigliosa », annunciò la donna, che non vedeva l'ora di raccontarlo al marito e di correre fuori a comprare un regalo per la neonata. Non riusciva nemmeno a immaginare quello che il loro padre avrebbe detto, ma sapeva che sarebbe stato molto contento. E avrebbe provato un grande sollievo dopo tutto quello che la figlia aveva passato.

La mamma e le sorelle di Diana rimasero per quasi due ore e si decisero ad andarsene con molta riluttanza, dopo aver baciato più volte sia lei sia la neonata. Andy rientrò mentre Sam stava uscendo. Aveva fatto una breve puntata in ufficio a prendere alcune carte che gli occorrevano e a spiegare che aveva bisogno di rimanere assente per il resto della settimana. Erano tutti rimasti stupefatti quando lui aveva dato la buona notizia, e gli avevano concesso di buon grado quei giorni di permesso. Anzi, se proprio ne aveva bisogno, avevano detto che poteva rimanere a casa anche la settimana successiva. Andy era anche passato a trovare Bill Bennington, per dargli la grande notizia.

« Questo significa che possiamo riprendere le nostre partite di tennis come una volta? » domandò Bill scherzosamente. Si era reso perfettamente conto che per Diana era una sofferenza e un tormento avere di fronte Denise, incinta, la quale tra l'altro, in quegli ultimi tempi, era stata costretta a rimanere a letto. Neppure per lei le cose erano state facili, perché c'era il rischio che il bambino nascesse in anticipo o, addirittura, di un aborto. Ormai, comunque, si consideravano sulla « dirittura d'arrivo ». Mancavano solo due mesi alla data prevista per la nascita, e di lì a un mese i medici pensavano di permetterle di lasciare il letto. Forse, a quel punto, tutto sarebbe andato liscio anche per lei. « Quando possiamo venire a vedere la bambina? » domandò Bill, emozionato. Già sapeva che sarebbe nata una femminuccia anche a loro e gli piaceva l'idea di potere, un giorno, uscire con Andy e le due bambine.

« Chissà che fra qualche anno non si possa giocare un bel doppio misto », insinuò; Andy rise e gli giurò che sarebbero andati a far visita a Denise non appena lei si fosse sentita abbastanza in forze.

« A ogni modo, prima telefoneremo », gli promise e tornò in fretta a casa, da Diana e dalla bambina. Prima, però, sbrigò alcune commissioni che gli aveva affidato la moglie. Non appena rientrato, si rese subito conto che Diana doveva essere rimasta molto soddisfatta della visita della madre e delle sorelle.

« Missione compiuta? » le domandò in tono un po' enigmatico, e lei scoppiò a ridere. « Come si è comportata la principessina? » Hilary dormiva profondamente nella sua cesta.

« In modo impeccabile. E loro si sono subito innamorate di lei! »

« E chi non lo sarebbe? » Intanto la osservava, incantato da ogni piccolo movimento, da ogni gesto di quella creatura che già adorava. Poi gli venne in mente un'altra cosa. « Hai telefonato in ufficio? »

« Ho cercato di parlare con le persone giuste, ma purtroppo non c'era nessuno di quelli che mi servivano. Stavo pensando che farei meglio ad andarci di persona, e spiegare tutto. » Infatti c'erano molte cose da spiegare; anche perché tutto era accaduto senza il minimo preavviso.

Verso la fine del pomeriggio andò in ufficio e rimase colpita dal modo in cui tutti si mostrarono gentili e comprensivi con lei. Le concessero il periodo completo di maternità, cioè cinque mesi a partire da quel momento. Non appena quel permesso fosse finito, avrebbe avuto di nuovo il suo posto. Diana era abbastanza convinta di voler continuare a lavorare, anche se più di una volta si era domandata se far carriera fosse realmente la sua aspirazione, nel caso avesse avuto un figlio. In principio aveva pensato di rinunciare al lavoro; poi si era detta che forse sarebbe stato meglio tornare in ufficio, magari con un orario ridotto. Purtroppo, in questo modo le sarebbe stato impossibile conservare l'incarico di caporedattrice, ma avrebbe comunque potuto fare altre cose interessanti per la redazione. In realtà, adesso aveva qualche dubbio. In ogni caso c'erano cinque mesi da passare con Hilary, cinque mesi per riflettere — allo scadere di quel periodo avrebbe di certo avuto le idee più chiare.

Ringraziò la direzione ed entrò nel suo ufficio per raccogliere tutte le cose che doveva portare via. Durante la sua assenza, sarebbe stato infatti necessario trovarle una sostituta; per fortuna le bastò un'ora per infilare tutto in una serie di scatoloni. Poi si fece aiutare dal custode a trasportarli giù, dove aveva la macchina. Prima di andarsene, si fermò un attimo a salutare Eloise la quale, in quel preciso momento, stava sfornando un soufflé.

« Mmm! Ha un'aria molto invitante! » Nell'ufficio si stava diffondendo un profumo delizioso; Eloise, vedendola, le rivolse un sorriso.

« Anche tu. Sono secoli che non ti vedo! Hai tempo per una tazza di caffè? »

« Sì, ma dovrò berla in fretta. »

« Eccoti accontentata. »

Diana si sedette e pochi istanti dopo Eloise le serviva una tazza di caffè fumante e le metteva davanti un piattino con un po' di soufflé.

« Non sono del tutto convinta di questa ricetta. Assaggia e dimmi se ti piace. Dimmi che cosa ne pensi. » Diana ne prese un boccone e poi chiuse gli occhi, in estasi. « È addirittura... peccaminoso! »

« Bene. » Eloise non le nascose di essere soddisfatta. « ...Non hai niente di bello da raccontarmi? » Sapeva che Diana aveva attraversato un periodo bruttissimo l'anno prima. Si erano viste solo saltuariamente e Diana l'aveva informata sulla sua situazione. Purtroppo non era riuscita a nascondere la sua disperazione e aveva dato un taglio netto a tutte le amicizie che aveva in ufficio. Perfino i rapporti con Eloise si erano raffreddati, anche se Diana continuava a trovarla molto simpatica. « Hai un bellissimo aspetto », disse Eloise, complimentandosi con lei. In realtà Diana era tornata in forma splendida da quando si era riconciliata con Andy. Sembrava che a poco a poco volesse ricominciare a dare un significato alla propria vita; sembrava che avesse capito che la sua felicità non dipendeva più dal fatto di avere un figlio. Sembrava anche molto più seria e matura di prima. Ma, inevitabilmente, quei momenti dolorosi l'avevano segnata.

«Grazie.» Diana assunse un'aria misteriosa mentre sorseggiava il caffè. «Abbiamo avuto un bambino, questo week-end», disse, e scoppiò a ridere mentre Eloise la guardava a bocca aperta.

«*Che cosa hai detto*? Ho sentito bene?»

«Certo.» Diana era raggiante. «Una femminuccia. Si chiama Hilary, è nata domenica e abbiamo intenzione di adottarla.»

«Be'... è meraviglioso!» Eloise non le nascose di essere emozionata e felice per lei. Era il dono più bello, e capiva quanto Andy e Diana avrebbero amato quella creaturina.

«Mi hanno appena concesso i cinque mesi di maternità. Ma tornerò. Vieni a trovarmi. In ogni caso, per la fine dell'anno sarò di nuovo qui con voi. Ma soprattutto, ti prego, non rinunciare a cucinare.»

«No, assolutamente», rispose Eloise, guardandola con aria un po' mesta. «Ma non preparerò più qui i miei manicaretti. Ho appena accettato un lavoro a New York. Ho dato le dimissioni proprio stamattina. Me ne vado fra quindici giorni. Volevo dirtelo subito, appena ti ho visto.»

«Sentirò molto la tua mancanza», disse Diana a bassa voce. Ammirava sinceramente Eloise e le dispiaceva di non essere riuscita a conoscerla meglio a causa di tutto quanto era accaduto nella sua vita in quell'ultimo anno. Purtroppo non aveva avuto molto spazio da dedicare all'amicizia, ma Eloise lo aveva capito.

«Anche tu mi mancherai. E... vieni a trovarmi a New York! A ogni modo, voglio vedere la bambina prima della mia partenza. Verrò a trovarti in settimana.»

«Magnifico!» Diana finì di bere il caffè e abbracciò forte Eloise, che promise di andare a farle visita durante il week end. Tornando a casa, mentre era al volante, Diana pensò soprattutto all'amica e a quanto le sarebbe mancata la vita di redazione nei mesi successivi. Ma non appena superò la soglia di casa ogni suo pensiero fu per la bambina — al punto che la rivista, che fino a quel momento aveva assorbito ogni minuto della sua vita, avrebbe potuto addirittura trovarsi su un altro pianeta!

In maggio Charlie e Beth ormai si frequentavano da tre mesi — ma per lui era come se la conoscesse da tutta la vita. Potevano discutere di tutto e Charlie le parlò a lungo dell'infanzia, e di come quel periodo avesse segnato tutta la sua esistenza al punto che adesso era diventata per lui un'esigenza irrinunciabile avere una famiglia e una casa. Le raccontò perfino la storia di Barbara, di come l'avesse deluso e quanto avesse sofferto quando se n'era andata per sempre. Adesso, però, riusciva a comprendere meglio tutto quanto era successo. Ci pensava spesso ed era ormai arrivato a concludere che, in fondo, il loro matrimonio era sbagliato.

Tuttavia c'era una cosa di cui non aveva mai parlato — e non sapeva nemmeno se un giorno si sarebbe deciso a farlo. In ogni caso sapeva di non aver più alcun diritto a un nuovo matrimonio... Ma fintanto che non si fosse arrivati a quel punto, o a quella decisione, non era necessario raccontarglielo. Non c'era alcun bisogno che Beth sapesse che lui era sterile.

La trovava troppo simpatica, gli piaceva troppo, per confessarle la verità. Aveva paura di perderla. Aveva già perso troppo nella vita, troppe persone a cui si era affezionato, per correre il rischio di perdere anche Beth e Annie. Passarono insieme la Festa della Mamma e lui le invitò a uno spuntino a Marina del Rey. Prima, però, aveva accompagnato Annie a comprare un mazzo di fiori per Beth, e a scuola la bambina aveva disegnato un bellissimo biglietto con cui accompagnarli. Il pomeriggio andarono sulla spiaggia, dove giocarono, chiacchierarono e si divertirono. Charlie era un meraviglioso compagno per la bambina e quando Annie corse via per raggiungere un gruppetto di piccoli amici, Beth, guardando negli occhi Charlie gli fece, con apparente noncuranza, la... domanda da un milione di dollari.

«Come mai non hai mai avuto figli, Charlie?» gli chiese in tono quasi indifferente, sdraiata sulla sabbia, con la testa appoggiata sul suo petto... E subito lo sentì irrigidirsi.

«Non saprei. Niente tempo, niente soldi.» Quella risposta suonò falsa, anche perché Charlie le aveva già confidato che uno dei motivi di disaccordo con la moglie era stato il fatto che lei non desiderava avere figli. Non solo, ma le aveva anche spiegato che era rimasta incinta in seguito alla relazione con un altro uomo e che questo aveva segnato la fine del loro matrimonio. Ma non era entrato in particolari, non le aveva confessato che si era persino dichiarato disposto ad accettare il bambino, né che Barbie, quando era andato a cercarla per dirglielo, aveva già abortito. «Non credo proprio che mi sposerò un'altra volta», concluse lentamente. «Anzi, so perfettamente che non mi sposerò mai più», aggiunse. E Beth si voltò a guardarlo con un sorriso timido e vergognoso. Non gli aveva fatto quella domanda nella speranza di sentirsi proporre il matrimonio, tutt'altro! Era semplicemente curiosa a proposito del suo passato, e interessata a tutto ciò che riguardava lui come persona.

«Non è una risposta alla mia domanda. Non sentirti così a disagio! Non ti stavo facendo una proposta di matrimonio. Ti ho semplicemente chiesto per quale motivo non hai mai avuto figli.» Sembrava molto tranquilla, al contrario di Charlie, evidentemente imbarazzato e teso. Beth lo guardò con aria interrogativa, pensando di avere detto qualcosa di sbagliato; e allora Charlie, lentamente, si mise a sedere sulla sabbia, e lei lo imitò, continuando a fissarlo. Che senso aveva ingannarla? Beth gli piaceva troppo. Sarebbe stato un errore frequentarla, illuderla e poi scomparire di punto in bianco... Perché era proprio questo che stava pensando di fare. Così si decise; meglio dirglielo subito. Beth aveva tutti i diritti di sapere chi era la persona con la quale stava perdendo il suo tempo.

«Io non posso avere figli, Beth. L'ho scoperto sei mesi fa, poco prima di Natale. Mi hanno fatto un sacco di esami e... per andare al sodo... il risultato è che sono sterile. Ti giuro che è stato un colpo terribile», le spiegò, e mentre pronunciava queste parole si sentì sconvolto. E anche terrorizzato al pensiero di quello che lei avrebbe fatto. Probabilmente avrebbe deciso di lasciarlo, come avevano fatto tutti. Era comunque convinto che quella confessione fosse necessaria e giusta.

« Oh, Charlie... » mormorò Beth sinceramente dispiaciuta, rammaricandosi di essere stata così indiscreta. Allungò una mano, per accarezzare quella di Charlie, ma questa volta lui non ne approfittò per afferrargliela e stringergliela... a un tratto sembrava stranamente distaccato, lontano.

« Forse avrei dovuto dirtelo prima, ma non è esattamente una di quelle cose che si raccontano a una donna al primo appuntamento! » Forse non si raccontano mai.

« No. » Poi Beth sorrise dolcemente e cercò di prendersi affettuosamente gioco di lui: « Avresti potuto dire qualcosa! Ci saremmo risparmiati almeno tante precauzioni inutili! » Avevano infatti deciso di usare i preservativi, ritenendo entrambi che fosse una scelta giusta iniziando una nuova relazione... e considerando i tempi che correvano! Ma lei aveva anche usato il diaframma, e Charlie non le aveva mai detto di non farlo... Adesso le parve molto buffo. A Charlie, invece... tutt'altro! « Non importa », gli mormorò con dolcezza. Poi aggrottò la fronte. « Non capisco, però, il fatto che tu non voglia più sposarti. Per quale motivo? »

« Penso di non avere nessun diritto di sposarmi di nuovo, Beth. Ma guardati! Hai una magnifica bambina, e dovresti avere altri figli. »

« Chi ha mai detto di volerli? O, addirittura, di poterli avere? » E lo guardò con aria seria.

« Non vorresti averne altri? Non puoi averne? » Charlie era stupito. Beth mostrava un tale amore per Annie, che era difficile immaginare come non desiderasse avere altri figli.

« Sì, posso avere altri figli », si affrettò a rispondergli Beth molto onestamente. « Ma credo che tutto dipenderebbe dalla persona che mi decidessi a sposare. A ogni modo, se vuoi che ti dica la verità, non sono del tutto convinta di volerne altri. Annie mi basta. E in fondo non ho mai pensato di avere altri bambini, oltre a lei. La mia felicità sarebbe perfetta anche se avessi solamente Annie. Io ero figlia unica, e non è stato un problema. Anzi, in un certo senso è molto più semplice. Del resto, in questo preciso momento, non potrei permettermi un altro figlio. A volte quello che ho non basta neppure per me e Annie. » Charlie lo sapeva; e infatti già da qualche tempo cercava di aiutarla come gli era possibile, con qualche regalino, o magari presentandosi con un sacchetto pieno di viveri, oppure invitandole fuori.

« Ma se tu dovessi risposarti, sono sicuro che vorresti avere altri figli. Perché è quello che vorrebbe chiunque... e anch'io... » disse con aria triste. « Un giorno mi piacerebbe adottarne uno. Quest'anno ho cercato di risparmiare il più possibile per adottare un maschietto. Adesso l'adozione è permessa anche a un genitore single e io vorrei trovare un ragazzino infelice com'ero io, un ragazzino che viva in qualche triste orfanotrofio senza nessuno che gli voglia bene, sapendo di non avere la speranza di uscirne. Mi piacerebbe cambiare radicalmente la sua vita e chissà... se potessi permettermelo, non mi accontenterei di uno solo. »

« Quanti pensavi di adottarne? » gli domandò Beth stupita.

« Due... tre... non saprei. È il mio sogno. Ci pensavo anche quando ero convinto che, un giorno, avrei potuto avere dei figli miei. »

« Sei proprio sicuro di non poterne avere? Di tuoi, veramente tuoi? » gli domandò Beth con aria solenne.

« Sicurissimo. Sono andato da uno specialista di Beverly Hills e mi ha detto che non ne ho la minima possibilità. Credo che abbia ragione. Nella mia vita mi è capitato più di una volta, soprattutto da ragazzo, di correre di questi rischi — e non è mai successo niente. »

« Non è poi una tragedia, sai? » osservò Beth a mezza voce. Era addolorata per Charlie, ma continuava a pensare che non fosse la fine del mondo... e si augurava che se ne convincesse anche lui. A ogni modo, quella notizia non modificava l'opinione che aveva della sua virilità, un particolare che l'aveva sempre colpita.

« Ti confesso che per un po' di tempo mi sono sentito letteralmente sconvolto », le spiegò Charlie. « Avere dei figli è sempre stato il mio grande desiderio; non solo, ma avevo fatto di tutto perché Barb rimanesse incinta... Volevo salvare il nostro matrimonio.» Poi, a un tratto, rise pensando all'ironia della sorte. «Invece sono stato battuto da un altro, che ce l'ha fatta!» Ma neppure quello lo preoccupava più. Gli dispiaceva che le cose non avessero funzionato con Barb, ma in quegli ultimi mesi aveva cominciato a prendere la situazione con filosofia — soprattutto da quando aveva conosciuto Beth e Annie. L'unica cosa di cui adesso si rammaricava era che il suo amore per Beth — ormai era certo di esserne innamorato — non potesse avere la sua più logica conclusione. Infatti, era più che mai convinto di non avere alcun diritto di sposarla, privandola della possibilità di potere avere altri figli. Adesso era giovane, ma con il passare degli anni forse avrebbe di nuovo desiderato un altro bambino.

«Non credo che dovresti tormentarti per questo», gli disse lei con molta schiettezza. «Sono sicura che qualsiasi donna, se ti volesse sinceramente bene, lo capirebbe e non gliene importerebbe proprio niente che tu possa avere figli, o no.»

«Credi?» Charlie non le nascose di essere molto meravigliato; tornarono a distendersi sulla sabbia e Beth gli appoggiò la testa sulla spalla. «Non sono convinto che tu abbia ragione», mormorò lui, dopo avere riflettuto per qualche istante.

«Sì, io ho ragione. A me, per esempio, non importerebbe assolutamente nulla!»

«Invece dovrebbe importarti», ribatté lui, in tono paterno. «Non mettere limiti al tuo futuro, sei troppo giovane per farlo!» riprese in tono fermo. A questo punto Beth si mise a sedere di scatto sulla sabbia e si voltò a guardarlo con espressione severa.

«Guai a te se ti azzardi a dirmi quello che devo o non devo fare, Charlie Winwood! Posso fare quello che accidenti mi pare, e posso anche dirtelo subito. Non me ne importerebbe un accidenti della tua sterilità!» Pronunciò queste parole con tale fermezza e con voce tanto squillante che lui trasalì e si guardò attorno. Ma nessuno sembrava prestare attenzione a quello che dicevano; quanto ad Annie, era lontana.

« Già che ci siamo, perché non lo scriviamo sui manifesti e ci tappezziamo la città? »

« Scusami. » Beth si intenerì e tornò a sdraiarsi accanto a lui. « Ma sappi che io parlo sul serio. »

Allora Charlie si voltò e si mise bocconi, poi si prese il volto fra le mani, mentre osservava con estrema attenzione Beth, sempre sdraiata accanto a lui. « Sei proprio sicura di quello che dici, Beth? »

« Sì, certo. »

Quella risposta cambiava moltissime cose e lo indusse a pensare seriamente al loro futuro, anche se continuava a essere convinto che fosse un errore sposare una donna così giovane e non poterle dare dei figli. Sapeva, naturalmente, dell'esistenza dei donatori di sperma, perché era quello che Pattengill aveva proposto per lui e Barb. Ma era anche sicuro che non avrebbe mai accettato una soluzione del genere. Invece, se Beth era sincera, se parlava sul serio, se Annie poteva bastarle... forse avrebbero potuto adottare qualche altro bambino! Tornò a sdraiarsi sulla sabbia sorridendole e poi, senza aggiungere una sola parola, si voltò di nuovo verso di lei per baciarla.

17

IL giorno del loro secondo anniversario di matrimonio, Andy e Diana rimasero a casa perché non c'era nessuno a cui affidare la bambina. Ma in fondo Diana era felice così.

« Sei proprio sicura? » Andy si sentiva vagamente colpevole al pensiero di non poterla condurre fuori ma anche lui doveva ammettere che non gli dispiaceva affatto rimanere a casa con sua moglie e la neonata.

Diana, poi, si stava godendo quel periodo di libertà, lontano dall'ufficio; lo passava interamente con Hilary e stava già cominciando a cercare qualche soluzione per il giorno in cui avrebbe dovuto riprendere il lavoro. Le piaceva stare a casa, e di tanto in tanto pensava che forse avrebbe potuto chiedere un orario ridotto. Oppure avrebbe potuto trovare un altro impiego, con un orario più flessibile. Per fortuna aveva ancora tre mesi per prendere una decisione.

Andy, adesso, era più impegnato che mai in ufficio — con nuove serializzazioni, nuovi divi, nuovi contratti.

Anche Bill Bennington si era fatto dare un lungo periodo di permesso. La loro bambina era nata in anticipo sul previsto, alla fine di maggio, e c'era anche stata qualche complicazione al momento del parto, ma adesso la neonata era tornata a casa e Denise e Bill erano al settimo cielo.

Diana era andata a trovarla e aveva cercato di darle un po' di aiuto. Ormai si sentiva una veterana al suo confronto, dopo due mesi. Per fortuna lei poteva ricorrere ai consigli di Gayle e Sam e, inoltre, poteva anche contare su un eccellente pediatra. Per tutto il resto, seguiva soprattutto l'istinto. In fondo, per allevare un bambino occorreva soprattutto molto buon senso. Gliel'aveva detto anche suo padre la prima volta che era venuto a trovare la bambina. Quando l'aveva vista, aveva pianto. Per lui era importante sapere che finalmente la sua secondogenita aveva trovato la pace. Stretta Diana in un lungo abbraccio, aveva lasciato che le lacrime gli rigassero le guance, senza vergogna, e poi aveva sorriso alla neonata.

« Hai fatto un buon lavoro! » disse, e Diana per un attimo si domandò se per caso avesse dimenticato che non era stata lei a partorirla. Rimase un po' sconcertata. Possibile? Sarebbe stato il primo segno di un indebolimento della memoria, il primo segno di vecchiaia. Fino a quel momento non era mai successo.

« Papà, non sono stata io a metterla al mondo, sai? » provò a ricordargli, un po' guardinga; e lui scoppiò in una risata maliziosa.

« Questo lo so, sciocchina! Ma sei stata tu a trovarla e a portarla a casa. Adesso questa creatura è una gioia e una benedizione per tutti noi, non solo per te e per Andy. » Poi si era alzato in piedi ed era rimasto a lungo a contemplarla; e infine si era chinato a baciarla. Quando se n'era andato, aveva ripetuto più volte ai due genitori felici che Hilary era la bambina più bella che gli fosse mai capitato di vedere. E sembrava convintissimo di quello che diceva.

All'inizio di giugno ci fu il battesimo — celebrato in casa dei Goode a Pasadena. In quel periodo la loro vita ruotava attorno alla bambina. E a volte Andy aveva l'impressione che Diana fosse letteralmente esausta. In parte la sua stanchezza era provocata dalla mancanza di sonno, visto che ogni notte si alzava tre o quattro volte; e poi, proprio nel primo mese di vita, Hilary aveva sofferto moltissimo di coliche. Adesso, per fortuna stava bene. Chi invece non stava affatto bene era Diana. La sera del loro anniversario, anche se avevano deciso di rimanere in casa, Andy si accorse che Diana non aveva nemmeno fatto lo sforzo di truccarsi, almeno un poco. Vedendola così sfinita si pentì di avere rinunciato al cottage sulla spiaggia che Diana aveva affittato durante la loro separazione. Era piaciuto immensamente a tutti e due, ma adesso, con Hilary, non potevano più permetterselo.

« Ti senti bene? » Non le nascose di essere preoccupato per lei; per fortuna, però, Diana sembrava felice.

« Sto bene. Sono semplicemente stanca. La notte scorsa Hilary mi ha fatto alzare ogni due ore. »

« Forse dovresti cercare qualcuno che ti aiuti. Magari una simpatica ragazza *au pair*. »

« Non pensarci neppure! » E finse di essere in collera. No, non voleva che nessuno si occupasse della loro bambina. Aveva aspettato talmente tanto... e aveva tanto sofferto... che mai e poi mai avrebbe lasciato che fosse un'altra donna a toccarla. L'unica persona a cui permetteva di aiutarla era suo marito.

« Stanotte, ci penserò io a darle il biberon! Tu devi dormire. Perché ne hai bisogno », le disse Andy.

E fu lui a preparare la cena quella sera, mentre Diana metteva la bambina nella culla. Poi chiacchierarono a lungo; parlarono della loro vita, di quanto fosse cambiata, e della lunga strada che avevano percorso insieme in quei due anni. Adesso quasi non riuscivano a convincersi che ci fosse stato un tempo in cui avevano potuto vivere senza Hilary.

Andarono a letto presto quella sera. Andy avrebbe voluto fare l'amore ma Diana dormiva già quando lui uscì dal bagno. Rimase per un attimo a guardarla sorridendo, poi trasferì piano piano la culla della bambina dal proprio lato del letto, in modo da sentirla quando si fosse svegliata per la poppata successiva.

La mattina dopo, tuttavia, malgrado una buona nottata di sonno, Diana non sembrava affatto migliorata. Anzi, quando Andy le versò una tazza di caffè si accorse che era pallidissima.

« Comincio a pensare di avere preso l'influenza », si lamentò lei e subito si preoccupò di non contagiare la bambina. « Forse dovrei mettere una mascherina », disse, e suo marito rise.

« Ti garantisco che è molto più resistente di quanto non si creda! E se davvero tu avessi l'influenza, ormai l'avresti già contagiata! » Era sabato e quindi si offrì di occuparsi della bambina per tutto il giorno. Diana rimase a letto a dormire tutto il pomeriggio, ma aveva ancora l'aria intontita, quella sera, quando preparò la cena. E ad Andy non sfuggì che non mangiava quasi nulla. Non aveva fame, molto semplice.

Due giorni dopo, lunedì, niente era cambiato. Diana non aveva la febbre ma il suo aspetto non sembrava affatto migliore. Prima di uscire per andare in ufficio, Andy le consigliò di telefonare al dottore.

« Non contarci », rispose lei, con la solita aria esausta, mentre Andy si rendeva conto che per tutto il week-end non aveva praticamente mangiato nulla. « Non voglio più vedere dottori per il resto dei miei giorni! »

« Non ti ho detto di chiamare un ginecologo. Ti ho detto di chiamare semplicemente un medico! » Ma lei non ne volle assolutamente sapere. Passarono i giorni. A volte aveva un aspetto discreto, a volte sembrava più stravolta di prima; dipendeva dalle ore di sonno che riusciva a fare. Intanto Andy, vedendola in quelle condizioni, si sentiva sempre più preoccupato e inquieto; ma Diana si rifiutava con accanimento di consultare un medico.

« Stammi un po' a sentire, stupidella! » esclamò alla fine Andy, in luglio, appena prima del grande picnic che avevano organizzato con tutta la famiglia per il 4 luglio, a Pasadena, « Hilary e io abbiamo bisogno di te. Ormai è un mese che non ti senti bene, anzi ti senti malissimo... Adesso bisogna fare qualcosa. Probabilmente sarai diventata anemica, visto che non fai che alzarti la notte e non mangi niente. »

« Come riescono ad affrontare tutto questo le madri normali? A me sembra che se la cavino degnamente. Sam non va in giro trascinandosi sulle ginocchia, vero? » Diana era sempre più depressa, redendosi conto di non essere nella sua forma migliore; anzi, adesso doveva ammettere che si sentiva quasi sempre stanca e affaticata. Andy, allora, durante il picnic del giorno successivo, provò a parlarne a quattr'occhi con il cognato, Jack, e lo pregò di insistere con Diana perché si decidesse ad andare dal medico.

Jack riuscì a incontrare Diana, da solo, per qualche minuto dopo il pranzo, mentre lei dava il biberon alla bambina. « Andy è preoccupato per te », le disse, senza preamboli.

« Fa male. Sto benone, io! » Cercò, senza successo, di cambiare discorso, ma non era facile liberarsi di Jack, anche perché Andy lo aveva avvertito che Diana non voleva saperne di farsi visitare e lo aveva pregato di insistere il più possibile.

« Non si direbbe che sei in gran forma, considerata la tua giovinezza, la tua bellezza, la bambina meravigliosa che adesso hai », riprese Jack, cercando di sdrammatizzare. Era molto felice per loro e aveva provato un sollievo incredibile quando Gayle gli aveva detto che Diana e Andy avevano adottato una bambina. Aveva visto con i suoi occhi la disperazione della cognata e si era sempre dispiaciuto per loro.

« E se ti proponessi un'analisi del sangue? » Insistette, perché lo aveva promesso ad Andy; ma ormai era chiaro che Diana era fermamente decisa a non fare niente.

« E quando l'avrò fatta, Jack? Che cosa verrò a sapere? Che sono stanca? Questo già lo so. Ti giuro che ho fatto esami e analisi in abbondanza... mi basteranno per il resto dei miei giorni! »

« Non è la stessa cosa, Diana, e lo sai benissimo. Io sto parlando di un check up completo. Una cosa da niente. »

« Può darsi che sia una cosa da niente per te; per me, invece, è il contrario. »

« E allora perché non vieni nel mio studio? Posso farti io stesso un semplicissimo prelievo del sangue; così avremo la sicurezza che non soffri, magari, di qualche lieve forma infettiva, che ti indebolisce; potremmo scoprire se sei anemica, e magari prescriverti un po' di vitamine. Non mi sembrano cose straordinarie, queste! »

« Può darsi », rispose Diana esitante; ma Jack, prima che tornassero a casa, verso la fine del pomeriggio, le volle parlare di nuovo a quattr'occhi e tornò a insistere.

« Domani voglio vederti nel mio studio. »

A lei sembrava perfettamente inutile, ma la mattina seguente si sentiva così male quando Andy uscì per andare in ufficio che cominciò a vomitare. E continuò per un'ora... a un certo momento rischiò quasi di svenire, accasciandosi sul pavimento della stanza da bagno mentre la bambina piangeva disperatamente in camera da letto. « E va bene », mormorò tra sé, distesa sul pavimento, con la sensazione di essere sul punto di morire, « ci vado... ci vado... » Un'ora più tardi, con Hilary, raggiunse lo studio di Jack.

Un po' riluttante, finì per confessargli che cosa era successo quella mattina, e ammise che non era la prima volta. Cominciava ad avere il vago sospetto, dopo tutte le angosce dell'anno precedente, di soffrire di ulcera.

Lui la guardò con attenzione mentre gli spiegava tutto questo, poi le fece un paio di domande a proposito del colore del vomito — se aveva l'aspetto di fondi di caffè, se non aveva mai vomitato sangue — e a tutto questo Diana rispose negativamente. Lui annuì.

« Ma si può sapere perché ti interessa tutto questo? » gli domandò ansiosa mentre Hilary dormiva tranquilla nella sua cesta.

« Voglio semplicemente controllare se può essere valida questa tua teoria dell'ulcera, e assicurarmi che tu non abbia vomitato né sangue vecchio, né fresco. » Lui era un ginecologo, ma quel genere di problemi gli era abbastanza familiare. « Nel caso ci fosse un sospetto di ulcera, potremmo fare una serie di radiografie. Ma per il momento non preoccupiamoci ancora di questo. »

Le fece un prelievo del sangue e prese qualche appunto, le auscultò il torace, poi procedette a palparle lo stomaco e il basso addome. Fu allora che la scrutò con attenzione al di sopra degli occhiali. « Che cosa sarebbe questo? » domandò, perché aveva sentito una piccola massa nella parte inferiore dell'addome. « C'era anche prima? »

« Non saprei », mormorò Diana che a quel punto aveva cominciato a preoccuparsi, e provò a toccarla anche lei. Sì, effettivamente la sentiva già da un po', ma non riusciva a ricordare da quanto — se da settimane, mesi o giorni. Era sempre talmente stanca che non avrebbe saputo dire quando se ne fosse accorta. « Non da molto. Forse da quando abbiamo la bambina. » Jack la guardò di nuovo, accigliato, continuò la palpazione e infine tornò al suo posto, dietro la scrivania, guardandola con una strana espressione.

« Quando hai avuto il tuo ultimo ciclo mensile? » le domandò. Lei cercò di riflettere. Sì, era passato un bel po' di tempo, ma che differenza faceva?

« Non lo so », rispose, cercando di fare qualche calcolo. « Forse non l'ho più avuto da quando è arrivata Hilary; forse un paio di mesi fa... Perché? Che cosa significa? » Terrorizzata, pensò subito al peggio. Forse aveva un tumore. « Pensi che possa essere una proliferazione di cellule maligne? » Oh, Gesù, proprio quello che ci voleva, adesso! Forse aveva un cancro... Che cosa avrebbe detto Andy? *Tesoro... se sapessi come mi dispiace... ma presto morirò e ti lascerò con questa bambina*. Si accorse di avere gli occhi colmi di lacrime a questo pensiero; intanto il cognato le diede un colpetto affettuoso sulla mano.

« Non è escluso che possa trattarsi di quello, ma potrebbe anche essere qualcos'altro. Secondo te, che possibilità avresti di essere incinta? »

« Ma che cosa dici! » gli rise in faccia, mettendosi seduta sul lettino. « Questi sono giochetti che non devi fare con me, Jack. Balle. Che cosa ha detto quel dottore? Che avevo una possibilità su diecimila di rimanere incinta... o forse parlava di una su dieci milioni? Non me ne ricordo. »

« Secondo me, è una possibilità da non escludere. E se non ti conoscessi avrei già pensato a fare un esame in questo senso. Senti... che cosa ne diresti se chiamassi qui una delle mie colleghe perché ti dia un'occhiata... poi si potrebbe fare un test, una cosa rapida... se non altro, servirebbe a eliminare subito un'eventualità del genere. Non voglio metterti in agitazione ma credo che sarebbe la spiegazione più logica di tutti i sintomi che manifesti. »

« Già... » e Diana gli lanciò un'occhiataccia. « Come il cancro. »

« Che bel pensierino! » esclamò e dopo averle dato un colpetto affettuoso su una gamba uscì, lasciando Diana furiosa. Furiosa con Jack, perché le aveva fatto balenare quella possibilità. Si era tormentata per tanto tempo che per tutto il resto dei suoi giorni non voleva più pensarci. Incinta... quante frottole! E continuò ad arrovellarsi, sempre più inquieta, fino a quando Jack rientrò in compagnia di una simpatica e giovane donna, che le presentò. Diana riuscì a malapena a comportarsi con educazione.

« Vogliamo semplicemente escludere l'eventualità di una gravidanza », spiegò Jack. « Ha fatto tutta una serie di esami e le è stata confermata la sua sterilità; quindi, in linea di massima una gravidanza non sembra possibile o, se lo fosse, si tratterebbe di una probabilità su... chissà quante! Però ammetto che alcuni dei sintomi da lei manifestati sono sospetti. »

« Hai già fatto il test di gravidanza? » domandò la giovane donna a Jack, che fece cenno di no con la testa. Allora pregò Diana di sdraiarsi di nuovo sul lettino. Poi Jack mostrò alla dottoressa quello che lui aveva scoperto alla palpazione e quando toccò quella zona del basso ventre, Diana avvertì una strana sensazione, come un crampo.

« Fa male? » le domandò.

« Certo », gli rispose, guardando il muro davanti a sé. No, non avevano nessun diritto di farle una cosa del genere. Era come risuscitare i morti. Non era giusto. Non voleva più ascoltare, neppure per un secondo, quello che dicevano.

« Vuoi fare un controllo anche tu, Louise? »

« Certo. » Jack la ringraziò e uscì. Louise aiutò Diana a infilare le gambe nelle staffe. Quando Diana si ritrovò in quella posizione, cominciò a essere scossa da un tremito. Louise finse di non accorgersene mentre infilava i guanti e cominciava a esaminarla.

« Chi ha consultato per questo problema della sterilità? » le domandò con l'aria cordiale di chi vuole intrattenere una conoscente con una piacevole conversazione; e intanto visitava Diana.

« Alexander Johnston. »

« È il migliore in senso assoluto. E che cosa ha detto? »

« Fondamentalmente, che sono sterile. »

« E ne ha spiegato il motivo? »

« Secondo lui sarebbe colpa della spirale che usavo quando studiavo all'università. Perlomeno questa è la sua opinione. Non ho mai avuto sintomi di nessun genere, ma le mie tube sono bloccate e le due ovaie hanno parecchie aderenze. »

Mentre la visita continuava, Diana cominciò a domandarsi se sarebbe durata ancora a lungo. « Quindi è automaticamente esclusa la fecondazione in vitro », commentò Louise, e Diana annuì. « Non ha pensato a suggerirvi di ricorrere a una donatrice? » le domandò. Diana trasalì e fece cenno di no con la testa — un po' perché la faceva soffrire quella domanda e un po' perché la faceva soffrire Louise con le sue palpazioni. Né l'una né l'altra cosa le procuravano ricordi felici.

« Sì, precisamente. Ma a me non interessava. Abbiamo adottato una bambina in aprile. » E Louise, dopo aver lanciato un'occhiata a Hilary nella sua cesta, le fece un sorriso.

« Vedo. Che magnifica bambina! » Poi la visita finì. Louise sorrise a Diana, ma prima ancora che lei potesse aprire bocca, Jack era già rientrato, con un'espressione interrogativa negli occhi.

« E allora? »

Louise guardò entrambi con aria contrita. « Non mi piace contraddire chi fa la mia stessa professione », cominciò un po' cauta, mentre Diana si aspettava un verdetto di cancro, « ma direi che il dottor Johnston si è sbagliato. Questo a me sembra un utero di dieci settimane. Se lei non mi avesse spiegato quali erano i problemi che ha avuto, non lo avrei messo in discussione nemmeno per un minuto. Anzi, potrebbe essere incinta da anche un po' di più. Quando ha avuto il suo ultimo ciclo mestruale? » Diana ormai conosceva tutte queste domande, i termini medici che venivano usati, e non sopportava più di sentirli... Chiuse gli occhi, provando un vago senso di vertigine.

« Fine marzo, inizio di aprile. Non se ne ricorda. »

« Il che significa che dovrebbe essere incinta di tre mesi, più o meno. »

« Cosa? » Diana li guardò stupefatta. « State scherzando? Jack, non farmi una cosa del genere, sai? »

« No, assolutamente. Diana, te lo giuro. Credimi, parlo sul serio. » Poi Louise chiese il permesso di ritirarsi e li lasciò; Jack pregò Diana di passare nella stanza da bagno e le fornì un contenitore per l'urina. Voleva eseguire un test di gravidanza. E il test confermò la diagnosi. Sì, Diana era incinta. Non c'erano dubbi.

« Ma io non sono… ma non è possibile… » continuò a ripetere Diana, poi si decise ad andarsene, ma era ancora sconvolta e fece giurare e spergiurare a Jack che non lo avrebbe detto a nessuno fino a quando non si fosse decisa lei a dare l'annuncio.

Salita in macchina, raggiunse direttamente gli uffici del network televisivo, per parlare con suo marito. Andy era in riunione.

« Devo assolutamente vederlo, *subito*! » spiegò alla sua segretaria. Qualcosa nella sua espressione fece capire alla ragazza che Diana non scherzava. Corse via, richiudendosi una porta alle spalle, e dopo due minuti apparve Andy.

« Che cosa c'è? È successo qualcosa alla bambina? » Sembrava spaventato nel vederla lì, pallidissima e con l'espressione molto seria.

« No, la bambina sta bene. Ma ho bisogno di parlarti. A quattr'occhi. »

« Vieni nel mio ufficio. » Le tolse la bambina dalle braccia e lei lo seguì in una stanza tutta vetri e boiserie dalle cui finestre si godeva un panorama stupendo. « Che cosa è successo, Di? » Evidentemente si trattava di qualcosa di terribile. Non osò neppure fare previsioni.

Diana non lo fece attendere: confusa e sconvolta com'era, lo guardò negli occhi e disse: « Sono incinta ».

« Parli sul serio? » Andy la guardò con gli occhi sbarrati e poi si mise a ridere. « Mi vuoi prendere in giro? » esclamò, continuando a sorridere; e Diana fece cenno di no con la testa, ancora annichilita.

« Da tre mesi, ci crederesti? »

« No, ma tesoro… e tu sapessi come sono felice per te… e

per me... e per Hillie... mio Dio, tre mesi, dev'essere successo subito dopo che l'abbiamo portata a casa da San Francisco. È incredibile. » D'altra parte, aveva già sentito raccontare storie del genere... di persone che concepivano immediatamente dopo avere adottato un bambino, dopo anni e anni di tentativi falliti.

Diana si mise a sedere; era felice, ma vagamente imbarazzata. « Ero così stanca che non ricordo nemmeno di aver fatto l'amore con te in quei giorni. »

« Be', mi auguro di essere stato io! » rispose Andy in tono divertito. « Chi lo sa? E se fosse stata un'Immacolata Concezione? »

« Poco probabile. »

« Mio Dio, non riesco a crederci. E quando dovrebbe nascere? »

« Non so. In gennaio, credo. Ero troppo sbalordita per ascoltare quello che Jack diceva. Il 10 gennaio o qualcosa del genere. »

« Non riesco a crederci, ti ripeto! Dovremmo telefonare a Johnston per avvertirlo. »

« Che Johnston vada al diavolo », rispose Diana, indispettita, e si alzò subito in piedi per dare un bacio a suo marito. Andy la prese tra le braccia e cominciò a ballare per la stanza, emozionatissimo e felice.

« Viva noi, viva te! Siamo incinti. » Poi, di colpo, diventò serio. « Piuttosto, come ti senti? Santo cielo! Adesso non mi meraviglio più di quei tuoi continui malesseri! »

« Già, e tra l'altro Jack mi ha detto che il peggio ormai è passato. Secondo lui, la settimana prossima o fra una quindicina di giorni dovrei cominciare a sentirmi meglio. »

« Bene. Stasera usciamo a cena per celebrare l'avvenimento, andiamo a *L'Orangerie*. E se sarà necessario porteremo con noi la bambina e la depositeremo al guardaroba! » La baciò di nuovo, poi corse via perché lo aspettavano alla riunione... e Diana rimase lì, immobile, guardando fuori della finestra e pensando, ancora sbalordita, a quello che era successo.

* * *

Per tutta l'estate Pilar cercò di condurre una vita molto tranquilla. In giugno aveva fatto l'amniocentesi e tutto era andato liscio, anche se lei aveva provato una paura terribile. Con due enormi aghi separati, avevano estratto un po' di liquido da entrambi i sacchi amniotici. Avevano già i risultati, adesso sapevano che si trattava di un maschietto e di una femminuccia; in buona salute tutti e due.

Non appena lo riferirono a Pilar, lei si rese conto che doveva telefonare a sua madre. Scelse un sabato pomeriggio, quasi nella speranza che fosse fuori città per il week-end. Invece era in studio e quindi sollevò il ricevitore al primo squillo. Doveva tenere sotto controllo due bambini molto gravi.

« Oh, sei tu », esclamò, non nascondendo una certa sorpresa. « Credevo che mi chiamassero dall'ospedale. Come stai? » E Pilar, a un tratto, provò quello che aveva provato da bambina — cioè la sensazione di essere un'intrusa nella vita di sua madre. Ma adesso aveva anche lei qualcosa di importante da raccontarle e si stava domandando quale sarebbe stata la reazione all'altro capo del filo.

« Sto bene, mamma. E tu? »

« Benissimo, e sempre indaffarata. E Brad? »

« Sta bene », continuò Pilar, sempre più tesa. « Mamma, ho qualcosa da dirti. »

« Sei malata? » A un tratto sembrava preoccupata e Pilar quasi si commosse ascoltandola.

« No, sto bene... ecco... io... mamma, sono incinta », mormorò a fior di labbra, con un sorriso di gioia; improvvisamente certa che la madre avrebbe trovato meravigliosa quella notizia. Proprio come lei.

Dall'altra parte ci fu un lungo silenzio; poi Elizabeth Graham riprese a parlare, e con il suo tono più gelido. « Che sciocchezza! Eppure te l'avevo detto quando hai sposato Brad. Siete troppo vecchi, tutti e due, anche solo per pensare ad avere dei figli. »

« È il contrario di quello che hanno detto i medici. Ne abbiamo discusso con loro, prima che io rimanessi incinta. »

« Dunque non è stata una cosa imprevista? » Sembrava scandalizzata.

« No, affatto. »

« Che incredibile stupidaggine! » A quell'epoca, ormai, aveva sessantanove anni e alcune delle sue idee non erano certo fra le più moderne!

Pilar ebbe la sensazione di essere stata schiaffeggiata da sua madre. Anche questa volta, niente era cambiato. Era sempre il solito, vecchio giochetto... con Pilar che continuava a illudersi — anche se era ridicolo! — che sua madre si mostrasse diversa da quello che era, che era stata, e che sarebbe sempre stata.

« Ma non è tutto! » aggiunse, cominciando a divertirsi a scandalizzare la madre. « Aspettiamo due gemelli! »

« Oh, mio Dio! Hai preso forse qualcuno di quei prodotti per la fertilità? »

« Sì, precisamente », rispose Pilar con un sorrisetto malizioso. Brad, che stava entrando in quel momento, rimase ad ascoltare la conversazione per un attimo e poi minacciò la moglie con un dito. Ma Pilar aveva deciso di torturare sua madre; ogni minuto di quella telefonata le dava un enorme piacere... Sembrava una bambina dispettosa che si divertisse follemente per qualche birichinata appena commessa.

« Santo cielo, Pilar, ma chi è l'imbecille che ti ha dato questo consiglio? »

« Mamma, è qualcosa che noi volevamo. A ogni modo, siamo andati da una specialista di Los Angeles, che tutti giudicano la migliore nel suo campo. Ci è stata caldamente raccomandata. »

« Come si chiama? È un campo che non conosco molto bene, però posso fare qualche ricerca in merito anch'io. »

« Helen Ward. Ma non è necessario che tu faccia ricerche. Ci abbiamo già pensato noi e abbiamo sentito soltanto giudizi positivi sul suo conto. »

« Non credo che sia molto intelligente, se ha incoraggiato a restare incinta una donna di quarantaquattro anni come te! Io faccio il possibile per sconsigliarlo. Vedo i risultati di quegli errori e, credimi, sono autentiche tragedie. »

« Non mi dirai che tutti i tuoi malati hanno una madre che

ha superato la quarantina, vero? Ce ne sarà pur qualcuno con una mamma più giovane! »

« È vero. Ma non si può forzare la mano alla natura, Pilar. Perché si paga uno scotto terribile, in questi casi. »

« Bene, finora tutto è andato per il meglio. I risultati dell'amniocentesi sono normali; i due bambini stanno bene e sono perfetti, almeno dal punto di vista genetico. »

« Ti hanno avvertito che, facendo questo esame, c'è il rischio di un'infezione... o che addirittura avresti potuto abortire? » Sembrava la voce dell'angelo del giudizio! Non una parola di congratulazioni. D'altra parte, ormai, Pilar non si aspettava più niente del genere. Aveva dato la notizia a sua madre. E come sua madre, adesso, l'affrontava... erano affari suoi!

« Ci hanno avvertito di tutto questo, ma ormai il pericolo è passato. È andato tutto liscio. »

« Mi fa piacere saperlo. » Poi, un lungo silenzio; alla fine Elizabeth Graham trasse un profondo sospiro e si decise ad aggiungere: « Ti giuro che non so che cosa dire, Pilar. Vorrei che tu non avessi fatto una cosa del genere. Purtroppo ormai è tardi, ma sei stata mal consigliata. È rischioso e poco saggio. Pensa un po' che cosa proveresti se dovessi perdere quei bambini! Perché hai voluto correre pericoli simili? »

Pilar chiuse gli occhi; continuava a pensare all'aborto che aveva avuto. Ritrovarsi di nuovo incinta le aveva ridato speranza, anche se, nel segreto del suo cuore, non sarebbe mai riuscita a dimenticare la creatura che aveva perduto. E lo sapeva.

« Ti prego, non dire cose simili », mormorò. « Andrà tutto per il meglio. »

« Mi auguro che tu abbia ragione. » E, infine, il colpo di grazia: « Brad probabilmente comincerà a risentire di un certo decadimento senile ». Ma questa volta Pilar non poté fare altro che ridere e, dopo aver riattaccato, riferì la diagnosi della madre a suo marito. E lui si mostrò non meno divertito.

« E io che pensavo che tu non te ne fossi ancora accorta! »

« Be', adesso che lo dice mia madre! E la Brava Dottoressa Graham non è facile da ingannare! »

« Sai una cosa? A me sembra che tu le abbia fatto passare un brutto quarto d'ora! Devi averle dato uno di quegli choc che non si dimenticano facilmente... Bastava guardarti per capire che ti sei divertita dal principio alla fine della telefonata! Quella povera donna credeva, finalmente, di non correre più pericoli del genere e tu, di punto in bianco, le fai una bella sorpresa... non soltanto le regalerai un nipotino, ma addirittura due! Per una donna come lei deve essere un duro colpo! »

« Oh, santo cielo, non trovarle troppe scuse! Non ha un briciolo di umanità, quella donna! »

« Non è così », insistette Brad, difendendo la suocera. « E sono sicuro che sia un ottimo medico. Ma non corrisponde all'idea che tu e io abbiamo della vera madre. Non è fatta per essere madre. Ma ci saranno certamente altri campi in cui potrebbe essere, e forse sarà, un essere umano degno e utile! »

« A sentirti, sembri il mio strizzacervelli! » ribatté Pilar indignata, e gli diede un bacio. A ogni modo, per fortuna, si era tolta quel pensiero. Adesso poteva concentrarsi soltanto su Brad e sui suoi bambini.

In luglio festeggiarono il primo compleanno di Adam. A quell'epoca Pilar ormai era incinta di cinque mesi, ma sembrava che fosse prossima al parto tanto era ingrossata... All'infuori di questo, tutto andava per il meglio. Purtroppo, per buona parte del tempo era condannata a stare a letto a riposare. Con due gemelli, nessuno voleva correre rischi. Meglio evitare un parto prematuro.

« Come ti senti? » le domandò Marina un giorno, e Pilar rise mentre cercava faticosamente di mettersi seduta sul letto. A volte era un po' come lottare con un rinoceronte.

« Come lo stadio degli Yankee, e magari anche qualcosina di più! A parte il fatto che per la maggior parte del tempo ho la sensazione che nella mia pancia stiano combattendo la terza guerra mondiale. A sentirli, si direbbe che non facciano altro che prendersi a calci... e mi lasciano sempre con il fiato mozzo. » Perfino attraversare la camera da letto stava diventando un'impresa. Si sentiva enorme e continuava a meravigliarsi quando si guardava il pancione.

« Devo ammettere che non fai mai le cose a metà! » commentò Brad con un sorriso, un giorno, mentre la guardava entrare nella vasca. Era davvero enorme. Si vedevano soltanto le ginocchia, le braccia i gomiti... e poi quei piedini che scalciavano e si muovevano. A volte Pilar trovava tutto questo stupendo, ma verso la metà dell'estate cominciò a sentirsi stranamente a disagio.

In settembre era ormai al colmo dell'infelicità. Avvertiva di continuo bruciori di stomaco e a volte le pareva che quel pancione fosse lì lì per esplodere tanto la pelle era tesa; il male alla schiena era diventato insopportabile, e le caviglie gonfie a tal punto da essere il doppio del solito. E se si azzardava anche solo a fare quattro passi sulla terrazza, cominciava subito ad avvertire le contrazioni. Non poteva più andare in nessun posto, non osava neppure uscire di casa. In realtà le avevano raccomandato di non lasciare il letto, per evitare che l'utero si « irritasse » e iniziassero prematuramente le doglie. I soci del suo studio legale le mandavano il lavoro a casa, ma lei, costretta com'era a stare a letto, non riusciva più a sentirsi veramente utile. Verso la fine del mese cominciò a domandarsi per quanto tempo sarebbe ancora riuscita a sopportare quella situazione.

Mancavano ancora sei settimane al giorno del parto. Per Pilar furono le settimane più lunghe della sua vita, ma anche quando si lamentava sapeva il valore e l'importanza di tutto quello che sopportava.

« Guai a te se osi propormi di nuovo di guardare certi filmetti porno con te, sai? » protestò ridendo una sera, sentendosi particolarmente a disagio; Brad rise e cominciò a massaggiarle le caviglie gonfie.

« Ecco quello che succede quando si vuol giocare con i ragazzi più grandi! »

« Smettila di essere così vanitoso! »

« No, non lo sono affatto! » Sorrise di nuovo e si allungò a massaggiarle delicatamente il pancione. Ma sentì subito, sotto la mano, un poderoso calcetto e pensò che, lì dentro, la vita doveva essere molto movimentata. « Figliola cara, ma questi due non smettono proprio mai, vero? »

« No! L'unico momento nel quale dormono un po' è quando comincio a muovermi, ma purtroppo sono praticamente immobile! » Brad rise di nuovo, guardandola; era emozionato e felice non meno di Pilar. Ma a volte provava una gran pena per lei. Sembrava così a disagio, così avvilita... eppure c'era ben poco da fare per lei!

Tra l'altro, era anche preoccupato al pensiero del parto, benché non ne accennasse quasi mai. Era andato più di una volta dal dottor Parker e aveva cercato di parlargliene seriamente. Per il momento, comunque, Parker non pensava all'eventualità di un taglio cesareo anche se era decisissimo a intervenire nel caso uno dei gemelli avesse cambiato all'improvviso la posizione in cui si trovava, a testa in giù, oppure se si fosse accorto, durante il travaglio, che uno dei due aveva qualche problema.

Pilar aveva già preso appuntamento affinché un istruttore venisse a casa, a partire da ottobre, per insegnarle il metodo di respirazione Lamaze e Brad, osservandola, si domandò se ce l'avrebbe fatta. Ormai era incinta da trentaquattro settimane e il dottor Parker si augurava che arrivasse a superare almeno le trentasei prima che il travaglio avesse inizio.

18

Ottobre fu un mese molto difficile per Andy e Diana. A quell'epoca lei era incinta di sei mesi e stava avvicinandosi il momento di firmare i documenti definitivi per l'adozione di Hilary. Eric aveva parlato di recente con Jane ed Edward e si era affrettato a rassicurare Diana, confermandole che non esisteva nessun motivo di preoccupazione. Nessuno dei due ragazzi si sarebbe tirato indietro. Avrebbero firmato.

Ma un martedì mattina presto, Eric telefonò chiedendo di Andy. E Andy lo ascoltò a lungo, in silenzio, senza mai alzare una sola volta gli occhi a guardare Diana, la quale intuì subito che doveva essere successo qualcosa di terribile. Si strinse più forte al petto la bambina, che si lasciava sfuggire gorgoglii incomprensibili e che subito scoppiò in pianto, come se avesse capito che qualcosa non andava e che Diana era tesa e angosciata. Quando Andy riattaccò, Diana immaginò subito quello che doveva essere successo, prima ancora di sentirselo spiegare.

« Qualcosa non va? Non hanno firmato i documenti, vero? »

Con le lacrime agli occhi, Andy la guardò scrollando il capo. « No. Vogliono pensarci ancora qualche giorno. E non è escluso che vogliano venire qui a vedere la bambina. »

Come odiava doverglielo dire; come odiava doverle dare una preoccupazione proprio in quel momento... d'altra parte

Diana doveva sapere la verità, specialmente se c'era il rischio che sorgesse qualche problema. Jane, insomma, non era più sicura della decisione presa. Non sapeva se voleva continuare gli studi, non era convinta di avere fatto la cosa più giusta quando aveva affidato ad altri la sua creatura... Tutte preoccupazioni ragionevoli, ma non per Diana e Andy. « Edward è sempre disposto a firmare, anche subito, mentre Jane preferisce rimandare di qualche giorno. E poi ha detto a Eric che vorrebbe vedere la bambina. »

« Non può », esclamò subito Diana, alzandosi di scatto. « Hanno rinunciato... non possono averla indietro adesso. » E mentre parlava, era già scoppiata in pianto.

« Tesoro... » Andy cercò di farla ragionare, con dolcezza. « ...possono fare tutto quello che vogliono, fintanto che non hanno firmato i documenti. »

« Non puoi permettere che ci facciano una cosa simile! » esclamò, piangendo disperata e stringendosi al cuore Hilary. Andy gliela tolse delicatamente dalle mani e la prese in braccio.

« Piuttosto, cerca di stare calma. » Adesso non voleva che Diana rischiasse di perdere il loro bambino a causa di Hilary, anche se amava quella bambina con tutto il cuore. « Dobbiamo aspettare e vedere quello che succederà. »

« Come puoi dire una cosa simile? » Diana si mise a urlare. Ormai voleva bene a Hilary come se fosse una creatura sua, e sapeva che per quanto grande fosse il bene che avrebbero voluto al loro bambino, nessuno sarebbe stato mai amato più di Hilary. La sua prima bambina, il primo amore... No, non aveva nessuna intenzione di restituirla... a nessuno! « Non voglio che Jane la veda. »

Poi Eric li richiamò di nuovo, per informarli che Jane ed Edward avevano intenzione di venire da loro. Spiegò che Jane sembrava fuori di sé quando si erano parlati al telefono, e aggiunse che, secondo lui, Andy e Diana, senza perdere la calma, dovevano permetterle di vedere la bambina.

« Io capisco », disse Andy all'amico, « ma Diana no. Basta parlare di questo argomento e diventa isterica. » Non solo, ma aveva anche spiegato a Eric che Diana adesso era incinta. E questo era diventato un problema anche per Jane. Perché temeva che, quando fosse nato, quel bambino sarebbe stato preferito a Hilary.

« Oh, Dio! » esclamò Andy ascoltando Eric. « Perché la vita non è mai semplice? »

« Perché se fosse semplice non sarebbe divertente, non credi? » replicò l'amico, e Andy si lasciò sfuggire un sospiro. Certo, tutta quella storia non sarebbe stata facile da accettare per Diana.

In conclusione, Edward e Jane arrivarono a Los Angeles. Si fermarono due giorni e presero alloggio in un motel nelle vicinanze. Si presentarono a casa di Diana e Andy più di una volta. Jane voleva vederli, e insistette per prendere in braccio la bambina... il che bastò per rendere quasi isterica Diana. Il suo terrore era che Jane, una volta avuta la bambina fra le braccia, fuggisse via portandola con sé. Invece, per la maggior parte del tempo la ragazza rimase seduta nel soggiorno a piangere. Edward taceva. Sembrava che i loro rapporti fossero molto tesi, adesso, e Jane sembrava molto più nervosa. Poi, il secondo giorno, Diana seppe anche il motivo di tutto ciò. Jane le confessò che aveva appena avuto un aborto. Non se l'era sentita di affrontare di nuovo le sofferenze di un parto; ma questo aveva cambiato molto le sue idee a proposito dell'adozione. All'improvviso aveva cominciato a domandarsi se avesse fatto la cosa giusta rinunciando a Hilary. E si stava convincendo che l'unico motivo per il quale era rimasta incinta fosse il senso di colpa, e perché voleva avere un figlio.

« Così adesso vuoi la mia! » esclamò alla fine Diana, perdendo il controllo. « Questa, adesso, è la *nostra* bambina. Siamo rimasti a vegliarla quando era malata, ci alzavamo anche quattro volte per notte per darle il biberon. L'abbiamo cullata, l'abbiamo protetta e curata, e l'amiamo. »

« Ma io l'ho portata in grembo per nove mesi », mormorò Jane, inorridita, mentre i due uomini le osservavano sentendosi impotenti a fare qualcosa.

« Questo lo so! » ribatté Diana, cercando di riacquistare la calma. « E ti sono sempre stata grata perché hai voluto darla a noi. Ma adesso non puoi portarcela via di nuovo. Non puoi aver detto, allora: 'Eccola, vogliatele bene per sempre', e adesso: 'No, accidenti, mi dispiace, ma ho cambiato idea dopo l'aborto di poco tempo fa'. Non pensi a lei? Alla sua vita? Che cosa le puoi offrire? Che cosa è cambiato in questi cinque mesi? Che cosa ti fa pensare che starebbe meglio con te che con noi?»

«Forse semplicemente perché io sono la sua mamma», mormorò Jane. Si sentiva in colpa nei confronti dei Douglas — ma doveva capire, essere ben sicura, insomma, di volere la bambina, o no. «Non voglio rimpiangere quello che ho fatto, e pentirmi per tutto il resto della mia vita!» spiegò molto onestamente e Diana, che aveva qualche anno di più, decise di essere altrettanto onesta.

«Succederà, Jane. Succederà ugualmente. Penserai sempre a quello che sarebbe potuto essere, a come la vita sarebbe stata diversa. Poiché è quello che facciamo tutti. E rinunciare a un figlio è la cosa più grande che una donna possa fare. Però cinque mesi fa ne eri sicura e convinta, o sbaglio?»

«Lo eravamo tutti e due», aggiunse Edward, pacatamente. «Io continuo a esserlo. È Jane ad avere qualche pentimento.» Del resto, lui aveva sempre ritenuto che avrebbe dovuto abortire, subito, ma lei non aveva voluto. E neppure adesso, comunque, esisteva un motivo valido per tenere la bambina. Glielo aveva già spiegato, più di una volta, ma Jane si era lasciata prendere dal panico al pensiero di avere rinunciato alla figlia.

«Insomma, non so», disse Jane prima di andarsene, e Diana si accorse che avrebbe voluto mettersi a urlare, supplicarla di non torturarli a quel modo! Non avrebbe avuto la forza di sopportarlo. E fin dalla mattina aveva le contrazioni — cosa che preoccupava molto Andy.

Quella sera stessa, Edward li gettò nel terrore quando, verso mezzanotte, li chiamò dall'albergo chiedendo di incontrarli, subito. Jane aveva qualcosa d'importante da comunicare a tutti e due.

«Adesso?» Andy non nascose il proprio stupore e la propria preoccupazione e Diana si sentì quasi male quando glielo riferì.

« Si porta via la bambina, vero? È... è questo che Edward ti ha detto? »

« Diana, smettila! Non mi ha detto niente. Semplicemente che Jane aveva bisogno di parlarci. »

« Perché ci fa tutto questo? »

« Perché, per lei, è una decisione molto importante da prendere. » Però non si facevano illusioni, sapevano che li aspettava qualcosa di terribile. Non riuscivano a immaginare di dover rinunciare a Hilary e, nello stesso tempo, temevano che Jane continuasse con quel giochetto dell'eterna incertezza per chissà quanto tempo. Non era onesto, né corretto. Nel segreto del loro cuore si auguravano soltanto che Jane si convincesse che quella iniziale era stata la scelta giusta.

L'attesa parve interminabile; finalmente, a mezzanotte e mezzo, sentirono suonare alla porta. Jane era stravolta, pallidissima, ed era evidente che doveva aver pianto. Edward, invece, sembrava irritato, in collera con Jane. Ormai, dopo due giorni, non ne poteva più di tutte quelle incertezze. La sua pazienza aveva un limite; non vedeva l'ora di tornare a San Francisco.

Diana li invitò a entrare, ma Jane si accontentò di rimanere sulla soglia, scrollando il capo. Poi scoppiò in pianto. « Mi dispiace », bisbigliò, e li guardò. Diana si preparò al peggio e, inconsciamente, si posò le mani sul ventre come se volesse salvare almeno il nascituro, come se avesse paura di vedersi portar via anche quello. « Mi dispiace », riprese Jane con uno sforzo. « Capisco che tutto questo è stato doloroso e difficile anche per voi... » proseguì con voce strozzata « ...ma dovevo essere sicura. Capisco che non potrei... che non posso... mi rendo conto che ho sempre saputo, fin dal principio, che non avrei potuto tenerla con me. » Per un attimo Diana ebbe l'impressione di essere sul punto di svenire e si aggrappò ad Andy, che la sorresse. « Adesso ripartiamo per San Francisco. » Poi mise in mano a Diana una busta. « Ho firmato i documenti. » Diana scoppiò in lacrime. Invece Jane sembrava improvvisamente più serena, più controllata di quanto non fosse da giorni. Guardò in faccia Andy e poi Diana.

« Posso vederla ancora? Prometto che, dopo, non lo chiederò più. Adesso è vostra. » Aveva un'aria così triste e così patetica che Diana non ebbe il coraggio di rifiutare e l'accompagnò di sopra, in punta di piedi, a vedere Hilary, che dormiva profondamente nella culla nuova, in un angolo della camera da letto matrimoniale. In realtà aveva già la sua cameretta, piena zeppa di animali di stoffa e di regali, ma Andy e Diana preferivano tenerla vicina. Fino a quel giorno non avevano ancora trovato il coraggio di trasferirla.

Jane si fermò a guardarla, con il cuore gonfio e gli occhi pieni di lacrime, poi allungò una mano per fare una carezza lieve sulla guancia della piccola, come una specie di benedizione. « Dormi in pace, tesoro », sussurrò alla creaturina addormentata e scoppiò in lacrime, come Diana. « Ti vorrò sempre bene. » Rimase ancora per qualche istante a guardarla e poi si chinò a darle un bacio. Diana aveva un nodo alla gola. Jane indugiò ancora per qualche istante, mentre Diana la osservava, e poi scese in fretta al pianterreno, senza una parola e senza la sua bambina. Strinse convulsamente la mano di Diana prima di andarsene; poi si avviò verso l'automobile, seguita da Edward. Diana continuò a piangere, scossa dai singhiozzi, senza più riuscire a controllarsi, mentre la porta si richiudeva alle loro spalle. Si sentiva triste, provava pena per Jane e uno strano senso di colpa, ma... che sollievo al pensiero che Hilary, adesso, fosse tutta sua, e di Andy! Si sentì travolgere da un'ondata di sentimenti che non sapeva come affrontare e nemmeno come esprimere — e si aggrappò disperatamente a suo marito.

« Su, vieni », e Andy l'aiutò a salire lentamente in camera, stringendola a sé, sopraffatta da tante emozioni. Ormai erano quasi le due del mattino. Si sentivano entrambi come svuotati, dopo tutto quanto era accaduto in quegli ultimi giorni. Andy pensò che era un miracolo se Diana non aveva già le doglie, a causa di tutte quelle emozioni.

L'indomani la costrinse a rimanere a letto e si occupò personalmente della bambina. Eric Jones arrivò in aereo da San

Francisco per ritirare di persona i documenti. Tutto era stato firmato. Tutto era a posto. Hilary Diana Douglas era sana e salva, e apparteneva a loro, per sempre.

« Non riesco a convincermi che sia finita », disse Diana sottovoce quando Eric finalmente se ne andò. Ormai nessuno poteva più togliere quella bambina a lei e Andy; nessuno poteva più farsi avanti dicendo di avere cambiato idea.

19

I GEMELLI di Pilar e Brad sarebbero dovuti nascere ai primi di novembre — e in quell'ultimo mese lei si accorse di non essere nemmeno in grado di scendere dal letto, se non per andare in bagno. Già da parecchie settimane era in atto la dilatazione. Ogni volta che si alzava, anche solo per pochi minuti, cominciavano le contrazioni. Si annoiava terribilmente a stare a letto; e di tanto in tanto provava anche un vago timore al pensiero che qualcosa potesse andare storto, che uno dei gemelli si strangolasse con il cordone ombelicale o che potessero, in qualche modo, farsi male l'uno con l'altra.

Intanto, con Brad, aveva cominciato a esercitarsi nel metodo di respirazione Lamaze; quando si arrivò alla Festa di Ognissanti i bambini avevano quasi smesso di muoversi. Ormai, a quel punto, doveva essere rimasto molto poco spazio per tutti e due. Quanto a Pilar, sembrava quasi la caricatura di una donna incinta... Insomma, sembrava che avesse inghiottito una casa! Quando, a volte, si guardava in uno specchio... non poteva fare a meno di ridere di fronte alle dimensioni incredibili che aveva assunto il suo corpo. Aveva la sensazione di portare in grembo non due gemelli ma un vero e proprio esercito di bambini, uno sull'altro!

«È una vera impresa!» esclamò Brad una sera, mentre l'aiutava a uscire dalla vasca. Ormai Pilar non era più in grado di fare niente da sola. Non poteva fare il bagno senza che Brad l'aiutasse, né mettersi le scarpe o le pantofole. Marina veniva appena possibile e Nancy le teneva spesso compagnia quando Brad era fuori per i suoi impegni di lavoro. Nancy non faceva che ammirarla, e glielo diceva, per il modo così... sportivo con cui affrontava la situazione, e ripeteva che non avrebbe voluto essere al suo posto, neppure per tutto l'oro del mondo! Quando tornava a casa, ne parlava con suo marito. Gli diceva che, mentre gli altri facevano la loro vita, si divertivano, uscivano a pranzo o a cena, la povera Pilar, invece... E poi, sembrava una mongolfiera...!

Anche Elizabeth Graham le telefonava di frequente e ormai sembrava rassegnata all'idea della gravidanza della figlia. Più di una volta si era offerta di prendere un aereo per andare da lei, ma Pilar non voleva averla vicino.

A volte si lamentava perché da ben sei mesi non andava più dal parrucchiere... e quando si sentiva particolarmente depressa era Brad a confortarla, ricordandole che valeva la pena di fare tutti quei sacrifici. Ma lei lo sapeva benissimo. L'unica cosa che la esasperava era il fatto di essere costretta a restare a letto fino al momento del parto.

Sembrava che i due gemelli fossero in buone condizioni; durante una delle visite, il medico spiegò a Pilar che uno dei due era un po' più grosso dell'altro. Probabilmente il maschietto. In genere succedeva così — anche se non sempre. Poi la informò che durante il parto sarebbe stata presente un'intera équipe di medici. Considerata la sua età e il fatto che si trattava di due gemelli, voleva la collaborazione di un altro ostetrico e di due pediatri per i nascituri.

« Sembra quasi che ci si prepari a una riunione mondana », fu il commento di Brad, momentaneamente rasserenato. Ma non gli era sfuggita l'aria preoccupata di Pilar quando il dottore aveva parlato di « équipe »... D'altra parte, era logico soprattutto nell'eventualità di un taglio cesareo. Anche se nessuno pensava che sarebbe stato necessario, era meglio essere pronti anche a quella evenienza. Brad, comunque, si accorse che nelle ultime due settimane, mentre si avvicinava la data fatidica, Pilar era sempre più nervosa.

Il dottor Parker l'aveva avvertita che non avrebbe aspettato un giorno di più. Troppe cose erano in gioco, soprattutto trattandosi di due gemelli. Una mattina presto, circa una settimana prima della data prevista per il parto, Pilar cominciò ad avere le contrazioni. Il dottore le raccomandò di alzarsi e di camminare per la casa, almeno per un po', in modo da dare inizio al travaglio. Lei si meravigliò di sentirsi tanto debole, dopo essere rimasta a letto tanto a lungo, e si accorse che le tremavano le gambe. E scoprì anche di non essere neppure in grado di camminare troppo a lungo. Non ne aveva la forza: il pancione era diventato pesantissimo.

Verso la fine del pomeriggio le contrazioni ormai si susseguivano con regolarità; Brad le preparò una tazza di tè. Ma poi tutto si fermò di nuovo. In quell'attesa, il pensiero che il parto ormai fosse tanto vicino divenne quasi una tortura.

« Dio, come vorrei che tutto fosse già finito! » disse Pilar a Brad. Invece, per tutto il resto del pomeriggio non accadde più nulla. Dopo cena si ruppero le acque, ma senza contrazioni. Comunque, il dottore le consigliò di farsi ricoverare ugualmente in ospedale. Preferiva averla sotto controllo.

« Si può sapere che cosa vuole controllare? » protestò lei mentre Brad l'accompagnava in macchina al Cottage Hospital. « Se non succede niente! E poi, perché andiamo all'ospedale? Che sciocchezza! » Brad la guardò mentre pronunciava queste parole, e scoppiò a ridere vedendola così enorme! Per quanto lo riguardava, si sentiva molto sollevato al pensiero che ora sarebbe stata affidata alle cure dei medici. Non aveva la minima voglia di vedersi costretto ad aiutarla a far nascere i gemelli in casa! Gli sembrava sufficiente avere acconsentito ad assistere al parto. Quella prospettiva non lo attirava certo, ma sapeva quanto Pilar avesse bisogno di lui e quindi aveva subito accettato di starle vicino, quando lei glielo aveva domandato.

Appena arrivarono, il dottor Parker si affrettò a farle un primo esame di controllo; e, subito dopo, Pilar ebbe qualche lieve contrazione. Parker parve molto soddisfatto perché le contrazioni della mattinata, per quanto modeste, avevano portato alla dilatazione. Ormai era chiaro che i gemelli avrebbero visto la luce molto presto.

«Qualcosa succederà, e prima di quanto crediamo», le promise, poi se ne andò a casa. A ogni modo, tranquillizzò entrambi dicendo che sarebbe tornato immediatamente, non appena lo avessero chiamato. Pilar e Brad rimasero a guardare la televisione per un po'; lei si appisolò, ma a un tratto venne svegliata da una strana sensazione. Come se qualcosa di enorme la schiacciasse.

Chiamò Brad, vagamente impaurita, e lui a sua volta chiamò un'infermiera. Poi lasciò che fosse Pilar a spiegarle quello che provava.

«Secondo me, potrebbe essere l'inizio del travaglio, signora Coleman.» La ragazza sorrise e corse a chiamare il dottore. Quasi subito arrivò anche un medico di servizio all'ospedale, a esaminarla. Pilar si oppose a questa visita e stava appunto discutendo quando, all'improvviso, ebbe una contrazione violentissima. Le sembrava che quel pancione enorme fosse stato imprigionato in una morsa che lo stringeva, lo stringeva... fino a toglierle il respiro, a diventare quasi insopportabile. Prese la mano di Brad e cercò di ricordare il modo corretto di eseguire la respirazione... poi una persona, che non era ancora riuscita a identificare, azionò il meccanismo che faceva alzare una parte del letto.

«Oh, Dio... è stato orribile», mormorò Pilar quando quell'attimo fu passato. Si sentiva i capelli bagnati di sudore e la bocca arida, e tutto questo dopo una sola contrazione! Ma il suo corpo sapeva che ci sarebbe stato da lavorare, e molto; prima ancora che il medico presente potesse chiederle di lasciarsi esaminare di nuovo, ne arrivò un'altra. Allora l'infermiera corse a telefonare al dottor Parker per informarlo che il travaglio di Pilar Coleman era cominciato.

Arrivò anche un secondo ostetrico, ma non ebbe il tempo di farle una visita più accurata perché le contrazioni si fecero più ravvicinante e Pilar reagì quando il medico si avvicinò. All'improvviso si era resa conto di avere perduto il controllo della situazione; altri due medici entrarono nella stanzetta mentre le infermiere le inserivano l'ago della fleboclisi nel braccio. Un'altra le collegò un monitor al ventre in modo da controllare il battito del cuore dei nascituri e l'intensità delle contrazioni che, proprio a causa della pressione esercitata dalla cintura del monitor, sembrarono farsi più dolorose e violente.

Com'era tutto orribile! Aveva la sensazione di essere un animale, legato e impastoiato, che veniva manipolato da ogni parte. Troppe cose stavano succedendo contemporaneamente e lei non riusciva più a tenere la situazione in pugno.

« Brad... non posso... non posso... » Avrebbe voluto andarsene di lì, liberarsi da quelle pastoie, ma le dimensioni enormi di quel pancione e i dolori sempre più acuti le rendevano ormai impossibile anche il più piccolo movimento. « Brad, ti prego, falli smettere! » Desiderava soltanto essere lasciata sola, tranquilla, potersi togliere quella strana cintura e anche la fleboclisi, affinché quei dolori atroci cessassero. Purtroppo nessuna delle persone presenti aveva intenzione di abbandonarla... era in gioco la vita dei suoi bambini... E Brad, guardandola, si sentì impotente.

Provò a dire qualcosa alla capoinfermiera e anche al medico di Pilar, quando tornò.

« Non si può proprio fare niente per facilitarle le cose? » domandò con un filo di speranza. « Il monitor le dà dei problemi, e ho l'impressione che tutti quegli esami che le hanno fatto abbiano reso più forti le contrazioni. »

« Lo so, è vero », rispose il medico, comprensivo, « ma ci sono due bambini in quel pancione e se non vogliamo ricorrere al taglio cesareo, è necessario sapere quello che succede lì dentro. Qualora il cesareo si rendesse necessario, dobbiamo essere ben sicuri di quello che succede. C'è poco da scherzare! » Poi dedicò tutta la sua attenzione alla paziente.

« Allora, come andiamo? » domandò a Pilar con un sorriso gioviale.

« Come una merda », rispose lei e all'improvviso fu assalita da conati di vomito. A ogni contrazione, adesso, vomitava e avvertiva sempre più forte quella strana sensazione di peso sul ventre, accompagnata da una smania sempre più insistente di spingere. Forse, si disse speranzosa, era arrivata già allo stadio finale; forse quello era il momento peggiore e forse stava già passando... ma quando lo domandò all'infermiera, si sentì rispondere che ci voleva ancora un bel po'. Quello era soltanto l'inizio.

« Sedativi », mormorò con voce rauca quando il dottore le venne di nuovo vicino. Ormai non riusciva quasi più a pronunciare una sola parola, tanto soffriva. « Voglio qualcosa che mi tolga il dolore. »

« Ne parliamo fra un po' », rispose lui, evasivo; e Pilar ricominciò a singhiozzare allungando convulsamente una mano per tentare di afferrarlo per una manica.

« Li voglio adesso », ripeté, cercando faticosamente di mettersi seduta. Ma era praticamente imprigionata al lettino e la contrazione successiva la lasciò priva di forze. Non trovò altra soluzione se non quella di aggrapparsi alla mano di Brad. « Oh, Dio... ascoltami... che qualcuno mi ascolti. »

« Ci sono io, tesoro, ti ascolto », si affrettò a rassicurarla Brad. Ma lei non riusciva quasi a vederlo. Quanta gente c'era nella stanza, e quante cose succedevano contemporaneamente! Com'era possibile che il controllo della situazione le fosse sfuggito di mano fino a quel punto? E perché nessuno le dava retta? Non poteva far altro che rimanere lì, distrutta, a singhiozzare fra una contrazione e l'altra... quando non urlava.

« Falli smettere... ti supplico.. falli smettere. »

« Capisco, tesoro... capisco... » In realtà non capiva. E stava cominciando a pentirsi di quello che avevano fatto. Gli ormoni, le terapie, i viaggi per andare dalla dottoressa Ward... quello era stato l'inizio... e adesso erano arrivati alla conclusione! Era disperato vedendola soffrire a quel modo senza poter far nulla per aiutarla. Non si era mai sentito così inutile.

« Adesso bisogna portarla in sala parto », disse il secondo ostetrico al dottor Parker. « Se è necessario un cesareo, non è il caso di perdere tempo. »

« Mi sembra una buona idea », confermò il medico di Pilar e improvvisamente, nella stanzetta, tutti cominciarono ad agitarsi. Arrivarono altre persone, altri strani macchinari, altri esami per Pilar, altre contrazioni.

Sospinsero la lettiga nel corridoio, anche se lei li supplicava di fermarsi e di non toccarla più, di aspettare l'intervallo fra una doglia e l'altra per spostarla altrove... ma ormai volevano prepararla a un eventuale intervento il più in fretta possibile. Secondo le spiegazioni che il dottor Parker diede a Brad, la situazione stava precipitando e non volevano farsi cogliere alla sprovvista. Prima di tutto bisognava pensare alla salvezza dei due bambini, non alle proteste della mamma. Ormai era l'una del mattino. Brad aveva l'impressione di trovarsi lì da un tempo lunghissimo.

Arrivata in sala parto, Pilar fu trasferita sul lettino. Le infilarono le gambe nelle staffe, le legarono le braccia, le spostarono la flebo. E, tra una contrazione e l'altra, Pilar si lamentò per la posizione in cui l'avevano messa. Aveva un male terribile alla schiena e al collo, disse, ma nessuno le diede retta. Tutti erano impegnatissimi in altre cose. Ormai i pediatri, nella sala, erano diventati tre, erano presenti anche alcuni medici interni, uno stuolo di infermiere e i due dottori che l'avevano in cura.

« Dio! » mormorò Pilar a Brad con voce rauca, fra una doglia e l'altra, « mi vuoi spiegare che cosa stanno facendo? Hanno venduto i biglietti per lo spettacolo, qui dentro? » Il monitor era sempre collegato al suo pancione e adesso qualcuno stava controllando la dilatazione ogni volta che respirava. Secondo l'infermiera era arrivata a dieci — il che significava che ormai aveva toccato i dieci centimetri e quindi poteva cominciare con le spinte.

« Magnifico! » esclamarono tutti, molto soddisfatti; ma a Pilar, ormai, non importava più nulla... Fra l'altro, aveva già capito che non avevano nessuna intenzione di somministrarle neppure il sedativo più blando.

« Perché non mi danno niente? » protestò con un filo di voce.

« Perché non farebbe bene ai suoi bambini », le rispose con fermezza una delle infermiere.

Ma dopo un minuto Pilar non ebbe più nemmeno la forza

di parlare, perché soffriva atrocemente e aveva cominciato a spingere.

Per Brad fu una specie di incubo... Pilar spingeva, poi urlava... e quasi nel preciso momento in cui la contrazione era terminata, di nuovo Pilar veniva incitata a spingere... e poi urlava. Brad non riusciva a capire per quale motivo non volessero darle qualche cosa per farla soffrire meno... Ma uno dei dottori gli spiegò, ancora una volta, che avrebbe potuto danneggiare i nascituri.

Sembrava fossero passate ore da quando aveva cominciato a spingere, ma niente succedeva. A un certo momento, Brad guardò l'orologio e, incredulo, si rese conto che erano quasi le quattro del mattino. Allora si domandò per quanto tempo ancora Pilar sarebbe riuscita a resistere prima di perdere completamente il contatto con la realtà, con quello che succedeva intorno a lei. Poi, improvvisamente, una strana animazione si diffuse in sala parto. Vennero portate dentro due incubatrici e tutti si affollarono intorno a Pilar la quale, adesso, riusciva solo a emettere un gemito straziante, un lungo grido senza fine. A questo punto, mentre tutti la incoraggiavano, Brad vide la testa del primo bambino che si apriva un varco nel mondo... il suo lungo, sommesso gemito si unì e si confuse con quello della mamma.

« È un maschietto! » esclamò il dottore e Brad subito si preoccupò perché la pelle del neonato aveva un colore bluastro. Ma l'infermiera lo rassicurò e infatti, un minuto più tardi, la situazione era già migliorata. Sollevarono un attimo il neonato perché Pilar lo vedesse, ma lei era troppo stanca, troppo estenuata per prestare attenzione. Infatti le contrazioni continuavano come prima e uno dei medici fu costretto a usare il forcipe per sistemare il secondo gemello nella posizione più adatta. Brad non ebbe la forza di guardare quello che stavano facendo a Pilar, e pregò soltanto, mentre le stringeva le mani in una morsa convulsa, che sopravvivesse a quella prova durissima.

« Coraggio, tesoro... presto sarà tutto finito... » le mormorò Brad, sperando in cuor suo di non averle detto una bugia. In effetti, non aveva idea nemmeno lui di quello che stava succedendo. Pilar, intanto, stretta a lui, piangeva disperatamente.

« Oh, Brad... è tutto così terribile... »

« Lo so... lo so... ma adesso ormai è quasi finito... » Purtroppo sembrava che la femminuccia facesse resistenza più del fratellino... Verso le cinque Brad vide i due medici confabulare fra loro.

« Non è escluso che si debba ricorrere a un cesareo, se la bambina non esce al più presto », spiegarono a Brad pochi minuti più tardi.

« Per lei sarebbe più facile? » domandò Brad sottovoce, con la speranza che Pilar non udisse niente di quel conciliabolo. Ma ormai soffriva troppo, continuava a spingere con tutte le forze e non ascoltava più niente di quello che si diceva intorno a lei.

« Forse. Naturalmente sarebbe necessaria un'anestesia totale, poiché a questo punto non è più possibile farle una epidurale. Auguriamoci che non ce ne sia bisogno. Un parto vaginale con episiotomia e un taglio cesareo! Da interventi del genere ci si riprende molto, molto lentamente. Adesso tutto dipende da quello che la femminuccia si deciderà a fare nei prossimi minuti. » Il primo gemello era già stato sottoposto a una visita accurata e ora era sistemato nella sua incubatrice.

« Non mi importa di quello che volete fare », esclamò Brad, sconvolto. « Scegliete il meglio, e la soluzione più facile per lei. »

« Per prima cosa vorrei tentare di estrarre la neonata dalla vagina, per vie naturali », riprese il dottore impugnando il forcipe. Dopo numerosi tentativi, quando ormai stavano per rinunciare, la neonata si mosse e lentamente cominciò a scivolare fuori tra le gambe di sua madre. Ormai erano le sei del mattino e Pilar non capiva praticamente più nulla di quello che stava succedendo; poi, a un tratto, ecco quella minuscola creatura dal visetto delicato. Era piccola, doveva pesare la metà del suo gemello; aprì gli occhi e si guardò attorno con una strana espressione, come se cercasse la mamma. E Pilar, quasi l'avesse intuito, sollevò la testa e la vide.

« Com'è bella! » esclamò, poi lasciò ricadere la testa sui cuscini e sorrise a Brad fra le lacrime. Era stata un'esperienza terribile, però ne era valsa la pena. Adesso aveva due creature stupende. Immobile e sfinita, continuò a guardare Brad. Due infermiere portarono via la neonata subito dopo aver tagliato il cordone ombelicale, e la deposero nella seconda incubatrice perché il pediatra la visitasse al più presto. Questa volta, però, non si udì alcun vagito e all'improvviso sulla sala parto calò un profondo silenzio.

« Sta bene? » provò a domandare Pilar a chiunque fosse disposto ad ascoltarla... Ma di nuovo, improvvisamente, tutti parevano impegnatissimi. Brad riuscì a vedere il figlio nell'incubatrice, in un angolo della sala parto, mentre due infermiere lo osservavano scalciare e agitarsi, irrequieto, come se non si trovasse a proprio agio. Ma non riusciva a vedere la bambina, allora si allontanò di qualche passo dal letto di Pilar... e si accorse di quello che stavano facendo. Cercavano di respirare per lei, un medico le stava praticando la respirazione artificiale, comprimendo con insistenza quel minuscolo torace... Purtroppo la neonata giaceva immobile, ormai. Se n'era andata, e niente di quello che stavano facendo avrebbe potuto restituirle la vita. Brad fissò inorridito il volto del dottore mentre Pilar, alle sue spalle, continuava a fare domande. Per un attimo ebbe l'impressione che il cuore gli si fermasse nel petto. E adesso, in nome di Dio, che cosa poteva dirle?

« Stanno bene? Brad?... Non riesco a sentire i bambini... »

« Sì, bene », mormorò lui, annientato. Poi qualcuno si avvicinò a Pilar per farle un'iniezione. Sembrava che fosse passato solo qualche attimo dalla fine del parto... Per fortuna Pilar si addormentò quasi subito. Brad, invece, guardò dritto negli occhi il medico che gli si era avvicinato.

« Che cosa è successo? » domandò, annichilito. Era stata un'esperienza atroce e persino la nascita dell'altro bambino gli pareva una ben magra consolazione.

« Difficile dirlo. Era molto piccola. Secondo me ha perduto molto sangue, che invece passava al fratello. È quella che chiamiamo trasfusione da gemello a gemello. L'ha indebolita; per questo non riusciva a respirare da sola. Ho il vago sospetto che avesse i polmoni non abbastanza sviluppati e che fosse troppo piccola per sopravvivere a un simile trauma. Forse avrei dovuto ricorrere al cesareo», aggiunse in tono desolato, e Brad si voltò a guardare la moglie che dormiva serena, inconsapevole di tutto quello che era successo. E fin da quel momento non riuscì a immaginare che cosa le avrebbe detto. Tanta gioia... che si era trasformata in fretta in un grande dolore!

A ogni modo anche i pediatri si dichiararono pienamente d'accordo con l'ostetrico; evidentemente c'era qualcosa che non funzionava nei polmoni della neonata, qualcosa che nessuno aveva né scoperto né sospettato. Durante il parto il suo battito cardiaco era sempre stato regolare, ma avendo ceduto tanto sangue al gemello, e senza l'aiuto che le dava la madre tenendola nel suo grembo non era più stata in grado di sopravvivere, una volta venuta alla luce. Eppure avevano fatto il possibile e l'impossibile per aiutarla.

Brad era adesso a conoscenza di tutti i fatti. Ma non riusciva ancora ad accettare la realtà. Quando Pilar venne trasportata in sala rianimazione, Brad rimase per un attimo a guardare la sua bambina, con le guance rigate di lacrime. Era perfetta, così tenera e dolce! Era bellissima, come nel momento in cui era nata — e adesso sembrava che dormisse.

Il fratellino, invece, continuava a piangere disperatamente come se intuisse che qualcosa non andava. Probabilmente era talmente abituato a sentirla vicino a sé, a stare con lei, a scalciare contro di lei... e tutto a un tratto lei non c'era più. E non c'era più nemmeno la mamma.

Istintivamente, Brad allungò una mano nell'incubatrice e provò a toccare la piccola. Era ancora tiepida... rimase a guardarla con gli occhi pieni di lacrime, con una gran voglia di prenderla tra le braccia. Che cosa dire, adesso, a Pilar? Come spiegarle che uno dei gemelli era morto? Si sarebbe risvegliata aspettandosi di trovare due miracoli e invece avrebbe dovuto arrendersi alla dura realtà. Il destino aveva giocato loro uno scherzo crudele... Rimase a lungo immobile a fissare quella che continuava a sembrargli una tenera neonata che dormiva.

« Signor Coleman », gli mormorò gentilmente un'infermiera. Volevano portare via la piccola! E qualcuno sarebbe presto venuto a domandargli che cosa fare per lei. Doveva prendere delle decisioni per la sepoltura. « Sua moglie è sveglia, se vuole vederla. »

« Grazie », rispose, impallidendo. Sfiorò ancora una volta con una carezza quella minuscola manina e poi la lasciò. Ma aveva la sensazione di commettere un errore... che quella creaturina avesse ancora bisogno di lui... ma, in realtà, non era possibile. « Come sta mia moglie? » domandò all'infermiera mentre la seguiva, sentendosi distrutto e profondamente a disagio.

« Molto meglio di poco fa. » L'infermiera sorrise. Purtroppo quel benessere sarebbe durato molto poco, pensò Brad, mentre cercava di mettere ordine nei propri pensieri e nelle proprie emozioni.

« Dove sono? » mormorò debolmente Pilar, appena lo vide. Aveva perduto moltissimo sangue e aveva sofferto moltissimo; adesso avrebbe dovuto essere più forte di prima, molto più forte. Brad si accorse di non avere quasi il coraggio di parlare. La guardò con gli occhi lucidi di lacrime.

« Ti voglio un bene infinito, e sei stata molto coraggiosa », mormorò cercando, senza riuscirci, di ricacciare indietro le lacrime e rimpiangendo più che mai che le cose non fossero andate in un modo diverso. Cercò di farsi forza per non spaventarla.

« Dove sono i bambini? » domandò ancora Pilar.

« Sempre in sala parto », rispose lui, mentendole per la prima volta da quando erano marito e moglie. Ma capiva di doverlo fare. Non era necessario che Pilar lo sapesse subito, era troppo crudele aver visto quel delizioso visino d'angelo e doversi rassegnare così rapidamente all'idea che se n'era andata per sempre. Il fratellino sembrava molto più robusto, molto più preparato alla vita... « Presto li porteranno fuori. » Brad mentì di nuovo e Pilar si abbandonò al sonno.

Ma l'indomani mattina non fu più possibile nasconderle la

verità. Venne il medico a parlarle, insieme a Brad, e per un attimo Brad ebbe paura che lo choc la uccidesse. Pilar era diventata paurosamente pallida e aveva chiuso gli occhi. Poi, nonostante fosse seduta sul letto, vacillò come se fosse stata colta da una vertigine. Brad allungò immediatamente le mani per sorreggerla.

« No... dimmi che non è vero! » si voltò a urlare contro di lui. « Bugiardi! Siete dei bugiardi! » gridò con tutte le sue forze, non soltanto contro il marito ma anche contro il dottore. Era stato quest'ultimo a spiegarle che cosa era accaduto, con poche parole molto semplici. La sua bambina era morta subito dopo essere venuta al mondo perché aveva ceduto troppo sangue al fratellino in quella che viene definita trasfusione da gemello a gemello, e a causa delle complicazioni conseguenti al fatto che i suoi polmoni non erano sviluppati a sufficienza. Insomma, non avrebbe potuto vivere, in ogni modo.

« Non è vero! » urlò Pilar di nuovo, ormai prossima a una crisi isterica. « Siete stati voi a ucciderla! Io l'ho vista! Era viva... e mi ha guardato... »

« Sì, l'ha guardata, signora Coleman », rispose il medico, tristemente. « Ma non ha mai cominciato a respirare nel modo più corretto. E non ha mai avuto neppure la forza di far sentire un vagito. Da parte nostra abbiamo fatto il possibile per salvarla. »

« Voglio vederla », disse Pilar singhiozzando, e cercò di scendere dal letto. Ma si rese subito conto di essere troppo debole. Non ci sarebbe mai riuscita. « Voglio vederla subito. Dov'è? » I due uomini si scambiarono un'occhiata. Il dottore, tuttavia, lasciò capire che non aveva nulla in contrario a che Pilar vedesse la bambina. Vedere la propria creaturina morta e salutarla per l'ultima volta poteva essere un conforto per i familiari. La neonata si trovava nell'obitorio dell'ospedale, in attesa della sepoltura; ma non c'era nessuna ragione perché sua madre non potesse vederla. « Voglio che mi portiate dalla mia bambina. Voglio vederla. »

« Tra poco la porteremo da lei », rispose il medico con molta dolcezza e Pilar, appoggiandosi a suo marito, cercò di accettare la dura realtà di quello che era appena successo. Com'era stata felice, la sera prima, per quanto il travaglio del parto fosse stato terribile... com'era stata felice di averla vista, almeno per un momento. E adesso la sua creaturina non c'era più. Non era nemmeno riuscita a prenderla in braccio! « Pensa che le farebbe piacere, adesso, vedere suo figlio? »

Pilar stava per fare cenno di no con la testa, ma poi, dopo avere guardato Brad, annuì. Brad aveva l'aria letteralmente distrutta, sconvolto da quello che era successo... E Pilar si rese conto in quel momento di non avere nessun diritto di rendere la situazione ancora peggiore per lui... anche se in cuor suo provava soltanto il desiderio di morire e di raggiungere la sua bambina.

« Adesso glielo portiamo », disse il dottore e tornò quasi subito con un bel neonato robusto. Pesava quattro chili e mezzo, ed era molto per un gemello. La sua sorellina, invece, pesava meno di due chili. Era un classico caso di sopravvivenza del più adatto, del più forte.

« È molto bello, vero? » mormorò Pilar con tristezza, come se il bambino non fosse nemmeno lì, davanti a lei. E non tese le braccia per prenderlo. Rimase semplicemente a fissarlo chiedendosi perché a lui fosse toccato vivere e alla sua sorellina gemella no. Brad lo prese in braccio e insieme a Pilar rimase a contemplare suo figlio; poi, con molta dolcezza, volle affidarlo alla mamma, che si mise a baciarlo piangendo disperatamente.

E quando l'infermiera glielo portò via, chiese nuovamente di rivedere la bambina.

La fecero sedere su una poltrona a rotelle e la condussero al pianterreno, in una stanza vuota e molto fredda, dove tutto era sterile, anonimo. Poco dopo portarono anche la neonata, ancora chiusa nell'incubatrice e avvolta in una copertina. Il minuscolo visetto era ancora dolcissimo, incredibilmente puro. Brad, guardandola, non riusciva a convincersi che non fosse semplicemente addormentata.

« Voglio tenerla fra le baccia », gli sussurrò Pilar e lui, togliendola dall'incubatrice, gliela affidò. Pilar se la strinse al petto, e rimase in silenzio. Le sfiorò con le labbra gli occhi, la bocca, le guance, le manine, baciò a una a una quelle minuscole dita, quasi sperasse di darle, con quei baci, la vita. Come se potesse cambiare quello che era successo durante la notte, perché non riusciva a rassegnarsi e ad accettarlo.

« Ti voglio bene », sussurrò teneramente alla neonata. « Ti vorrò sempre bene. Ti ho amato prima che nascessi e ti amo adesso, dolce bambina mia. » Poi alzò gli occhi verso Brad e si accorse che anche lui singhiozzava senza riuscire a controllarsi. Era rimasto immobile, sconvolto dal dolore, a guardare Pilar con la bambina stretta al petto. « Se tu sapessi quanto mi dispiace... » le disse. « Se tu sapessi quanto mi dispiace... »

« Voglio chiamarla Grace », mormorò Pilar, e gli accarezzò dolcemente una mano. Grace Elizabeth Coleman. Elizabeth era il nome di sua madre. Chissà perché, adesso le sembrava giusto darlo alla bambina. Brad non seppe far altro che annuire, ammutolito. Non riusciva ancora ad accettare l'idea di dover seppellire quella creaturina, dopo tutta la gioia di poche ore prima.

Pilar rimase a lungo immobile, tenendo la bambina stretta a sé, come per imprimersi bene i suoi lineamenti nella memoria... Forse un giorno si sarebbero ritrovate in cielo... poi l'infermiera tornò a prenderla e furono costretti a lasciargliela portar via. Adesso l'avrebbero trasportata all'agenzia di pompe funebri con la quale Brad aveva già preso accordi nelle prime ore del mattino.

« Addio, piccolo angelo », disse Pilar e la baciò di nuovo; poi lasciarono la stanza mentre lei si sentiva straziare da una pena indicibile. Era come se le avessero strappato qualcosa dal profondo del cuore, per essere seppellito con la sua bambina.

Quando tornarono di sopra, il bambino dormiva profondamente nella sua culla, nella camera di Pilar, e c'era un'altra infermiera. Aveva un'espressione seria e piena di comprensione, perché sapeva dov'erano stati. Aiutò gentilmente Pilar a tornare a letto e le mise tra le braccia il bambino addormentato.

« Adesso non lo voglio. » Pilar scrollò la testa, cercando di respingerlo, ma l'infermiera si rifiutò di obbedire e dopo averle sistemato il piccino fra le braccia la guardò negli occhi, con fermezza.

« Ha bisogno di lei, signora Coleman... come lei ha bisogno del bambino... » poi uscì lasciando il neonato con i genitori. Avevano lottato a lungo per ottenerlo; e lui, adesso, era finalmente arrivato, portando con sé disperazione e gioia. D'altra parte non era colpa sua se la gemella era morta. E Pilar, stringendolo al petto, si sentì commuovere. Com'era tenero e dolce, così diverso dalla piccola Grace. Era proprio un bel maschietto, sano e robusto... mentre la femminuccia le era apparsa come un fragile angioletto, una creatura dolcissima... che era tornata a Dio per sempre.

Fu una strana giornata per loro — di gioia e dolore, di collera e di esaltazione misti a sofferenza e delusione... un arcobaleno di emozioni e di sentimenti che nessuno dei due riusciva a misurare fino in fondo. Per fortuna, se non altro, erano insieme, uniti. Venne Nancy e scoppiò in singhiozzi fra le braccia di Pilar; pareva che non fosse nemmeno capace di dirle ciò che provava... Bastarono le sue lacrime. Venne anche Tommy, e pianse anche lui, mormorando che era molto addolorato per loro. Todd telefonò, non sapendo ancora nulla di Grace, e Brad scoppiò in singhiozzi strazianti quando dovette dargli la notizia. Poi, quando si ritrovò per un momento sola, Pilar telefonò a sua madre e le raccontò tutto. E, per la prima volta nella sua vita, rimase sbalordita. Elizabeth Graham non era più, adesso, la Brava Dottoressa, ma la nonna di una creatura che era morta, la madre di una donna che aveva vissuto un'atroce tragedia... quasi per un'ora parlarono e piansero insieme. Poi Elizabeth Graham lasciò Pilar senza parole, quando le parlò del figlio che avevano avuto e che era morto soffocato, in culla, ancora prima che lei nascesse.

« Aveva cinque mesi. E sotto un certo aspetto credo, da allora in poi, di non essere più stata quella di prima. Continuavo a rimproverarmi perché, dopo la nascita, ero sempre stata impegnatissima, e non riuscivo mai a passare un po' di tempo con lui. Poi sono rimasta incinta e sei nata tu. Ma con te non ho mai più osato cercare l'affetto, la tenerezza, l'intimità. Temevo che morissi anche tu. E mi accorgevo che non avrei voluto mai più, nella mia vita, amare tanto un altro essere umano. Pilar... tesoro... se tu sapessi come sono addolorata per te... » singhiozzò Elizabeth Graham. Anche Pilar, ormai, piangeva senza più riuscire a controllarsi. « Adesso mi auguro che tu sappia quanto ti ho sempre voluto bene... » Balbettava, non riusciva quasi a parlare tra le lacrime, e Pilar, ascoltandola, si sentì sommergere dalla commozione e da un'ondata di sentimenti che aveva tenuti chiusi nel cuore per più di quarant'anni.

« Oh, mamma... ti voglio bene... Ma perché non me lo hai mai detto? »

« Tuo padre e io non ne parlavamo mai. A quell'epoca le cose erano diverse. Non era ammissibile affrontare discorsi che facevano soffrire. Era imbarazzante. Com'eravamo sciocchi, allora! È stata la cosa peggiore della mia vita, e non ho mai avuto nessuno con cui parlarne... Così ho imparato a vivere con il mio dolore. La tua nascita mi ha molto aiutato e sono stata felice che tu fossi una femminuccia. Se non altro eri diversa. Si chiamava Andrew... » mormorò. « E noi lo chiamavamo Andy... » Mentre diceva tutto questo, sembrava così giovane e così triste che Pilar si sentì spezzare il cuore. Elizabeth Graham aveva vissuto con il proprio dolore per quasi cinquant'anni — e sua figlia non ne aveva mai saputo niente. Tutto questo spiegava moltissime cose, anche se era troppo tardi, ormai, per recuperare il tempo perduto! Ma, adesso, sentendosi raccontare quello che era successo, tutto assumeva un significato molto più profondo.

« Sono cose che non si dimenticano facilmente », riprese sua madre con voce dolce. « Ci vorrà molto tempo... molto più di quanto tu non riesca a credere. E non scomparirà mai, completamente. Ma imparerai a vivere con il tuo dolore, Pilar, e chissà che tu non riesca a dimenticartene qualche volta, magari per un giorno o due; poi succederà qualcosa che te lo farà tornare in mente di nuovo. Ma ti accorgerai che devi andare avanti, giorno dopo giorno, momento dopo momento... per amore di Brad, per amore di te stessa... per il tuo bambino... Devi andare avanti... E a poco a poco questo dolore atroce finirà per attenuarsi. Ma la cicatrice rimarrà per sempre nel tuo cuore.» Poi piansero ancora insieme e infine Pilar, con una strana riluttanza... per la prima volta in vita sua!... mise fine alla conversazione. Perché per la prima volta nella sua vita le pareva di conoscere sua madre. Elizabeth si era offerta di partire subito e di raggiungerli per il funerale, ma Pilar l'aveva pregata di rinunciare. Sapeva che per lei sarebbe stato molto penoso e non voleva costringerla ad affrontare un'altra esperienza come quella. Una volta tanto, Elizabeth Graham non sollevò obiezioni.

«A ogni modo, se tu avessi bisogno di me potrò raggiungerti in sei ore. Ricordalo. Non sono tanto lontana, sono all'altro capo del filo di un telefono. Chiamami. Ti voglio bene», le aveva detto prima di riattaccare e Pilar aveva avuto la sensazione di avere ricevuto da lei un dono immenso. Peccato che fosse stata una grande tragedia a offrirle l'occasione per quel chiarimento fra loro.

Nel frattempo il bambino si era svegliato e riaddormentato, e infine aveva cominciato a piangere disperatamente cercando la mamma... Ma ogni volta che lei o Brad lo prendevano in braccio, diventava tranquillo, sereno. Come se già li conoscesse.

«Come lo chiamiamo?» le domandò Brad quella sera. Per la bambina avevano trovato un nome, per il fratellino non ancora.

«Mi piacerebbe chiamarlo Christian Andrew. Che cosa ne dici?» propose Pilar con tristezza. Il secondo nome era quello del fratello di cui aveva ignorato l'esistenza fino a quel giorno; dopo la telefonata della madre aveva raccontato a Brad la sua storia.

«Sì, mi piace.» Sorrise fra le lacrime. Pareva che non avessero fatto altro che piangere per tutto il giorno. In realtà, quel giorno che avevano atteso tanto a lungo si era trasformato in un giorno di lutto.

«La vita è proprio fatta di gioie e dolori, non trovi?» mormorò a Brad, seduto accanto a lei, quella sera. Brad non voleva lasciarla, mentre Pilar era convinta che avrebbe fatto meglio a tornare a casa. Aveva un aspetto spaventoso ed era evidentemente sfinito. Ma lui aveva insistito dicendo che non se la sentiva di lasciarla. Un'infermiera aveva poi portato nella camera una branda, nel caso avesse deciso di rimanere. Anche lei pensava che avessero bisogno di stare vicini.

« È tutto così strano... ti aspetti una cosa e ne ottieni un'altra, e paghi uno scotto molto pesante per ogni cosa nella vita... il bene, il male, i sogni e gli incubi... tutto arriva confuso insieme. A volte è difficile distinguere, separare l'uno dall'altro... ed è la parte più complicata. » Christian sarebbe stato la loro gioia, e Grace il loro dolore... eppure erano arrivati insieme. Lei, Pilar, che aveva desiderato tanto disperatamente dei figli, adesso ne aveva perduto uno prima ancora di cominciare a essere mamma. Sembrava che questo dovesse lasciare un marchio indelebile sul futuro... eppure quando contemplava Christian che dormiva serenamente vicino a lei, sentiva che la vita meritava di essere vissuta, nel senso più completo e assoluto. Quanto a Brad, guardandola, si domandava come avesse fatto a superare quei momenti così terribili. Non aveva mai visto nessuno soffrire a quel modo e purtroppo, malgrado tutte quelle sofferenze, avevano perduto la loro creatura.

« La vita è piena di sorprese », disse con filosofia. « Io non avrei mai creduto di riprendermi e di tornare quello di prima, quando Natalie è morta. » Era la madre di Nancy e Todd. « E poi, ecco che tutto a un tratto, cinque anni più tardi, sei apparsa tu... e come sono stato felice con te! La vita trova il modo di offrirci un dono dopo averci punito. E immagino che Christian, per noi, sarà qualcosa di simile. Siamo stati colpiti duramente, ma forse lui sarà la gioia più grande che potremo condividere per il resto della nostra vita. »

« È quello che spero anch'io », mormorò Pilar, posando lo sguardo sul suo bambino e cercando di dimenticare quel visetto che non avrebbe mai più riveduto... la creaturina che avrebbe ricordato per sempre.

20

Christian non fece che strillare a pieni polmoni il giorno in cui lasciarono l'ospedale e lo portarono a casa. Pilar, prima che la dimettessero, lo vestì scegliendo un completino azzurro che gli aveva comprato qualche tempo prima. Poi lo avvolse con cura in una copertina azzurra e lo prese tra le braccia. Un'infermiera, dopo averla fatta accomodare su una poltrona a rotelle, la spinse fino al pianterreno, seguita da un'allieva la quale, a sua volta, spingeva un carrello pieno di mazzi di fiori. Ormai sapevano quasi tutti che lei aveva avuto i gemelli. E nessuno, invece, sapeva che uno dei due era morto. Infatti erano arrivati doppi regali, abitini rosa e azzurri, bambolotti e orsacchiotti...

Brad si mise al volante e lentamente guidò fino a casa. Poi, insieme a Pilar sistemò Christian nella piccola culla, nella camera già preparata per lui. Aveva già provveduto a far portare via l'altra culla e a nasconderla nel garage. Non voleva che la moglie la vedesse. Purtroppo lei non poteva dimenticare che c'era stata e, quando aprì i cassetti per prendere un coprifasce per il piccolo, trovò anche quelli rosa... Si affrettò a richiuderli, ma al tempo stesso avvertì una stretta dolorosa al cuore. Era qualcosa che non riusciva quasi a sopportare. Troppa tristezza e troppa gioia contemporaneamente. Impossibile dimenticare che i bambini erano stati due, e ora ne rimaneva uno solo.

Christian era abbastanza tranquillo, e sembrava affamato. Pilar aveva latte in abbondanza — come se il suo corpo non si fosse ancora reso conto che i bambini da allattare non erano più due! Teneva stretto al seno il figlio mentre lo allattava, comodamente sistemata in una sedia a dondolo, e Brad la osservava.

« Come ti senti? Credi che tutto andrà bene? » le domandò a bassa voce. Era preoccupato per lei. Gli pareva che non fosse più la stessa, dopo il parto, da quando Grace era morta. Quasi quasi si pentiva di avere desiderato tanto intensamente quei figli. Era troppo penoso, adesso.

« Non so », rispose lei con molta sincerità, tenendo contro di sé il bambino addormentato. Poi abbassò gli occhi a guardarlo: com'era perfetto, benché piccolo! Era sano, tondo e paffuto. Era tutto quello che Grace non sarebbe mai stata, con quei suoi lineamenti delicati, il visino che pareva una miniatura. Anche lei era sembrata perfetta, ma infinitamente più piccola. « Continuo a cercare di farmi una ragione di quello che è successo. È stata colpa mia? Qualcosa che ho fatto? Ho mangiato le cose sbagliate, forse mi sdraiavo sempre sullo stesso fianco quando ero a letto... Perché? » Guardò suo marito con gli occhi colmi di lacrime. Brad si era alzato e le era venuto vicino e, insieme, contemplavano Christian.

« Dobbiamo stare molto attenti a non incolpare lui di tutto questo », disse. « Non deve avere la sensazione che lui non è abbastanza, che volevamo qualcosa di più... Io comincio a credere che forse così doveva essere », annunciò, chinandosi a baciare prima lei e poi il bambino. Christian era molto bello e aveva pieno diritto a una vita di gioia.

« Ma io non ce l'ho con lui », esclamò Pilar con tristezza, piangendo senza ritegno. « Vorrei soltanto che qui ci fosse anche la sua gemella! » Chissà che quella creaturina non fosse davvero lì, in qualche modo, come uno spirito pieno di amore, una dolce presenza...

Il sonno di Pilar fu agitato quella notte e la mattina, svegliandosi, si sentì come se qualcuno le avesse lasciato cadere in pieno petto un peso da una tonnellata. Non aveva dimenticato ciò che li aspettava quel giorno.

Fece una doccia, allattò il bambino appena lo vide sveglio... Aveva i seni turgidi e una tale quantità di latte che finì per spruzzarglielo sul visetto non appena lui cercò di attaccarsi al suo petto... Christian la guardò con un'espressione talmente buffa che lei si mise a ridere malgrado il dolore atroce che in quel momento le straziava il cuore. Brad li sentì.

« Si può sapere che cosa succede qui dentro? » domandò, entrando già vestito di scuro. Era la prima volta, da giorni, che Pilar rideva e si sentì sollevato nel sentirla!

Gli mostrò suo figlio, e anche Brad dovette ridere. « Sai a chi assomiglia? A uno di quei vecchi attori delle comiche, quando vengono innaffiati di seltz, non ti pare?... Una specie di Harpo Marx, insomma! »

Poi, con un sorriso, Brad aggiunse: « Se vuoi che ti dica la mia opinione, secondo me assomiglia un po' a Zeppo. Parlo sul serio. » Era stupito dei sentimenti che provava per la creaturina che aveva messo al mondo. Era incredibile quanto lo amasse e quanto gli dispiacesse che avesse perduto la sorellina. Sembrava così innocente, e dipendente in tutto e per tutto da loro... Brad non riusciva a ricordare se gli altri suoi figli gli fossero apparsi così piccoli, così fragili e indifesi, così bisognosi di tutto... o forse perfino quella creaturina intuiva che qualcosa di terribile era successo. Dov'era lei? Aveva vissuto con la sorellina per nove mesi e adesso lei se n'era andata per sempre. Doveva essere stato un trauma anche per lui. Forse nemmeno un neonato era del tutto immune dalla sofferenza che loro provavano.

« Hai bisogno di molto tempo per vestirti? » domandò gentilmente Brad a Pilar. Lei fece cenno di no con la testa e sistemò nella cesta il bambino che dormiva già, dopo la poppata. Che cosa perfetta sarebbe stata se avessero aspettato soltanto lui... una gioia infinita, un'estasi completa... e invece adesso era tutto così diverso! Come essere a metà felici e a metà tristi, per metà soffrire e per metà apprezzare la bellezza... com'era dolce e amara ogni cosa... Pilar si convinse di avere toccato il fondo della sofferenza... e rimase a contemplare Christian a lungo, consapevole dell'immensità dell'affetto che nutriva per lui. Ma aveva amato anche la piccola Grace... ecco la cosa stupefacente! Aveva voluto imprimersi nella mente il suo visetto nel preciso momento in cui era entrata nel mondo — e adesso lo portava nel cuore, inciso per l'eternità, come il suo nome.

Infilò un semplice abito di lana nera, dalla linea sciolta, che aveva cominciato a mettere in ufficio nei primi tempi della gravidanza. Calze nere, come le scarpe; e infine trovò anche un cappotto nero adatto all'occasione. Poi rimase immobile, a guardare suo marito.

« Sembra sbagliato, in un certo senso, non ti pare? Dovremmo far festa e invece siamo in lutto. » E poi... quanta gente da avvisare... perché tutte le persone che conoscevano si aspettavano la nascita di due gemelli...

Poi Brad sistemò la cesta con il bambino sul sedile dell'automobile, al sicuro. Christian continuava a dormire. Nel silenzio più completo si avviarono verso la chiesa di All Saints, a Montecito. In fondo, Pilar non aveva nulla da dire, nulla che potesse attenuare il dolore o renderlo in qualche modo differente. Brad le accarezzò una mano, dopo avere parcheggiato la macchina; scesero e trovarono Nancy e Tommy con Marina ad aspettarli sul marciapiede. Tommy era vestito di scuro, come Brad; Nancy, che teneva in braccio il suo bambino, era ancora sconvolta. Non era riuscita a trovare una baby sitter e alla fine si era decisa a portare con sé Adam, che cominciò a lanciare gridolini di gioia non appena vide Brad e Pilar. Bastò ad alleggerire la tensione di quei momenti.

Anche il sacerdote li stava aspettando, e li precedette nell'interno del tempio. Pilar, però, non era assolutamente preparata a ciò che si trovò davanti; una piccola bara bianca circondata da fasci di mughetti, sull'altare. Era un travestimento, una menzogna, un gioco crudele che la Natura aveva preparato per lei — prima promettendole tanto e poi togliendole una parte di ciò che aveva promesso... Nello stesso momento in cui vide la piccola bara si sentì un nodo alla gola.

«No, non ce la faccio», bisbigliò a Brad nascondendosi il viso fra le mani. E Nancy cominciò a piangere sommessamente mentre Tommy le toglieva il bambino dalle braccia. Christian, invece, continuava a dormire tranquillo. Erano queste le vie del Signore, ricordò il sacerdote nel suo sermone, prendere e dare, ridere e piangere, mescolare la gioia con il dolore; ma la sofferenza da accettare parve troppo grande quando levò la mano per benedire la creaturina che era stata di Pilar e Brad solo per pochi momenti.

In seguito, Pilar continuò ad avere l'impressione di vivere un sogno, anzi un incubo, mentre seguiva Brad fuori e, dietro il carro funebre, si incamminava con lui verso il cimitero. Rimasero in silenzio, afflitti e desolati, sotto la pioggia. E Pilar fu colta dal panico.

«Non posso lasciarla qui...» mormorò con voce soffocata, aggrappandosi a Brad. Vicino a loro c'erano Tommy e Marina, che si tennero in disparte. Nancy era rimasta in auto con i due bambini. Aveva confessato al marito di non avere il coraggio di andare fino al cimitero. Era tutto troppo orribile, troppo triste... quella piccola bara, e quei volti desolati dei genitori! Che momenti tragici e disperati per tutti, soprattutto per Pilar e Brad! Lui sembrava invecchiato di cent'anni; quanto a Pilar, pensarono tutti che fosse sul punto di svenire quando il sacerdote diede l'ultima benedizione alla piccola Grace.

Pilar posò un mazzolino di roselline dal tenue colore rosato sulla bara e rimase a fissarla a lungo, singhiozzando piano piano; poi Brad la condusse via e la fece salire di nuovo in macchina. Ma sembrava che lei quasi non si rendesse conto di quello che stava facendo. Durante il tragitto di ritorno continuò a fissare il vuoto davanti a sé con aria assente, senza dire una parola. Brad e Marina le tenevano la mano, ma pareva che lei non avesse niente da dire né a loro né a nessuno.

Anche Brad, a quel punto, non sapeva più se parlarle o tacere. Non sapeva né come consolarla né che cosa fare. E per quanto sentisse atrocemente la perdita di Grace, rifletteva sul fatto che, in fondo, per lui era quasi un'estranea. Ben diversa invece era la situazione di Pilar, che l'aveva portata in grembo per nove mesi, che conosceva le sue creature con un'intimità assolutamente unica.

« Adesso vai subito a distenderti sul letto », le disse con un tono che non ammetteva repliche, quando rientrarono a casa dopo avere accompagnato gli altri. Il bambino cominciò ad agitarsi non appena lo mise di nuovo nella sua culla.

E Pilar acconsentì. Andò in camera e si sdraiò sul letto senza nemmeno togliersi l'abito nero, senza dire una parola. E guardando con gli occhi sbarrati il soffitto, rimase a domandarsi perché fosse toccato proprio alla sua creatura di morire, e a tutti gli altri di vivere. Perché non le erano state offerte altre scelte? E in tal caso, lei che cosa avrebbe scelto? Che cosa avrebbe fatto? Per un attimo intuì che sarebbe stata ben felice di sacrificare se stessa per salvare i suoi figli. E cercò anche di spiegarlo a Brad, che si mostrò inorridito. Per quanto fosse disperato al pensiero che la loro bambina era morta, la sola idea di poter perdere anche la moglie gli sembrava intollerabile — anzi, la respinse con indignazione.

« Ma ti rendi conto di quanto abbiamo bisogno di te? »

« No, tu non hai bisogno di me », rispose Pilar con voce atona.

« Già, e lui? » E le indicò la camera vicina. « Non ti pare che abbia il diritto di avere una madre? » Pilar si strinse nelle spalle, incapace di trovare una risposta. « Non fare certi discorsi! » riprese Brad in tono fermo. Ma Pilar rimase depressa per tutto il giorno e non volle né mangiare né bere. Tutto questo influì negativamente sulla qualità del suo latte e Christian mostrò chiaramente di non trovarlo più di suo gusto come al solito. Era come se tutti volessero piangere, ribellarsi a quanto era successo, ma nessuno sapesse bene come... E Pilar meno di tutti, anche se provava un desiderio irresistibile di mettersi a piangere e urlare fino a non avere più fiato... Invece rimase lì, seduta, a guardare Christian con gli occhi sbarrati.

« Il bambino ha bisogno di te, e anch'io », le ripeté Brad. « Devi farti forza. Tornare come prima. »

« Perché? » Immobile, non faceva che guardare fuori della

finestra. Finalmente Brad ottenne che bevesse una tazza di tè e che poi mangiasse almeno un po' di minestrina, in modo da avere almeno latte sufficiente per le poppate del bambino.

Pilar si alzò parecchie volte quella notte, per allattare Christian, mentre Brad dormiva. Anche per lui era stata una giornata faticosissima — ed era preoccupato per Pilar. Quando si levò il sole, Pilar era seduta sulla sedia a dondolo, con Christian sulle ginocchia e pensava ai suoi bambini. Erano state entità separate, due creature distinte, con vite separate, ciascuna con un proprio destino e un proprio futuro. Christian aveva il suo da compiere, da realizzare; quello di Grace si era già compiuto, molto in fretta. Forse tutto era molto semplice, forse il suo destino era di rimanere insieme a loro solo per un momento. E all'improvviso Pilar si rese conto che doveva lasciarla andare, che Grace sarebbe tornata di tanto in tanto nella sua memoria, ma che non poteva tenerla con sé. Brad aveva ragione. Christian aveva bisogno di lei. E c'era da sperare che, insieme a suo padre e sua madre, avrebbe avuto una vita lunga e felice... E lei voleva rimanergli vicino. Per la prima volta dopo cinque giorni, tenendolo stretto al cuore si sentì in pace. Avevano ottenuto un grande dono, forse non quello che si aspettavano, né come pensavano sarebbe dovuto essere — ma così il destino aveva voluto e adesso toccava a lei accettare ciò che le aveva offerto.

« Già alzata? » Brad era apparso, ancora insonnolito, sulla porta. L'aveva cercata a letto, senza trovarla. « Tutto bene? »

Pilar sorrise facendo cenno di sì con la testa. In quel momento aveva un'espressione infinitamente saggia e infinitamente triste, ma anche infinitamente dolce. « Ti amo », disse a mezza voce e Brad intuì che qualcosa era cambiato in lei, qualcosa nel segreto del suo cuore si era spezzato e lacerato, e l'aveva quasi distrutta, ma adesso, a poco a poco, cominciava la guarigione.

« Anch'io ti amo. » Avrebbe voluto ripeterle quanto fosse addolorato... ma non sapeva più come dirglielo. Le parole non bastavano, anche se i sentimenti esistevano, e profondi.

Poi, all'improvviso, Christian si mosse lievemente. Sbadigliò, spalancò gli occhi e li guardò con una strana attenzione.

« È davvero un ometto straordinario! » esclamò Brad con fierezza.

« Anche tu sei un uomo straordinario », replicò Pilar. E, nel sole del primo mattino, si baciarono.

21

Quell'anno Todd venne a trovarli per la Festa del Ringraziamento. Voleva vedere il bambino, che adesso aveva due settimane e mezzo e rimanere un po' con loro. Sapeva che Pilar e Brad avevano passato momenti terribili.

Pilar cominciava a sentirsi un po' meglio, ma doveva perdere ancora molti chili e non aveva ricominciato a uscire. Si sentiva molto debole, come svuotata da tutto quanto era successo, e non era ancora pronta ad affrontare amici e conoscenti, a dare spiegazioni. Tutto era ancora troppo doloroso.

Al primo momento Todd non seppe che cosa dirle; poi si limitò semplicemente a mormorare che era molto addolorato che avessero perduto la bambina.

« Che esperienza tragica e dolorosa, la vostra! » Suo padre gli era sembrato molto scosso quando gli aveva telefonato per avvertirlo della nascita di Christian e della morte di Grace; quanto a Pilar, per lei il colpo doveva essere stato ancora più duro.

« Sì, è stato terribile », gli confessò a mezza voce, anche se le ferite cominciavano a poco a poco a guarire. Ogni volta che pensava a Grace la sofferenza era ancora atroce, ma per fortuna riusciva a trovare un po' di gioia nella vicinanza di Christian. Adesso telefonava molto più spesso alla madre; la confessione che le aveva fatto aveva riavvicinato le due donne ed era stata di aiuto a Pilar. Come le era di aiuto parlare con persone che avessero già vissuto un dolore più o meno simile. Tuttavia ancora non se la sentiva di rivedere la madre. Non voleva che venisse a trovarla. Non voleva vedere nessuno, neppure lei.

« Niente è semplice come potrebbe sembrare », spiegò Pilar a Todd, pensando a tutto quello che aveva passato per rimanere incinta, e poi allo strazio di quell'aborto... e, adesso, la morte di Grace. « Pensi che tutto andrà per il meglio, che ogni cosa si verificherà puntualmente come tu l'hai pianificata, e invece a volte accade proprio il contrario. Figurati che ci ho messo quarantaquattro anni per capirlo... e, credimi, non è stato facile! » Mettere al mondo un figlio non era certo stata la cosa più facile per lei! Far carriera era stato infinitamente più semplice, e perfino sposare Brad. Eppure, nel profondo del cuore, continuava a essere convinta che ne fosse valsa la pena. Malgrado tutto. Adesso non avrebbe rinunciato a Christian per nessuna cosa al mondo. Nonostante il prezzo che aveva pagato, capiva quanto il bambino lo meritasse... anzi, sarebbe addirittura stata disposta a ripetere quell'esperienza... se fosse stato necessario.

« Si può sapere che cosa state facendo, voi due? State tentando di risolvere i problemi della vita? » scherzò Brad sedendosi vicino a loro.

« Stavo dicendogli che gli voglio molto bene. » Pilar sorrise al figliastro, poi al marito. « È una persona speciale. »

« Un bel cambiamento, se penso al ragazzino insopportabile che ero una volta! » E rise. Todd era un bellissimo ragazzo e assomigliava molto a Brad.

« No, eri sopportabile », ammise Brad, sia pure a malincuore, con un sorriso scherzoso. « E non sei male neppure adesso. Come va la vita a Chicago? »

« Bene. Ma sto cominciando a pensare che non mi dispiacerebbe tornare qui, sulla Costa Occidentale. E magari trovare un lavoro a Los Angeles o a San Francisco. »

« Avresti una fortuna sfacciata! » rispose suo padre, in tono scherzoso, e Pilar gli rivolse un caloroso sorriso.

« Che gioia sarebbe per noi averti di nuovo vicino! »

« Potrei venire a farvi da baby sitter durante i week-end. »

« Non c'è da fidarsi », esclamò sua sorella, che era arrivata in quel momento. « Ogni volta che è nostro ospite, dorme come un ghiro, anche se Adam piange e strilla, lo lascia giocare con il telefono e gli dà da bere un goccetto di birra per tenerlo di buon umore. »

« Già, però a lui piace, vero? Chi è il suo zio preferito? »

« A dire la verità, mi pare che non abbia molta scelta, o sbaglio? » ribatté subito Nancy in tono tagliente.

Dopo un po' Christian si svegliò e cominciò a strillare reclamando l'attenzione della mamma. Pilar andò ad allattarlo e, quando tornò nel soggiorno, i ragazzi erano già pronti per andarsene. Todd la baciò e la strinse in un abbraccio affettuoso.

« State splendidamente tutti e due, e mio fratello è veramente fantastico! »

« Anche tu. È stato un piacere averti qui, a casa. » Todd la fissò a lungo e fece cenno di sì con la testa. Era contento anche lui. Era evidente che quella terribile esperienza aveva messo a dura prova entrambi, soprattutto suo padre, che sembrava di colpo invecchiato e continuava ancora a preoccuparsi per Pilar ma, a poco a poco, la loro vita stava riprendendo il solito ritmo. Pilar era sempre triste, ma cominciava a rassegnarsi.

« Credi che ripeteranno l'impresa? » domandò Todd a sua sorella mentre, in auto, tornavano verso casa.

« Ho i miei dubbi », rispose Nancy, e poi aggiunse, in tono confidenziale: « Una mia amica, che era andata da uno specialista di genetica a Los Angeles, mi ha detto di averli visti là. Non me ne hanno mai parlato, ma credo che Pilar abbia faticato molto a rimanere incinta. Hanno sempre lasciato credere a tutti che fosse stata una grande sorpresa per loro, ma io credo che sia vero il contrario. E adesso, la morte della bambina deve essere stata un altro colpo durissimo. »

Todd annuì. Gli dispiaceva per Pilar, perché l'aveva sempre trovata simpatica.

« Non so », riprese dopo un po', « probabilmente hanno pensato che ne valesse la pena. » E pronunciando quelle parole si voltò a guardare il nipotino che dormiva sul sedile posteriore. « Magari lo è... come facciamo a dirlo? »

E Nancy, voltandosi a guardare il piccolo Adam addormentato, fece cenno di sì con la testa.

A Santa Monica, Beth aveva messo in forno un tacchino gigantesco e lo stava spennellando di grasso quando Charlie arrivò con un enorme tacchino di cioccolato per Annie e un mazzo di fiori da usare come centrotavola per il pranzo della Festa del Ringraziamento.

« Accidenti! Che cos'è tutta questa roba? » esclamò Beth, sorpresa e commossa. Charlie aveva sempre pensieri gentili. Ormai si frequentavano da nove mesi e doveva ammettere di non avere mai conosciuto un uomo come lui. Cucinava, portava regalini, andava a fare la spesa per loro, le invitava fuori, rimaneva a leggere favole ad Annie per ore. Insomma, era proprio l'uomo che Beth aveva sempre sognato — senza mai incontrarlo. Era un sogno trasformato in realtà. Quanto ad Annie, lo adorava.

« Buona Festa del Ringraziamento a tutte e due! » esclamò Charlie sorridendo, mentre posava i fiori sul tavolo. E Annie subito si diede da fare per togliere la stagnola colorata al tacchino di cioccolata.

« Posso mangiarlo adesso? » domandò eccitatissima, e sua madre le rispose di assaggiarne soltanto un pezzetto e di mettere da parte il resto almeno fino dopo cena. Annie non si limitò a un piccolo assaggio e con un morso staccò addirittura la testa all'animale di cioccolata, mentre Charlie baciava sua madre.

« Posso essere utile? » si offrì, ma Beth gli rispose che ormai era tutto pronto. Questa volta aveva voluto esser lei a cucinare per Charlie ed era il pasto più complicato che avesse mai preparato da anni. Di solito, lei e Annie uscivano e mangiavano in un ristorante, oppure erano invitate in casa di amici. L'idea di mettersi a cucinare soltanto per loro due, il Giorno del Ringraziamento, la rendeva triste e depressa. Quell'anno, invece, erano felici che tutto fosse cambiato. Da quando Charlie era entrato nella loro esistenza, avevano avuto soltanto momenti di gioia e di allegria. Sembrava che lui conoscesse il modo di tenere lontano la tristezza e le difficoltà — riusciva a rendere la vita semplice e serena. Accanto a Charlie, Beth si sentiva circondata di attenzioni e di premure. Qualcuno si prendeva cura di lei. Non era più sola. Non aveva più l'impressione di dover portare il peso del mondo sulle spalle.

Quando Annie era malata, lui veniva sempre a tenerle compagnia; se aveva qualche problema con il padrone di casa, si consigliava con lui; e durante uno sciopero all'ospedale, le aveva perfino prestato un po' di denaro. Naturalmente, appena ripreso il lavoro lei gli aveva restituito tutto, fino all'ultimo centesimo, perché non voleva approfittare della sua generosità... Ma Charlie era davvero un uomo eccezionale!

Quell'autunno, poi, aveva preso contatti con un orfanotrofio e ogni sabato mattina continuava ancora a giocare a palla con un branco di ragazzini. E ogni volta ne parlava con Beth e le confessava che per lui quei bambini erano molto importanti e che non aveva smesso di sperare di poter adottare un maschietto, non appena fosse riuscito a mettere da parte il denaro necessario.

Quanto a Beth, non era mai stata tanto innamorata di nessuno in vita sua; Charlie era buono con lei, anche se non faceva mai allusioni a un eventuale futuro insieme. Continuava a essere convinto di non avere alcun diritto di sposarsi, non potendo avere figli. Lei, invece, gli ripeteva sempre che non lo considerava importante; ma anche se Charlie non aveva intenzione di sposarla, riteneva che avesse il diritto di sapere che esistevano donne le quali si consideravano fortunate di avere vicino un uomo come lui, con o senza un codazzo di bambini al seguito.

« Mi vuoi spiegare perché ti sembra così importante? » gli aveva domandato l'ultima volta in cui avevano affrontato l'argomento, una sera, dopo che Annie era andata a letto e avevano fatto l'amore. La loro vita sessuale era meravigliosa; sembrava impossibile che Charlie non potesse avere figli. « Non riesco a capire per quale motivo tu lo consideri così importante», provò a rimproverarlo. «Quanta gente non può avere figli! E con questo? E se fossi io, sterile? Proveresti qualcosa di diverso nei miei confronti?»

Per la prima volta lui ci rifletté e dovette confessare che non sarebbe cambiato niente. «Mi dispiacerebbe, perché tu sei così brava con i bambini, e dovresti averne tanti... ma ti amerei ugualmente», le aveva risposto con dolcezza; poi erano passati a parlare d'altro. Quando erano insieme, sembrava che avessero sempre tanti argomenti su cui discutere.

Il Giorno del Ringraziamento non fecero che chiacchierare durante tutto il pasto. Il tacchino era squisito, come il purè di patate, il ripieno e i piselli. Beth si era fatta in quattro per lui — come del resto Charlie faceva sempre per lei — anche se a un certo punto aveva dovuto ammettere, un po' imbarazzata, che come cuoco Charlie era molto più bravo.

«Non è vero!» replicò lui con un sorriso. «Questo tacchino era straordinario!» Ma la cosa più bella era poter stare insieme.

Finito il pranzo, andarono a fare una lunga passeggiata; Annie saltellava e correva davanti a loro e poi tornava a raggiungerli, avanti e indietro come un cagnolino; quando rientrarono a casa, era felice ma stanchissima.

La misero a letto verso le otto e poi rimasero a guardare la televisione, Charlie preparò i popcorn, come al solito squisiti. A metà del film Charlie cominciò ad avere una gran voglia di fare l'amore... così lo fecero lì, sul divano, come due ragazzini... la passione fu tale che dimenticarono completamente il film che stavano guardando. A quel punto, ormai, Annie dormiva profondamente. Si trasferirono, senza far rumore, in camera di Beth, chiusero a chiave la porta e pochi minuti più tardi erano nudi, abbracciati, travolti dalla passione.

«Dio, Charlie...» Beth, dopo, cercò di riprendere fiato. «È incredibile, sai, quello che provo quando sono con te!» Mai, prima, aveva provato sensazioni simili, con nessuno. Ed era meraviglioso anche per Charlie, perché le voleva un bene dell'anima, la desiderava... e questa volta era convinto di non sbagliare, di potersi fidare completamente di Beth.

Sapeva che lei non gli avrebbe mai fatto del male. Tre anni prima era rimasto incantato e affascinato da Barbie, che purtroppo era la ragazza sbagliata per lui — ora lo capiva. Adesso aveva capito moltissime altre cose e vedeva tutto in un modo diverso rispetto a sei mesi prima. Beth aveva cambiato la sua vita, perfino le sue opinioni sui figli che desiderava tanto. Era riuscita a fargli capire che, se lei non avesse potuto averne, non per questo Charlie l'avrebbe amata di meno. Così, di punto in bianco, si era reso conto che in fondo era una questione ormai priva di importanza, perché l'avrebbe amata in ogni caso, e che lei aveva ogni diritto a una vita piena e completa, sia che avessero figli o no. Insomma, non sembrava più così essenziale. Aveva perfino smesso di sentirsi colpevole pensando a quello che non poteva fare, non poteva avere, non poteva darle... Perché c'erano tante altre cose che, invece, era in grado di offrirle — e adesso era quello il suo unico desiderio, più forte che mai.

« Voglio domandarti una cosa », le disse quella notte mentre erano distesi sul letto, stretti l'uno all'altra. E Beth alzò il viso a guardarlo. Charlie sorrise pensando che assomigliava moltissimo ad Annie. « Per prima cosa voglio dirti quanto ti amo », e mentre lui pronunciava queste parole Beth si sentì scossa da un tremito. Sapeva come Charlie fosse convinto di non poterla sposare e si domandò se le avrebbe detto che si trasferiva altrove, che la loro relazione era stata piacevole ma che ora bisognava considerarla finita. Si sentì tremare e le salirono le lacrime agli occhi. Si rese conto di non avere il coraggio di ascoltare quello che Charlie stava per dirle.

« Non devi dire niente », cominciò subito, con la speranza di scoraggiarlo. « Sai che ti amo. » Poi rimase immobile, pregando in cuor suo che Charlie non pronunciasse proprio quelle parole che temeva di più... Lui, invece, aveva assunto un'aria molto seria quando si voltò a guardarla, sempre sdraiato sul letto.

« C'è una cosa che voglio chiederti. »

« Perché? » Adesso gli occhi azzurri di Beth sembravano grandissimi.

« Perché sei importante per me e non ho il diritto di costringerti a legare la tua vita alla mia, come se fossi il tuo padrone. »

« Non dire sciocchezze... io... abbiamo avuto dei momenti molto belli, insieme. E per me la cosa più bella è stare con te... Charlie... non... »

« Non che cosa? » Sembrava sbalordito.

« Non andartene. » Gli buttò le braccia al collo e scoppiò in lacrime come una bambina. Intanto lui la fissava sbalordito.

« Ho l'aria di uno che vuole andarsene, secondo te? Quello che io volevo dire non riguardava affatto una mia eventuale partenza... anzi, il contrario! » Sorrise, commosso dalla sua reazione.

« Rimani? » Sembrava stupita. Si staccò bruscamente da lui, con le guance rigate di lacrime, lo sguardo turbato e commosso.

« Mi piacerebbe. E mi piacerebbe che rimanessi anche tu. Stavo per chiederti... » esitò per una frazione di secondo e poi riprese: « ...Vuoi sposarmi, Beth? »

Lei gli rivolse un sorriso raggiante e lo baciò con tanto ardore da far cigolar il letto.

« Sì, lo voglio », mormorò ansante quando si staccarono, senza fiato... e Charlie si rotolò sul letto, allacciato a lei, ridendo di felicità.

« È splendido! Ti amo! Quando? » Poi il suo viso si fece cupo. « Sicura? Anche se non possiamo avere figli? » Voleva essere certo, chiederglielo un'ultima volta. Perché lei aveva il pieno diritto di rifiutare.

« Credevo di aver capito che volessimo adottarne qualcuno », gli rispose Beth con la massima tranquillità.

« Davvero? E quando mai lo abbiamo detto? »

« Be', eri tu che dicevi di voler adottare un maschietto, magari addirittura due. »

« Se fossi rimasto scapolo. Adesso ho te, e Annie. Davvero saresti disposta ad adottare qualche bambino, Beth? »

« Credo che mi piacerebbe. » Fece cenno di sì con la testa, con aria pensosa, e poi lo guardò di nuovo. « Potremmo dare una casa a un bambino che non ce l'ha ancora, invece di portare nel mondo una creatura nuova... Sì, credo che mi piacerebbe proprio... »

« Cominciamo a parlare di sposarci, prima! Quando? »

« Non so. » Beth rise. « Domani. La settimana prossima. Mi spetta una settimana di vacanza prima di Natale. »

« Natale! » esclamò Charlie raggiante. « E dimentica la vacanza che ti spetta! Devi abbandonare l'ospedale. Basta lavoro. Non sopporto l'idea di vederti fare il turno di notte, quando saremo sposati. Puoi cercarti un impiego part time in qualche posto, magari durante le ore in cui Annie è a scuola... Oppure, perché non ti decidi a prendere quel diploma di infermiera che desideri da tanto tempo? »

Le mancava soltanto un anno di studio; e lui sapeva che avrebbero potuto cavarsela senza difficoltà, perché in quel periodo guadagnava bene. « E Natale sia. » Sorrise guardandola e poi la strinse ancora più forte a sé. E, dopo un attimo, fu l'unione dei loro stessi corpi a confermare ciò che avevano deciso.

22

CHARLIE e Beth si sposarono il giorno di Natale nella Chiesa Unita Metodista di Westwood. Annie fu l'unica ad assistere alla cerimonia. Poi organizzarono un piccolo ricevimento in un ristorante locale, dove invitarono qualche amico. Naturalmente c'era Mark, con la sua nuova amichetta — e tutto si svolse secondo i loro desideri. Niente festeggiamenti di dubbio gusto al *Bel Air*, niente invitati chiassosi e volgari. In fondo, Charlie non aveva nessun bisogno di tutto questo contorno. Adesso aveva una vera donna e una vera vita, e una figlia, che considerava sua. Avevano già parlato della possibilità che Charlie l'adottasse e lei diceva che sarebbe stata felicissima di chiamarsi Annie Winwood.

Per la luna di miele andarono a San Diego, tutti e tre insieme. Visitarono lo zoo e la base navale e alloggiarono in un grazioso alberghetto che Charlie conosceva. Non mancarono le lunghe passeggiate sulla spiaggia. Proprio quello che lui aveva sempre sognato e che non era mai riuscito ad avere prima. Finché Beth non aveva cambiato ogni cosa.

Lasciato l'ospedale, aveva trovato un posto negli uffici della scuola di Annie. Tutto funzionava a perfezione, ogni cosa andava come volevano. In settembre, poi, Beth avrebbe ripreso gli studi per ottenere il diploma d'infermiera.

« Sei felice con me? » le domandò Charlie mentre passeggiavano sulla spiaggia, il giorno dopo Natale. Il tempo era stupendo, la sabbia fresca e faceva tanto caldo che permisero addirittura ad Annie di camminare a piedi nudi. Si divertiva pazzamente a correre avanti e indietro, come un cucciolo.

« Credo di essere ancora più felice di te », mormorò Beth con un sorriso. « Non ho mai avuto niente di simile a questo. Quando mi sono sposata, la mia vita è diventata un grande caos, e basta. Ero sciocca e giovane, e lui un autentico bastardo! Da tutto quel grosso pasticcio, non ho mai ricavato nemmeno una piccola cosa che fosse buona e bella. »

« Non è vero... » rispose lui con un sorriso, ricordandoglielo. « ...hai avuto Annie. »

« È vero. Sì, capisco che in ogni cosa ci può essere sempre il lato positivo. Ma a volte passa molto tempo prima di rendersene conto. » Charlie, da parte sua, non riusciva ancora a vedere quali vantaggi fossero venuti a lui dal matrimonio con Barbie. Era stato tutto così deludente! Per fortuna adesso era finito; adesso aveva una vera vita e un futuro con Beth. Una vita che gli offriva tutto quanto aveva sempre cercato e desiderato — compagnia, tenerezza, onestà, amore.

« Mi auguro soltanto di riuscire a farti felice come tu hai fatto felice me », disse Charlie circondandole le spalle con un braccio. E Beth sorrise. Si sentiva sicura e protetta, al suo fianco.

« Ci sei già riuscito », mormorò, mentre Annie da lontano li salutava.

« Su, venite, presto! » stava gridando nel vento. « Non potete immaginare quante conchiglie ci sono qui! » Sorrisero e corsero a raggiungerla. Poi giocarono insieme sulla spiaggia, ridendo felici, mentre il sole si levava sempre più alto nel cielo invernale e pareva volesse benedirli, con i suoi raggi.

In casa Goode, il Natale era sempre caotico; quell'anno, poi, la confusione fu ancora maggiore. Erano presenti Gayle e Sam con i mariti e la solita nidiata di bambini; anche Andy e Diana erano tornati a trascorrere il Natale con loro, in compagnia di Hilary, naturalmente. Diana, poi, era ormai incinta di otto mesi e mezzo. Si muoveva faticosamente per le stanze, cercando di rincorrere Hilary che faceva i primi tentativi di stare ritta in piedi, e rischiava perennemente di farsi male perché si aggrappava a tutti i tavolini che incontrava, con il pericolo che le si rovesciassero addosso.

« Ti dà molto da fare, vero? » commentò la signora Goode, in tono ammirato. Hilary era una bambina deliziosa, sempre allegra e contenta — e per Andy e Diana era una fonte di gioia infinita. Nessuno aveva dimenticato che l'anno precedente Andy e Diana non si erano fatti vedere, a Natale, e che il loro matrimonio aveva rischiato di naufragare, tanto che avevano fatto una vacanza alle Hawaii nel tentativo di salvarlo. E Diana non aveva mancato di ricordare a suo marito, proprio qualche giorno prima, che subito dopo la vacanza alle Hawaii era apparsa nella loro vita — ma fortunatamente era subito scomparsa — la famosa Wanda, la madre in affitto! A ogni modo, la separazione che ne era seguita aveva fatto bene a tutti e due. E poi, all'improvviso nella loro esistenza era apparsa Hilary... e adesso la creatura che stava per nascere. Quanti avvenimenti, in poco tempo... ma Diana non era mai stata tanto felice in vita sua. La gravidanza non le aveva dato alcun problema e si sentiva benissimo.

Naturalmente era stata costretta a chiedere un prolungamento del permesso per maternità, e adesso tutti si aspettavano che tornasse in ufficio a partire dal giugno successivo.

« Come va? » le domandò Jack in tono affettuoso mentre la osservava apparecchiare insieme a sua moglie. Sam, intanto, stava cercando di mettere pace tra i due figli maggiori che stavano litigando.

« Bene. » E Diana sorrise perché non riusciva ancora a dimenticare il giorno in cui Jack le aveva annunciato che era incinta e lei aveva pensato che fosse impazzito.

« Direi che ormai ci siamo... qualsiasi giorno è buono, vero? »

« Veramente mancano ancora venti giorni », rispose lei in tono saputo. Ma Jack scrollò il capo e aggrottò la fronte quando le tastò delicatamente il pancione.

«Secondo me, sei molto più vicina al parto, Di. A me sembra che il bambino sia sceso molto in basso. Da quanto tempo non vedi il tuo ostetrico?»

«Oh, per amor di Dio, Jack!» protestò sua moglie. «Smettila di recitare la parte del bravo dottor Kildare... in fondo, è Natale!»

«Le stavo semplicemente dicendo che è più vicina al termine della gravidanza di quanto non créda; il bambino si è molto abbassato...»

«Già, proprio quello che dicevi anche a me, ma io a quell'epoca ero in ritardo di due settimane e mezzo.»

«E va bene!» Jack si strinse nelle spalle e alzò le braccia al cielo. «Sono anch'io un essere umano, no? Potrò sbagliare!» Poi tornò serio e si rivolse di nuovo a Diana: «Comunque non sto scherzando. Nei prossimi giorni dovresti fare un piccolo controllo. Secondo me il bambino è sceso. Come di solito capita quando il travaglio è vicino.»

«Magari è così anche per me, e non lo so!» Diana rise, guardandolo, e poi si affrettò a rassicurarlo. Il lunedì successivo sarebbe andata dal dottore.

«Del resto, a questo mondo sono successe anche cose più strane!» Jack rise e poi si allontanò per bere qualcosa in compagnia del suocero. Per fortuna, quel giorno non era di servizio e quindi poteva permettersi qualche bicchierino senza problemi.

Le ragazze aiutarono la madre, come al solito, e quando il tacchino fu cotto furono gli uomini che provvidero a tagliarlo. In sala da pranzo cominciarono ad arrivare enormi vassoi carichi di prelibatezze. Quell'anno tutti erano di ottimo umore; i bambini erano vivaci ma educati, non c'erano lotte interne o dissensi fra i vari familiari e tutti, da tempo, avevano perdonato a Diana la scenata del Giorno del Ringraziamento, l'anno precedente. Quando si erano resi conto della sua tragedia, erano stati molto comprensivi. Perfino Gayle pareva si fosse addolcita nei confronti della sorella.

«Ma tu non mangi niente!» disse a Diana, osservandola dall'altro capo del tavolo.

«Non ho posto!» Sorrise, poi lanciò un'occhiata ad Andy,

che stava chiacchierando piacevolmente con Seamus. Quel loro cognato irlandese aveva sempre una quantità di aneddoti e di storielle divertenti da raccontare. Di solito erano tutte cose inventate, ma sempre molto spassose.

Quando la signora Goode tornò in cucina per sistemare sui vassoi la seconda portata, Diana andò ad aiutarla. Disse che le faceva male la schiena e aveva bisogno di alzarsi un momento da tavola. Ma mentre si avviava verso la cucina Andy si accorse che aveva una strana espressione. Poi notò che Jack la seguiva con lo sguardo e cominciò ad avere qualche sospetto. Rientrando in sala, Diana si stava massaggiando di nuovo la schiena. Per aiutare la madre, tornò in cucina a più riprese. Sam bisbigliò a Jack: « Com'è irrequieta! » Lui annuì, e poi riprese a mangiare tranquillamente, chiacchierando con tutti quelli che aveva intorno. Dopo qualche minuto Diana era tornata al suo posto e sembrava di ottimo umore. Rideva e conversava... ma, a un certo momento, si interruppe bruscamente e rivolse un'occhiata a suo marito, che però non se ne accorse. Diana, allora, chiese scusa, salì di sopra e tornò pochi minuti dopo, sempre senza dire nulla.

Fu soltanto dopo il dessert che confessò a Sam di non sentirsi affatto bene, e di voler salire in camera a distendersi un po' per riposare. Ma la pregò di non dirlo a nessuno. Probabilmente, spiegò, non aveva digerito.

Solo un'ora più tardi Andy si guardò attorno, alla ricerca della moglie, e non la trovò. « Qualcuno ha visto Di? » chiese.

« È di sopra, e sta vomitando », lo informò subito la nipotina più grande. Allora si precipitò a cercarla.

« Non pensi che faresti meglio a salire anche tu? » domandò Gayle a suo marito e lui le rispose, in tono scherzoso: « Sbaglio o mi avevi detto di occuparmi dei fatti miei? »

« Forse sbagliavo. »

« Probabilmente ha mangiato troppo. Se hanno bisogno di me, mi chiameranno. E anche se fossero le doglie che cominciano, è il suo primo figlio. Quindi potrebbe addirittura raggiungere l'ospedale a piedi e avere ancora tutto il tempo che vuole! »

« Molto spiritoso. Hai dimenticato quello che è successo a me? » Per i primi due figli era arrivata all'ospedale appena in tempo; quanto al terzo, era stato Jack ad aiutarla a farlo nascere, nella cucina di casa.

« Non siamo tutti uguali », le ricordò Jack; Diana, poi, lo aveva ampiamente dimostrato. Tutti l'avevano creduta sterile e ci aveva messo due anni a rimanere incinta.

Andy, però, tornò pochi minuti più tardi con aria preoccupata. « Dice che si sente lo stomaco in subbuglio », spiegò a Jack prendendolo da parte. « Ha avuto qualche conato di vomito e adesso mi ha confessato che sente dei crampi terribili. Pensavo di riaccompagnarla a casa, ma non vuole muoversi. Dice che si è stancata e le è venuto il mal di schiena mentre aiutava la mamma a preparare la cena. » Jack rimase ad ascoltarlo e poi si precipitò verso la scala. Fece i gradini a quattro a quattro, seguito da Andy.

« Salve, eccomi qui », disse subito a Diana, in tono allegro. « A quanto ho sentito, sei stata aggredita da un tacchino selvatico. »

« Mi sento orribilmente », confessò lei, e pronunciando queste parole trasalì, stringendosi tra le braccia l'enorme pancione.

« Orribilmente... in che senso? » le domandò lui calmo, anche se ormai aveva capito. E quando provò a tastarle il ventre, rimase allibito. Era duro come un sasso. E Diana cominciava ad avere contrazioni violentissime.

« Mi sento male, e ho questi crampi atroci... e poi la mia povera schiena... » cercò di girarsi su un fianco e si aggrappò al letto mentre avvertiva un'altra contrazione. « Forse avrò mangiato qualcosa che mi ha fatto male... ma non ditelo alla mamma... » Era pallidissima quando tornò a voltarsi verso Jack, che sorrise.

« Non credo proprio! Secondo me sono cominciate le doglie. »

« Adesso? » Sembrava stupita, e anche un po' spaventata. « Ma non è ancora il momento... »

« A me, invece, sembra che sia proprio così. » Mentre Jack parlava, Diana ebbe un'altra contrazione. Questa volta lui cominciò a cronometrare il tempo. Risultò lunghissima e violenta. Jack si domandò se sarebbero diventate più ravvicinate e più forti. Gli bastarono un paio di minuti per avere la risposta che cercava. Aggrottò la fronte, guardando Andy. « È da molto tempo che avverti questi crampi? »

« Non saprei », rispose Diana, un po' vaga. « È tutto il giorno che sento strani doloretti. Ma ero convinta che fosse qualcosa che avevo mangiato... » Adesso sembrava quasi si vergognasse... possibile che non avesse capito che era invece il travaglio del parto?

« Nessun segno che le acque stiano per rompersi? » Avrebbe voluto farle una visita ginecologica per capire qualcosa di più. Ma non sapeva se lei avrebbe accettato.

« No », rispose Diana in tono sicuro. « Be', ieri mattina... avevo una specie di gocciolio... ma non era certo un fiotto continuo », gli spiegò poi, come se fosse ansiosa di dimostrargli che stava sbagliando. Non dimenticava quello che Jane aveva passato durante la nascita di Hilary e adesso cominciava ad avere una gran paura.

Jack guardò Andy, poi tornò a fissare Diana sorridendo: « Mia cara ragazza, *quelle erano le acque*! Non è necessario che escano a fiotti. Comincio a pensare che sarebbe meglio portarti immediatamente in ospedale. »

Ma non aveva ancora finito di parlare che Diana gli si aggrappò a un braccio e si mise quasi a gridare: « No!... No! Non è niente... » ma ormai soffriva atrocemente, al punto da non riuscire nemmeno a parlare. Era ansante e senza fiato, quando la contrazione cessò; ma meno di un minuto più tardi ne arrivò un'altra... e allora cominciò a piangere, mentre cercava di lottare, in qualche modo... « Oh, Dio... si può sapere che cos'è tutto questo... Andy... Jack... » Jack si precipitò in bagno a lavarsi le mani e tornò con un mucchio di salviette di spugna che allargò rapidamente sul letto, sotto di lei. Poi, con molta delicatezza, riuscì a farle un esame ginecologico approfondito. Ma sembrò che Diana non se ne rendesse neppure conto, perché continuò ad aggrapparsi al braccio di Andy e a piangere. Ormai lottava disperatamente contro ogni doglia, ma purtroppo non riusciva più ad avere il controllo di quello che le stava succedendo. Poi, all'improvviso, provò una sensazione atroce, un'incredibile smania di mettersi a spingere, come se un peso enorme le fosse improvvisamente crollato addosso. «Oddio... arriva... arriva...» Adesso era in preda al panico. Il suo sguardo si spostò dal marito al cognato e Jack, dopo aver lanciato un'occhiata ad Andy, annuì.

«Sì, sta per nascere, Di...» ormai non c'erano più dubbi. Al cognato disse con calma: «Andy, chiama il 911. Chiedi un'ambulanza. Avverti che qui c'è una donna che sta partorendo, ma che c'è anche un medico presente. Lei sta bene e tutto si sta svolgendo senza problemi. Probabilmente già da ieri è cominciato lentamente il travaglio, senza che se ne rendesse conto.»

«Non lasciarmi!» gridò Diana mentre Andy si avviava fuori dalla stanza; ma Jack gli fece cenno di correre al telefono. Non appena Andy fu uscito, Diana fu di nuovo colta da violentissime contrazioni. E di nuovo ebbe quella strana sensazione che un enorme macigno le precipitasse addosso. A quel punto Jack le aveva già fatto allargare le gambe, per quanto era possibile, e cominciava a intravedere la testa del nascituro.

«Spingi, Di... da brava... spingi fuori il bambino...»

«Non posso... fa troppo male... oh, Dio... perché non smette... perché non smette...» Avrebbe voluto che tutto finisse, ma purtroppo non era possibile; poi Andy tornò accanto a lei e avvertì Jack che l'ambulanza stava arrivando. Intanto, al pianterreno, nessuno sapeva che cosa stava succedendo. Non avevano nemmeno avuto il tempo di avvertirli.

«Spingi, Di», insistette Jack quando le contrazioni ricominciarono. Adesso si susseguivano con un intervallo di un minuto l'una dall'altra. Poi, improvvisamente, Diana cominciò a gemere in modo atroce mentre Jack la teneva per le gambe e Andy per le spalle... Il bambino uscì quasi all'improvviso dal suo grembo, e Jack se lo ritrovò fra le mani. Era un maschietto, molto grosso, con un ciuffetto di capelli biondi, e assomigliava in un modo incredibile alla sua sorellina. Diana abbassò gli occhi a guardarlo, sbalordita. Il neonato, con gli occhi sgranati, pareva la fissasse. E suo padre si mise a ridere. Non aveva mai visto cosa più bella in vita sua!

Diana lasciò ricadere la testa sul guanciale, mentre rivolgeva un sorriso a suo marito. Poi gli mormorò che lo amava moltissimo. «Com'è bello... ti assomiglia.» E infine si rivolse a Jack con un tremulo sorriso: «Comincio a pensare che, forse, avevi ragione...» Allora scoppiarono a ridere tutti e tre insieme. Il bambino, che lo zio teneva fra le mani, si lasciò sfuggire un vagito. E in quel preciso istante si sentirono le sirene dell'ambulanza.

«Sarà meglio che vada tu a dare qualche spiegazione», disse Jack ad Andy, ancora sotto choc per tutto quello che era successo. Erano venuti dai Goode per la cena di Natale e adesso se ne tornavano a casa con un bambino in più! Niente era andato secondo i piani prestabiliti!

Andy si precipitò al pianterreno ad avvertire il resto della famiglia che avevano appena avuto un figlio... nel preciso istante in cui il suocero stava aprendo la porta agli infermieri.

«È qui, di sopra!» gridò Andy e tutti lo guardarono sbalorditi.

«Come sta? Bene?» si affrettò a chiedere il signor Goode, mentre la mamma e le sorelle si precipitavano da Diana e Seamus si congratulava con Andy.

«Voi non fate mai le cose a metà, vero, figliolo?»

«No, è quello che sto cominciando a pensare anch'io.» Nel frattempo, Jack era riuscito a ripulire un poco Diana; poi, con gli strumenti portati dagli infermieri, tagliò il cordone ombelicale. Pochi minuti dopo, lei e il bambino, avvolti nelle coperte, erano già sdraiati su una lettiga e venivano caricati sull'ambulanza, mentre il resto della famiglia li seguiva fra grida di gioia e auguri. Andy ringraziò Jack, Diana lo salutò con la mano. Era stato peggio di quanto avesse immaginato, ma, in un certo senso, anche meglio. Per fortuna era successo tutto molto in fretta, ma la violenza delle proprie emozioni, la rapidità con cui ogni cosa era avvenuta la lasciavano ancora sbalordita. Si ritrovarono a bordo dell'ambulanza. Sam disse a Diana che avrebbe tenuto Hilary a casa propria fino a quando non fosse stata dimessa dall'ospedale con il neonato.

« Non si può certo dire che con voi la vita sia monotona! » mormorò il signor Goode con un filo di voce, mentre richiudeva la porta dopo che l'ambulanza si era allontanata, poi andò a prendere una bottiglia di champagne e ne versò un bicchiere per tutti, anche per i bambini.

« Ad Andrew e Diana e ai loro figli », disse in tono solenne, levando il calice in un brindisi. Sua moglie aveva le lacrime agli occhi, ripensando a tutte le difficoltà che Andrew e Diana avevano affrontato negli anni precedenti. Adesso, però, anche loro avevano due bellissimi bambini.

« È la cosa più bella che io abbia mai visto », bisbigliò Diana ad Andy, sull'ambulanza, mentre teneva il bambino stretto al petto, avvolto nelle coperte. Lui si guardava intorno con grandi occhi pieni di curiosità e di interesse. Sembrava vivace, attento, ma anche molto tranquillo.

« Pensa a Hilary quando lo vedrà! » disse Andy, e si scambiarono un sorriso. Nel giro di nove mesi avevano avuto due bambini — dal vuoto più completo all'abbondanza, quasi di colpo!

Diana e il neonato rimasero all'ospedale solo una notte; l'indomani erano di nuovo a casa, con Hilary. Al bambino venne dato il nome del signor Goode, William.

« Billy e Hillie », mormorò Diana in tono scherzoso contemplando il neonato che dormiva nella culla in un angolo della loro camera. All'improvviso si trovavano circondati da quelle tenere creature che avevano desiderato per tanto tempo... Sembrava quasi che il cielo avesse voluto riversare su di loro benedizioni in abbondanza.

« Sei una donna straordinaria », sussurrò Andy baciando sua moglie.

« Sei straordinario anche tu. » E Diana ricambiò il bacio: lo strazio, le sofferenze, il senso di vuoto e il dolore erano ormai dimenticati. Eppure Diana capiva che le avevano reso infinitamente più prezioso questo momento.

23

ANDY e Diana trascorsero il loro terzo anniversario di matrimonio alle Hawaii, sulla spiaggia di Waikiki, con i bambini.

Hilary aveva quattordici mesi e non stava mai ferma. Zampettava dappertutto e per lei il mondo era una continua scoperta. Adorava la sabbia e il mare, il papà e la mamma e il fratellino William, il quale, a cinque mesi e mezzo, era un bambino paffuto, sano e bello, sempre allegro. Ma occuparsi di tutti e due era un impegno a tempo pieno, e Diana non aveva praticamente tregua, ma nel giro di un paio di settimane avrebbe dovuto riprendere il suo posto nella redazione di *Today's Home*. Però aveva deciso di lavorare solo part time. Non era ancora convinta che lasciare i figli, sia pure per qualche ora, fosse una buona idea; d'altra parte voleva dare una mano ad Andy. Con l'arrivo dei due bambini, anche il suo stipendio, adesso, era necessario. E comunque avrebbero dovuto rinunciare a qualcuno dei piccoli lussi che finora si erano sempre concessi. D'altra parte, Diana non se la sentiva di riprendere il lavoro in redazione a tempo pieno e Andy era perfettamente d'accordo con lei. Non voleva allontanarsi per troppo tempo dai bambini. Era già terrorizzata al pensiero delle ore che avrebbe dovuto trascorrere lontano da Hilary e William — sapeva che sarebbero state un tormento! Per fortuna aveva trovato la persona adatta per occuparsi dei bambini durante la sua assenza. Era una simpatica ragazza tedesca, pulita e ordinata, che parlava anche un buon inglese. Ma per il resto del tempo, sarebbe stata Diana a prendersi cura di Hilary e William, — e Andy si era dichiarato disposto ad aiutarla.

Proprio quell'anno aveva ottenuto una promozione, e quindi era sempre impegnatissimo... Ma era una gioia, tornando a casa, vedere l'espressione soddisfatta e serena di Diana, e sapere che i loro sogni erano diventati realtà... anche nei giorni in cui, per esempio, si rompeva la lavabiancheria e c'erano pannolini dappertutto... perfino la volta che Hilary decise di decorare la sua bella cameretta usando il rossetto di sua madre! La vita, per qualche anno, sarebbe stata movimentata da avvenimenti di questo genere — ma tutti e due si rendevano conto di quanto fosse prezioso ciò che avevano.

« Che bei bambini! » disse una signora dell'Ohio, un pomeriggio, sulla spiaggia delle Hawaii. « Quanto tempo hanno? »

« Cinque e quattordici mesi », Diana sorrise e l'altra la guardò sbalordita. Erano perfino più vicini dei suoi, nati a distanza di tredici mesi l'uno dall'altro, che non le lasciavano un minuto libero.

« Non immaginate neppure che fortuna sia avere i bambini tanto facilmente! » fu il commento che fece ad Andy e Diana, seria seria. « Avete una magnifica famiglia. Che Dio vi benedica. »

« Grazie », rispose Diana rivolgendo un sorriso a suo marito.

Un bel pomeriggio di giugno Charlie accompagnò Beth e Annie a Rosemead; quando arrivarono, dopo avere imboccato una strada silenziosa, si arrestarono davanti a un imponente edificio in mattoni rossi dall'aspetto un po' sinistro. Da molto tempo Charlie aspettava quel giorno; ma continuò a tacere, anche dopo avere parcheggiato. Beth gli sfiorò una mano con una carezza perché capiva — e perfino Annie, adesso, la intuiva — l'importanza di quel momento. Sapeva che cosa stava per succedere e perché erano lì; ma Beth non era del tutto sicura che si rendesse perfettamente conto dell'importanza di quello che stavano per fare.

Vennero fatti entrare e poi furono pregati di attendere. La trafila burocratica era già cominciata sei mesi prima e adesso, finalmente, sembrava che tutto fosse in ordine. Charlie e Beth erano già stati convocati parecchie volte, per ascoltare i consiglieri dell'istituto e per partecipare ad alcune riunioni. Si trattava di un orfanotrofio di suore, che continuavano ancora a portare l'antico abito religioso. E il solo fatto di ritrovarsi lì aveva riportato alla memoria di Charlie ricordi tristi e dolorosi. In quanti istituti come quello era passato! Ricordava ancora il lieve tintinnio dei grani del rosario appeso alla cintura, quando camminavano, e le notti fredde e buie su uno stretto lettino, gli incubi terribili, il terrore costante che l'asma lo soffocasse. Il solo fatto di ritrovarsi lì gli rese difficoltoso il respiro; tanto che, istintivamente, cercò e strinse la mano di Beth e di Annie.

« Sei già venuto qui? » domandò Annie, cercando di parlare a voce bassa. E Charlie annuì.

« Non mi piace. »

« Non piace a nessuno, tesoro. Ma è per questo che siamo qui. » La loro intenzione era di salvare almeno un'anima da quella desolata prigione.

Avevano già visto il bambino, e Charlie gli aveva subito trovato un posto nel proprio cuore, fin dal primo momento. Quattro anni, molto piccolo, così avevano detto le suore. Appena nato, aveva avuto qualche problema respiratorio e adesso erano molto spiacenti di dover dire al signor Winwood che soffriva di asma. Ma se non gli fosse andato bene, aggiunsero, c'era una bambina... Rimasero stupefatte quando si sentirono rispondere che per i Winwood andava benissimo.

Naturalmente le assistenti sociali avevano già svolto ricerche sulla vita di Beth e Charlie e avevano perfino parlato con Annie; ed erano ormai sicure che il bambino si sarebbe trovato in una buona famiglia. Naturalmente non era un neonato e non si poteva escludere che nascessero difficoltà; quindi

Charlie e Beth dovevano aspettarsi un periodo di adattamento.

« Sono tutte cose che sappiamo », aveva detto Charlie con gentilezza. Sapeva tutto questo, ricordava quanti tentativi aveva fatto, come avesse cucinato e fatto pulizia per i potenziali genitori adottivi, come avesse supplicato che gli volessero bene. E come, alla fine, tutti lo avessero sempre ricondotto all'orfanotrofio. Ricordava anche la sensazione provata ritrovandosi nel lettino di ferro, su quel materasso tutto gobbe, in uno di quei gelidi dormitori, pieni di correnti, che tanto lo impaurivano.

Una porta si spalancò e vennero avanti due suore. Charlie sentì subito il tintinnio dei grani del loro rosario, ma quando alzò gli occhi a guardarle notò l'espressione dolce dei loro volti e, dietro la veste ondeggiante dell'ordine domenicano, scorse il bambino. Era magro, pallido; indossava un paio di calzoncini di velluto a coste, un vecchio golfino blu scuro e scarpe da ginnastica piuttosto logore. Aveva i capelli rosso acceso. Li scrutò con occhi colmi di terrore. Per tutta la mattina si era nascosto nella sua camera, spaventato al pensiero che non si facessero vedere. Perché sapeva già che la gente non sempre faceva quello che aveva promesso. Le suore gli avevano spiegato che i Winwood sarebbero venuti a prenderlo quel giorno, ma lui non ci aveva creduto. Sapeva che lo avrebbero portato in qualche posto, anche se non gli era chiaro dove, ma ignorava per quanto tempo ci sarebbe rimasto.

« I Winwood sono venuti a prenderti », disse dolcemente la più alta delle due suore, e Bernie fece cenno di sì con la testa. Allora era vero! Erano proprio venuti a prenderlo. Non riusciva quasi a crederci.

Guardò con aria interrogativa tutti e tre, stupito. Poi Charlie gli si avvicinò lentamente. « Ciao, Bernie », disse Annie a mezza voce e lui cominciò ad ansimare. Già da qualche giorno soffriva di attacchi d'asma, ed era terrorizzato al pensiero che quelle persone potessero cambiare idea, se lo avessero saputo. Charlie lo guardò con gli occhi lucidi, poi gli tese le braccia e il bambino venne avanti lentamente.

« Ti portiamo a casa con noi... e ci rimarrai per sempre, per sempre! Io voglio essere il tuo papà... e questa è la tua mamma, adesso... e Annie la tua sorellina. »

« Come una vera famiglia? *Per sempre*? » Il bambino lo stava scrutando con sospetto. In realtà era quello che gli avevano detto ma, a quattro anni, non aveva capito esattamente ciò che significava tutto questo. La sua unica speranza, al momento, era che tornassero altre volte, per farlo uscire un po' di lì. Gli bastava.

« Certamente », disse Charlie con voce calma, provando un tuffo al cuore. Ricordava perfettamente quello che si provava... Purtroppo a lui non avevano mai detto niente del genere. Gli avevano semplicemente spiegato che doveva seguirli e stare un po' a casa loro, e poi lo avrebbero riaccompagnato all'orfanotrofio. Nessuno si era mai impegnato a fondo.

« Io non ho una famiglia. Sono orfano. »

« Non più, Bernie. » Erano pronti a impegnarsi completamente per lui. E le suore si affrettarono a spiegare che Bernie era un bambino straordinario, molto intelligente, di buon carattere, affettuoso. Era stato abbandonato al momento della nascita e lo avevano già mandato in più di una casa, in affido, ma nessuno lo aveva voluto adottare definitivamente, a causa dell'asma. Nessuno aveva voluto accollarsi un bambino malato.

« Posso portare il mio orsacchiotto? » domandò Bernie guardingo, lanciando un'occhiata ad Annie che lo fissava sorridendo.

« Certo. Puoi portare tutte le tue cose », mormorò Charlie.

« E anche a casa abbiamo dei bei giocattoli per te », si affrettò a spiegargli Annie. Intanto il bambino dai capelli rossi si stava lentamente avvicinando a Charlie. Pareva che si sentisse attratto da lui, in modo particolare, come se intuisse che avevano molto in comune, che con lui sarebbe stato al sicuro.

« Mi piacerebbe venire con te », disse, alzando gli occhi a guardare l'uomo che voleva diventare suo padre.

« Grazie », mormorò Charlie e lo prese in braccio. Avrebbe voluto dirgli che gli voleva bene, ma preferì tacere e tenerlo stretto a sé. Poi, con voce dolcissima, Bernie bisbigliò quell'unica parola che Charlie aveva sempre desiderato con tutte le sue forze di sentire.

« Papà », sussurrò nascondendo il faccino contro il petto di Charlie. E Charlie chiuse gli occhi e sorrise tra le lacrime, mentre Beth e Annie li guardavano.

Quell'anno Pilar e Brad trascorsero il loro anniversario di matrimonio nella quiete più assoluta. Sapevano di dovere molto al destino e avevano anche moltissime cose su cui riflettere. Christian era un bambino magnifico. A sette mesi, era fonte di gioia per loro. Lo adoravano.

Pilar aveva assunto una baby sitter e aveva ripreso ad andare in studio, dopo quattro mesi, ma lavorava soltanto al mattino e si divertiva a comparire in tribunale portando con sé Christian nel suo passeggino. Anche Brad ne era molto orgoglioso e lo mostrava con grande fierezza a tutti. Per fortuna amici e conoscenti avevano finalmente smesso di domandare dove fosse la sua gemellina.

Era stata una strada lunga e faticosa quella che avevano percorso, ed entrambi avevano pagato un prezzo molto alto. Brad continuava a ripetere di essere felicissimo delle sue scelte; ma non avrebbe mai accettato di ripetere un esperimento del genere. Pilar, quando era in vena di scherzare, si burlava di lui dicendo che, invece, gli mancavano i filmetti porno della dottoressa Ward. Le avevano mandato un biglietto per informarla che erano nati due gemelli e che la femminuccia era morta, e lei aveva risposto con una lettera molto gentile. Pilar non avrebbe mai dimenticato quello che la dottoressa aveva detto fin dal principio, cioè che non esistevano assolutamente garanzie, di nessun genere, e che a volte la fertilità, come la sterilità, poteva portare vantaggi e svantaggi. Così era stato anche per loro... Per fortuna in quegli ultimi mesi avevano avuto più cose belle che brutte. Christian era una fonte continua di gioia per tutti e due e Pilar non faceva che ringraziare Dio per aver deciso di volere una famiglia prima che non le rimanesse più la possibilità di fare una scelta del genere.

Sua madre era già venuta a vedere il nipotino e anche lei, adesso, lo adorava. Per la prima volta, una visita di Elizabeth Graham era stata gradita. Sia per lei sia per Pilar era stata molto piacevole.

Nancy era incinta di nuovo e questa volta sperava che fosse una femminuccia. Un giorno Pilar le aveva raccontato la storia della terapia contro la sterilità a cui si era sottoposta, ma la sua figliastra non riusciva ancora a credere che avessero sopportato tanto. Perché erano state necessarie forza interiore, coraggio e perseveranza.

« E anche un pizzico di pazzia. A volte diventa una specie di ossessione, sai? Un po' come rimanere al tavolo della roulette fino a quando si perde tutto oppure si vince un patrimonio. »

« Secondo me, tu hai vinto! » aveva risposto Nancy; ma sapevano tutte e due quanto le fosse costato e quale fosse stato il suo strazio per la morte di Grace. Durante i primi mesi Pilar non era mai riuscita a godersi completamente la gioia che Christian le dava senza pensare a lei. Soltanto adesso che era passato un po' di tempo, poteva finalmente goderselo completamente.

« A volte ho la sensazione di avere perduto qualcosa dei suoi primi mesi di vita », aveva detto a Brad più di un volta. « Ma mi sentivo talmente infelice... che adesso non ricordo più nulla! » Aveva già messo via tutto quello che era stato comprato per la bambina, e aveva tolto dalla camera anche i suoi piccoli giocattoli. Tutto era stato raccolto in una grande cassa sulla quale aveva scritto a grosse lettere il nome « Grace ». Era stato Brad a trasportarla poi in soffitta, perché Pilar non aveva il coraggio di disfarsi di tutte quelle cose e, nello stesso tempo, non voleva dimenticare.

Per fortuna, quando arrivò il giorno del loro anniversario si sentiva di nuovo quella di un tempo. E anche il suo aspetto esteriore era quello di prima.

« Bene, non possiamo certo dire di aver fatto una vita noiosa quest'anno! » Sorrise. L'anno prima, a quell'epoca, avevano appena saputo che sarebbero nati due gemelli.

« Se non altro, quest'anno non sei incinta! » esclamò Brad. Eppure Pilar continuava ad avere poca voglia di uscire; preferiva stare a casa con lui. Fra l'altro, in quelle ultime settimane si era stancata moltissimo perché stava preparando una causa molto difficile. Brad l'aveva perfino accusata di non avere più la dura tempra di una volta... visto che osava perfino dire di essere stanca! « Se penso che in passato mi facevi a pezzi, in tribunale, e poi avevi voglia di andar fuori a ballare! »

« Che cosa vuoi che ti dica? » Pilar si strinse nelle spalle, sorridendo. « Mi pare di essere ultracentenaria, ormai! »

« Già, e allora... io che cosa dovrei dire? » borbottò lui a mezza voce. Pilar scoppiò a ridere. Lei aveva quarantacinque anni e lui sessantaquattro, anche se non li dimostrava affatto ed era più impegnato che mai. A volte Pilar aveva la sensazione di essere invecchiata di una vita intera, in quell'anno — e invece Brad continuava a insistere che non era vero. Solo in quegli ultimi tempi aveva rallentato un po' il suo ritmo frenetico di lavoro, ma lo spiegava con il fatto che continuava ad allattare Christian. D'altra parte aveva aspettato talmente tanto quel bambino che adesso non voleva perdere nemmeno un minuto di tutti quelli che poteva passare con lui.

Ma quindici giorni dopo il giorno dell'anniversario era ancora terribilmente stanca, e si rammaricò di avere accettato di occuparsi di tre nuove cause. Una di queste era particolarmente complicata e riguardava un caso di adozione, quindi aveva per lei un enorme interesse; poi c'era un'azione legale intentata a un ristorante e infine quella, difficilissima, relativa ad alcune costosissime proprietà immobiliari a Montecito. Cause impegnative e diversissime — e, purtroppo, tutti questi clienti si stavano dimostrando particolarmente esigenti.

Una sera, ed era già tardi, ne parlò con Brad e lui non le nascose di essere preoccupato per la sua salute. Aveva l'aria stanchissima, sembrava sfinita... E nel bel mezzo del discorso aveva dovuto scappar via per dare la poppata al bambino.

« Ma non pensi che ti stai distruggendo, a questo modo? »

Brad la raggiunse nella camera del bambino e andò a sedersi vicino a lei. « Forse sarebbe meglio se smettessi di allattarlo, oppure riducessi un po' il lavoro o qualcosa del genere, insomma! » Capitava raramente che Pilar avesse quell'aria così stressata.

« A dire la verità, l'allattamento mi serve come contraccettivo! » Sorrise. In fondo, non era del tutto vero. Le piaceva moltissimo allattare Christian al quale, evidentemente, il latte materno giovava molto. « Piuttosto rinuncio al lavoro », gli rispose molto schiettamente. Brad, osservandoli, si accorse che fra madre e figlio si era creato un legame stupendo, che lo commuoveva profondamente.

« Forse dovresti rinunciare al lavoro, almeno finché Christian non è un po' più grande. »

Ma lei fece cenno di no con la testa. « Non posso, Brad. Non sarebbe onesto nei confronti dei miei soci dello studio. Ormai è più di un anno che me ne sto con le mani in mano; e anche adesso ho ricominciato a farmi vedere in studio soltanto al mattino. » Ma si portava a casa le comparse e continuava a lavorare, per quanto possibile, anche lì.

« Be', a guardarti si direbbe che in ufficio tu faccia anche gli straordinari! Che ne diresti di farti visitare da un dottore? »

E alla fine, in giugno, Pilar si decise a farlo. Gli descrisse tutti i suoi sintomi, gli ricordò quanti mesi aveva Christian e gli disse che continuava ad allattarlo. Una gravidanza era da escludere, perché lei e Brad si erano trovati d'accordo nel non fare più gesti eroici, e la dottoressa Ward li aveva già avvertiti che dopo i quarantacinque anni era praticamente impossibile che lei rimanesse incinta. A ogni modo, dal giorno della nascita di Christian lei non aveva più avuto il ciclo mensile — e tutti lo spiegavano con il fatto che continuava ad allattare il bambino. A volte si era persino domandata se non fosse già in menopausa! Le sembrava un po' strano, ma sono molte le cose strane che succedono nella vita!

Il dottore le fece fare qualche analisi molto semplice e poi le telefonò in ufficio per informarla che soffriva di anemia — probabilmente una conseguenza della gravidanza e del parto. Le prescrisse delle pastiglie di ferro, ma Christian cominciò subito a far capire che il latte non gli era più gradito come prima; così Pilar smise di prenderle e se ne dimenticò. In realtà il dottore non aveva trovato niente di preoccupante nella sua salute e lei si rese conto che dopo una settimana si sentiva già meglio... Fino al giorno in cui andarono ad assistere a una regata. Era in piedi vicino a Brad e, dopo averlo guardato con una strana espressione, svenne di colpo.

Brad rimase sconvolto e Pilar tornò dal dottore, il quale fece altre analisi. E quando arrivarono i risultati... rimase allibita. Non aveva mai pensato che fosse possibile, non aveva mai neppure osato sognare di poter avere un altro figlio... e invece era incinta. Quando il dottore le telefonò per comunicarglielo, stava per uscire dallo studio, all'ora di pranzo, per correre a casa dove Christian l'aspettava per la poppata. Il medico le ordinò, naturalmente, di interrompere l'allattamento. E la mise in guardia contro il rischio di un aborto, considerata l'età, elencandole tutti gli altri pericoli... tutte cose che lei conosceva fin troppo bene, come la sindrome di Down, qualche deficienza cromosomica, un bambino nato morto... Insomma, aveva davanti un campo minato, se alla sua età voleva dare alla luce un figlio sano. Ma, alla fine, l'avrebbe deciso il destino... che lei avesse o no quest'altro figlio.

Rimase per un attimo a osservare Brad nell'aula di tribunale mentre con un colpo di martelletto annunciava un'interruzione dell'udienza per l'intervallo del pranzo. Si trattava di una causa penale e l'imputato stava per essere condotto via da un usciere. Brad si meravigliò di vederla lì, quando alzò gli occhi... Era ferma, in piedi, in fondo all'aula.

«Prego, si avvicini pure», le disse in tono scherzoso quando l'aula si fu vuotata. E Pilar si avviò lentamente verso di lui. Di colpo le tornarono alla mente i giorni in cui erano stati l'uno contro l'altro, in tribunale... Erano passati tanti anni da allora... quanta strada avevano fatto insieme, quante cose avevano diviso… tragedie e gioie, momenti rari e preziosi.

« Che cosa ha da dire a propria difesa? » riprese Brad in tono severo, guardandola dall'alto, e lei gli sorrise sentendosi all'improvviso di nuovo giovane, pronta a godere la vita.

« Sai che sei proprio carino con quella toga? » gli disse in tono malizioso, e lui per tutta risposta le sorrise.

« Perché non vieni a farmi una visitina qui dietro, nel mio ufficio? » ribatté Brad pronto, con aria minacciosa, e lei rise.

« Non è escluso che lo faccia. Ma prima ho qualcosa da dirti. » Sapeva che Brad non le avrebbe creduto.

« Di che cosa si tratta? Una confessione? Una testimonianza? »

« Forse l'uno e l'altra… e magari anche una specie di scherzo… e forse uno choc… e infine… una benedizione… »

« Oh, Dio! Hai sfasciato la macchina e stai cercando di convincermi che era un vecchio macinino e che abbiamo bisogno di comprarne una nuova! »

« No, anche se dimostri una certa fantasia. La prossima volta che avrò bisogno di raccontarti qualche frottola lo terrò presente! » D'un tratto sembrava raggiante. Brad la guardò senza sospettare minimamente, neppure per un attimo, quello che lei stava per comunicargli.

« Insomma, che cosa hai fatto? » le domandò in tono fermo, con una gran voglia di andare a baciarla. Ormai l'aula era vuota; erano rimasti soli.

« Non sono del tutto convinta che si tratti di qualche cosa che ho fatto *io*… ho l'impressione che ci sia stato anche un contributo da parte tua… »

Lui aggrottò la fronte, confuso da quelle parole.

« Ho la vaga impressione che tu abbia ricominciato a guardare certi filmetti porno senza dirmelo, sai? » E lo minacciò scherzosamente con un dito.

Lui scoppiò in una risata e, fissandola, esclamò: « E questo significherebbe…? »

« Significa, vostro onore... che senza tante stranezze, senza ormoni, senza l'aiuto di nessuno all'infuori di te... sono incinta. »

« Sei *cosa*? » Sembrava incredulo.

« Mi hai sentito, vero? »

Si alzò e le andò vicino. Sorrideva, ancora sbalordito e incerto su quelli che erano i propri sentimenti, ancora dubbioso... non sapeva se aveva voglia di vivere di nuovo quell'esperienza... eppure, in un certo senso, era felice.

« Mi pareva di aver capito che non avessimo più intenzione di fare niente del genere », disse osservandola con tenerezza.

« Era quello che avevo capito anch'io. Ma pare che qualcun altro abbia avuto un'idea completamente diversa! »

« È quello che desideri? » le domandò con dolcezza. Non voleva che lei affrontasse un'altra prova come quella che aveva già sopportato, se non se la sentiva.

Lei lo guardò a lungo, con espressione decisa, perché ci aveva pensato molto prima di andare a cercarlo nell'aula del tribunale. « Come per ogni altra cosa della vita — ed è quello che diceva la dottoressa Ward — credo che sia, anche questa, una specie di situazione in cui esistono i pro e i contro, ...ma sì... è quello che desidero... » Chiuse gli occhi e lui la baciò, e la tenne stretta a sé per un lungo momento. Intanto pensava che, da sempre, era proprio quello che avrebbe desiderato fare con lei lì, nell'aula del tribunale. Ci erano voluti quasi vent'anni, ma alla fine... ci era riuscito!

FINE

Gentile lettore,

la ringraziamo per aver scelto uno dei romanzi della ricca collana Superbestseller.

Per poter soddisfare sempre meglio le sue esigenze e i suoi gusti, le chiediamo di voler gentilmente compilare il seguente questionario. Se ci fornirà anche il suo indirizzo, le invieremo tempestivamente le informazioni relative alle nuove pubblicazioni del gruppo Sperling & Kupfer e alle iniziative speciali rivolte ai nostri lettori.

Ho trovato questo questionario nel volume dal titolo

....

Ho acquistato questo volume
☐ in libreria ☐ in edicola ☐ al supermercato

Abitualmente acquisto libri
☐ in libreria ☐ in edicola ☐ al supermercato

Numero libri acquistati in un anno: ....

Di solito acquisto un libro perché:
(si possono barrare più caselle)
☐ seguo i consigli di amici/conoscenti/del mio libraio di fiducia
☐ leggo le recensioni
☐ vedo la pubblicità
☐ scelgo i titoli del mio autore preferito
☐ mi piace la copertina
☐ il libro ha vinto un premio letterario
☐ il libro è nelle classifiche dei libri più venduti
☐ ha un prezzo conveniente

Il mio autore preferito è: ....

Il mio libro preferito è: ....

Il mio genere preferito è:
☐ saggistica ☐ narrativa
- romanzi d'amore
- thriller

INFORMAZIONI ANAGRAFICHE

Età: .... Sesso: ☐M ☐F

Professione: ....

FACOLTATIVO

Nome ....
Cognome ....
Via .... n. ....
Città .... Provincia.................. CAP ....
E-mail ....

La preghiamo di tagliare lungo la linea tratteggiata e di inviare in busta chiusa e affrancata a:

Sperling & Kupfer Editori S.p.A.
Ufficio Promozione
Via Durazzo, 4
20134 Milano

Il mittente prende atto che i suoi dati saranno trattati per l'eventuale invio di materiale d'informazione libraria, con la possibilità della cessione a terzi dei dati stessi. Resta salvo il suo diritto di conoscenza, cancellazione, rettifica, aggiornamento, integrazione e opposizione al trattamento dei dati, secondo quanto previsto dall'art. 13 della legge 675/96.

Finito di stampare nell'aprile 2003
presso la Mondadori Printing S.p.A.
Stabilimento N.S.M. di Cles (TN)
Printed in Italy